古典文學經典名著

水滸傳

下冊（全三冊）

施耐庵（著）
徐凡（注釋）

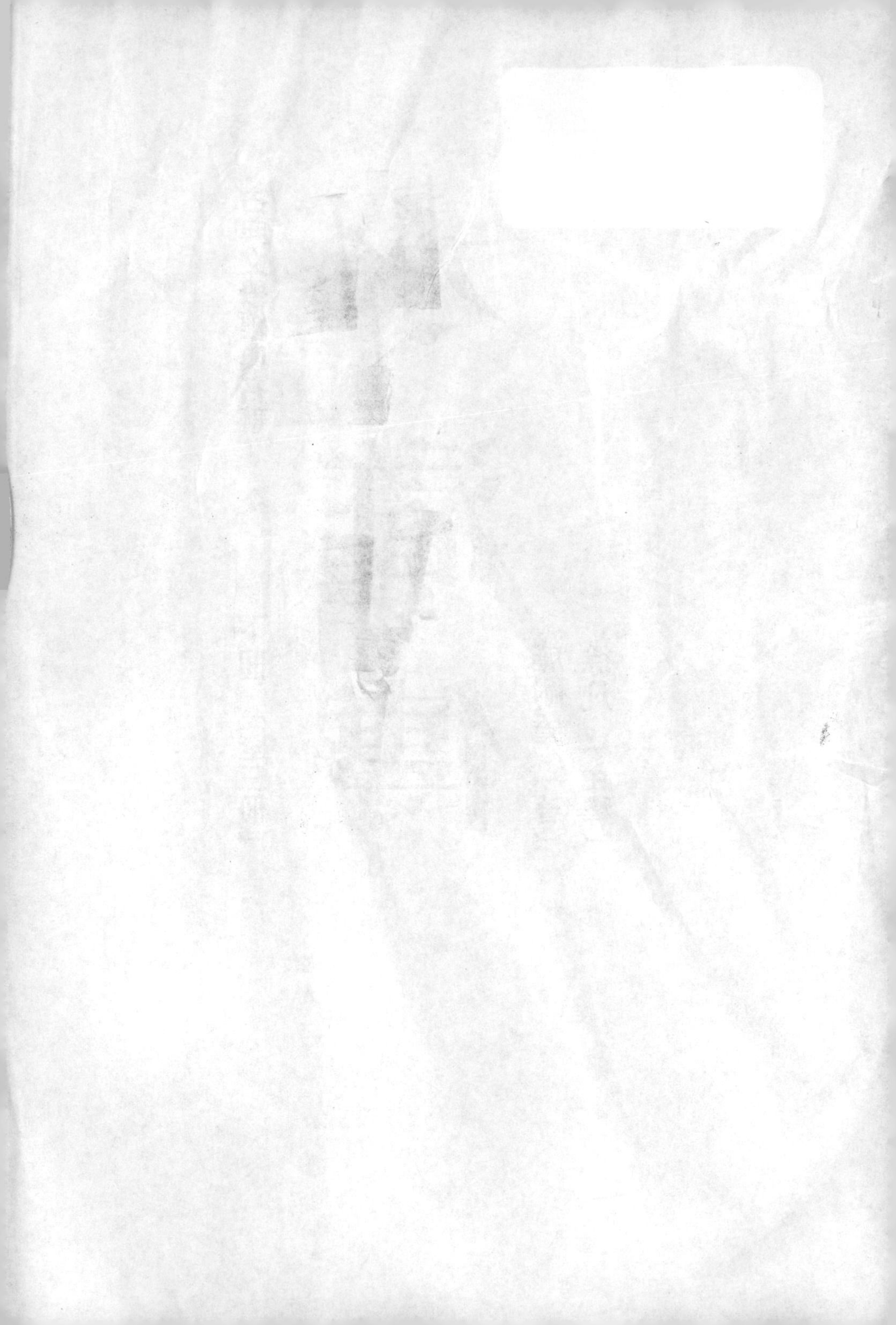

第七十六回

吳加亮布四門五方旗　宋公明排九宮八卦陣

話說樞密使童貫受了天子統軍大元帥之職，徑到樞密院中，便發調兵符驗，要撥東京管下八路軍州，各起軍一萬，就差本處兵馬都監統率；又於京師御林軍內選點二萬，守護中軍。樞密院下一應事務，盡委副樞密使掌管。御營中選兩員良將，為左羽右翼。號令已定，不旬日間，諸事完備。一應接續軍糧，並是高太尉差人趲運。那八路軍馬：

睢州兵馬都監段鵬舉　鄭州兵馬都監陳　翥
陳州兵馬都監吳秉彝　唐州兵馬都監韓天麟
許州兵馬都監李　明　鄧州兵馬都監王　義
洳州兵馬都監馬萬里　嵩州兵馬都監周　信

御營中選到左羽右翼良將二員為中軍，那二人：

御前飛龍大將酆　美　御前飛虎大將畢　勝

童貫掌握中軍為主帥，號令大小三軍齊備，武庫撥降軍器，選定吉日出師，高、楊二太尉設筵餞行，朝廷著仰中書省一面賞軍。且說童貫已領眾將，次日先驅軍馬出城，然後拜辭天子，飛身上馬，出這新曹門，來五里短亭，只見高、楊二太尉率領眾官，先在那裡等候。童貫下馬，高太尉執盞擎杯，與童貫道：「樞密相公此行，與朝廷必建大功，早奏凱歌。此寇潛伏水窪，只須先截四邊糧草，堅固寨柵，誘此賊下山，然後進兵。那時一個個生擒活捉，庶不負朝廷委用。」童貫道：「重蒙教誨，不敢有忘。」各飲罷酒，楊太尉也來執盞與童貫道：「樞相素讀兵書，深知韜略（古代兵書《六韜》《三略》），剿擒此寇，易如反掌；爭奈此賊潛伏水泊，地利未便，樞相到彼，必有良策。」童貫道：「下官到彼，見機而作，自有法度。」高、楊二太尉一齊進酒賀道：「都門之外，懸望凱旋。」相別之後，各自上馬。有各衙門合屬官員送路的，不知其數：或近送，或遠送，次第回京，皆不必說。大小三軍，一齊進發，各隨隊伍，甚是嚴整。前軍四隊，先鋒總領行軍；後軍四隊，合後將軍監督；左右八路軍馬，羽翼旗牌催督；童貫鎮握中軍，總統馬步御林軍（禁衛軍）二萬，都是御營選揀的人。童貫執鞭，指點軍兵進發。怎見得軍容整肅，但見：

兵分九隊，旗列五方。綠沉槍、點鋼槍、鴉角槍，布遍野光芒；青龍刀、偃月刀、雁翎刀，生滿天殺氣。雀畫弓、鐵胎弓、寶雕弓，對插飛魚袋內；射虎箭、狼牙箭、柳葉箭，齊攢獅子壺中。樺車弩、漆抹弩、腳登弩，排滿前軍；開山斧、偃月斧、宣花斧，緊隨中隊。竹節鞭、虎眼鞭、水磨鞭，齊懸在肘上；流星錘、雞心錘、飛抓錘，各帶在身邊。方天戟豹尾翩翻；丈八矛珠纓錯落。龍文劍掣一汪秋水，虎頭牌畫幾縷春雲。先鋒猛勇，領拔山開路之精兵；元帥英雄，統喝水斷橋之壯士。左統軍，右統軍，恢弘膽略；遠哨馬，近哨馬，馳騁威風。震天鼙鼓搖山嶽，映日旌旗避鬼神。

第七十六回

吳加亮布四鬥五方旗　宋公明排九宮八卦陣

當日童貫離了東京，迤邐前進，不一二日，已到濟州界分。太守張叔夜出城迎接，大軍屯住城外。只見童貫引輕騎入城，至州衙前下馬。張叔夜邀請至堂上，拜罷起居已了，侍立在面前。童樞密道：「水窪草賊，殺害良民，邀劫商旅，造惡非止一端，往往剿捕，蓋為不得其人，致容滋蔓。吾今統率大軍十萬，戰將百員，刻日要掃清山寨，擒拿眾賊，以安兆民。」張叔夜答道：「樞相在上，此寇潛伏水泊，雖然是山林狂寇，中間多有智謀勇烈之士，樞相勿以怒氣自激，引軍長驅，必用良謀，可成功績。」童貫聽了大怒，罵道：「都似你這等懦弱匹夫，畏刀避劍，貪生怕死，誤了國家大事，以致養成賊勢。吾今到此，有何懼哉！」張叔夜那裡再敢言語，且備酒食供送。童樞密隨即出城，次日驅領大軍，近梁山泊下寨。

且說宋江等已有細作人探知多日了。宋江與吳用已自鐵桶般商量下計策，只等大軍到來，告示諸將，各要遵依，毋得差錯。

再說童樞密調撥軍兵，點差睢州兵馬都監段鵬舉為正先鋒，鄭州都監陳翥為副先鋒，陳州都監吳秉彝為正合後，許州都監李明為副合後，唐州都監韓天麟、鄧州都監王義二人為左哨，洳州都監馬萬里、嵩州都監周信二人為右哨，龍虎二將酆美、畢勝為中軍羽翼，童貫為元帥，總領大軍，全身披掛，親自監督。戰鼓三通，諸軍盡起。行不過十里之外，塵土起處，早有敵軍哨路，來的漸近，鸞鈴響處，約有三十餘騎哨馬，都戴青包巾，各穿綠戰襖，馬上盡繫著紅纓，每邊拴掛數十個銅鈴，後插一把雉尾，都是釧銀細桿長槍，輕弓短箭。為頭的戰將是誰，怎生打扮，但見：

槍橫鴉角，刀插蛇皮，銷金的巾幘佛頭青，挑繡的戰袍鸚哥綠。腰繫絨條真紫色，足穿氣袴軟香皮。雕鞍後對懸錦袋，內藏打將的石頭；戰馬邊緊掛銅鈴，後插招風的雉尾。驃騎將軍沒羽箭，張清哨路最當先。

馬上來的將軍，號旗上寫的分明：「巡哨都頭領沒羽箭張清。」左有龔旺，右有丁得孫，直哨到童貫軍前，相離不遠，只隔百十步，勒馬便回。前軍先鋒二將，不得軍令，不敢亂動，報至中軍，主帥童貫親到軍前，觀猶未盡，張清又哨將來。童貫欲待遣人追戰，左右說道：「此人鞍後錦袋中都是石子，去不放空（命中），不可追趕。」張清連哨了三遭，不見童貫進兵，返回。行不到五里，只見山背後鑼聲響動，早轉出五百步軍來，當先四個步軍頭領，乃是黑旋風李逵、混世魔王樊瑞、八臂那吒項充、飛天大聖李衮，直奔前來。但見：

人人虎體，個個彪形。當先兩座惡星神，隨後二員真殺曜。李逵手持雙斧，樊瑞腰掣龍泉，項充牌畫玉爪狻猊，李衮牌描金精獬豸。五百人絳衣赤襖，一部從紅旆朱纓。青山中走出一群魔，綠林內迸開三昧火（道教說元神、元氣、元精含藏修煉所生的真火）。

那五百步軍就山坡下一字兒擺開，兩邊團牌齊齊扎住。童貫領軍在前見了，便將玉麈尾一招，大隊軍馬出擊前去。李逵、樊瑞引步軍分開兩路，都倒提著蠻牌，踅過山腳便走。童貫大軍趕出山嘴，只見一派平川曠野之地，就把軍馬列成陣勢，遙望李逵、樊瑞度嶺穿林，都不見了。童貫中軍立起攢木將台，令撥法官二員上去，左招右颭，一起一伏，擺作四門鬥底陣。陣勢才完，只聽得山後炮響，就後山飛出一彪軍馬來。童貫令左右攏住戰馬，自上將台看時，只見山東一路軍馬湧出來：前一隊軍馬紅旗，第二隊雜彩旗，第三隊青旗，第四隊又是雜彩旗。只見山西一路人馬也湧來：前一隊人馬是雜彩旗，第二隊白旗，第三隊又是雜彩旗，第四隊皂旗，旗背後盡是黃旗。大隊軍將，急先湧來，占住中央，裡面列成陣勢。遠觀未實，近睹分明，正南上這隊人馬，盡都是火焰紅旗，紅甲紅袍，朱纓赤馬，前面一把引軍紅旗，上面金銷南斗六星，下繡朱雀之狀。那把旗招展動處，紅旗中湧出一員大將，怎生結束，但見：

盔頂朱纓飄一顆，猩猩袍上花千朵。獅蠻帶束紫玉團，狻猊甲露黃金鎖。
狼牙木棍鐵釘排，龍駒遍體胭脂裹。紅旗招展半開霞，正按南方丙丁火。

號旗上寫的分明：「先鋒大將霹靂火秦明。」左右兩員副將：左手是聖水將單廷珪，右邊是神火將魏定國。三員大將，手持兵器，都騎赤馬，立於陣前。東壁一隊人馬，盡是青旗，青甲青袍，青纓青馬，前面一把引軍青旗，上面金銷東斗四星，下繡青龍之狀。那把旗招展動處，青旗中湧出一員大將，怎生打扮，但見：

藍靛包巾光滿目，翡翠征袍花一簇。鎧甲穿連獸吐環，寶刀閃爍龍吞玉。
青驄遍體粉團花，戰襖護身鸚鵡綠。碧雲旗動遠山明，正按東方甲乙木。

號旗上寫得分明：「左軍大將大刀關勝。」左右兩員副將：左手是醜郡馬宣贊，右手是井木犴郝思文。三員大將，手持兵器，都騎青馬，立於陣前。西壁一隊人馬，盡是白旗，白甲白袍，白纓白馬，前面一把引軍白旗，上面金銷西斗五星，下繡白虎之狀。那把旗招展動處，白旗中湧出一員大將，怎生結束（裝扮），但見：

漠漠寒雲護太陰，梨花萬朵迭層琛。素色羅袍光閃閃，爛銀鎧甲冷森森。
賽霜駿馬騎獅子，出白長槍搭綠沉。一簇旗幡飄雪練，正按西方庚辛金。

號旗上寫的分明：「右軍大將豹子頭林沖。」左右兩員副將：左手是鎮三山黃信，右手是病尉遲孫立。三員大將，手持兵器，都騎白馬，立於陣前。後面一簇人馬，盡是皂旗，黑甲黑袍，黑纓黑馬，前面一把引軍黑旗，上面金銷北斗七星，下繡玄武之狀。那把旗招展動處，黑旗中湧出一員大將，怎生打扮，但見：

堂堂捲地烏雲起，鐵騎強弓勢莫比。皂羅袍穿龍虎軀，烏油甲掛豺狼體。
鞭似烏龍搭兩條，馬如潑墨行千里。七星旗動玄武搖，正按北方壬癸水。

號旗上寫得分明：「合後大將雙鞭呼延灼」。左右兩員副將：左手是百勝將韓滔，右手是天目將彭玘。三員大將，手持兵器，都騎黑馬，立於陣前。東南方門旗影裡一隊軍馬，青旗紅甲，前面一把引軍繡旗，上面金銷巽卦，下繡飛龍。那一把旗招展動處，捧出一員大將，怎生結束，但見：

擐甲披袍出戰場，手中拈著兩條槍。雕弓鸞鳳壺中插，寶劍沙魚鞘內藏。
束霧衣飄黃錦帶，騰空馬頓紫絲韁。青旗紅焰龍蛇動，獨據東南守巽方。

號旗上寫得分明：「虎軍大將雙槍將董平」。左右兩員副將：左手是摩雲金翅歐鵬，右手是火眼狻猊鄧飛，手持兵器，都騎戰馬，立於陣前。西南方門旗影裡一隊軍馬，紅旗白甲，前面一把引軍繡旗，上面金銷坤卦，下繡飛熊。那把旗招展動處，捧出一員大將，怎生打扮，但見：

當先湧出英雄將，凜凜威風添氣象。魚鱗鐵甲緊遮身，鳳翅金盔拴護項。
衝波戰馬似龍形，開山大斧如弓樣。紅旗白甲火雲飛，正據西南坤位上。

號旗上寫得分明：「驃騎大將急先鋒索超。」左右兩員副將：左手是錦毛虎燕順，右手是鐵笛仙馬麟。三員大將，手持兵器，都騎戰馬，立於陣前。東北方門旗影裡一隊軍馬，皂旗青甲，前面一把引軍繡旗，上面金銷艮卦，下繡飛豹。那把旗招展動處，捧出一員大將，怎生結束，但見：

虎坐雕鞍膽氣昂，彎弓插箭鬼神慌。朱纓銀蓋遮刀面，絨縷金鈴貼馬旁。
盔頂穰花紅錯落，甲穿柳葉翠遮藏。皂旗青甲煙塵內，東北天山守艮方。

號旗上寫得分明：「驃騎大將九紋龍史進。」左右兩員副將：左手是跳澗虎陳達，右手是白花蛇楊春。三員大將，手持兵器，都騎戰馬，立於陣前。西北方門旗影裡一隊軍馬，白旗黑甲，前面一把引軍旗，上面金銷乾卦，下繡飛虎。那把旗招展動處，捧出一員大將，怎生打扮，但見：

雕鞍玉勒馬嘶風，介冑棱層黑霧濛。豹尾壺中銀鏃箭，飛魚袋內鐵胎弓。
甲邊翠縷穿雙鳳，刀面金花嵌小龍。一簇白旗飄黑甲，天門西北是乾宮。

號旗上寫得分明：「驃騎大將青面獸楊志。」左右兩員副將：左手是錦豹子楊林，右手是小霸王周通。三員大將，手持兵器，都騎戰馬，立於陣前。八方擺布的鐵桶相似，陣門裡馬軍隨馬隊，步軍隨步隊，各持鋼刀大斧，闊劍長槍，旗旛齊整，隊伍威嚴。去那八陣中央，只見團團一遭，都是杏黃旗，間著六十四面長腳旗，上面金銷六十四卦，亦分四門。南門都是馬軍，正南上黃旗影裡，捧出兩員上將，一般結束（裝束），但見：

熟銅鑼間花腔鼓，簇簇攢攢分隊伍。戧金鎧甲赭黃袍，剪絨戰襖葵花舞。
垓心兩騎馬如龍，陣內一雙人似虎。周圍繞定杏黃旗，正按中央戊己土。

那兩員首將都騎黃馬，上首是美髯公朱仝，下首是插翅虎雷橫，一遭人馬，盡都是黃旗，黃袍銅甲，黃馬黃纓。中央陣四門：東門是金眼彪施恩，西門是白面郎君鄭天壽，南門是雲裡金剛宋萬，北門是病大蟲薛永。那黃旗中間，立著那面「替天行道」杏黃旗，旗桿上拴著四條絨繩，四個長壯軍士晃定。中間馬上有那一個守旗的壯士，怎生模樣，但見：

冠簪魚尾圈金線，甲皺龍鱗護錦衣。
凜凜身軀長一丈，中軍守定杏黃旗。

這個守旗的壯士，便是險道神郁保四。那簇黃旗後，便是一叢炮架，立著那個炮手轟天雷凌振，帶著副手二十餘人，圍繞著炮架。架子後一帶，都擺著撓鉤套索，準備捉將的器械。撓鉤手後，又是一遭雜彩旗幡，團團便是七重圍子手，四面立著二十八面繡旗，上面銷金二十八宿星辰，中間立著一面堆絨繡就、真珠圈邊、腳綴金鈴、頂插雉尾，鵝黃帥字旗。那一個守旗的壯士怎生模樣，但見：

鎧甲斜拴海獸皮，絳羅巾幘插花枝。
衝天殺氣人難犯，守定中軍帥字旗。

這個守旗的壯士，便是沒面目焦挺。去那帥字旗邊，設立兩個護旗的將士，都騎戰馬，一般結束，手執鋼槍，腰懸利劍，一個是毛頭星孔明，一個是獨火星孔亮。馬前馬後，排著二十四個把狼牙棍的鐵甲軍士。後面兩把領戰繡旗，兩邊排著二十四枝方天畫戟。左手十二枝畫戟叢中，捧著一員驍將，怎生打扮，但見：

踞鞍立馬天風裡，鎧甲輝煌光焰起。麒麟束帶稱狼腰，獬豸吞胸當虎體。
冠上明珠嵌曉星，鞘中寶劍藏秋水。方天畫戟雪霜寒，風動金錢豹子尾。

繡旗上寫得分明：「小溫侯呂方。」那右手十二枝畫戟叢中，也捧著一員驍將，怎生打扮，但見：

三叉寶冠珠燦爛，兩條雉尾錦斕斑。柿紅戰襖遮銀鏡，柳綠征裙壓繡鞍。
束帶雙跨魚獺尾，護心甲掛小連環。手持畫桿方天戟，飄動金錢五色幡。

繡旗上寫得分明：「賽仁貴郭盛。」兩員將各持畫戟，立馬兩邊。畫戟中間，一簇鋼叉，兩員步軍驍將，一般結束，但見：

虎皮磕腦豹皮褌，襯甲衣籠細織金。
手內鋼叉光閃閃，腰間利劍冷森森。

一個是兩頭蛇解珍，一個是雙尾蠍解寶。弟兄兩個，各執著三股蓮花叉，引著一行步戰軍士，守護著中軍。隨後兩匹錦鞍馬上，兩員文士，掌管定賞功罰罪的人。左手那一個，烏紗帽，白羅襴，胸藏錦繡，筆走龍蛇，乃是梁山泊掌文案的秀士聖手書生蕭讓；右手那一個，綠紗巾，皂羅衫，氣貫長虹，心如秋水，乃是梁山泊掌吏事的豪傑鐵面孔目裴宣。這兩個馬後，擺著紫衣持節的人，二十四個當路，將二十四把麻扎刀。那刀林中立著兩個錦衣三串行刑劊子，怎生結束，有西江月為證：

一個皮主腰，乾紅簇就；一個羅踢串，彩色裝成。一個雙環撲獸創金明，一個頭巾畔花枝掩映。一個白紗衫遮籠錦體，一個皂禿袖半露鴉青。一個將漏塵斬鬼法刀擎，一個把水火棍手中提定。

上手是鐵臂膊蔡福，下手是一枝花蔡慶：弟兄兩個，立於陣前，左右都是擎刀手。背後兩邊擺著二十四枝金槍銀槍，每邊設立一員大將領隊。左邊十二枝金槍隊裡，馬上一員驍將，手執金槍，側坐戰馬。怎生打扮，但見：

錦鞍駿馬紫絲韁，金翠花枝壓鬢旁。雀畫弓懸一彎月，龍泉劍掛九秋霜。
繡袍巧制鸚哥綠，戰服輕裁柳葉黃。頂上纓花紅燦爛，手拈鐵桿縷金槍。

這員驍將，乃是梁山泊金槍手徐寧。右手十二枝銀槍隊裡，馬上一員驍將，手執銀槍，也側坐駿馬。怎生披掛，但見：

蜀錦鞍韉寶鐙光，五明駿馬玉玎璫。虎筋弦扣雕弓硬，燕尾梢攢箭羽長。
綠錦袍明金孔雀，紅鞓帶束紫鴛鴦。參差半露黃金甲，手執銀絲鐵桿槍。

這員驍將，乃是梁山泊小李廣花榮。兩勢下都是風流威猛二將：金槍手，銀槍手，各帶皂羅巾，鬢邊都插翠葉金花。左手十二個金槍手穿綠，右手十二個銀槍手穿紫。背後又是錦衣對對，花帽雙雙，緋袍簇簇，錦襖攢攢。兩壁廂碧幢翠幕，朱幡皂蓋，黃鉞白旄，青萍紫電。兩行二十四把鉞斧，二十四對鞭撾。中間一字兒三把銷金傘蓋，三匹繡鞍駿馬，正中馬前，立著兩個英雄。左手那個壯士，端的是儀容濟楚，世上無雙，有西江月為證：

頭巾側一根雉尾，束腰下四顆銅鈴。黃羅衫子晃金明，飄帶繡裙相稱。
兜小襪麻鞋嫩白，壓腿絣護膝深青。旗標令字號神行，百里登時取應。

這個便是梁山泊能行快走的頭領神行太保戴宗，手持鵝黃令字繡旗，專管大軍中往來飛報軍情，調兵遣將，一應事務。右手那個對立的壯士，打扮得出眾超群，人中罕有，也有西江月為證：

褐衲襖滿身錦簇，青包巾遍體金銷。鬢邊插朵翠花嬌，鸂鶒玉環光耀。
紅串繡裙裹肚，白襠素練圍腰。落生弩子棒頭挑，百萬軍中偏俏。

這個便是梁山泊風流子弟，能幹機密的頭領浪子燕青，背著強弓，插著利箭，手提著齊眉桿棒，專一護持中軍。遠望著中軍，去那右邊銷金青羅傘蓋底下，繡鞍馬上，坐著那個道德高人，有名羽士。怎生打扮，有西江月為證：

如意冠玉簪翠筆，絳綃衣鶴舞金霞。火神珠履映桃花，環佩玎璫斜掛。
背上雌雄寶劍，匣中微噴光華。青羅傘蓋擁高牙，紫騮馬雕鞍穩跨。

這個便是梁山泊呼風喚雨，役使鬼神，行法真師入雲龍公孫勝，馬上背著兩口寶劍，手中按定紫絲韁。去那左邊銷金青羅傘蓋底下，錦鞍馬上，坐著那個足智多謀，全勝軍師吳用。怎生打扮，有西江月為證。

白道服皀羅沿襈，紫絲條碧玉鉤環。手中羽扇動天關，頭上綸巾微岸。
貼裡暗穿銀甲，垓心穩坐雕鞍。一雙銅鏈掛腰間，文武雙全師範。

這個便是梁山泊能通韜略，善用兵機，有道軍師智多星吳學究，馬上手擎羽扇，腰懸兩條銅鏈。去那正中銷金大紅羅傘蓋底下，那照夜玉獅子金鞍馬上，坐著那個有仁有義統軍大元帥。怎生打扮，但見：

鳳翅盔高攢金寶，渾金甲密砌龍鱗。錦征袍花朵簇陽春，錕鋙劍腰懸光噴。
繡腿癲絨圈翡翠，玉玲瓏帶束麒麟。真珠傘蓋展紅雲，第一位天罡臨陣。

這個正是梁山泊主，濟州鄆城縣人氏，山東及時雨呼保義宋公明，全身結束，自仗錕鋙寶劍，坐騎金鞍白馬，立於陣中監戰，掌握中軍。馬後大戟長戈，錦鞍駿馬，整整齊齊，三五十員牙將，都騎戰馬，手執長槍，全副弓箭。馬後又設二十四枝畫角，全部軍鼓大樂。陣後又設兩隊游兵，伏於兩側，以為護持。中軍羽翼，左是沒遮攔穆弘，引兄弟小遮攔穆春，管領馬步軍一千五百人；右是赤髮鬼劉唐，引著九尾龜陶宗旺，管領馬步軍一千五百人，伏在兩脅。後陣又是一隊陰兵，簇擁著馬上三個女頭領：中間是一丈青扈三娘，左邊是母大蟲顧大嫂，右邊是母夜叉孫二娘；押陣後是他三個丈夫：中間矮腳虎王英，左是小尉遲孫新，右是菜園子張青，總管馬步軍兵三千。那座陣勢非同小可，但見：

明分八卦，暗合九宮，占天地之機關，奪風雲之氣象。前後列龜蛇之狀，左右分龍虎之形。丙丁前進，如萬條烈火燒山；壬癸後隨，似一片烏雲覆地。左勢下盤旋青氣，右手裡貫串白光，金霞遍滿中央，黃道全依戊己。四維有二十八宿之分，周回有六十四封之變。盤盤曲曲，亂中隊伍變長蛇；整整齊齊，靜裡威儀如伏虎。馬軍則一衝一突，步卒是或後或前。休誇八陣成功，謾說六韜取勝。孔明施妙計，李靖播神機。

樞密使童貫在陣中將台上，定睛看了梁山泊兵馬，無移時，擺成這個九宮八卦陣勢，軍馬豪傑，將士英雄，驚得魂飛魄散，心膽俱落，不住聲道：「可知但來此間收捕的官軍，便大敗而回，原來如此利害！」看了半晌，只聽得宋江軍中催戰的鑼鼓不住聲發擂。童貫且下將台，騎上戰馬，再出前軍來諸將中問道：「那個敢廝殺的出去打話？」先鋒隊裡轉過一員猛將，挺身躍馬而出，就馬上欠身稟童貫道：「小將願往，乞取鈞旨。」一看乃是鄭州都監陳翥，白袍銀甲，青馬絳纓，使一口大桿刀，見充副先鋒之職。童貫便教軍中金鼓旗下發三通擂，將台上把紅旗招展兵馬，陳翥從門旗下飛馬出陣，兩軍一齊吶喊。陳翥兜住馬，橫著刀，厲聲大叫：「無端草寇，背逆狂徒，天兵到此，尚不投降，直待骨肉為泥，悔之何及！」

宋江正南陣中先鋒頭領虎將秦明，飛馬出陣，更不打話，舞起狼牙棍，直取陳翥。兩馬相交，兵器並舉，一個使棍的當頭便打，一個使刀的劈面砍來。二將來來往往，翻翻覆覆，鬥了二十餘合，秦明賣個破綻，放陳翥趕將入來，一刀卻砍個空。秦明趁勢，手起棍落，把陳翥連盔帶頂，正中天靈，陳翥翻身死於馬下。秦明的兩員副將，單廷珪，魏定國，飛馬直衝出陣來，先搶了那匹好馬，接應秦明去了。

東南方門旗裡虎將雙槍將董平，見秦明得了頭功，在馬上尋思：「大軍已踏動銳氣，不就這裡搶將過去，捉了童貫，更待何時！」大叫一聲，如陣前起個霹靂，兩手持兩條槍，把馬一拍，直撞過陣來。童貫見了，勒回馬望中軍便走。西南方門旗裡驃騎將急先鋒索超也叫道：「不就這裡捉了童貫，更待何時！」手掄大斧，殺過陣來。中央秦明見了兩邊衝殺過去，也招動本隊紅旗軍馬，一齊搶入陣中，來捉童貫。正是數隻皂雕追紫燕，一群猛虎啖羊羔。畢竟樞密使童貫性命如何，且聽下回分解。

第七十七回

梁山泊十面埋伏　宋公明兩贏童貫

話說當日宋江陣中前部先鋒，三隊軍馬趕過對陣，大刀闊斧，殺得童貫三軍人馬，大敗虧輸，星落雲散，七損八傷，軍士拋金棄鼓，撇戟丟槍，覓子尋爺，呼兄喚弟，折了萬餘人馬，退三十里外紮住。吳用在陣中鳴金收軍，傳令道：「且未可盡情追殺，略報個信與他。」梁山泊人馬都收回山寨，各自獻功請賞。且說童貫輸了一陣，折了人馬，早紮寨柵安歇下，心中憂悶，會集諸將商議。酆美、畢勝二將道：「樞相休憂，此寇知得官軍到來，預先擺布下這座陣勢。官軍初到，不知虛實，因此中賊奸計。想此草寇，只是倚山為勢，多設軍馬，虛張聲勢，一時失了地利。我等且再整練馬步將士，停歇三日，養成銳氣，將息戰馬，三日後將全部軍將分作長蛇之陣，俱是步軍殺將去。此陣如長山之蛇，擊首則尾應，擊尾則首應，擊中則首尾皆應，都要連絡不斷，決此一陣，必見大功。」童貫道：「此計大妙，正合吾意。」即時傳下將令，整肅三軍，訓練已定。

第三日，五更造飯，軍將飽食，馬帶皮甲，人披鐵鎧，大刀闊斧，弓弩上弦，正是槍刀流水急，人馬撮風行。大將酆美、畢勝當先引軍，浩浩蕩蕩，殺奔梁山泊來。八路軍馬，分於左右，前面發三百鐵甲哨馬前去探路，回來報與童貫中軍知道，說：「前面戰場上，並不見一個軍馬。」童貫聽了心

第七十七回

梁山泊十面埋伏　宋公明兩贏童貫

疑，自來前軍問酆美、畢勝道：「退兵如何？」酆美答道：「休生退心，只顧衝突將去。長蛇陣擺定，怕做甚麼？」官軍迤邐前行，直進到水泊邊，竟不見一個軍馬，但見隔水茫茫蕩蕩，都是蘆葦煙火，遠遠地遙望見水滸寨山頂上一面杏黃旗在那裡招展，亦不見些動靜。童貫與酆美、畢勝勒馬在萬軍之前，遙望見對岸水面上蘆林中一隻小船，船上一個人，頭戴青箬笠，身披綠蓑衣，斜倚著船背，岸西獨自釣魚。童貫的步軍，隔著岸叫那漁人，問道：「賊在那裡？」那漁人只不應。童貫叫能射箭的放箭。兩騎馬直近岸邊灘頭來，近水兜住馬，扳弓搭箭，望那漁人後心，颼地一箭去。那枝箭正射到箬笠上，當地一聲響，那箭落下水裡去了。這一個馬軍放一箭，正射到箬笠上，當地一聲響，那箭也落下水裡去了。那兩個馬軍是童貫軍中第一慣射弓箭的。兩個吃了一驚，勒回馬，上來欠身稟童貫道：「兩箭皆中，只是射不透，不知他身上穿著甚的。」童貫再撥三百能射硬弓的哨路馬軍，對灘頭擺開，一齊望著那漁人放箭。那亂箭射去，漁人不慌。多有落在水裡的，也有射著船上的。但射著蓑衣箬笠的，都落下水裡去。童貫見射他不死，便差會水的軍漢脫了衣甲，赴水過去，捉那漁人，早有三五十人赴將開去。那漁人聽得船尾水響，知有人來，不慌不忙，放下魚釣，取棹竿拿在身邊，近船來的，一棹竿一個，太陽上著的，腦袋上著的，面門上著的，都打下水裡去了。後面見沉了幾個，都赴轉岸上，去尋衣甲。童貫看見大怒，教撥五百軍漢下水去，定要拿這漁人；若有回來的，一刀兩段。五百軍人脫了衣甲，吶聲喊，一齊都跳下水裡，赴將過去。那漁人回轉船頭，指著岸上童貫大罵道：「亂國賊臣，害民的禽獸，來這裡納命，猶自不知死哩！」童貫大怒，喝教馬軍放箭。那漁人呵呵大笑，說道：「兀那裡有軍馬到了。」把手指一指，棄了蓑衣箬笠，翻身攢入水底下去了。那五百軍正赴到船邊，只聽得在水中亂叫，都沉下去了。那漁人正是浪裡白條張順，頭上箬笠，上面是箬葉裹著，裡面是銅打成的；蓑衣裡面，一片熟銅打就，披著如龜殼相似，可知道箭矢射不入。張順攢下水底，拔出腰刀，只顧排頭價戳人，都沉下去，血水滾將起來。有乖的赴了開去，逃得性命。童貫在岸上看得呆了，身邊一將指道：「山頂上那面黃旗正在那裡磨動。」

童貫定睛看了，不解何意，眾將也沒做道理處。酆美道：「把三百鐵甲哨馬，分作兩隊，教去兩邊山後出哨，看是如何。」卻才分到山前，只聽得蘆葦中一個轟天雷炮飛起，火煙撩亂，兩邊哨馬齊回來報，有伏兵到了。童貫在馬上那一驚不小，酆美、畢勝兩邊差人，教軍士休要亂動，數十萬軍都掣刀在手，前後飛馬來叫道：「如有先走的便斬！」按住三軍人馬。童貫且與眾將立馬望時，山背後鼓聲震地，喊殺喧天，早飛出一彪軍馬，都打著黃旗，當先有兩員驍將領兵。怎見得那隊軍馬整齊：

黃旗擁出萬山中，爍爍金光射碧空。馬似怒濤衝石壁，人如烈火撼天風。
鼓聲震動森羅殿，炮力掀翻泰華宮。劍隊暗藏插翅虎，槍林飛出美髯公。

兩騎黃鬃馬上，兩員英雄頭領：上首美髯公朱仝，下首插翅虎雷橫，帶領五千人馬，直殺奔官軍。童貫令大將酆美、畢勝當先迎敵，兩個得令，便驟馬挺槍出陣，大罵：「無端草賊，不來投降，更待何時！」雷橫在馬上大笑，喝道：「匹夫死在眼前，尚且不知！怎敢與吾決戰？」畢勝大怒，拍馬挺槍，直取雷橫，雷橫也使槍來迎。兩馬相交，軍器並舉，二將約戰到二十餘合，不分勝敗。酆美見畢勝戰久，不能取勝，拍馬舞刀，徑來助戰。朱仝見了，大喝一聲，飛馬輪刀，來戰酆美。四匹馬兩對兒在陣前廝殺。童貫看了，喝彩不迭。鬥到澗深裡，只見朱仝、雷橫賣個破綻，撥回馬頭，望本陣便走。酆美、畢勝兩將不舍，拍馬追將過去。對陣軍發聲喊，望山後便走，童貫叫盡力追趕過山腳去，只聽得山頂上畫角齊鳴，眾將抬頭看時，前後兩個炮直飛起來。童貫知有伏兵，把軍馬約住，教不要去趕。

只見山頂上閃出那面杏黃旗來，上面繡著「替天行道」四字。童貫踅過山那邊看時，見山頭上一簇雜彩繡旗開處，顯出那個鄆城縣蓋世英雄山東呼保義宋江來。背後便是軍師吳用、公孫勝、花榮、徐寧，金槍手，銀槍手，眾多好漢。童貫見了大怒，便差人馬上山來拿宋江。大軍人馬，分為兩路，卻待上山，只聽得山頂上鼓樂喧天，眾好漢都笑。童貫越添心上怒，咬碎口中牙，喝道：「這賊怎敢戲吾！我當自擒這廝。」酆美諫道：「樞相，彼必有計，不可親臨險地，且請回軍，來日卻再打聽虛實，方可進兵。」童貫道：「胡說！事已到這裡，豈可退軍！教星夜與賊交鋒。今已見賊，勢不容退……」語猶未絕，只聽得後軍吶喊，探子報道：「正西山後衝出一彪軍來，把後軍殺開做兩處。」童貫大驚，帶了酆美、畢勝，急回來救應後軍時，東邊山後鼓聲響處，又早飛出一隊人馬來。一半是紅旗，一半是青旗，捧著兩員大將，引五千軍馬殺將來。那紅旗軍隨紅旗，青旗軍隨青旗，隊伍端的整齊，但見：

對對紅旗間翠袍，爭飛戰馬轉山腰。日烘旗幟青龍見，風擺旌旗朱雀搖。

二隊精兵皆勇猛，兩員上將顯英豪。秦明手舞狼牙棍，關勝斜橫偃月刀。

那紅旗隊裡頭領是霹靂火秦明，青旗隊裡頭領是大刀關勝。二將在馬上殺來，大喝道：「童貫早納下首級！」童貫大怒，便差酆美來戰關勝，畢勝去鬥秦明。童貫見後軍發喊得緊，又教鳴金收軍，且休戀戰，延便且退。朱仝、雷橫引黃旗軍又殺將來，兩下裡夾攻，童貫軍兵大亂，酆美、畢勝保護著童貫，逃命而走。正行之間，刺斜裡又飛出一彪軍馬來，接住了廝殺。那隊軍馬，一半是白旗，一半是黑旗，黑白旗中，也捧著兩員虎將，引五千軍馬，攔住去路。這隊軍端的齊整：

炮似轟雷山石裂，綠林深處顯戈矛。素袍兵出銀河湧，玄甲軍來黑氣浮。
兩股鞭飛風雨響，一條槍到鬼神愁。左邊大將呼延灼，右手英雄豹子頭。

那黑旗隊裡頭領是雙鞭呼延灼，白旗隊裡頭領是豹子頭林沖。二將在馬上大喝道：「奸臣童貫，待走那裡去？早來受死！」一衝直殺入軍中來。那睢州都監段鵬舉接住呼延灼交戰，洳州都監馬萬里接著林沖廝殺。這馬萬里與林沖鬥不到數合，氣力不加，卻待要走，被林沖大喝一聲，慌了手腳；著了一矛，戳在馬下。段鵬舉看見馬萬里被林沖搠死，無心戀戰，隔過呼延灼雙鞭，霍地撥回馬便走。呼延灼奮勇趕將入來，兩軍混戰，童貫只教奪路且回。只聽得前軍喊聲大舉，山背後飛出一彪步軍，直殺入垓心裡來。當先一僧一行者，領著軍兵，大叫道：「休教走了童貫！」那和尚不修經懺，專好殺人，單號花和尚，雙名魯智深。這行者景陽岡曾打虎，水滸寨最英雄，有名行者武松。這兩個殺入陣來，怎見得，有西江月為證：

魯智深一條禪杖，武行者兩口鋼刀。鋼刀飛出火光飄，禪杖來如鐵炮。
禪杖打開腦袋，鋼刀截斷人腰。兩般軍器不相饒，百萬軍中顯耀。

童貫眾軍被魯智深、武松引領步軍一衝，早四分五落。官軍人馬，前無去路，後沒退兵，只得引酆美、畢勝撞透重圍，殺條血路，奔過山背後來。正方喘息，又聽得炮聲大震，戰鼓齊鳴，看兩員猛將當先，一簇步軍攔路，怎見得：

兩頭蛇腥風難近，雙尾蠍毒氣齊噴。鋼叉一對世無倫，較獵場中聲震。

左手解珍出眾，右手解寶超群。數千鐵甲虎狼軍，攪碎長蛇大陣。

來的步軍頭領解珍、解寶，各拈五股鋼叉，又引領步軍殺入陣內，童貫人馬遮攔不住，突圍而走，五面馬軍步軍一齊追殺，趕得官軍星落雲散，酆美、畢勝力保童貫而走。見解珍、解寶兄弟兩個，挺起鋼叉，直衝到馬前。童貫急忙拍馬，望刺斜裡便走，背後酆美、畢勝趕來救應；又得唐州都監韓天麟、鄧州都監王義，四個並力，殺出垓心。方才進步，喘息未定，只見前面塵起，叫殺連天，綠茸茸林子裡又早飛出一彪人馬，當先兩員猛將，攔住去路。那兩個是誰，但見：

一個宣花大斧，一個出白銀槍。槍如毒蟒露梢長，斧起處似開山神將。
一個風流俊骨，一個猛烈剛腸。董平國士更無雙，急先鋒索超誰讓。

這兩員猛將：雙槍將董平、急先鋒索超，兩個更不打話，飛馬直取童貫。王義挺槍去迎，被索超手起斧落，砍於馬下。韓天麟來救，被董平一槍搠死。酆美、畢勝死保護童貫，奔馬逃命。四下裡金鼓亂響，正不知何處軍來。童貫攏馬上坡看時，四面八方四隊馬軍，兩脅兩隊步軍，栲栳圈，簸箕掌，梁山泊軍馬大隊齊齊殺來，童貫軍馬如風落雲散，東零西亂。正看之間，山坡下一簇人馬出來，認得旗號是陳州都監吳秉彝、許州都監李明。這兩個引著些斷槍折戟，敗殘軍馬，趲轉琳琅山躲避。看見招呼時，正欲上坡，急調人馬，又見山側喊聲起來，飛過一彪人馬趕出，兩把認旗招展，馬上兩員猛將，各執兵器，飛奔官軍。這兩個是誰，有臨江仙詞為證：

盔上長纓飄火焰，紛紛亂撒猩紅，胸中豪氣吐長虹。戰袍裁蜀錦，鎧甲鍍金銅。
兩口寶刀如雪練，垓心抖擻威風，左衝右突顯英雄。軍班青面獸，好漢九紋龍。

這兩員猛將，正是楊志、史進，兩騎馬，兩口刀，卻才截住吳秉彝、李明兩個軍官廝殺。李明挺槍向前，來鬥楊志；吳秉彝使方天戟，來戰史進。兩對兒在山坡下一來一往，盤盤旋旋，各逞平生武藝。童貫在山坡上勒住馬，觀之不定。四個人約鬥到三十餘合，吳秉彝用戟奔史進心坎上戳將來，史進只一閃，那枝戟從肋窩裡放個過，吳秉彝連人和馬搶近前來，被史進手起刀落，只見一條血顙光連肉，頓落金盔在馬邊，吳秉彝死於坡下。李明見先折了一個，卻待也要撥回馬走時，被楊志大喝一聲，驚得魂消魄散，膽顫心寒，手中那條槍，不知顛倒。楊志把那口刀從頂門上劈將下來，李明只一閃，那刀正剁著馬的後胯下，那馬後蹄迸將下去，把李明閃下馬來，棄了手中槍，卻待奔走，這楊志手快，隨復一刀，砍個正著。可憐李明半世軍官，化作南柯一夢。兩員官將，皆死於坡下。楊志、史進追殺敗軍，正如砍瓜截瓠相似。

童貫和酆美、畢勝在山坡上看了，不敢下來，身無所措，三個商量道：「似此如何殺得出去？」酆美道：「樞相且寬心，小將望見正南上尚兀自有大隊官軍紮住在那裡，旗幡不倒，可以解救。畢都統保守樞相在山頭，酆美殺開條路，取那枝軍馬來，保護樞相出去。」童貫道：「天色將晚，你可善覷方便（時機），疾去早來。」酆美提著大桿刀，飛馬殺下山來，衝開條路，直到南邊。看那隊軍馬時，卻是嵩州都監周信，把軍兵團團擺定，死命抵住。垓心裡看見那酆美來，便接入陣內，問：「樞相在那裡？」酆美道：「只在前面山坡上，專等你這枝軍馬去救護殺出來。事不宜遲，火速便起。」周信聽說罷，便教傳令，馬步軍兵，都要相顧，休失隊伍，齊心並力。二員大將當先，眾軍助喊，殺奔山坡邊來。行不到一箭之地，刺斜裡一枝軍到，酆美舞刀，徑出迎敵，認得是睢州都監段鵬舉，三個都相見了，合兵一處，殺到山坡下，畢勝下坡迎接上去，見了童貫，一處商議道：「今晚便殺出去好？卻捱到來朝去好？」酆美道：「我四人死保樞相，只就今晚殺透重圍出去，可脫賊寇。」

看看近夜，只聽得四邊喊聲不絕，金鼓亂鳴。約有二更時候，星月光亮，酆美當先，眾軍官簇擁童貫在中間，一齊並力，殺下山坡來。只聽得四下裡亂叫道：「不要走了童貫！」眾官軍只望正南路衝殺過來。看看混戰到四更左右，殺出垓心，童貫在馬上以手加額，頂禮天地神明道：「慚愧！脫得這場大難！」催趲出界，奔濟州去。卻才歡喜未盡，只見前面山坡邊一帶火把，不計其數；背後喊聲又起，看見火把光中兩條好漢，拈著兩口朴刀，引出一員騎白馬的英雄大將，在馬上橫著一條點鋼槍。那人是誰，有臨江仙詞為證：

馬步軍中推第一，天罡數內為尊，上天降下惡星辰。眼珠如點漆，面部似鎸銀。
丈二鋼槍無敵手，身騎快馬騰雲，人材武藝兩超群。梁山盧俊義，河北玉麒麟。

那馬上的英雄大將，正是玉麒麟盧俊義。馬前這兩個使朴刀的好漢：一個是病關索楊雄，一個是拚命三郎石秀，在火把光中引著三千餘人，抖擻精神，攔住去路。盧俊義在馬上大喝道：「童貫不下馬受縛，更待何時？」童貫聽得，對眾道：「前有伏兵，後有追兵，似此如之奈何？」酆美道：「小將捨條性命，以報樞相，汝等眾官，緊保樞相，奪路望濟州去，我自戰住此賊。」酆美拍馬舞刀，直奔盧俊義。兩馬相交，鬥不到數合，被盧俊義把槍隻一逼，逼過大刀，搶入身去，劈腰提住，一腳蹬開戰馬，把酆美活捉去了。楊雄、石秀便來接應，眾軍齊上，橫拖倒拽捉了去。畢勝和周信、段鵬舉捨命保童貫，衝殺攔路軍兵，且戰且走；背後盧俊義趕來，童貫敗軍，忙忙似喪家之狗，急急如漏網之魚。天曉脫得追兵，望濟州來。正走之間，前面山坡背後又衝出一隊步軍來，那軍都是鐵掩心甲，絳紅羅頭巾，當先四員步軍頭領，畢竟是誰：

黑旋風雙持板斧，喪門神單仗龍泉，項充、李衮在旁邊，手舞團牌體健。
斬虎鬚投大穴，誅龍必向深淵。三軍威勢振青天，惡鬼眼前活見。

這李逵掄兩把板斧，飽旭仗一口寶劍，項充、李衮各舞蠻牌遮護，卻似一團火塊，從地皮上滾將來，殺得官軍四分五落而走。童貫與眾將且戰且走，只逃性命。李逵直砍入馬軍隊裡，把段鵬舉馬腳砍翻，掀將下來，就勢一斧，劈開腦袋；再復一斧，砍斷咽喉，眼見得段鵬舉不活了。且說敗殘官軍將次捱到濟州，真乃是頭盔斜掩耳，護項半兜腮，馬步三軍沒了氣力，人困馬乏。奔到一條溪邊，軍馬都且去吃水，只聽得對溪一聲炮響，箭矢如飛蝗一般射將過來。官軍急上溪岸，去樹林邊轉出一彪軍馬來，為頭馬上三個英雄是誰？

舞動一條玉蟒，撒開萬點飛星。東昌驃騎是張清，沒羽箭誰人敢近！
飛槍的槍無虛發，飛叉的叉不容情。兩員虎將勢縱橫，左右馬前幫定（牽制）。

原來這沒羽箭張清和龔旺、丁得孫帶領三百餘騎馬軍。那一隊驍騎馬軍，都是銅鈴面具，雉尾紅纓，輕弓短箭，繡旗花槍。三將為頭直衝將來。嵩州都監周信見張清軍馬少，便來迎敵；畢勝保著童貫而走。周信縱馬挺槍來迎，只見張清左手納住槍，右手似招寶七郎之形，口中喝一聲道：「著！」去周信鼻凹上只一石子打中，翻身落馬；龔旺、丁得孫旁邊飛馬來相助，將那兩條叉戳定咽喉，好似霜摧邊地草，雨打上林花，周信死於馬下。童貫止和畢勝逃命，不敢入濟州，引了敗殘軍馬，連夜投東京去了，於路收拾逃難軍馬下寨。

原來宋江有仁有德，素懷歸順之心，不肯盡情追殺；惟恐眾將不捨，要追童貫，火急差戴宗傳下將令，布告眾頭領，收拾各路軍馬步卒，都回山寨請功。各處鳴金收軍而回，鞍上將都敲金鐙，步下卒齊唱凱歌，紛紛盡入梁山泊，個個同回宛子城。宋江、吳用、公孫勝先到水滸寨中，忠義堂上坐下，令裴宣驗看各人功賞。盧俊義活捉酆美，解上寨來，跪在堂前。宋江自解其縛，請入堂內上坐，親自捧杯陪話，奉酒壓驚。眾頭領都到堂上，是日殺牛宰馬，重賞三軍，留酆美住了兩日，備辦鞍馬，送下山去。酆美大喜。宋江陪話道：「將軍陣前陣後，冒瀆威嚴，切乞恕罪。宋江等本無異心，只要歸順朝廷，與國家出力，被這不公不法之人逼得如此，望將軍回朝，善言解救。倘得他日重見恩光，生死不忘大德。」酆美拜謝不殺之恩，登程下山。宋江令人直送出界，回京不在話下。

宋江回到忠義堂上，再與吳用等眾頭領商量。原來今次用此十面埋伏之計，都是吳用機謀布置，殺得童貫膽寒心碎，夢裡也怕，大軍三停（份）折了二停。吳用道：「童貫回到京師，奏了官家，如何不再起兵來！必得一人直投東京，探聽虛實，回報山寨，預作準備。」宋江道：「軍師此論，正合吾心。你弟兄中，不知那個敢去？」只見坐次之中一個人應道：「兄弟願往。」眾人看了，都道：「須是他去，必幹大事。」不是這個人去，有分教，重施謀略，再敗官軍；且是衝陣馬亡青嶂下，戲波船陷綠蒲中。畢竟梁山泊是誰人前去打聽，且聽下回分解。

第七十八回

十節度議取梁山泊　宋公明一敗高太尉

再說梁山泊好漢，自從兩贏童貫之後，宋江、吳用商議，必用著一個人，去東京探聽消息虛實，上山回報，預先準備軍馬交鋒。言之未絕，只見神行太保戴宗道：「小弟願往。」宋江道：「探聽軍情，多虧煞兄弟一個，雖然賢弟去得，必須也用一個相幫去最好。」李逵便道：「兄弟幫哥哥去走一遭。」宋江笑道：「你便是那個不惹事的黑旋風！」李逵道：「今番去時，不惹事便了。」宋江喝退，一壁（一面）再問：「有那個兄弟敢去走一遭？」赤髮鬼劉唐稟道：「小弟幫戴宗哥哥去如何？」宋江大喜道：「好！」當日兩個收拾了行裝，便下山去。

且不說戴宗、劉唐來東京打聽消息，卻說童貫和畢勝沿路收聚得敗殘軍馬四萬餘人，比到東京，於路教眾多管軍的頭領，各自部領所屬軍馬，回營寨去了，只帶御營軍馬入城來。童貫卸了戎裝衣甲，徑投高太尉府中去商議。兩個見了，各敘禮罷，請入後堂深處坐定。童貫把大折兩陣，結果了八路軍官，並許多軍馬；酆美又被活捉去了，似此如之奈何，一一都告訴了。高太尉道：「樞相不要煩惱，這件事只瞞了今上天子便了，誰敢胡奏！我和你去告稟太師，再作個道理。」童貫和高俅上了馬，徑投蔡太師府內來。已有報知童樞密回了，蔡京料道不勝，又聽得和高俅同來，蔡京教喚入書院裡來廝見。童貫拜了太師，淚如雨下。蔡京道：「且休煩惱，我備知你折了軍馬之事。」高俅道：「賊居水泊，非船不能征進，樞密只以馬步軍征剿，因此失利，中賊詭計。」童貫訴說折兵敗陣之事，蔡京道：「你折了許多軍馬，費了許多錢糧，又折了八路軍官，這事怎敢教聖上得知！」童貫再拜道：「望乞太師遮蓋，救命則個！」蔡京道：「明日只奏道天氣暑熱，軍士不伏水土，權且罷戰退兵。倘或震怒說道：『似此心腹大患，不去剿滅，後必為殃。』如此時，恁眾官卻怎地回答。」高俅道：「非是高俅誇口，若還太師肯保高俅領兵親去那裡征討，一鼓可平。」蔡京道：「若得太尉肯自去，可知是好，明日便當保奏太尉為帥。」高俅又稟道：「只有一件，須得聖旨任便起軍，並隨造船隻；或是拘刷（強行搜取）原用官船民船，或備官價，收買木料，打造戰船；水陸並進，船騎同行，方可指日成功。」蔡京道：「這事容易。」正話間，門吏報道：「酆美回來了。」童貫大喜。太師教喚進來，問其緣故。酆美拜罷，敘說宋江但是活捉上山去的，盡數放回，不肯殺害，又與盤纏，令回鄉裡，因此小將得見鈞顏。高俅道：「這是賊人詭計，故意慢（輕視）我國家。今後不點近處軍馬，直去山東、河北揀選得用的人，跟高俅去。」蔡京道：「既然如此計議定了，來日內裡相見，面奏天子。」各自回府去了。

次日五更三點，都在侍班閣子裡相聚。朝鼓響時，各依品從（級別），分列丹墀（台階），拜舞起居已畢，文武分班，列於玉階之下，只見蔡太師出班奏道：「昨遣樞密使童貫統率大軍，進征梁山泊草寇，近因炎熱，軍馬不伏水土，抑且賊居水窪，非船不行，馬步軍兵，急不能進，因此權且罷戰，各回營寨暫歇，別候聖旨。」天子乃云：「似此炎熱，再不復去矣！」蔡京奏道：「童貫可於泰乙宮聽罪，別令一人為帥，再去征伐，乞請聖旨。」天子曰：「此寇乃是心腹大患，不可不除，誰與寡人分憂？」高俅出班奏曰：「微臣不材，願效犬馬之勞，去征剿此寇，伏取聖旨。」天子云：「既然卿肯與寡人分憂，任卿擇選軍馬。」高俅又奏：「梁山泊方圓八百餘里，非仗舟船，不能前進，臣乞聖旨，於梁山泊近處，採伐木植，督工匠造船，或用官錢收買民船，以為戰伐之用。」天子曰：「委卿執掌，從卿處置，可行即行，慎勿害民。」高俅奏道：「微臣安敢！只容寬限，以圖成功。」天子令取錦袍金甲，賜與高俅，另選吉日出師。

當日百官朝退，童貫、高俅送太師到府，便喚中書省關房掾史，傳奉聖旨，定奪撥軍。高太尉道：「前者有十節度使，多曾與國家建功，或征鬼方（在西北汧、隴之間的小國），或伐西夏（宋代黨項族所建政權），並金（女真族，阿骨打統一各部稱帝，國號為金）、遼（契丹族，國號契丹，後改為遼，為金所滅）等處，武藝精熟，請降鈞帖，差撥為將。」蔡太師依允，便發十道札付文書，仰各各部領所屬精兵一萬，前赴濟州取齊，聽候調用。十個節度使非同小可，每人領軍一萬，克期並進。那十路軍馬：

河南河北節度使王煥　上黨太原節度使徐京　京北弘農節度使王文德　潁州汝南節度使梅展　中山安平節度使張開　江夏零陵節度使楊溫　雲中雁門節度使韓存保　隴西漢陽節度使李從吉　琅琊彭城節度使項元鎮　清河天水節度使荊忠

原來這十路軍馬，都是曾經訓練精兵，更兼這十節度使，舊日都是綠林叢中出身，後來受了招安，直做到許大官職，都是精銳勇猛之人，非是一時建了些少功名。當日中書省定了程限，發十道公文，要這十路軍馬如期都到濟州，遲慢者定依軍令處置。金陵建康府有一枝水軍，為頭統制官，喚做劉夢龍。那人初生之時，其母夢見一條黑龍飛入腹中，感而遂生；及至長大，善知水性，曾在西川峽江討賊有功，升做軍官都統制，統領一萬五千水軍，棹船五百隻，守住江南。高太尉要取這支水軍並船隻星夜前來聽調，又差一個心腹人，喚做牛邦喜，也做到步軍校尉，教他去沿江上下並一應河道內拘刷船隻，都要來濟州取齊，交割調用。高太尉帳前牙將（偏將）極多，於內兩個最了得：一個喚做黨世英，一個喚做黨世雄。弟兄二人，現做統制官，各有萬夫不當之勇。高太尉又去御營內選撥精兵一萬五千，通共各處軍馬一十三萬，先於諸路差官供送糧草，沿途交納。高太尉連日整頓衣甲，制造旌旗，未及登程，有詩為證：

輕事貪功願領兵，兵權到手便留行。
幸因主帥遲遲去，多得三軍數日生。

卻說戴宗、劉唐在東京住了幾日，打探得備細消息，星夜回還山寨，報說此事。宋江聽得高太尉親自領兵，調天下軍馬一十三萬，十節度使統領前來，心中驚恐，便和吳用商議。吳用道：「仁兄勿憂，小生也久聞這十節度的名，多與朝廷建功，只是當初無他的敵手，以此只顯他的豪傑。如今放著這一班好弟兄，如狼似虎的人，那十節度已是過時的人了，兄長何足懼哉！比及他十路軍來，先教他吃我一驚。」宋江道：「軍師如何驚他？」吳用道：「他十路軍馬都到濟州取齊，我這裡先差兩個快廝殺的，去濟州相近，接著來軍，先殺一陣。——這是報信與高俅知道。」宋江道：「叫誰去好？」吳用道：「差沒羽箭張清、雙槍將董平，此二人可去。」宋江差二將各帶一千馬軍，前去巡哨濟州，相迎截殺各路軍馬；又撥水軍頭領準備泊子裡奪船。山寨中頭領預先調撥已定，且不細說，下來便知。

再說高太尉在京師俄延了二十餘日，天子降敕，催促起軍，高俅先發御營軍馬出城，又選教坊司歌兒舞女三十餘人，隨軍消遣。至日祭旗，辭駕登程，卻好一月光景。時值初秋天氣，大小官員都在長亭餞別。高太尉戎裝披掛，騎一匹金鞍戰馬，前面擺著五匹玉轡雕鞍從馬，左右兩邊，排著黨世英、黨世雄弟兄兩個，背後許多殿帥統制官、統軍提轄、兵馬防御、團練等官，參隨在後。那隊伍軍馬，十分擺布得整齊，詩曰：

匿奸罔上非忠藎，好戰全違舊典章。
不事懷柔服強暴，只驅良善敵刀槍。

那高太尉部領大軍出城，來到長亭前下馬，與眾官作別，飲罷餞行酒，攀鞍上馬，登程望濟州進發。於路上縱容軍士，盡去村中縱橫擄掠，黎民受害，非止一端。

卻說十路軍馬陸續都到濟州，有節度使王文德領著京北等處一路軍馬，星夜奔濟州來，離州尚有四十餘里。當日催動人馬，趕到一個去處，地名鳳尾坡，坡下一座大林。前軍卻好抹過林子，只聽得一棒鑼聲響處，林子背後山坡腳邊轉出一彪軍馬來，當先一將攔路。那員將頂盔掛甲，插箭彎弓，去那弓袋箭壺內側插著小小兩面黃旗，旗上各有五個金字，寫著：「英雄雙槍將，風流萬戶侯。」兩手搦兩桿鋼槍。此將乃是梁山泊第一個慣衝頭陣的勇將董平，因此人稱為「董一撞」。董平勒定戰馬，截住大路喝道：「來的是那裡兵馬？不早早下馬受縛，更待何時？」這王文德兜住馬，呵呵大笑道：「瓶兒罐兒也有兩個耳朵，你須曾聞我等十節度使累建大功，名揚天下，大將王文德麼？」董平大笑，喝道：「只你便是殺晚爺（繼父）的大頑（大笨蛋）。」王文德聽了大怒，罵道：「反國草寇，怎敢辱吾！」拍馬挺槍，直取董平。董平也挺雙槍來迎。兩將鬥到三十合，不分勝敗。王文德料道贏不得董平，喝一聲：「少歇再戰。」各歸本陣。王文德吩咐眾軍，休要戀戰，直衝過去。王文德在前，三軍在後，大發聲喊，殺將過去。董平後面引軍追趕，將過林子，正走之間，前面又衝出一彪軍馬來。為首一員上將，正是沒羽箭張清，在馬上大喝一聲：「休走！」手中拈定一個石子打將來，望王文德頭上便著。急待躲時，石子打中盔頂，王文德伏鞍而走，跑馬奔逃。兩將趕來，看看趕上，只見側首衝過一隊軍來。王文德看時，卻是一般的節度使楊溫軍馬，齊來救應。因此，董平、張清不敢來追，自回去了。

兩路軍馬同入濟州歇定，太守張叔夜接待各路軍馬。數日之間，前路報來，高太尉大軍到了，十節度出城迎接，都相見了太尉，一齊護送入城，把州衙權為帥府，安歇下了。高太尉傳下號令，教十路軍馬，都向城外屯駐，伺候劉夢龍水軍到來，一同進發。這十路軍馬，各自下寨，近山砍伐木植，人家搬擄門窗，搭蓋窩鋪，十分害民。高太尉自在城中帥府內，定奪征進人馬；無銀兩使用者，都充頭哨出陣交鋒；有銀兩者，留在中軍，虛功濫報。似此奸弊，非止一端。高太尉在濟州不過一二日，劉夢龍戰船到了，參謁帥府。禮畢，高俅隨即便喚十節度使都到廳前，共議良策。王煥等稟覆道：「太尉先教馬步軍去探路，引賊出戰，然後卻調水路戰船，去劫賊巢，令其兩下不能相顧，可獲群賊矣！」高太尉從其所言。當時分撥王煥、徐京為前部先鋒，王文德、梅展為合後收軍，張開、楊溫為左軍，韓存保、李從吉為右軍，項元鎮、荊忠為前後救應使。黨世雄引領三千精兵，上船協助劉夢龍水軍船隻，就行監戰。諸軍盡皆得令，整束了三日，請高太尉看閱諸路軍馬。高太尉親自出城，一一點看了，便遣大小三軍，並水軍，一齊進發，徑望梁山泊來。

且說董平、張清回寨，說知備細，宋江與眾頭領統率大軍，下山不遠，早見官軍到來。前軍射住陣腳，兩邊拒定人馬，只見先鋒王煥出陣，使一條長槍，在馬上厲聲高叫：「無端草寇，敢死村夫，認得大將王煥麼？」對陣繡旗開處，宋江親自出馬，與王煥聲喏道：「王節度，你年紀高大了，不堪與國家出力，當槍對敵，恐有些一差二誤，枉送了你一世清名。你回去罷！另教年紀小的出來戰。」王煥聽得大怒，罵道：「你這廝是個文面（臉上刺字的犯人）俗吏，安敢抗拒天兵！」宋江答道：「王節度，你休逞好手，我這一班兒替天行道的好漢，不到得輸與你！」王煥便挺槍戳將過來。宋江馬後，早有一將，鑾鈴響處，挺槍出陣。宋江看時，卻是豹子頭林沖，來戰王煥。兩馬相交，眾軍助喊，高太尉自臨陣前，勒住馬看。只聽得兩軍吶喊喝彩，果是馬軍踏鐙抬身看，步卒掀盔舉眼觀。兩個施逞諸路槍法，但見：

一個屏風槍勢如霹靂，一個水平槍勇若奔雷，一個朝天槍難防難躲，一個鑽風槍怎敵怎遮。這個恨不得槍戳透九霄雲漢，那個恨不得槍刺透九曲黃河。一個槍如蟒離岩洞，一個槍似龍躍波津。一個使槍的雄似虎吞羊，一個使槍的俊如雕撲兔。

王煥大戰林沖，約有七八十合，不分勝敗。兩邊各自鳴金，二將分開，各歸本陣。只見節度使荊忠到前軍，馬上欠身，稟覆高太尉道：「小將願與賊人決一陣，乞請鈞旨。」高太尉便教荊忠出馬交戰。宋江馬後鸞鈴響處，呼延灼來迎。荊忠使一口大桿刀，騎一匹瓜黃馬，二將交鋒，約鬥二十合，被呼延灼賣個破綻，隔過大刀，順手提起鋼鞭來，只一下，打個襯手，正著荊忠腦袋，打得腦漿迸流，眼珠突出，死於馬下。高俅看見折了一個節度使，火急便差項元鎮，驟馬挺槍，飛出陣前，大喝：「草賊敢戰吾麼？」宋江馬後，雙槍將董平撞出陣前，來戰項元鎮。兩個鬥不到十合，項元鎮霍地勒回馬，拖了槍便走。董平拍馬去趕，項元鎮不入陣去，繞著陣腳，落荒而走。董平飛馬去追，項元鎮帶住槍，左手拈弓，右手搭箭，拽滿弓，翻身背射一箭。董平聽得弓弦響，抬手去隔，一箭正中右臂，棄了槍，撥回馬便走。項元鎮掛著弓，拈著箭，倒趕將來。呼延灼、林沖見了，兩騎馬各出，救得董平歸陣。高太尉指揮大軍混戰，宋江先教救了董平回山，後面軍馬，遮攔不住，都四散奔走。高太尉直趕到水邊，卻調人去接應水路船隻。

且說劉夢龍和黨世雄布領水軍，乘駕船隻，迤邐前投梁山泊深處來，只見茫茫蕩蕩，盡是蘆葦蒹葭，密密遮定港汊。這裡官船，檣篙不斷，相連十餘里水面。正行之間，只聽得山坡上一聲炮響，四面八方，小船齊出，那官船上軍士，先有五分懼怯，看了這等蘆葦深處，盡皆慌了；怎禁得蘆葦裡面埋伏著小船，齊出衝斷大隊。官船前後不相救應，大半官軍，棄船而走。梁山泊好漢，看見官軍陣腳亂了，一齊鳴鼓搖船，直衝上來。劉夢龍和黨世雄急回船時，原來經過的淺港內，都被梁山泊好漢用小船裝載柴草，砍伐山中木植，填塞斷了，那櫓槳竟搖不動。眾多軍卒，盡棄了船隻下水。劉夢龍脫下戎裝披掛，爬過水岸，揀小路走了。這黨世雄不肯棄船，只顧叫水軍尋港汊深處搖去，不到二里，只見前面三隻小船，船上是阮氏三雄，各人手執蓼葉槍，挨近船邊來，眾多駕船軍士，都跳下水裡去了。黨世雄自持鐵搠，立在船頭上，與阮小二交鋒，阮小二也跳下水裡去，阮小五、阮小七兩個逼近身來。黨世雄見不是頭，撇了鐵搠，也跳下水裡去了。見水底下鑽出船火兒張橫來，一手揪住頭髮，一手提定腰胯，滴溜溜丟上蘆葦根頭；先有十數個小嘍羅躲在那裡，撓鉤套索搭住，活捉上來。

卻說高太尉見水面上船隻，都紛紛滾滾，亂投山邊去了，船上縛著的，盡是劉夢龍水軍的旗號，情知水路裡又折了一陣，忙傳軍令，且教收兵，回濟州去，別作道理。五軍比及要退，又值天晚，只聽得四下裡火炮不住價響，宋江軍馬，不知幾路殺將來。高太尉只叫得苦了也。正是陰陵失路（項羽被劉邦打敗，又在陰陵迷路，導致自殺）逢神弩，赤壁鏖兵遇怪風。畢竟高太尉怎地脫身，且聽下回分解。

第七十九回

劉唐放火燒戰船　宋江兩敗高太尉

話說當下高太尉望見水路軍士，情知不濟，正欲回軍，只聽得四邊炮響，急收聚眾將，奪路而走。原來梁山泊只把號炮四下裡施放，卻無伏兵，只嚇得高太尉心驚膽戰，鼠竄狼奔，連夜收軍回濟州。計點步軍，折陷不多；水軍折其大半，戰船沒一隻回來；劉夢龍逃難得回；軍士會水的，逃得性命，不會水的，都淹死在水中。高太尉軍威折挫，銳氣摧殘，且向城中屯駐軍馬，等候牛邦喜拘刷船到；再差人齎公文去催，不論是何船隻，堪中的盡數拘拿，解赴濟州，整頓征進。

卻說水滸寨中，宋江先和董平上山，拔了箭矢，喚神醫安道全用藥調治。安道全使金瘡藥敷住瘡口，在寨中養病。吳用收住眾頭領上山，水軍頭領張橫解黨世雄到忠義堂上請功。宋江教且押去後寨軟監著，將奪到的船隻，盡數都收入水寨，分派與各頭領去了。

再說高太尉在濟州城中，會集諸將，商議收剿梁山之策，數內上黨節度使徐京稟道：「徐某幼年游歷江湖，使槍賣藥之時，曾與一人交遊。那人深通韜略，善曉兵機，有孫吳之才調，諸葛之智謀，姓聞名煥章，現在東京城外安仁村教學。若得此人來為參謀，可以敵吳用之詭計。」高太尉聽說，便差首將一員，齎帶緞匹鞍馬，星夜回東京，禮請這教村學秀才聞煥章來，為軍前參謀；便要早赴濟州，一同參贊軍務。那員首將回京去，不得三五日，城外報來，宋江軍馬，直到城邊搦戰。高太尉聽了大怒，隨即點就本部軍兵，出城迎敵，就令各寨節度使同出交鋒。

卻說宋江軍馬見高太尉提兵至近，急忙退十五里外平川曠野之地。高太尉引軍趕去，宋江兵馬已向山坡邊擺成陣勢，紅旗隊裡，捧出一員猛將，號旗上寫得分明，乃是雙鞭呼延灼。兜住馬，橫著槍，立在陣前。高太尉看見道：「這廝便是統領連環馬時背反朝廷的。」便差雲中節度使韓存保出馬迎敵。這韓存保善使一枝方天畫戟。兩個在陣前，更不打話，一個使戟去搠，一個用槍來迎。兩個戰到五十餘合，呼延灼賣個破綻，閃出去，拍著馬，望山坡下便走。韓存保緊要幹功，跑著馬趕來。八個馬蹄翻盞撒鈸相似，約趕過五七里無人之處，看看趕上，呼延灼勒回馬，帶轉槍，舞起雙鞭來迎。兩個又鬥十數合之上，用雙鞭分開畫戟，回馬又走。韓存保尋思，這廝槍又近不得我，鞭又贏不得我，我不就這裡趕上，活拿這賊，更待何時。搶將近來，趕轉一個山嘴，有兩條路，竟不知呼延灼何處去了。韓存保勒馬上坡來望時，只見呼延灼繞著一條溪走。存保大叫：「潑賊，你走那裡去！快下馬來受降，饒你命！」呼延灼不走，大罵存保。韓存保卻大寬轉來抄呼延灼後路。兩個卻好在溪邊相迎著。一邊是山，一邊是溪，只中間一條路，兩匹馬盤旋不得。呼延灼道：「你不降我，更待何時！」韓存保道：「你是我手裡敗將，倒要我降你。」呼延灼道：「我漏（騙）你到這裡，正要活捉你。你性命只在頃刻！」韓存保道：「我正來活捉你！」

兩個舊氣又起。韓存保挺著長戟，望呼延灼前心兩脅軟肚上，雨點般搠將來。呼延灼用槍左撥右逼，捽風般搠入來。兩個鬥了三十來合。正鬥到濃深處。韓存保一戟，望呼延灼軟脅搠來，呼延灼一槍，望韓存保前心刺去。兩個各把身軀一閃，兩般軍器，都從脅下搠來。呼延灼挾住韓存保戟桿，韓存保扭住呼延灼槍桿；兩個都在馬上，你扯我拽，挾住腰胯，用力相爭。韓存保的馬，後蹄先塌下溪裡去了，呼延灼連人和馬，也拽下溪裡去了。兩個在水中扭做一塊。那兩匹馬濺起水來，一人一身水。呼延灼棄了手裡的槍，挾住他的戟桿，急去掣鞭時，韓存保也撇了他的槍桿，雙手按住呼延灼兩條臂；你揪我扯，兩個都滾下水去，那兩匹馬迸星也似跑上岸來，望山邊去了，兩個在溪水中都滾沒了軍器，頭上戴的盔沒了，身上衣甲飄零，兩個只把空拳來在水中廝打，一遞一拳，正在水深裡，又拖上淺水裡來。正解拆不開，岸上一彪軍馬趕到，為頭的是沒羽箭張清。眾人下手，活捉了韓存保。差人急去尋那走了的兩匹戰馬，只見那馬卻聽得馬嘶人喊，也跑回來尋隊，因此收住。又去溪中撈起軍器，還呼延灼，帶濕上馬，卻把韓存保背剪縛在馬上，一齊都奔峪口。

只見前面一彪軍馬，來尋韓存保，兩家卻好當住。為頭兩員節度使：一個是梅展，一個是張開。因見水淥淥地馬上縛著韓存保，梅展大怒，舞三尖兩刃刀，直取張清。交馬不到三合，張清便走，梅展趕來，張清輕舒猿臂，款扭狼腰，只一石子飛來，正打中梅展額角，鮮血迸流，撇了手中刀，雙手掩面。張清急便回馬，卻被張開搭上箭，拽滿弓，一箭射來，張清把馬頭一提，正射中馬眼，那馬便倒。張清跳在一邊，拈著槍便來步戰。那張清原來只有飛石打將的本事，槍法上卻慢。張開先救了梅展，次後來戰張清。馬上這條槍，神出鬼沒，張清只辦得架隔，遮攔不住，拖了槍，便走入馬軍隊裡躲閃。張開槍馬到處，殺得五六十馬軍，四分五落，再奪得韓存保。卻待回來，只見喊聲大舉，峪口兩彪軍到：一隊是霹靂火秦明，一隊是大刀關勝，兩個猛將殺來。張開只保得梅展走了，眾軍兩路殺入來，又奪了韓存保。張清搶了一匹馬，呼延灼使盡氣力，只好隨眾廝殺，一齊掩擊到官軍隊前，乘勢衝動，退回濟州。梁山泊軍馬也不追趕，只將韓存保連夜解上山寨來。

宋江等坐在忠義堂上，見縛到韓存保來，喝退軍士，親解其索，請坐廳上，殷勤相待。韓存保感激無地，就請出黨世雄相見，一同管待。宋江道：「二位將軍，切勿相疑，宋江等並無異心，只被濫官污吏，逼得如此。若蒙朝廷赦罪招安，情願與國家出力。」韓存保道：「前者陳太尉齎到招安詔敕來山，如何不乘機會去邪歸正？」宋江答道：「便是朝廷詔書，寫得不明，更兼用村醪倒換御酒，因此弟兄眾人，心皆不伏。那兩個張干辦、李虞候，擅作威福，恥辱眾將……」韓存保道：「只因中間無好人維持，誤了國家大事。」宋江設筵管待已了，次日，具備鞍馬，送出谷口。這兩個在路上說宋江許多好處，回到濟州城外，卻好晚了。次早入城，來見高太尉，說宋江把二將放回之事。高俅大怒道：「這是賊人詭計，慢我軍心。你這二人，有何面目見吾！左右與我推出，斬訖報來！」王煥等眾官都跪下告道：「非干此二人之事，乃是宋江、吳用之計。若斬此二人，反被賊人恥笑。」高太尉被眾人苦告，饒了兩個性命，削去本身職事，發回東京泰乙宮聽罪。這兩個解回京師。

原來這韓存保是韓忠彥的侄兒。忠彥乃是國老太師，朝廷官員，都有出他門下。有個門館教授，姓鄭名居忠，原是韓忠彥抬舉的人，見任御史大夫。韓存保把上件事告訴他；居忠上轎，帶了存保來見尚書餘深，同議此事。餘深道：「須是稟得太師，方可面奏。」二人來見蔡京說：「宋江本無異心，只望朝廷招安。」蔡京道：「前者毀詔謗上，如此無禮，不可招安，只可剿捕！」二人稟道：「前番招安，惜為去人不布朝廷德意，用心撫恤；不用嘉言，專說利害，以此不能成事。」蔡京方允。約至次日早朝，道君天子升殿，蔡京奏准再降詔敕，令人招安。天子曰：「現今高太尉使人來請安仁村聞煥章為參謀，早赴軍前委用，就差此人伴使前去。如肯來降，悉免本罪；如仍不伏，就著高俅定限，日下剿捕盡絕還京。」蔡太師寫成草詔，一面取聞煥章赴省筵宴。原來這聞煥章是有名文士，朝廷大臣多有知識的，俱備酒食迎接。席終各散，一邊收拾起行。有詩為證：

年來教授隱安仁，忽召軍前捧綍綸。

權貴滿朝多舊識，可無一個薦賢人。

且不說聞煥章同天使出京，卻說高太尉在濟州心中煩惱。門吏報道：「牛邦喜到來。」高太尉便教喚進，拜罷，問道：「船隻如何？」邦喜稟道：「於路拘刷得大小船一千五百餘隻，都到閘下。」太尉大喜。賞了牛邦喜，便傳號令，教把船都放入闊港，每三隻一排釘住，上用板鋪，船尾用鐵環鎖定；盡數發步軍上船，其餘馬軍，近水護送船隻。比及編排得軍士上船，訓練得熟，已得半月之久，梁山泊盡都知了。吳用喚劉唐受計，掌管水路建功。眾多水軍頭領，各各準備小船，船頭上排排釘住鐵葉，船艙裡裝載蘆葦乾柴，柴中灌著硫黃焰硝引火之物，屯住在小港內。卻教炮手凌振，於四望高山上，放炮為號；又於水邊樹木叢雜之處，都縛旌旗於樹上，每一處設金鼓火炮，虛屯人馬，假設營壘，請公孫勝作法祭風。旱地上分三隊軍馬接應。吳用指畫已了。

卻說高太尉在濟州催起軍馬，水路統軍，卻是牛邦喜，又同劉夢龍並黨世英這三個掌管。高太尉披掛了，發三通擂鼓，水港裡船開，旱路上馬發，船行似箭，馬去如飛，殺奔梁山泊來。先說水路裡船隻，連篙不斷，金鼓齊鳴，迤邐殺入梁山泊深處，並不見一隻船。看看漸近金沙灘，只見荷花蕩裡，兩隻打魚船，每隻船上只有兩個人，拍手大笑。頭船上劉夢龍便叫放箭亂射，漁人都跳下水底去了。劉夢龍急催動戰船，漸近金沙灘頭。一帶陰陰的都是細柳，柳樹上拴著兩頭黃牛，綠莎草上睡著三四個牧童，遠遠地又有一個牧童，倒騎著一頭黃牛，口中嗚嗚咽咽吹著一管笛子來。劉夢龍便教先鋒悍勇的首先登岸。那幾個牧童跳起來，呵呵大笑，盡穿入柳陰深處去了。前陣五七百人搶上岸去。那柳陰樹中，一聲炮響，兩邊戰鼓齊鳴：左邊就衝出一隊紅甲軍，為頭是霹靂火秦明；右邊衝出一隊黑甲軍，為頭是雙鞭呼延灼。各帶五百軍馬，截出水邊。劉夢龍急招呼軍士下船時，已折了大半軍校。牛邦喜聽得前軍喊起，便教後船且退。只聽得山頂上連珠炮響，蘆葦中颼颼有聲，卻是公孫勝披髮仗劍，踏罡布斗，在山頂上祭風。初時穿林透樹，次後走石飛砂，須臾（片刻）白浪掀天，頃刻黑雲覆地，紅日無光，狂風大作。劉夢龍急教棹船回時，只見蘆葦叢中，藕花深處，小港狹汊，都棹出小船來，鑽入大船隊裡。鼓聲響處，一齊點著火把，霎時間，大火竟起，烈焰飛天，四分五落，都穿在大船內。前後官船，一齊燒著。怎見得火起，但見：

黑煙迷綠水，紅焰起清波。風威捲荷葉滿天飛，火勢燎蘆林連梗斷。神號鬼哭，昏昏日色無光；岳撼山崩，浩浩波聲鼎沸。艦航盡倒，柁櫓皆休。船尾旌旗不見，青紅交雜；樓頭劍戟難排，霜雪爭叉。僵屍與魚鱉同浮，熱血共波濤並沸。千條火焰連天起，萬道煙霞貼水飛。

當時劉夢龍見滿港火飛，戰船都燒著了，只得棄了頭盔衣甲，跳下水去，又不敢傍岸（靠岸），揀港深水闊處，赴將開去逃命。蘆林裡面一個人，獨駕著小船，直迎將來，劉夢龍便鑽入水底下去了。卻好有一個人攔腰抱住，拖上船來。撐船的是出洞蛟童威，攔腰抱的是混江龍李俊。卻說牛邦喜見四下官船隊裡火著，也棄了戎裝披掛，卻待下水，船梢上鑽起一個人來，拿著撓鉤，劈頭搭住，倒拖下水裡去。那人是船火兒張橫。這梁山泊內殺得屍橫水面，血濺波心，焦頭爛額者，不計其數。只有黨世英搖著小船，正走之間，蘆林兩邊，弩箭弓矢齊發，射死水中。眾多軍卒，會水的逃得性命回去；不會水的，盡皆淹死；生擒活捉者，都解投（押往）大寨。李俊捉得劉夢龍，張橫捉得牛邦喜，欲待解上山寨，惟恐宋江又放了。兩個好漢自商量，把這二人，就路邊結果了性命，割下首級，送上山來。

再說高太尉引領軍馬在水邊策應，只聽得連珠炮響，鼓聲不絕，料道是水面上廝殺，驟著馬，前來靠山臨水探望。只見紛紛軍士，都從水裡逃命，爬上岸來。高俅認得是自家軍校，問其緣故，說被放火燒盡船隻，俱各不知所在。高太尉聽了，心內越慌。但望見喊聲不斷，黑煙滿空，急引軍回舊路時，山前鼓聲響處，衝出一隊馬軍攔路，當先急先鋒索超輪起開山大斧，驟馬搶近前來。高太尉身邊節度使王煥，挺槍便出，與索超交戰。鬥不到五合，索超撥回馬便走。高太尉引軍追趕，轉過山嘴，早不見了索超。正走間，背後豹子頭林沖，引軍趕來，又殺一陣。再走不過六七裡，又是青面獸楊志，引軍趕來，又殺一陣。又奔不到八九裡，背後美髯公朱仝趕上來，又殺一陣。這是吳用使的追趕之計：不去前面攔截，只在背後趕殺，敗軍無心戀戰，只顧奔走，救護不得後軍。因此高太尉被趕得慌，飛奔濟州，比及入得城時，已自三更。又聽得城外寨中火起，喊聲不絕，原來被石秀、楊雄埋伏下五百步軍，放了三五把火，潛地去了。驚得高太尉魂不附體，連使人探視，回報去了，方才放心。整點軍馬，折其大半。

高俅正在納悶間，遠探報道：「天使到來。」高俅遂引軍馬，並節度使出城迎接，見了天使，就說降詔招安一事。都與聞煥章參謀使相見了，同進城中帥府商議。高太尉先討抄白（副本）備照觀看。待不招安來，又連折了兩陣，拘刷得許多船隻，又被盡行燒毀；待要招安來，恰又羞回京師；心下躊躇，數日主張不定。不想濟州有一個老吏，姓王名瑾，那人平生克毒，人盡呼為「剜心王」，卻是濟州府撥在帥府供給的吏。因見了詔書抄白，更打聽得高太尉心內遲疑不決，遂來帥府，呈獻利便事件，稟說：「貴人不必沉吟，小吏看見詔上已有活路：這個寫草詔的翰林待詔，必與貴人好，先開下一個後門了。」高太尉見說大驚，便問道：「你怎見得先開下後門？」王瑾稟道：「詔書上最要緊是中間一行。道是：『除宋江、盧俊義等大小人眾，所犯過惡，並與赦免。』此一句是囫圇（含糊）話。

如今開讀時，卻分作兩句讀，將『除宋江』另做一句，『盧俊義等大小人眾，所犯過惡，並與赦免』另做一句；賺他漏（誘使）到城裡，捉下為頭宋江一個，把來殺了，卻將他手下眾人，盡數拆散，分調開去。自古道：『蛇無頭而不行，鳥無翅而不飛。』但沒了宋江，其餘的做得甚用？此論不知恩相貴意若何？」

高俅大喜，隨即升王瑾為帥府長史，便請聞參謀說知此事。聞煥章諫道：「堂堂天使，只可以正理相待，不可行詭詐於人。倘或宋江以下有智謀之人識破，翻變起來，深為未便。」高太尉道：「非也！自古兵書有云『兵行詭道。』豈可用得正大？」聞參謀道：「然雖兵行詭道，這一事是天子聖旨，乃以取信天下。自古王言如綸如綍（如絲繩般有力繫千鈞的分量），因此號為玉音，不可移改。今若如此，後有知者，難以此為準信。」高太尉道：「且顧眼下，卻又理會。」遂不聽聞煥章之言。先遣一人往梁山泊報知，令宋江等全伙，前來濟州城下，聽天子詔敕，赦免罪犯。

卻說宋江又贏了高太尉這一陣。燒了的船，令小校搬運做柴，不曾燒的，拘收入水寨。但是活捉的軍將，盡數陸續放回濟州。當日宋江與大小頭領正在忠義堂上商議，小校報道：「濟州府差人上山來報道：『朝廷特遣天使，頒降詔書，赦罪招安，加官賜爵，特來報喜。』」宋江聽罷，喜從天降，笑逐顏開，便叫請那報事人到堂上問時，那人說道：「朝廷降詔，特來招安。高太尉差小人前來，報請大小頭領，都要到濟州城下行禮，並讀詔書。並無異議，勿請疑惑。」

宋江叫請軍師商議定了，且取銀兩緞匹，賞賜來人，先發付回濟州去了。宋江傳下號令，大小頭領，盡教收拾去聽開讀詔書。盧俊義道：「兄長且未可性急，誠恐這是高太尉的見識，兄長不宜便去。」宋江道：「你們若如此疑心時，如何能勾歸正？還是好歹去走一遭。」吳用笑道：「高俅那廝，被我們殺得膽寒心碎，便有十分的計策，也施展不得。放著眾兄弟一班好漢，不要疑心，只顧跟隨宋公明哥哥下山。我這裡先差黑旋風李逵，引著樊瑞、鮑旭、項充、李袞將帶步軍一千，埋伏在濟州東路；再差一丈青扈三娘，引著顧大嫂、孫二娘、王矮虎、孫新、張青，將帶馬軍一千，埋伏在濟州西路。若聽得連珠炮響，殺奔北門來取齊。」吳用分調已定，眾頭領都下山，只留水軍頭領看守寨柵。只因高太尉要用詐術，誘引這伙英雄下山，不聽聞參謀諫勸，誰想只就濟州城下，翻為九里山前。正是只因一紙君王詔，惹起全班壯士心。畢竟眾好漢怎地大鬧濟州，且聽下回分解。

第八十回
張順鑿漏海鰍船　宋江三敗高太尉

話說高太尉在濟州城中帥府坐地，喚過王煥等眾節度商議：傳令將各路軍馬，拔寨收入城中；教現在節度使俱各全副披掛，伏於城內；各寨軍士，盡數準備，擺列於城中；城上俱各不豎旌旗，只於北門上立黃旗一面，上書「天詔」二字。高俅與天使眾官，都在城上，只等宋江到來。

當日梁山泊中，先差沒羽箭張清，將帶五百哨馬，到濟州城邊，周回轉了一遭，望北去了。須臾，神行太保戴宗步行來探了一遭。人報與高太尉，親自臨月城上，女牆邊，左右從者百餘人，大張麾蓋，前設香案。遙望北邊宋江軍馬到來，前面金鼓，五方旌旗，眾頭領簇簇箕掌，栲栳圈，雁翅一般，擺列將來。當先為首，宋江、盧俊義、吳用、公孫勝，在馬上欠身，與高太尉聲喏。高太尉見了，使人在城上叫道：「如今朝廷赦你們罪犯，特來招安，如何披甲前來？」宋江使戴宗至城下回覆道：「我等大小人員，未蒙恩澤，不知詔意如何，未敢去其介冑。望太尉周全。可盡喚在城百姓耆老，一同聽詔，那時承恩卸甲。」高太尉出令，教喚在城耆老百姓，盡都上城聽詔。無移時，紛紛滾滾，盡皆到了。宋江等在城下，看見城上百姓老幼擺滿，方才勒馬向前。鳴鼓一通，眾將下馬。鳴鼓二通，眾將步行到城邊，背後小校，牽著戰馬，離城一箭之地，齊齊地伺候著。鳴鼓三通，眾將在城下拱手，聽城上開讀詔書。那天使讀道：

制曰：人之本心，本無二端；國之恆道，俱是一理。作善則為良民，造惡則為逆黨。朕聞梁山泊聚眾已久，不蒙善化，未復良心。今差天使頒降詔書，除宋江，——盧俊義等大小人眾所犯過惡，並與赦免。其為首者，詣京謝恩；協隨助者，各歸鄉閭。嗚呼，速沾雨露，以就去邪歸正之心；毋犯雷霆，當效革故鼎新之意。故茲詔示，想宜悉知。

宣和　年　月　日

當時軍師吳用正聽讀到「除宋江」三字，便目視花榮道：「將軍聽得麼？」卻才讀罷詔書，花榮大叫：「既不赦我哥哥，我等投降則甚？」搭上箭，拽滿弓，望著那個開詔使臣道：「看花榮神箭！」一箭射中面門，眾人急救。城下眾好漢，一齊叫聲：「反！」亂箭望城上射來，高太尉回避不迭。四門突出軍馬來，宋江軍中，一聲鼓響，一齊上馬便走。城中官軍追趕，約有五六里回來，只聽得後軍炮響，東有李逵，引步軍殺來，西有扈三娘，引馬軍殺來：兩路軍兵，一齊合到。官軍只怕有埋伏，急退時，宋江全伙，卻回身捲殺將來；三面夾攻，城中軍馬大亂，急急奔回，殺死者多。宋江收軍，不教追趕，自回梁山泊去了。

卻說高太尉在濟州寫表，申奏朝廷說：「宋江賊寇，射死天使，不伏招安。」外寫密書，送與蔡太師、童樞密、楊太尉，煩為商議，教太師奏過天子，沿途接應糧草，星夜發兵前來，力剿群賊。

卻說蔡太師收得高太尉密書，徑自入朝，奏知天子。天子聞奏，龍顏不悅云：「此寇數辱朝廷，累犯大逆。」隨即降敕，教諸路各助軍馬，並聽高太尉調遣。楊太尉已知節次失利，再於御營司選撥二將，就於龍猛、虎翼、捧日、忠義四營內，各選精兵五百，共計二千，跟隨二將，助高太尉殺賊。這兩員將軍是誰？一個是八十萬禁軍都教頭，官帶左義衛親軍指揮使，護駕將軍丘岳；一個是八十萬禁軍副教頭，官帶右義衛親軍指揮使，車騎將軍周昂。這兩個將軍，累建奇功，名聞海外，深通武藝，威鎮京師，又是高太尉心腹之人。當時楊太尉點定二將，限目下起身，來辭蔡太師。蔡京吩咐道：「小心在意，早建大功，必當重用！」二將辭謝了，去四營內，一個個選揀身長體健，腰細膀闊，山東、河北，能登山，慣赴水，那一等精銳軍漢，撥與二將。這丘岳、周昂，辭了眾省院官，去辭楊太尉稟說：「明日出城。」楊太尉各賜與二將五匹好馬，以為戰陣之用。二將謝了太尉，各自回營，收拾起身。次日，軍兵拴束了行程，都在御營司前伺候。丘岳、周昂二將，分做四隊：龍猛、虎翼二營一千軍，有二千餘騎軍馬，丘岳總領；捧日、忠義二營一千軍，也有二千餘騎軍馬，周昂總領。又有一千步軍，分與二將隨從。丘岳、周昂到辰牌時分，擺列出城。楊太尉親自在城門上看軍。且休說小校威雄，親隨勇猛。去那兩面繡旗下，一叢戰馬之中，簇擁著護駕將軍丘岳。但見：

戴一頂纓撒火，錦兜鍪，雙鳳翅照天盔。披一副綠絨穿，紅綿套，嵌連環鎖子甲。穿一領翠沿邊，珠絡縫，荔枝紅，圈金繡戲獅袍。繫一條襯金葉，玉玲瓏，雙獺尾，紅鞓釘盤螭帶。著一雙簇金線，海驢皮，胡桃紋，抹綠色雲根靴。彎一張紫檀靶，泥金梢，龍角面，虎筋弦寶雕弓。懸一壺柴竹桿，朱紅扣，鳳尾翎，狼牙金點鋼箭。掛一口七星裝，沙魚鞘，賽龍泉，欺巨闕霜鋒劍。橫一把撒朱纓，水磨桿，龍吞頭，偃月樣三停刀。騎一匹快登山，能跳澗，背金鞍，搖玉勒胭脂馬。

那丘岳坐在馬上，昂昂奇偉，領著左隊人馬，東京百姓看了，無不喝彩。隨後便是右隊，捧日、忠義兩營軍馬，端的整齊。去那兩面繡旗下，一叢戰馬之中，簇擁著車騎將軍周昂。但見：

戴一頂呑龍頭，撒青纓，珠閃爍爛銀盔。披一副損槍尖，壞箭頭，襯香綿熟鋼甲。穿一領繡牡丹，飛雙鳳，圈金線絳紅袍。繫一條稱狼腰，宜虎體，嵌七寶麒麟帶。著一雙起三尖，海獸皮，倒雲根虎尾靴。彎一張雀畫面，龍角靶，紫綜繡六鈞弓。攢一壺皂雕翎，鐵木桿，透唐猊鑿子箭。使一柄欺袁達，賽石丙，劈開山金蘸斧。馱一匹負千斤，高八尺，能衝陣火龍駒。懸一條簡銀桿，四方棱，賽金光劈楞簡。

這周昂坐在馬上，停停威猛。領著右隊人馬，來到城邊，與丘岳下馬，來拜辭楊太尉，作別眾官，離了東京，取路望濟州進發。

且說高太尉在濟州，和聞參謀商議，比及添撥得軍馬到來，先使人去近處山林，砍伐木植大樹；附近州縣，拘刷造船匠人，就濟州城外，搭起船場，打造戰船；一面出榜，招募敢勇水手軍士。濟州城中客店內，歇著一個客人，姓葉名春，原是泗州人氏，善會造船。因來山東，路經梁山泊過，被他那裡小伙頭目，劫了本錢，流落在濟州，不能勾回鄉。聽得高太尉要伐木造船，征進梁山泊，以圖取勝，將紙畫成船樣，來見高太尉。拜罷，稟道：「前者恩相以船征進，為何不能取勝？蓋因船隻皆是各處拘刷將來的，使風搖櫓，俱不得法；更兼船小底尖，難以用武。葉春今獻一計，若要收伏此寇，必須先造大船數百隻。最大者名為大海鰍船。兩邊置二十四部水車，船中可容數百人，每車用十二個人踏動；外用竹笆遮護，可避箭矢；船面上豎立弩樓，另劃車擺布放於上。如要進發，垛樓上一聲梆子響，二十四部水車，一齊用力踏動，其船如飛，他將何等船隻可以攔擋（抵擋）！若是遇著敵軍，船面上伏弩齊發，他將何物可以遮護！其第二等船，名為小海鰍船。兩邊只用十二部水車；船中可容百十人；前面後尾，都釘長釘；兩邊亦立弩樓，仍設遮洋笆片。這船卻行梁山泊小港，當住這廝私路伏兵。若依此計，梁山之寇，指日唾手可平。」高太尉聽說，看了圖樣，心中大喜。便叫取酒食衣服，賞了葉春，就著做監造戰船都作頭。連日曉夜催並，砍伐木植，限日定時，要到濟州交納。各路府州縣，均派合用造船物料。如若違限二日，笞四十，每二日加一等；若違限五日外者，定依軍令處斬。各處逼迫守令催督，百姓亡者數多，眾民嗟怨。有詩為證：

井蛙小見豈知天，可慨高俅聽譎言。
畢竟鰍船難取勝，傷財勞眾枉徒然。

且不說葉春監造海鰍等船，卻說各處添撥水軍人等，陸續都到濟州。高太尉分撥各寨節度使下聽調，不在話下。只見門吏報道：「朝廷差遣丘岳、周昂二將到來。」高太尉令眾節度便出城迎接。二將到帥府，參見了太尉，親賜酒食，撫慰已畢，一面差人賞軍，一面管待二將。二將便請太尉將令，引軍出城搦戰。高太尉道：「二公且消停數日，待海鰍船完備，那時水陸並進，船騎雙行，一鼓可平賊寇。」丘岳、周昂稟道：「某等覷梁山泊草寇，如同兒戲，太尉放心，必然奏凱還京。」高俅道：「二將若果應口，吾當奏知天子前，必當重用。」是日宴散，就帥府前上馬，回歸本寨。

不說高太尉催促造船征進，卻說宋江與眾頭領自從濟州城下叫反殺人，奔上梁山泊來，卻與吳用等商議道：「兩次招安，都傷犯了天使，越增的罪惡重了，朝廷必然又差軍馬來。」便差小嘍羅下山，去探事情如何，火急回報。不數日，只見小嘍羅探知備細，報上山來：「高俅近日招募一水軍，叫葉春為作頭，打造大小海鰍船數百隻；東京又新遣差兩個御前指揮，俱到來助戰。一個姓丘名岳，一個姓周名昂，二將英勇；各路又添撥到許多人馬，前來助戰。」宋江便與吳用計議道：「似此大船，飛游水面，如何破得？」吳用笑道：「有何懼哉！只消得幾個水軍頭領便了。旱路上交鋒，自有猛將應敵。然雖如此，料這等大船，要造必在數旬間，方得成就。目今尚有四五十日光景，先教一兩個弟兄去那造船廠裡，先薅惱他一遭，後卻和他慢慢地放對。」宋江道：「此言最好！可教鼓上蚤時遷、金毛犬段景住，這兩個走一遭。」吳用道：「再叫張青、孫新，扮作拽樹民夫，雜在人叢裡，入船廠去。叫顧大嫂、孫二娘，扮做送飯婦人，和一般的婦人，雜將入去，卻叫時遷、段景住相幫。再用張清引軍接應，方保萬全。」前後喚到堂上，各各聽令已了。眾人歡喜無限，分投下山，行事。

卻說高太尉曉夜催促，督造船隻，朝暮捉拿民夫供役。那濟州東路上一帶，都是船廠，趲造大海鰍船百隻，何止匠人數千，紛紛攘攘。那等蠻軍，都拔出刀來，唬嚇民夫，無分星夜，要攢完備。是日，時遷、段景住先到了廠內，兩個商量道：「眼見得孫、張二夫妻，只是去船廠裡放火，我和你也去那裡，不顯我和你高強。我們只伏在這裡左右，等他船廠裡火發，我便卻去城門邊伺候，必然有救軍出來，乘勢閃將入去，就城樓上放起火來，你便卻去城西草料場裡，也放起把火來，教他兩下裡救應不迭。這場驚嚇不小。」兩個自暗暗地相約了，身邊都藏了引火的藥頭，各自去尋個安身之處。

卻說張青、孫新兩個來到濟州城下，看見三五百人，拽木頭入船廠裡去。張、孫二人，雜在人叢裡，也去拽木頭，投廠裡去。廠門口約有二百來軍漢，各帶腰刀，手拿棍棒，打著民夫，盡力拖拽入廠裡面交納。團團一遭，都是排柵；前後搭蓋茅草廠屋，有二三百間。張青、孫新入到裡面看時，匠人數千：解板的在一處，釘船的在一處，黏船的在一處。匠人民夫，亂滾滾往來，不計其數。這兩個徑投做飯的笆棚下去躲避。孫二娘、顧大嫂兩個穿了些醃醃臢臢衣服，各提著個飯罐，隨著一般送飯的婦人，打哄入去。看看天色漸晚，月色光明，眾匠人大半尚兀自在那裡掙攢未辦的工程。當時近有二更時分，孫新、張青在左邊船廠裡放火，孫二娘、顧大嫂在右邊船廠裡放火。兩下火起，草屋焰騰騰地價燒起來。船廠內民夫工匠，一齊發喊，拔翻眾柵，各自逃生。

高太尉正睡間，忽聽得人報道：「船場裡火起！」急忙起來，差撥官軍，出城救應。丘岳、周昂二將，各引本部軍兵，出城救火。去不多時，城樓上一把火起。高太尉聽了，親自上馬，引軍上城救火時，又見報道：「西草場內又一把火起！」照耀渾如白日。丘、周二將，引軍去西草場中救護時，只聽得鼓聲振地，喊殺連天，原來沒羽箭張清，引著五百驃騎馬軍，在那裡埋伏，看見丘岳、周昂引軍來救應，張清便直殺將來，正迎著丘岳、周昂軍馬。張清大喝道：「梁山泊好漢全伙在此！」丘岳大怒，拍馬舞刀，直取張清。張清手搦長槍來迎，不過三合，拍馬便走。丘岳要逞功勞，隨後趕來，大喝：「反賊休走！」張清按住長槍，輕輕去錦袋內，偷取個石子在手，扭回身軀，看丘岳來得較近，手起喝聲道：「著！」一石子正中丘岳面門，翻身落馬。周昂見了，便和數個牙將，死命來救丘岳。周昂戰住張清，眾將救得丘岳上馬去了。張清與周昂戰不到數合，回馬便走。周昂不趕。張清又回來，卻見王煥、徐京、楊溫、李從吉四路軍到。張清手招引了五百驃騎軍，竟回舊路去了。這裡官軍，恐有伏兵，不敢去趕，自收軍兵回來，且只顧救火。三處火滅，天色已曉。

高太尉教看丘岳中傷如何。原來那一石子，正打著面門唇口裡，打落了四個牙齒；鼻子嘴唇，都打破了。高太尉著令醫人治療，見丘岳重傷，恨梁山泊深入骨髓；一面使人喚葉春，吩咐教在意造船征進；船廠四圍，都教節度使下了寨柵，早晚提備，不在話下。

卻說張青、孫新夫妻四人，俱各歡喜；時遷、段景住兩個，都回舊路。六人已都有部從人馬，迎回梁山泊去。都到忠義堂，去說放火一事。宋江大喜，設宴特賞六人。自此之後，不時間使人探視。

造船將完，看看冬到。其年天氣甚暖，高太尉心中暗喜，以為天助。葉春造船，也都完辦，高太尉催趲水軍，都要上船，演習本事。大小海鰍等船，陸續下水。城中帥府招募到四山五岳水手人等，約有一萬餘人。先教一半去各船上學踏車。著一半學放弩箭。不過二十餘日，戰船演習已都完足了。葉春請太尉看船，有詩為證：

自古兵機在速攻，鋒摧師老豈成功。
高俅魯莽無通變，經歲勞民造戰艟。

是日，高俅引領眾多節度使、軍官頭目，都來看船。把海鰍船三百餘隻，分布水面。選十數只船，遍插旌旗，篩鑼擊鼓，梆子響處，兩邊水車，一齊踏動，端的是風飛電走。高太尉看了，心中大喜：似此如飛船隻，此寇將何攔截，此戰必勝。隨取金銀緞匹，賞賜葉春；其餘人匠，各給盤纏，疏放歸家。次日，高俅令有司宰烏牛、白馬、豬、羊、果品，擺列金銀錢紙，致祭水神。排列已了，眾將請太尉行香。丘岳瘡口已定，恨入心髓，只要活捉張清報仇。當同周昂與眾節度使，一齊都上馬，跟隨高太尉到船邊下馬，隨侍高俅，致祭水神。焚香贊禮已畢，燒化楮帛（紙錢），眾將稱賀已了，高俅叫取京師原帶來的歌兒舞女，都令上船作樂侍宴。一面教軍健車船演習，飛走水面，船上笙簫謾品，歌舞悠揚，遊玩終夕不散。當夜就船中宿歇。次日，又設席面飲酌，一連三日筵宴，不肯開船。忽有人報道：「梁山泊賊人寫一首詩，貼在濟州城裡土地廟前，有人揭得在此。」其詩寫道：

幫閒得志一高俅，漫領三軍水上游。
便有海鰍船萬隻，俱來泊內一齊休。

高太尉看了詩大怒，便要起軍征剿。「若不殺盡賊寇，誓不回軍！」聞參謀諫道：「太尉暫息雷霆之怒。想此狂寇懼怕，詩寫惡言唬嚇，不為大事。消停數日之間，撥定了水陸軍馬，那時征進未遲。目今深冬，天氣和暖，此天子洪福，元帥虎威也。」高俅聽罷甚喜，遂入城中，商議撥軍遣將。旱路上便調周昂、王煥，同領大軍，隨行策應。卻調項元鎮、張開，總領軍馬一萬，直至梁山泊山前那條大路上守住廝殺。原來梁山泊自古四面八方，茫茫蕩蕩，都是蘆葦煙水。近來只有山前這條大路，卻是宋公明方才新築的，舊不曾有。高太尉教調馬軍先進，截住這條路口。其餘聞參謀、丘岳、徐京、梅展、王文德、楊溫、李從吉，長史王瑾，造船人葉春，隨行牙將，大小軍校隨從人等，都跟高太尉上船征進。聞參謀諫道：「主帥只可監督馬軍，陸路進發，不可自登水路，親領險地。」高太尉道：「無傷！前番二次，皆不得其人，以致失陷了人馬，折了許多船隻。今番造得若干好船，我若不親臨監督，如何擒捉此寇？今次正要與賊人決一死戰，汝不必多言！」聞參謀再不敢開口，只得跟隨高太尉上船。高俅撥三十隻大海鰍船，與先鋒丘岳、徐京、梅展管領，撥五十隻小海鰍船開路，令楊溫同長史王瑾、船匠葉春管領。頭船上立兩面大紅繡旗，上書十四個金字道：「攪海翻江衝巨浪，安邦定國滅洪妖」。中軍船上，卻是高太尉、聞參謀，引著歌兒舞女，自守中軍隊伍。向那三五十隻大海鰍船上，擺開碧油幢，帥字旗，黃鉞白旄，朱幡皂蓋，中軍器械。後面船上，便令王文德、李從吉壓陣。此是十一月中時。馬軍得令先行。水軍先鋒丘岳、徐京、梅展三個，在頭船上，首先進發，飛雲捲霧，望梁山泊來。但見海鰍船：

前排箭洞，上列弩樓。衝波如蛟蜃之形，走水似鯤鯨之勢。龍鱗密布，左右排二十四部絞車；雁翅齊分，前後列一十八般軍器。青布織成皂蓋，紫竹制作遮洋。往來衝擊似飛梭，展轉交鋒欺快馬。

宋江、吳用已知備細，預先布置已定，單等官軍船隻到來。當下三個先鋒，催動船隻，把小海鰍分在兩邊，當住小港；大海鰍船望中進發。眾軍諸將，正如蟹眼鶴頂，只望前面奔竄，迤邐來到梁山泊深處。只見遠遠地早有一簇船來，每隻船上，只有十四五人，身上都有衣甲，當中坐著一個頭領。前面三隻船上，插著三把白旗，旗上寫道：「梁山泊阮氏三雄。」中間阮小二，左邊阮小五，右邊阮小七。遠遠地望見明晃晃都是戎裝衣甲，卻原來盡把金銀箔紙糊成的。三個先鋒見了，便叫前船上將火炮、火槍、火箭，一齊打放。那三阮全然不懼，料著船近，槍箭射得著時，發聲喊，齊跳下水裡去了。丘岳等奪得三隻空船，又行不過三里來水面，見三隻快船，搶風搖來。頭隻船上，只見十數個人，都把青黛黃丹，土朱泥粉，抹在身上，頭上披著髮，口中打著胡哨，飛也似來。兩邊兩隻船上，都只五七個人，搽紅畫綠不等。中央是玉幡竿孟康，左邊是出洞蛟童威，右邊是翻江蜃童猛。這裡先鋒丘岳，又叫打放火器，只見對面發聲喊，都棄了船，一齊跳下水裡去了。又捉得三隻空船。再行不得三里多路，又見水面上三隻中等船來。每船上四把櫓，八個人搖動，十餘個小嘍羅，打著一面紅旗，簇擁著一個頭領坐在船頭上，旗上寫「水軍頭領混江龍李俊」。左邊這隻船上，坐著這個頭領，手搦鐵槍，打著一面綠旗，上寫著：「水軍頭領船火兒張橫。」右邊那隻船上，立著那個好漢，上面不穿衣服，下腿赤著雙腳，腰間插著幾個鐵鑿，手中挽個銅錘，打著一面皂旗，銀字上書「頭領浪裡白條張順」。乘著船，高聲說道：「承謝送船到泊。」三個先鋒聽了，喝教：「放箭！」弓弩響時，對面三隻船上眾好漢，都翻筋斗跳下水裡去了。此是暮冬天氣，官軍船上招來的水手軍士，那裡敢下水去？

正猶豫間，只聽得梁山泊頂上，號炮連珠價響，只見四分五落，蘆葦叢中，鑽出千百隻小船來，水面如飛蝗一般。每隻船上，只三五個人，船艙中竟不知有何物。大海鰍船要撞時，又撞不得。水車正要踏動時，前面水底下都填塞定了，車輻板竟踏不動。弩樓上放箭時，小船上人，一個個自頂片板遮護。看看逼將攏來，一個把撓鉤搭住了舵，一個把板刀便砍那踏車的軍士。早有五六十個爬上先鋒船來。官軍急要退時，後面又塞定了，急切退不得，前船正混戰間，後船又大叫起來。高太尉和聞參謀在中軍船上，聽得大亂，急要上岸，只聽得蘆葦中金鼓大振，艙內軍士一齊喊道：「船底漏了。」滾滾走入水來。前船後船，盡皆都漏，看看沉下去。四下小船，如螞蟻相似，望大船邊來。高太尉新船，緣何得漏？卻原來是張順引領一班兒高手水軍，都把錘鑿在船底下鑿透船底，四下裡滾入水來。

高太尉爬去舵樓上，叫後船救應，只見一個人從水底下鑽將起來，便跳上舵樓來，口裡說道：「太尉，我救你性命。」高俅看時，卻不認得。那人近前，便一手揪住高太尉巾幘，一手提住腰間束帶，喝一聲下去，把高太尉撲通地丟下水裡去。堪嗟赫赫中軍將，翻作淹淹水底人！只見旁邊兩隻小船，飛來救應，拖起太尉上船去。那個人便是浪裡白條張順，水裡拿人，渾如甕中捉鱉，手到拈來。

前船丘岳見陣勢大亂，急尋脫身之計，只見旁邊水手叢中，走出一個水軍來，丘岳不曾提防，被他趕上，只一刀，把丘岳砍下船去。那個便是梁山泊錦豹子楊林。徐京、梅展見殺了先鋒丘岳，兩節度奔來殺楊林。水軍叢中，連搶出四個小頭領來：一個是白面郎君鄭天壽，一個是病大蟲薛永，一個是打虎將李忠，一個是操刀鬼曹正，一發從後面殺來。徐京見不是頭，便跳下水去逃命，不想水底下已有人在彼，又吃拿了。薛永將梅展一槍，搠著腿股，跌下艙裡去。原來八個頭領，來投充水軍，尚兀自有三個在前船上：一個是青眼虎李雲，一個是金錢豹子湯隆，一個是鬼臉兒杜興。眾節度使便有三頭六臂，到此也施展不得。

梁山泊宋江、盧俊義，已自各分水陸進攻。宋江掌水路，盧俊義掌旱路。休說水路全勝，且說盧俊義引領諸將軍馬，從山前大路，殺將出來，正與先鋒周昂、王煥馬頭相迎。周昂見了，當先出馬，高聲大罵：「反賊，認得俺麼？」盧俊義大喝：「無名小將，死在目前，尚且不知！」便挺槍躍馬，直奔周昂，周昂也輪動大斧，縱馬來敵。兩將就山前大路上交鋒，鬥不到二十餘合，未見勝敗。只聽得後隊馬軍，發起喊來。原來梁山泊大隊軍馬，都埋伏在山前兩下大林叢中，一聲喊起，四面殺將出來。東南關勝、秦明，西北林沖、呼延灼，眾多英雄，四路齊到。項元鎮、張開那裡攔擋得住，殺開條路，先逃性命走了。周昂、王煥不敢戀戰，奪路而走，逃入濟州城中；紮住軍馬，打聽消息。

再說宋江掌水路，捉了高太尉，急教戴宗傳令，不可殺害軍士。中軍大海鰍船上聞參謀等，並歌兒舞女，一應部從，盡擄過船。鳴金收軍，解投大寨。宋江、吳用、公孫勝等，都在忠義堂上，見張順水淥淥地解到高俅。宋江見了，慌忙下堂扶住，便取過羅緞新鮮衣服，與高太尉從新換了，扶上堂來，請在正面而坐。宋江納頭便拜，口稱：「死罪！」高俅慌忙答禮。宋江叫吳用、公孫勝扶住，拜罷，就請上坐。再叫燕青傳令下去：「如若今後殺人者，定依軍令，處以重刑！」號令下去，不多時，只見紛紛解上人來：童威、童猛解上徐京；李俊、張橫解上王文德；楊雄、石秀解上楊溫；三阮解上李從吉；鄭天壽、薛永、李忠、曹正解上梅展；楊林解獻丘岳首級；李雲、湯隆、杜興，解獻葉春、王瑾首級；解珍、解寶擄捉聞參謀，並歌兒舞女，一應部從，解將到來。單單只走了四人：周昂、王煥、項元鎮、張開。宋江都教換了衣服，重新整頓，盡皆請到忠義堂上，列坐相待。但是活捉軍士，盡數放回濟州。另教安排一隻好船，安頓歌兒舞女，一應部從，令他自行看守。有詩為證：

奉命高俅欠取裁，被人活捉上山來。
不知忠義為何物，翻宴梁山嘯聚台。

當時宋江便教殺牛宰馬，大設筵宴，一面分投賞軍，一面大吹大擂，會集大小頭領，都來與高太尉相見。各施禮畢，宋江持盞擎杯，吳用、公孫勝執瓶捧案，盧俊義等待立相待。宋江開口道：「文面小吏，安敢叛逆聖朝，奈緣積累罪犯，逼得如此。二次雖奉天恩，中間委曲奸弊，難以縷陳。萬望太尉慈憫，救拔深陷之人，得瞻天日，刻骨銘心，誓圖死保。」高俅見了眾多好漢，一個個英雄猛烈，林沖、楊志怒目而視，有欲要發作之色，先有了十分懼怯，便道：「宋公明，你等放心！高某回朝，必當重奏，請降寬恩大赦，前來招安，重賞加官，大小義士，盡食天祿，以為良臣。」宋江聽了大喜，拜謝太尉。當日筵會，甚是整齊；大小頭領，輪番把盞，殷勤相勸。高太尉大醉，酒後不覺放蕩，便道：「我自小學得一身相撲，天下無對。」盧俊義卻也醉了，怪高太尉自誇「天下無對」，便指著燕青道：「我這個小兄弟，也會相撲，三番上岱岳爭交，天下無對。」高俅便起身來，脫了衣裳，要與燕青廝撲。眾頭領見宋江敬他是個天朝太尉，沒奈何處，只得隨順聽他說；不想要勒燕青相撲，正要滅高俅的嘴，都起身來道：「好，好，且看相撲！」眾人都哄下堂去。宋江亦醉，主張不定。兩個脫了衣裳，就廳階上，宋江叫把軟褥鋪下。兩個在剪絨毯上，吐個門戶。高俅搶將入來，燕青手到，把高俅扭捽得定，只一跤，攧翻在地褥上，做一塊，半晌掙不起。這一撲，喚做「守命撲」。宋江、盧俊義慌忙扶起高俅，再穿了衣服，都笑道：「太尉醉了，如何相撲得成功，切乞恕罪！」高俅惶恐無限，卻再入席，飲至夜深，扶入後堂歇了。

次日又排筵會，與高太尉壓驚，高俅遂要辭回，與宋江等作別。宋江道：「某等淹留大貴人在此，並無異心；若有瞞昧，天地誅戮！」高俅道：「若是義士肯放高某回京，便好全家於天子前保奏義士，定來招安，國家重用。若更翻變，天所不蓋，地所不載，死於槍箭之下！」宋江聽罷，叩首拜謝。高俅又道：「義士恐不信高某之言，可留下眾將為當。」宋江道：「太尉乃大貴人之言，焉肯失信？何必拘留眾將。容日各備鞍馬，俱送回營。」高太尉謝了：「既承如此相款，深感厚意，只此告回。」宋江等眾苦留。當日再排大宴，序舊論新，筵席直至更深方散。

第三日，高太尉定要下山，宋江等相留不住，再設筵宴送行，抬出金銀彩緞之類，約數千金，專送太尉，為折席之禮；眾節度使以下，另有饋送。高太尉推卻不得，只得都受了。飲酒中間，宋江又提起招安一事。高俅道：「義士可叫一個精細之人，跟隨某去，我直引他面見天子，奏知你梁山泊衷曲之事，隨即好降詔敕。」宋江一心只要招安，便與吳用計議，教聖手書生蕭讓，跟隨太尉前去。吳用便道：「再教鐵叫子樂和作伴，兩個同去。」高太尉道：「既然義士相托，便留聞參謀在此為信。」宋江大喜。至第四日，宋江與吳用帶二十餘騎，送高太尉並眾節度使下山，過金沙灘二十里外餞別，拜辭了高太尉，自回山寨，專等招安消息。

卻說高太尉等一行人馬，望濟州回來，先有人報知，濟州先鋒周昂、王煥、項元鎮、張開、太守張叔夜等出城迎接。高太尉進城，略住了數日，收拾軍馬，教眾節度使各自領兵回程暫歇，聽候調用。高太尉自帶了周昂並大小牙將頭目，領了三軍，同蕭讓、樂和一行部從，離了濟州，迤邐望東京進發。不因高太尉帶領梁山泊兩個人來，有分教，風流出眾，洞房深處遇君王；細作通神，相府園中尋俊傑。畢竟高太尉回京，怎地保奏招安宋江等眾，且聽下回分解。

第八十一回
燕青月夜遇道君　戴宗定計出樂和

話說梁山泊好漢，水戰三敗高俅，盡被擒捉上山。宋公明不肯殺害，盡數放還。高太尉許多人馬回京，就帶蕭讓、樂和前往京師，聽候招安一事，卻留下參謀聞煥章在梁山泊裡。那高俅在梁山泊時，親口說道：「我回到朝廷，親引蕭讓等，面見天子，便當力奏保舉，火速差人前來招安。」因此上就叫樂和為伴，與蕭讓一同去了，不在話下。

且說梁山泊眾頭目商議，宋江道：「我看高俅此去，未知真實。」吳用笑道：「我觀此人，生得蜂目蛇形，是個轉面忘恩之人。他折了許多軍馬，廢了朝廷許多錢糧，回到京師，必然推病不出，朦朧奏過天子，權將軍士歇息，蕭讓、樂和軟監在府裡。若要等招安，空勞神力！」宋江道：「似此怎生奈何？招安猶可，又且陷了二人。」吳用道：「哥哥再選兩個乖覺的人，多將金寶前去京師，探聽消息。就行鑽刺關節，把衷情達知今上，令高太尉藏匿不得。此為上計。」燕青便起身說道：「舊年鬧了東京，是小弟去李師師家入肩（謀劃，參與）。不想這一場大鬧，他家已自猜了八分。只有一件，他卻是天子心愛的人，官家那裡疑他。他自必然奏說：『梁山泊知得陛下在此私行（男女隱密私情往來），故來驚嚇。』已是遮過了。如今小弟多把些金珠去那裡入肩，枕頭上關節最快。小弟可長可短，見機而作。」宋江道：「賢弟此去，須擔干係！」戴宗便道：「小弟幫他去走一遭。」神機軍師朱武道：「兄長昔日打華州時，嘗與宿太尉有恩。此人是個好心的人。若得本官於天子前早晚題奏，亦是順事。」宋江想起九天玄女之言，「遇宿重重喜」，莫非正應著此人身上。便請聞參謀來堂上同坐。宋江道：「相公曾認得太尉宿元景麼？」聞煥章道：「他是在下同窗朋友，如今和聖上寸步不離。此人極是仁慈寬厚，待人接物，一團和氣。」宋江道：「實不瞞相公說，我等疑高太尉回京，必然不奏招安一節。宿太尉舊日在華州降香，曾與宋江有一面之識。今要使人去他那裡打個關節，求他添力，早晚於天子處題奏，共成此事。」聞參謀答道：「將軍既然如此，在下當修尺書奉去。」宋江大喜。隨即教取紙筆來，一面焚起好香，取出玄女課，望空祈禱，卜得個上上大吉之兆。隨即置酒，與戴宗、燕青送行。收拾金珠細軟之物兩大籠子，書信隨身藏了，仍帶了開封府印信公文。兩個扮作公人，辭了頭領下山，渡過金沙灘，望東京進發。

戴宗托著雨傘，背著個包裹。燕青把水火棍挑著籠子，拽扎起皂衫，腰繫著纏袋，腳下都是腿綳護膝，八搭麻鞋。於路免不得飢餐渴飲，夜住曉行。不則一日，來到東京，不由順路入城，卻轉過萬壽門來。兩個到得城門邊，把門軍當住。燕青放下籠子，打著鄉談說道：「你做甚麼當我？」軍漢道：「殿帥府有鈞旨，梁山泊諸色人等，恐有夾帶入城，因此著仰各門，但有外鄉客人出入，好生盤詰。」燕青笑道：「你便是了事的公人，將著自家人，只管盤問。俺兩個從小在開封府勾當，這門下不知出入了幾萬遭，你顛倒只管盤問，梁山泊人，眼睜睜的都放他過去了。」便向身邊取出假公文，劈面丟將去道：「你看，這是開封府公文不是？」那監門官聽得，喝道：「既是開封府公文，只管問他怎地？放他入去！」燕青一把抓了公文，揣在懷裡，挑起籠子便走。戴宗也冷笑了一聲。兩個逕奔開封府前來，尋個客店安歇了。

次日，燕青換領布衫穿了，將搭膊繫了腰，換頂頭巾，歪戴著，只妝做小閒模樣。籠內取了一帕子金珠，吩咐戴宗道：「哥哥，小弟今日去李師師家幹事，倘有些撅撒，哥哥自快回去。」吩咐戴宗了當，一直取路，徑奔李師師家來。到得門前看時，依舊曲檻雕欄，綠窗朱戶，比先時又修得好。燕青便揭起斑竹簾子，從側首邊轉將入來，早聞的異香馥郁。入到客位前，見周回吊掛名賢書畫；階簷下放著三二十盆怪石蒼松；坐榻盡是雕花香楠木；小床坐褥，盡鋪錦繡。燕青微微地咳嗽一聲，丫鬟出來見了，便傳報李媽媽出來，看見是燕青，吃了一驚，便道：「你如何又來此間？」燕青道：「請出娘了來，小人自有話說。」李媽媽道：「你前番連累我家，壞了房子。你有話便說。」燕青道：「須是娘子出來，方才說得。」

李師師在窗子後聽了多時，轉將出來。燕青看時，別是一般風韻，但見：

容貌似海棠滋曉露，腰肢如楊柳裊東風，渾如閬苑瓊姬，絕勝桂宮仙姊。

當下李師師輕移蓮步，款蹙湘裙，走到客位裡面。燕青起身，把那帕子放在桌上，先拜了李媽媽四拜，後拜李行首兩拜。李師師謙讓道：「免禮！俺年紀幼小，難以受拜。」燕青拜罷，起身道：「前者驚恐，小人等安身無處。」李師師道：「你休瞞我，你當初說道是張閒，那兩個是山東客人。臨期鬧了一場，不是我巧言奏過官家，別的人時，卻不滿門遭禍！他留下詞中兩句，道是：『六六雁行連八九，只等金雞消息。』我那時便自疑惑，正待要問，誰想駕到，後又鬧了這場，不曾問的。今喜汝來，且釋我心中之疑。你不要隱瞞，實對我說知；若不明言，決無干休！」燕青道：「小人實訴衷曲，花魁娘子休要吃驚。前番來的那個黑矮身材，為頭坐的，正是呼保義宋江；第二位坐的白俊面皮，三牙髭鬚，那個便是柴世宗嫡派子孫，小旋風柴進；這公人打扮，立在面前的，便是神行太保戴宗；門首和楊太尉廝打的，正是黑旋風李逵；小人是北京大名府人氏，人都喚小人做浪子燕青。當初俺哥哥來東京求見娘子，教小人詐作張閒，來宅上入肩。俺哥哥要見尊顏，非圖買笑迎歡，只是久聞娘子遭際今上，以此親自特來告訴衷曲，指望將替天行道、保國安民之心，上達天聽，早得招安，免致生靈受苦。若蒙如此，則娘子是梁山泊數萬人之恩主也！如今被奸臣當道，讒佞專權，閉塞賢路，下情不能上達，因此上來尋這條門路，不想驚嚇娘子。今俺哥哥無可拜送，只有些少微物在此，萬望笑留。」燕青便打開帕子，攤在桌上，都是金珠寶貝器皿。那虔婆愛的是財，一見便喜，忙叫奶子收拾過了，便請燕青進裡面小閣兒內坐地，安排好細食茶果，殷勤相待。原來李師師家，皇帝不時間來，因此上公子王孫，富豪子弟，誰敢來他家討茶吃。

且說當時鋪下盤饌酒果，李師師親自相待。燕青道：「小人是個該死的人，如何敢對花魁娘子坐地（坐著）？」李師師道：「休恁地說！你這一班義士，久聞大名，只是奈緣中間無有好人，與汝們眾位作成，因此上屈沉水泊。」燕青道：「前番陳太尉來招安，詔書上並無撫恤的言語，更兼抵換了御酒。第二番領詔招安，正是詔上要緊字樣，故意讀破句讀：『除宋江，—盧俊義等大小人眾所犯過惡，並與赦免。』因此上，又不曾歸順。童樞密引將軍來，只兩陣，殺的片甲不歸。次後高太尉役天下民夫，造船征進，只三陣，人馬折其大半，高太尉被俺哥哥活捉上山，不肯殺害，重重管待，送回京師，生擒人數，盡都放還。他在梁山泊說了大誓，如回到朝廷，奏過天子，便來招安，因此帶了梁山泊兩個人來，一個是秀才蕭讓，一個是能唱樂和，眼見的把這兩人藏在家裡，不肯令他出來；損兵折將，必然瞞著天子。」李師師道：「他這等破耗錢糧，損折兵將，如何敢奏？這話我盡知了。且飲數杯，別作商議。」燕青道：「小人天性不能飲酒。」李師師道：「路遠風霜，到此開懷，也飲幾

第八十一回

燕青月夜遇道君　戴宗定計出樂和

杯。」燕青被央不過，一杯兩盞，只得陪侍。

原來這李師師是個風塵妓女，水性的人，見了燕青這表人物，能言快說，口舌利便，倒有心看上他。酒席之間，用些話來嘲惹他；數杯酒後，一言半語，便來撩撥。燕青是個百伶百俐的人，如何不省得？他卻是好漢胸襟，怕誤了哥哥大事，那裡敢來承惹？李師師道：「久聞的哥哥諸般樂藝，酒邊閒聽，願聞也好。」燕青答道：「小人頗學得些本事，怎敢在娘子跟前賣弄？」李師師道：「我便先吹一曲，教哥哥聽！」便喚丫鬟取簫來，錦袋內掣出那管鳳簫。李師師接來，口中輕輕吹動，端的是穿雲裂石之聲。燕青聽了，喝彩不已。李師師吹了一曲，遞過簫來，與燕青道：「哥哥也吹一曲，與我聽則個！」燕青卻要那婆娘歡喜，只得把出本事來，接過簫，便鳴鳴咽咽，也吹一曲。李師師聽了，不住聲喝彩說道：「哥哥原來恁地吹的好簫！」李師師取過阮（琵琶）來，撥個小小的曲兒，教燕青聽，果然是玉佩齊鳴，黃鶯對囀，餘韻悠揚。燕青拜謝道：「小人也唱個曲兒，伏侍娘子。」頓開咽喉便唱，端的是聲清韻美，字正腔真。唱罷又拜。李師師執盞擎杯，親與燕青回酒謝唱，口兒裡悠悠放出些妖嬈聲嗽，來惹燕青；燕青緊緊的低了頭，唯喏而已。數杯之後，李師師笑道：「聞知哥哥好身紋繡，願求一觀如何？」燕青笑道：「小人賤體，雖有些花繡，怎敢在娘子跟前揎衣裸體？」李師師說道：「錦體社家子弟，那裡去問揎衣裸體！」三回五次，定要討看。燕青只得脫膊下來，李師師看了，十分大喜，把尖尖玉手，便摸他身上。燕青慌忙穿了衣裳。李師師再與燕青把盞，又把言語來調他。燕青恐怕他動手動腳，難以回避，心生一計，便動問道：「娘子今年貴庚多少？」李師師答道：「師師今年二十有七。」燕青說道：「小人今年二十有五，卻小兩年。娘子既然錯愛，願拜為姊姊！」燕青便起身，推金山，倒玉柱，拜了八拜。這八拜是拜住那婦人一點邪心，中間裡好幹大事；若是第二個，在酒色之中的，也把大事壞了。因此上單顯燕青心如鐵石，端的是好男子。

當時燕青又請李媽媽來，也拜了，拜做乾娘。燕青辭回，李師師道：「小哥只在我家下，休去店中宿。」燕青道：「既蒙錯愛，小人回店中，取了些東西便來。」李師師道：「休教我這裡專望。」燕青道：「店中離此間不遠，少刻便到。」燕青暫別了李師師，徑到客店中，把上件事和戴宗說了。戴宗道：「如此最好！只恐兄弟心猿意馬，拴縛不定。」燕青道：「大丈夫處世，若為酒色而忘其本，此與禽獸何異？燕青但有此心，死於萬劍之下！」戴宗笑道：「你我都是好漢，何必說誓！」燕青道：「如何不說誓，兄長必然生疑！」戴宗道：「你當速去，善覷方便（機會），早幹了事便回，休教我久等。宿太尉的書，也等你來下。」燕青收拾一包零碎金珠細軟之物，再回李師師家，將一半送與李媽媽，一半散與全家大小，無一個不歡喜。便向客位側邊，收拾一間房，教燕青安歇，合家大小，都叫叔叔。也是緣法湊巧，至夜，卻好有人來報，天子今晚到來。燕青聽的，便去拜告李師師道：「姊姊做個方便，今夜教小弟得見聖顏，告得紙御筆赦書，赦了小弟罪犯，出自姊姊之德！」李師師道：「今晚定教你見天子一面，你卻把些本事，動達天顏，赦書何愁沒有！」

看看天晚，月色朦朧，花香馥郁，蘭麝芬芳，只見道君皇帝，引著一個小黃門（小太監），扮做白衣秀士，從地道中徑到李師師家後門來，到的閣子裡坐下，便教前後關閉了門戶，明晃晃點起燈燭熒煌。李師師冠梳插帶，整肅衣裳，前來接駕。拜舞起居，寒溫已了，天子命去其整妝衣服，「相待寡人」。李師師承旨，去其服色，迎駕入房。家間已準備下諸般細果，異品肴饌，擺在面前。李師師舉杯上勸天子，天子大喜，叫：「愛卿近前，一處坐地！」李師師見天子龍顏大喜，向前奏道：「賤人有個姑舅兄弟，從小流落外方，今日才歸，要見聖上，未敢擅便，乞取我王聖鑑。」天子道：「既然是你兄弟，便宣將來見寡人，有何妨？」奶子遂喚燕青直到房內，面見天子。燕青納頭便拜。官家看了燕青一表人物，先自大喜。李師師叫燕青吹簫，伏侍聖上飲酒，少刻又撥一回阮，然後叫燕青唱曲。燕青再拜奏道：「所記無非是淫詞豔曲，如何敢伏侍聖上？」官家道：「寡人私行妓館，其意正要聽豔曲消悶，卿當勿疑。」燕青借過象板，再拜罷，對李師師道：「音韻差錯，望姊姊見教。」燕青頓開喉咽，手拿象板，唱漁家傲一曲，道是：

一別家山音信杳，百種相思，腸斷何時了。燕子不來花又老，一春瘦的腰兒小。薄幸郎君何日到，想自當初，莫要相逢好。好夢欲成還又覺，綠窗但覺鶯啼曉。

燕青唱罷，真乃是新鶯乍囀，清韻悠揚。天子甚喜，命教再唱。燕青拜倒在地，奏道：「臣有一隻減字木蘭花，上達天聽。」天子道：「好，寡人願聞！」燕青拜罷，遂唱減字木蘭花一曲，道是：

聽哀告，聽哀告！賤軀流落誰知道，誰知道！極天罔地（遍天下），罪惡難分顛倒。有人提出火坑中，肝膽常存忠孝，常存忠孝！有朝須把大恩人報！

燕青唱罷，天子失驚，便問：「卿何故有此曲？」燕青大哭，拜在地下。天子轉疑，便道：「卿且訴胸中之事，寡人與卿理會。」燕青奏道：「臣有迷天之罪，不敢上奏！」天子曰：「赦卿無罪，但奏不妨！」燕青奏道：「臣自幼飄泊江湖，流落山東，跟隨客商，路經梁山泊過，致被劫擄上山，一住三年。今年方得脫身逃命，走回京師，雖然見得姊姊，則是不敢上街行走。倘或有人認得，通與做公的，此時如何分說？」李師師便奏道：「我兄弟心中，只有此苦，望陛下做主則個！」天子笑道：「此事容易，你是李行首兄弟，誰敢拿你！」燕青以目送情與李師師。李師師撒嬌撒痴，奏天子道：「我只要陛下親書一道赦書，赦免我兄弟，他才放心。」天子云：「又無御寶在此，如何寫的？」李師師又奏道：「陛下親書御筆，便強似玉寶天符。救濟兄弟做的護身符時，也是賤人遭際聖時。」天子被逼不過，只得命取紙筆。奶子（奶媽）隨即捧過文房四寶。燕青磨的墨濃，李師師遞過紫毫象管，天子拂開花箋黃紙，橫內大書一行。臨寫，又問燕青道：「寡人忘卿姓氏。」燕青道：「男女喚做燕青。」天子便寫御書道：

神霄王府真主宣和羽士虛靖道君皇帝，特赦燕青本身一應無罪，諸司不許拿問。

寫罷，下面押個御書花字。燕青再拜，叩頭受命，李師師執盞擎杯謝恩。天子便問：「汝在梁山泊，必知那裡備細。」燕青奏道：「宋江這伙，旗上大書『替天行道』，堂設『忠義』為名，不敢侵占州府，不肯擾害良民，單殺贓官污吏讒佞之人，只是早望招安，願與國家出力。」天子乃曰：「寡人前者兩番降詔，遣人招安，如何抗拒，不伏歸降？」燕青奏道：「頭一番招安，詔書上並無撫恤招諭之言，更兼抵換了御酒，盡是村醪，以此變了事情。第二番招安，故把詔書讀破句讀，要除宋江，暗藏弊幸（奸謀），因此又變了事情。童樞密引軍到來，只兩陣，殺得片甲不回。高太尉提督軍馬，又役天下民夫，修造戰船征進，不曾得梁山泊一根折箭；只三陣，殺得手腳無措，軍馬折其三停，自己亦被活捉上山，許了招安，方才放回，又帶了山上二人在此，卻留下聞參謀在彼質當。」

天子聽罷，便嘆道：「寡人怎知此事！童貫回京時奏說：『軍士不伏暑熱，暫且收兵罷戰。』高俅回京奏道：『病患不能征進，權且罷戰回京。』」李師師奏道：「陛下雖然聖明，身居九重，卻被奸臣閉塞賢路，如之奈何？」天子嗟嘆不已。約有更深，燕青拿了赦書，叩頭安置，自去歇息。天子與李師師上床同寢，當夜五更，自有內侍黃門接將去了。

燕青起來，推道清早幹事，逕來客店裡，把說過的話，對戴宗一一說知。戴宗道：「既然如此，多是幸事。我兩個去下宿太尉的書。」燕青道：「飯罷便去。」兩個吃了些早飯，打挾了一籠子金珠細軟之物，拿了書信，逕投宿太尉府中來。街坊上借問人時，說太尉在內裡未歸。燕青道：「這早晚正是退朝時分，如何未歸？」街坊人道：「宿太尉是今上心愛的近侍官員，早晚與天子寸步不離，歸早歸晚，難以指定。」正說之間，有人報道：「這不是太尉來也！」燕青大喜，便對戴宗道：「哥哥，你只在此衙門前伺候，我自去見太尉去。」燕青近前，看見一簇錦衣花帽從人，捧著轎子。燕青就當街跪下，便道：「小人有書札上呈太尉。」宿太尉見了，叫道：「跟將進來！」燕青隨到廳前。太尉下了轎子，便投側首書院裡坐下。太尉叫燕青入來，便問道：「你是那裡來的干人？」燕青道：「小人從山東來，今有聞參謀書札上呈。」太尉道：「那個聞參謀？」燕青便向懷中取出書，呈遞上去。宿太尉看了封皮，說道：「我道是那個聞參謀，原來是我幼年間同窗的聞煥章。」遂拆開書來看時，寫道：

侍生聞煥章沐手百拜奉書太尉恩相鈞座前：賤子自髫年（幼年）時，出入門牆（師門），已三十載矣。昨蒙高殿帥召至軍前，參謀大事。奈緣勸諫不從，忠言不聽，三番敗績，言之甚羞。高太尉與賤子，一同被擄，陷於縲紲。義士宋公明寬裕仁慈，不忍加害。今高殿帥帶領梁山蕭讓、樂和赴京，欲請招安，留賤子在此質當。萬望恩相不惜齒牙，早晚於天子前題奏，速降招安之典，俾令義士宋公明等，早得釋罪獲恩，建功立業，國家幸甚！天下幸甚！

救取賤子，實領再生之賜。拂楮（展紙、寫信）拳拳（懇切），幸垂照察。

宣和四年春正月　日　煥章再拜奉上

宿太尉看了書，大驚，便問道：「你是誰？」燕青答道：「男女是梁山泊浪子燕青。」隨即出來，取了籠子，徑到書院裡。燕青稟道：「太尉在華州降香時，多曾伏侍太尉來，恩相緣何忘了？宋江哥哥有些微物相送，聊表我哥哥寸心。每日占卜課內，只著求太尉提拔救濟。宋江等滿眼只望太尉來招安；若得恩相早晚於天子前題奏此事，則梁山泊十萬人之眾，皆感大恩！哥哥責著限次，男女便回。」燕青拜辭了，便出府來，宿太尉使人收了金珠寶物，已有在心。

且說燕青便和戴宗回店中商議：「這兩件事都有些次第，只是蕭讓、樂和在高太尉府中，怎生得出？」戴宗道：「我和你依舊扮作公人，去高太尉府前伺候。等他府裡有人出來，把些金銀賄賂與他，賺得一個廝見。通了消息，便有商量。」當時兩個換了結束，帶將金銀，徑投太平橋來，在衙門前窺望了一回。只見府裡一個年紀小的虞候，搖擺將出來，燕青便向前與他施禮。那虞候道：「你是甚人？」燕青道：「請干辦到茶肆中說話。」兩個到閣子內，與戴宗相見了，同坐吃茶。燕青道：「實不瞞干辦說，前者太尉從梁山泊帶來那兩個人，一個跟的叫做樂和，與我這哥哥是親眷，欲要見他一見，因此上相央干辦。」虞候道：「你兩個且休說，節堂深處的勾當，誰理會的？」戴宗便向袖內取出一錠大銀，放在桌子上，對虞候道：「足下只引的樂和出來，相見一面，不要出衙門，便送這錠銀子與足下。」那人見了財物，一時利動人心，便道：「端的有這兩個人在裡面。太尉鈞旨，只教養在後花園裡歇宿。我與你喚他出來，說了話，你休失信，把銀子與我。」戴宗道：「這個自然（當然）。」那人便起身吩咐道：「你兩個只在此茶坊裡等我。」那人急急入府去了。戴宗、燕青兩個在

第八十一回

燕青月夜遇道君　戴宗定計出樂和

茶房中，等不到半個時辰，只見那小虞候慌慌出來說道：「先把銀子來，樂和已叫出在耳房裡了。」

戴宗與燕青附耳低言，如此如此，就把銀子與他。虞候得了銀子，便引燕青耳房裡來見樂和。那虞候道：「你兩個快說了話便去！」燕青便與樂和道：「我同戴宗在這裡，定計賺得你兩個出去。」樂和道：「直把我兩個養在後花園中，牆垣又高，無計可出，折花梯子，盡都藏過了，如何能勾出來。」

燕青道：「靠牆有樹麼？」樂和道：「旁邊一遭，都是大柳樹。」燕青道：「今夜晚間，只聽咳嗽為號。我在外面，漾（扔擲）過兩條索去，你就相近的柳樹上，把索子絞縛了。我兩個在牆外，各把一條索子扯住，你兩個就從索上盤將出來。四更為期，不可失誤。」那虞候便道：「你兩個只管說甚的？快去罷！」樂和自入去了，暗暗通報了蕭讓。燕青急急去與戴宗說知，當日至夜伺候著。

且說燕青、戴宗兩個，就街上買了兩條粗索，藏在身邊，先去高太尉府後看了落腳處。原來離府後是條河，河邊卻有兩隻空船纜著，離岸不遠。兩個便就空船埋伏了，看看聽得更鼓已打四更，兩個便上岸來，繞著牆後咳嗽，只聽的牆裡應聲咳嗽，兩邊都已會意，燕青便把索來漾將過去。約莫裡面拴縛牢了，兩個在外面對絞定，緊緊地拽住索頭。只見樂和先盤出來，隨後便是蕭讓，兩個都溜將下來，卻把索子丟入牆內去了。卻去敲開客店門，房中取了行李，就店中打火，做了早飯吃，算了房宿錢。四個來到城門邊，等門開時，一湧出來，望梁山泊回報消息。不是這四個回來，有分教，宿太尉單奏此事，梁山泊全受招安。畢竟宿太尉怎生奏請聖旨，且聽下回分解。

第八十二回

梁山泊分金大買市　宋公明全伙受招安

話說燕青在李師師家遇見道君皇帝，告得一道本身赦書，次後見了宿太尉，又和戴宗定計，去高太尉府中，賺出蕭讓、樂和。四個人等城門開時，隨即出城，徑趕回梁山泊來，報知上項事務。且說李師師當夜不見燕青來家，心中亦有些疑慮。卻說高太尉府中親隨人，次日供送茶飯與蕭讓、樂和，就房中不見了二人，慌忙報知都管。都管便來花園中看時，只見柳樹邊拴著兩條粗索，已知走了二人，只得報知太尉。高俅聽罷，吃了一驚，越添憂悶，只在府中推病不出。

次日五更，道君皇帝設朝，駕坐文德殿。文武班齊，天子宣命捲簾，旨令左右近臣，宣樞密使童貫出班。問道：「你去歲統十萬大軍，親為招討，征進梁山泊，勝敗如何？」童貫跪下，便奏道：「臣舊歲統率大軍，前去征進，非不效力，奈緣暑熱，軍士不伏水土，患病者眾，十死二三，臣見軍馬艱難，以此權且收兵罷戰，各歸本營操練。所有御林軍，於路病患，多有損折。次後降詔，此伙賊人，不伏招撫。及高俅以舟師征進，亦中途抱病而返。」天子大怒，喝道：「都是汝等妒賢嫉能，奸佞之臣，瞞著寡人行事！你去歲統兵征伐梁山泊，如何只兩陣，被寇兵殺的人馬辟易（驚退），片甲只騎無還，遂令王師敗績。次後高俅那廝，廢了州郡多少錢糧，陷害了許多兵船，折了若干軍馬，自己又被寇活捉上山，宋江等不肯殺害，放將回來。寡人聞宋江這伙，不侵州府，不掠良民，只待招安，與國家出力，都是汝等不才貪佞之臣，枉受朝廷爵祿，壞了國家大事！汝掌管樞密，豈不自慚！本當拿問，姑免這次，再犯不饒！」童貫默默無言，退在一邊。天子又問：「你大臣中，誰可前去招撫梁山泊宋江等一班人眾？」聖宣未了，有殿前太尉宿元景出班跪下，奏道：「臣雖不才，願往一遭。」天子大喜：「寡人御筆親書丹詔。」天子就御案上親書丹詔。左右近臣，捧過御寶，天子自行用訖。又命庫藏官，教取金牌三十六面，銀牌七十二面，紅錦三十六匹，綠錦七十二匹，黃封御酒一百八瓶，盡付與宿太尉。又贈正從表裡二十四匹，金字招安御旗一面，限次日便行。宿太尉就文德殿辭了天子。童樞密羞慚滿面，回府推病，不敢入朝。高太尉聞知，恐懼無措，亦不敢入朝。有詩為證：

一封恩詔出明光，佇看梁山盡束裝。
知道懷柔勝征伐，悔教赤子受痍傷。

且說宿太尉打擔了御酒、金銀牌面、緞匹表裡之物，上馬出城，打起御賜金字黃旗，眾官相送出南熏門，投濟州進發，不在話下。卻說燕青、戴宗、蕭讓、樂和四個，連夜到山寨，把上件事都說與宋公明並頭領知道。燕青便取出道君皇帝御筆親寫赦書，與宋江等眾人看了。吳用道：「此回必有佳音。」宋江焚起好香，取出九天玄女課來，望空祈禱祝告了，卜得個上上大吉之兆。宋江大喜，此事必成。再煩戴宗、燕青前去探聽虛實，作急回報，好做準備。戴宗、燕青去了數日，回來報說：「朝廷差宿太尉親齎丹詔，更有御酒、金銀牌面、紅綠錦緞表裡，前來招安，早晚到也！」宋江聽罷，大喜，在忠義堂上，忙傳將令，分撥人員，從梁山泊直抵濟州地面，紮縛起二十四座山棚，上面都是結彩懸花，下面陳設笙簫鼓樂；各處附近州郡，雇倩樂人，分撥於各山棚去處，迎接詔敕。每一座山棚上，撥一個小頭目監管。一壁教人分投買辦果品、海味、案酒、乾食等項，準備筵宴席面。

且說宿太尉一干人馬，迤邐都到濟州。太守張叔夜出郭迎接入城，館驛中安下。太守起居宿太尉已畢，把過接風酒。張叔夜稟道：「朝廷頒詔敕來招安，已是二次，蓋因不得其人，誤了國家大事。今者太尉此行，必與國家立大功也！」宿太尉乃言：「天子近聞梁山泊一伙，以義為主，不侵州郡，不害良民，口稱替天行道，今差下官齎到天子御筆親書丹詔，敕賜金牌三十六面，銀牌七十二面，紅錦三十六匹，綠錦七十二匹，黃封御酒一百八瓶，表裡二十四匹，來此招安，禮物輕否？」張叔夜道：「這一班人，非在禮物輕重，要圖忠義報國，揚名後代。若得太尉早來如此，也不教國家損兵折將，虛耗了錢糧。此一伙義士歸降之後，必與朝廷建功立業。」宿太尉道：「下官在此專待，有煩太守親往山寨報知，著令準備迎接。」張叔夜答道：「小官願往。」隨即上馬出城，帶了十數個從人，逕投梁山泊來。到得山下，早有小頭目報上寨裡來。宋江聽罷，慌忙下山，迎接張太守上山，到忠義堂上，相見罷，張叔夜道：「義士恭喜！朝廷特遣殿前宿太尉，齎擎丹詔，御筆親書，前來招安。敕賜金牌、表裡、御酒、緞匹，見在濟州城內。義士可以準備迎接詔旨。」宋江大喜，以手加額道：「宋江等再生之幸！」當時留請張太守茶飯。張叔夜道：「非是下官拒意，惟恐太尉見怪回遲。」宋江道：「略奉一杯，非敢為禮。」張叔夜堅執便行。宋江忙教托出一盤金銀相送。張太守見了，便道：「這個決不敢受。」宋江道：「些少微物，聊表寸心。若事畢之後，尚容圖報。」張叔夜道：「深感義士厚意，且留於大寨，卻來請領，亦未為晚。」太守可謂廉以律己者矣！有詩為證：

濟州太守世無雙，不愛黃金愛宋江。

信是清廉能服眾，非關威勢可招降。

宋江便差大小軍師吳用、朱武，並蕭讓、樂和四個，跟隨張太守下山，直往濟州來，參見宿太尉。約至後日，眾多大小頭目，離寨三十里外，伏道相迎。當時吳用等跟隨太守張叔夜連夜下山，直到濟州。次日，來館驛中，參見宿太尉，拜罷，跪在面前。宿太尉教平身起來，俱各命坐。四個謙讓，那裡敢坐。太尉問其姓氏，吳用答道：「小生吳用，在下朱武、蕭讓、樂和，奉兄長宋公明命，特來迎接恩相。兄長與弟兄，後日離寨三十里外，伏道迎接。」宿太尉大喜，便道：「加亮先生，自從華州一別之後，已經數載，誰想今日得與重會！下官知汝弟兄之心，素懷忠義，只被奸臣閉塞，讒佞專權，使汝眾人，下情不能上達。目今天子悉已知之，特命下官齎到天子御筆親書丹詔、金銀牌面、紅綠錦緞、御酒表裡，前來招安。汝等勿疑，盡心受領。」吳用等再拜稱謝道：「山野狂夫，有勞恩相降臨。感蒙天恩，皆出太尉之賜。眾弟兄刻骨銘心，難以補報。」張叔夜一面設宴管待。

到第三日清晨，濟州裝起香車三座，將御酒另一處龍鳳盒內抬著；金銀牌面、紅綠錦緞，另一處扛抬；御書丹詔，龍亭內安放。宿太尉上了馬，靠龍亭東行，太守張叔夜騎馬在後相陪；吳用等四人，乘馬跟著；大小人伴，一齊簇擁。前面馬上，打著御賜銷金黃旗，金鼓旗幡隊伍開路，出了濟州，迤邐前行。未及十里，早迎著山棚。宿太尉在馬上看了，見上面結彩懸花，下面笙簫鼓樂，迫道迎接。再行不過數十里，又是結彩山棚。前面望見香煙拂道，宋江、盧俊義跪在面前，背後眾頭領齊齊都跪在地下，迎接恩詔。宿太尉道：「都教上馬。」一同迎至水邊，那梁山泊千百隻戰船，一齊渡將過去，直至金沙灘上岸。三關之上，三關之下，鼓樂喧天，軍士導從，儀衛不斷，異香繚繞，直至忠義堂前下馬。香車龍亭，抬放忠義堂上。中間設著三個几案，都用黃羅龍鳳桌圍圍著。正中設萬歲龍牌，將御書丹詔，放在中間；金銀牌面，放在左邊；紅綠錦緞，放在右邊；御酒表裡，亦放於前。金爐內焚著好香。宋江、盧俊義邀請宿太尉、張太守上堂設坐。左邊立著蕭讓、樂和，右邊立著裴宣、燕青。宋江、盧俊義等，都跪在堂前。裴宣喝拜。拜罷，蕭讓開讀詔文。

制曰：朕自即位以來，用仁義以治天下，公賞罰以定干戈，求賢未嘗少怠，愛民如恐不及，遐邇赤子，咸知朕心。切念宋江、盧俊義等，素懷忠義，不施暴虐，歸順之心已久，報效之志凜然。雖犯罪惡，各有所由，察其衷情，深可憐憫。朕今特差殿前太尉宿元景，齎捧詔書，親到梁山水泊，將宋江等大小人員所犯罪惡，盡行赦免。給降金牌三十六面、紅錦三十六匹，賜與宋江等上頭領；銀牌七十二面、綠錦七十二匹，賜與宋江部下頭目。赦書到日，莫負朕心，早早歸順，必當重用。故茲詔敕，想宜悉知。

宣和四年春二月　日詔示

蕭讓讀罷丹詔，宋江等山呼萬歲，再拜謝恩已畢，宿太尉取過金銀牌面、紅綠錦緞，令裴宣依次照名給散已罷。叫開御酒，取過銀酒海，都傾在裡面，隨即取過旋杓舀酒，就堂前溫熱，傾在銀壺內。宿太尉執著金鍾，斟過一杯酒來，對眾頭領道：「宿元景雖奉君命，特齎御酒到此，命賜眾頭領，誠恐義士見疑，元景先飲此杯，與眾義士看，勿得疑慮。」眾頭領稱謝不已。宿太尉飲畢，再斟酒來，先勸宋江，宋江舉杯跪飲。然後盧俊義、吳用、公孫勝，陸續飲酒，遍勸一百單八名頭領，俱飲一杯。宋江傳令，教收起御酒，卻請太尉居中而坐，眾頭領拜復起居。宋江進前稱謝道：「宋江昨者西岳得識台顏，多感太尉恩厚，於天子左右力奏，救拔宋江等再見天日之光，銘心刻骨，不敢有忘。」宿太尉道：「元景雖知義士等忠義凜然，替天行道，奈緣不知就裡委曲之事，因此，天子左右未敢題奏，以致擔誤了許多時。前者收得聞參謀書，又蒙厚禮，方知有此衷情。其日天子在披香殿上，官家與元景閒論，問起義士，以此元景奏知此事。不期天子已知備細，與某所奏相同。次日，天子駕坐文德殿，就百官之前，痛責童樞密，深怪高太尉，累次無功；親命取過文房四寶，天子御筆親書丹詔，特差宿某，親到大寨，啟請眾頭領。煩望義士早早收拾朝京，休負聖天子宣召撫安之意。」眾皆大喜，拜手稱謝。禮畢，張太守推說地方有事，別了太尉，自回城內去了。

這裡且說宋江，教請出聞參謀相見，宿太尉欣然話舊，滿堂歡喜。當請宿太尉居中上坐，聞參謀對席相陪。堂上堂下，皆列位次，大設筵宴，輪番把盞。廳前大吹大擂。雖無炮龍烹鳳，端的是肉山酒海。當日盡皆大醉，各扶歸幕次（帳篷）安歇。次日又排筵宴，各各傾心露膽，講說平生之懷。第三日，再排席面，請宿太尉游山，至暮盡醉方散。倏爾（一晃）已經數日，宿太尉要回，宋江等堅意相留。宿太尉道：「義士不知就裡，元景奉天子敕旨而來，到此間數日之久，荷蒙英雄慨然歸順，大義俱全。若不急回，誠恐奸臣相妒，別生異議。」宋江等道：「太尉既然如此，不敢苦留。今日盡此一醉，來早拜送恩相下山。」當時會集大小頭領，盡來集義飲宴。吃酒中間，眾皆稱謝。宿太尉又用好言撫恤，至晚方散。次日清晨，安排車馬，宋江親捧一盤金珠，到宿太尉幕次，再拜上獻。宿太尉那裡肯受。宋江再三獻納，方才收了。打迭衣箱，拴束行李鞍馬，準備起程。其餘跟來人數，連日自是朱武、樂和管待，依例飲饌，酒量高低，並皆厚贈金銀財帛，眾人皆喜。仍將金寶賫送聞參謀，亦不肯受。宋江堅執奉承，才肯收納。宋江遂請聞參謀隨同宿太尉回京師。梁山泊大小頭領，金鼓細樂，相送太尉下山，渡過金沙灘，俱送過三十里外，眾皆下馬，與宿太尉把盞餞行。宋江當先執盞擎杯道：「太尉恩相回見天顏，善言保奏。」宿太尉回道：「義士但且放心，只早早收拾朝京為上。軍馬若到京師來，可先使人到我府中通報。俺先奏聞天子，使人持節來迎，方見十分公氣（正大）。」宋江道：「恩相容覆：小可水窪，自從王倫上山開創之後，卻是晁蓋上山，今至宋江，已經數載，附近居民，擾害不淺。小可愚意，今欲罄竭資財，買市十日，收拾已了，便當盡數朝京，安敢遲滯。亦望太尉將此愚衷，上達天聽，以寬限次。」宿太尉應允，別了眾人，帶了開詔一干人馬，自投濟州而去。

宋江等卻回大寨，到忠義堂上，鳴鼓聚眾；大小頭領坐下，諸多軍校都到堂前。宋江傳令：「眾弟兄在此，自從王倫開創山寨以來，次後晁天王上山建業，如此興旺。我自江州得眾兄弟相救到此，推我為尊，已經數載。今日喜得朝廷招安，重見天日之面，早晚要去朝京，與國家出力。今來汝等眾人，但得府庫之物，納於庫中公用，其餘所得之資，並從均分。我等一百八人，上應天星，生死一處。今者天子寬恩降詔，赦罪招安，大小眾人，盡皆釋其所犯。我等一百八人，早晚朝京面聖，莫負天子洪恩。汝等軍校，也有自來落草的，也有隨眾上山的，亦有軍官失陷的，亦有擄掠來的。今次我等受了招安，俱赴朝廷。你等如願去的，作數上名進發；如不願去的，就這裡報名相辭。我自齎發你等下山，任從生理（生計）。」宋江號令已罷，著落裴宣、蕭讓照數上名。號令一下，三軍各各自去商議。當下辭去的，也有三五千人，宋江皆賞錢物，齎發去了；願隨去充軍者，作數報官。次日，宋江又令蕭讓寫了告示，差人四散去貼，曉示臨近州郡鄉鎮村坊，仍請諸人到山買市十日。其告示曰：

梁山泊義士宋江等，謹以大義布告四方。向因聚眾山林，多擾四方百姓。今日幸蒙天子寬仁厚德，特降詔敕，赦免本罪，招安歸降，朝暮朝覲，無以酬謝，就本身買市十日。倘蒙不外，齎價前來，一一報答，並無虛謬。特此告知，遠近居民，勿疑辭避，惠然光臨，不勝萬幸。

第八十二回

梁山泊分金大買市　宋公明全伙受招安

宣和四年三月　日梁山泊義士宋江等謹請

蕭讓寫畢告示，差人去附近州郡，及四散村坊，盡行貼遍。發庫內金珠、寶貝、彩緞、綾羅、紗絹等項，分散各頭領，並軍校人員，另選一分，為上國進奉，其餘堆集山寨，盡行招人買市十日，於三月初三日為始，至十三日止，宰下牛羊，醞造酒醴，但到山寨裡買市的人，盡以酒食管待，犒勞從人。至期，四方居民，擔囊負笈，霧集雲屯，俱至山寨。宋江傳令，以一舉十，俱各歡喜，拜謝下山。一連十日，每日如此。十日已外，住罷買市，號令大小，收拾赴京朝覲。宋江便要起送各家老小還鄉。吳用諫道：「兄長未可。且留眾寶眷在此山寨。待我等朝覲面君之後，承恩已定，那時發遣各家老小還鄉未遲。」宋江聽罷道：「軍師之言極當。」再傳將令，教頭領即便收拾，整頓軍士。宋江等隨即火速起身，早到濟州，謝了太守張叔夜。太守即設筵宴，管待眾多義士，賞勞三軍人馬。宋江等辭了張太守，出城進發，帶領眾多軍馬，徑投東京來。先令戴宗、燕青前來京師宿太尉府中報知。太尉見說，隨即便入內裡，奏知天子，宋江等眾軍馬朝京。天子聞奏大喜，便差太尉並御駕指揮使一員，手持旌旄節鉞，出城迎接。當下宿太尉領聖旨出郭。

且說宋江軍馬在路，甚是擺得整齊。前面打著兩面紅旗：一面上書「順天」二字，一面上書「護國」二字。眾頭領都是戎裝披掛，惟有吳學究綸巾羽服，公孫勝鶴氅道袍，魯智深烈火僧衣，武行者香皂直裰；其餘都是戰袍金鎧，本身服色。在路非止一日，來到京師城外，前逢御駕指揮使，持節迎著軍馬。宋江聞知，領眾頭領前來參見宿太尉已畢，且把軍馬屯駐新曹門外，下了寨柵，聽候聖旨。

且說宿太尉並御駕指揮使入城，回奏天子說：「宋江等軍馬，俱屯在新曹門外，聽候聖旨。」天子乃曰：「寡人久聞梁山泊宋江等有一百八人，上應天星，更兼英雄勇猛。今已歸降，到於京師。寡人來日，引百官登宣德樓。可教宋江等，俱依臨敵披掛戎裝服色，休帶大隊人馬，只將三五百馬步軍進城，自東過西，寡人親要觀看。也教在城軍民，知此英雄豪傑，為國良臣。然後卻令卸其衣甲，除去軍器，都穿所賜錦袍，從東華門而入，就文德殿朝見。」御駕指揮使直至行營寨前，口傳聖旨，與宋江等知道。次日，宋江傳令，教鐵面孔目裴宣，選揀彪形大漢，五七百步軍，前面打著金鼓旗旛，後面擺著槍刀斧鉞，中間豎著「順天」、「護國」二面紅旗，軍士各懸刀劍弓矢，眾人各各都穿本身披掛，戎裝袍甲，擺成隊伍，從東郭門而入。只見東京百姓軍民，扶老挈幼，迫路觀看，如睹天神。是時天子引百官在宣德樓上，臨軒觀看。見前面擺列金鼓旗旛，槍刀斧鉞，各分隊伍；中有踏白（騎兵番號名）馬軍，打起「順天」、「護國」二面紅旗，外有二三十騎馬上隨軍鼓樂；後面眾多好漢，簇簇而行。怎見得一百八員英雄好漢，入城朝覲，但見：

風清玉陛，露挹金盤。東方旭日初升，北闕珠簾半捲。南熏門外，百八員義士歸心；宣德樓前，萬萬歲君王刮目。肅威儀乍行朝典，逞精神猶整軍容。風雨日星，並識天顏之霽；電雷霹靂，不煩天討之威。帝闕前萬靈咸集：有聖，有仙，有那吒，有金剛，有閻羅，有判官，有門神，有太歲，乃至夜叉鬼魔，共仰道君皇帝；鳳樓下百獸來朝：為彪，為豹，為麒麟，為狻猊，為犴皅（一種猛獸），為金翅，為雕鵬，為龜猿，以及犬鼠蛇蠍，皆知宋主人王。五龍夾日：是為入雲龍、混江龍、出林龍、九紋龍、獨角龍，如出洞蛟、翻江蜃，自逐隊朝天；眾虎離山：是為插翅虎、跳澗虎、錦毛虎、花項虎、青眼虎、笑面虎、矮腳虎、中箭虎，若病大蟲、母大蟲，亦隨班行禮。原稱公侯伯子的，應諳朝儀；誰知塵舞山呼，亦許園丁、醫算、匠作、船工之輩。凡生毛髮鬚髯的，自堪寵命；豈意緋袍紫綬，並加婦人、浪子、和尚、行者之身。擬空名，則太保、軍師、郡馬、孔目、郎將、先鋒，官銜早列；比古人，則霸王、李廣、關索、溫侯、尉遲、仁貴，當代重生。有那生得好的，如白面郎插一枝花，擎著笛、扇、鼓、幡，欲歌且舞；看這生得醜的，似青面獸蒙鬼臉兒，拿著槍、刀、鞭、箭，會戰能征。長的比險道神，身長一丈；狠的像石將軍，力鎮三山。髮可赤，眼可青，俱各抱丹心一片；摸得天，跳得浪，決不走邪佞兩途。喜近君王，不似昔時無面目；恩寬防御，果然此日沒遮攔。試看全伙裡舞槍弄棒的書生，猶勝滿朝中欺君害民的官吏。義士今欣遇主，皇家始慶得人！

且說道君皇帝，同百官在宣德樓上，看了梁山泊宋江等這一行部從，喜動龍顏，心中大悅，與百官道：「此輩好漢，真英雄也！」嘆羨不已。命殿頭官傳旨，教宋江等各換御賜錦袍見帝。殿頭官領命，傳與宋江等，向東華門外脫去戎裝慣帶，穿了御賜紅綠錦袍，懸帶金銀牌面，各帶朝天巾幘，抹綠朝靴。惟公孫勝將紅錦裁成道袍，魯智深縫做僧衣，武行者改作直裰，皆不忘君賜也。宋江、盧俊義為首，吳用、公孫勝為次，引領眾人，從東華門而入。當日整肅朝儀，陳設鑾駕，辰牌時候，天子駕升文德殿。儀禮司官，引宋江等依次入朝，排班行禮。殿頭官贊拜舞起居，山呼萬歲已畢，天子欣喜，敕令宣上文德殿來，照依班次賜坐。命排御筵：敕光祿寺擺宴，良醞署進酒，珍羞署進食，掌醢署造飯，大官署供膳，教坊司奏樂。天子親御寶座陪宴。只見：

九重門啟，鳴噦噦之鸞聲；閶闔天開，睹巍巍之龍衮。筵開玳瑁，七寶器黃金嵌就；爐列麒麟，百和香龍腦修成。玻璃盞間琥珀鍾，瑪瑙杯聯珊瑚斝。赤瑛盤內，高堆麟脯鸞肝；

紫玉碟中，滿飣駝蹄熊掌。桃花湯潔，縷塞北之黃羊；銀絲膾鮮，剖江南之赤鯉。黃金盞滿泛香醪，紫霞杯灩浮瓊液。五俎八簋，百味庶羞。糖澆就甘甜獅仙，麵製成香酥定勝。方當酒進五巡，正是湯陳三獻。教坊司鳳鸞韶舞，禮樂司排長伶官。朝鬼門道，分明開說，頭一個裝外的，黑漆幞頭，有如明鏡，描花羅襴，儼若生成；第二個戲色的，係離水犀角腰帶，裹紅花綠葉羅巾，黃衣襴長襯短靴，衫袖襟密排山水樣；第三個末色的，裹結絡球頭帽子，著蓜役迭勝羅衫，最先來提掇甚分明，念幾段雜文真罕有；第四個淨色的，語言動眾，顏色繁過，依院本填腔調曲，按格范打諢（說趣話逗樂）發科（作滑稽動作）；第五個貼淨（次要的淨角）的，忙中九伯（諷刺人痴呆），眼目張狂，隊額角塗一道明創，劈面門抹兩色蛤粉。裹一頂油油膩膩舊頭巾，穿一領邋邋遢遢潑戲襖，吃六棒楹板不嫌疼，打兩杖麻鞭渾似耍。這五人引領著六十四回隊舞優人，百二十名散做樂工，搬演雜劇，裝孤打攛（扮演官員跑來跑去）。個個青巾桶帽，人人紅帶花袍。吹龍笛，擊鼉鼓，聲震雲霄；彈錦瑟，撫銀箏，韻驚魚鳥。吊百戲眾口喧嘩，縱諧語齊聲喝彩。裝扮的是：「太平年萬國來朝」，「雍熙世八仙慶壽」。搬演的是：「玄宗夢遊廣寒殿」，「狄青夜奪侖關」。也有神仙道侶，亦有孝子順孫。觀之者，真可堅其心志；聽之者，足以養其性情。須臾間，八個排長，簇擁著四個美人，歌舞雙行，吹彈並舉。歌的是：《朝天子》、《賀聖朝》、《感皇恩》、《殿前歡》，《治世之音》；舞的是：《醉回回》、《活觀音》、《柳青娘》、《鮑老兒》，淳正之態。果然道：百寶裝腰帶，珍珠絡臂韝；笑花近眼，舞罷錦纏頭。大宴已成，眾樂齊舉。主上無為千萬壽，天顏有喜萬方同。

有詩為證：

九重鳳闕新開宴，千歲龍墀舊賜衣。
蓋世功名能自立，矢心忠義豈相違。

且說天子賜宋江等筵宴，至暮方散。謝恩已罷，宋江等俱各簪花出內，在西華門外，各各上馬，回歸本寨。次日入城，禮儀司引至文德殿謝恩，喜動龍顏，天子欲加官爵，敕令宋江等來日受職。宋江等謝恩，出朝回寨，不在話下。又說樞密院官，具本上奏：「新降之人，未效功勞，不可輒便加爵，可待日後征討，建立功勳，量加官賞。現今數萬之眾，逼城下寨，甚為不宜。陛下可將宋江等所部軍馬，原是京師有被陷之將，仍還本處，外路軍兵，各歸原所。其餘人眾，分作五路，山東、河北，分調開去，此為上策。」次日，天子命御駕指揮使，直至宋江營中，口傳聖旨，令宋江等分開軍馬，各歸原所。眾頭領聽得，心中不悅，回道：「我等投降朝廷，都不曾見些官爵，便要將俺弟兄等分遣調開。俺等眾頭領，生死相隨，誓不相捨！端的要如此，我們只得再回梁山泊去。」宋江急忙止住，遂用忠言懇求來使，煩乞善言回奏。那指揮使回到朝廷，那裡敢隱蔽，只得把上項所言，奏聞天子。天子大驚，急宣樞密院官計議。有樞密使童貫奏道：「這廝們雖降，其心不改，終貽大患。以臣愚意，不若陛下傳旨，賺入京城，將此一百八人，盡數剿除，然後分散他的軍馬，以絕國家之患。」天子聽罷，聖意沉吟未決。向那御屏風背後，轉出一大臣，紫袍象簡，高聲喝道：「四邊狼煙（戰事）未息，中間又起禍胎，都是汝等庸惡之臣，壞了聖朝天下！」正是只憑立國安邦口，來救驚天動地人。畢竟御屏風後喝的那員大臣是誰，且聽下回分解。

第八十三回

宋公明奉詔破大遼　陳橋驛滴淚斬小卒

話說當年有遼國郎主，起兵前來，侵占山後九州邊界；兵分四路而入，劫擄山東、山西，搶掠河南、河北。各處州縣，申達表文，奏請朝廷求救，先經樞密院，然後得到御前。所有樞密童貫，同太師蔡京、太尉高俅、楊戩商議，納下表章不奏；只是行移鄰近州府，催趲各處徑調軍馬，前去策應，正如擔雪填井一般。此事人皆盡知，只瞞著天子一個。適來四個賊臣設計，教樞密童貫啟奏，將宋江等眾，要行陷害。不期那御屏風後，轉出一員大臣來喝住，正是殿前都太尉宿元景，便向殿前啟奏道：「陛下，宋江這伙好漢，方始歸降，一百八人，恩同手足，意若同胞，他們決不肯便拆散分開，雖死不捨相離。如何今又要害他眾人性命？此輩好漢，智勇非同小可。倘或城中翻變起來，將何解救？現今遼國興兵十萬之眾，侵占山後九州所屬縣治。各處申達表文求救，累次調兵前去征剿交鋒，如湯潑蟻（指辦法不對）。賊勢浩大，所遣官軍，又無良策，每每只是折兵損將，瞞著陛下不奏。以臣愚見，正好差宋江等全伙良將，部領所屬軍將人馬，直抵本境，收伏遼賊，令此輩好漢建功，進用於國，實有便益（好處）。微臣不敢自專，乞請聖鑑。」天子聽罷宿太尉所奏，龍顏大喜，詢問眾官，俱言有理。天子大罵樞密院童貫等官：「都是汝等讒佞之徒，誤國之輩，妒賢嫉能，閉塞賢路，飾詞矯情，壞盡朝廷大事！姑恕情罪，免其追問。」天子親書詔敕，賜宋江為破遼都先鋒，盧俊義為副先鋒，其餘諸將，待建功之後，加官受爵。就差太尉宿元景親齎詔敕，去宋江軍前行營開讀。天子退朝，百官皆散。

且說宿太尉領了聖旨出朝，徑到宋江行寨軍前開讀。宋江等忙排香案迎接，跪聽詔敕已罷，眾皆大喜。宋江等拜謝宿太尉道：「某等眾人，正欲如此，與國家出力，建功立業，以為忠臣。今得太尉恩相，力賜保奏，恩同父母。只有梁山泊晁天王靈位，未曾安厝（安葬）；亦有各家老小家眷，未曾發送還鄉；所有城垣，未曾拆毀，戰船亦未曾將來。有煩恩相題奏，乞降聖旨，寬限旬日，還山了此數事，整頓器具、槍刀、甲馬，便當盡忠報國。」宿太尉聽罷大喜，回奏天子。即降聖旨，敕賜庫內取金一千兩、銀五千兩、彩緞五千匹，頒賜眾將，就令太尉於庫藏開支，去行營俵散與眾將。原有老小者，賞賜給付與老小養贍終身；原無老小者，給付本人，自行收受。宋江奉敕，謝恩已畢，給散眾人收訖。宿太尉回朝，吩咐宋江道：「將軍還山，可速去快來，先使人報知下官，不可遲誤！」

再說宋江聚眾商議，所帶還山人數是誰。宋江與同軍師吳用、公孫勝、林沖、劉唐、杜遷、宋萬、朱貴、宋清、阮家三弟兄，馬步水軍一萬餘人回去；其餘大隊人馬，都隨盧先鋒在京師屯紮。宋江與吳用、公孫勝等，於路無話，回到梁山泊忠義堂上坐下，便傳將令，教各家老小眷屬，收拾行李，準備起程。一面叫宰殺豬羊牲口、香燭錢馬，祭獻晁天王，然後焚化靈牌。隨即將各家老小，各各送回原所州縣，上車乘馬，俱已去了。然後教自家莊客，送老小、宋太公，並家眷人口，再回鄆城縣宋家村，復為良民。隨即叫阮家三弟兄，揀選合用船隻，其餘不堪用的小船，盡行給散與附近居民收用。山中應有屋宇房舍，任從居民搬拆；三關城垣，忠義等屋，盡行拆毀。一應事務，整理已了，收拾人馬，火速還京。

一路無話，早到東京。盧俊義等接至大寨。先使燕青入城，報知宿太尉，要辭天子，引領大軍起程。宿太尉見報，入內奏知天子。次日，引宋江於武英殿朝見天子，龍顏欣悅，賜酒已罷，玉音道：「卿等休辭道途跋涉，軍馬驅馳，與寡人征虜破遼，早奏凱歌而回，朕當重加錄用；其眾將校，量功加爵。卿勿怠焉！」宋江叩頭稱謝，端簡啟奏：「臣乃鄙猥小吏，誤犯刑典，流遞江州。醉後狂言，臨刑棄市（死刑），眾力救之，無處逃避，遂乃潛身水泊，苟延微命。所犯罪惡，萬死難逃。今蒙聖上寬恤收錄，大敷曠蕩之恩，得蒙赦免本罪。臣披肝瀝膽，尚不能補報皇上之恩。今奉詔命，敢不竭力盡忠，死而後已！」天子大喜，再賜御酒，教取描金鵲畫弓箭一副，名馬一匹，全副鞍轡，寶刀一口，賜與宋江。宋江叩首謝恩，辭陛出內，將領天子御賜寶刀、鞍馬、弓箭，就帶回營，傳令諸軍將校，準備起行。

且說徽宗天子，次早令宿太尉傳下聖旨，教中書省院官二員，就陳橋驛與宋江先鋒犒勞三軍，每名軍士酒一瓶、肉一斤，對眾關支，毋得克減。中書省得了聖旨，一面連更曉夜，整頓酒肉，差官二員，前去給散（發放）。

再說宋江傳令諸軍，便與軍師吳用計議，將軍馬分作二起進程：令五虎八彪將引軍先行，十驃騎將在後，宋江、盧俊義、吳用、公孫勝統領中軍。水軍頭領三阮、李俊、張橫、張順，帶領童威、童猛、孟康、王定六，並水手頭目人等，撐駕戰船，自蔡河內出黃河，投北進發。宋江催趲三軍，取陳橋驛大路而進，號令軍將，毋得動擾鄉民。有詩為證：

招搖旌旆出天京，受命專師事遠征。
請看梁山軍紀律，何如太尉御營兵。

第八十三回

宋公明奉詔破大遼　陳橋驛滴淚斬小卒

且說中書省差到二員廂官，在陳橋驛給散酒肉，賞勞三軍。誰想這伙官員，貪濫無厭，徇私作弊，克減酒肉。都是那等讒佞之徒，貪愛賄賂的人。卻將御賜的官酒，每瓶克減只有半瓶；肉一斤，克減六兩。前隊軍馬，盡行給散過了；後軍散到一隊皂軍之中，都是頭上黑盔，身披玄甲，卻是項充、李衮所管的牌手。那軍漢中一個軍校，接得酒肉過來看時，酒只半瓶，肉只十兩，指著廂官罵道：「都是你這等好利之徒，壞了朝廷恩賞！」廂官喝道：「我怎的是好利之徒？」那軍校道：「皇帝賜俺一瓶酒，一斤肉，你都克減了。不是我們爭嘴，堪恨你這廝們無道理，佛面上去刮金！」廂官罵道：「你這大膽，剮不盡，殺不絕的賊！梁山泊反性，尚不改！」軍校大怒，把這酒和肉，劈臉都打將去。廂官喝道：「捉下這個潑賊！」那軍校就團牌邊掣出刀來。廂官指著手大罵道：「腌臢草寇，拔刀敢殺誰？」軍校道：「俺在梁山泊時，強似你的好漢，被我殺了萬千。量你這等賊官，直些甚鳥？」廂官喝道：「你敢殺我？」那軍校走入一步，手起一刀飛去，正中廂官臉上，剁著撲地倒了。眾人發聲喊，都走了。那軍漢又趕將入來，再剁了幾刀，眼見得不能勾活了。眾軍漢簇住了不行。

當下項充、李衮飛報宋江。宋江聽得大驚，便與吳用商議，此事如之奈何。吳學究道：「省院（樞密院）官甚是不喜我等，今又做得這件事來，正中了他的機會。只可先把那軍校斬首號令，一面申復省院，勒兵（統領軍隊）聽罪。急急可叫戴宗、燕青，悄悄進城，備細告知宿太尉。煩他預先奏知委曲，令中書省院讒害不得，方保無事。」宋江計議定了，飛馬親到陳橋驛邊。那軍校立在死屍邊不動。宋江自令人於館驛內，搬出酒肉，賞勞三軍，都教進前；卻喚這軍校直到館驛中，問其情節。那軍校答道：「他千梁山泊反賊，萬梁山泊反賊，罵俺們殺剮不盡，因此一時性起，殺了他，專待將軍聽罪。」宋江道：「他是朝廷命官，我兀自懼他，你如何便把他來殺了！須是要連累我等眾人！俺如今方始奉詔去破大遼，未曾見尺寸之功，倒做了這等的勾當，如之奈何？」那軍校叩首伏死。宋江哭道：「我自從上梁山泊以來，大小兄弟，不曾壞了一個。今日一身入官所管，寸步也由我不得。雖是你強氣未滅，使不的舊時性格。」這軍校道：「小人只是伏死。」宋江令那軍校痛飲一醉，教他樹下縊死，卻斬頭來號令；將廂官屍首，備棺槨盛貯，然後動文書申呈中書省院，不在話下。

再說戴宗、燕青，潛地進城，徑到宿太尉府內，備細訴知衷情。當晚宿太尉入內，將上項事務，奏知天子。次日，皇上於文德殿設朝，當有中書省院官出班奏曰：「新降將宋江部下兵卒，殺死省院差去監散酒肉命官一員，乞聖旨拿問。」天子曰：「寡人待不委你省院來，事卻該你這衙門；你們又委用不得其人，以致惹起事端。賞軍酒肉，大破小用，軍士有名無實，以致如此。」省院等官又奏道：「御酒之物，誰敢克減？」是時天威震怒，喝道：「寡人已自差人暗行體察，深知備細，爾等尚自巧言令色，對朕支吾！寡人御賜之酒，一瓶克半瓶，賜肉一斤，只有十兩，以致壯士一怒，目前流血！」天子喝問：「正犯安在？」省院官奏道：「宋江已自將本犯斬首號令示眾，申呈本院，勒兵聽罪。」天子曰：「他既斬了正犯軍士，宋江禁治不嚴之罪，權且紀錄，待破遼回日，量功理會（評判）。」省院官默默無言而退。天子當時傳旨，差官前去，催督宋江起程，所殺軍校，就於陳橋驛梟首示眾。

卻說宋江正在陳橋驛勒兵聽罪，只見駕上差官來到，著宋江等進兵征遼，違犯軍校，梟首示眾。宋江謝恩已畢，將軍校首級，掛於陳橋驛號令，將屍埋了。宋江大哭一場，垂淚上馬，提兵望北而進。每日兵行六十里，扎營下寨，所過州縣，秋毫無犯。沿路無話。將次相近遼境，宋江便請軍師吳用商議道：「即日遼兵四路侵犯，我等分兵前去征討的是？只打城池的是？」吳用道：「若是分兵前去，奈緣地廣人稀，首尾不能救應。不如只是打他幾個城池，卻再商量。若還攻擊得緊，他自然收兵。」宋江道：「軍師此計甚高！」隨即喚過段景住來，吩咐道：「你走北路甚熟，可引領軍馬前進。近的是甚州縣？」段景住稟道：「前面便是檀州，正是遼國緊要隘口。有條水路，港汊最深，喚做潞水，團團繞著城池。這潞水直通渭河，須用戰船征進。宜先趲水軍頭領船隻到了，然後水陸並進，船騎相連，可取檀州。」宋江聽罷，便使戴宗催促水軍頭領李俊等，曉夜趲船至潞水取齊。

卻說宋江整點人馬，水軍船隻，約會日期，水陸並行，殺投檀州來。且說檀州城內，守把城池番官，卻是遼國洞仙侍郎手下四員猛將：一個喚做阿里奇，一個喚做咬兒惟康，一個喚做楚明玉，一個喚做曹明濟。此四員戰將，皆有萬夫不當之勇。聞知宋朝差宋江全伙到來，一面寫表申奏郎主，一面關報鄰近薊州、霸州、涿州、雄州救應，一面調兵出城迎敵。便差阿里奇、楚明玉兩個，引兵出戰。

且說大刀關勝，在於前部先鋒，引軍殺近檀州所屬密雲縣來。縣官聞的，飛報與兩個番將說道：「宋朝軍馬，大張旗號，乃是梁山泊新受招安宋江這伙。」阿里奇聽了笑道：「既是這伙草寇，何足道哉！」傳令教番兵紮掂已了，來日出密雲縣，與宋江交鋒。

次日，宋江聽報遼兵已近，即時傳令，將士交鋒，要看頭勢，休要失支脫節。眾將得令，披掛上馬。宋江、盧俊義，俱各戎裝擐帶，親在軍前監戰。遠遠望見遼兵蓋地而來，黑洞洞遮天蔽日，都是皂雕旗。兩下齊把弓弩射住陣腳。只見對陣皂旗開處，正中間捧出一員番將，騎著一匹達馬（蒙古馬），彎環踢跳。宋江看那番將時，怎生打扮，但見：

戴一頂三叉紫金冠，冠口內拴兩根雉尾。穿一領襯甲白羅袍，袍背上繡三個鳳凰。披一副連環鑌鐵鎧，繫一條嵌寶獅蠻帶，著一對雲根鷹爪靴，掛一條護項銷金帕，帶一張鵲畫鐵胎弓，懸一壺雕翎鈚子箭。手搦梨花點鋼槍，坐騎銀色拳花馬。

那番官旗號上寫得分明：「大遼上將阿里奇」。宋江看了與諸將道：「此番將不可輕敵！」言未絕，金槍手徐寧出戰，橫著鉤鐮槍，驟坐下馬，直臨陣前。番將阿里奇見了，大罵道：「宋朝合敗，命草寇為將，敢來侵犯大國，尚不知死！」徐寧喝道：「辱國小將，敢出穢言！」兩軍吶喊。徐寧與阿里奇搶到垓心交戰，兩馬相逢，兵器並舉。二將鬥不過三十餘合，徐寧敵不住番將，望本陣便走。花榮急取弓箭在手，那番將正趕將來。張清又早按住鞍橇，探手去錦袋內取個石子，看著番將較親（準），照面門上只一石子，正中阿里奇左眼，翻筋斗落於馬下。這裡花榮、林沖、秦明、索超，四將齊出，先搶了那匹好馬，活捉了阿里奇歸陣。副將楚明玉見折了阿里奇，急要向前去救時，被宋江大隊軍馬，前後掩殺將來，就棄了密雲縣，大敗虧輸，奔檀州來。宋江且不追趕，就在密雲縣屯紮下營。看番將阿里奇時，打破眉梢，損其一目，負痛身死。宋江傳令，教把番官屍骸燒化。功績簿上，標寫張清第一功。就將阿里奇連環鑌鐵鎧、出白梨花槍、嵌寶獅蠻帶、銀色拳花馬，並靴、袍、弓、箭，都賜了張清。是日且就密雲縣中，眾皆作賀，設宴飲酒，不在話下。

次日，宋江升帳，傳令起軍，都離密雲縣，直抵檀州來。卻說檀州洞仙侍郎聽得報來折了一員正將，堅閉城門，不出迎敵；又聽的報有水軍戰船，在於城下，遂乃引眾番將，上城觀看。只見宋江陣中猛將，搖旗吶喊，耀武揚威，搦戰廝殺。洞仙侍郎見了說道：「似此，怎不輸了小將軍阿里奇？」當下副將楚明玉答應道：「小將軍那裡是輸與那廝？蠻兵先輸了，俺小將軍趕將過去，被那裡一個穿綠的蠻子，一石子打下馬去。那廝隊裡四個蠻子，四條槍，便來攢住了。俺這壁廂措手不及，以此輸與他了。」洞仙侍郎道：「那個打石子的蠻子，怎地模樣？」左右有認得的，指著說道：「城下兀那個帶青包巾，現今披著小將軍的衣甲，騎著小將軍的馬，那個便是。」洞仙侍郎攀著女牆邊看時，只見張清已自先見了，趲馬向前，只一石子飛來。左右齊叫一聲躲時，那石子早從洞仙侍郎耳根邊擦過，把耳輪擦了一片皮。洞仙侍郎負疼道：「這個蠻子，直這般利害！」下城來，一面寫表，申奏大遼郎主，一面行報外境各州提備。

卻說宋江引兵在城下，一連打了三五日，不能取勝，再引軍馬，回密雲縣屯駐，帳中坐下，計議破城之策。只見戴宗報來，取到水軍頭領，乘駕戰船，都到潞水。宋江便教李俊等到軍中商議。李俊等都到帳前參見宋江。宋江道：「今次廝殺，不比在梁山泊時，可要先探水勢深淺，方可進兵。我看這條潞水，水勢甚急，倘或一失，難以救應。爾等宜仔細，不可托大！將船隻蓋伏的好著，只扮作運糧船相似。你等頭領，各帶暗器，潛伏於船內。止著三五人撐駕搖櫓，岸上著兩人牽拽，一步步挨到城下，把船泊在兩岸，待我這裡進兵。城中知道，必開水門來搶糧船。爾等伏兵卻起，奪他水門，可成大功。」李俊等聽令去了。只見探水小校報道：「西北上有一彪軍馬，捲殺而來，都打著皂雕旗，約有一萬餘人，望檀州來了。」吳用道：「必是遼國調來救兵。我這裡先差幾將攔截廝殺，殺的散時，免令城中得他壯膽。」宋江便差張清、董平、關勝、林沖，各帶十數個小頭領，五千軍馬，飛奔前來。

原來遼國郎主，聞知說是梁山泊宋江這伙好漢，領兵殺至檀州，圍了城子，待差這兩個皇侄，前來救應：一個喚做耶律國珍，一個喚做國寶。兩個乃是遼國上將，又是皇侄，皆有萬夫不當之勇。引起一萬番兵，來救檀州。看看至近，迎著宋兵。兩邊擺開陣勢，兩員番將，一齊出馬，但見：

頭戴妝金嵌寶三叉紫金冠，身披錦邊珠嵌鎖子黃金鎧。身上猩猩血染戰紅袍，袍上斑斑錦織金翅雕。腰繫白玉帶，背插虎頭牌。左邊袋內插持弓，右手壺中攢硬箭。手中搦丈二綠沉槍，坐下騎九尺銀鬃馬。

那番將是弟兄兩個，都一般打扮，都一般使槍。宋兵迎著，擺開陣勢。雙槍將董平出馬，厲聲高叫：「來者甚處番賊？」那耶律國珍大怒，喝道：「水窪草寇，敢來犯吾大國，倒問俺那裡來的？」董平也不再問，躍馬挺槍，直搶耶律國珍。那番家年少的將軍，性氣正剛，那裡肯饒人一步，挺起鋼槍，直迎過來。二馬相交，三槍亂舉。二將正在征塵影裡，殺氣叢中，使雙槍的，另有槍法；使單槍的，各用神機。兩個鬥過五十合，不分勝敗。那耶律國寶，見哥哥戰了許多時，恐怕力怯，就中軍篩起鑼來。耶律國珍正鬥到熱處，聽得鳴鑼，急要脫身，被董平兩條槍絞住，那裡肯放。耶律國珍此時心忙，槍法慢了些，被董平右手逼過綠沉槍，使起左手槍來，望番將項根上只一槍，搠個正著。可憐耶律國珍，金冠倒卓，兩腳登空，落於馬下。兄弟耶律國寶看見哥哥落馬，便搶出陣來，一騎馬，一條槍，奔來救取。宋兵陣上沒羽箭張清，見他過來，這裡那得放空，在馬上約住梨花槍，探只手去錦袋內，拈出一個石子，把馬一拍，飛出陣前。這耶律國寶飛也似來，張清迎頭撲將去。兩騎馬隔不的十來丈遠近，番將不提防，只道他來交戰。只見張清手起，喝聲道：「著！」那石子望耶律國寶面上打個正著，翻筋斗落馬。關勝、林沖擁兵掩殺。遼兵無主，東西亂竄。只一陣，殺散遼兵萬餘人馬，把兩個番官，全副鞍馬，兩面金牌，收拾寶冠袍甲，仍割下兩顆首級，當時奪了戰馬一千餘匹，解到密雲縣來見宋江獻納。宋江大喜，賞勞三軍，書寫董平、張清第二功，等打破檀州，一並申奏。

宋江與吳用商議，到晚寫下軍帖，差調林沖、關勝，引領一彪軍馬，從西北上去取檀州；再調呼延灼、董平，也引一彪軍馬，從東北上進兵；卻教盧俊義引一彪軍馬，從西南上取路；「我等中軍，從東南路上去，只聽得炮響，一齊進發。」卻差炮手凌振，及李逵、樊瑞、鮑旭，並牌手項充、李衮，將帶滾牌軍一千餘人，直去城下，施放號炮。至二更為期，水陸並進。各路軍兵，都要廝應。號令已了，諸軍各各準備取城。

且說洞仙侍郎正在檀州堅守，專望救兵到來；卻有皇侄敗殘人馬，逃命奔入城中，備細告說，兩個皇侄大王，耶律國珍被個使雙槍的害了，耶律國寶被個戴青包巾的，使石子打下馬來拿去。洞仙侍郎跌（跺）腳罵道：「又是這蠻子！不爭損了二位皇侄，教俺有甚面目去見郎主？拿住那個青包巾的蠻子時，碎碎的割那廝！」至晚，番兵報洞仙侍郎道：「潞水河內，有五七百隻糧船，泊在兩岸，遠遠處又有軍馬來也！」洞仙侍郎聽了道：「那蠻子不識俺的水路，錯把糧船直行到這裡。岸上人馬，一定是來尋糧船。」便差三員番將，楚明玉、曹明濟、咬兒惟康，前來吩咐道：「那宋江等蠻子，今晚又調許多人馬來，卻有若干糧船，在俺河裡。可教咬兒惟康引一千軍馬出城衝突，卻教楚明玉、曹明濟開放水門，從緊溜裡放船出去。三停之內，截他二停糧船，便是汝等幹大功也！」不知成敗何如，有詩為證：

妙算從來迥不同，檀州城下列艨艟。
待郎不識兵家意，反自開門把路通。

再說宋江人馬，當晚黃昏左側，李逵、樊瑞為首，將引步軍在城下大罵。洞仙侍郎叫咬兒惟康，催趲軍馬，出城衝殺。城門開處，放下吊橋，遼兵出城。卻說李逵、樊瑞、鮑旭、項充、李袞五個好漢，引一千步軍，盡是悍勇刀牌手，就吊橋邊衝住，番軍人馬，那裡能勾出得城來。凌振卻在軍中，搭起炮架，準備放炮，只等時候來到。由他城上放箭，自有牌手左右遮抵著，鮑旭卻在後面吶喊。雖是一千餘人，卻有萬餘人的氣象。洞仙侍郎在城中見軍馬衝突不出，急叫楚明玉、曹明濟開了水門搶船。此時宋江水軍頭領，都已先自伏在船中準備，未曾動撣。見他水門開了，一片片絞起閘板，放出戰船來。凌振得了消息，便先點起一個風火炮來。炮聲響處，兩邊戰船，廝迎將來，抵敵番船。左邊踴出李俊、張橫、張順，右邊踴出阮家三弟兄，都使著戰船，殺入番船隊裡。番將楚明玉、曹明濟，見戰船踴躍而來，抵敵不住，料道有埋伏軍兵；急待要回船，早被這裡水手軍兵，都跳過船來，只得上岸而走。宋江水軍那六個頭領，先搶了水門。管門番將，殺的殺了，走的走了。這楚明玉、曹明濟，各自逃命去了。水門上預先一把火起，凌振又放一個車箱炮來。那炮直飛在半天裡響。洞仙侍郎聽得火炮連天聲響，嚇得魂不附體。李逵、樊瑞、鮑旭引領牌手項充、李衮等眾，直殺入城。洞仙侍郎和咬兒惟康在城中，看見城門已都被奪了，又見四路宋兵，一齊都殺到來，只得上馬，棄了城池，出北門便走。未及二里，正撞著大刀關勝、豹子頭林沖，攔住去路。正是天羅密布難移步，地網高張怎脫身。畢竟洞仙侍郎怎的逃生，且聽下回分解。

第八十四回
宋公明兵打薊州城　盧俊義大戰玉田縣

話說洞仙侍郎見檀州已失，只得奔走出城，同咬兒惟康擁護而行。正撞著林沖、關勝，大殺一陣，那裡有心戀戰，望刺斜裡，死命撞出去。關勝、林沖要搶城子，也不來追趕，且奔入城。

卻說宋江引大隊軍馬入檀州，趕散番軍，一面出榜，安撫百姓軍民，秋毫不許有犯。傳令教把戰船盡數收入城中。一面賞勞三軍，及將在城遼國所用官員，有姓者仍前委用，無姓番官盡行發遣出城，還於沙漠。一面寫表申奏朝廷，得了檀州，盡將府庫財帛金寶，解赴京師，寫書申呈宿太尉，題奏此事。

天子聞奏，龍顏大喜。隨即降旨，欽差東京府同知趙安撫統領二萬御營軍馬，前來監戰。卻說宋江等聽得報來，引眾將出郭遠遠迎接，入到檀州府內歇下，權為行軍帥府。諸將頭目，盡來參見，施禮已畢。原來這趙安撫，祖是趙家宗派，為人寬仁厚德，作事端方，亦是宿太尉於天子前保奏，特差此人上邊，監督兵馬。這趙安撫見了宋江仁德，十分歡喜，說道：「聖上已知你等眾將用心，軍士勞苦，特差下官前來軍前監督，就賚賞賜金銀緞匹二十五車，但有奇功，申奏朝廷，請降官封。將軍今已得了州郡，下官再當申達朝廷。眾將皆須盡忠竭力，早成大功，班師回京，天子必當重用。」宋江等拜謝道：「請煩安撫相公，鎮守檀州，小將等分兵攻取遼國緊要州郡，教他首尾不能相顧。」一面將賞賜俵散軍將，一面勒回各路軍馬聽調，攻取遼國州郡。有楊雄稟道：「前面便是薊州相近。此處是個大郡，錢糧極廣，米麥豐盈，乃是遼國庫藏。打了薊州，諸處可取。」宋江聽罷，便請軍師吳用商議。

卻說洞仙侍郎與咬兒惟康正往東走，撞見楚明玉、曹明濟，引著些敗殘軍馬，一同投奔薊州。入得城來，見了御弟大王耶律得重，訴說：「宋江兵將浩大，內有一個使石子的蠻子，十分了得。那石子百發百中，不放一個空，最會打人。兩位皇侄並小將阿里奇，盡是被他石子打死了。」耶律大王道：「既是這般，你且在這裡幫俺殺那蠻子。」說猶未了，只見流星探馬報將來，說道：「宋江兵分兩路，來打薊州，一路殺至平峪縣，一路殺至玉田縣。」御弟大王聽了，隨即便教洞仙侍郎：「將引本部軍馬，把住平峪縣口，不要和他廝殺。俺先引兵，且拿了玉田縣的蠻子，卻從背後抄將過來，平峪縣的蠻子，走往那裡去？」一邊關報霸州、幽州，教兩路軍馬，前來接應。」原來這薊州，卻是遼國郎主差御弟耶律得重守把。部領四個孩兒：長子宗雲，次子宗電，三子宗雷，四子宗霖。手下十數員戰將，一個總兵大將，喚做寶密聖，一個副總兵，喚做天山勇，守住著薊州城池。當時御弟大王，囑咐寶密聖守城，親引大軍，將帶四個孩兒，並副總兵天山勇，飛奔玉田縣來。

且說宋江引兵前至平峪縣，見前面把住關隘，未敢進兵，就平峪縣西屯住。

卻說盧俊義引許多戰將，三萬人馬，前到玉田縣，早與遼兵相近。盧俊義便與軍師朱武商議道：「目今與遼兵相近，只是吳人不識越境（古代吳越兩個相鄰的敵國互不了解對方情況），到他地理生疏，何策可取？」朱武答道：「若論愚意，未知他地理，諸軍不可擅進；可將隊伍擺為長蛇之勢，首尾相應，循環無端：如此則不愁地理生疏。」盧先鋒道：「軍師所言，正合吾意。」遂乃催兵前進。遠遠望見遼兵蓋地而來，但見：

黃沙漫漫，黑霧濃濃。皂雕旗展一派烏雲，拐子馬（三匹戰馬連接成馬隊）蕩半天殺氣。青氈笠帽，似千池荷葉弄輕風；鐵打兜鍪，如萬頃海洋凝凍日。人人衣襟左掩，個個發搭齊肩。連環鐵鎧重披，刺納戰袍緊系。番軍壯健，黑面皮碧眼黃鬚；達馬咆哮，闊膀膊鋼腰鐵腳。羊角弓攢沙柳箭，虎皮袍襯窄雕鞍。生居邊塞，長成會拽硬弓；世本朔方，養大能騎劣馬。銅絣羯鼓軍前打，蘆葉胡笳馬上吹。

那御弟大王耶律得重，引兵先到玉田縣，將軍馬擺開陣勢。宋軍中朱武上雲梯看了，下來回報盧先鋒道：「番人布的陣，乃是五虎靠山陣，不足為奇。」朱武再上將台，把號旗招動，左盤右旋，調撥眾軍，也擺一個陣勢。盧俊義看了不識，問道：「此是何陣勢？」朱武道：「此乃是鯤（傳說中的一種大魚）化為鵬（傳說中的大鳥）陣。」盧俊義道：「何為『鯤化為鵬』？」朱武道：「北海有魚，其名曰鯤，能化大鵬，一飛九萬里。此陣遠觀近看，只是個小陣，若來攻時，便變做大陣，因此喚做『鯤化為鵬』。」盧俊義聽了，稱贊不已。

對陣敵軍鼓響，門旗開處，那御弟大王，親自出馬，四個孩兒，分在左右，都是一般披掛，但見：

頭戴鐵縵笠戧箭番盔，上拴純黑球纓。身襯寶圓鏡柳葉細甲，繫條獅蠻金帶。踏鐙靴半彎鷹嘴，梨花袍錦繡盤龍。各掛強弓硬弩，都騎駿馬雕鞍。腰間盡插錕吾劍，手內齊拿掃帚刀。

中間御弟大王，兩邊四個小將軍，身上兩肩胛，都懸著小小明鏡，鏡邊對嵌著皂纓。四口寶刀，四騎快馬，齊齊擺在陣前。那御弟大王背後，又是層層擺列，自有許多戰將。那四員小將軍高聲大叫：「汝等草賊，何敢犯吾邊界！」盧俊義聽得，便問道：「兩軍臨敵，那個英雄當先出戰？」說猶未了，只見大刀關勝，舞起青龍偃月刀，爭先出馬。那邊番將耶律宗雲，舞刀拍馬，來迎關勝。兩個鬥不上五合，耶律宗霖拍馬舞刀，便來協助。呼延灼見了，舉起雙鞭，直出迎住廝殺。那兩個耶律宗電、耶律宗雷弟兄，挺刀躍馬，齊出交戰。這裡徐寧、索超，各舉兵器相迎。四對兒在陣前廝殺，絞做一團，打做一塊。

正鬥之間，沒羽箭張清看見，悄悄的縱馬趲向陣前。卻有檀州敗殘的軍士，認得張清，慌忙報知御弟大王道：「這對陣穿綠戰袍的蠻子，便是慣飛石子的。他如今趲馬出陣來，又使前番手段。」天山勇聽了便道：「大王放心，教這蠻子吃俺一弩箭！」原來那天山勇，馬上慣使漆抹弩，一尺來長鐵翎箭，有名喚做「一點油」。那天山勇在馬上把了事環帶住，趲馬出陣，教兩個副將在前面影射（掩護）著，三騎馬悄悄直趲至陣前。張清又先見了，偷取石子在手，看著那番官當頭的，只一石子，急叫：「著！」早從盔上擦過。那天山勇卻閃在這將馬背後，安得箭穩，扣得弦正，覷著張清較親，直射將來。張清叫聲：「阿也！」急躲時，射中咽喉，翻身落馬。雙槍將董平、九紋龍史進，將引解珍、解寶，死命去救回。盧先鋒看了，急教拔出箭來，血流不止，項上便束縛兜住。隨即叫鄒淵、鄒潤扶張清上車子，護送回檀州，教神醫安道全調治。

車子卻才去了，只見陣前喊聲又起，報道：「西北上有一彪軍馬，飛奔殺來，並不打話，橫衝直撞，趕入陣中。」盧俊義見箭射了張清，無心戀戰；四將各佯輸詐敗，退回去了。四個番將，乘勢趕來；西北上來的番軍，刺斜裡又殺將來；對陣的大隊番軍，山倒也似，踴躍將來，那裡變得陣法。三軍眾將，隔得七斷八續，你我不能相救，只留盧俊義一騎馬，一條槍，倒殺過那邊去了。天色傍晚，四個小將軍卻好回來，正迎著盧俊義。一騎馬，一條槍，力敵四個番將，並無半點懼怯。約鬥了一個時辰，盧俊義得便處，賣個破綻，耶律宗霖把刀砍將入來，被盧俊義大喝一聲，那番將措手不及，著一槍，刺下馬去。那三個小將軍，各吃了一驚，皆有懼色，無心戀戰，拍馬去了。盧俊義下馬，拔刀割了耶律宗霖首級，拴在馬項下。翻身上馬，望南而行，又撞見一伙遼兵，約有一千餘人。被盧俊義又撞殺入去，遼兵四散奔走。再行不到數里，又撞見一彪軍馬。

此夜月黑，不辨是何處的人馬，只聽得語音，卻是宋朝人說話。盧俊義便問：「來軍是誰？」卻是呼延灼答應。盧俊義大喜，合兵一處。呼延灼道：「被遼兵衝散，不相救應。小將撞開陣勢，和韓滔、彭玘直殺到此，不知諸將如何。」盧俊義又說：「力敵四將，被我殺了一個，三個走了。次後又撞著一千餘人，亦被我殺散。來到這裡，不想迎著將軍。」兩個並馬，帶著從人，望南而行。不過十數里路，前面早有軍馬攔路。呼延灼道：「黑夜怎地廝殺，待天明決一死戰！」對陣聽得，便問道：「來者莫非呼延灼將軍？」呼延灼認得聲音，是大刀關勝，便叫道：「盧頭領在此！」眾頭領都下馬，且來草地上坐下。盧俊義、呼延灼說了本身之事。關勝道：「陣前失利，你我不相救應。我和宣贊、郝思文、單廷珪、魏定國五騎馬，尋條路走，然後收拾得軍兵一千餘人，來到這裡。不識地理，只在此伏路，待天明卻行。不想撞著哥哥。」合兵一處，眾人捱到天曉，迤邐望南再行。將次到玉田縣，見一彪人馬哨路。看時，卻是雙槍將董平、金槍手徐寧，弟兄們都紮住玉田縣中，遼兵盡行趕散，說道：「侯健、白勝兩個，去報宋公明，只不見了解珍、解寶、楊林、石勇。」盧俊義教且進兵。在玉田縣界，檢點眾將軍校，不見了五千餘人，心中煩惱。巳牌時分，有人報道：「解珍、解寶、楊林、石勇，將領二千餘人來了。」盧俊義又喚來問時，解珍道：「俺四個倒撞過去了！深入重地，迷蹤失路，急切不敢回轉。今早又撞見遼兵，大殺了一場，方才到得這裡。」盧俊義叫將耶律宗霖首級，於玉田縣號令，撫諭三軍百姓。

未到黃昏前後，軍士們正要收拾安歇，只見伏路小校來報道：「遼兵不知多少，四面把縣圍了。」盧俊義聽得大驚，引了燕青上城看時，遠近火把，有十里厚薄。一個小將軍，當先指點，正是耶律宗雲，騎著一匹劣馬，在火把中間，催趲三軍。燕青道：「昨日張清中他一冷箭，今日回禮則個！」燕青取出弩子，一箭射去，正中番將鼻凹，番將落馬。眾兵急救時，宗雲已自傷悶不醒。番軍早退五里。

盧俊義縣中與眾將商議：「雖然放了一冷箭，遼兵稍退，天明必來攻，圍裹的鐵桶相似，怎生救解？」朱武道：「宋公明若得知這個消息，必然來救；裡應外合，方可免難。」眾人捱到天明，望見遼兵四面擺得無縫。只見東南上塵土起，兵馬數萬人而來，眾將皆望南兵。朱武道：「此必是宋公明軍馬到了！等他收軍，齊望南殺去，這裡盡數起兵，隨後一掩。」

且說對陣遼兵，從辰時直圍到未牌，正待困倦，卻被宋江軍馬殺來，抵當不住，盡數收拾都去。朱武道：「不就這裡追趕，更待何時！」盧俊義當即傳令，開縣四門，盡領軍馬，出城追殺，遼兵大敗，殺得星落雲散，七斷八續，遼兵四散敗走。宋江趕得遼兵去遠，到天明鳴金收軍，進玉田縣，盧先鋒合兵一處，訴說攻打薊州。留下柴進、李應、李俊、張橫、張順、阮家三弟兄、王矮虎、一丈青、孫新、顧大嫂、張青、孫二娘、裴宣、蕭讓、宋清、樂和、安道全、皇甫端、童威、童猛、王定六，都隨趙樞密在檀州守御。其餘諸將，分作左右二軍。宋先鋒總領左軍人馬四十八員：軍師吳用、公孫勝、林沖、花榮、秦明、黃信、朱仝、雷橫、劉唐、李逵、魯智深、武松、楊雄、石秀、孫新、孫立、歐鵬、鄧飛、呂方、郭盛、樊瑞、鮑旭、項充、李袞、穆弘、穆春、孔明、孔亮、燕順、馬麟、施恩、薛永、宋萬、杜遷、朱貴、朱富、凌振、湯隆、蔡福、蔡慶、戴宗、蔣敬、金大堅、段景住、時遷、郁保四、孟康。盧先鋒總領右軍人馬三十七員：軍師朱武、關勝、呼延灼、董平、張清、索超、徐寧、燕青、史進、解珍、解寶、韓滔、彭玘、宣贊、郝思文、單廷珪、魏定國、陳達、楊春、李忠、周通、陶宗旺、鄭天壽、龔旺、丁得孫、鄒淵、鄒潤、李立、李雲、焦挺、石勇、侯健、杜興、曹正、楊林、白勝。分兵已罷，作兩路來取薊州：宋先鋒引軍取平峪縣進發，盧俊義引兵取玉田縣進發。趙安撫與二十三將，鎮守檀州，不在話下。

且說宋江見軍士連日辛苦，且教暫歇；攻打薊州，自有計較了。先使人往檀州，問張清箭瘡如何。神醫安道全使人回話道：「雖然外損皮肉，卻不傷內，請主將放心。調理的膿水乾時，自然無事。即日炎天，軍士多病，已稟過趙樞密相公，遣蕭讓、宋清，前往東京收買藥餌，就向太醫院關支(支取)暑藥。皇甫端亦要關給官局內啖馬的藥材物料，都委蕭讓、宋清去了。就報先鋒知道。」宋江聽的，心中頗喜，再與盧先鋒計較，先打薊州。宋江道：「我未知你在玉田縣受圍時，已自先商量下計了。有公孫勝原是薊州人，楊雄亦曾在那府裡做節級，石秀、時遷亦在那裡住的久遠。前日殺退遼兵，我教時遷、石秀，也只做敗殘軍馬，雜在裡面，必然都投薊州城內住紮。他兩個若入的城中，自有去處。時遷曾獻計道：『薊州城有一座大寺，喚叫寶嚴寺，廊下有法輪寶藏，中間是大雄寶殿，前有一座寶塔，直聳雲霄。』石秀說道：『教他去寶塔頂上躲著，每日飯食，我自對付來與他吃。只等城外哥哥軍馬攻打得緊急時，然後卻就寶嚴寺塔上，放起火來為號。』時遷自是個慣飛簷走壁的人，那裡不躲了身子？石秀臨期自去州衙內放火，他兩個商量已定，自去了。我這裡一面收拾進兵。」有西江月為證：

山後遼兵侵境，中原宋帝興軍。水鄉取出眾天星，奉詔去邪歸正。暗地時遷放火，更兼石秀同行。等閒打破永平城，千載功勳可敬！

次日，宋江引兵，撇了平峪縣，與盧俊義合兵一處，催起軍馬，徑奔薊州來。

且說御弟大王自折了兩個孩兒，不勝懊恨，便同大將寶密聖、天山勇、洞仙侍郎等商議道：「前次涿州、霸州兩路救兵，各自分散前去。如今宋江合兵在玉田縣，早晚進兵，來打薊州，似此怎生奈何（怎麼辦）？」大將寶密聖道：「宋江兵若不來，萬事皆休。若是那伙蠻子來時，小將自出去與他相敵；若不活拿他幾個，這廝們那裡肯退？」洞仙侍郎道：「那蠻子隊有那個穿綠袍的，慣使石子，好生利害，可以提防他。」天山勇道：「這個蠻子，已被俺一弩箭，射中咽喉，多是死了也！」洞仙侍郎道：「除了這個蠻子，別的都不打緊。」正商議間，小校來報，宋江軍馬，殺奔薊州來。御弟大王連忙整點三軍人馬，教寶密聖、天山勇火速出城迎敵。離城三十里外，與宋江對敵。

各自擺開陣勢，番將寶密聖橫槊出馬。宋江在陣前見了，便問道：「斬將奪旗，乃見頭功！」說猶未了，只見豹子頭林沖，便出陣前來，與番將寶密聖大戰。兩個鬥了三十餘合，不分勝敗。林沖要見頭功，特丈八蛇矛，鬥到間深裡，暴雷也似大叫一聲，撥過長槍，用蛇矛去寶密聖脖項上刺中一矛，搠下馬去。宋江大喜。兩軍發喊。番將天山勇見刺了寶密聖，橫槍便出。宋江陣裡，徐寧挺鉤鐮槍直迎將來。二馬相交，鬥不到二十來合，被徐寧手起一槍，把天山勇搠於馬下。宋江見連贏了二將，心中大喜，催軍混戰。遼兵大敗，望薊州奔走。宋江軍馬趕了十數里，收兵回來。

當日宋江紮下營寨，賞勞三軍，次日傳令，拔寨都起，直抵薊州。第三日，御弟大王見折了二員大將，十分驚慌，又見報道：「宋軍到了！」忙與洞仙侍郎道：「你可引這支軍馬，出城迎敵，替俺分憂也好。」洞仙侍郎不敢不依，只得引了咬兒惟康、楚明玉、曹明濟，領起一千軍馬，就城下擺開。宋江軍馬漸近城邊，雁翅般排將來。門旗開處，索超橫擔大斧，出馬陣前。番兵隊裡，咬兒惟康便搶出陣來。兩個並不打話，二將相交，鬥到二十餘合。番將終是膽怯，無心戀戰，只得要走。索超縱馬趕上，雙手輪起大斧，覷著番將腦門上劈將下來，把這咬兒惟康腦袋，劈做兩半個。洞仙侍郎見了，慌忙叫楚明玉、曹明濟，快去策應。這兩個已自八分膽怯，因吃逼不過，只得挺起手中槍，向前出陣。宋江軍中九紋龍史進，見番軍中二將雙出，便舞刀拍馬，直取二將。史進逞起英雄，手起刀落，先將楚明玉砍於馬下。這曹明濟急待要走，史進趕上一刀，也砍於馬下。史進縱馬殺入遼軍陣內，宋江見了，鞭梢一指，驅兵大進，直殺到吊橋邊。耶律得重見了，越添愁悶，便教緊閉城門，各將上城緊守。一面申奏郎主，一面差人往霸州、幽州求救。

且說宋江與吳用計議道：「似此城中緊守，如何擺布？」吳用道：「既城中已有石秀、時遷在裡面，如何耽擱的長遠？教四面豎起雲梯炮架，即便攻城。再教凌振將火炮四下裡施放，打將入去。攻擊得緊，其城必破。」宋江即便傳令，四面連夜攻城。

再說御弟大王，見宋兵四下裡攻擊得緊，盡驅薊州在城百姓，上城守護。當下石秀在城中寶嚴寺內，守了多日，不見動靜。只見時遷來報道：「城外哥哥軍馬，打得城子緊。我們不就這裡放火，更待何時？」石秀見說了，便和時遷商議，先從寶塔上放起一把火來，然後去佛殿上燒著。時遷道：「你快去州衙內放火。在南門要緊的去處，火著起來，外面見了，定然加力攻城，愁他不破！」兩個商量了，都自有引火的藥頭、火刀、火石、火筒、煙煤，藏在身邊。當日晚來，宋江軍馬打城甚緊。

卻說時遷，他是個飛簷走壁的人，跳牆越城，如登平地。當時先去寶嚴寺塔上，點起一把火來。那寶塔最高，火起時，城裡城外，那裡不看見。火光照得三十餘里遠近，似火鑽一般。然後卻來佛殿上放火。那兩把火起，城中鼎沸起來。百姓人民，家家老幼慌忙，戶戶兒啼女哭，大小逃生。石秀直爬去薊州衙門庭屋上風板裡，點起火來。薊州城中，見三處火起，知有細作，百姓那裡有心守護城池，已都阻當不住，各自逃歸看家。沒多時，山門裡又一把火起，卻是時遷出寶嚴寺來，又放了一把火。那御弟大王，見了城中無半個更次，四五路火起，知宋江有人在城裡。急急收拾軍馬，帶了老小，並兩個孩兒，裝載上車，開了北門便走。宋江見城中軍馬慌亂，催促軍兵，捲殺入城。城裡城外，喊殺連天，早奪了南門。洞仙侍郎見寡不敵眾，只得跟隨御弟大王，投北門而走。

宋江引大隊軍馬，入薊州城來，便傳下將令，先教救滅了四邊風火。天明出榜，安撫薊州百姓。將三軍人馬，盡數收入薊州屯住，賞勞三軍諸將。功績簿上，標寫石秀、時遷功次，便行文書，申復趙安撫知道得了薊州大郡，請相公前來駐紮。趙安撫回文書來說道：「我在檀州，權且屯紮，教宋先鋒且守住薊州。即目炎暑，天氣暄熱，未可動兵。待到天氣微涼，再作計議。」宋江得了回文，便教盧俊義分領原撥軍將，於玉田縣屯紮，其餘大隊軍兵，守住薊州。待到天氣微涼，別行聽調。

卻說御弟大王耶律得重與洞仙侍郎，將帶老小，奔回幽州，直至燕京，來見大遼郎主。且說遼國郎主，升坐金殿，聚集文武兩班臣僚，朝參已畢。有門合門大使奏道：「薊州御弟大王，回至門下。」郎主聞奏，忙教宣召，宣至殿下。那耶律得重與洞仙侍郎，俯伏御階之下，放聲大哭。郎主道：「俺的愛弟，且休煩惱，有甚事務，當以盡情奏知寡人。」那耶律得重奏道：「宋朝童子皇帝，差調宋江領兵前來征討，軍馬勢大，難以抵敵。送了臣的兩個孩兒，殺了檀州四員大將。宋軍席捲而來，又失陷了薊州，特來殿前請死！」大遼國主聽了，傳聖旨道：「卿且起來，俺的這裡好生商議。」郎主道：「引兵的那蠻子，是甚人？這等嘍羅！」班部中右丞相太師褚堅，出班奏道：「臣聞宋江這伙，原是梁山泊水滸寨草寇，卻不肯殺害良民，專一替天行道，只殺濫官污吏、詐害百姓的人。後來童貫、高俅，引兵前去收捕，被宋江只五陣，殺得片甲不回。他這伙好漢，剿捕他不得。童子皇帝遣使三番降詔去招安，他後來都投降了。只把宋江封為先鋒使，又不曾實授官職，其餘都是白身人。今日差將他來，便和俺們廝殺。他道有一百八人，應天上星宿。這伙人好生了得，郎主休要小覷了他！」郎主道：「你這等話說時，恁地怎生是好？」班部叢中轉出一員官，乃是歐陽侍郎，襴袍拂地，象簡當胸，奏道：「郎主萬歲！臣雖不才，願獻小計，可退宋兵。」郎主大喜道：「你既有好的見識，當下便說。」歐陽侍郎言無數句，話不一席，有分教，宋江名標青史，事載丹書。正是護國謀成欺呂望，順天功就賽張良。畢竟歐陽侍郎奏出甚事來，且聽下回分解。

第八十五回

宋公明夜度益津關　吳學究智取文安縣

話說當下歐陽侍郎奏道：「宋江這伙，都是梁山泊英雄好漢。如今宋朝童子皇帝，被蔡京、童貫、高俅、楊戩四個賊臣弄權，嫉賢妒能，閉塞賢路，非親不進，非財不用，久後如何容得他們！論臣愚意，郎主可加官爵，重賜金帛，多賞輕裘肥馬。臣願為使臣，說他來降俺大遼國。郎主若得這伙軍馬來，覷中原如同反掌。臣不敢自專，乞郎主聖鑑不錯。」郎主聽罷，便道：「你也說得是。你就為使臣，將帶一百八騎好馬，一百八匹好緞子，俺的敕命一道，封宋江為鎮國大將軍，總領遼兵大元帥；賜與金一提，銀一秤，權當信物；教把眾頭目的姓名，都抄將來，盡數封他官爵。」只見班部中兀顏都統軍出來啟奏郎主道：「宋江這一伙草賊，招安他做甚？放著奴婢手下，有二十八宿將軍，十一曜大將，有的是強兵猛將，怕不贏他？若是這伙蠻子不退呵，奴婢親自引兵去剿殺這廝。」國主道：「你便是了得好漢，如插翅大蟲，再添的這伙呵，你又加生兩翅。你且休得阻當。」遼主不聽兀顏之言，再有誰敢多言。原來這兀顏光都統軍，正是遼國第一員上將，十八般武藝，無有不通，兵書戰策，盡皆熟閒。年方三十五六，堂堂一表，凜凜一軀，八尺有餘身材，面白唇紅，鬚黃眼碧，威儀猛勇。上陣時，仗條渾鐵點鋼槍，殺到濃處，不時掣出腰間鐵簡，使得錚錚有聲，端的是有萬夫不當之勇。

且不說兀顏統軍諫奏，卻說那歐陽侍郎領了遼國敕旨，將了許多禮物馬匹，徑投薊州來。宋江正在薊州作養軍士，聽得遼國有使命至，未審來意吉凶，遂取玄女之課，當下一卜，卜得個上上之兆。便與吳用商議道：「卦中上上之兆，多是遼國來招安我們，似此如之奈何？」吳用道：「若是如此時，正可將計就計，受了他招安。將此薊州與盧先鋒管了，卻取他霸州。若更得了他霸州，不愁他遼國不破。即今取了他檀州，先去遼國一隻左手。此事容易，只是放些先難後易，令他不疑。」

且說那歐陽侍郎已到城下，宋江傳令，教開城門，放他進來。歐陽侍郎入到城中，至州衙前下馬，直到廳上。敘禮罷，分賓主而坐。宋江便問：「侍郎來意何幹？」歐陽侍郎道：「有件小事，上達鈞聽，乞屏左右。」宋江遂將左右喝退，請進後堂深處說話。歐陽侍郎至後堂，欠身與宋江道：「俺大遼國，久聞將軍大名，爭奈山遙水遠，無由拜見威顏。又聞將軍在梁山大寨，替天行道，眾弟兄同心協力。今日宋朝奸臣們閉塞賢路，有金帛投於門下者，便得高官重用；無賄賂投於門下者，總有大功於國，空被沉埋，不得升賞。如此奸黨弄權，讒佞僥幸，嫉賢妒能，賞罰不明，以致天下大亂。江南、兩浙、山東、河北，盜賊並起，草寇猖狂，良民受其塗炭，不得聊生。今將軍統十萬精兵，赤心歸順，止得先鋒之職，又無升受品爵；眾弟兄劬勞報國，俱各白身之士，遂命引兵直抵沙漠，受此勞苦，與國建功，朝廷又無恩賜。此皆奸臣之計。若沿途擄掠金珠寶貝，令人饋送浸潤，與蔡京、童貫、高俅、楊戩四個賊臣，可保官爵，恩命立至。若還不肯如此行事，將軍縱使赤心報國，建大功勳，回到朝廷，反坐(反誣)罪犯。歐某今奉大遼國主，特遣小官齎敕命一道，封將軍為遼邦鎮國大將軍，總領兵馬大元帥。贈金一提，銀一秤，彩緞一百八匹，名馬一百八騎。便要抄錄一百八位頭領姓名赴國，照名欽授官爵。非來誘說將軍，此是國土久聞將軍盛德，特遣歐某前來，預請將軍眾將，同意協心，輔助本國。」宋江聽罷，便答道：「侍郎言之極是。爭奈宋江出身微賤，鄆城小吏，犯罪在逃，權居梁山水泊，避難逃災。宋天子三番降詔，赦罪招安，雖然官小職微，亦未曾立得功績，以報朝廷赦罪之恩。今蒙郎主賜我以厚爵，贈之以重賞；然雖如此，未敢拜受，請侍郎且回。即今溽暑炎熱，權令軍馬停歇，暫且借國王這兩個城子屯兵，守待早晚秋涼，再作商議。」歐陽侍郎道：「將軍不棄，權且受下遼王金帛、彩緞、鞍馬。俺回去，慢慢地再來說話，未為晚矣！」宋江道：「侍郎不知我等一百八人，耳目最多，倘或走透消息，先惹其禍。」歐陽侍郎道：「兵權執掌，盡在將軍手內，誰敢不從？」宋江道：「侍郎不知就裡。我等弟兄中間，多有性直剛勇之士。等我調和端正，眾所同心，卻慢慢地回話，亦未為遲。」有詩為證：

金帛重馱出薊州，熏風回首不勝羞。
遼王若問歸降事，雲在青山月在樓。

於是令備酒肴相待，送歐陽侍郎出城上馬去了。宋江卻請軍師吳用商議道：「適來遼國侍郎這一席話如何？」吳用聽了，長嘆一聲，低首不語，肚裡沉吟。宋江便問道：「軍師何故嘆氣？」吳用答道：「我尋思起來，只是兄長以忠義為主，小弟不敢多言。我想歐陽侍郎所說這一席話，端的是有理。目今宋朝天子，至聖至明，果被蔡京、童貫、高俅、楊戩四個奸臣專權，主上聽信。設使日後縱有成功，必無升賞。我等三番招安，兄長為尊，只得個先鋒虛職。若論我小子愚意，棄宋從遼，豈不為勝，只是負了兄長忠義之心。」宋江聽罷，便道：「軍師差矣！若從遼國，此事切不可提。縱使宋朝負我，我忠心不負宋朝。久後縱無功賞，也得青史上留名。若背正順逆，天不容恕！吾輩當盡忠報國，死而後已！」吳用道：「若是兄長存忠義於心，只就這條計上，可以取他霸州。目今盛暑炎天，且當暫停，將養軍馬。」宋江、吳用計議已定，且不與眾人說。同眾將屯駐薊州，待過暑熱。

次日，與公孫勝在中軍閒話，宋江問道：「久聞先生師父羅真人，乃盛世之高士。前番因打高唐州，要破高廉邪法，特地使戴宗、李逵來尋足下，說：『尊師羅真人，術法靈驗。』敢煩賢弟，來日引宋江去法座前，焚香參拜，一洗塵俗。未知尊意如何？」公孫勝便道：「貧道亦欲歸望老母，參省本師。為見兄長連日屯兵未定，不敢開言。今日正欲要稟仁兄，不想兄長要去。來日清晨，同往參禮本師，貧道就行省視老母。」次日，宋江暫委軍師掌管軍馬。收拾了名香淨果，金珠彩緞，將帶花榮、戴宗、呂方、郭盛、燕順、馬麟六個頭領。宋江與公孫勝共八騎馬，帶領五千步卒，取路投九宮縣二仙山來。宋江等在馬上，離了薊州，來到山峰深處。但見青松滿徑，涼氣翛翛，炎暑全無，端的好座佳麗之山。公孫勝在馬上道：「有名喚做呼魚鼻山。」宋江看那山時，但見：

四圍巀嵲，八面玲瓏。重重曉色映晴霞，瀝瀝琴聲飛瀑布。溪澗中漱玉飛瓊，石壁上堆藍疊翠。白雲洞口，紫藤高掛綠蘿垂；碧玉峰前，丹桂懸崖青蔓裊。引子蒼猿獻果，呼群麋鹿銜花。千峰競秀，夜深白鶴聽仙經；萬壑爭流，風暖幽禽相對語。地僻紅塵飛不到，山深車馬幾曾來。

當下公孫勝同宋江直至紫虛觀前，眾人下馬，整頓衣巾。小校托著信香禮物，徑到觀裡鶴軒前面。觀裡道眾，見了公孫勝，俱各向前施禮，同來見宋江，亦施禮罷。公孫勝便問：「吾師何在？」道眾道：「師父近日只在後面退居靜坐，少曾到觀。」公孫勝聽了，便和宋公明徑投後山退居內來。

轉進觀後，崎嶇徑路，曲折階衢。行不到一里之間，但見荊棘之籬，外面都是青松翠柏，籬內盡是瑤草琪花。中有三間雪洞，羅真人在內端坐誦經。童子知有客來，開門相接。公孫勝先進草庵鶴軒前，禮拜本師已畢，便稟道：「弟子舊友，山東宋公明，受了招安，今奉敕命，封先鋒之職，統兵來破遼虜，今到薊州，特地要來參禮我師，見在此間。」羅真人見說，便教請進。

宋江進得草庵，羅真人降階迎接。宋江再三懇請羅真人，坐受拜禮。羅真人道：「將軍國家上將，貧道乃山野村夫，何敢當此？」宋江堅意謙讓，要禮拜他。羅真人方才肯坐。宋江先取信香爐中焚爇，參禮了八拜，便呼花榮等六個頭領，俱各禮拜已了。羅真人都教請坐，命童子烹茶獻果已罷。羅真人乃曰：「將軍上應星魁，外合列曜，一同替天行道，今則歸順宋朝，此清名萬載不磨矣！」宋江道：「江乃鄆城小吏，逃罪上山，感謝四方豪傑，望風而來。同聲相應，同氣相求；恩如骨肉，情若股肱。天垂景象，方知上應天星地曜，會合一處。今奉詔命，統領大兵，征進遼國，徑涉仙境，夙生有緣，得一瞻拜。萬望真人指迷前程之事，不勝萬幸。」羅真人道：「蒙將軍不棄，折節下問。出家人違俗已久，心如死灰，無可效忠，幸勿督過。」宋江再拜求教。羅真人道：「將軍少坐，當具素齋。天色已晚，就此荒山草榻，權宿一宵，來早回馬。未知尊意若何？」宋江便道：「宋江正欲我師指教，點悟愚迷，安忍便去？」隨即喚從人托過金珠彩緞，上獻羅真人。羅真人乃曰：「貧道僻居野叟，寄形宇內，縱使受此金珠，亦無用處。隨身自有布袍遮體。綾錦彩緞，亦不曾穿。將軍統數萬之師，軍前賞賜，日費浩繁，所賜之物，乞請納回。」宋江再拜，望請收納。羅真人堅執不受，當即供獻素齋，齋罷，又吃了茶。羅真人令公孫勝回家省母，明早卻來，隨將軍回城，當晚留宋江庵中閒話。宋江把心腹之事，備細告知羅真人，願求指迷。羅真人道：「將軍一點忠義之心，與天地均同，神明必相護佑。他日生當封侯，死當廟食，決無疑慮。只是將軍一生命薄，不得全美。」宋江告道：

「我師，莫非宋江此身不得善終？」羅真人道：「非也！將軍亡必正寢，死必歸墳。只是所生命薄，為人好處多磨，憂中少樂。得意濃時，便當退步，切勿久戀富貴。」宋江再告：「我師，富貴非宋江之意，但願弟兄常常完聚，雖居貧賤，亦滿微心。只求大家安樂。」羅真人笑道：「大限到來，豈容汝等留戀乎？」宋江再拜，求羅真人法語。羅真人命童子取過紙筆，寫下八句法語：

忠心者少，義氣者稀。幽燕功畢，明月虛輝。
始逢冬暮，鴻雁分飛。吳頭楚尾，官祿同歸。

宋江看畢，不曉其意，再拜懇告：「乞我師金口剖決，指引迷愚。」羅真人道：「此乃天機，不可洩漏。他日應時，將軍自知。夜深更靜，請將軍觀內暫宿一宵，來日再會。貧道當年寢寐，未曾還的，再欲赴夢去也。將軍勿罪！」宋江收了八句法語，藏在身邊，辭了羅真人，來觀內宿歇。眾道眾接至方丈，宿了一宵。次日清晨，來參真人，其時公孫勝已到草庵裡了。羅真人叫備素饌齋飯相待。早饌已畢，羅真人再與宋江道：「將軍在上，貧道一言可稟。這個徒弟公孫勝，本從貧道山中出家，遠絕塵俗，正當其理。奈緣是一會下星辰，不由他不來。今俗緣日短，道行日長。若今日便留下，在此伏侍貧道，卻不見了弟兄往日情分。從今日跟將軍去十大功，如奏凱還京，此時相辭，卻望將軍還放。一者使貧道有傳道之人，二乃免他老母倚門之望。將軍忠義之士，必舉忠義之行。未知將軍雅意肯納貧道否？」宋江道：「師父法旨，弟子安敢不聽？況公孫勝先生與江弟兄，去住從他，焉敢阻當？」羅真人同公孫勝都打個稽首道：「謝承將軍金諾。」當下眾人，拜辭羅真人。羅真人直送宋江等出庵相別。羅真人道：「將軍善加保重，早得建節封侯。」宋江拜別，出到觀前。所有乘坐馬匹，在觀中餵養，從人已牽在觀外侯候。眾道士送宋江等出到觀外相別。宋江教牽馬至半山平坦之處，與公孫勝等一同上馬，再回薊州。

一路無話，早到城中，州衙前下馬。黑旋風李逵接著說道：「哥哥去望羅真人，怎生不帶兄弟去走一遭？」戴宗道：「羅真人說，你要殺他，好生怪你。」李逵道：「他也奈何的我也勾了！」眾人都笑。宋江入進衙內，眾人都到後堂。宋江取出羅真人那八句法語，遞與吳用看詳，不曉其意，眾人反復看了，亦不省得。公孫勝道：「兄長，此乃天機玄語，不可洩漏。收取過了，終身受用，休得只顧猜疑。師父法語，過後方知。」宋江遂從其說，藏於天書之內。

自此之後，屯駐軍馬，在薊州一月有餘，並無軍情之事。至七月半後，檀州趙樞密行文書到來，說奉朝廷敕旨，催兵出戰。宋江接得樞密院札付，便與軍師吳用計議，前到玉田縣，合會盧俊義等，操練軍馬，整頓軍器，分撥人員已定，再回薊州，祭祀旗纛，選日出師。聞左右報道：「遼國有使來到。」宋江出接，卻是歐陽侍郎，便請入後堂。敘禮已罷，宋江問道：「侍郎來意如何？」歐陽侍郎道：「乞退左右。」宋江隨即喝散軍士。侍郎乃言：「俺大遼國主，好生慕公之德。若蒙將軍慨然歸順，肯助大遼，必當建節封侯。全望早成大義，免俺國主懸望之心。」宋江答道：「這裡也無外人，亦當盡忠告訴：侍郎不知前番足下來時，眾軍皆知其意。內中有一半人，不肯歸順。若是宋江便隨侍郎出幽州，朝見郎主時，有副先鋒盧俊義，必然引兵追趕。若就那裡城下廝並，不見了我弟兄們日前的義氣。我今先帶些心腹之人，不揀那座城子，借我躲避。他若引兵趕來，知我下落，那時卻好回避他。他若不聽，卻和他廝並，也未遲。他若不知我等下落時，他軍馬回報東京，必然別生枝節。我等那時朝見郎主，引領大遼軍馬，卻來與他廝殺，未為晚矣！」歐陽侍郎聽了宋江這一席言語，心中甚喜，便回道：「俺這裡緊靠霸州，有兩個隘口：一個喚做益津關，兩邊都是險峻高山，中間只一條驛路；一個是文安縣，兩面都是惡山，過的關口，便是縣治。這兩座去處，是霸州兩扇大門。將軍若是如此，可往霸州躲避。本州是俺遼國國舅康裡定安守把。將軍可就那裡，與國舅同住，卻看這裡如何。」宋江道：「若得如此，宋江星夜使人回家，搬取老父，以絕根本。侍郎可暗地使人來引宋江去。只如此說，今夜我等收拾也。」歐陽侍郎大喜，別了宋江，上馬去了。有詩為證：

國士從胡志可傷，常山罵賊姓名香。
宋江若肯降遼國，何似梁山作大王。

當日宋江令人去請盧俊義、吳用、朱武到薊州，一同計較智取霸州之策，下來便見。宋江酌量已定，盧俊義領令去了。吳用、朱武暗暗吩咐眾將，如此如此而行。宋江帶去人數，林沖、花榮、朱仝、劉唐、穆弘、李逵、樊瑞、鮑旭、項充、李袞、呂方、郭盛、孔明、孔亮，共計一十五員頭領，止帶一萬來軍校。撥定人數，只等歐陽侍郎來到便行。望了兩日，只見歐陽侍郎飛馬而來，對宋江道：「俺郎主知道將軍實是好心的人，既蒙歸順，怕他宋兵做甚麼？俺大遼國，有的是好兵好將，強人壯馬相助。你既然要取令大人，不放心時，且請在霸州與國舅作伴，俺卻差人去取未遲。」宋江聽了，與侍郎道：「願去的軍將，收拾已完備，幾時可行？」歐陽侍郎道：「則今夜便行，請將軍傳令。」宋江隨即吩咐下去，都教馬摘鑾鈴，軍卒銜枚疾走，當晚便行。一面管待來使。黃昏左側，開城西門便出。歐陽侍郎引數十騎，在前領路。宋江引一支軍馬，隨後便行。約行過二十餘里，只見宋江在馬上猛然失聲，叫聲：「苦也！」說道：「約下軍師吳學究同來歸順大遼，不想來得慌速，不曾等的他來。軍馬慢行，卻快使人取接他來。」當時已是三更左側，前面已是益津關隘口。歐陽侍郎大喝一聲：「開門！」當下把關的軍將，開放關口，軍馬人將，盡數度關，直到霸州。天色將曉，歐陽侍郎請宋江入城，報知國舅康里定安。

原來這國舅，是大遼郎主皇後親兄，為人最有權勢，更兼膽勇過人。將著兩員侍郎，守住霸州：一個喚做金福侍郎，一個喚做葉清侍郎。聽得報道宋江來降，便叫軍馬且在城外下寨，只教為頭的宋先鋒請進城來。歐陽侍郎便同宋江入城，來見定安國舅。國舅見了宋江，一表非俗，便乃降價而接，請至後堂，敘禮罷，請在上坐。宋江答道：「國舅乃金枝玉葉，小將是投降之人，怎消受國舅殊禮重待？宋江將何報答？」定安國舅道：「多聽得將軍的名傳寰海，威鎮中原，聲名聞於大遼。俺的國主，好生慕愛。」宋江道：「小將比領國舅的福蔭，宋江當盡心報答郎主大恩。」定安國舅大喜，忙叫安排慶賀筵宴。一面又叫椎牛宰馬，賞勞三軍。城中選了一所宅子，教宋江、花榮等安歇，方才教軍馬盡數入城屯紮。花榮等眾將，都來見了國舅等眾人。番將同宋江一處安歇已了，宋江便請歐陽侍郎吩咐道：「可煩侍郎差人報與把關的軍漢，怕有軍師吳用來時，吩咐便可教他進關來，我和他一處安歇。昨夜來得倉卒，不曾等候得他。我一時與足下只顧先來了，正忘了他。軍情主事，少他不得。更兼軍師文武足備，智謀並優，六韜三略，無有不會。」歐陽侍郎聽了，隨即便傳下言語，差人去與益津關、文安縣二處把關軍將說知：「但有一個秀才模樣的人，姓吳名用，便可放他過來。」

且說文安縣得了歐陽侍郎的言語，便差人轉出益津關上，報知就裡，說與備細。上關來望時，只見塵頭蔽日，土霧遮天，有軍馬奔上關來。把關將士準備擂木炮石，安排對敵，只見山前一騎馬上，坐著一人，秀才模樣，背後一個行腳僧，一個行者，隨後又有數十個百姓，都趕上關來。馬到關前，高聲大叫：「我是宋江手下軍師吳用，欲待來尋兄長，被宋兵追趕得緊，你可開關救我！」把關將道：「想來正是此人。」隨即開關，放入吳學究來。只見那兩個行腳僧人、行者，也挨入關。關上人當住，那行者早撞在門裡了。和尚便道：「俺兩個出家人，被軍馬趕得緊，救咱們則個！」把關的軍，定要推出關去。那和尚發作，行者焦躁，大叫道：「俺不是出家人，俺是殺人的太歲魯智深、武松的便是！」花和尚輪起鐵禪杖，攔頭便打；武行者掣出雙戒刀，就便殺人，正如砍瓜切菜一般。那數十個百姓，便是解珍、解寶、李立、李雲、楊林、石勇、時遷、段景住、白勝、郁保四這伙人，早奔關裡，一發奪了關口。盧俊義引著軍兵，都趕到關上，一齊殺入文安縣來。把關的官員，那裡迎敵得住。這伙都到文安縣取齊。卻說吳用飛馬奔到霸州城下，守門的番官報入城來。宋江與歐陽侍郎在城邊相接，便教引見國舅康裡定安。吳用說道：「吳用不合來得遲了些個。正出城來，不想盧俊義知覺，直趕將來，追到關前。小生今入城來，此時不知如何。」又見流星探馬報將來說道：「宋兵奪了文安縣，軍馬殺近霸州。」定安國舅便教點兵，出城迎敵，宋江道：「未可調兵，等他到城下，宋江自用好言招撫他。如若不從，卻和他廝並未遲。」只見探馬又報將來說：「宋兵離城不遠！」定安國舅與宋江一齊上城看望。見宋兵整整齊齊，都擺列在城下。盧俊義頂盔掛甲，躍馬橫槍，點軍調將，耀武揚威，立馬在門旗之下，高聲大叫道：「只教反朝廷的宋江出來！」宋江立在城樓下女牆（矮牆）邊，指著盧俊義說道：「兄弟，所有宋朝賞罰不明，奸臣當道，讒佞專權，我已順了大遼國主。汝可同心，也來幫助我，同扶大遼郎主，不失了梁山許多時相聚之意。」盧俊義大罵道：「俺在北京安家樂業，你來賺我上山。宋天子三番降詔，招安我們，有何虧負你處？你怎敢反背朝廷？你那短見無能之人，早出來打話，見個勝敗輸贏！」宋江大怒，喝教開城門，便差林沖、花榮、朱仝、穆弘，四將齊出，活拿這廝。盧俊義見了四將，約住（攔阻）軍校，躍馬橫槍，直取四將，全無懼怯。林沖等四將鬥了二十餘合，撥回馬頭，望城中便走。盧俊義把槍一招，後面大隊軍馬，一齊趕殺入來。林沖、花榮占住吊橋，回身再殺，詐敗佯輸，誘引盧俊義搶入城中。背後三軍，齊聲吶喊，城中宋江等諸將，一齊兵變，接應入城，四方混殺，人人束手，個個歸心。定安國舅氣得目睜口呆，罔知所措，與眾等侍郎束手被擒。

宋江引軍到城中，諸將都至州衙內來，參見宋江。宋江傳令，先請上定安國舅，並歐陽侍郎、金福侍郎、葉清侍郎，並皆分坐，以禮相待。宋江道：「汝遼國不知就裡，看的俺們差矣！我這伙好漢，非比嘯聚山林之輩。一個個乃是列宿之臣，豈肯背主降遼？只要取汝霸州，特地乘此機會。今已成功，國舅等請回本國，切勿憂疑，俺無殺害之心。但是汝等部下之人，並各家老小，俱各還本國。霸州城子，已屬天朝，汝等勿得再來爭執。今後刀兵到處，無有再容。」宋江號令已了，將城中應有番官，盡數驅遣起身，隨從定安國舅，都回幽州。宋江一面出榜安民，令副先鋒盧俊義將引一半軍馬，回守薊州，宋江等一半軍將，守住霸州。差人齎奉軍帖，飛報趙樞密，得了霸州。趙安撫聽了大喜，一面寫表申奏朝廷。且說定安國舅，與同三個侍郎，帶領眾人，歸到燕京，來見郎主，備細奏說宋江詐降一事，因此被那伙蠻子，占了霸州。遼主聽了大怒，喝罵歐陽侍郎：「都是你這奴婢佞臣，往來搬鬥（慫恿、挑撥），折了俺的霸州緊要的城池，教俺燕京如何保守？快與我拿去斬了！」班部中轉出兀顏統軍，啟奏道：「郎主勿憂，量這廝何須國主費力。奴婢自有個道理，且免斬歐陽侍郎。若是宋江知得，反被他恥笑。」遼主准奏，赦了歐陽侍郎。兀顏統軍奏道：「奴婢引起部下二十八宿將軍，十一曜大將，前去布下陣勢，把這些蠻子，一鼓兒平收……」說言未絕，班部中卻轉出賀統軍前來奏道：「郎主不用憂心，奴婢自有個見識。常言道：『殺雞焉用牛刀。』那裡消得正統軍自去，只賀某聊施小計，教這一伙蠻子，死無葬身之地！」郎主聽了，大喜道：「俺的愛卿，願聞你的妙策。」賀統軍啟口搖舌，說這妙計，有分教，盧俊義來到一個去處，馬無料草，人絕口糧。直教三軍驍勇齊消魄，一代英雄也皺眉。畢竟賀統軍道出甚計來，且聽下回分解。

第八十六回

宋公明大戰獨鹿山　盧俊義兵陷青石峪

話說賀統軍，姓賀名重寶，是遼國中兀顏統軍部下副統軍之職。身長一丈，力敵萬人，善行妖法，使一口三尖兩刃刀。見今守住幽州，就行提督諸路軍馬。當時賀重寶奏郎主道：「奴婢這幽州地面，有個去處，喚做青石峪，只一條路入去，四面盡是高山，並無活路。臣撥十數騎人馬，引這伙蠻子，直入裡面，卻調軍馬外面圍住。教這廝前無出路，後無退步，必然餓死。」兀顏統軍道：「怎生便得這廝們來？」賀統軍道：「他打了俺三個大郡，氣滿志驕，必然想著幽州。俺這裡分兵去誘引他，他必然乘勢來趕，引入陷坑山內，走那裡去？」兀顏統軍道：「你的計策，怕不濟事，必還用俺大兵撲殺。且看你去如何。」

當下賀統軍辭了國主，帶了盔甲刀馬，引了一行步從兵卒，回到幽州城內。將軍馬點起，分作三隊：一隊守住幽州，二隊望霸州、薊州進發。傳令已了，便驅遣兩隊軍馬出城。差兩個兄弟前去領兵：大兄弟賀拆去打霸州，小兄弟賀雲去打薊州，都不要贏他，只佯輸詐敗，引入幽州境界，自有計策。

卻說宋江等守住霸州，有人來報：「遼兵侵犯薊州，恐有疏失，望調軍兵救護。」宋江道：「既然來打，必須迎敵，就此機會，去取幽州。」宋江留下些少軍馬，守定霸州，其餘大隊軍兵，拔寨都起。引軍前去薊州，會合盧俊義軍馬，約日進兵。

且說番將賀拆引兵霸州來，宋江正調軍馬出來，卻好半路裡接著。不曾鬥得三合，賀拆引軍敗走，宋江不去追趕。卻說賀雲去打薊州，正迎著呼延灼，不戰自退。

宋江會合盧俊義一同上帳，商議攻取幽州之策。吳用、朱武便道：「幽州分兵兩路而來，此必是誘引之計，且未可行。」盧俊義道：「軍師錯矣！那廝連輸了數次，如何是誘敵之計？當取不取，過後難取，不就這裡去取幽州，更待何時？」宋江道：「這廝勢窮力盡，有何良策可施？正好乘此機會。」遂不從吳用、朱武之言，引兵往幽州便進。將兩處軍馬，分作大小三路起行。只見前軍報來說：「遼兵在前攔住。」宋江到軍前看時，山坡後轉出一彪皂旗來。宋江便教前軍擺開人馬，只見那番軍番將，分作四路，向山坡前擺開。宋江、盧俊義與眾將看時，如黑雲踴出千百萬人馬相似，簇擁著一員番官，橫著三尖兩刃刀，立馬陣前。那番官怎生打扮，但見：

頭戴明霜鑌鐵盔，身披曜日連環甲，足穿抹綠雲根靴，腰繫龜背狻猊帶。襯著錦繡緋紅袍，執著鐵桿狼牙棒。手持三尖兩刃八環刀，坐下四蹄雙翼千里馬。

前面行軍旗上，寫得分明：「大遼副統軍賀重寶。」躍馬橫刀，出於陣前。宋江看了道：「遼國統軍，必是上將，誰敢出馬？」說猶未了，大刀關勝舞起青龍偃月刀，縱坐下赤兔馬，飛出陣來，也不打話，便與賀統軍相並。鬥到三十餘合，賀統軍氣力不加，撥過刀，望本陣便走。關勝驟馬追趕，賀統軍引了敗兵，奔轉山坡。宋江便調軍馬追趕。約有四五十里，聽得四下裡戰鼓齊起。宋江急叫回軍時，山坡左邊，早撞過一彪番軍攔路。宋江急分兵迎敵時，右手下又早撞出一支遼兵。前面賀統軍勒兵回來夾攻。宋江兵馬四下救應不迭，被番兵撞做兩段。

卻說盧俊義引兵在後面廝殺時，不見了前面軍馬，急尋門路，要殺回來，只見脅窩裡又撞出番軍來廝並。遼兵喊殺連天，四下裡撞擊，左右被番軍圍住在垓心。盧俊義調撥眾將，左右衝突，前後卷殺，尋路出去，眾將揚威耀武，抖擻精神，正奔四下裡廝殺，忽見陰雲閉合，黑霧遮天，白晝如夜，不分東西南北。盧俊義心慌，急引一支軍馬，死命殺出。昏黑中，聽得前面鸞鈴聲響，縱馬引兵殺過去。至一山口，只聽得裡面人語馬嘶，領軍趕將入去，只見狂風大作，走石飛沙，對面不見。盧俊義殺到裡面，約莫二更前後，方才風靜雲開，復見一天星斗。眾人打一看時，四面盡是高山，左右是懸崖峭壁，只見高山峻嶺，無路可登。隨行人馬，只見徐寧、索超、韓滔、彭玘、陳達、楊春、周通、李忠、鄒淵、鄒潤、楊林、白勝，大小十二個頭領，有五千軍馬。星光之下，待尋歸路，四下高山圍匝，不能得出。盧俊義道：「軍士廝殺了一日，神思困倦，且就這裡權歇一宵，暫停戰馬，明日卻尋歸路。」

再說宋江正廝殺間，只見黑雲四起，走石飛沙，軍士對面都不相見。隨軍內卻有公孫勝在馬上見了，知道此是妖法，急拔寶劍在手，就馬上作用，口中念念有詞，喝聲道：「疾！」把寶劍指點之處，只見陰雲四散，狂風頓息，遼軍不戰自退。宋江驅兵殺透重圍，退到一座高山，迎著本部軍馬。且把糧車頭尾相銜，權做寨柵。計點大小頭領，於內不見了盧俊義等一十三人，並五千餘軍馬。至天明，宋江便遣呼延灼、林沖、秦明、關勝，各帶軍兵，四下裡去尋了一日，不知些消息回覆。宋江便取玄女課，焚香占卜已罷，說道：「大象不妨，只是陷在幽陰之處，急切難得出來。」宋江放心不下，遂遣解珍、解寶扮作獵戶，繞山來尋。又差時遷、石勇、段景住、曹正，四下裡去打聽消息。

且說解珍、解寶披上虎皮袍，拕了鋼叉，只望深山裡行。看看天色向晚，兩個行到山中，四邊只一望，不見人煙，都是亂山畔嶂。解珍、解寶又行了幾個山頭。是夜月色朦朧，遠遠地望見山畔一點燈光。弟兄兩個道：「那裡有燈光之處，必是有人家。我兩個且尋去討些飯吃。」望著燈光處，拽開腳步奔將來。未得一里多路，來到一個去處，傍著樹林，破二作三數間草屋，屋下破壁裡，閃出燈光來。解珍、解寶推開扇門，燈光之下，見是個婆婆，年紀六旬之上。弟兄兩個，放下鋼叉，納頭便拜。那婆婆道：「我只道是俺孩兒來家，不想卻是客人到此。客人休拜。你是那裡獵戶？怎生到此？」解珍道：「小人原是山東人氏，舊日是獵戶人家。因來此間做些買賣，不想正撞著軍馬熱鬧，連連廝殺，以此消折了本錢，無甚生理（生活門路）。弟兄兩個，只得來山中尋討些野味養口。誰想不識路徑，迷蹤失跡，來到這裡，投宅上暫宿一宵。望老奶奶收留則個！」那婆婆道：「自古云：『誰人頂著房子走哩！』我家兩個孩兒，也是獵戶，敢如今便回來也！客人少坐，我安排些晚飯，與你兩個吃。」解珍、解寶謝道：「多感老奶奶！」那婆婆入裡面去了。弟兄兩個，卻坐在門前。不多時，只見門外兩個人，扛著一個獐子入來，口裡叫道：「娘，你在那裡？」只見那婆婆出來道：「孩兒，你們回了。且放下獐子，與這兩位客人廝見。」解珍、解寶慌忙下拜。那兩個答禮已罷，便問：「客人何處？因甚到此？」解珍、解寶便把卻才的話再說一遍。那兩個道：「俺祖居在此。俺是劉二，兄弟劉三。父是劉一，不幸死了，止有母親。專靠打獵營生，在此三二十年了。此間路徑甚雜，俺們尚有不認的去處。你兩個是山東人氏，如何到此間討得衣飯吃？你休瞞我，你二位敢不是打獵戶麼？」解珍、解寶道：「既到這裡，如何藏的？實訴與兄長。」有詩為證：

峰巒重疊繞周遭，兵陷垓心不可逃。

二解欲知貔虎路，故將蹤跡混漁樵。

當時解珍、解寶跪在地下說道：「小人們果是山東獵戶。弟兄兩個，喚做解珍、解寶，在梁山泊跟隨宋公明哥哥許多時落草。今來受了招安，隨著哥哥，來破遼國。前日正與賀統軍大戰，被他衝散一支軍馬，不知陷在那裡。特差小人弟兄兩個來打探消息。」那兩個弟兄笑道：「你二位既是好漢，且請起，俺指與你路頭。你兩個且少坐，俺煮一腿獐子肉，暖杯社酒，安排請你二位。」沒一個更次，煮的肉來。劉二、劉三，管待解珍、解寶飲酒之間，動問道：「俺們久聞你梁山泊宋公明替天行道，不損良民，直傳聞到俺遼國。」解珍、解寶便答道：「俺哥哥以忠義為主，誓不擾害善良，單殺濫官酷吏，倚強凌弱之人。」那兩個道：「俺們只聽得說，原來果然如此！」盡皆歡喜，便有相愛不捨之情。解珍、解寶道：「我那支軍馬，有十數個頭領，三五千兵卒，正不知下落何處。我想也得好一片地來排陷他。」那兩個道：「你不知俺這北邊地理。只此間是幽州管下，有個去處，喚做青石峪，只有一條路入去，四面盡是懸崖峻壑的高山。若是填塞了那條入去的路，再也出不來。多定只是陷在那裡了。此間別無這般寬闊去處。如今你那宋先鋒屯軍之處，喚做獨鹿山。這山前平坦地面，可以廝殺；若山頂上望時，都見四邊來的軍馬。你若要救那支軍馬，捨命打開青石峪，方才可以救出。那青石峪口，必然多有軍馬，截斷這條路口。此山柏樹極多，惟有青石峪口兩株大柏樹，最大的好，形如傘蓋，四面盡皆望見。那大樹邊正是峪口。更提防一件，賀統軍會行妖法，教宋先鋒破他這一件要緊。」

解珍、解寶得了這言語，拜謝了劉家兄弟兩個，連夜回寨來。宋江見了問道：「你兩個打聽的些分曉麼？」解珍、解寶卻把劉家弟兄的言語，備細說了一遍。宋江失驚，便請軍師吳用商議。正說之間，只見小校報道：「段景住、石勇引將白勝來了。」宋江道：「白勝是與盧先鋒一同失陷，他此來必是有異。」隨即喚來帳下問時，段景住先說：「我和石勇正在高山澗邊觀望，只見山頂上一個大氈包滾將下來。我兩個看時，看看滾到山腳下，卻是一團氈衫，裡面四圍裹定，上用繩索緊拴。直到樹邊看時，裡面卻是白勝。」白勝便道：「盧頭領與小弟等一十三個，正廝殺間，只見天昏地暗，日色無光，不辨東南西北。只聽的人語馬嘶之聲，盧頭領便教只顧殺將入去。誰想深入重地。那裡盡是四面高山，無計可出，又無糧草接濟，一行人馬，實是艱難。盧頭領差小弟從山頂上滾將下來，尋路報信。不想正撞著石勇、段景住二人，望哥哥早發救兵前去接應，遲則諸將必然死了。」

宋江聽罷，連夜點起軍馬，令解珍、解寶為頭引路，望這大柏樹，便是峪口。傳令教馬步軍兵，並力殺去，務要殺開峪口。人馬行到天明，遠遠的望見山前兩株大柏樹，果然形如傘蓋。當下解珍、解寶引著軍馬，殺到山前峪口，賀統軍便將軍馬擺開，兩個兄弟爭先出戰。宋江軍將要搶峪口，一齊向前。豹子頭林沖飛馬先到。正迎著賀拆，交馬只兩合，從肚皮上一槍搠著，把那賀拆搠於馬下。步軍頭領見馬軍先到贏了，一發都奔將入去。黑旋風李逵手輪雙斧，一迷裡砍殺遼兵。背後便是混世魔王樊瑞、喪門神鮑旭，引著牌手項充、李衮，並眾多蠻牌，直殺入遼兵隊裡。李逵正迎著賀雲。搶到馬下，一斧砍斷馬腳，當時倒了，賀雲落馬。李逵雙斧如飛，連人帶馬，只顧亂剁。遼兵正擁將來，卻被樊瑞、鮑旭兩下眾牌手撞著。賀統軍見折了兩個兄弟，便口中念念有詞，作起妖法，不知道些甚麼，只見狂風大起，就地生雲，黑暗暗罩住山頭，昏慘慘迷合峪口。正作用間，宋軍中轉過公孫勝來，在馬上掣出寶劍在手，口中念不過數句，大喝一聲道：「疾！」只見四面狂風，掃退浮雲，現出明朗朗一輪紅日。馬步三軍眾將向前，捨死並殺遼兵。賀統軍見作法不靈，敵軍衝突得緊，自舞刀拍馬，殺過陣來。只見兩軍一齊混戰，宋兵殺的遼兵東西逃竄。

第八十六回

宋公明大戰獨鹿山　盧俊義兵陷青石峪

馬軍追趕遼兵，步軍便去扒開峪口。原來被這遼兵重重疊疊將大塊青石填塞住這條出路。步軍扒開峪口，殺進青石峪內。盧俊義見了宋江軍馬，皆稱慚愧。宋江傳令，教且休趕遼兵，收軍回獨鹿山，將息被困人馬。盧俊義見了宋江，放聲大哭道：「若不得仁兄垂救，幾喪了兄弟性命！」宋江、盧俊義同吳用、公孫勝，並馬回寨，將息三軍，解甲暫歇。

次日，軍師吳學究說道：「可乘此機會，就好取幽州。若得了幽州，遼國之亡，唾手可待。」宋江便叫盧俊義等一十三人軍馬，且回薊州權歇，宋江自領大小諸將軍卒人等，離了獨鹿山，前來攻打幽州。

賀統軍正退回在城中，為折了兩個兄弟，心中好生納悶。又聽得探馬報道：「宋江軍馬來打幽州。」番軍越慌。眾遼兵上城觀望，見東北下一簇紅旗，西北下一簇青旗，兩彪軍馬奔幽州來，即報與賀統軍。賀統軍聽得大驚，親自上城來看時，認得是遼國來的旗號，心中大喜。來的紅旗軍馬，盡寫銀字，這支軍乃是大遼國駙馬太真胥慶，只有五千餘人。這一支青旗軍馬，旗上都是金字，盡插雉尾，乃是李金吾大將。原來那個番官，正受黃門侍郎左執金吾上將軍，姓李名集，呼為李金吾，乃李陵之後，蔭襲金吾之爵。見在雄州屯紮，部下有一萬來軍馬，侵犯大宋邊界，正是此輩。聽得遼主折了城子，因此調兵前來助戰。賀統軍見了，使人去報兩路軍馬，且休入城，教去山背後埋伏暫歇，待我軍馬出城，一面等宋江兵來，左右掩殺。賀統軍傳報已了，遂引軍兵出幽州迎敵。

宋江諸將已近幽州，吳用便道：「若是他閉門不出，便無準備；若是他引兵出城迎敵，必有埋伏。我軍可先分兵作三路而進：一路直往幽州進發，迎敵來軍；兩路如羽翼相似，左右護特。若有埋伏軍起，便教這兩路軍去迎敵。」宋江便撥調關勝帶宣贊、郝思文領兵在左，再調呼延灼帶單廷珪、魏定國領兵在右，各領一萬餘人，從山後小路，慢慢而行。宋江等引大軍前來，徑往幽州進發。

卻說賀統軍引兵前來，正迎著宋江軍馬。兩軍相對，林沖出馬，與賀統軍交戰。鬥不到五合，賀統軍回馬便走。宋江軍馬追趕，賀統軍分兵兩路，不入幽州，繞城而走。吳用在馬上便叫：「休趕！」說猶未了，左邊撞出太真附馬來，已有關勝卻好迎住；右邊撞出李金吾來，又有呼延灼卻好迎住。正來三路軍馬，逼住大戰，殺的屍橫遍野，流血成河。

賀統軍情知遼兵不勝，欲回幽州時，撞過二將，接住便殺，乃是花榮、秦明，死戰定賀統軍，欲退回西門城邊，又撞見雙槍將董平，又殺了一陣。轉過南門，撞見朱仝，接著又殺一陣。賀統軍不敢入城，撞條大路，望北而走。不提防前面撞著鎮三山黃信，舞起大刀，直取賀統軍。賀統軍心慌，措手不及，被黃信一刀，正砍在馬頭上。賀統軍棄馬而走，不想脅窩裡又撞出楊雄、石秀兩步軍頭領齊上，把賀統軍拈翻在肚皮下。宋萬挺槍又趕將來。眾人只怕爭功，壞了義氣，就把賀統軍亂槍戳死。那隊遼兵，已自先散，各自逃生。太真駙馬見統軍隊裡，倒了帥字旗，軍校漫散，情知不濟，便引了這彪紅旗軍，從山背後走了。李金吾正戰之間，不見了這紅旗軍，料道不濟事，也引了這彪青旗軍，望山後退去。

宋江見這三路軍兵，盡皆退了，大驅人馬，奔來奪取幽州。不動聲色，一鼓而收。來到幽州城內，紮駐三軍，便出榜安撫百姓。隨即差人急往檀州報捷，請趙樞密移兵薊州守把，就取這支水軍頭領並船隻，前來幽州聽調，卻教副先鋒盧俊義分守霸州。前後共得了四個大郡。趙安撫見了來文大喜。一面申奏朝廷，一面行移薊、霸二州知會，再差水軍頭領，收拾進發，準備水陸並進。

且說遼主升殿，會集文武番官。左丞相幽西孛瑾，右丞相太師褚堅，統軍大將等眾，當廷商議：「即目宋江侵奪邊界，占了俺四座大郡，早晚必來侵犯皇城，燕京難保。賀統軍弟兄三個已亡，汝等文武群臣，當國家多事之秋，如何處置？」有都統軍兀顏光奏道：「郎主勿憂！前者奴婢累次只要自去領兵，往往被人阻當，以致養成賊勢，成此大禍。伏乞親降聖旨，任臣選調軍馬，會合諸處軍兵，克日興師，務要擒獲宋江等眾，恢復原奪城池。」郎主准奏，遂賜出明珠虎牌，金印敕旨，黃鉞白旄，朱幡皂蓋，盡付與兀顏統軍。「不問金枝玉葉，皇親國戚，不揀是何軍馬，並聽愛卿調遣。速便起兵，前去征進！」

兀顏統軍領了聖旨兵符，便下教場，會集諸多番將，傳下將令，調遣諸處軍馬，前來策應。卻才傳令已罷，有統軍長子兀顏延壽，直至演武亭上稟道：「父親一面整點大軍，孩兒先帶數員猛將，會集太真駙馬、李金吾將軍二處軍馬，先到幽州，殺敗這蠻子們八分。待父親來時，甕中捉鱉，一鼓掃清宋兵。不知父親鈞意如何？」兀顏統軍道：「吾兒言見得是。與汝突騎五千，精兵二萬，就做先鋒，即便會同太真駙馬、李金吾，刻下便行。如有捷音，火速飛報。」小將軍欣然領了號令，整點三軍，徑奔幽州來。

正是萬馬奔馳天地怕，千軍踴躍鬼神愁。畢竟兀顏小將軍怎生搦戰，且聽下回分解。

第八十七回

宋公明大戰幽州　呼延灼力擒番將

話說當時兀顏延壽將引二萬餘軍馬，會合了太真駙馬、李金吾二將，共領三萬五千番軍，整頓槍刀弓箭，一應器械完備，擺布起身。早有探子來幽州城裡，報知宋江。宋江便請軍師吳用商議：「遼兵累敗，今次必選精兵猛將，前來廝殺，當以何策應之？」吳用道：「先調兵出城，布下陣勢。待遼兵來，慢慢地挑戰。他若無能，自然退去。」宋江隨即調遣軍馬出城，離城十里，一地名方山，地勢平坦，靠山傍水，排下九宮八卦陣勢。等候間，只見遼兵分做三隊而來。兀顏小將軍兵馬是皂旗，太真駙馬是紅旗，李金吾軍是青旗。三軍齊到，見宋江擺成陣勢。那兀顏延壽在父親手下，曾習得陣法，深知玄妙，便令青紅旗二軍，分在左右，紮下營寨，自去中軍，豎起雲梯，看了宋兵果是九宮八卦陣勢，下雲梯來，冷笑不止。左右副將問道：「將軍何故冷笑？」兀顏延壽道：「量他這個九宮八卦陣，誰不省得？他將此等陣勢，瞞人不過。俺卻驚他則個！」令眾軍擂三通畫鼓，豎起將台。就台上用兩把號旗招展，左右列成陣勢已了。下將台來。上馬，令首將哨開陣勢，親到陣前，與宋江打話。那小將軍怎生結束，但見：

戴一頂三叉如意紫金冠，穿一件蜀錦團花白銀鎧。足穿四縫鷹嘴抹綠靴，腰繫雙環龍角黃鞓帶。虬螭吞首打將鞭，霜雪裁鋒殺人劍。左懸金畫寶雕弓，右插銀嵌狼牙箭。使一枝畫桿方天戟，騎一匹鐵腳棗騮馬。

兀顏延壽勒馬直到陣前，高聲叫道：「你擺九宮八卦陣，待要瞞誰？你卻識得俺得陣麼？」宋江聽得番將要鬥陣法，叫軍中豎起雲梯。宋江、吳用、朱武上雲梯觀望了遼兵陣勢，三隊相連，左右相顧。朱武早已認得，對宋江道：「此太乙三才陣也。」宋江留下吳用同朱武在將台上，自下雲梯來，上馬出到陣前，挺鞭直指遼將，喝道：「量你這太乙三才陣，何足為奇！」兀顏小將軍道：「你識吾陣，看俺變法，教汝不識。」勒馬入中軍，再上將台，把號旗招展，變成陣勢。吳用、朱武在將台上看了，此乃變作河洛四象陣。使人下雲梯來，回覆宋江知了。兀顏小將軍再出陣門，橫戟問道：「還識俺陣否？」宋江答道：「此乃變出河洛四象陣。」那兀顏小將搖著頭冷笑，再入陣中，上將台，把號旗左招右展，又變成陣勢。吳用、朱武在將台上看了，朱武道：「此乃變作循環八卦陣。」再使人報與宋江知道。那小將軍再出陣前，高聲問道：「還能識吾陣否？」宋江笑道：「料只是變出循環八卦陣，不足為奇！」小將軍聽了，心中自忖道：「俺這幾個陣勢，都是秘傳來的，不期都被此人識破。宋兵之中，必有人物！」兀顏小將軍再入陣中，下馬上將台，將號旗招展，左右盤旋，變成個陣勢：四邊都無門路，內藏八八六十四隊兵馬。朱武再上雲梯看了，對吳用說道：「此乃是武侯八陣圖，藏了首尾，人皆不曉。」便著人請宋公明到陣中，上將台，看這陣法。「休欺負他遼兵，這等陣圖，皆得傳授。此四陣皆從一派傳流下來，並無走移。先是太乙三才，生出河洛四象，四象生出循環八卦，八卦生出八八六十四卦，已變為八陣圖。此是循環無比，絕高的陣法。」宋江下將台，上戰馬，直到陣前。小將軍搠戟在手，勒馬陣前，高聲大叫：「能識俺陣否？」宋江喝道：「汝小將年幼學淺，如井底之蛙，只知此等陣法，以為絕高。量這藏頭八陣圖法瞞誰？瞞吾大宋小兒，也瞞不過！」兀顏小將軍道：「你雖識俺陣法，你且排一個奇異的陣勢，瞞俺則個！」宋江喝道：「只俺這九宮八卦陣勢，雖是淺薄，你敢打麼？」小將軍大笑道：「量此等小陣，有何難哉！你軍中休放冷箭，看咱打你這個小陣！」

且說兀顏小將軍便傳將令，直教太真駙馬、李金吾，各撥一千軍，「待俺打透陣勢，便來策應。」傳令已罷，眾軍擂鼓。宋兵已傳下將令，教軍中整擂三通戰鼓，門旗兩開，放打陣的小將入來。那兀顏延壽帶本部下二十來員牙將，一千披甲馬軍，用手掐算，當日屬火，不從正南離位上來，帶了軍馬，轉過右邊，從西方兌位上，蕩開白旗，殺入陣內，後面的被弓箭手射住，止有一半軍馬入的去，其餘都回本陣。

卻說小將軍走到陣裡，便奔中軍，只見中間白蕩蕩如銀牆鐵壁，團團圍住小將軍。那兀顏延壽見了，驚得面如土色，心中暗想：「陣裡那得這等城子！」便教四邊且打通舊路，要殺出陣來。眾軍回頭看時，白茫茫如銀海相似，滿地只聽得水響，不見路徑。小將軍甚慌，引軍殺投南門來，只見千團火塊，萬縷紅霞，就地而滾，並不見一個軍馬。小將軍那裡敢出南門，鏇斜裡殺投東門來，只見帶葉樹木，連枝山柴，交橫塞滿地下，兩邊都是鹿角，無路可進。卻轉過北門來，又見黑氣遮天，烏雲蔽日，伸手不見掌，如黑暗地獄相似。那兀顏小將軍在陣內，四門無路可出，心中疑道：「此必是宋江行持妖法。休問怎生，只就這裡死撞出去。」眾軍得令，齊聲吶喊，殺將出去。旁邊撞出一員大將，高聲喝道：「孺子小將，走那裡去！」兀顏小將軍欲待來戰，措手不及，腦門上早飛下一鞭來。那小將軍眼明手快，便把方天戟來攔住。只聽得雙鞭齊下，早把戟桿折做兩段。急待掙扎，被那將軍撲入

第八十七回

宋公明大戰幽州　呼延灼力擒番將

懷內，輕舒猿臂，款扭狼腰，把這兀顏小將軍活捉過去，攔住後軍，都喝下馬來。眾軍黑天摸地，不辨東西，只得下馬受降。拿住小將軍的，不是別人，正是虎軍大將雙鞭呼延灼。當時公孫勝在中軍作法，見報捉了小將軍，便收了法術，陣中仍復如舊，青天白日。

且說太真駙馬並李金吾將軍，各待兵一千，只待陣中消息，便要來策應；卻不想不見些動靜，不敢殺過來。宋江出到陣前，高聲喝道：「你那兩軍不降，更待何時？兀顏小將已被吾生擒在此！」喝令群刀手簇出陣前。李金吾見了，一騎馬，一條槍，直趕過來，要救兀顏延壽。卻有霹靂火秦明正當前部，飛起狼牙棍，直取李金吾。二馬相交，軍器並舉，兩軍齊聲吶喊。李金吾先自心中慌了，手段緩急差遲，被秦明當頭一棍，連盔透頂，打得粉碎。李金吾攧下馬來。太真駙馬見李金吾輸了，引軍便回。宋江催兵掩殺，遼兵大敗奔走。奪得戰馬三千餘匹，旗幡劍戟，棄滿川谷。宋江引兵徑望燕京進發，直欲長驅席卷，以復王封（疆土）。

卻說遼兵敗殘人馬，逃回遼國，見了兀顏統軍，稟說小將軍去打宋兵陣勢，被他活捉去了；其餘牙將，盡皆歸降；李金吾亦被他那裡一棍打死；太真駙馬逃得性命，不知去向。兀顏統軍聽了大驚，便道：「吾兒自小習學陣法，頗知玄妙。宋江那廝，把甚陣勢，捉了吾兒？」左右道：「只是個九宮八卦陣勢，又無甚希奇。俺這小將軍，布了四個陣勢，都被那蠻子識破了。臨了，對俺小將軍說道：『你識我九宮八卦陣，你敢來打麼？』俺小將軍便領了千百騎馬軍，從西門打將入去，被他強弓硬弩射住，只有一半人馬能勾入去，不知怎生被他生擒活捉了。」兀顏統軍道：「量這個九宮八卦陣，有甚難打，必是被他變了陣勢。」眾軍道：「俺們在將台上，望見他陣中，隊伍不動，旗幡不改，只見上面一派黑雲，罩定陣中。」兀顏統軍道：「恁的必是妖術。吾不起軍，這廝也來。若不取勝，吾當自刎！誰敢與吾作前部先鋒，引兵前去？俺驅大隊，隨後便來。」帳前轉過二將齊出，「某等兩個，願為前部。」一個是番官瓊妖納延；一個是燕京驍將，姓寇，雙名鎮遠。兀顏統軍大喜，便道：「你兩個小心在意，與吾引一萬軍兵，作前部先鋒，逢山開路，遇水疊橋。吾引大軍，隨後便到。」

且不說瓊、寇二將起身，作先鋒開路，卻說兀顏統軍，隨即整點本部下十一曜大將，二十八宿將軍，盡數出征。先說那十一曜大將：

太陽星御弟大王耶律得重，引兵五千。
太陰星天壽公主答里孛，引女兵五千。
羅睺星皇侄耶律得榮，引兵三千。
計都星皇侄耶律得華，引兵三千。
紫氣星皇侄耶律得忠，引兵三千。
月孛星皇侄耶律得信，引兵三千。
東方青帝水星大將只兒拂郎，引兵三千。
西方太白金星大將烏利可安，引兵三千。
南方熒惑火星大將洞仙文榮，引兵三千。
北方玄武水星大將曲利出清，引兵三千。
中央鎮星土星上將都統軍兀顏光，總領各飛兵馬首將五千，鎮守中壇。

兀顏統軍再點部下那二十八宿將軍：

角木蛟孫忠　亢金龍張起　氐土貉劉仁
房日兔謝武　心月狐裴直　尾火虎顧永興
箕水豹賈茂　斗木獬蕭大觀　牛金牛薛雄
女土蝠俞得成　虛日鼠徐威　危月燕李益
室火豬祖興　壁水成珠那海　奎木狼郭永昌
婁金狗阿哩義　胃土雉高彪　昴日雞順受高
畢月烏國永泰　觜火猴潘異　參水猿周豹
井水犴童裡合　鬼金羊王景　柳土獐雷春
星日馬卞君保　張月鹿李復　翼火蛇狄聖
軫水蚓班古兒

那兀顏光整點就十一曜大將、二十八宿將軍，引起大隊軍馬精兵二十餘萬，傾國而起，奏請郎主御駕親征，有古風一篇為證：

羊角風旋天地黑，黃沙漠漠雲陰澀。
契丹兵動山岳摧，萬里乾坤皆失色。
狂嘶駿馬坐胡兒，躍溪超嶺流星馳。
攙槍發光天狗吠，迷離毒霧奔群魑。
寶雕弓挽烏龍脊，雪刃霜刃映寒日。

萬片霞光錦帶旗，千池荷葉青氈笠。
胡笳齊和天山歌，鼓聲震起白駱駝。
番王左右持鏽斧，統軍前後揮金戈。
鏽斧金戈勢相亞，打圍一路無禾稼。
海青放起鴻鵠愁，豹子鳴時神鬼怕。
幽州城下如沸波，連營列騎精兵多。
罡星天遣除妖孽，紛紛宿曜如予何。

且不說兀顏統軍興起大隊之師，捲地而來。再說先鋒瓊、寇二將，引一萬人馬，先來進兵。早有細作報與宋江，這場廝殺不小。宋江聽了大驚，傳下將令，一面教取盧俊義部下盡數軍馬，一面又取檀州、薊州舊有人員，都來聽調。就請趙樞密前來監戰。再要水軍頭目，將帶水手人員，盡數登岸，都到霸州取齊，陸路進發。

水軍頭領護持趙樞密在後而來，應有軍馬，盡在幽州。宋江等接見趙樞密，參拜已罷，趙樞密道：「將軍如此勞神，國之柱石，名傳萬載。下官回朝，於天子前必當重保。」宋江答道：「無能小將，不足掛齒。上托天子洪福，下賴元帥虎威，偶成小功，非人能也！今有探細人報來就裡，聞知遼國兀顏統軍，起二十萬軍馬，傾國而來。興亡勝敗，決此一戰。特請樞相另立營寨，於十五里外屯紮，看宋江施犬馬之勞，與眾弟兄並力向前，決此一戰。」趙樞密道：「將軍善觀方便。」

宋江遂辭了趙樞密，與同盧俊義引起大兵，轉過幽州地面所屬永清縣界，把軍馬屯紮，下了營寨；聚集諸將頭領，上帳同坐，商議軍情大事。宋江道：「今次兀顏統軍親引遼兵，傾國而來，決非小可！死生勝負，在此一戰！汝等眾兄弟，皆宜努力向前，勿生退悔。但得微功，上達朝廷，天子恩賞，必當共享。」眾皆起身，都道：「兄長之命，誰敢不依！」正商議間，小校報來，有遼國使人下戰書來。宋江教喚至帳下，將書呈上。宋江拆書看了，乃是遼國兀顏統軍帳前先鋒使瓊、寇二將軍，統前部兵馬，相期來日決戰。宋江就批書尾，回示來日決戰，叫與來使酒食，放回本寨。

此時秋盡冬來，軍披重鎧，馬掛皮甲，盡皆得時。次日，五更造飯，平明拔寨，盡數起行。不到四五里，宋兵果與遼兵相迎。遙望皂雕旗影裡，閃出兩員先鋒旗號來。戰鼓喧天，門旗開處，那個瓊先鋒當先出馬。怎生打扮，但見：

頭戴魚尾捲雲鑌鐵冠，披掛龍鱗傲霜嵌縫鎧；身穿石榴紅錦繡羅袍，腰繫荔枝七寶黃金帶，足穿抹綠鷹嘴金線靴，腰懸煉銀竹節熟鋼鞭。左掛硬弓，右懸長箭。馬跨越嶺巴山獸，槍搦翻江攪海龍。

當下那個瓊妖納延，橫槍躍馬，立在陣前。宋江在門旗下看了瓊先鋒如此英雄，便問：「誰與此將交戰？」當下九紋龍史進提刀躍馬，出來與瓊將軍挑戰。戰馬相交，軍器並舉。二將鬥到三二十合，史進一刀卻砍個空，吃了一驚，撥回馬望本陣便走。瓊先鋒縱馬趕來。宋兵陣上小李廣花榮正在宋江背後，見輸了史進，便拈起弓，搭上箭，把馬挨出陣前，覷得來馬較近，颼的只一箭，正中瓊先鋒面門，翻身落馬。史進聽得背後墜馬，霍地回身，復上一刀，結果了瓊妖納延。

那寇先鋒望見砍了瓊先鋒，怒從心起，躍馬提槍，直出陣前，高聲大罵：「賊將怎敢暗算吾兒！」當有病尉遲孫立飛馬直出，徑來奔寇鎮遠。軍中戰鼓喧天，耳畔喊聲不絕。那孫立的金槍，神出鬼沒。寇先鋒鬥不過二十餘合，勒回馬便走；不敢回陣，恐怕撞動了陣腳，繞陣東北而走。孫立正要建功，那裡肯放，縱馬趕去。寇先鋒去得遠了，孫立在馬上帶住槍，左手拈弓，右手取箭，搭上箭，拽滿弓，覷著寇先鋒後心較親，只一箭，那寇將軍聽得弓弦響，把身一倒，那枝箭卻好射到，順手只一綽，綽了那枝箭。孫立見了，暗暗地喝彩。寇先鋒冷笑道：「這廝賣弄弓箭！」便把那枝箭咬在口裡，自把槍帶在了事環上，急把左手取出硬弓，右手就取那枝箭，搭上弦，扭過身來，望孫立前心窩裡一箭射來。孫立早已偷眼見了，在馬上左來右去。那枝箭到胸前，把身望後便倒，那枝箭從身上飛過去了。這馬收勒不住，只顧跑來。寇先鋒把弓穿在臂上，扭回身，且看孫立倒在馬上。寇先鋒想道：「必是中了箭！」原來孫立兩腿有力，夾住寶鐙，倒在馬上，故作如此，卻不墜下馬來。寇先鋒勒轉馬，要來捉孫立。兩個馬頭，卻好相迎著，隔不的丈尺來去，孫立卻跳將起來，大喝一聲。寇先鋒吃了一驚，便回道：「你只躲得我箭，須躲不得我槍。」一望孫立胸前，盡力一槍搠來，孫立挺起胸脯，受他一槍。槍尖到甲，略側一側，那槍從肋窩裡放將過去。那寇將軍卻撲入懷裡來。孫立就手提起腕上虎眼鋼鞭，向那寇先鋒腦袋上飛將下來，削去了半個天靈骨。那寇將軍做了半世番官，死於孫立之手，屍骸落於馬前。孫立提槍回來陣前。宋江大縱三軍，掩殺過對陣來。遼兵無主，東西亂竄，各自逃生。

宋江正趕之間，聽得前面連珠炮響，宋江便教水軍頭領，先引一枝軍卒人馬，把住水口。差花榮、秦明、呂方、郭盛騎馬上山頂望時，只見垓垓攘攘，番軍人馬，蓋地而來。正是嗚鏑如雷奔虜騎，揚塵若霧湧胡兵。畢竟來的番軍是何處人馬，且聽下回分解。

第八十八回
顏統軍陣列混天象　宋公明夢授玄女法

話說當時宋江在高阜處，看了遼兵勢大，慌忙回馬來到本陣，且教將軍馬退回永清縣山口屯紮。便就帳中與盧俊義、吳用、公孫勝等商議道：「今日雖是贏了他一陣，損了他兩個先鋒，我上高阜處觀望遼兵，其勢浩大，漫天遍地而來，此乃是大隊番軍人馬。來日必用與他大戰交鋒，恐寡不敵眾，如之奈何？」吳用道：「古之善用兵者，能使寡敵眾。昔晉謝玄五萬人馬，戰退苻堅百萬雄兵，先鋒何為懼哉！可傳令與三軍眾將，來日務要旗旛嚴整，弓弩上弦，刀劍出鞘，深栽鹿角，警守營寨，濠塹齊備，軍器並施，整頓雲梯炮石之類，預先伺候。還只擺九宮八卦陣勢。如若他來打陣，依次而起，縱他有百萬之眾，安敢衝突。」宋江道：「軍師言之甚妙。」隨即傳令已畢，諸將三軍，盡皆聽令。五更造飯，平明拔寨都起，前抵昌平縣界，即將軍馬擺開陣勢，紮下營寨。前面擺列馬軍，還是虎軍大將；秦明在前，呼延灼在後；關勝居左，林沖居右；東南索超，東北徐寧，西南董平，西北楊志。宋江守領中軍；其餘眾將，各依舊職；後面步軍，另做一陣在後，盧俊義、魯智深、武松三個為主。數萬之中，都是能征慣戰之將，個個摩拳擦掌，準備廝殺。陣勢已定，專候番軍。

不多時，遙望遼兵遠遠而來。前面六隊番軍人馬，每隊各有五百，左設三隊，右設三隊，循環往來，其勢不定。此六隊游兵，又號「哨路」，又號「壓陣」。次後大隊蓋地來時，前軍盡是皂纛旗，一帶有七座旗門，每門有千匹馬，各有一員大將。怎生打扮？頭頂黑盔，身披玄甲，上穿皂袍，坐騎烏馬。手中一般軍器，正按北方斗、牛、女、虛、危、室、壁（古天文北天區玄武星中之七大星座）。七門之內總設一員把總大將，按上界北方玄武水星。怎生打扮？頭披青絲細髮，黃抹額緊束烏箍；身穿禿袖皂袍，烏油甲密鋪銀鎧。足跨一匹烏騅千里馬，手擎一口黑柄三尖刀。乃是番將曲利出清，引三千披髮黑甲人馬，按北辰五炁星君（金、木、水、火、土五大行星）。皂旗下軍兵，不計其數。正是凍雲截斷東方日，黑氣平吞北海風。

左軍盡是青龍旗，一帶也有七座旗門，每門有千匹馬，各有一員大將。怎生打扮？頭戴四縫盔，身披柳葉甲，上穿翠色袍，下坐青鬃馬。手拿一般軍器。正按東方角、亢、氐、房、心、尾、箕（古天文東天區蒼龍星的七大星座）。七門之內，總設一員把總大將，按上界東方蒼龍木星。怎生打扮？頭戴獅子盔，身披狻猊鎧，堆翠繡青袍，縷金碧玉帶。手中月斧金絲桿，身坐龍駒玉塊青。乃是番將只兒拂郎，引三千青色寶幡人馬，按東震九炁星君（天篷、天內、天衡、天輔、天禽、天心、天任、天柱、天英等九大星）。青旗下左右圍繞軍兵，不計其數。正似翠色點開黃道路，青霞截斷紫雲根。

右軍盡是白虎旗，一帶也有七座旗門，每門有千匹馬，各有一員大將。怎生打扮，頭戴水磨盔，身披爛銀鎧，上穿素羅袍，坐騎雪白馬。各拿伏（合）手軍器，正按西方奎、婁、胃、昴、畢、觜、參（古天文西天區白虎星中的七大星座）。七門之內，總設一員把總大將，按上界西方咸池金星。怎生打扮？頭頂兜鍪鳳翅盔，身披花銀雙鉤甲，腰間玉帶迸寒光，稱體素袍飛雪練。騎一匹照夜玉狻猊馬，使一枝純鋼銀棗槊。乃是番將烏利可安，引三千白纓素旗人馬，按西兌七炁星君。白旗下前後護御軍兵，不計其數。正似征駝捲盡陰山雪，番將斜披玉井冰。

後軍盡是緋紅旗。一帶亦有七座旗門，每門有千匹馬，各有一員大將。怎生打扮，頭戴鑌箱朱紅漆笠，身披猩猩血染征袍，桃紅鎖甲現魚鱗，衝陣龍駒名赤兔。各搦伏手軍器，正按南方井、鬼、柳、星、張、翼、軫（古天文南天區朱雀星中的七大星座）。七門之內，總設一員把總大將，按上界南方朱雀火星。怎生打扮？頭頂著絳冠，朱纓粲爛；身穿緋紅袍，茜色光輝。甲披一片紅霞，靴刺數條花縫。腰間寶帶紅鞓，臂掛硬弓長箭。手持八尺火龍刀，坐騎一匹胭脂馬。乃是番將洞仙文榮，引三千紅羅寶幡人馬，按南離三炁星君（參宿、心宿、河鼓三星座）。紅旗下朱纓絳衣軍兵，不計其數。正似離宮走卻六丁神，霹靂震開三昧火。

陣前左有一隊五千猛兵，人馬盡是金縷弁冠，鍍金銅甲，緋袍朱纓，火焰紅旗，絳鞍赤馬，簇擁著一員大將。頭戴簇芙蓉如意縷金冠，身披結連環獸面鎖子黃金甲，猩紅烈火繡花袍，碧玉嵌金七寶帶。使兩口日月雙刀，騎一匹五明赤馬。乃是遼國御弟大王耶律得重，正按上界太陽星君。正似金烏擁出扶桑國，火傘初離東海洋。

陣前右設一隊五千女兵，人馬盡是銀花弁冠，銀鉤鎖甲，素袍素纓，白旗白馬，銀桿刀槍，簇擁著一員女將。金鳳釵對插青絲，紅抹額亂鋪珠翠，雲肩巧襯錦裙，繡襖深籠銀甲。小小花靴金鐙穩，翩翩翠袖玉鞭輕。使一口七星寶劍，騎一匹銀鬃白馬。乃是遼國天壽公主答里孛，按上界太陰星君。正似玉兔團團離海角，冰輪皎皎照瑤台。

兩隊陣中，團團一遭，盡是黃旗簇簇，軍將盡騎黃馬，都披金甲。襯甲袍起一片黃雲，繡包巾散半天黃霧。黃軍隊中，有軍馬大將四員，各領兵三千，分於四角。每角上一員大將，團團守護。東南一員大將，青袍金甲，手持寶槍，坐騎粉青馬，立於陣前，按上界羅　星君，乃是遼國皇侄耶律得榮。西南一員大將，紫袍銀甲，使一口寶刀，坐騎海騮馬，立於陣前，按上界計都星君，乃是遼國皇侄耶律得華。東北一員大將，綠袍銀甲，手執方天畫戟，坐騎五明黃馬，立於陣前，按上界紫氣星君，乃是遼國皇侄耶律得忠。西北一員大將，白袍銅甲，手仗七星寶劍，坐騎踢雲烏騅馬，立於陣前，按上界月孛星君，乃是遼國皇侄耶律得信。

黃軍陣內，簇擁著一員上將，左有執青旗，右有持白鉞，前有擎朱幡，後有張皀蓋。周回旗號，按二十四氣，六十四卦，南辰北斗飛龍飛虎，飛熊飛豹，明分陰陽左右，暗合璇璣（北斗星）玉衡乾坤混沌之象。那員上將，使一枝朱紅畫桿方天戟。怎生打扮氣頭戴七寶紫金冠，身穿龜背黃金甲，西川紅錦繡花袍，藍田美玉玲瓏帶。左懸金畫鐵胎弓，右帶鳳翎鈚子箭。足穿鷹嘴雲根靴，坐騎鐵脊銀鬃馬。錦雕鞍穩踏金鐙，紫絲韁牢絆山鞽。腰間掛劍驅番將，手內揮鞭統大軍。這簇軍馬光輝，四邊渾如金色，按上界中宮土星一炁天君，乃是遼國都統軍大元帥兀顏光。

黃旗之後，中軍是鳳輦龍車。前後左右，七重劍戟槍刀圍繞。九重之內，又有三十六對黃巾力士，推捧車駕。前有九騎金鞍駿馬駕轅，後有八對錦衣衛士隨陣。輦上中間，坐著遼國郎主：頭戴衝天唐巾，身穿九龍黃袍，腰繫藍田玉帶，足穿朱履朝靴。左右兩個大臣：左丞相幽西孛瑾，右丞相太師褚堅。各帶貂蟬冠，火裙朱服，紫綬金章（帝王左右輔佐近臣），象簡玉帶。龍床兩邊，金童玉女，執簡捧掛。龍車前後左右兩邊，簇擁護駕天兵。遼國郎主，自按上界北極紫微大帝（天帝），總領鎮星。左右二丞相，按上界左輔右弼（帝五左右輔佐近臣）星君。正是一天星斗離乾位，萬象森羅降世間。有詩為證：

宿曜隨宜列八方，更將土德鎮中央。
胡人從不關天象，何事紛紛瀆上蒼？

第八十八回

顏統軍陣列混天象　宋公明夢授玄女法

那遼國番軍擺列天陣已定，正如雞卵之形，似覆盆之狀，旗排四角，槍擺八方，循環無定，進退有則。宋江看見，便教強弓硬弩，射住陣腳，就中軍竪起雲梯將台，引吳用、朱武上台觀望。宋江看了，驚訝不已。朱武看了，認得是天陣，便對宋江、吳用道：「此乃是太乙混天象陣也！」宋江問道：「如何攻擊？」朱武道：「此天陣變化無窮，機關莫測，不可造次攻打。」宋江道：「若不打得開陣勢，如何得他軍退？」吳用道：「急切不知他陣內虛實，如何便去打得？」

正商議間，兀顏統軍在中軍傳令，今日屬金，可差亢金龍張起、牛金牛薛雄、婁金狗阿里義、鬼金羊王景四將，跟隨太白金星大將烏利可安，離陣攻打宋兵。宋江眾將在陣前，望見對陣右軍七門，或開或閉；軍中雷響，陣勢團團；那引軍旗在陣內自東轉北，北轉西，西投南。朱武見了，在馬上道：「此乃是天盤左旋之象。今日屬金，天盤左動，必有兵來。」說猶未了，五炮齊響，早是對陣踴出軍來。中是金星，四下是四宿，引動五隊軍馬，捲殺過來，勢如山倒，力不可當。宋江軍馬，措手不及，望後急退。大隊壓住陣腳，遼兵兩面夾攻，宋江大敗，急忙退兵，回到本寨，遼兵也不來追趕。點視軍中頭領，孔亮傷刀，李雲中箭，朱富著炮，石勇著槍，中傷軍卒，不計其數。隨即發付上車，去後寨令安道全醫治。宋江教前軍下了鐵蒺藜，深栽鹿角，堅守寨門。

宋江在中軍納悶，與盧俊義等商議：「今日折了一陣，如之奈何？再若不出交戰，必來攻打。」盧俊義道：「來日著兩路軍馬，撞（衝）住他那壓陣軍兵；再調兩路軍馬，撞那廝正北七門；卻教步軍從中間打將入去，且看裡面虛實如何。」宋江道：「也是。」次日便依盧俊義之言，收拾起寨，前至陣前準備，大開寨門，引兵前進。遙望遼兵不遠，六隊壓陣遼兵，遠探將來。宋江便差關勝在左，呼延灼在右，引本部軍馬，撞退壓陣遼兵。大隊前進，與遼兵相接，宋江再差花榮、秦明、董平、楊志在左，林沖、徐寧、索超、朱仝在右：兩隊軍兵，來撞皂旗七門。果然撞開皂旗陣勢，殺散皂旗人馬，正北七座旗門，隊伍不整。宋江陣中，卻轉過李逵、樊瑞、鮑旭、項充、李袞五百牌手向前；背後魯智深、武松、楊雄、石秀、解珍、解寶，將帶應有步軍頭目，撞殺入去。混天陣內，只聽四面炮響，東西兩軍，正面黃旗軍撞殺將來。宋江軍馬，抵當不住，轉身便走；後面架隔不定，大敗奔走，退回原寨。急點軍時，折其大半。杜遷、宋萬，又帶重傷。於內不見了黑旋風李逵。原來李逵殺得性起，只顧砍入他陣裡去，被他撓鉤搭住，活捉去了。宋江在寨中聽得，心中納悶。傳令教先送杜遷、宋萬去後寨，令安道全調治；帶傷馬匹，叫牽去與皇甫端料理。

宋江又與吳用等商議：「今日又折了李逵，輸了這一陣，似此怎生奈何？」吳用道：「前日我這裡活捉的他那個小將軍，是兀顏統軍的孩兒，正好與他打換。」宋江道：「這番換了，後來倘若折將，何以解救？」吳用道：「兄長何故執迷，且顧眼下。」說猶未了，小校來報，有遼將遣使到來打話。宋江喚入中軍，那番官來與宋江廝見說道：「俺奉元帥將令，今日拿得你的一個頭目，到俺總兵面前，不肯殺害，好生與他酒肉，管待在那裡。統軍要送來與你，換他孩兒小將軍還他；如是將軍肯時，便送那個頭目來還。」宋江道：「既是恁地，俺明日取小將軍來到陣前，兩相交換。」番官領了宋江言語，上馬去了。宋江再與吳用商議道：「我等無計破他陣勢，不若取將小將軍來，就這裡解和這陣，兩邊各自罷戰。」吳用道：「且將軍馬暫歇，別生良策，再來破敵，未為晚矣。」到曉，差人星夜去取兀顏小將軍來，也差個人直往兀顏統軍處，說知就裡。

且說兀顏統軍，正在帳中坐地，小軍來報，宋先鋒使人來打話。統軍傳令，教喚入來，到帳前，見了兀顏統軍，說道：「俺的宋先鋒拜意統軍麾下，今送小將軍回來，換俺這個頭目。即今天氣嚴寒，軍士勞苦，兩邊權且罷戰，待來春別作商議，俱免人馬凍傷。請統軍將令。」兀顏統軍聽了大喝道：「無智辱子，被汝生擒，縱使得活，有何面目見咱？不用相換，便拿下替俺斬了。若要罷戰權歇，教你宋江束手來降，免汝一死。若不如此，吾引大兵一到，寸草不留！」大喝一聲：「退去！」使者飛馬回寨，將這話訴與宋江。宋江慌速（匆忙），只怕救不得李逵，拔寨便起，帶了兀顏小將軍，直抵前軍，隔陣大叫：「可放過俺的頭目來，我還你小將軍。不罷戰不妨，自與你對陣廝殺。」只見遼兵陣中，無移時，把李逵一騎馬送出陣前來。這裡也牽一匹馬，送兀顏小將軍出陣去。兩家如此，一言為定。兩邊一齊同收同放：李將軍回寨，小將軍也騎馬過去了。當日兩邊，都不廝殺。宋江退兵回寨，且與李逵賀喜。

宋江在帳中與諸將相議道：「遼兵勢大，無計可破，使我憂煎，度日如年，怎生奈何？」呼延灼道：「我等來日，可分十隊軍馬：兩路去當壓陣軍兵，八路一齊撞擊，決此一戰。」宋江道：「全靠你等眾弟兄同心協力，來日必行。」吳用道：「兩番撞擊不動，不如守等他來交戰。」宋江道：「等他來，也不是良法。只是眾弟兄當以力敵，豈有連敗之理！」當日傳令，次早拔寨起軍，分作十隊，飛搶前去。兩路先截住後背壓陣軍兵；八路軍馬更不打話，吶喊搖旗，撞入混天陣去。聽的裡面雷聲高舉，四七二十八門，一齊分開，變作一字長蛇之陣，便殺出來。宋江軍馬，措手不及，急令回軍，大敗而走，旗槍不整，金鼓偏斜，速退回來。到得本寨，於路損折軍馬數多。宋江傳令，教軍將緊守山口寨柵，深掘濠塹，牢栽鹿角，堅閉不出，且過冬寒。

卻說副樞密趙安撫，累次申達文書赴京，奏請索取衣襖等件；因此朝廷特差御前八十萬禁軍槍棒教頭，正受鄭州團練使，姓王，雙名文武，—此人文斌雙全，滿朝欽敬，—將帶京師一萬餘人，起差民夫車輛，押運衣襖五十萬領，前赴宋先鋒軍前交割，就行催並軍將，向前交戰，早奏凱歌。王文斌領了聖旨文書，將帶隨行軍器，拴束衣甲鞍馬，催攢人夫軍馬，起運車仗，出東京，望陳橋驛進發。監押著一二百輛車子，上插黃旗，書「御賜衣襖」，迤邐前進。經過去處，自有官司供給口糧。在路非則一日，來到邊庭，參見了趙樞密，呈上中書省公文。趙安撫看了大喜道：「將軍來得正好，目今宋先鋒被遼國兀顏統軍，把兵馬擺成混天陣勢，連輸了數陣；頭目人等，中傷者多，現今發在此間將養，令安道全醫治。宋先鋒紮寨在永清縣地方，並不敢出戰，好生納悶。」王文斌稟道：「朝廷因此就差某來，催並軍士向前，早要取勝。今日既然累敗，王某回京師，見省院官，難以回奏。文斌不才，自幼頗讀兵書，略曉此陣法，就到軍前，略施小策，願決一陣，與宋先鋒分憂。未知樞相鈞命若何？」趙樞密大喜，置酒宴賞，就軍中犒勞押車人夫；就教王文斌轉運衣襖，解付宋江軍前給散。趙安撫先使人報知宋先鋒去了。

且說宋江在中軍帳中納悶，聞知趙樞密使人來，轉報東京差教頭鄭州團練使王文斌，押送衣襖五十萬領，就來軍前催並進兵。宋江差人接至寨中下馬，請入帳內，把酒接風。數杯酒後，詢問緣由。宋江道：「宋某自蒙朝廷差遣到邊，上托天子洪福，得了四個大郡。今到幽州，不想被番邦兀顏統軍，設此混天象陣：兵屯二十萬，整整齊齊，按周天星象，請啟郎主御駕親征。宋江連敗數陣，無計可施，屯駐不敢輕動。今幸得將軍降臨，願賜指教。」王文斌道：「量這個混天陣，何足為奇！王某不才，同到軍前一觀，別有主見。」宋江大喜，先令裴宣，且將衣襖給散軍將，眾人穿罷，望南謝恩。當日中軍置酒，殷勤管待，就行賞勞三軍。

來日結束，五軍都起。王文斌取過帶來的頭盔衣甲，全副披掛上馬，都到陣前。對陣遼兵望見宋兵出戰，報入中軍。金鼓齊鳴，喊聲大舉，六隊戰馬哨出陣來。宋江分兵殺退。王文斌上將台親自看一回，下雲梯來說道：「這個陣勢，也只如常，不見有甚驚人之處。」不想王文斌自己不識，且圖詐人要譽，便叫前軍擂鼓搦戰；對陣番軍，也撾鼓鳴金。宋江立馬大喝道：「不要狐朋狗黨，敢出來挑戰麼？」說猶未了，黑旗隊裡，第四座門內，飛出一將。那番官披頭散髮，黃羅抹額，襯著金箍烏油鎧甲，禿袖皂袍，騎匹烏騅馬，挺三尖刀，直臨陣前；背後牙將，不記其數。引軍皂旗上書銀字「大將曲利出清」，躍馬陣前搦戰。王文斌尋思道：「我不就這裡顯揚本事，再於何處施逞？」便挺槍躍馬出陣，與番官更不打話，驟馬相交。王文斌挺槍便搠，番將舞刀來迎。鬥不到二十餘合，番將回身便走。王文斌見了，便驟馬飛槍，直趕將去。原來番將不輸，特地要賣個破綻，漏他來趕。番將輪起刀，覷著王文斌較親，翻身背砍一刀，把王文斌連肩和胸脯，砍做兩段，死於馬下。宋江見了，急叫收軍。那遼兵撞掩過來，又折了一陣，慌慌忙忙，收拾還寨。眾多軍將，看見立馬斬了王文斌，面面廝覷，俱各駭然。宋江回到寨中，動紙文書，申覆趙樞密，說王文斌自願出戰身死。發付帶來人伴回京。趙樞密聽知此事，展轉憂悶，甚是煩惱，只得寫了申呈奏本，關會省院打發來的人伴回京去了。

有詩為證：

趙括徒能讀父書，文斌殞命又何愚。
平時誇口千人有，臨陣成功一個無。

第八十八回

顏統軍陣列混天象　宋公明夢授玄女法

且說宋江自在寨中納悶，百般尋思，無計可施，怎生破得遼兵，寢食俱廢，夢寐不安。是夜嚴冬，天氣甚冷，宋江閉上帳房，秉燭沉吟悶坐。時已二鼓，神思困倦，和衣隱幾（依憑幾字案）而臥；覺道寨中狂風忽起，冷氣侵人。宋江起身，見一青衣女童，向前打個稽首。宋江便問：「童子自何而來？」童子答曰：「小童奉娘娘法旨，有請將軍，便煩移步。」宋江道：「娘娘現在何處？」童子指道：「離此間不遠。」宋江遂隨童子出的帳房，但見上下天光一色，金碧交加，香風細細，瑞靄飄飄，有如二三月間天氣。行不過三二里多路，見座大林，青松茂盛，翠柏森然，紫桂亭亭，石欄隱隱；兩邊都是茂林修竹，垂柳夭桃，曲折闌干，轉過石橋，朱紅櫺星門一座。仰觀四面，蕭牆粉壁，畫棟雕梁，金釘朱戶，碧瓦重簷，四邊簾卷蝦須，正面窗橫龜背。女童引宋江從左廊下而進，到東向一個閣子前。推開朱戶，教宋江裡面少坐。舉目望時，四面雲窗寂靜，霞彩滿階，天花繽紛，異香繚繞。

童子進去，復又出來傳旨道：「娘娘有請，星主便行。」宋江坐未暖席，即時起身；又見外面兩個仙女入來，頭戴芙蓉碧玉冠，身穿金縷絳綃衣，與宋江施禮。宋江不敢仰視。那兩個仙女道：「將軍何故作謙？娘娘更衣便出，請將軍議論國家大事，便請同行。」宋江唯然（任隨）而行，聽得殿上金鐘聲響，玉磬音鳴。青衣迎請宋江上殿。二仙女前進，引宋江自東階而上，行至珠簾之前。宋江只聽得簾內玎璫隱隱，玉佩鏘鏘。青衣請宋江入簾內，跪在香案之前。舉目觀望殿上，祥雲靄靄，紫霧騰騰，正面九龍床上，坐著九天玄女娘娘。頭戴九龍飛鳳冠，身穿七寶龍鳳絳綃衣，腰繫山河日月裙，足穿雲霞珍珠履，手執無瑕白玉珪。兩邊侍從女仙，約有三二十個。

玄女娘娘與宋江曰：「吾傳天書與汝，不覺又早數年矣！汝能忠義堅守，未嘗少怠。今宋天子令汝破遼，勝負如何？」宋江俯伏在地，拜奏曰：「臣自得蒙娘娘賜與天書，未嘗輕慢，洩漏於人。今奉天子敕命破遼，不期被兀顏統軍，設此混天象陣，累敗數次。臣無計可施，正在危急之際。」玄女娘娘曰：「汝知混天象陣法否？」宋江再拜奏道：「臣乃下土愚人，不曉其法，望乞娘娘賜教。」玄女娘娘曰：「此陣之法，聚陽象也。只此攻打，永不能破。若欲要破，須取相生相克之理。且如前面皂旗軍馬內設水星，按上界北方五炁辰星。你宋兵中，可選大將七員，黃旗黃甲，黃衣黃馬，撞破遼兵皂旗七門。續後命猛將一員，身披黃袍，直取水星，此乃土克水之義也。卻以白袍軍馬，選將八員，打透他左邊青旗軍陣，此乃金克木之義也。卻以紅袍軍馬，選將八員，打透他右邊白旗軍陣，此

第八十八回

顏統軍陣列混天象　宋公明夢授玄女法

乃火克金之義也。卻以皂旗軍馬，選將八員，打透他後軍紅旗軍陣，此乃水克火之義也。卻命一枝青旗軍馬，選將九員，直取中央黃旗軍陣主將，此乃木克土之義也。再選兩枝軍馬，命一枝繡旗花袍軍馬，扮作羅睺，獨破遼兵太陽軍陣。命一枝素旗銀甲軍馬，扮作計都，直破遼兵太陰軍陣。再造二十四部雷車，按二十四氣，上放火石火炮，直推入遼兵中軍。令公孫勝布起風雷天罡正法，徑奔入遼主駕前。可行此計，足取全勝。日間不可行兵，須是夜黑可進。汝當親自領兵，掌握中軍，催動人馬，一鼓成功。吾之所言，汝當秘受。保國安民，勿生退悔。天凡有限，從此永別。他日瓊樓金闕，別當重會。汝宜速還，不可久留。」特命青衣獻茶，宋江吃罷，令青衣即送星主還寨。

宋江再拜，懇謝娘娘，出離殿庭。青衣前引宋江下殿，從西階而出，轉過欞星紅門，再登舊路。才過石橋松徑，青衣用手指道：「遼兵在那裡，汝當破之！」宋江回顧，青衣用手一推，猛然驚覺，就帳中做了一夢。

靜聽軍中更鼓，已打四更，宋江便叫請軍師圓夢。吳用來到中軍帳內，宋江道：「軍師有計破混天陣否？」吳學究道：「未有良策可施。」宋江道：「我已夢玄女娘娘傳與秘訣，尋思定了，特請軍師商議，可以會集諸將，分撥行事。」正是動達天機施妙策，擺開星斗破迷關。畢竟宋江怎生打陣，且聽下回分解。

第八十九回

宋公明破陣成功　宿太尉頒恩降詔

話說當下宋江夢中授得九天玄女之法，不忘一句，便請軍師吳用計議定了，申稟趙樞密。寨中合造雷車二十四部，都用畫板鐵葉釘成，下裝油柴，上安火炮，連更曉夜，催並完成。商議打陣，會集諸將人馬，宋江傳令，各各分派：便點按中央戊己土黃袍軍馬，戰遼國水星陣內，差大將一員雙槍將董平，左右撞破皂旗軍七門，差副將七員，朱仝、史進、歐鵬、鄧飛、燕順、馬麟、穆春；再點按西方庚辛金白袍軍馬，戰遼國木星陣內，差大將一員豹子頭林沖，左右撞破青旗軍七門，差副將七員，徐寧、穆弘、黃信、孫立、楊春、陳達、楊林；再點按南方丙丁火紅袍軍馬，戰遼國金星陣內，差大將一員霹靂火秦明，左右撞破白旗軍七門，差副將七員，劉唐、雷橫、單廷珪、魏定國、周通、龔旺，丁得孫；再點按北方壬癸水黑袍軍馬，戰遼國火星陣內，差大將一員雙鞭呼延灼，左右撞破紅旗軍七門，差副將七員，楊志、索超、韓滔、彭玘、孔明、鄒淵、鄒潤；再點按東方甲乙木青袍軍馬，戰遼國土星主將陣內，差大將一員大刀關勝，左右撞破中軍黃旗主陣人馬，差副將八員，花榮、張清、李應、柴進、宣贊、郝思文、施恩、薛永；再差一枝繡旗花袍軍，打遼國太陽左軍陣內，差大將七員，魯智深、武松、楊雄、石秀、焦挺、湯隆、蔡福；再差一枝素袍銀甲軍，打遼國太陰右軍陣中，差大將七員，扈三娘、顧大嫂、孫二娘、王英、孫新、張青、蔡慶；再差打中軍一枝悍勇人馬，直擒遼主，差大將六員，盧俊義、燕青、呂方、郭盛、解珍、解寶，再遣護送雷車至中軍，大將五員，李逵、樊瑞、鮑旭、項充、李袞；其餘水軍頭領，並應有人員，盡到陣前協助破陣。陣前還立五方旗幟八面分發人員，仍排九宮八卦陣勢。宋江傳令已罷，眾將各各遵依；一面趲造雷車已了，裝載法物，推到陣前。正是計就驚天地，謀成破鬼神。

且說兀顏統軍，連日見宋江不出交戰，差遣壓陣軍馬，直哨到宋江寨前。宋江連日制造完備，選定日期，是晚起身，來與遼兵相接。一字兒擺開陣勢，前面盡把強弓硬弩，射住陣腳，只待天色傍晚。黃昏左側，只見朔風凜凜，彤雲密布，罩合天地，未晚先黑。宋江教眾軍人等，斷蘆為笛，銜於口中，唿哨為號。當夜先分出四路兵去，只留黃袍軍擺在陣前。這分出四路軍馬，趕殺哨路番軍，繞陣腳而走，殺投北去。

初更左側，宋江軍中連珠炮響。呼延灼打開陣門，殺入後軍，直取火星。關勝隨即殺入中軍，直取土星主將。林沖引軍殺入左軍陣內，直取木星。秦明領軍撞入右軍陣內，直取金星。董平便調軍攻打頭陣，直取水星。公孫勝在軍中仗劍作法，踏罡步斗，敕起五雷。是夜南風大作，吹得樹梢垂地，走石飛沙。一齊點起二十四部雷車，李逵、樊瑞、鮑旭、項充、李袞，將引五百牌手，悍勇軍兵，護送雷車，推入遼軍陣內。一丈青扈三娘引兵便打入遼兵太陰陣中。花和尚魯智深引兵便打入遼兵太陽陣中。玉麒麟盧俊義引領一枝軍馬，隨著雷車，直奔中軍。你我自去尋隊廝殺。是夜雷車火起，空中霹靂交加，端的是殺得星移斗轉，日月無光，鬼哭神號，人兵撩亂。

且說兀顏統軍，正在中軍遣將，只聽得四下裡喊聲大振，四面廝殺。急上馬時，雷車已到中軍，烈焰漲天，炮聲震地，關勝一枝軍馬，早到帳前。兀顏統軍急取方天畫戟，與關勝大戰。怎禁沒羽箭張清，取石子望空中亂打，打得四邊牙將，中傷者多逃命散走。李應、柴進、宣贊、郝思文，縱馬橫刀，亂殺軍將。兀顏統軍見身畔沒了羽翼，撥回馬望北而走，關勝飛馬緊追。正是饒君走上焰摩天，腳下騰雲須趕上。

花榮在背後見兀顏統軍輸了，一騎馬也追將來，急拈弓搭箭，望兀顏統軍射將去。那箭正中兀顏統軍後心，聽得錚地一聲，火光迸散，正射在護心鏡上。卻待再射，關勝趕上，提起青龍刀，當頭便砍。那兀顏統軍披著三重鎧甲：貼裡一層連環鑌鐵鎧，中間一重海獸皮甲，外面方是鎖子黃金甲。關勝那一刀砍過，只透的兩層。再復一刀，兀顏統軍就刀影裡閃過，勒馬挺方天戟來迎。兩個又鬥了三五合，花榮趕上，覷兀顏統軍面門，又放一箭。兀顏統軍急躲，那枝箭帶耳根穿住鳳翅金冠。兀顏統軍急走，張清飛馬趕上，拈起石子，望頭臉上便打。石子飛去，打得兀顏統軍撲在馬上，拖著畫戟而走。關勝趕上，再狠一刀。那青龍刀落處，把兀顏統軍連腰截骨帶頭砍著，攧下馬去。花榮搶到，先換了那匹好馬。張清趕來，再復一槍，可憐兀顏統軍，一世豪傑，一柄刀，一條槍，結果了性命。有詩為證：

李靖六花人亦識，孔明八卦世應知。
混天只想無人敵，也有神機打破時。

卻說魯智深引著武松等六員頭領，眾將吶聲喊，殺入遼兵太陽陣內。那耶律得重急待要走，被武松一戒刀，掠斷馬頭，倒撞下馬來；揪住頭髮，一刀取了首級，殺散太陽陣勢。魯智深道：「俺們再去中軍，拿了遼主，便是了事也！」

且說遼兵太陰陣中天壽公主，聽得四邊喊起廝殺，慌忙整頓軍器上馬，引女兵伺候。只見一丈青舞起雙刀，縱馬引著顧大嫂等六員頭領，殺入帳來，正與天壽公主交鋒。兩個鬥無數合，一丈青放開雙刀，搶入公主懷內，劈胸揪住。兩個在馬上扭做一團，絞做一塊。王矮虎趕上，活捉了天壽公主。顧大嫂、孫二娘在陣裡殺散女兵；孫新、張青、蔡慶在外面夾攻。可憐玉葉金枝女，卻作歸降被縛人。

且說盧俊義引兵殺到中軍，解珍、解寶先把帥字旗砍翻，亂殺番兵番將。當有護駕大臣與眾多牙將，緊護遼國郎主鑾駕，往北而走。陣內羅睺、月孛二皇侄，俱被刺死於馬下；計都皇侄，就馬上活拿了；紫炁皇侄，不知去向。大兵重重圍住，直殺到四更方息，殺得遼兵二十餘萬，七損八傷。將及天明，諸將都回。宋江鳴金收軍下寨，傳令教生擒活捉之眾，各自獻功。一丈青獻太陰星天壽公主；盧俊義獻計都星皇侄耶律得華；朱仝獻水星曲利出清；歐鵬、鄧飛、馬麟獻斗木獬蕭大觀；楊林、陳達獻心月狐裴直；單廷珪、魏定國獻胃土雉高彪；韓滔、彭玘獻柳土獐雷春、翼火蛇狄聖。諸將獻首級，不計其數。宋江將生擒八將，盡行解赴趙樞密中軍收禁。所得馬匹，就行俵撥各將騎坐。

且說遼國郎主，慌速退入燕京，急傳旨意，堅閉四門，緊守城池，不出對敵。宋江知得遼主退回燕京，便教軍馬拔寨都起，直追至城下，團團圍住。令人請趙樞密，直至後營監臨打城。宋江傳令，教就燕京城外，團團豎起雲梯炮石，紮下寨柵，準備打城。

遼國郎主心慌，會集群臣商議，都道：「事在危急，莫若歸降大宋，此為上計。」遼王遂從眾議。於是城上早豎起降旗，差人來宋營求告：「年年進牛馬，歲歲獻珠珍，再不敢侵犯中國。」宋江引著來人，直到後營，拜見趙樞密，通說投降一節。趙樞密聽了道：「此乃國家大事，須用取自上裁，我未敢擅便主張。你遼國有心投降，可差得當大臣，親赴東京，朝見天子。聖旨准你遼國皈依表文，降詔赦罪，方敢退兵罷戰。」

來人領了這話，便入城回覆郎主。當下國主聚集文武百官，商議此事，時有右丞相太師褚堅出班奏曰：「目今本國兵微將寡，人馬皆無，如何迎敵？論臣愚意，微臣親往宋先鋒寨內，許以厚賄。一面令其住兵停戰；一面收拾禮物，徑往東京，投買省院諸官，令其於天子之前，善言啟奏，別作宛轉。目今中國蔡京、童貫、高俅、楊戩四個賊臣專權，童子皇帝聽他四個主張。可把金帛賄賂，與此四人，買其請和，必降詔赦，收兵罷戰。」郎主准奏。

次日，丞相褚堅出城來，直到宋先鋒寨中。宋江接至帳上，便問來意如何。褚堅先說了國主投降一事，然後許宋先鋒金帛玩好之物。宋江聽了，說與丞相褚堅道：「俺連日攻城，不愁打你這個城池不破，一發斬草除根，免了萌芽再發。看見你城上豎起降旗，以此停兵罷戰。出國交鋒，自古國家有投降之理，准你投拜納降，因此按兵不動，容汝赴朝廷請罪獻納。汝今以賄賂相許，覷宋江為何等之人，再勿復言！」褚堅惶恐。宋江又道：「容你修表朝京，取自上裁。俺等按兵不動，待汝速去快來，汝勿遲滯！」

褚堅拜謝了宋先鋒，作別出寨，上馬回燕京來，奏知國主。眾大臣商議已定，次日遼國君臣，收拾玩好之物，金銀寶貝，彩繒珍珠，裝載上車，差丞相褚堅，並同番官一十五員，前往京師。鞍馬三十餘騎，修下請罪表章一道，離了燕京，到了宋江寨內，參見了宋江。宋江引褚堅來見趙樞密，說知此事：遼國今差丞相褚堅，親往京師朝見，告罪投降。趙樞密留住褚堅，以禮相待；自來與宋先鋒商議，亦動文書，申達天子。就差柴進、蕭讓賚奏，就帶行軍公文，關會省院，一同相伴丞相褚堅，前往東京。在路不止一日，早到京師，便將十車進奉金寶禮物，車仗人馬，於館驛內安下。柴進、蕭讓賚捧行軍公文，先去省院下了，稟說道：「即日兵馬圍困燕京，旦夕可破。遼國郎主於城上豎起降旗，今遣丞相褚堅，前來上表，請罪納降，告赦罷兵。未敢自專，來請聖旨。」省院官說道：「你且與他館驛內權時安歇，待俺這裡從長計議。」

此時蔡京、童貫、高俅、楊戩，並省院大小官僚，都是好利之徒。卻說遼國丞相褚堅並眾人先尋門路，見了太師蔡京等四個大臣，次後省院各官處，都有賄賂。各各先以門路，饋送禮物諸官已了。次日早朝，百官朝賀拜舞已畢，樞密使童貫出班奏曰：「有先鋒使宋江殺退遼兵，直至燕京，圍住城池攻擊，旦夕可破。今有遼主早豎降旗，情願投降，遣使丞相褚堅，奉表稱臣，納降請罪，告赦講和，求敕退兵罷戰，情願年年進奉，不敢有違。伏乞聖鑑。」天子曰：「以此講和，休兵罷戰，汝等眾卿，如何計議？」旁有太師蔡京出班奏曰：「臣等眾官，俱各計議：自古及今，四夷未嘗盡滅。臣等愚意，可存遼國，作北方之屏障；年年進納歲幣，於國有益。合准投降請罪，休兵罷戰，詔回軍馬，以護京師。臣等未敢擅便，乞陛下聖裁。」天子准奏，傳聖旨，令遼國來使面君。當有殿頭官傳令，宣褚堅等一行來使，都到金殿之下，揚塵拜舞，頓首山呼。侍臣呈上表章，就御案上展開。宣表學士高聲讀道：

遼國主臣耶律輝頓首頓首，百拜上言：臣生居朔漠，長在番邦，不通聖賢之經，罔究綱常之禮。詐文偽武，左右多狼心狗行之徒；好賂貪財，前後悉鼠目獐頭之輩。小臣昏昧，屯眾猖狂，侵犯疆封，以致天兵討罪；妄驅士馬，動勞王室興師。量螻蟻安足撼泰山，想眾水必然歸大海。今待遣使臣褚堅冒干天威，納士請罪。倘蒙聖上憐憫蕞爾之微生，不廢祖宗之遺業，赦其舊過，開以新圖，退守戎狄之番邦，永作天朝之屏翰，老老幼幼，真獲再生，子子孫孫，久遠感戴。進納歲幣（每年向朝廷繳納的錢物），誓不敢違！臣等不勝戰栗屏營（惶恐）之至！謹上表以聞。

宣和四年冬月　日遼國主臣耶律輝　表

徽宗天子御覽表文已畢，階下群臣稱賀。天子命取御酒，以賜來使。丞相褚堅等便取金帛歲幣，進在朝前。天子命寶藏庫收訖，仍另納下每年歲幣牛馬等物。天子回賜緞匹表裡，光祿寺賜宴；敕令：「丞相褚堅等先回，待寡人差官自來降詔。」褚堅等謝恩，拜辭出朝，且歸館驛。是日朝散，褚堅又令人再於各官門下，重打關節。蔡京力許：「令丞相自回，都在我等四人身上。」褚堅謝了太師，自回遼國去了。

卻說蔡太師，次日引百官入朝，啟奏降詔，回下遼國。天子准奏，急敕翰林學士草詔一道，就御前便差太尉宿元景賫擎丹詔，直往遼國開讀。另敕趙樞密令宋先鋒收兵罷戰，班師回京；將應有被擒之人，釋放還國；原奪城池，仍舊給遼管領；府庫器具，交割遼邦歸管。天子退朝，百官皆散。次日，省院諸官，都到宿太尉府，約日送行。

再說宿太尉領了詔敕，不敢久停，準備轎馬從人，辭了天子，別了省院諸官，就同柴進、蕭讓，同上遼邦，出京師，望陳橋驛投邊塞進發。在路行時，正值嚴冬之月，彤雲密布，瑞雪平鋪，粉塑千林，銀裝萬里。宿太尉一行人馬，冒雪撐風，迤邐前進。雪霽未消，漸臨邊塞。柴進、蕭讓先使哨馬報知趙樞密，前去通報宋先鋒。宋江見哨馬飛報，便攜酒禮，引眾出五十里伏道迎接。接著宿太尉，相見已畢，把了接風酒，各官俱喜，請至寨中，設筵相待，同議朝廷之事。宿太尉言說省院等官，蔡京、童貫、高俅、楊戩，俱各受了遼國賄賂，於天子前極力保奏此事，准其投降，休兵罷戰，詔回軍馬，守備京師。宋江聽了嘆道：「非是宋某怨望朝廷，功勳至此，又成虛度。」宿太尉道：「先鋒休憂！元景回朝，天子前必當重保。」趙樞密又道：「放著下官為證，怎肯教虛費了將軍大功！」宋江稟道：「某等一百八人，竭力報國，並無異心，亦無希恩望賜之念；只得眾弟兄同守勞苦，實為幸甚。若得樞相肯做主張，深感厚德。」當日飲宴，眾皆歡喜，至晚方散；隨即差人一面報知遼國，準備接詔。

次日，宋江撥十員大將，護送宿太尉進遼國頒詔，都是錦袍金甲，戎裝革帶。那十員上將：關勝、林沖、秦明、呼延灼、花榮、董平、李應、柴進、呂方、郭盛，引領馬步軍三千，護持太尉，前遮後擁，擺布入城。燕京百姓，有數百年不見中國軍容，聞知太尉到來，盡皆歡喜，排門香花燈燭。遼主親引百官文武，具服乘馬，出南門迎接詔旨，直至金鑾殿上。十員大將，立於左右。宿太尉立於龍亭之左。國主同百官，跪於殿前。殿頭官喝拜，國主同文武拜罷。遼國侍郎承恩請詔，就殿上開讀。詔曰：

大宋皇帝制曰：三皇立位，五帝禪宗，雖中華而有主，豈夷狄之無君？茲爾遼國，不遵天命，數犯疆封，理合一鼓而滅。朕今覽其情詞，憐其哀切；憫汝煢孤（孤獨無依），不忍加誅，仍存其國。詔書至日，即將軍前所擒之將，盡數釋放還國；原奪一應城池，仍舊給還本國管領；所供歲幣，慎勿怠忽。於戲！敬事大國，祗畏天地，此藩翰之職也。爾其欽哉！

宣和四年冬月　日

當時遼國侍郎開讀詔旨已罷，郎主與百官再拜謝恩。行君臣禮畢，抬過詔書龍案，郎主便與宿太尉相見。聖禮已畢，請入後殿，大設華筵，水陸俱備。番官進酒，戎將傳杯；歌舞滿筵，胡笳聒耳；燕姬美女，各奏戎樂；羯鼓壎篪，胡旋慢舞。筵宴已終，送宿太尉並眾將於館驛內安歇。是日跟去人員，都有賞勞。

次日，國主命丞相褚堅出城至寨，邀請趙樞密、宋先鋒，同入燕京赴宴。宋江便與軍師吳用計議不行，只請得趙樞密入城，相陪宿太尉飲宴。是日遼國郎主，大張筵席，管待朝使。葡萄酒熟傾銀甕，黃羊肉美滿金盤；異果堆筵，奇花散彩。筵席將終，只見國主金盤捧出玩好之物，上獻宿太尉、趙樞密。直飲至更深方散。第三日，遼主會集文武群臣，番戎鼓樂，送太尉、樞密出城還寨；再命丞相褚堅，將牛羊馬匹，金銀彩緞等項禮物，直至宋先鋒軍前寨內，大設廣會，犒勞三軍，重賞眾將。

宋江傳令，叫取天壽公主一干人口，放回本國；仍將奪過檀州、薊州、霸州、幽州，依舊給還遼國管領。一面先送宿太尉還京，次後收拾諸將軍兵車仗人馬，分撥人員；先發中軍軍馬，護送趙樞密起行。宋先鋒寨內，自己設宴。一面賞勞水軍頭目已了，著令乘駕船隻，從水路先回東京駐紮聽調。

宋江再使人入城中，請出左右二丞相前赴軍中說話。當下遼國郎主教左丞相幽西孛瑾、右丞相太師褚堅，來至宋先鋒行營，至於中軍相見，宋江邀請上帳，分賓而坐。宋江開話道：「俺武將兵臨城下，將至壕邊，奇功在邇，本不容汝投降；打破城池，盡皆剿滅，正當其理。主帥聽從，容汝申達朝廷；皇上憐憫，存惻隱之心，不肯盡情追殺，准汝投降，納表請罪。今王事已畢，吾待朝京；汝等勿以宋江等輩，不能勝爾，再生反復。年年進貢，不可有缺。吾今班師還國，汝宜謹慎自守，休得故犯！天兵再至，決無輕恕！」二丞相叩首伏罪拜謝。宋江再用好言誡諭，二丞相懇謝而去。

宋江卻撥一隊軍兵，與女將一丈青等先行；隨即喚令隨軍石匠，采石為碑，令蕭讓作文，以記其事。金大堅鐫石已畢，豎立在永清縣東一十五里茅山之下，至今古跡尚存。有詩為證：

每聞胡馬度陰山，恨殺澶淵縱虜還。
誰造茅山功跡記，寇公泉下亦開顏。

宋江卻將軍馬分作五起進發，克日起行。只見魯智深忽到帳前，合掌作禮，對宋江道：「小弟自從打死了鎮關西，逃走到代州雁門縣，趙員外送洒家上五台山，投禮智真長老，落髮為僧。不想醉後兩番鬧了禪門，師父送俺來東京大相國寺，投托智清禪師，討個執事僧做，相國寺裡著洒家看守菜園。為救林沖，被高太尉要害，因此落草。得遇哥哥，隨從多時，已經數載，思念本師，一向不曾參禮。洒家常想師父說，俺雖是殺人放火的性，久後卻得正果真身。今日太平無事，兄弟權時告假數日，欲往五台山參禮本師；就將平昔所得金帛之資，都做布施；再求問師父前程如何。哥哥軍馬只顧前行，小弟隨後便趕來也！」宋江聽罷愕然，默上心來，便道：「你既有這個活佛羅漢在彼，何不早說，與俺等同去參禮，求問前程。」當時與眾人商議，盡皆要去，惟有公孫勝道教不行。宋江再與軍師計議：「留下金大堅、皇甫端、蕭讓、樂和四個，委同副先鋒盧俊義掌管軍馬，陸續先行。俺們只帶一千來人，隨從眾弟兄，跟著魯智深，同去參禮智真長老。」宋江等眾，當時離了軍前。收拾名香、彩帛、表裡、金銀，上五台山來。正是暫棄金戈甲馬，來游方外叢林。雨花台畔，來訪道德高僧；善法堂前，要見燃燈古佛。直教一語打開名利路，片言踢透死生關。畢竟宋江與魯智深怎地參禪，且聽下回分解。

第八十九回

宋公明破陣成功　宿太尉頒恩降詔

第九十回

五台山宋江參禪　雙林鎮燕青遇故

話說五合山這個智真長老，原來是故宋時一個當世的活佛，知得過去未來之事。數載之前，已知魯智深是個了身達命之人，只是俗緣未盡，要還殺生之債，因此教他來塵世中走這一遭。本人宿根，還有道心，今日起這個念頭，要來參禪投禮本師。宋公明亦是素有善心，因此要同來參智真長老。

當下宋江與眾將，只帶隨行人馬，同魯智深來到五台山下，就將人馬屯紮下營，先使人上山報知。宋江等眾兄弟，都脫去戎裝慣帶，各穿隨身衣服，步行上山。轉到山門外，只聽寺內撞鐘擊鼓，眾僧出來迎接，向前與宋江、魯智深等施了禮。數內有認得魯智深的多，又見齊齊整整這許多頭領跟著宋江，盡皆驚訝。堂頭首座來稟宋江道：「長老坐禪入定，不能相接，將軍切勿見罪。」遂請宋江等先去知客寮內少坐。供茶罷，侍者出來請道：「長老禪定方回，已在方丈專候。啟請將軍進來。」宋江等一行百餘人，直到方丈，來參智真長老。那長老慌忙降階而接，邀至上堂。各施禮罷，宋江看那和尚時，六旬之上，眉髮盡白，骨格清奇，儼然有天台方廣出山之相（天台，即鼻子。方廣，大而方正，有官相）。眾人入進方丈之內，宋江便請智真長老上座，焚香禮拜，一行眾將拜罷，魯智深向前插香禮拜。智真長老道：「徒弟一去數年，殺人放火不易。」魯智深默然無言。宋江向前：「久聞長老清德，爭奈俗緣淺薄，無路拜見尊顏。今因奉詔破遼到此，得以拜見堂頭大和尚，平生萬幸。智深兄弟，雖是殺人放火，忠心不害良善，今引宋江等眾兄弟來參大師。」智真長老道：「常有高僧到此，亦曾閒論世事。久聞將軍替天行道，忠義根心。吾弟子智深跟著將軍，豈有差錯？」宋江稱謝不已。

魯智深將出一包金銀彩緞來，供獻本師。智真長老道：「吾弟子，此物何處得來？無義錢財，決不敢受。」智深稟道：「弟子累經功賞，積聚之物，弟子無用，特地將來獻納本師，以充公用。」長老道：「眾亦難消。與汝置經一藏，消滅罪惡，早登善果。」魯智深拜謝已了，宋江亦取金銀彩緞，上獻智真長老，長老堅執不受。宋江稟說：「我師不納，可令庫司辦齋，供獻本寺僧眾。」當日就五台山寺中宿歇一宵，長老設素齋相待，不在話下。

且說次日庫司辦齋完備，五台山寺中法堂上，鳴鐘擊鼓，智真長老會集眾僧於法堂上，講法參禪。須臾，合寺眾僧，都披袈裟坐具，到於法堂中坐下。宋江、魯智深，並眾頭領，立於兩邊。引磬響處，兩碗紅紗燈籠，引長老上升法座。智真長老到法座上，先拈信香祝贊道：「此一炷香，伏願皇上聖壽齊天，萬民樂業。再拈信香一炷，願今齋主，身心安樂，壽算延長。再拈信香一炷，願今國安民泰，歲稔年和，三教（儒、佛、道）興隆，四方寧靜。」祝贊已罷，就法座而坐；兩下眾僧，打罷問訊，復皆侍立。宋江向前拈香禮拜畢，合掌近前參禪道：「某有一語，敢問吾師：浮世光陰有限，苦海無邊，人身至微，生死最大。」智真長老便答偈曰：

> 六根（又稱「六識」，佛教指眼、耳、鼻、舌、身、意）束縛多年，四大（古印度認為一切物質由地、水、火、風構成。佛教指其堅、濕、暖、動四種性能）牽纏已久。堪嗟石火光中，翻了幾個筋斗。咦！閻浮世界（人世間）諸眾生，泥沙堆裡頻哮吼。

長老說偈已畢，宋江禮拜侍立。眾將都向前拈香禮拜，設誓道：「只願弟兄同生同死，世世相逢！」焚香已罷，眾僧皆退，就請去雲堂內赴齋。

眾人齋罷，宋江與魯智深跟隨長老來到方丈內。至晚閒話間，宋江求問長老道：「弟子與魯智深本欲從師數日，指示愚迷，但以統領大軍，不敢久戀。我師語錄，實不省悟。今者拜辭還京，某等眾弟兄此去前程如何，萬望吾師明彰點化。」智真長老命取紙筆，寫出四句偈語：

當風雁影翩，東闕不團圓。只眼功勞足，雙林福壽全。

寫畢，遞與宋江道：「此是將軍一生之事，可以斂藏，久而必應。」宋江看了，不曉其意，又對長老道：「弟子愚蒙，不悟法語，乞吾師明白開解，以釋憂疑。」智真長老道：「此乃禪機隱語，汝宜自參，不可明說。」長老說罷，喚過智深近前道：「吾弟子此去，與汝前程永別，正果將臨也！與汝四句偈去，收取終身受用。」偈曰：

逢夏而擒，遇臘而執。聽潮而圓，見信而寂。

魯智深拜受偈語，讀了數遍，藏在身邊，拜謝本師。又歇了一宵。次日，宋江、魯智深並吳用等眾頭領辭別長老下山，眾人便出寺來，智真長老並眾僧都送出山門外作別。

不說長老眾僧回寺，且說宋江等眾將下到五台山下，引起軍馬，星火趕來。眾將回到軍前，盧俊義、公孫勝等接著宋江眾將，都相見了。宋江便對盧俊義等說五台山眾人參禪設誓一事，將出禪語，與盧俊義、公孫勝看了，皆不曉其意。蕭讓道：「禪機法語，等閒（一般人）如何省得？」眾皆驚訝不已。

宋江傳令，催趲軍馬起程，眾將得令，催起三軍人馬，望東京進發。凡經過地方，軍士秋毫無犯，百姓扶老攜幼，來看王師；見宋江等眾將英雄，人人稱獎，個個欽服。宋江等在路行了數日，到一個去處，地名雙林鎮。當有鎮上居民，及近村幾個農夫，都走攏來觀看。宋江等眾兄弟，雁行般排著，一對對並轡而行。正行之間，只見前隊裡一個頭領，滾鞍下馬，向左邊看的人叢裡，扯著一個人叫道：「兄長如何在這裡？」兩個敘了禮，說著話。宋江的馬，漸漸近前，看時，卻是浪子燕青，和一個人說話。燕青拱手道：「許兄，此位便是宋先鋒。」宋江勒住馬看那人時，生得：

目炯雙瞳，眉分八字。七尺長短身材，三牙掩口髭鬚。戴一頂烏縐紗抹眉頭巾，穿一領皂沿邊褐布道服。繫一條雜彩呂公絛，著一雙方頭青布履。必非碌碌庸人，定是山林逸士。

宋江見那人相貌古怪，豐神爽雅，忙下馬來，躬身施禮道：「敢問高士大名？」那人望宋江便拜道：「聞名久矣！今日得以拜見。」慌的宋江答拜不迭，連忙扶起道：「小可宋江，何勞如此。」那人道：「小子姓許，名貫忠，祖貫大名府人氏，今移居山野。昔日與燕將軍交契，不想一別有十數個年頭，不得相聚。後來小子在江湖上，聞得小乙哥在將軍麾下，小子欣慕不已。今聞將軍破遼凱還，小子特來此處瞻望，得見各位英雄，平生有幸。欲邀燕兄到敝廬略敘，不知將軍肯放否？」燕青亦稟道：「小弟與許兄久別，不意在此相遇。既蒙許兄雅意，小弟只得去一遭。哥哥同眾將先行，小弟隨後趕來。」宋江猛省道：「兄弟燕青，常道先生英雄肝膽；只恨宋某命薄，無緣得遇。今承垂愛，敢邀同往請教。」許貫忠辭謝道：「將軍慷慨忠義，許某久欲相侍左右，因老母年過七旬，不敢遠離。」宋江道：「恁地時，卻不敢相強。」又對燕青說道：「兄弟就回，免得我這裡放心不下；況且到京，倘早晚便要朝見。」燕青道：「小弟決不敢違哥哥將令。」又去稟知了盧俊義，兩下辭別。宋江上得馬來，前行的眾頭領，已去了一箭之地，見宋江和貫忠說話，都勒馬伺候。當下宋江策馬上前，同眾將進發。

話分兩頭。且說燕青喚一個親隨軍漢，拴縛了行囊，另備了一匹馬，卻把自己的駿馬，讓與許貫忠乘坐。到前面酒店裡，脫下戎裝慣帶，穿了隨身便服。兩人各上了馬，軍漢背著包裹，跟隨在後，離了雙林鎮，望西北小路而行。過了些村舍林岡，前面卻是山僻曲折的路。兩個說些舊日交情，胸中肝膽。出了山僻小路，轉過一條大溪，約行了三十餘里，許貫忠用手指道：「兀那高峻的山中，方是小弟的敝廬在內。」又行了十數里，才到山中。那山峰巒秀拔，溪澗澄清。燕青正看山景，不覺天色已晚。但見：

落日帶煙生碧霧，斷霞映水散紅光。

原來這座山叫做大伾山，上古大禹聖人導河，曾到此處。書經上說道：「至於大伾。」這便是個證見。今屬大名府伾縣地方。話休繁絮。且說許貫忠引了燕青轉過幾個山嘴，來到一個山凹裡，卻有三四里方圓平曠的所在。樹木叢中，閃著兩三處草舍。內中有幾間向南傍溪的茅舍。門外竹籬圍繞，柴扉半掩，修竹蒼松，丹楓翠柏，森密前後。許貫忠指著說道：「這個便是蝸居。」燕青看那竹籬內，一個黃髮村童，穿一領布衲襖，向地上收拾些曬乾的松枝榾柮，堆積於茅簷之下。聽得馬蹄響，立起身往外看了，叫聲奇怪：「這裡那得有馬經過！」仔細看時，後面馬上，卻是主人。慌忙跑出門外，叉手立著，呆呆地看。原來臨行備馬時，許貫忠說不用鑾鈴，以此至近方覺。二人下了馬，走進竹籬。軍人把馬拴了。二人入得草堂，分賓主坐下。茶罷，貫忠教隨來的軍人卸下鞍轡，把這兩匹馬牽到後面草房中，喚童子尋些草料餵養，仍教軍人前面耳房內歇息。燕青又去拜見了貫忠的老母。貫忠攜著燕青，同到靠東向西的草廬內。推開後窗，卻臨著一溪清水，兩人就倚著窗檻坐地。

貫忠道：「敝廬窄陋，兄長休要笑話！」燕青答道：「山明水秀，令小弟應接不暇，實是難得。」貫忠又問些征遼的事。多樣時，童子點上燈來，閉了窗格，掇張桌子，鋪下五六碟菜蔬，又搬出一盤雞，一盤魚，及家中藏下的兩樣山果，旋了一壺熱酒。貫忠篩了一杯，遞與燕青道：「特地邀兄到此，村醪野菜，豈堪待客？」燕青稱謝道：「相擾卻是不當。」數杯酒後，窗外月光如晝。燕青推窗看時，又是一般清致：雲輕風靜，月白溪清，水影山光，相映一室。燕青誇獎不已道：「昔日在大名府，與兄長最為莫逆。自從兄長應武舉後，便不得相見。卻尋這個好去處，何等幽雅！像劣弟恁地東征西逐，怎得一日清閒？」貫忠笑道：「宋公明及各位將軍，英雄蓋世，上應罡星，今又威服強虜。像許某蝸伏荒山，那裡有分毫及得兄等。俺又有幾分兒不合時宜處，每每見奸黨專權，蒙蔽朝廷，因此無志進取，游蕩江河，到幾個去處，俺也頗頗留心。」說罷大笑，洗盞更酌。燕青取白金二十兩，送與貫忠道：「些須薄禮，少盡鄙忱。」貫忠堅辭不受。燕青又勸貫忠道：「兄長恁般才略，同小弟到京師覷方便，討個出身。」貫忠嘆口氣說道：「今奸邪當道，妒賢嫉能，如鬼如蜮的，都是峨冠博帶；忠良正直的，盡被牢籠陷害。小弟的念頭久灰。兄長到功成名就之日，也宜尋個退步。自古道：『雕鳥盡，良弓藏。』」燕青點頭嗟嘆。兩個說至半夜，方才歇息。

次早，洗漱罷，又早擺上飯來，請燕青吃了，便邀燕青去山前山後游玩。燕青登高眺望，只見重巒疊嶂，四面皆山，惟有禽聲上下，卻無人跡往來。山中居住的人家，顛倒數過，只有二十餘家。燕青道：「這裡賽過桃源。」燕青貪看山景，當日天晚，又歇了一宵。

次日，燕青辭別賈忠道：「恐宋先鋒懸念，就此拜別。」賈忠相送出門。賈忠道：「兄長少待！」無移時，村童托一軸手卷兒出來，賈忠將來遞與燕青道：「這是小弟近來的幾筆拙畫。兄長到京師，細細的看，日後或者亦有用得著處。」燕青謝了，教軍人拴縛在行囊內。兩個不忍分手，又同行了一二里。燕青道：「『送君千里，終須一別』，不必遠勞，後圖再會。」兩人各悒怏分手。

燕青望許貫忠回去得遠了，方才上馬。便教軍人也上了馬，一齊上路。不則一日，來到東京，恰好宋先鋒屯駐軍馬於陳橋驛，聽候聖旨，燕青入營參見不題。

且說先是宿太尉並趙樞密中軍人馬入城，已將宋江等功勞奏聞天子。報說宋先鋒等諸將兵馬，班師回軍，已到關外。趙樞密前來啟奏，說宋江等諸將邊庭勞苦之事。天子聞奏，大加稱贊，就傳聖旨，命皇門侍郎宣宋江等面君朝見，都教披掛入城。宋江等眾將，遵奉聖旨，本身披掛，戎裝革帶，頂盔掛甲，身穿錦襖，懸帶金銀牌面，從東華門而入，都至文德殿朝見天子，拜舞起居，山呼萬歲。皇上看了宋江等眾將英雄，盡是錦袍金帶，惟有吳用、公孫勝、魯智深、武松，身著本身服色。天子聖意大喜，乃曰：「寡人多知卿等征進勞苦，邊塞用心，中傷者多，寡人甚為憂戚。」宋江再拜奏道：「托聖上洪福齊天，臣等眾將，雖有中傷，俱各無事。今逆虜投降，邊庭寧息，實陛下威德所致，臣等何勞之有？」再拜稱謝。天子特命省院官計議封爵。太師蔡京、樞密童貫商議奏道：「宋江等官爵，容臣等酌議奏聞。」天子准奏，仍敕光祿寺大設御宴；欽賞宋江錦袍一領，金甲一副，名馬一匹，盧俊義以下給賞金帛，盡於內府關支。宋江與眾將謝恩已罷，盡出宮禁，都到西華門外，上馬回營安歇，聽候聖旨。不覺的過了數日，那蔡京、童貫等那裡去議甚麼封爵，只顧延挨。

第九十回

五台山宋江參禪　雙林鎮燕青遇故

且說宋江正在營中閒坐，與軍師吳用議論些古今興亡得失的事，只見戴宗、石秀，各穿微服，來稟道：「小弟輩在營中，兀坐無聊，今日和石秀兄弟，閒走一回，特來稟知兄長。」宋江道：「早些回營，候你每同飲幾杯。」戴宗和石秀離了陳橋驛，望北緩步行來。過了幾個街坊市井，忽見路旁一個大石碑，碑上有「造字台」三字，上面又有幾行小字，因風雨剝落，不甚分明。戴宗仔細看了道：「卻是蒼頡造字之處。」石秀笑道：「俺每用不著他。」兩個笑著，望前又行。到一個去處，偌大一塊空地，地上都是瓦礫。正北上有個石牌坊，橫著一片石板，上鐫「博浪城」三字。戴宗沉吟了一回，說道：「原來此處是漢留侯擊始皇的所在。」戴宗嘖嘖稱贊道：「好個留侯！」石秀道：「只可惜這一椎不中！」兩個嗟嘆了一回，說著話，只顧望北走去，離營卻有二十餘里。石秀道：「俺兩個鳥耍了這半日，尋那裡吃碗酒回營去。」戴宗道：「兀那前面不是個酒店？」兩個進了酒店，揀個近窗明亮的座頭坐地。戴宗敲著桌子叫道：「將酒來！」酒保搬了五六碟菜蔬，擺在桌上，問道：「官人打多少酒？」石秀道：「先打兩角酒，下飯但是下得口的，只顧賣來。」無移時，酒保旋了兩角酒，一盤牛肉，一盤羊肉，一盤嫩雞。兩個正在那裡吃酒閒話，只見一個漢子，托著雨傘桿棒，背個包裹，拽扎起皂衫，腰繫著纏袋，腿綳護膝，八搭麻鞋，走得氣急喘促，進了店門，放下傘棒包裹，便向一個座頭坐下，叫道：「快將些酒肉來！」過賣旋了一角酒，擺下兩三碟菜蔬。那漢道：「不必文謅了，有肉快切一盤來，俺吃了，要趕路進城公幹。」拿起酒，大口價吃。戴宗把眼瞅著，肚裡尋思道：「這鳥是個公人，不知甚麼鳥事？」便向那漢拱手問道：「大哥，甚麼事恁般要緊？」那漢一頭吃酒吃肉，一頭夾七夾八的說出幾句話來。有分教，宋公明再建奇功，汾沁地重歸大宋。畢竟那漢說出甚麼話來，且聽下回分解。

第九十一回

宋公明兵渡黃河　盧俊義賺城黑夜

話說戴宗、石秀見那漢像個公人打扮，又見他慌慌張張。戴宗問道：「端的是甚麼公幹？」那漢放下箸，抹抹嘴，對戴宗道：「河北田虎作亂，你也知道麼？」戴宗道：「俺每也知一二。」那漢道：「田虎那廝，侵州奪縣，官兵不能抵敵。近日打破蓋州，早晚便要攻打衛州。城中百姓，日夜驚恐，城外居民，四散的逃竄。因此本府差俺到省院，投告急公文的。」說罷，便起身，背了包裹，托著傘棒，急急算還酒錢，出門嘆口氣道：「真個是官差不自由，俺們的老小，都在城中。皇天，只願早早發救兵便好！」拽開步，望京城趕去了。

戴宗、石秀得了這個消息，也算還酒錢，離了酒店，回到營中，見宋先鋒報知此事。宋江與吳用商議道「我等諸將，閒居在此，甚是不宜。不若奏聞天子，我等情願起兵前去征進。」吳用道：「此事須得宿太尉保奏方可。」當時會集諸將商議，盡皆歡喜。次日，宋江穿了公服，引十數騎入城，直至太尉府前下馬。正值太尉在府，令人傳報。太尉知道，忙教請進。宋江到堂上再拜起居。宿太尉道：「將軍何事光降？」宋江道：「上告恩相，宋某聽得河北田虎造反，占據州郡，擅改年號，侵至蓋州，早晚來打衛州。宋江等人馬久閒，某等情願部領兵馬，前去征剿，盡忠報國。望恩相保奏則個。」宿太尉聽了大喜道：「將軍等如此忠義，肯替國家出力，宿某當一力保奏。」宋江謝道：「宋某等屢蒙太尉厚恩，雖銘心鏤骨，不能補報。」宿太尉又令置酒。至晚，宋江回營，與眾頭領說知。

卻說宿太尉次日早朝入內，見天子在披香殿。省院官正奏河北田虎造反，占據五府五十六縣，改年建號，自霸稱王。目今打破陵川，懷州震鄰，申文告急。天子大驚，向百官文武問道：「卿等誰與寡人出力，剿滅此寇？」只見班陪叢中閃出宿太尉，執簡當胸，俯伏啟奏道：「臣聞田虎斬木揭竿（斬木做武器，豎竿做旗幟，稱農民起義）之勢，今已燎原，非猛將雄兵，難以剿滅。今有破遼得勝宋先鋒，屯兵城外，乞陛下降敕，遣這枝軍馬前去征剿，必成大功。」天子大喜，即令省院官奉旨出城，宣取宋江、盧俊義，直到披香殿下，朝見天子。拜舞已畢，王音道：「朕知卿等英雄忠義，今敕卿等征討河北，卿等勿辭勞苦。早奏凱歌而回，朕當優擢。」宋江、盧俊義叩頭奏道：「臣等蒙聖恩委任，敢不鞠躬盡瘁，死而後已！」天子龍顏欣悅，降敕封宋江為平北正先鋒，盧俊義為副先鋒。各賜御酒、金帶、錦袍、金甲、彩緞，其餘正偏將佐，各賜緞匹銀兩。待奏蕩平，論功升賞，加封官爵。三軍頭目，給賜銀兩，都就於內府關支。限定日期，出師起行。宋江、盧俊義再拜謝恩，領旨辭朝，上馬回營，升帳而坐。當時會集諸將，盡教收拾鞍馬衣甲，準備起身，征討田虎。

次日，於內府關到賞賜緞匹銀兩，分俵諸將，給散三軍頭目。宋江與吳用計議，著令水軍頭領，整頓戰船先進，自汴河入黃河，至原武縣界，等候大軍到來，接濟渡河。傳令與馬軍頭領，整頓馬匹；水陸並進，船騎同行，準備出師。

且說河北田虎這廝，是威勝州沁源縣一個獵戶，有膂力，熟武藝，專一交結惡少。本處萬山環列，易於哨聚；又值水旱頻仍，民窮財盡，人心思亂。田虎乘機糾集亡命，捏造妖言，煽惑愚民。初時擄掠些財物，後來侵州奪縣，官兵不敢當其鋒。說話的，田虎不過一個獵戶，為何就這般猖獗？看官聽著：卻因那時文官要錢，武將怕死，各州縣雖有官兵防禦，都是老弱虛冒，或一名吃兩三名的兵餉；或勢要人家閒著的伴當，出了十數兩頂首（花錢頂承他人官職），也買一名充當，落得關支些糧餉使用。到得點名操練，卻去雇人答應；上下相蒙，牢不可破，國家費盡金錢，竟無一毫實用。到那臨陣時節，卻知廝殺；橫的豎的，一見前面塵起炮響，只恨爺娘少生兩隻腳。當時也有幾個軍官，引了些兵馬，前去追剿田虎，那裡敢上前，只是尾其後，東奔西逐，虛張聲勢，甚至殺良冒功。百姓愈加怨恨，反去從賊，以避官兵。所以被他占去了五州五十六縣。那五州：一是威勝，即今時沁州；二是汾陽，即今時汾州；三是昭德，即今時潞安；四是晉寧，即今時平陽；五是蓋州，即今時澤州。那五十六縣，都是這五州管下的屬縣。田虎就汾陽起造宮殿，偽設文武官僚，內相外將，獨霸一方，稱為晉王；兵精將猛，山川險峻。目今分兵兩路，前來侵犯。

再說宋江選日出師，相辭了省院諸官，當有宿太尉親來送行，趙安撫遵旨，至營前賞勞三軍。宋江、盧俊義謝了宿太尉、趙樞密，兵分三隊而進，令五虎八驃騎為前部。

五虎將五員：

大刀關勝、豹子頭林沖、霹靂火秦明、雙鞭將呼延灼、雙槍將董平。

八驃騎八員：

小李廣花榮、金槍手徐寧、青面獸楊志、急先鋒索超、沒羽箭張清、美髯公朱仝、九紋龍史進、沒遮攔穆弘。

令十六彪將為後隊。小彪將十六員：

鎮三山黃信、病尉遲孫立、醜郡馬宣贊、井木犴郝思文、百勝將韓滔、天目將彭玘、聖水將軍單廷珪、神火將魏定國、摩雲金翅歐鵬、火眼狻猊鄧飛、錦毛虎燕順、鐵笛仙馬麟、跳澗虎陳達、白花蛇楊春、錦豹子楊林、小霸王周通。

宋江、盧俊義、吳用、公孫勝，及其餘將佐，馬步頭領，統領中軍。當日三聲號炮，金鼓樂器齊鳴，離了陳橋驛，望東北進發。

宋江號令嚴明，行伍整肅，所過地方，秋毫無犯，是不必說。兵至原武縣界，縣官出郊迎接，前部哨報水軍頭領船隻，已在河濱等候渡河。宋江傳令李俊等領水兵六百，分為兩哨，分哨左右；再拘聚些當地船隻，裝載馬匹車仗。宋江等大兵，次第渡過黃河北岸，便令李俊等統領戰船，前至衛州衛河齊取。

宋江兵馬前部，行至衛州屯紮。當有衛州官員，置筵設席，等接宋先鋒到來，請進城中管待，訴說：「田虎賊兵浩大，不可輕敵。澤州是田虎手下偽樞密鈕文忠鎮守，差部下張翔、王吉，領兵一萬，來攻本州所屬輝縣；沈安、秦升，領兵一萬，來攻懷州屬縣武涉。求先鋒速行解救則個！」宋江聽罷，回營與吳用商議，發兵前去救應。吳用道：「陵川乃蓋州之要地，不若竟領兵去打陵川，則兩縣之圍自解。」當下盧俊義道：「小弟不才，願領兵去取陵川。」宋江大喜，撥盧俊義馬軍一萬，步兵五百。馬軍頭領乃是花榮、秦明、董平、索超、黃信、孫立、楊志、史進、朱仝、穆弘。步軍頭領乃是李逵、鮑旭、項充、李衮、魯智深、武松、劉唐、楊雄、石秀。

次日，盧俊義領兵去了。宋江在帳中，再與吳用計議進兵良策。吳用道：「賊兵久驕，盧先鋒此去，必然成功。只有一件，三晉山川險峻，須得兩個頭領做細作，先去打探山川形勢，方可進兵。」道猶未了，只見帳前走過燕青稟道：「軍師不消費心，山川形勢，已有在此。」當下燕青取出一軸手卷，展放桌上。宋江與吳用從頭仔細觀看，卻是三晉山川城池關隘之圖。凡何處可以屯紮，何處可以埋伏，何處可以廝殺，細細的都寫在上面。吳用驚問道：「此圖何處得來？」燕青對宋江道：「前日破遼班師，回至雙林鎮，所遇那個姓許雙名貫忠的，他邀小弟到家，臨別時，將此圖相贈。他說是幾筆醜畫，弟回到營中閒坐，偶取來展看，才知是三晉之圖。」宋江道：「你前日回來，正值收拾朝見，忙忙地不曾問得備細。我看此人，也是個好漢，你平日也常對我說他的好處，他如今何所作為？」燕青道：「貫忠博學多才，也好武藝，有肝膽（膽識），其餘小伎，琴弈丹青，件件都省得。」因他不願出仕，山居幽僻，及相敘的言語，備細說了一遍。吳用道：「誠天下有心人也。」宋江、吳用嗟嘆稱贊不已。

且說盧俊義領了兵馬，先令黃信、孫立，領三千兵去陵川城東五里外埋伏，史進、楊志領三千軍去陵川城西五里外埋伏。「今夜五鼓，銜枚摘鈴，悄地各去。明日我等進兵，敵人若無準備，我兵已得城池，只看南門旗號，眾頭領領了軍馬，徐徐進城。倘敵人有準備，放炮為號，兩路一齊殺出接應。」四將領計去了。盧俊義次早五更造飯，平明，軍馬直逼陵川城下。兵分三隊，一帶兒擺開，搖旗擂鼓搦戰。

守城軍慌的飛去報知守將董澄及偏將沈驥、耿恭。那董澄是鈕文忠部下先鋒，身長九尺，膂力過人，使一口三十斤重潑風刀。當下聽得報宋朝調遣梁山泊兵馬，已到城下紮營，要來打城。董澄急升帳，整點軍馬，出城迎敵。耿恭諫道：「某聞宋江這伙英雄，不可輕敵，只宜堅守；差人去蓋州求取救兵到來，內外夾攻，方能取勝。」董澄大怒道：「叵耐那廝小覷俺這裡，怎敢就來攻城！彼遠來必疲，待俺出去，教他片甲不回！」耿恭苦諫不聽。董澄道：「既如此，留下一千軍馬與你城中守護。你去城樓坐著，看俺殺那廝。」急披掛提刀，同沈驥領兵出城迎敵。

城門開處，放下吊橋，二三千兵馬，擁過吊橋。宋軍陣裡，用強弓硬弩，射住陣腳。只聽得鼙鼓冬冬，陵川陣中捧出一員將來。怎生打扮：

戴一頂點金束髮渾鐵盔，頂上撒斗來大小紅纓。披一副擺連環鎖子鐵甲，穿一領繡雲霞團花戰袍，著一雙斜皮嵌線雲跟靴，繫一條紅鞓釘就迭勝帶。一張弓，一壺箭。騎一匹銀色卷毛馬，手使一口潑風刀。

董澄立馬橫刀，大叫道：「水泊草寇，到此送死！」朱仝縱馬喝道：「天兵到此，早早下馬受縛，免污刀斧！」兩軍吶喊。朱仝、董澄搶到垓心，兩馬相交，兩器並舉。二將鬥不過十餘合，朱仝撥馬望東便走，董澄趕來。東隊裡花榮挺槍接住廝殺，鬥到三十餘合，不分勝敗。吊橋邊沈驥見董澄不能取勝，輪起出白點鋼槍，拍馬向前助戰。花榮見兩個夾攻，撥馬望東便走。董澄、沈驥緊緊趕來，花榮回馬再戰。

耿恭在城頭上，看見董澄、沈驥趕去，恐怕有失，正欲鳴鑼收兵，宋軍隊裡，忽衝出一彪軍來，李逵、魯智深、鮑旭、項充等十數個頭領，飛也似搶過吊橋來，北兵怎當得這樣凶猛，不能攔當。耿恭急叫閉門，說時遲，那時快，魯智深、李逵早已搶入城來。守門軍一齊向前，被智深大叫一聲，一禪杖打翻了兩個，李逵掄斧劈倒五六個，鮑旭等一擁而入，奪了城門，殺散軍士。耿恭見頭勢不好，急滾下來，望北要走，被步軍趕上活捉了。

董澄、沈驥正鬥花榮，聽得吊橋邊喊起，急回馬趕去。花榮不去追趕，就了事環帶住鋼槍，拈弓取箭，覷定董澄，望董澄後心，颼的一箭；董澄兩腳蹬空，撲通的倒撞下馬來。盧俊義等招動軍馬，掩殺過來。沈驥被董平一槍戳死；陵川兵馬，殺死大半；其餘的四散逃竄去了。眾將領兵，一齊進城。黑旋風李逵兀是火剌剌的只顧砍殺，盧俊義連叫：「兄弟，不要殺害百姓。」李逵方肯住手。

盧俊義教軍士快於南門豎立認軍旗號，好教兩路伏兵知道；再分撥軍士各門把守。少頃，黃信、孫立、史進、楊志，兩路伏兵，一齊都到。花榮獻董澄首級，董平獻沈驥首級，鮑旭等活捉得耿恭，並部下幾個頭目解來。盧先鋒都教解了綁縛，扶耿恭於客位，分賓主而坐。耿恭拜謝道：「被擒之將，反蒙厚禮相待。」俊義扶起道：「將軍不出城迎敵，良有深意，豈董澄輩可比。宋先鋒招賢納士，將軍若肯歸順天朝，宋先鋒必行保奏重用。」耿恭叩頭謝道：「既蒙不殺之恩，願為麾下小卒。」盧俊義大喜，再用好言撫慰了這幾個頭目，一面出榜安民，一面備辦酒食，犒勞軍士，置酒管待耿恭及眾將。

盧俊義問耿恭蓋州城中兵將多寡。耿恭道：「蓋州有鈕樞密重兵鎮守，陽城、沈水，俱在蓋州之西；惟高平縣去此只六十里遠近，城池傍著韓王山，守將張禮、趙能，部下有二萬軍馬。」盧先鋒聽罷，舉杯向耿恭道：「將軍滿飲此杯，只今夜盧某便要將軍去幹一件功勞，萬勿推卻。」耿恭道：「蒙先鋒如此厚恩，耿恭敢不盡心！」俊義喜道：「將軍既肯去，盧某撥幾個兄弟，並將軍部下頭目，依著盧某如此如此，即刻就煩起身。」又喚過那新降的六七個頭目，各賞酒食銀兩，功成另行重賞。當下酒罷，盧俊義傳令李逵、鮑旭等七個步兵頭領，並一百名步兵，穿換了陵川軍卒的衣甲旗號；又令史進、楊志，領五百馬軍、銜枚摘鈴，遠遠地隨在耿恭兵後；卻令花榮等眾將，在城鎮守，自己領三千兵，隨後接應。

分撥已定，耿恭等領計出城，日色已晚，行至高平城南門外，已是黃昏時候。星光之下，望城上旗幟森密，聽城中更鼓嚴明。耿恭到城下高叫道：「我是陵川守將耿恭，只為董、沈二將，不肯聽我說話，開門輕敵，以此失陷。我急領了這百餘人，開北門從小路潛走至此，快放我進城則個！」守城軍士把火照認了，急去報知張禮、趙能。那張禮、趙能親上城樓，軍士打著數把火炬，前後照耀。張禮向下對耿恭道：「雖是自家人馬，也要看個明白。」望下仔細辨認，真個是陵川耿恭，領著百餘軍卒，號衣旗幟，無半點差錯。城上軍人多有認得頭目的，便指道：「這個是孫如虎。」又道：「這個是李擒龍。」張禮笑道：「放他進來！」只見城門開處，放下吊橋，又令三四十個軍士，把住吊橋兩邊，方才放耿恭進城。後面這些軍人，一擁搶進道：「快進去！快進去！後面追趕來了。」也不顧甚麼耿將軍。把門軍士喝道：「這是甚麼去處？這般亂竄！」正在那裡爭讓，只見韓王山嘴邊火起，飛出一彪軍馬來，二將當先，大喊：「賊將休走！」那耿恭的軍卒內，已混著李逵、鮑旭、項充、李袞、劉唐、楊雄、石秀這七個大蟲在內。當時各掣出兵器，發聲喊，百餘人一齊發作，搶進城來。城中措手不及，那裡關得城門來。城門內外軍士，早被他們砍翻數十個，奪了城門。張禮叫苦不迭，急挺槍下城，來尋耿恭，正撞著石秀。鬥了三五合，張禮無心戀戰，拖槍便走，被李逵趕上，肐察的一斧，剁為兩段。再說韓王山嘴邊那彪軍，飛到城邊，一擁而入，正是史進、楊志，分投趕殺北兵。趙能被亂兵所殺；高平軍士，殺死大半，把張禮老小，盡行誅戮。城中百姓，在睡夢裡驚醒，號哭振天。須臾，盧先鋒領兵也到了，下令守把各門，教十數個軍士，分頭高叫，不得殺害百姓。天明，出榜安民，賞賜軍士，差人飛報宋先鋒知道。

為何盧俊義攻破兩座城池，恁般容易？恁般神速？卻因田虎部下縱橫，久無敵手，輕視官軍，卻不知宋江等眾將如此英雄。盧俊義得了這個竅，出其不意，連破二城，所以吳用說盧先鋒此去一定成功。

話休絮繁。且說宋江軍馬屯紮衛州城外。宋先鋒正在帳中議事，忽報盧先鋒差人飛報捷音，並乞宋先鋒再議進兵之策。宋江大喜，對吳用道：「盧先鋒一日連克二城，賊已喪膽。」正說間，又有兩路哨軍報道：「輝縣、武涉兩處圍城兵馬，聞陵川失守，都解圍去了。」宋江對吳用道：「軍師神算，古今罕有！」欲拔寨西行，與盧先鋒合兵一處，計議進兵。吳用道：「衛州左孟門，右太行，南濱大河，西壓上黨，地當衝要。倘賊人知大兵西去，從昭德提兵南下，我兵東西不能相顧，將如之何？」宋江道：「軍師之言最當！」便令關勝、呼延灼、公孫勝，領五千軍馬，鎮守衛州，再令水軍頭領，李俊、二張、三阮、二童，統領水軍船隻，泊聚衛河，與城內相為犄角。分撥已定，諸將領命去了。

宋江眾將，統領大兵，即日拔寨起行。於路無話。來到高平，盧俊義等出城迎接。宋江道：「兄弟每連克二城，功勞不小，功績簿上，都一一記錄。」盧俊義領新降將耿恭參見。宋江道：「將軍棄邪歸正，與宋某等同替國家出力，朝廷自當重用。」耿恭拜謝侍立。宋江以人馬眾多，不便入城，就於城外紮寨。即日與吳用、盧俊義商議，如今當去打那個州郡。吳用道：「蓋州山高澗深，道路險阻，今已克了兩個屬縣，其勢已孤。當先取蓋州，以分敵勢，然後分兵兩路夾剿，威勝可破也。」宋江道：「先生之言，正合我意。」傳令柴進同李應去守陵川，替回花榮等六將前來聽用，史進同穆弘守高平。柴進等四人遵令去了。當下有沒羽箭張清稟道：「小將兩日感冒風寒，欲於高平暫住，調攝痊可（痊癒），赴營聽用。」宋江便教神醫安道全，同張清往高平療治。

次日，花榮等已到，宋江令花榮、秦明、索超、孫立，領兵五千為先鋒；董平、楊志、朱仝、史進、穆弘、韓滔、彭玘，領兵一萬為左翼；黃信、林沖、宣贊、郝思文、歐鵬、鄧飛，領兵一萬為右翼；徐寧、燕順、馬麟、陳達、楊春、楊林、周通、李忠為後隊；宋江、盧俊義等其餘將佐，統領大兵為中軍。這五路雄兵，殺奔蓋州來，卻似龍離大海，虎出深林。正是人人要建封侯績，個個思成蕩寇功。畢竟宋江兵馬如何攻打蓋州，且聽下回分解。

第九十二回

振軍威小李廣神箭　打蓋郡智多星密籌

話說宋江統領軍兵人馬，分五隊進發，來打蓋州。蓋州哨探軍人，探聽得實，飛報入城來。城中守將鈕文忠，原是綠林中出身，江湖上打劫的金銀財物，盡行資助田虎，同謀造反，占據宋朝州郡，因此官封樞密使之職。慣使一把三尖兩刃刀，武藝出眾。部下管領著猛將四員，名號四威將，協同鎮守蓋州。那四員：

猊威將方瓊　貔威將安士榮
彪威將褚亨　熊威將于玉麟

這四威將手下，各有偏將四員，共偏將一十六員。乃是：

楊端　郭信　蘇吉
張翔　方順　沈安

盧元　王吉　石敬
秦升　莫真　盛本
赫仁　曹洪　石遜
桑英

鈕文忠同正偏將佐，統領著三萬北兵，據守蓋州，近聞陵川、高平失守，一面準備迎敵官軍，一面申文去威勝、晉寧兩處，告急求救。當下聞報，即遣正將方瓊，偏將楊端、郭信、蘇吉、張翔，領兵五千，出城迎敵。臨行鈕文忠道：「將軍在意，我隨後領兵接應。」方瓊道：「不消樞密吩咐，那兩處城池，非緣力不能敵，都中了他詭計。方某今日不殺他幾個，誓不回城。」

當下各各披掛上馬，領兵出東門，殺奔前來。宋兵前隊迎著，擺開陣勢，戰鼓喧天。北陣裡閃旗開處，方瓊出馬當先，四員偏將簇擁在左右。那方瓊頭戴捲雲冠，披掛龍鱗甲，身穿綠錦袍，腰繫獅蠻帶，足穿抹綠靴。左掛弓，右懸箭。跨一匹黃鬃馬，拈一條渾鐵槍，高叫道：「水窪草寇，怎敢用詭計賺我城池！」宋陣中孫立喝道：「助逆反賊，今天兵到來，尚不知死！」拍馬直搶方瓊。二將在征塵影裡，殺氣叢中，鬥過三十餘合，方瓊漸漸力怯。北軍陣中，張翔見方瓊鬥不過孫立，他便拈起弓，搭上箭，把馬挨出陣前，向孫立颼的一箭。孫立早已看見，把馬頭一提，正射中馬眼，那馬直立起來。孫立跳在一邊，拈著槍，便來步鬥。那馬負痛，望北跑了十數步便倒。張翔見射不倒孫立，飛馬提刀，又來助戰，卻得秦明接住廝殺。孫立欲歸陣換馬，被方瓊一條槍，不離左右的絞住，不能脫身。那邊惱犯了神臂將花榮，罵道：「賊將怎敢放暗箭，教他認我一箭！」口裡說著，手裡的弓，已開得滿滿地，覷定方瓊較親，颼的只一箭，正中方瓊面門，翻身落馬。孫立趕上，一槍結果，急回本陣換馬去了。張翔與秦明廝殺：秦明那條棍，不離張翔的頂門上下，張翔只辦得架隔遮攔。又見方瓊落馬，心中懼怯，漸漸輸將下來。北陣裡郭信拍馬拈槍，來助張翔。秦明力敵二將，全無懼怯，三匹馬丁字兒擺開，在陣前廝殺。花榮再取第二枝箭，搭上弦，望張翔後心覷得親切，弓開滿月，箭發流星，颼的又一箭，喝聲道：「認箭！」正中張翔後心，射個透明，那枝箭直透前胸而出。頭盔倒掛，兩腳蹬空，撲通的撞下馬來。郭信見張翔中箭，賣個破綻，撥馬望本陣便走，秦明緊緊趕去。此時孫立已換馬出陣，同花榮、索超招兵捲殺過來，北兵大亂。那邊楊端、郭信、蘇吉抵當不住，望後急退。猛聽得北兵後面，喊聲大振，卻是鈕文忠恐方瓊有失，令安士榮、于玉麟各領五千軍馬，分兩路合殺攏來。這裡花榮等四將，急分兵抵敵，卻被那楊端、郭信、蘇吉勒轉兵馬，回身殺來。當不得三面夾攻，花榮等四將奮力衝突，看看圍在垓心。又聽得東邊喊殺連天，北軍大亂，左是董平等七將，右是黃信等七將，兩翼兵馬，一齊衝殺過來，北兵大敗，殺死者甚多。安士榮、於玉麟等，領兵急擁進城，閉了城門。宋兵追至城下，城上擂木炮石，打將下來，宋兵方退。

須臾，宋先鋒等大兵都到，離城五里屯紮。宋江升帳，教蕭讓標寫花榮頭功。忽然起一陣怪風，飛土揚塵，從西過東，把旗幟都搖撼的歪邪。吳用道：「這陣風，今夜必主賊兵劫寨，可速準備。」宋江道：「這陣風，真個不比尋常！」便令歐鵬、鄧飛、燕順、馬麟，領三千兵於寨左埋伏；王英、陳達、楊春、李忠，領三千兵於寨右埋伏；魯智深、武松、李逵、鮑旭、項充、李袞，領兵五百，於寨中埋伏：炮響為號，一齊殺出。分撥已了，宋江與吳用秉燭談兵。

且說鈕文忠見折了二將，計點軍士，折去二千餘名。正在帳中納悶，當有貔威將安士榮獻計道：「恩相放心！宋江這伙，連贏了幾陣，已是志驕氣滿，必無準備。今夜，安某領一支兵去劫寨，可獲全勝，以報今日之仇。」鈕樞密道：「將軍若去，我當親自領兵接應；卻令於、褚二將軍，堅守城池。」安士榮大喜道：「若得恩相親征，必擒宋江。」計議已定，至二更時分，士榮同偏將沈安、盧元、王吉、石敬，統領五千軍馬，人披軟戰，馬摘鑾鈴，出的城來，銜枚疾走，直至宋兵寨前，發聲喊，一擁殺入寨來。只見寨門大開，寨中燈燭輝煌，安士榮情知中計，急退不迭。宋寨中一聲炮響，左有燕順等四將，右有王英等四將，一齊奔殺攏來；寨內李逵等六將，領蠻牌步兵，滾殺出寨來。北軍大敗，四散逃命。沈安被武松一戒刀砍死，王吉被王英殺死。宋兵把安士榮、盧元、石敬人馬圍在垓心。看看危急，卻得鈕文忠同偏將曹洪、石遜，領兵救應，混殺一場，各自收兵。

次日，鈕文忠計點軍士，折去千餘；又折了沈安、王吉二將；石遜身帶重傷，命在呼吸。正憂悶間，忽報威勝有使命齎令旨到來。鈕文忠連忙上馬，出北門迎接。使臣進城，宣讀令旨，說近來司天監夜觀天象，有罡星入犯晉地分野，務宜堅守城池，不得有誤。鈕文忠訴說宋朝差宋江等兵馬前來廝殺，連破兩個城池。宋兵已到這裡，昨日廝殺，又折了正偏將佐五員。若得救兵早到，方保無虞。使臣道：「在下離威勝時，尚未有這個消息。行至中路，始聽得傳說宋朝遣兵到俺這裡。」鈕文忠設宴管待，饋送禮物，一面準備擂木炮石，強弓硬弩，火箭火器，堅守城池，以待救兵，不在話下。

再說燕順、王英等眾將，殺散劫寨賊兵，得勝回寨。次日，宋江傳令，修治轒轀（攻城的戰車）器械，準備攻城。令林沖、索超、宣贊、郝思文，領兵一萬，攻打東門；徐寧、秦明、韓滔、彭玘，領兵一萬，攻打南門；董平、楊志、單廷珪、魏定國領兵一萬，攻打西門；卻空著北門，恐有救兵到來，城內衝突，兩路受敵。卻令史進、朱仝、穆弘、馬麟，領兵五千，於城東北高岡下埋伏；黃信、孫立、歐鵬、鄧飛，領兵五千，於城西北密林裡埋伏；倘賊人調遣救兵至，兩路夾擊。令花榮、王英、張青、孫新、李立，領馬兵一千為遊騎，往來四門探聽；李逵、鮑旭、項充、李袞、劉唐、雷橫，領步兵三百，與花榮等互相策應。分撥已定，眾將遵令去了。宋江與盧俊義、吳用等正偏將佐，移扎營寨城東一里外。令李雲、湯隆督修雲梯飛樓（攻城器械），推赴各營駕用。

卻說林沖等四將，在東城建豎雲梯飛樓，逼近城垣，令輕捷軍士上飛樓，攀援欲上，下面吶喊助威。怎禁的城內火箭如飛蝗般射出來，軍士躲避不迭。無移時，那飛樓已被燒毀，忽喇喇傾折下來，軍士跌死了五六名，受傷十數名。西南二處攻打，亦被火箭火炮傷損軍士。為是一連六七日攻打不下。

宋江見攻城不克，同盧俊義、吳用親到南門城下，催督攻城。只見花榮等五將，領游騎從西哨探過東來。城樓上于玉麟同偏將楊端、郭信，監督軍士守禦。楊端望見花榮漸近城樓，便道：「前日被他一連傷了二將，今日與他報仇則個！」急拈起弓，搭上箭，望著花榮前心，颼的一箭射來。花榮聽得弓弦響，把身望後一倒，那枝箭卻好射到，順手只一綽，綽了那枝箭，咬在口裡；起身把槍帶在了事環上，左手拈弓，右手就取那枝箭，搭上弦，覷定楊端較親，只一箭，正中楊端咽喉，撲通的望後便倒。花榮大叫：「鼠輩怎敢放冷箭，教你一個個都死！」把右手去取箭，卻待要再射時，只聽得城樓上發聲喊，幾個軍士一齊都滾下樓去。于玉麟、郭信，嚇得面如土色，躲避不迭。花榮冷笑道：「今日認得神箭將軍了！」宋江、盧俊義喝彩不已。吳用道：「兄長，我等卻好同花將軍去看視城垣形勢。」花榮等擁護著宋江、盧俊義、吳用，繞城周匝看了一遍。

宋江、盧俊義、吳用，回到寨中，吳用喚陵川降將耿恭，問蓋州城中路徑。耿恭道：「鈕文忠將舊州治做帥府，當城之中。城北有幾個廟宇，空處卻都是草場。」吳用聽罷，對宋江計議，便喚時遷、石秀近前密語道：「如此依計，往花榮軍前，密傳將令，相機行事。」再喚凌振、解珍、解寶，領二百名軍士，攜帶轟天子母大小號炮，如此前去。教魯智深、武松，帶領金鼓手三百名；劉唐、楊雄、郁保四、段景住，每人帶領二百名軍士，各備火把，往東南西北，依計而行。又令戴宗往東西南三營，密傳號令，只看城中火起，迸力攻城。分撥已定，眾頭領遵令去了。

且說鈕文忠日夜指望救兵，毫無消耗，十分憂悶；添撥軍士，搬運木石，上城堅守。至夜黃昏時分，猛聽得北門外喊聲振天，鼓角齊鳴。鈕文忠馳往北門，上城眺望時，喊聲金鼓都息了，卻不知何處兵馬。正疑慮間，城南喊聲又起，金鼓振天。鈕文忠令于玉麟堅守北門，自己急馳至南城看時，喊聲已息，金鼓也不鳴了。鈕文忠眺望多時，唯聽得宋軍南營裡，隱隱更鼓之聲，靜悄悄地，火光兒也沒半點。徐徐下城，欲到帥府前點視，猛聽得東門外連枝炮響，城西吶喊，擂鼓喧天價起。鈕文忠東奔西逐，直鬧到天明。宋兵又來攻城，至夜方退。是夜二鼓時分，又聽得鼓角喊聲。鈕文忠道：「這廝是疑兵之計，不要睬他，俺這裡只堅守城池，看他怎地。」忽報東門火光燭天，火把不計其數，飛樓雲梯，逼近城來。鈕文忠聞報，馳往東城，同褚亨、石敬、秦升，督軍士用火箭炮石，正在打射，猛可的一聲火炮，響振山谷，把城樓也振動，城內軍民，十分驚恐。如是的蒿惱了兩夜，天明又來攻城，軍士時刻不得合眼，鈕文忠也時刻在城巡視。忽望見西北上旌旗蔽日遮天，望東南而來，宋兵中十數騎哨馬，飛也似投大寨去了。鈕文忠料是救兵，遣於玉麟準備出城接應。

卻說西北上那支軍馬，乃是晉寧守將田虎的兄弟三大王田彪，接了蓋州求救文書，便遣部下猛將鳳翔王遠，領兵二萬，前來救援。已過陽城，望蓋州進發，離城尚有十餘里，猛聽得一聲炮響，東西高岡下密林中，飛出兩彪軍來，卻是史進、朱仝、穆弘、馬麟、黃信、孫立、歐鵬、鄧飛八員猛將，一萬雄兵，卷殺過來。晉寧兵雖是二萬，遠來勞困，怎當得這裡埋伏了十餘日，養成精銳，兩路夾攻。晉寧軍大敗，棄下金鼓、旗槍、盔甲、馬匹無數，軍士殺死大半，鳳翔王遠脫逃性命，領了敗殘頭目士卒，仍回晉寧去了不題。

再說鈕文忠見兩軍截住廝殺，急遣于玉麟，領兵開北門殺出接應，那北門卻是無兵攻打。于玉麟

第九十二回

振軍威小李廣神箭　打蓋郡智多星密籌

領兵出城，才過吊橋，正遇著花榮游騎從西而來。北軍大叫：「神箭將軍來了！」慌得急退不迭，一擁亂搶進城去。于玉麟已是在南城嚇破了膽，那裡敢來交戰，也跑進城去。花榮等衝過來，殺死二十餘人，不去趕殺，讓他進城。城中急急閉門。

那時石秀、時遷穿了北軍號衣，已混入城。時遷、石秀進得城門，趁鬧哄裡溜進小巷。轉過那條巷，卻有一個神祠，牌額上寫道：「當境土地神祠。」時遷、石秀踅進祠來，是一個道人在東壁下向火。那道人看見兩個軍士進祠來，便道：「長官，外面消息如何？」軍人道：「適才俺們被於將軍點去廝殺，卻撞著了那神箭將軍，于將軍也不敢與他交鋒。俺們亂搶進城，卻被俺趁鬧閃到這裡。」便向身邊取出兩塊散碎銀，遞與道人說：「你有藏下的酒，胡亂把兩碗我們吃，其實寒冷。」那人笑將起來道：「長官，你不知這幾日軍情緊急，神道的香火也一些沒有，那討半滴酒來？」便把銀遞還時遷。石秀推住他的手道：「這點兒你且收著，卻再理會。我們連日守城辛苦，時刻不得合眼，今夜權在這裡睡了，明早便去。」那道人搖著手道：「二位長官莫怪！鈕將軍軍令嚴緊，少頃便來查看。我若留二位在此，都不能個乾淨。」時遷道：「恁般說，且再處。」石秀便挨在道人身邊，也去向火。時遷張望前後無人，對石秀丟個眼色，石秀暗地取出佩刀。那道人只顧向火，被石秀從背後肐察的一刀，割下頭來，便把祠門拴了。此時已是酉牌時分，時遷轉過神廚，後壁卻有門戶。戶外小小一個天井，屋簷下堆積兩堆兒亂草。時遷、石秀搬將出來，遮蓋了道人屍首，開了祠門，從後面天井中爬上屋去。兩個伏在脊下，仰看天邊明朗朗地現出數十個星來。時遷、石秀挨了一回，再溜下屋來，到祠外探看，並無一個人來往。兩個再踅幾步，左右張望，鄰近雖有幾家居民，都靜悄悄地閉著門，隱隱有哭泣之聲。時遷再踅向南去，轉過一帶土牆，卻是偌大一塊空地，上面有數十堆柴草。時遷暗想道：「這是草料場，如何無軍人看守？」原來城中將士，只顧城上御敵，卻無暇到此處點視。那看守軍人，聽得宋軍殺散救兵，料城中已不濟事，各顧性命，預先藏匿去了。時遷、石秀復身到神祠裡，取了火種，把道人屍首上亂草點著；卻溜到草場內，兩個分投去，一連焠上六七處。少頃，草場內烘烘火起，烈焰衝天，那神祠內也燒將起來。草場西側，一個居民，聽得火起，打著火把出來探聽。時遷搶過來，劈手奪了火把。石秀道：「待我們去報鈕元帥。」居民見兩個是軍士，那敢與他別拗。時遷執著火把，同石秀一徑望南跑去，口裡嚷著報元帥，見居民房屋下得手的所在，又焠上兩把火，卻丟下火把，踅過一邊。兩個脫下北軍號衣，躲在僻靜處。

城中見四五路火起，一時鼎沸起來。鈕文忠見草場火起，急領軍士馳往救火。城外見城內火起，知是時遷、石秀內應，迸力攻打。宋江同吳用帶領解珍、解寶馳至城南，吳用道：「我前日見那邊城垣稍低。」便令秦明等把飛樓逼近城垣。吳用對解珍、解寶道：「賊人喪膽，軍士已罷，兄弟努力上城！」解珍帶朴刀上飛樓，攀女牆，一躍而上，隨後解寶也奮躍上去。兩個發聲喊，搶下女牆，揮刀亂砍。城上軍士，本是困頓驚恐，又見解珍、解寶十分凶猛，都亂竄滾下城去。褚亨見二人上城，挺槍來鬥了十數合，被解寶一朴刀搠翻，解珍趕上，剁下頭來。此時宋兵從飛樓攀援上城，已有百十餘人。解珍、解寶當先，一齊搶殺下城，大叫道：「上前的剁做肉泥！」眾人殺死石敬、秦升，砍翻把門軍士，奪了城門，放下吊橋，徐寧等眾將領兵擁入。徐寧同韓滔領兵殺奔東門，安士榮抵敵不住，被徐寧戳死，奪門放林沖等眾將入城。秦明同彭玘領兵搶奪西門，放董平等入城。莫真、赫仁、曹洪，被亂兵所殺。殺得屍橫市井，血滿街衢。鈕文忠見城門已都被奪了，只得上馬，棄了城池，同于玉麟領二百餘人，出北門便走。未及一里，黑暗裡突出黑旋風李逵、花和尚魯智深，一個猛將軍，一個莽和尚，攔住去路。正是天羅密布難移步，地網高張怎脫身。畢竟鈕文忠、于玉麟性命如何，再聽下回分解。

第九十三回

李逵夢鬧天池　宋江兵分兩路

話說鈕文忠見蓋州已失，只得奔走出城，與同于玉麟、郭信、盛本、桑英保護而行，正撞著李逵、魯智深，領步兵截住去路。李逵高叫道：「俺奉宋先鋒將令，等候你這伙敗撮鳥多時了！」一輪雙斧殺來，手起斧落，早把郭信、桑英砍翻。鈕文忠嚇得魂不附體，措手不及，被魯智深一禪杖，連盔帶頭，打得粉碎，撞下馬去。二百餘人，殺個盡絕。只被于玉麟、盛本望刺斜裡死命撞出去了。魯智深道：「留下那兩個驢頭罷！等他去報信。」仍割下三顆首級，奪得鞍馬盔甲，一徑進城獻納。

且說宋江大隊人馬，入蓋州城，便傳下將令，先教救滅火焰，不許傷害居民。眾將都來獻功。宋先鋒教軍士將首級號令各門。天明出榜，安撫百姓。將三軍人馬，盡數收入蓋州屯住，賞勞三軍諸將。功績簿上，標寫石秀、時遷、解珍、解寶功次。一面寫表申奏朝廷，得了蓋州，盡將府庫財帛金寶，解赴京師，寫書申呈宿太尉。此時臘月將終，宋江料理軍務，不覺過了三四日，忽報張清病可，同安道全來參見聽用。宋江喜道：「甚好。明日是宣和五年的元旦，卻得聚首。」

次日黎明，眾將軍公服襆頭，宋江率領眾兄弟望闕朝賀，行五拜三叩頭禮已畢，卸下襆頭公服，各穿紅錦戰袍，九十二個頭領，及新降將耿恭，齊齊整整，都來賀節，參拜宋江。宋先鋒大排筵席，慶賀宴賞，眾兄弟輪次與宋江稱觴獻壽。酒至數巡，宋江對眾將道：「賴眾兄弟之力，國家復了三個城池。又值元旦，相聚歡樂，實為罕有。獨是公孫勝、呼延灼、關勝、水軍頭領李俊等八員，及守陵川柴進、李應，守高平史進、穆弘，這十五兄弟，不在面前，甚是悒怏。」當下便喚軍中頭目，領二百餘名軍役，各各另外賞勞，教即日擔送羊酒，分頭去送到衛州、陵川、高平三處守城頭領交納，兼報捷音。吩咐兀是未了，忽報三處守城頭領，差人到此候賀，都奉先鋒將令，戎事在身，不能親來拜賀。宋江大喜道：「得此信息，就如見面一般。」賞勞來人，陪眾兄弟開懷暢飲，盡醉方休。

次日，宋先鋒準備出東郊迎春，因這日子時正四刻，又逢立春節候。是夜刮起東北風，濃雲密布，紛紛揚揚，降下一天大雪。明日眾頭領起來看時，但見：

紛紛柳絮，片片鵝毛。空中白鷺群飛，江上素鷗翻覆。飛來庭院，轉旋作態因風；映徹戈矛，燦爛增輝荷日。千山玉砌，能令樵子悵迷蹤；萬戶銀裝，多少幽人成佳句。正是盡道豐年好，豐年瑞若何？邊關多荷戟，宜瑞不宜多。

當下地文星蕭讓對眾頭領說道：「這雪有數般名色：一片的是蜂兒；二片的是鵝毛；三片的是攢三；四片的是聚四；五片喚做梅花；六片喚做六出。這雪本是陰氣凝結，所以六出，應著陰數。到立春以後，都是梅花雜片，更無六出了。今日雖已立春，尚在冬春之交，那雪片卻是或五或六。」樂和聽了這幾句議論，便走向簷前，把皂衣袖兒承受那落下來的雪片看時，真個雪花六出，內一出尚未全去，還有些圭角，內中也有五出的了。樂和連聲叫道：「果然！果然！」眾人都擁上來看，卻被李逵鼻中衝出一陣熱氣，把那雪花兒衝滅了。眾人都大笑，卻驚動了宋先鋒，走出來問道：「眾兄弟笑甚麼？」眾人說：「正看雪花，被黑旋風鼻氣衝滅了。」宋江也笑道：「我已吩咐置酒在宜春圃，與眾兄弟賞玩則個。」

原來這州治東，有個宜春圃，圃中有一座雨香亭，亭前頗有幾株檜柏松梅。當晚眾頭領在雨香亭語笑喧嘩，觥籌交錯，不覺日暮，點上燈燭。宋江酒酣，閒話中追論起昔日被難時，多虧了眾兄弟。「我本鄆城小吏，身犯大罪，蒙眾兄弟於千槍萬刀之中，九死一生之內，屢次捨著性命，救出我來。當江州與戴宗兄弟押赴市曹時，萬分是個鬼；到今日卻得為國家臣子，與國家出力。回思往日之事，真如夢中！」宋江說到此處，不覺潸然淚下。戴宗、花榮及同難的幾個弟兄，聽了這般話，也都掉下淚來。

李逵這時多飲了幾杯酒，酣醉上來，一頭與眾人說著話，眼皮兒卻漸漸合攏來，便用雙臂襯著臉，已是睡去。忽轉念道：「外面雪兀是未止。」心裡想著，身體未嘗動彈，卻像已走出亭子外的一般。看外面時，又是奇怪：「原來無雪，只管在裡面兀坐！待我到那廂去走一回。」離了宜春圃，須臾出了州城，猛可想起：「阿也！忘帶了板斧！」把手向腰間摸時，原來插在這裡。向前不分南北，莽莽撞撞的，不知行了多少路，卻見前面一座高山。無移時，行到山前，只見山凹裡走出一個人來，頭帶折角頭巾，身穿淡黃道袍，迎上前來笑道：「將軍要閒步時，轉過此山，是有得意處。」李逵道：「大哥，這個山名叫做甚麼？」那秀士道：「此山喚做天池嶺，將軍閒玩回來，仍到此處相會。」李逵依著他，真個轉過那山，忽見路旁有一所莊院。只聽得莊裡大鬧，李逵闖將進去，卻是十數個人，都執棍棒器械，在那裡打桌擊凳，把家火什物，打得粉碎。內中一個大漢罵道：「老牛子，快把女兒好好地送與我做渾家，萬事干休；若說半個不字，教你們都是個死！」李逵從外入來，聽了這幾句說話，心如火熾，口似煙生，喝道：「你這伙鳥漢，如何強要人家女兒？」那伙人嚷道：「我們是要他女兒，干你屁事！」李逵大怒，拔出板斧砍去。好生作怪，卻是不禁砍，只一斧，砍翻了兩三個。那幾個要走，李逵趕上，一連六七斧，砍得七顛八倒，屍橫滿地；單只走了一個，望外跑去了。李逵搶到裡面，只見兩扇門兒緊緊地閉著，李逵一腳踢開，見裡面有個白髮老兒，和一個老婆子在那裡啼哭。見李逵搶入來，叫道：「不好了，打進來了！」李逵大叫道：「我是路見不平的。前面那伙鳥漢，被我都殺了，你隨我來看。」那老兒戰戰兢兢的跟出來看了，反扯住李逵道：「雖是除了凶人，須連累我吃官司。」李逵笑道：「你那老兒，也不曉得黑爺爺。我是梁山泊黑旋風李逵，見今同宋公明哥哥，奉詔征討田虎。他每見在城中吃酒，我不耐煩，出來閒走。莫說那幾個鳥漢，就是殺了幾千，也打甚麼鳥不禁！」那老兒方才揩淚道：「恁般卻是好也！請將軍到裡面坐地。」李逵走進去，那邊已擺上一桌子酒饌。老兒扶李逵上面坐了，滿滿地篩一碗酒，雙手捧過來道：「蒙將軍救了女兒，滿飲此盞。」李逵接過來便吃，老頭兒又來勸。一連吃了四五碗，只見先前啼哭的老婆子領了一個年少女子上前，叉手雙雙地道了個萬福。婆子便道：「將軍在宋先鋒部下，又恁般奢遮，如不棄醜陋，情願把小女配與將軍。」李逵聽了這句話，跳將起來道：「這樣醃臢歪貨！卻才可是我要謀你的女兒，殺了這幾個撮鳥？快夾了鳥嘴，不要放那鳥屁！」只一腳，把桌子踢翻，跑出門來。只見那邊一個彪形大漢，仗著一條朴刀，大踏步趕上來，大喝一聲道：「兀那黑賊，不要走！卻才這幾個兄弟，如何都把來殺了？我們是要他家女兒，干你甚事？」挺朴刀直搶上來。李逵大怒，輪斧來迎，與那漢鬥了二十餘合。那漢鬥不過，隔開板斧，拖著朴刀，飛也似跑去。李逵緊緊追趕，趕過一個林子，猛見許多宮殿。那漢奔至殿前，撇了朴刀，在人叢一混，不見了那漢，只聽得殿上喝道：「李逵不得無禮！著他來見朝。」李逵猛省道：「這是文德殿，前日隨宋哥哥在此見朝，這是皇帝的所在。」又聽得殿上說道：「李逵，快俯伏！」李逵藏了板斧，上前觀看，只見皇帝遠遠的坐在殿上，許多官員排列殿前。李逵端端正正朝上拜了三拜，心中想道：「阿也！少了一拜！」天子問道：「適才你為何殺了許多人？」李逵跪著說道：「這廝們強要占人女兒，臣一時氣忿，所以殺了。」天子道：「李逵路見不平，剿除奸黨，義勇可嘉，赦汝無罪，敕汝做了值殿將軍。」李逵心中喜歡道：「原來皇帝恁般明白！」一連磕了十數個頭，便起身立於殿下。

無移時，只見蔡京、童貫、楊戩、高俅四個，一班兒跪下，俯伏奏道：「今有宋江，統領兵馬，征討田虎，逗留不進，終日飲酒，伏乞皇上治罪。」李逵聽了這句話，那把無明火，高舉三千丈，按納不住，搦兩斧搶上前，一斧一個，劈下頭來，大叫道：「皇帝，你不要聽那賊臣的說話。我宋哥哥連破了三個城池，見今屯兵蓋州，就要出兵，如何恁般欺誑？」眾文武見殺了四個大臣，都要來捉李逵。李逵搦兩斧叫道：「敢來捉我，把那四個做樣！」眾人因此不敢動手。李逵大笑道：「快當！快當！那四個賊臣，今日才得了當，我去報與宋哥哥知道。」大踏步離了宮殿。猛可的又見一座山。看那山時，卻是適才遇見秀士的所在。那秀士兀是立在山坡前，又迎將上來笑道：「將軍此游得意否？」李逵道：「好教大哥得知，適才被俺殺了四個賊臣。」那秀士笑道：「原來如此！我原在汾、沁之間，近日偶游於此，知將軍等心存忠義，我還有緊要說話與將軍說。日今宋先鋒征討田虎，我有十字要訣，可擒田虎。將軍須牢牢記著，傳與宋先鋒知道。」便對李逵念道：「要夷田虎族，須諧瓊矢鏃。」一連念了五六遍。李逵聽他說得有理，便依著他溫念這十個字。那秀士又向樹林中指道：「那邊有一個年老的婆婆在林中坐地。」李逵才轉身看時，已不見了那個秀士。李逵道：「他恁地去得快！我且到林子裡去看，是甚麼人。」搶入林子來，果然有個婆子坐著。李逵近前看時，卻原來是鐵牛的老娘，呆呆地閉著眼，坐在青石上。李逵向前抱住道：「娘呀！你一向在那裡吃苦？鐵牛只道被虎吃了，今日卻在這裡！」娘道：「吾兒，我原不曾被虎吃。」李逵哭著說道：「鐵牛今日受了招安，真個做了官。宋哥哥大兵，見屯紮城中，鐵牛背娘到城中去。」正在那裡說，猛可的一聲響亮，林子裡跳出一個斑斕猛虎，吼了一聲，把尾一剪，向前直撲下來。慌得李逵搦板斧，望虎砍去，用力太猛了，雙斧劈個空，一跤撲去，卻撲在宜春圃雨香亭酒桌上。

宋江與眾兄弟追論往日之事，正說到濃深處，初時見李逵伏在桌上打盹，也不在意。猛可聽得一聲響，卻是李逵睡中雙手把桌子一拍，碗碟掀翻，濺了兩袖羹汁，口裡兀是嚷道：「娘，大蟲走了！」睜開兩眼看時，燈燭輝煌，眾兄弟團團坐著，還在那裡吃酒。李逵道：「啐！原來是夢，卻也快當！」眾人都笑道：「甚麼夢？恁般得意！」李逵先說夢見我的老娘，原不曾死，正好說話，卻被大蟲打斷。眾人都嘆息。李逵再說到殺卻奸徒，踢翻桌子，那邊魯智深、武松、石秀聽了，都拍手道：「快當！」李逵笑道：「還有快當的哩！」又說到殺了蔡京、童貫、楊戩、高俅四個賊臣，眾人拍著手，齊聲大叫道：「快當！快當！如此也不枉了做夢！」宋江道：「眾兄弟禁聲，這是夢中說話，甚麼要緊。」李逵正說到興濃處，揎拳裹袖的說道：「打甚麼鳥不禁？真個一生不曾做恁般快暢的事。還有一樁奇異：夢一個秀士對我說甚麼『要夷田虎族，須諧瓊矢鏃』。他說這十個字，乃是破田虎的要訣，教我牢牢記著，傳與宋先鋒。」宋江、吳用都詳解不出。當有安道全聽得「瓊矢鏃」三字，正欲啟齒說話，張清以目視之，安道全微笑，遂不開口。吳用道：「此夢頗異，雪霽便可進兵。」當下酒散歇息，一宿無話。

次日雪霽，宋江升帳，與盧俊義、吳學究，計議兵分兩路，東西進征：東一路渡壺關，取昭德，由潞城、榆社，直抵賊巢之後，卻從大谷到臨縣，會兵合剿；西一路取晉寧，出霍山，取汾陽，由介休、平遙、祁縣，直抵威勝之西北，合兵臨縣，取威勝，擒田虎。當下分撥兩路將佐：

正先鋒宋江，管領正偏將佐四十七員：

吳用（軍師）　林沖　索超　徐寧　孫立
張清　戴宗　朱仝　樊瑞　李逵
魯智深　武松　鮑旭　項充　李袞
單廷珪　魏定國　馬麟　燕順　解珍
解寶　宋清　王英　扈三娘　孫新
顧大嫂　凌振　湯隆　李雲　劉唐
燕青　孟康　王定六　蔡福　蔡慶
朱貴　裴宣　蕭讓　蔣敬　樂和
金大堅　安道全　郁保四　皇甫端　侯健
段景住　時遷　河北降將耿恭

副先鋒盧俊義，帶領正偏將佐四十員：

朱武（軍師）　秦明　楊志　黃信　歐鵬
鄧飛　雷橫　呂方　郭盛　宣贊
郝思文　韓滔　彭玘　穆春　焦挺
鄭天壽　楊雄　石秀　鄒淵　鄒潤
張青　孫二娘　李立　陳達　楊春
李忠　孔明　孔亮　楊林　周通

石　勇　　杜　遷　　宋　萬　　丁得孫　　龔　旺
陶宗旺　　曹　正　　薛　永　　朱　富　　白　勝

宋江分派已定，再與盧俊義商議道：「今從此處分兵，東西征剿，不知賢弟兵取何處？」盧俊義道：「主兵遣將，聽從哥哥嚴令，安敢揀擇？」宋江道：「雖然如此，試看天命。兩隊分定人數，寫成鬮子，各拈一處。」當下裴宣寫成東西兩處鬮子，宋江、盧俊義焚香禱告，宋江拈起一鬮。只因宋江拈起這個鬮來，直教三軍隊裡，再添幾個英雄猛將；五龍山前，顯出一段奇聞異術。畢竟宋先鋒拈著那一處，且聽下回分解。

第九十四回

關勝義降三將　李逵莽陷眾人

話說宋江在蓋州分定兩隊兵馬人數，寫成鬮子，與盧俊義焚香禱告。宋江拈起一個鬮子看時，卻是東路。盧俊義鬮得西路，是不必說，只等雪淨起程。留下花榮、董平、施恩、杜興，撥兵二萬，鎮守蓋州。到初六日吉期，宋江、盧俊義準備起兵。忽報蓋州屬縣陽城、沁水兩處軍民，累被田虎殘害，不得已投順。今知天兵到來，軍民擒縛陽城守將寇孚、沁水守將陳凱，解赴軍前。兩縣耆老，率領百姓，牽羊擔酒，獻納城池。宋先鋒大喜，大加賞勞兩處軍民，給榜撫慰，復為良民。宋先鋒以寇孚、陳凱知天兵到此，不速來歸順，著即斬首祭旗，以儆賊人。是日兩路大兵，俱出北門，花榮等置酒餞送。宋江執杯對花榮道：「賢弟威振賊軍，堪為此城之保障。今此城惟北面受敵，倘有賊兵，當設奇擊之，以喪賊膽，則賊人不敢南窺矣。」花榮等唯唯受命。宋江又執杯對盧俊義道：「今日出兵，卻得陽城、沁水獻俘之喜。二處既平，賢弟可以長驅直抵晉寧，早建大功，生擒賊首田虎，報效朝廷，同享富貴。」盧俊義道：「賴兄長之威，兩處不戰而服。既奉嚴令，敢不盡心殫力！」宋江又取前日教蕭讓照依許貫忠圖畫，另寫成一軸，付與盧俊義收置備用。當下正先鋒宋江傳令撥兵三隊：林沖、索超、徐寧、張清，領兵二萬為前隊；孫立、朱仝、燕順、馬麟、單廷珪、魏定國、湯隆、李雲，領兵一萬為後隊；宋江與吳用統領其餘將佐，領兵三萬為中軍。三隊共軍兵五萬，望東北進發。副先鋒盧俊義辭了宋江、花榮等，管領四十員將佐，軍兵五萬，望西北進征。

花榮、董平、施恩、杜興，餞別宋江、盧俊義入城。花榮傳令，於城北五里外，紮兩個營寨，施恩、杜興各領兵五千，設強弓硬弩，並諸般火器，屯紮以當敵鋒；又於東西兩路，設奇兵埋伏不題。其高平自有史進、穆弘，陵川自有李應、柴進，衛州自有公孫一清、關勝、呼延灼，各各守御。看官牢記話頭。

且說宋先鋒三隊人馬，離蓋州行三十餘里。宋江在馬上，遙見前面有座山嶺。多樣時，漸近山下，卻在馬首之右。宋江觀看那山形勢，比他山又是不同，但見：

萬迭流嵐鱗次密，數峰連峙雁成行。
嶺顛崖石如城郭，插天雲木繞蒼蒼。

宋江正在觀看山景，忽見李逵上前用手指道：「哥哥，此山光景，與前日夢中無異。」宋江即喚降將耿恭問道：「你在此久，必知此山來歷。若依許貫忠圖上，房山在州城東，當叫做天池嶺。」李逵道：「夢中那秀士，正是說天池嶺，我卻忘了。」耿恭道：「此山果是天池嶺，其顛石崖如城郭一般，昔人避兵之處。近來土人說此嶺有靈異，夜間石崖中，往往有紅光照耀。又有樵者到崖畔，有異香撲鼻。」宋江聽罷，便道：「如此卻符合李逵的夢。」是日兵行六十里安營，於路無話。不則一日，來到壺關之南，離關五里下寨。

卻說壺關原在山之東麓，山形似壺，漢時始置關於此，因此叫做壺關。山東有抱犢山，與壺關山麓相連。壺關正在兩山之中，離昭德城南八十里外，乃昭德之險隘。上有田虎手下猛將八員，精兵三萬鎮守。

那八員猛將是誰：山士奇、陸輝、史定、吳成、仲良、雲宗武、伍肅、竺敬。

卻說山士奇原是沁州富戶子弟，膂力過人，好使槍棒；因殺人懼罪，遂投田虎部下，拒敵有功，偽受兵馬都監之職。慣使一條四十斤重渾鐵棍，武藝精熟。田虎聞朝廷差宋江等兵馬前來，特差他到昭德，挑選精兵一萬，協同陸輝等鎮守壺關。彼處一應調遣，俱得便宜行事，不必奏聞。

山士奇到壺關，知蓋州失守，料宋兵必來取關，日日勵兵秣馬，準備迎敵。忽報宋兵已到關南五里外扎營，士奇整點馬軍一萬，同史定、竺敬、仲良，各各披掛上馬，領兵出關迎敵，與宋兵對陣。兩邊列成陣勢，用強弓硬弩，射住陣腳。兩陣裡花腔鼉鼓擂，雜彩繡旗搖。北陣門旗開處，一將立馬當先。看他怎生結束：

鳳翅明盔穩戴，魚鱗鎧甲重披。錦紅袍上織花枝，獅蠻帶瓊瑤密砌，純鋼鐵棍緊挺，青毛鬃馬頻嘶。壺關新到大將軍，山都監士奇便是。

山士奇高叫：「水窪草寇，敢來侵犯我邊疆！」那邊豹子頭林沖驟馬出陣，喝道：「助虐匹夫，天兵到來，兀是抗拒！」拈矛縱馬，直搶士奇。二將搶到垓心，兩軍吶喊，二騎相交，四條臂膊縱橫，八隻馬蹄撩亂，鬥經五十餘合，不分勝負，林沖暗暗喝彩。竺敬見士奇不能取勝，拍馬飛刀助戰，那邊沒羽箭張清飛馬接住。四騎馬在陣前兩對兒廝殺。張清與竺敬鬥至二十餘合，張清力怯，拍馬便走。竺敬驟馬趕來，張清帶住花槍，向錦袋內取一石子，扭過身軀，覷定竺敬面門，一石子飛去，喝聲道：「著！」正中竺敬鼻凹，翻身落馬，鮮血迸流。張清回馬拈槍來刺，北陣裡史定、仲良雙出，死救得脫。關上見打翻一將，恐士奇有失，遂鳴金收兵。宋江亦令鳴金收兵回寨，與吳用商議道：「今日打翻一員賊將，少銼銳氣。我見山勢險峻，關形壯固，用何良策，可破此關。」林沖道：「來日扣關搦戰，一定要殺卻那個賊將，眾兄弟迸力衝殺上去。」吳用道：「將軍不可造次！孫武子云：『不可勝者，守也；可勝者，攻也。』謂敵未可勝，則我當自守，彼敵可勝，則攻之爾。」宋江道：「軍師之言甚善。」

次日，林沖、張清來稟宋先鋒，要領兵搦戰。宋江吩咐道：「縱使戰勝，亦不得輕易上關。」再令徐寧、索超領兵接應。當下林沖、張清領五千軍馬，在關下搖旗擂鼓，辱罵搦戰，從辰至午，關上不見動靜。林沖與張清卻待要回寨，猛聽的關內一聲炮響，關門開處，山士奇同伍肅、史定、吳成、仲良，領兵二萬，衝殺下來。林沖對張清道：「賊人乘我之疲，我等努力向前。」後隊索超、徐寧，領兵一齊上前。兩邊列陣，更不打話，尋對廝殺。林沖鬥伍肅。士奇出馬，張清拈梨花槍接住。吳成、史定雙出，索超揮斧躍馬，力敵二將。當下兩軍迭聲吶喊，七騎馬在征塵影裡，殺氣叢中，燈影般捉對兒廝殺。正鬥到酣鬧處，豹子頭林沖大喝一聲，只一矛將伍肅戳下馬來。吳成、史定兩個戰索超，兀是力怯，見那邊伍肅落馬，史定急賣個破綻，拍馬望本陣奔去。吳成見史定敗陣，隔開斧要走，被索超揮斧砍為兩段。山士奇見折了二將，撥馬回陣。張清趕上，手起一石子，打著腦後頭盔，鏗然有聲，驚得士奇伏鞍而走。仲良急領兵進關，被林沖等驅兵衝殺過來，北軍大敗。山士奇領兵亂攛入關，閉門不迭。林沖等直殺至關下，被關上矢石打射下來，因此不能得入。林沖左臂早中一矢，收兵回寨。宋江令安道全療治林沖箭瘡，幸得甲厚，不致傷重，不在話下。

且說山士奇進關，計點軍士，折去二千餘名，又折了二將。對眾商議，一面差人往威勝晉王處，說宋江等兵強將猛，難以抵敵，乞添差良將鎮守，庶保無虞，一面密約抱犢山守將唐斌、文仲容、崔埜，領精兵悄地出抱犢之東，抄宋兵之後。約定日期，放炮為號，「我這裡領兵出關，衝殺下來，兩路夾攻，必獲全勝。」當下計議已定，堅守關隘，只等唐斌處消息不題。

再說宋先鋒見壺關險阻，急切不能破，相拒半月有餘，正在帳中納悶，忽報衛州關將軍差人馳書到來，內有機密事情。宋江與吳用連忙拆開觀看，書中說：

抱犢山寨主唐斌，原是蒲東軍官；為人勇敢剛直，素與關某結義。被勢豪陷害，唐斌忿怒，殺死仇家，官府追捕緊急。那時自蒲東南下，欲投梁山，路經此山被劫。當下唐斌與本山頭目文仲容、崔繱爭鬥，文、崔二人，都不能贏他，因此請唐斌上山，讓他為寨主。舊年因田虎侵奪壺關，要他降順，唐斌本意不肯，後見勢孤，勉強降順。卻只在本山住紮，為壺關犄角，以備南兵。近聞關某鎮守衛州，新歲元旦，唐斌單騎潛至衛州，訴說向來衷曲。他久慕兄長忠義，本欲歸順天朝，投降兄長麾下，建功贖罪。關某單騎同唐斌到抱犢山，見文仲容、崔埜二人爽亮，毫無猥瑣之態。二人亦欲歸順，密約相機獻關，以為進身之資。

宋江詳悉來書，與吳用計議，按兵不動，只看關內動靜，然後策應。

卻說山士奇差人密約唐斌悄地出兵，軍人回報：「目今月明如晝，待月晦進兵，務使敵人不覺為妙。」士奇道：「也見得是。」一連過了十幾日，宋軍也不來攻打，忽報唐斌領數騎，從抱犢山側馳至關內。須臾，唐斌到關，參見山士奇。唐斌道：「今夜三更，文仲容、崔繱領兵一萬，潛出抱犢山之東，人披軟戰，馬摘鑾鈴，黎明必到宋兵寨後，這裡可速準備出關接應。」士奇喜道：「兩路夾擊，宋兵必敗！」士奇置酒管待。至暮，唐斌上關探望道：「奇怪，星光下，卻像關外有人哨探的。」一頭說，便向親隨軍士箭壺中，取兩枝箭，望關外射去。也是此關合破，關外真個有幾個軍卒，奉宋先鋒將令，在黑影裡潛探關中消息。唐斌那枝箭，可可地射著一個軍卒右股；但射得股肉疼痛，卻似無箭鏃的。軍士怪異，取箭細看，原來有許多絹帛，緊緊纏縛著箭鏃。軍卒知有別情，飛奔至寨中，報知宋先鋒。宋江在燈燭之下，拆開看時，內有蠅頭細字幾行，卻是唐斌密約：次日黎明獻關，有文仲容、崔埜領兵潛至先鋒寨後，只等炮響，關內殺出接應。那時唐斌在彼，乘機奪關。宋先鋒乞速準備進關。宋江看罷，與吳用密議準備。吳用道：「關將軍料無差誤；然敵兵出我之後，不可不做準備，當令孫立、朱仝、單廷珪、魏定國、燕順，領兵一萬，捲旗息鼓，潛往寨後。如遇文、崔二將兵到，勿令彼遽逼營寨，直待我兵已得此關，聽放轟天子母號炮，方可容他近前。再令徐寧、索超領兵五千，潛往寨東埋伏；林沖、張清領兵五千，潛往寨西埋伏。只聽寨內炮響，兩路齊出接應，合兵衝殺上關。萬一我兵中彼奸計，即來救應。」宋江道：「軍師籌畫甚善！」當下依議傳令，眾將遵守，準備去了。

再說山士奇在關內得唐斌消息，專聽宋兵寨後炮聲。候至天明，忽聽得關南連珠炮響，唐斌同山士奇上關眺望，見宋軍寨後塵起，旌旗錯亂。唐斌道：「此必文、崔二將兵到，可速出關接應！」山士奇同史定領精兵一萬，先出關衝殺，令唐斌、陸輝領兵一萬，隨後策應，卻令竺敬、仲良住紮關上。當下宋兵見關上衝出兵來，望後急退。山士奇當先驅兵捲殺過來，猛聽得一聲炮響，宋兵左右，撞出兩彪軍馬，殺奔前來。唐斌見宋兵兩隊殺出，急回馬領兵搶上關來，橫矛立馬於門外，山士奇、史定正在分頭廝殺，宋寨中又一聲炮響，李逵、鮑旭、項充、李袞領標槍牌手，滾殺過來。山士奇知有準備，急招兵回馬上關。關前一將，立馬大叫道：「唐斌在此，壺關已屬宋朝，山士奇可速下馬投降！」手起一矛，早把竺敬戳死。山士奇大驚，罔知所措，領數十騎，望西抵死衝突去了。林沖、張清要奪關隘，也不來追趕，領兵殺上關來。那時李逵等步兵輕捷，已搶上關，即放號炮，同唐斌趕殺把關軍士，奪了壺關。仲良被亂兵所殺。關外史定，被徐寧搠翻。北兵四散逃竄，棄下盔甲馬匹無數，殺死二千餘人，生擒五百餘名，降者甚眾。

須臾，宋先鋒等大兵次第入關，唐斌下馬，拜見宋江道：「唐某犯罪，聞先鋒仁義，那時欲奔投大寨，只因無個門路，不獲拜識尊顏。今天假其便，使唐某得隨鞭鐙，實滿平生之願。」說罷，又拜。宋江答禮不迭，慌忙扶起道：「將軍歸順朝廷，同宋某蕩平叛逆，宋某回朝，保奏天子，自當優敘。」次後孫立等眾將，與同文仲容、崔埜，領兩路兵馬，屯紮關外聽令。宋江傳令文、崔二將入關相見。孫立等統領兵馬，且屯紮關外。文仲容、崔埜進關參拜宋先鋒道：「文某、崔某有緣，得侍麾下，願效犬馬。」宋江大喜道：「將軍等同賺此關，功勳不小。宋某於功績簿上，一一標記明白。」即令設宴，與唐斌等二人慶賀；一面計點關內外軍士，新降兵二萬餘人，獲戰馬一千餘匹。眾將都來獻功。宋先鋒賞勞將佐軍兵已畢，宋江問唐斌，昭德關中兵將多寡。唐斌道：「城內原有三萬兵馬，山士奇選出一萬守關，今城中兵馬尚有二萬，正偏將佐共十員。那十員乃是：

孫琪、葉聲、金鼎、黃鉞、冷寧、戴美、翁奎、楊春、牛庚、蔡澤

唐斌又道：「田虎恃壺關為昭德屏障，壺關已破，田虎失一臂矣。唐某不才，願為前部去打昭德。」當下陵川降將耿恭願同唐斌為前部，宋江依允。少頃，宋江對文仲容、崔埜道：「兩位素居抱犢山，知彼情形，威風久著。宋某欲令二位管令本部人馬，仍往抱犢屯紮，以當一面。待宋某打破昭德，那時請將軍相會，不知二位意下如何？」文仲容、崔埜同聲答道：「先鋒之令，安敢不遵？」當下酒罷，文、崔辭別宋先鋒，往抱犢去了。

次日，宋先鋒升帳，令戴宗往晉寧盧先鋒處，探聽軍情，速來回報。戴宗遵令起程不題。宋江與吳用計議，分撥軍馬，攻打昭德。唐斌、耿恭領兵一萬，攻打東門；索超、張清領兵一萬，攻打南

門；卻空著西門，防威勝救兵至，恐內外衝突不便。又令李逵、鮑旭、項充、李衮，領步兵五百為游兵，往來接應；令孫立、朱仝、燕順領兵進關，同樊瑞、馬麟管領兵馬，鎮守壺關。分撥已定，宋先鋒與吳學究統領其餘將佐，拔寨起行，離昭德城南十里下寨不題。

話分兩頭。卻說威勝偽省院官，接得壺關守將山士奇，及晉寧田彪告急申文，奏知田虎，說宋兵勢大，壺關、晉寧兩處危急。田虎升殿，與眾人計議，發兵救援。只見班部中閃出一個人，首戴黃冠，身披鶴氅，上前奏道：「臣啟大王，臣願往壺關退敵。」那人姓喬，單名個洌字。其先原是陝西涇原人。其母懷孕，夢豺入室，後化為鹿，夢覺，產洌。那喬洌八歲好使槍弄棒，偶游崆峒山，遇異人傳授幻術，能呼風喚雨，駕霧騰雲。也曾往九宮縣二仙山訪道，羅真人不肯接見，令道童傳命，對喬洌說：「你攻於外道，不悟玄微，待你遇德魔降，然後見我。」喬洌艴然（生氣）而返，自恃有術，游浪不羈。因他多幻術，人都稱他做「幻魔君」。後來到安定州。本州亢陽（陽光熾盛），五個月雨無涓滴。州官出榜，如有祈至雨澤者，給信賞錢三千貫。喬洌揭榜上壇，甘霖大澍（時雨，滋潤）。州官見雨足，把這信賞錢不在意了。也是喬洌合當有事，本處有個歪學究，姓何名才，與本州庫吏最密，當下探知此事，他便攛掇庫吏，把信賞錢大半孝順州官，其餘侵來入己。何才與庫吏借貸，也拈得些兒油水。庫吏卻將三貫錢把與喬洌道：「你有恁般高術，要這錢也沒用頭。我這里正項錢糧，兀自起解不足，東挪西撮。你這項信賞錢，依著我，權且存置庫內，日後要用，卻來陸續支取。」喬洌聽了，大怒道：「信賞錢原是本州富戶協助的，你如何恣意侵克？庫藏糧餉，都是民脂民膏，你只顧侵來肥己，買笑追歡，敗壞了國家許多大事。打死你這污濫醃臢，也與庫藏除了一蠹！」提起拳頭，劈臉便打。那庫吏是酒色淘虛的人，更兼身體肥胖，未動手先是氣喘，那裡架隔得住。當下被喬洌拳頭腳踢，痛打一頓，狼狽而歸，臥床四五日，嗚呼哀哉，傷重而死。庫吏妻孥在本州投了狀詞。州官也七分猜著，是因信賞錢弄出這事來。押紙公文，差人勾捉凶身喬洌對問。喬洌探知此事，連夜逃回涇原，收拾同母離家，逃奔到威勝，更名改姓，扮做全真，把冽字改做清字，起個法號，叫做道清。未幾，田虎作亂，知道清有術，勾引入伙，揑造妖言，逞弄幻術，煽惑愚民，助田虎侵奪州縣。田虎每事靠道清做主，偽封他做護國靈感真人、軍師左丞相之職。那時方才出姓，因此都稱他做國師喬道清。當下喬道清啟奏田虎，願部領軍馬，往壺關拒敵。田虎道：「國師恁般替寡人分憂！」說還未畢，又見殿帥孫安上殿啟奏：「臣願領軍馬去援晉寧。」田虎加封喬道清、孫安為征南大元帥，各撥兵馬二萬前去。喬道清又奏道：「壺關危急，臣選輕騎，星馳往救。」田虎大喜，令樞密院分撥兵將，隨從喬道清、孫安進征。樞密院得令，選將撥兵，交付二人。喬道清、孫安即日整點軍馬起程。

那個孫安與喬道清同鄉，他也是涇原人。生得身長九尺，腰大八圍，頗知韜略，膂力過人。學得一身出色的好武藝，慣使兩口鑌鐵劍。後來為報父仇，殺死二人，因官府追捕緊急，棄家逃走。他素與喬道清交厚，聞知喬道清在田虎手下，遂到威勝，投訴喬道清。道清薦與田虎，拒敵有功，偽受殿帥之職。今日統領十員偏將，軍馬二萬，往救晉寧。

那十員偏將是誰，乃是：梅玉、秦英、金禎、陸清、畢勝、潘迅、楊芳、馮升、胡邁、陸芳。

那十員偏將，都偽授統制之職。當下孫安辭別喬道清，統領軍馬，望晉寧進發不題。

再說喬道清將二萬軍馬，著團練聶新、馮統領，隨後自己同四員偏將先行。

那四員：雷震、倪麟、費珍、薛燦。

那四員偏將，都偽授總管之職，隨著喬道清，管領精兵二千，星夜望昭德進發。不則一日，來到昭德城北十里外，前騎探馬來報：「昨日被宋兵打破壺關，目今分兵三路，攻打昭德城池。」喬道清聞報，大怒道：「這廝們恁般無禮！教他認俺的手段。」領兵飛奔前來。正遇唐斌、耿恭，領兵攻打北門。忽報西北上有二千餘騎到來，唐斌、耿恭列陣迎敵。喬道清兵馬已到，兩陣相對，旗鼓相望。南北尚離一箭之地。唐斌、耿恭看見北陣前四員將佐，簇擁著一個先生，立馬於紅羅寶蓋下。那先生怎生模樣，但見：

頭戴紫金嵌寶魚尾道冠，身穿皂沿邊烈火錦鶴氅，腰繫雜色彩絲絛，足穿雲頭方赤舄。仗一口錕鋙鐵古劍，坐一匹雪花銀鬃馬。八字眉碧眼落腮鬍，四方口聲與鐘相似。

那先生馬前皂旗上，金寫兩行十九個大字，乃是：「護國靈感真人軍師左丞相征南大元帥喬。」耿恭看罷，驚駭道：「這個人利害！」兩軍未及交鋒，恰遇李逵等五百游兵突至，李逵便欲上前。耿恭道：「此人是晉王手下第一個了得的，會行妖術，最是利害。」李逵道：「俺搶上去砍了那撮鳥，卻使甚麼鳥術？」唐斌也說：「將軍不可輕敵。」李逵那裡肯聽，揮板斧衝殺上去，鮑旭、項充、李袞恐李逵有失，領五百團牌標槍手，一齊滾殺過去。那先生呵呵大笑，喝道：「這廝不得狂逞！」不慌不忙，把那口寶劍，望空一指，口中念念有詞，喝聲道：「疾！」好好地白日青天，霎時黑霧漫漫，狂風颯颯，飛土揚塵。更有一團黑氣，把李逵等五百餘人罩住，卻似攝入黑漆皮袋內一般，眼前並無一隙亮光，一毫也動撣不得，耳畔但聽的風雨之聲，卻不知身在何處。任你英雄好漢，不能插翅飛騰。你便火首金剛，怎逃地網天羅；八臂那吒，難脫龍潭虎窟。畢竟李逵等眾人危困，生死如何，且聽下回分解。

第九十五回

宋公明忠感后土　喬道清術敗宋兵

話說黑旋風李逵，不聽唐斌、耿恭說話，領眾將殺過陣去，被喬道清使妖術困住，五百餘人，都被生擒活捉，不曾走脫半個。耿恭見頭勢不好，撥馬望東，連打兩鞭，預先走了。唐斌見李逵等被陷，軍兵慌亂，又見耿恭先走，心下尋思道：「喬道清法術利害，倘走不脫時，落得被人恥笑。我聞軍士不怯死而滅名，到此地位，怎顧得性命！」唐斌捨命，拈矛縱馬，衝殺過來。喬道清見他來得凶猛，連忙捏訣念咒，喝聲道：「疾！」就本陣內捲起一陣黃沙，望唐斌撲面飛來。唐斌被沙迷眼目，舉手無措，早被軍士趕上，把左腿刺了一槍，顛下馬來，也被活捉去了。原來北軍有例，凡解生擒將佐到來，賞賜倍加，所以眾將不曾被害。那時唐斌部下一萬人馬，都被黃沙迷漫，殺得人亡馬倒，星落雲散，軍士折其大半。

且說林沖、徐寧在東門，聽得城南喊殺連天，急領兵來接應。那城中守將孫琪等見是喬道清旗號，連忙開門接應，李逵等已被他捉入城中去了。只見那耿恭同幾個敗殘軍卒，跑得氣喘急促，鞍歪轡側，頭盔也倒在一邊，見了林沖、徐寧，方才把馬勒住。林沖、徐寧忙問何處軍馬，耿恭七顛八倒的說了兩句，林沖、徐寧急同耿恭投大寨來，恰遇王英、扈三娘領三百騎哨到，得了這個消息，一同來報知宋先鋒。耿恭把李逵等被喬道清擒捉的事，備細說了。宋江聞報大驚，哭道：「李逵等性命休矣！」吳用勸道：「兄長且休煩悶，快理正事。賊人既有妖術，當速往壺關取樊瑞抵敵。」宋江道：「一面去取樊瑞，一面進兵，問那賊道討李逵等眾人。」吳用苦諫不聽。

當下宋先鋒令吳用統領眾將守寨，宋江親自統領林沖、徐寧、魯智深、武松、劉唐、湯隆、李雲、郁保四八員將佐，軍馬二萬，即刻望昭德城南殺去。索超、張清接著，合兵一處，搖旗擂鼓，吶喊篩鑼，殺奔城下來。卻說喬道清進城，升帥府，孫琪等十將參見畢，孫琪等正欲設宴款待，探馬忽報宋兵又到。喬道清怒道：「這廝無禮！」對孫琪道：「待我捉了宋江便來。」即上馬統領四員偏將，三千軍馬，出城迎敵。宋兵正在列陣搦戰，只見城門開處，放下吊橋，門內擁出一彪軍來，當先一騎，上面坐著一個先生，正是幻魔君喬道清，仗著寶劍，領軍過吊橋。兩軍相迎，旗鼓相望，各把強弓硬弩，射住陣腳，兩陣中吹動畫角，戰鼓齊鳴。宋陣裡門旗開處，宋先鋒出馬，郁保四捧著帥字旗，立於馬前，左有林沖、徐寧、魯智深、劉唐，右有索超、張清、武松、湯隆，八員將佐擁護。宋先鋒怒氣填胸，指著喬道清罵道：「助逆賊道，快放還我幾個兄弟及五百餘人！略有遲延，拿住你碎屍萬段！」道清喝道：「宋江不得無禮！俺便不放還你，看你怎地拿我！」宋江大怒，把鞭梢一指，林沖、徐寧、索超、張清、魯智深、武松、劉唐，一齊衝殺過來。喬道清叩齒作法，捏訣念咒，把劍望西一指，喝聲道：「疾！」霎時有無數兵將，從西飛殺過來，早把宋兵衝動。喬道清又把劍望北一指，口中念念有詞，喝聲道：「疾！」須臾，天昏地暗，日色無光，飛砂走石，撼地搖天。林沖等眾將，正殺上前，只見前面都是黃砂黑氣，那裡見一個敵軍。宋軍不戰自亂，驚得坐下馬亂攛咆哮。林沖等急回馬擁護宋江，望北奔走。喬道清招兵掩殺，趕得宋江等軍馬星落雲散，七斷八續，呼兄喚弟，覓子尋爺。宋江等忙亂奔走，未及半里之地，前面恁般奇怪，適才兵馬來時，好好的平原曠野，卻怎麼彌彌漫漫，一望都是白浪滔天，無涯無際，卻似個東洋大海。就是肋生兩翅，也飛不過。後面兵馬趕來，眼見得都是個死。魯智深、武松、劉唐齊聲大叫：「難道束手就縛？」三個奮力回身，向北殺來。猛可地一聲霹靂，半空中現出二十餘尊金甲神人，把兵器亂打下來，早把魯智深、武松、劉唐打翻，北軍趕上，也被活捉去了。又聽得大喊道：「宋江下馬受縛，免汝一死！」宋江仰天嘆道：「宋江死不足惜，只是君恩未報，雙親年老，無人奉養；李逵等這幾個兄弟，不曾救得。事到如此，只拚一死，免得被擒受辱。」林沖、徐寧、索超、張清、湯隆、李雲、郁保四七個頭領，擁著宋江，團聚一塊，都道：「我等願隨兄長，為厲鬼殺賊！」郁保四到如此窘迫慌亂的地位，身上又中了兩矢，那面帥字旗，兀是挺挺的捧著，緊緊跟隨宋先鋒，不離尺寸。北軍見帥字旗未倒，不敢胡亂上前。

宋江等已掣劍在手，都欲自刎，猛見一個人走向前來，止住眾人道：「休要如此，眾人勿憂。我位尊戊己，見汝等忠義，特來克那妖水，救汝等歸寨。」眾將看那人時，生得奇異：頭長兩塊肉角，遍體青黑色，赤髮裸形，下體穿條黃褌，左手執一個鈴鐸。那人就地撮把土，望著那前面海大般白浪滔天的水，只一撒，轉眼間，就現出原來平地。對眾人道：「汝等應有數日災厄。今妖水已滅，可速歸營，差人到衛州，方可解救。汝等勉力報國！」言訖，化陣旋風，寂然不見。眾人驚訝不已，保護宋江投奔南來。行過五六里，忽見塵頭起處，又有一彪兵馬，自南而來，卻是吳用同王英、扈三娘、孫新、顧大嫂、解珍、解寶，領兵二萬，前來接應。宋江對吳用道：「不聽賢弟之言，險些兒不得相見！」吳用道：「且到寨中再說。」眾人次第入到寨裡，把那兵敗被困遇神的事備述。吳用以手加額道：「位尊戊己，土神也。兄長忠義，感動后土之神，土能克水。」宋江等方才省悟，望空拜謝。

此時天色將暮，有敗殘軍士逃回，說混亂之中，又被昭德城中孫琪、葉聲、金鼎、黃鉞等開南門領兵掩殺，死者甚眾，其餘四散逃竄。宋江計點軍士，損折萬餘。吳用對宋江道：「賊人會使妖術，連勝兩陣，可速用計準備，提防劫寨。況我兵驚恐，凡杯蛇鬼車（因驚懼導致幻覺產生的怪物），風兵草甲，無往非撼志之物。當空著此寨，只將羊蹄點鼓，我等大兵，退十里另紮營寨。」當下宋江傳令，大兵退十里。吳學究又教宋先鋒傳令，須分紮營寨，大寨包小寨，隅落鉤連，曲折相對，如李藥師六花陣之法。眾將遵令。紮寨方畢，忽報樊瑞奉令從壺關馳到。入寨參見了宋先鋒，問知喬道清備細，樊瑞道：「兄長放心，無非是妖術。待樊某明日作法擒他。」吳用道：「他若不來搦戰，我這裡只按兵不動，待公孫一清到來，再作計較。」宋江便令張清、王英、解珍、解寶，領輕騎五百，星夜出關，馳往衛州，接取公孫勝，到此破敵解救。張清等掂紮馬匹，辭別宋江去了。當下宋兵深栽鹿角，牢豎柵寨，弓上弦，刀出鞘，帶甲枕戈，提鈴喝號，宋江等秉燭待旦不題。

再說喬道清用術困住宋江，正待上前擒捉，忽見前面水無涓滴，宋江等已遁去，驚疑不已道：「我這法非同小可，他如何便曉得解破？想軍中必有異人。」當下收兵，同孫琪等入城，升坐帥府。孫琪等一面設宴慶賀。軍士將魯智深、武松、劉唐，又先捉的李逵、鮑旭、項充、李袞、唐斌，綁縛解到帳前。孫琪立在喬道清左側，看見唐斌，便罵道：「反賊，晉王不曾負你。」唐斌喝道：「你們的死期也到了。」喬道清叫眾人都說姓名上來。李逵睜圓怪眼，倒豎虎鬚，挺胸大罵道：「賊道聽著！我是黑爺爺黑旋風李逵。」魯智深、武松等都由他問。氣憤憤的只不開口。喬道清教拿那廝們的軍卒上來。無移時，刀斧手將軍卒解到。喬道清一一問過，知道他們都是宋兵中勇將，便對眾人道：「你們若肯歸降，待我奏過晉王，都大大的封你們官爵。」李逵大叫如雷道：「你看老爺輩是甚麼人？你卻放那鳥屁。你要砍黑爺爺，憑你拿去，砍上幾百刀，若是黑爺爺皺眉，就不算好漢。」魯智深、武松、劉唐等齊聲罵道：「妖道，你休要做夢！我這幾個兄弟的頭可斷，這幾條鐵腿屈不轉的。」喬道清大怒，喝教都推出去，斬訖來報。魯智深呵呵大笑道：「洒家視死如歸，今日死得正路。」刀斧手簇擁著眾人下去。喬道清心中思想：「我從來不曾見恁般的硬漢，且留著他們，卻再理會。」當下喬道清疾忙傳令，教軍士且把這伙人放轉，監禁聽候。武松罵道：「醃臢反賊，早早把俺砍了乾淨！」喬道清低頭不語，眾軍卒把李逵等一行人監禁去了。

喬道清見三昧神水的法不靈，心中已有幾分疑慮，只在城中屯紮，探聽宋兵的動靜。因此兩家都按兵不動。一連的過了五六日，聶新、馮玘領大兵已到，入城參見喬道清，盡將兵馬收入城中紮住。喬道清見宋兵緊守營寨，不來廝殺，料無別謀；整點軍馬，統領將佐，同孫琪、戴美、聶新、馮玘等，領兵二萬，五鼓出城，紮寨城南五龍山，平明進兵。喬道清對孫琪道：「今日必要擒捉宋江，恢復壺關。」孫琪道：「全賴國師相公法力。」當下喬道清統領軍馬一萬，望宋江大寨殺來。小軍探聽得實，飛報宋先鋒。宋江令樊瑞、單廷珪、魏定國，整點軍兵，拴縛馬匹，準備迎敵。喬道清在高阜處觀看宋兵營寨，但見：

四面八向之有準，前後左右之相救；門戶開辟之有法，吸呼聯絡之有度。

喬道清暗暗喝彩，只聽得宋寨中一聲炮響，寨門開處，擁出一彪軍來。兩陣裡彩旗招動，鼉鼓振天。喬道清下高阜，出到陣前，雷震、倪麟、費珍、薛燦擁護左右，宋陣裡旌旗開處，一將縱馬出陣，正是混世魔王樊瑞，手仗寶劍，指著喬道清大罵：「賊道，怎敢逞凶！」喬道清心中思忖道：「此人一定會些法術，我且試他一試。」便對樊瑞喝道：「無知敗將，敢出穢言。你敢與我比武藝麼？」樊瑞道：「你要比武藝，上前來吃我一劍！」兩軍吶喊擂鼓。樊瑞拍馬挺劍，直取喬道清。道清躍馬揮劍相迎。二劍並舉，兩魔相鬥：起先兀是兩騎馬絞做一團廝殺，次後各運神通，只見兩股黑氣，在陣前左旋右轉，一往一來的亂滾。兩邊軍士，都看得呆了。樊瑞戰到酣處，覷個破綻，望喬道清一劍砍去，只砍個空，險些兒攧下馬來。原來喬道清故意賣個破綻，哄樊瑞砍來，自己卻使個烏龍蛻骨之法，早已歸到陣前，呵呵大笑。樊瑞惶恐歸陣。宋陣左右門旗開處，左邊飛出聖水將軍單廷珪，領五百步兵，盡是黑旗黑甲，手執團牌標槍，鋼叉利刃；右邊飛出神火將軍魏定國，領五百火軍，身穿絳衣，手執火器，前後擁出五十輛火車，車上都裝蘆葦引火之物。軍人背上各拴鐵葫蘆一個，內藏硫黃焰硝，五色煙藥，一齊點著。那兩路軍兵：左邊的烏雲捲地，右邊的烈火飛騰，一哄衝殺過來，北軍驚懼欲退。喬道清喝道：「退後者斬！」右手仗著寶劍，口中念念有詞，霎時烏雲蓋地，風雷大作，降下一陣大塊冰雹，望聖水、神火軍中亂打下來，霹靂交加，火焰滅絕。眾軍被冰雹打得星落雲散，抱頭鼠竄。單廷珪、魏定國嚇得魂不附體，舉手無措，抵死逃回本陣，聖水、神火將軍，以此翻成畫餅。須臾，雹散雲收，仍是青天白日，地上兀是有如雞卵似拳頭的無數冰塊。喬道清看宋軍時，打得頭損額破，眼瞎鼻歪，踏著冰塊，便滑一跌。喬道清揚武耀威高叫道：「宋兵中再有手段高強，神通廣大的麼？」樊瑞羞忿交集，披髮仗劍，立於馬上，使盡平生法力，口中念動咒語，只見狂風四起，飛砂走石，天愁地暗，日色無光。樊瑞招動人馬，衝殺過來，喬道清笑道：「量你這鳥術，幹得甚事！」便也仗劍作法，口中念念有詞，只見風盡隨著宋軍亂滾；半空中又是一聲霹靂，無數神兵天將，殺將下來。宋陣中馬嘶人喊，亂攛起來；喬道清同四個偏將，縱軍掩殺。樊瑞法術不靈，抵當不住，回馬便走。

北軍追趕上來，正在萬分危急，猛見宋寨中一道金光射來，把風砂衝散，那些天兵神將，都亂紛紛墮落陣前；眾人看時，卻是五彩紙剪就的。喬道清見破了神兵法，大展神通，披髮仗劍，捏訣念咒，喝聲道：「疾！」又使出三昧神水的法來。須臾，有千萬道黑氣，從壬癸方（北方）滾來。只見宋陣中一個先生，驟馬出陣，仗口松紋古定劍，口中念念有詞，喝聲道：「疾！」猛見半空裡有許多黃袍神將，飛向北去，把那黑氣衝滅。喬道清吃了一驚，手足無措，宋軍見這個先生破了妖術，齊聲大罵：「喬道清妖賊，如今有手段高強的來了。」喬道清聽了這句，羞得徹耳通紅，望本陣便退。喬道清生平逞弄神通，今日垂首喪氣，正是總教掬盡三江水，難洗今朝一面羞。畢竟宋陣裡破妖術的先生是誰，且聽下回分解。

第九十六回

幻魔君術窘五龍山　入雲龍兵圍百谷嶺

話說宋陣裡破喬道清妖術的那個先生，正是入雲龍公孫勝。他在衛州接了宋先鋒將令，即同王英、張清、解珍、解寶，星夜趕到軍前。入寨參見了宋先鋒，恰遇喬道清逞弄妖法，戰敗樊瑞。那日是二月初八日，干支是戊午，戊屬土。當下公孫勝就請天干神將，克破那壬癸水，掃蕩妖氛，現出青天白日。宋江、公孫勝兩騎馬同到陣前，看見喬道清羞慚滿面，領軍馬望南便走。公孫勝對宋江道：「喬道清法敗奔走，若放他進城，便深根固蒂。兄長疾忙傳令，教徐寧、索超，領兵五千，從東路抄至南門，絕住去路；王英、孫新，領兵五千，馳往西門截住。如遇喬道清兵敗到來，只截住他進城的路，不必與他廝殺。」宋江依計傳令，分撥眾將遵令去了。

此時兀是巳牌時分，宋江同公孫勝統領林沖、張清、湯隆、李雲、扈三娘、顧大嫂七個頭領，軍馬二萬，趕殺前來。北將雷震等保護喬道清，且戰且走。前面又有軍馬到來，卻是孫琪、聶新領兵接應，合兵一處。剛到五龍山寨，聽得後面宋兵鳴鑼擂鼓，喊殺連天，飛趕上來。孫琪道：「國師入寨住紮，待孫某等與他決一死戰。」喬道清在眾將面前誇了口，況且自來行法，不曾遇著對手，今被宋兵追迫，十分羞怒，便對孫琪道：「你們且退後，待我上前拒敵。」即便勒兵列陣，一馬當先，雷震

第九十六回

幻魔君術窘五龍山　入雲龍兵圍百谷嶺

等將簇擁左右。喬道清高叫：「水窪草寇，焉得這般欺負人！俺再與你決個勝敗。」原來喬道清生長涇原，是極西北地面，與山東道路遙遠，不知宋江等眾兄弟詳細。

當下宋陣裡把旗左招右展，一起一伏，列成陣勢，兩陣相對，吹動畫角，戰鼓齊鳴。南陣裡黃旗磨動，門旗開處，兩騎馬出陣：中間馬上，坐著山東呼保義及時雨宋公明，左手馬上，坐的是入雲龍公孫一清，手中仗劍，指著喬道清說道：「你那學術，都是外道，不聞正法，快下馬歸順！」喬道清仔細看時，正是那破法的先生，但見：

星冠攢玉，鶴氅縷金。九宮衣服燦雲霞，六甲風雷藏寶訣。腰繫雜色彩絲絛，手仗松紋古定劍。穿一雙雲縫赤朝鞋，騎一匹黃鬃昂首馬。八字神眉杏子眼，一部掩口落腮鬚。

當下喬道清對公孫勝道：「今日偶爾行法不靈，我如何便降服你？」公孫勝道：「你還敢逞弄那鳥術麼？」喬道清喝道：「你也小覷俺，再看俺的法！」喬道清抖擻精神，口中念念有詞，把手望費珍一招，只見費珍手中執的那條點鋼槍，卻似被人劈手一奪的，忽地離了手，如騰蛇般飛起，望公孫勝刺來。公孫勝把劍望秦明一指，那條狼牙棍，早離了手，迎著鋼槍，一往一來，焠風般在空中相鬥：兩軍迭聲喝彩。猛可的一聲響，兩軍發喊，空中狼牙棍，把槍打落下來，冬的一聲，倒插在北軍戰鼓上，把戰鼓搠破；那司戰鼓的軍士，嚇得面如土色。那條狼牙棍，依然復在秦明手中，恰似不曾離手一般，宋軍笑得眼花沒縫。公孫勝喝道：「你在大匠面前弄斧！」喬道清又捏訣念咒，把手望北一招，喝聲道：「疾！」只見北軍寨後，五龍山凹裡，忽的一片黑雲飛起，雲中現出一條黑龍，張鱗鼓鬣，飛向前來。公孫勝呵呵大笑，把手也望五龍山一招，只見五龍山凹裡，如飛電般掣出一條黃龍，半雲半霧，迎住黑龍，空中相鬥。喬道清又叫：「青龍快來！」只見山頂上才飛出一條青龍，隨後又有白龍飛出，趕上前迎住。兩軍看得目瞪口呆。喬道清仗劍大叫：「赤龍快出幫助！」須臾，山凹裡又騰出一條赤龍，飛舞前來。五條龍向空中亂舞，正按著金、木、水、火、土五行，互生互克，攪做一團。狂風大起，兩陣裡捧旗的軍士，被風捲動，一連顛翻了數十個。公孫勝左手仗劍，右手把麈尾望空一擲，那麈尾在空中打個滾，化成鴻雁般一隻鳥飛起去。須臾，漸高漸大，扶搖而上，直到九霄空裡，化成個大鵬，翼若垂天之雲，望著那五條龍撲擊下來。只聽得刮刺刺的響，卻似青天裡打個霹靂，把那五條龍撲打得鱗散甲飄。原來五龍山有段靈異，山中常有五色雲現。龍神托夢居民，因此起建廟宇，中間供個龍王牌位；又按五方，塑成青、黃、赤、黑、白五條龍，按方向蟠旋（環繞）於柱，都是泥塑金裝，彩畫就的。當下被二人用法遣來相鬥，被公孫勝用麈尾化成大鵬，將五條泥龍，搏擊得粉碎，望北軍頭上，亂紛紛打將下來。北軍發喊，躲避不迭，被那年久乾硬的泥塊，打得臉破額穿，鮮血迸流，登時打傷二百餘人，軍中亂攛。喬道清束手無術，不能解救。半空裡落下個黃泥龍尾，把喬道清劈頭一下，險些兒將頭打破，把個道冠打癟。公孫勝把手一招，大鵬寂然不見，麈尾仍歸手中。喬道清再要使妖術時，被公孫勝運動五雷正法的神通，頭上現出一尊金甲神人，大喝：「喬冽下馬受縛！」喬道清口中喃喃吶吶的念咒，並無一毫兒靈驗，慌得喬道清舉手無措，拍馬望本陣便走。林沖縱馬拈矛趕來，大喝：「妖道休走！」北陣裡倪麟提刀躍馬接住。雷震驟馬挺戟助戰，這裡湯隆飛馬，使鐵瓜錘架住。兩軍迭聲吶喊，四員將兩對兒在陣前廝殺。倪麟與林沖鬥過二十餘合，不分勝敗。林沖覷個破綻，一矛搠中馬腿，那馬便倒，把倪麟攧翻下來，被林沖向心窩察的一槍搠死。雷震正與湯隆戰到酣處，見倪麟落馬，賣個破綻，撥馬便走，被湯隆趕上，把鐵瓜錘照頂門一下，連盔帶頭打碎，死於馬下。宋江將鞭梢一指，張清、李雲、扈三娘、顧大嫂，一齊衝殺過來；北軍大亂，四散亂竄逃生，殺死者甚眾。

孫琪、聶新、費珍、薛燦保護喬道清，棄了五龍山寨，領兵欲進昭德。轉過山坡，離城尚有六七裡，只聽得前面戰鼓喧天，喊聲大振，東首小路撞出一彪兵來，當先二將，乃是金槍手徐寧、急先鋒索超。兩軍未及交鋒，昭德城內見城外廝殺，守將戴美、翁奎領兵五千，開南門出城接應，徐寧、索超分頭拒敵。索超分兵二千，向北抵敵，戴美當先，與索超鬥十餘合，被索超揮金蘸斧，砍為兩段。翁奎急領兵入城，索超趕殺上去，殺死北軍一百餘人，直趕至南門城下，翁奎兵馬已是進城去了。急拽起吊橋，緊閉城門，城上擂木炮石，如雨般打將下來，索超只得回兵。

再說徐寧領兵三千，攔住北軍去路。北軍雖是折了一陣，此時尚有二萬餘人，孫琪、聶新二將，敵住徐寧兵馬；費珍、薛燦無心戀戰，領五千兵馬，保護喬道清投西奔走。這裡徐寧力敵孫琪、聶新二將，被北軍圍裹上來，正是寡不敵眾，看看圍在垓心。卻得索超、宋江南北兩路兵都到，孫琪、聶新當不得三面攻擊。聶新被徐寧一金槍刺中左臂，墜於馬下，被人馬踐踏如泥；孫琪奪路要走，被張清趕上，手起一槍，搠中後心，撞下馬來。北兵大敗虧輸，三萬軍馬，殺死大半。殺得屍橫遍野，流血成河，棄下金鼓旗幡，盔甲馬匹無數，其餘兵馬，四散逃走去了。

宋江、公孫勝、林冲、張清、湯隆、李雲、扈三娘、顧大嫂與徐寧、索超，合兵一處，共是二萬五千，聞喬道清同費珍、薛燦領五千兵馬，望西逃遁，欲上前追趕。此時已是申牌時分，兵馬鏖戰一日，飢餓困罷，宋先鋒正欲收兵回寨食息，忽報軍師吳用知宋先鋒等兵馬鏖戰多時，特令樊瑞、單廷珪、魏定國，整點兵馬一萬，準備火把火炬，前來接應。宋先鋒大喜。公孫勝道：「既有這枝軍馬，兄長同眾頭領回寨食息，小弟同樊、單、魏三位頭領，領兵追趕喬道清，務要降服那廝。」宋江道：「賴賢弟神功，解救災厄。賢弟遠來勞頓，同回大寨歇息了，明日卻再理會。喬道清這廝，法破計窮，料無他虞。」公孫勝道：「兄長有所不知。本師羅真人常對小弟說：『涇原有個喬冽，他有道骨，曾來訪道，我暫且拒他，因他魔心正重，亦是下土生靈造惡，殺運未終。他後來魔心漸退，機緣到來，遇德而服。恰有機緣遇汝，汝可點化他，後來亦得了悟玄微，日後亦有用著他處。』小弟在衛州，遵令前來，於路問妖人來歷，張將軍說降將耿恭知他備細，道是喬道清即涇縣喬冽。適才見他的法，與小弟比肩相似，小弟卻得本師羅真人傳授五雷正法，所以破得他的法。此城叫做昭德，合了本師『遇德魔降』的法語。若放他逃遁，倘此人墮陷魔障，有違本師法旨。此機會不可錯過，小弟即刻就領兵追趕，相機降服他。」只一席話，說得宋江心胸豁然，稱謝不已。當下同眾將統領軍馬，回營食息。公孫勝同樊瑞、單廷珪、魏定國，統領一萬軍馬，追趕喬道清不題。

再說喬道清同費珍、薛燦，領敗殘兵馬五千，奔竄到昭德城西，欲從西門進城，猛聽得鼓角齊鳴，前面密林後飛出一彪軍來，當先二將，乃是矮腳虎王英、小尉遲孫新，領五千兵，排開陣勢，截住去路。費珍、薛燦抵死衝突。孫新、王英奉公孫一清的令，只不容他進城，卻不來趕殺，讓他望北去了。城中知喬道清術窘，大敗虧輸，宋兵勢大，惟恐城池有失，也緊緊的閉了城門，那裡敢出來接應。

無移時，孫新、王英見公孫勝同樊瑞、單廷珪、魏定國，領兵飛趕上來。公孫勝道：「兩位頭領，且到大寨食息，待貧道自去趕他。」孫新、王英依令回寨。此時已是酉牌時分。卻說喬道清同費珍、薛燦，領敗殘兵，急急如喪家之狗，忙忙似漏網之魚，望北奔馳。公孫勝同樊瑞、單廷珪、魏定國，領兵一萬，隨後緊緊追趕。公孫勝高叫道：「喬道清快下馬降順，休得執迷！」喬道清在前面馬上高聲答道：「人各為其主，你何故逼我太甚？」此時天色已暮，宋兵燃點火炬火把，火光照耀如白晝一般。喬道清回顧左右，止有費珍、薛燦及三十餘騎；其餘人馬，已四散逃竄去了。喬道清欲拔劍

第九十六回

幻魔君術窘五龍山　入雲龍兵圍百谷嶺

自刎，費珍慌忙奪住道：「國師不必如此。」用手向前面一座山指道：「此嶺可以藏匿。」喬道清計窮力竭，隨同二將馳入山嶺。原來昭德城東北，有座百谷嶺，相傳神農嘗百谷處。山中有座神農廟。喬道清同費、薛二將，屯紮神農廟中，手下止有十五六騎。只因公孫勝要降服他，所以容他遁入嶺中；不然，宋兵趕上，就是一萬個喬道清，也殺了。話不絮繁。卻說公孫勝知喬道清遁入百谷嶺，即將兵馬分四路，紮立營寨，將百谷嶺四面圍住。至二更時分，忽見東西兩路火光大起，卻是宋先鋒回寨，復令林沖、張清，各領兵五千，連夜哨探到來。與公孫勝合兵一處，共是二萬人馬，分頭紮寨，圍困喬道清不題。

且說宋江次日探知喬道清被公孫勝等將兵馬圍困於百谷嶺，即與吳學究計議攻城；傳令大兵拔寨起營，到昭德城下。宋江分撥將佐到昭德，圍得水洩不通。城中守將葉聲等，堅守城池。宋兵一連攻打二日，城尚不破。宋江在城南寨中，見攻城不下，十分憂悶，李逵等被陷，不知性命如何，不覺潸然淚下。軍師吳用勸道：「兄長不必煩悶，只消用幾張紙，此城唾手可得。」宋江忙問道：「軍師有何良策？」當下吳學究不慌不忙，疊著兩個指頭，說出這條計來。有分教，兵不血刃孤城破，將士投戈百姓安。畢竟吳學究說出甚麼來，且聽下回分解。

第九十七回

陳瓘諫官升安撫　瓊英處女做先鋒

話說當下吳用對宋江道：「城中軍馬單弱，前日恃喬道清妖術，今知喬道清敗困，外援不至，如何不驚恐。小弟今晨上雲梯觀望，見守城軍士，都有驚懼之色。今當乘其驚懼，開以自新之路，明其利害之機，城中必縛將出降，兵不血刃，此城唾手可得。」宋江大喜道：「軍師之謀甚善！」當下計議，寫成數十道曉諭的兵檄。其詞云：

大宋征北正先鋒宋示諭昭德州守城將士軍民人等知悉：田虎叛逆，法在必誅，其餘脅從，情有可原。守城將士，能反邪歸正，改過自新，率領軍民，開門降納，定行保奏朝廷，赦罪錄用。如將士怙終不悛（堅持作惡不悔改），爾等軍民，俱係宋朝赤子，速當興舉大義，擒縛將士，歸順天朝。為首的定行重賞，奏請優敘。如執迷逡巡，城破之日，玉石俱焚，孑遺靡有。特諭。

宋江令軍士將曉諭拴縛箭矢，四面射入城中；傳令各門稍緩攻擊，看城中動靜。次日平明，只聽

第九十七回

陳瓘諫官升安撫　瓊英處女做先鋒

得城中吶喊振天，四門豎起降旗，守城偏將金鼎、黃鉞，聚集軍民，殺死副將葉聲、朱庚、冷寧，將三個首級，懸掛竿首，挑示宋軍。牢中放出李逵、魯智深、武松、劉唐、鮑旭、項充、李袞、唐斌，俱用轎扛抬，大開城門，擁送出城。軍民香花燈燭，迎接宋兵入城。宋先鋒大喜，傳諭各門將佐，統領軍馬，次第入城。兵不血刃，百姓秋毫無犯，歡聲雷動。

宋江到帥府升坐，魯智深等八人前來參拜道：「哥哥，萬分不得相見了！今賴兄長威力，復得聚首，恍如夢中。」宋江等眾人，俱感泣淚下。次後，金鼎、黃鉞率領翁奎、蔡澤、楊春，上前參拜。宋江連忙答拜，扶起道：「將軍等興舉大義，保全生靈，此不世之勳也。」黃鉞等道：「某等不能速來歸順，罪不可逭；反蒙先鋒厚禮，真是銘心刻骨，誓死圖報！」黃鉞等又將魯智深、李逵等罵賊不屈的事情，備細陳說。宋江感泣稱贊。李逵道：「俺聽得說，那賊鳥道在百谷嶺，待俺去砍那撮鳥一百斧，出那口鳥氣。」宋江道：「喬道清被一清兄弟圍困百谷嶺，欲降伏他。羅真人已有法旨，兄弟不可造次。」魯智深對李逵道：「兄長之命，安敢不遵？」李逵方才肯住。

當下宋先鋒出榜，安撫百姓，賞勞三軍將佐，標寫公孫勝、金鼎、黃鉞功次。正在料理軍務，忽報神行太保戴宗，自晉寧回。戴宗入府參見，宋先鋒忙問晉寧消息。戴宗道：「小弟蒙兄長差遣，到晉寧，盧先鋒正在攻打城池。他道：『待盧某克了城池，卻好到兄長處報捷。』故此留下弟在彼，一連住了三四日。晉寧急切攻打不下，到今月初六日，是夜重霧，咫尺不辨，盧先鋒令軍士悄地囊土填積城下。至三更時分，城東北守御稍懈，我兵潛上土囊，攀援登城，殺死守城將士一十三員；田彪開北門衝突，捨命逃遁；其餘牙將俱降；獲戰馬五千餘匹，投降軍士二萬餘人，殺死者甚眾。當下盧先鋒克了晉寧，天明霧霽，正在安撫料理，忽報威勝田虎，差殿帥孫安，統領將佐十員，軍馬二萬，前來救援，離城十里下寨。盧先鋒即令秦明、楊志、歐鵬、鄧飛，領兵出城迎敵，盧先鋒親自領兵接應。當下秦明與孫安戰到五六十合，不分勝負。盧先鋒兵到，見孫安勇猛，盧先鋒令鳴金收兵，孫安亦自收兵，各立營寨，盧先鋒回寨，說孫安勇猛，只可智取，不可力敵。次日，分撥軍馬埋伏。盧先鋒親自出陣，與孫安戰到五十餘合，孫安戰馬忽然前失，把孫安攧下馬來。盧先鋒喝道：『此非汝戰敗之罪，快換馬來戰！』孫安換馬，又與盧先鋒鬥過五十餘合。盧先鋒佯敗奔走，誘孫安趕到林子邊，一聲炮響，兩邊伏兵齊出，孫安措手不及，被兩邊拋出絆馬索，將孫安絆倒，眾軍趕上，連人和馬，生擒活捉。北陣裡秦英、陸清、姚約三將齊出，救奪孫安，那邊楊志、歐鵬、鄧飛齊出接住：六騎馬捉對兒廝殺。到間深處，只見楊志大喝一聲，只一槍，將秦英搠下馬來。陸清與歐鵬正鬥，被歐鵬賣個破綻，賺陸清一刀砍來；歐鵬把身一閃，陸清砍個空，收刀不迭，被歐鵬照後心一槍刺死。姚約見二人落馬，撥馬望本陣便走，被鄧飛趕上，舉鐵鏈當頭一下，把姚約連盔透頂，打個粉碎。盧先鋒驅兵掩殺，北兵大敗，殺死四五千人，北軍退十里下寨。我兵得勝進城，眾軍卒把孫安綁縛解來。盧先鋒親釋其縛，待以厚禮，勸孫安歸順天朝。孫安見盧先鋒如此義氣，情願降順。孫安對盧先鋒說道：『城外尚有七員將佐，軍馬一萬五千，容孫某出城，招他來降。』盧先鋒怛然無疑，放孫安出城。孫安單騎到北寨，說降七將，都來參見盧先鋒。盧先鋒大喜，置酒管待。孫安說：『某與喬道清，同領兵離威勝，喬道清往救壺關。此人素有妖術，恐宋先鋒處罹其荼毒。喬道清與孫某同鄉，孫某感將軍厚恩，願往壺關，探聽消息，說喬道清歸順。』盧先鋒依允，遂令小弟領孫安同來報捷。盧先鋒令宣贊、郝思文、呂方、郭盛，管領兵馬二萬，鎮守晉寧。盧先鋒統領其餘將佐，兵馬二萬，望汾陽進征。戴某昨日於晉寧起程，替孫安也作起神行法。今日於路，已聞得兄長兵圍昭德，喬道清被困。比及到城外，又知兄長大兵進城，特來參見哥哥。孫安現在府門外伺候。」

宋江大喜，令戴宗引孫安進見。戴宗遵令，領孫安入府，上前參見。宋江看孫安軒昂魁偉，一表非俗，下階迎接。孫安納頭便拜道：「孫某抗拒大兵，罪該萬死！」宋江答拜不迭道：「將軍反邪歸正，與宋某同滅田虎，回朝報奏朝廷，自當錄用。」孫安拜謝起立。宋先鋒命坐，置酒管特。孫安道：「喬道清妖術利害，今幸公孫先生解破。」宋江道：「公孫一清欲降服他，授以正法。今圍困三四日，尚未有降意。」孫安道：「此人與孫某最厚，當說他來降。」當下宋先鋒令戴宗同孫安出北門，到公孫勝寨中。相見已畢，戴宗、孫安將來意備細對公孫勝說了。一清大喜，即令孫安入嶺，尋覓喬道清。孫安領命，單騎上嶺。

卻說喬道清與費珍、薛燦，與十五六個軍士，藏匿在神農廟裡，與本廟道人借索些粗糲充飢。這廟裡止有三個道人，被喬道清等將他累月募化積下的飯來，都吃盡了，又見他人眾，只得忍氣吞聲。是日，喬道清聽得城中吶喊，便出廟登高崖了望，見城外兵已解圍，門內有人馬出入，知宋兵已是入城。正在嗟嘆，忽見崖畔樹林中，走出一個樵者，腰插柯斧，將扁擔做個拐杖，一步步捉腳兒走上崖來。口中念著個歌兒道：

上山如挽舟，下山如順流。
挽舟當自戒，順流常自由。
我今上山者，預為下山謀。

喬道清聽了這六句樵歌，心中頗覺恍然，便問道：「你知城中消息麼？」樵叟道：「金鼎、黃鉞殺了副將葉聲，已將城池歸順宋朝。宋江兵不血刃，得了昭德。」喬道清道：「原來如此！」那樵者說罷，轉過石崖，望山坡後去了。喬道清又見一人一騎，尋路上嶺，漸近廟前。喬道清下崖觀看，吃了一驚，原來是殿帥孫安。「他為何便到此處？」孫安下馬，上前敘禮畢，喬道清忙問：「殿帥領兵往晉寧，為何獨自到此？嶺下有許多軍馬，如何不攔擋？」孫安道：「好教兄長得知。……」喬道清見孫安不稱國師，已有三分疑慮。孫安道：「且到廟中，細細備述。」二人進廟，費珍、薛燦都來相見畢，孫安方把在晉寧被獲投降的事，說了一遍。喬道清默然無語。孫安道：「兄長休要狐疑。宋先鋒等十分義氣，我等投在麾下，歸順天朝，後來亦得個結果。孫某此來，特為兄長。兄長往時曾訪羅真人否？」喬道清忙問：「你如何知道？」孫安道：「羅真人不接見兄長，令童子傳命，說你後來『遇德魔降』，這句話有麼？」喬道清連忙答道：「有，有。」孫安道：「破兄長法的這個人，你認得麼？」喬道清道：「他是我對頭。只知他是宋軍中人，卻不知道他的來歷。」孫安道：「則他便是羅真人徒弟，叫做公孫勝，宋先鋒的副軍師。這句法語，也是他對小弟說的。此城叫做昭德，兄長法破，可不是合了『遇德魔降』的說話！公孫勝專為真人法旨，要點化你，同歸正道，所以將兵馬圍困，不上山來擒捉。他既法可以勝你，他若要害你，此又何難？兄長不可執迷。」喬道清言下大悟，遂同孫安帶領費珍、薛燦下嶺，到公孫勝軍前。

孫安先入營報知，公孫勝出寨迎接。喬道清入寨，拜伏請罪道：「蒙法師仁愛，為喬某一人，致勞大軍，喬某之罪益深！」公孫勝大喜，答拜不迭，以賓禮相待。喬道清見公孫勝如此義氣，便道：「喬某有眼不識好人，今日得侍法師左右，平生有幸。」公孫勝傳令解圍，樊瑞等眾將，四面拔寨都起。公孫勝率領喬道清、費珍、薛燦入城，參見宋先鋒。宋江以禮相待，用好言撫慰。喬道清見宋江謙和，愈加欽服。少頃，樊瑞、單廷珪、魏定國、林沖、張清都到。宋江傳令，將軍馬盡數收入城中屯住。當下宋江置酒慶賀。席間公孫勝對喬道清說：「足下這法，上等不比諸佛菩薩，累劫修來，證入虛空三昧（道教語：元神、元氣、元精），自在神通；中等不比蓬萊三十六洞真仙，准幾十年抽添水火，換髓移筋（脫胎換骨），方得超形度世，游戲造化。你不過憑著符咒，襲取一時，盜竊天地之精英，假藉鬼神之運用，在佛家謂之『金剛禪邪法』，在仙家謂之『幻術』。若認此法便可超凡入聖，豈非毫釐千里之謬！」喬道清聽罷，似夢方覺。當下拜公孫勝為師。宋江等聽公孫勝說得明白玄妙，都稱贊公孫勝的神功道德。當日酒散，一宿無話。

次日，宋江令蕭讓寫表，申奏朝廷，得了晉寧、昭德二府；寫書申呈宿太尉報捷，其衛州、晉寧、昭德、蓋州、陵川、高平六府州縣缺的官，乞太尉擇賢能堪任的，奏請速補，更替將領征進。當下蕭讓書寫停當，宋江令戴宗齎捧，即日起程。

戴宗遵令，拴縛行囊包裹，齎捧表文書札，選個輕捷軍士跟隨，辭別宋先鋒，作起神行法，次日便到東京。先往宿太尉府中呈遞書札，恰遇宿太尉在府。戴宗在府前，尋得個本府楊虞候，先送了些人事銀兩，然後把書札相煩轉達太尉。楊虞候接書入府。少頃，楊虞候出來喚道：「太尉有鈞旨，呼喚頭領。」戴宗跟隨虞候進府，只見太尉正在廳上坐地，拆書觀看。戴宗上前參見。太尉道：「正在緊要的時節，來得恁般湊巧！前日正被蔡京、童貫、高俅，在天子面前，劾奏你的哥哥宋先鋒覆軍殺將，喪師辱國，大肆誹謗，欲皇上加罪。天子猶豫不決，卻被右正言陳瓘上疏，劾蔡京、童貫、高俅誣陷忠良，排擠善類，說汝等兵馬，已渡壺關險隘，乞治蔡京等欺妄之罪。以此忤了蔡太師，尋他罪過。昨日奏過天子，說陳瓘撰尊堯錄，他尊神宗為堯，即寓訕陛下之意，乞治陳瓘訕上（誹謗）之罪。幸得天子不即加罪。今日得汝捷報，不但陳瓘有顏，連我也放下許多憂悶。明日早朝，我將汝奏捷表文上達。」戴宗再拜稱謝，出府覓個寓所，安歇聽候，不在話下。

且說宿太尉次日早朝入內，道君皇帝在文德殿朝見文武。宿太尉拜舞山呼畢，將宋江捷表奏聞，說宋江等征討田虎，前後共克復六府州縣，今差人齎捧捷表上聞。天子龍顏欣悅。宿元景又奏道：

「正言陳瓘撰尊堯錄，以先帝神宗為堯，陛下為舜，尊堯何得為罪？陳瓘素剛正不屈，遇事敢言，素有膽略，乞陛下加封陳瓘官爵，敕陳瓘到河北監督兵馬，必成大功。」天子准奏，隨即降旨：「陳瓘於原官上加升樞密院同知，著他為安撫，統領御營軍馬二萬，前往宋江軍前督戰；並齎賞賜銀兩，犒勞將佐軍卒。」當下朝散，宿太尉回到私第，喚戴宗打發回書。戴宗已知有了聖旨，拜辭宿太尉，離了東京，作起神行法，次日已到昭德城中。往返東京，剛剛四日。

宋江正在整點兵馬，商議進征，見戴宗回來，忙問奏聞消息。戴宗將宿太尉回書呈上。宋江拆開看罷，將書中備細，一一對眾頭領說知。眾人都道：「難得陳安撫恁般肝膽，我每也不枉在這裡出力。」宋江傳令，待接了敕旨，然後進征。眾將遵令，在城屯住，不在話下。

卻說昭德城北潞城縣，是本府屬縣。城中守將池方，探知喬道清圍困時，便星夜差人，到威勝田虎處申報告急。田虎手下偽省院官，接了潞城池方告急申文，正欲奏知田虎，忽報晉寧已失，御弟三大王田彪止逃得性命到此。說言未畢，恰好田彪已到。田彪同省院官入內，拜見田虎。田彪放聲大哭說：「宋兵勢大，被他打破晉寧城池，殺了兒子田實，臣止逃得性命至此。失地喪師，臣該萬死！」說罷又哭。那邊省院官又啟奏道：「臣適才接得潞城守將池方申文，說喬國師已被宋兵圍困，昭德危在旦夕。」田虎聞奏大驚，會集文武眾官，右丞相太師卞祥、樞密官范權、統軍大將馬靈等，當廷商議：「即日宋江侵奪邊界，占了我兩座大郡，殺死眾多兵將，喬道清已被他圍困，汝等如何處置？」當有國舅鄔梨奏道：「主上勿憂！臣受國恩，願部領軍馬，克日興師，前往昭德，務要擒獲宋江等眾，恢復原奪城池。」那鄔梨國舅，原是威勝富戶。鄔梨入骨好使槍棒，兩臂有千斤力氣，開得好硬弓，慣使一柄五十斤重潑風大刀。田虎知他幼妹大有姿色，便娶來為妻，遂將鄔梨封為樞密，稱做國舅。當下鄔梨國舅又奏道：「臣幼女瓊英，近夢神人教授武藝，覺來便是膂力過人。不但武藝精熟，更有一件神異的手段，手飛石子，打擊禽鳥，百發百中，近來人都稱他做『瓊矢鏃』。臣保奏幼女為先鋒，必獲成功。」田虎隨即降旨，封瓊英為郡主。鄔梨謝恩方畢，又有統軍大將馬靈奏道：「臣願部領軍馬，往汾陽退敵。」田虎大喜，都賜金印虎牌，賞賜明珠珍寶。鄔梨、馬靈各撥兵三萬，速便起兵前去。

不說馬靈統領偏牙將佐軍馬，望汾陽進發。且說鄔梨國舅領了王旨兵符，下教場挑選兵馬三萬，整頓刀槍弓箭，一應器械。歸第，領了女將瓊英為前部先鋒，入內辭別田虎，擺布起身。瓊英女領父命，統領軍馬，徑奔昭德來。只因這女將出征，有分教，貞烈女復不共戴天之仇，英雄將成琴瑟伉儷之好。畢竟不知女將軍怎生搦戰，且聽下回分解。

第九十七回

陳瓘諫官升安撫　瓊英處女做先鋒

第九十八回

張清緣配瓊英　吳用計鴆鄔梨

話說鄔梨國舅，令郡主瓊英為先鋒，自己統領大軍隨後。那瓊英年方一十六歲，容貌如花的一個處女，原非鄔梨親生的。他本宗姓仇，父名申，祖居汾陽府介休縣，地名綿上。那綿上，即春秋時晉文公求介之推不獲，以綿上為之田，就是這個綿上。那仇申頗有家資，年已五旬，尚無子嗣；又值喪偶，續娶平遙縣宋有烈女兒為繼室，生下瓊英。年至十歲時，宋有烈身故，宋氏隨即同丈夫仇申往奔父喪。那平遙是介休鄰縣，相去七十餘里。宋氏因路遠倉卒，留瓊英在家，吩咐主管葉清夫婦看管服侍。自己同丈夫行至中途，突出一伙強人，殺了仇申，趕散莊客，將宋氏擄去，莊客逃回，報知葉清。那葉清雖是個主管，倒也有些義氣，也會使槍弄棒。妻子安氏，頗是謹慎，當下葉清報知仇家親族，一面呈報官司，捕捉強人；一面埋葬家主屍首。仇氏親族，議立本宗一人，承繼家業。葉清同妻安氏兩口兒，看管小主女瓊英。

過了一年有餘，值田虎作亂，占了威勝，遣鄔梨分兵摽掠，到介休綿上，搶劫資財，擄掠男婦，那仇氏嗣子，被亂兵所殺，葉清夫婦及瓊英女，都被擄去。那鄔梨也無子嗣，見瓊英眉清目秀，引來見老婆倪氏。那倪氏從未生育的，一見瓊英，便十分愛他，卻似親生的一般。瓊英從小聰明，百伶百俐，料道在此不能脫身，又舉目無親，見倪氏愛他，便對倪氏說，向鄔梨討了葉清的妻安氏進來。因此安氏得與瓊英坐臥不離。那葉清被擄時，他要脫身逃走，卻思想：「瓊英年幼，家主主母只有這點骨血，我若去了，便不知死活存亡。幸得妻子在彼，倘有機會，同他每脫得患難，家主死在九泉之下，亦是瞑目。」因此只得隨順了鄔梨。征戰有功，鄔梨將安氏給還葉清。安氏自此得出入帥府，傳遞消息與瓊英，鄔梨又奏過田虎，封葉清做個總管。

葉清後被鄔梨差往石室山，採取木石。部下軍士向山岡下指道：「此處有塊美石，白賽霜雪，一毫瑕疵兒也沒有。土人欲採取他，卻被一聲霹靂，把幾個採石的驚死，半晌方醒。因此人都齧指相誡，不敢近他。」葉清聽說，同軍士到岡下看時，眾人發聲喊，都叫道：「奇怪！適才兀是一塊白石，卻怎麼就變做一個婦人的屍骸！」葉清上前仔細觀看，恁般奇怪，原來是主母宋氏的屍首，面貌兀是如生，頭面破損處，卻似墜岡撞死的。葉清驚訝涕泣，正在沒理會處，卻有本部內一個軍卒，他原是田虎手下的馬圉（養馬人），當下將宋氏被擄身死的根因，一一備細說道：「昔日大王初起兵的時節，在介休地方，擄了這個女子，欲將他做個壓寨夫人。那女子哄大王放了綁縛，行到此處，被那女子將身攛下高岡撞死。大王見他撞死，叫我下岡剝了他的衣服首飾。是小的服侍他上馬，又是小的剝他的衣服，面貌認得仔細，千真萬真是他。今已三年有餘，屍骸如何兀是好好地？」葉清聽罷，把那無窮的眼淚，都落在肚裡去了，便對軍士說：「我也認得不錯，卻是我的舊鄰宋老的女兒。」葉清令軍士挑土來掩，上前看時，仍舊是塊白石。眾人十分驚訝嘆息，自去幹那採石的事。事畢，葉清回到威勝，將田虎殺仇申，擄宋氏，宋氏守節撞死這段事，教安氏密傳與瓊英知道。

瓊英知了這個消息，如萬箭攢心，日夜吞聲飲泣，珠淚偷彈，思報父母之仇，時刻不忘。從此每夜合眼，便見神人說：「你欲報父母之仇，待我教你武藝。」瓊英心靈性巧，覺來都是記得，他便悄地拿根桿棒，拴了房門，在房中演習。自此日久，武藝精熟，不覺挨至宣和四年的季冬，瓊英一夕，偶爾伏幾假寐，猛聽得一陣風過，便覺異香撲鼻。忽見一個秀士，頭帶折角巾，引一個綠袍年少將軍來，教瓊英飛石子打擊。那秀士又對瓊英說：「我特往高平，請得天捷星到此，教汝異術，救汝離虎窟，報親仇。此位將軍，又是汝宿世姻緣。」瓊英聽了「宿世（前生）姻緣」四字，羞赧無地，忙將袖兒遮臉。才動手，卻把桌上剪刀撥動，鏗然有聲。猛然驚覺，寒月殘燈，依然在目，似夢非夢。瓊英兀坐，呆想了半晌，方才歇息。

次日，瓊英尚記得飛石子的法，便向牆邊揀取雞卵般一塊圓石，不知高低，試向臥房脊上的鴟尾打去，正打個著，一聲響亮，把個鴟尾打得粉碎，亂紛紛拋下地來。卻驚動了倪氏，忙來詢問。瓊英將巧言支吾道：「夜來夢神人說：『汝父有王侯之分，特來教導你的異術武藝，助汝父成功。』適才試將石子飛去，不想正打中了鴟尾。」倪氏驚訝，便將這段話報知鄔梨。那鄔梨如何肯信，隨即喚出瓊英詢問，便把槍、刀、劍、戟、棍、棒、叉、鈀試他，果然件件精熟。更有飛石子的手段，百發百中，鄔梨大驚，想道：「我真個有福分，天賜異人助我。」因此終日教導瓊英，馳馬試劍。

當下鄔梨家中，將瓊英的手段傳出去，哄動了威勝城中人，都稱瓊英做「瓊矢鏃」。此時鄔梨欲擇佳婿，匹配瓊英。瓊英對倪氏說道：「若要匹配，只除是一般會打石的；若要配與他人，奴家只是個死。」倪氏對鄔梨說了。鄔梨見瓊英題目太難，把擇婿事遂爾停止。今日鄔梨想著王侯二字，萌了異心，因此，保奏瓊英做先鋒，欲乘兩家爭鬥，他於中取事。當下鄔梨挑選軍兵，揀擇將佐，離了威勝；撥精兵五千，令瓊英為先鋒；自己統領大軍，隨後進征。

不說鄔梨、瓊英進兵，卻說宋江等在昭德，俟候迎接陳安撫。一連過了十餘日，方報陳安撫軍馬已到。宋江引眾將出郭遠遠迎接，入到昭德府內歇下，權為行軍帥府。諸將頭目，盡來參見，施禮已畢。陳安撫雖是素知宋江等忠義，都無由與宋江覿面相會。今日見宋江謙恭仁厚，愈加欽敬，說道：「聖上知先鋒屢建奇功，特差下官到此監督，就齎賞賜金銀緞匹，車載前來給賞。」宋江等拜謝道：「某等感安撫相公極力保奏，今日得受厚恩，皆出相公之賜。某等上受天子之恩，下感相公之德，宋江等雖肝腦塗地，不能補報。」陳安撫道：「將軍早建大功，班師回京，天子必當重用。」宋江再拜稱謝道：「請煩安撫相公鎮守昭德，小將分兵攻取田虎巢穴，教他首尾不能相顧。」陳安撫道：「下官離京時，已奏過聖上，將近日先鋒所得州縣，見今缺的府縣官員，盡已下該部速行推補，勒限起程，不日便到。」宋江一面將賞賜俵散軍將；一面寫下軍帖，差神行太保戴宗，往各府州縣鎮守頭領處傳令，俟新官一到，即行交代，勒兵前來聽調。到各府州傳令已了，再往汾陽探聽軍情回報。宋江又將河北降將唐斌等功績，申呈陳安撫，就薦舉金鼎、黃鉞，鎮守壺關、抱犢，更替孫立、朱仝等將佐，前來聽用。陳安撫一一依允。忽有流星探馬報將來，說道：「田虎差馬靈統領將佐軍馬，往救汾陽，又差鄔梨國舅，同瓊英郡主，統領將佐，從東殺至襄垣了。」宋江聽罷，與吳用商議，分撥將佐迎敵。當下降將喬道清說道：「馬靈素有妖術，亦會神行法，暗藏金磚打人，百發百中。小道蒙先鋒收錄，未曾出得氣力，願與吾師公孫一清，同到汾陽，說他來降。」宋江大喜，即撥軍馬二千，與公孫勝、喬道清帶領前去。二人辭別宋江，即日領軍馬起程，望汾陽去了不題。

再說宋江傳令，索超、徐寧、單廷珪、魏定國、湯隆、唐斌、耿恭，統領軍馬二萬，攻取潞城縣，再令王英、扈三娘、孫新、顧大嫂領騎兵一千，先行哨探北軍虛實。宋江辭了陳安撫，統領吳用、林沖、張清、魯智深、武松、李逵、鮑旭、樊瑞、項充、李袞、劉唐、解珍、解寶、凌振、裴宣、蕭讓、宋清、金大堅、安道全、蔣敬、郁保四、王定六、孟康、樂和、段景住、朱貴、皇甫端、侯健、蔡福、蔡慶，及新降將孫安，共正偏將佐三十一員，軍馬三萬五千，離了昭德，望北進發。前隊哨探將佐王英等，已到襄垣縣界，五陰山北，早遇北將葉清、盛本哨探到來。兩軍相撞，擂鼓搖旗。北將盛本，立馬當先；宋陣裡王英驟馬出陣，更不打話，拍馬拈槍，直搶盛本。兩軍吶喊，盛本挺槍縱馬迎住。二將鬥敵十數合之上，扈三娘拍馬舞刀，來助丈夫廝殺。盛本敵二將不過，撥馬便走。扈三娘縱馬趕上，揮刀把盛本砍翻，撞下馬來。王英等驅兵掩殺，葉清不敢抵敵，領兵馬急退。宋兵追趕上來，殺死軍士五百餘人，其餘四散逃竄。葉清止領得百餘騎，奔至襄垣城南二十里外。瓊英軍馬已到紮寨。

原來葉清於半年前被田虎調來，同主將徐威等鎮守襄垣。近日聽得瓊英領兵為先鋒，葉清稟過主將徐威，領本部軍馬哨探，欲乘機相見主女。徐威又令偏將盛本同去，卻好被扈三娘殺了，恰遇瓊英兵馬。當下葉清入寨，參見主女，見主女長大，雖是個女子，也覺威風凜凜，也像個將軍。瓊英認得是葉清，叱退左右，對葉清道：「我今日雖離虎窟，手下止有五千人馬，父母之仇，如何得報。欲脫身逃遁，倘彼知覺，反罹其害。正在躊躇，卻得汝來。」葉清道：「小人正在思想計策，卻無門路。倘有機會，即來報知。」說還未畢，忽報南軍將佐，領兵追殺到來。瓊英披掛上馬，領軍迎敵。

兩軍相對，旗鼓相望，兩邊列成陣勢，北陣裡門旗開處，當先一騎銀鬃馬上，坐著個少年美貌的女將。怎生模樣，但見：

金釵插鳳，掩映烏雲；鎧甲披銀，光欺瑞雪。踏寶鐙鞋翹尖紅，提畫戟手舒嫩玉。柳腰端跨，迭勝帶紫色飄搖；玉體輕盈，挑繡袍紅霞籠罩。臉堆三月桃花，眉掃初春柳葉。錦袋暗藏打將石，年方二八女將軍。

第九十八回

張清緣配瓊英　吳用計鴆鄔梨

女將馬前旗號，寫得分明：「平南先鋒將郡主瓊英。」南陣軍將看罷，個個喝彩。兩陣裡花腔鼉鼓喧天，雜彩繡旗閉日。矮腳虎王英看見是個美貌女子，驟馬出陣，挺槍飛搶瓊英，兩軍吶喊，那瓊英拍馬拈戟來戰。二將鬥到十數餘合，王矮虎拴不住意馬心猿，槍法都亂了。瓊英想道：「這廝可惡！」覷個破綻，只一戟，刺中王英左腿。王英兩腳蹬空，頭盔倒卓，撞下馬來。扈三娘看見傷了丈夫，大罵：「賊潑賤小淫婦兒，焉敢無禮！」飛馬搶出，來救王英。瓊英挺戟，接住廝殺。王英在地掙扎不起，北軍擁上，來捉王英，那邊孫新、顧大嫂雙出，死救回陣。顧大嫂見扈三娘鬥瓊英不過，使雙刀拍馬上前助戰。三個女將，六條臂膊，四把鋼刀，一枝畫戟，各在馬上相迎著。正如風飄玉屑，雪撒瓊花，兩陣軍士，看得眼也花了。三女將鬥到二十餘合，瓊英望空虛刺一戟，拖戟撥馬便走。扈三娘、顧大嫂一齊趕來。瓊英左手帶住畫戟，右手拈石子，將柳腰扭轉，星眼斜睃，覷定扈三娘，只一石子飛來，正打中右手腕。扈三娘負痛，早撇下一把刀來，撥馬便回本陣。顧大嫂見打中扈三娘，撇了瓊英，來救扈三娘。瓊英勒馬趕來，那邊孫新大怒，舞雙鞭，拍馬搶來。未及交鋒，早被瓊英飛起一石子，噹的一聲，正打中那熟銅獅子盔。孫新大驚，不敢上前，急回本陣，保護王英、扈三娘領兵退去。瓊英正欲驅兵追趕，猛聽得一聲炮響，此時是二月將終天氣，只見柳梢旗亂拂，花外馬頻嘶，山坡後衝出一彪軍來，卻是林沖、孫安，及步軍頭領李逵等，奉宋公明將令，領軍接應。兩軍相撞，擂鼓搖旗，兩陣裡迭聲吶喊。那邊豹子頭林沖，挺丈八蛇矛，立馬當先；這邊瓊矢鏃瓊英，拈方天畫戟，縱馬上前。林沖見是個女子，大喝道：「那潑賤，怎敢抗拒天兵！」瓊英更不打話，拈戟拍馬，直搶林沖。林沖挺矛來鬥。兩馬相交，軍器並舉。鬥無數合，瓊英遮攔不住，賣個破綻，虛刺一戟，撥馬望東便走。林沖縱馬追趕。南陣前孫安看見是瓊英旗號，大叫：「林將軍不可追趕，恐有暗算。」林沖手段高強，那裡肯聽，拍馬緊緊趕將來。那綠茸茸草地上，八個馬蹄翻盞撒鈸般，勃喇喇地風團兒也似般走。瓊英見林沖趕得至近，把左手虛提畫戟，右手便向繡袋中摸出石子，扭回身，覷定林沖面門較近，一石子飛來。林沖眼明手快，將矛柄撥過了石子。瓊英見打不著，再拈第二個石子，手起處，真似流星掣電，石子來，嚇得鬼哭神驚，又望林沖打來。林沖急躲不迭，打在臉上，鮮血迸流，拖矛回陣。瓊英勒馬追趕。

孫安正待上前，只見本陣軍兵，分開條路，中間飛出五百步軍，當先是李逵、魯智深、武松、解珍、解寶，五員慣步戰的猛將。李逵手持板斧，直搶過來，大叫：「那婆娘不得無禮！」瓊英見他來的凶猛，手拈石子，望李逵打去，正中額角。李逵也吃了一驚，幸得皮老骨硬，只打得疼痛，卻是不曾破損。瓊英見打不倒李逵，跑馬入陣。李逵大怒，虎鬚倒豎，怪眼圓睜，大吼一聲，直撞入去。魯智深、武松、解珍、解寶，恐李逵有失，一齊衝殺過來。孫安那裡阻當得住？瓊英見眾人趕來，又一石子，早把解珍打翻在地，解寶、魯智深、武松急來扶救。這邊李逵只顧趕去，瓊英見他來得至近，忙飛一石子，又中李逵額角；兩次被傷，方才鮮血迸流。李逵終是個鐵漢，那綻黑臉上，帶著鮮紅的血，兀是火喇喇地，揮雙斧，撞入陣中，把北軍亂砍。那邊孫安見瓊英入陣，招兵衝殺過來，恰好鄔梨領著徐威等正偏將佐八員，統領大軍已到，兩邊混殺一場。那邊魯智深、武松救了解珍，翻身殺入北陣去了。解寶扶著哥哥，不便廝殺，被北軍趕上，撒起絆索，將解珍、解寶雙雙兒橫拖倒拽，捉入陣中去了。步兵大敗奔回。卻得孫安奮勇鏖戰，只一劍，把北將唐顯砍下馬來。鄔梨被孫安手下軍卒放冷箭，射中脖項，鄔梨翻身落馬，徐威等死救上馬。

瓊英眾將見鄔梨中箭，急鳴金收兵。南面宋軍又到，當先馬上一將，卻是沒羽箭張清，在寨中聽流星報馬說，北陣裡有個飛石子的女將，把扈三娘等打傷。張清聽報驚異，稟過宋先鋒，急披掛上馬，領軍到此接應，要認那女先鋒。那邊瓊英已是收兵，保護鄔梨，轉過長林，望襄垣去了。張清立馬惆望，有詩為證：

佳人回馬繡旗揚，士卒將軍個個忙。
引入長林人不見，百花叢裡隔紅妝。

當下孫安見解珍、解寶被擒，魯智深、武松、李逵三人殺入陣去，欲招兵追趕，天色又晚，只得同張清保護林沖，收兵回大寨。

宋江正在升帳，令神醫安道全看治王英。眾將上前看王英時，不止傷足，連頭面也磕破。安道全敷治已畢，又來療治林沖。宋江見說陷了解珍、解寶及李逵等三人，不知下落，十分憂悶。無移時，只見武行者同了李逵，殺得滿身血污，入寨來見宋江。武松訴說：「小弟見李逵殺得性起，只顧上前，兄弟幫他廝殺，殺條血路，衝透北軍，直至城下。只見北軍綁縛著解珍、解寶，欲進城去，被我二人殺死軍士，奪了解珍、解寶，被徐威等大軍趕來，復奪去解珍、解寶，我二人又殺開一條血路，空手到此。只不見魯智深。」宋江聽說，滿眼垂淚，差人四下跟尋探聽魯智深蹤跡，又令安道全敷治李逵。此時已是黃昏時分，宋江計點軍士，損折三百餘名，當下緊閉寨柵，提鈴喝號，一宿無話。

次日，軍士回報，魯智深並無影響（蹤影，消息），宋江越添憂悶，再差樂和、段景住、朱貴、郁保四，各領輕捷軍士，分四路尋覓。宋江欲領兵攻城，怎奈頭領都被打傷，只得按兵不動。城中緊閉城門，也不來廝殺。一連過了二日，只見郁保四獲得奸細一名，解進寨來。孫安看那個人，卻認得是北將總管葉清。孫安對宋江道：「某聞此人素有義氣，他獨自出城，其中必有緣故。」宋江叫軍士放了綁縛，喚他上前。葉清望宋江磕頭不已道：「某有機密事，乞元帥屏退左右，待葉某備細上陳。」

第九十八回
張清緣配瓊英　吳用計鴆鄔梨

宋江道：「我這裡弟兄，通是一般腸肚，但說不妨。」葉清方才說：「城中鄔梨，前日在陣上中了藥箭，毒發昏亂，城中醫人，療治無效。葉某趁此，特借藉訪求醫人，出城探聽消息。」宋江便問：「前日拿我二將，如何處置了？」葉清道：「小人恐傷二位將軍，乘鄔梨昏亂，小人假傳將令，把二位將軍，權且監候，如今好好地在那裡。」葉清又把仇申夫婦被田虎殺害擄掠，及瓊英的上項事，備細述了一遍。說罷，悲慟失聲。

宋江見說這段情由，頗覺淒慘。因見葉清是北將，恐有詐謀，正在疑慮，只見安道全上前對宋江道：「真個姻緣天湊，事非偶然！」他便一五一十的說道：「張將軍去冬，也夢甚麼秀士，請他去教一個女子飛石；又對他說，是將軍宿世姻緣。張清覺來，痴想成疾。彼時蒙兄長著小弟同張清住高平療治他，小弟診治張清脈息，知道是七情所感，被小弟再三盤問，張將軍方肯說出病根，因是手到病痊。今日聽葉清這段話，卻不是與張將軍符合？」宋江聽罷，再問降將孫安。孫安答道：「小將頗聞得瓊英不是鄔梨嫡女。孫某部下牙將楊芳，與鄔梨左右相交最密，也知瓊英備細。葉清這段話，決無虛偽。」葉清又道：「主女瓊英，素有報仇雪恥之志。小人見他在陣上連犯虎威，恐城破之日，玉石俱焚。今日小人冒萬死到此，懇求元帥。」吳用聽罷，起身熟視葉清一回，便對宋江道：「看他色慘情真，誠義士也！天助兄長成功，天教孝女報仇！」便向宋江附耳低言說道：「我兵雖分三路合剿，倘田虎結連金人，我兵兩路受敵。縱使金人不出，田虎計窮，必然降金，似此如何成得蕩平之功？小生正在策劃，欲得個內應。今天假其便，有張將軍這段姻緣，只除如此如此，田虎首級只在瓊英手中。李逵的夢，神人已有預兆。兄長豈不聞『要夷田虎族，須諧瓊矢鏃』這兩句麼？」宋江省悟，點頭依允，即喚張清、安道全、葉清三人，密語受計。三人領計去了。

卻說襄垣守城將士，只見葉清回來，高叫：「快開城門！我乃鄔府偏將葉清，奉差尋訪醫人全

第九十八回
張清緣配瓊英　吳用計鴆鄔梨

靈、全羽到此。」守城軍士，隨即到幕府傳鼓通報。須臾，傳出令箭，放開城門。葉清帶領全靈、全羽進城，到了國舅幕府前，裡面傳出令來，說喚醫人進來看治。葉清即同全靈進府。隨行軍中伏侍的伴當人等，稟知郡主瓊英，引全靈到內裡參見瓊英已畢，直到鄔梨臥榻前，只見口內一絲兩氣。全靈先診了脈息，外使敷貼之藥，內用長托之劑。三日之間，漸漸皮膚紅白，飲食漸進。不過五日，瘡口雖然未完，飲食復舊。鄔梨大喜，教葉清喚醫人全靈入府參見。鄔梨對全靈說道：「賴足下神術療治，瘡口今漸平復。日後富貴，與汝同享。」全靈拜謝道：「全某鄙術，何足道哉？全某有嫡弟全羽，久隨全某在江湖上學得一身武藝，見今隨全某在此，修治藥餌，求相公提拔。」鄔梨傳令，教全羽入府參見。鄔梨看見全羽一表非俗，心下頗是喜歡，令全羽在府外伺候聽用。

全靈、全羽拜謝出府，一連又過了四日，忽報宋江領兵攻城，葉清入府報知鄔梨，說宋江等兵強將勇，須是郡主，方可退敵。鄔梨聞報，隨即帶領瓊英入教場，整點兵馬。只見全羽上演武廳稟道：「蒙恩相令小人伺候聽用，今聞兵馬臨城，小人不才，願領兵出城，教他片甲不回。」當有總管葉清，假意大怒，對全羽道：「你敢出大言，敢與我比試武藝麼？」全羽笑道：「我十八般武藝，自小習學，今日正要與你比試。」葉清來稟鄔梨；鄔梨依允，付與槍馬。二人各綽槍上馬，在演武廳前，來來往往，番番復復，攪做一團，扭做一塊。鞍上人鬥人，坐下馬鬥馬，鬥了四五十合，不分勝負。此時瓊英在旁侍立，看見全羽面貌，心下驚疑道：「卻像那裡曾廝見過的，槍法與我一般。」思想一回，猛然省悟道：「夢中教我飛石的，正是這個面龐，不知會飛石也不。」便拈戟驟馬近前，將畫戟隔開二人。這是瓊英恐葉清傷了全羽，卻不知葉清已是一路的人。瓊英挺戟，直搶全羽，全羽挺槍迎住，兩個又鬥過五十餘合，瓊英霍地回馬，望演武廳上便走，全羽就勢裡趕將來。瓊英拈取石子，回身覷定全羽肋下空處，只一石子飛來。全羽早已瞧科，將右手一綽，輕輕的接在手中。瓊英見他接了石子，心下十分驚異，再取第二個石子飛來。全羽見瓊英手起，也將手中接的石子應手飛去。只聽得一聲響亮，正打中瓊英飛來的石子：兩個石子，打得雪片般落將下來。那日城中將士徐威等，俱各分守四門，教場中只有牙將校尉，也有猜疑這個人是奸細，因見郡主瓊英是金枝玉葉，也和他比試，又是鄔梨部下親密將佐葉清引進來的，他們如何敢來啟齒？眼見得城池不濟事了，各人自思隨風轉舵。也是田虎合敗，天褫（奪去）鄔梨之魄，使他昏暗。當下喚全羽上廳，賜了衣甲馬匹，即令全羽領兵二千，出城迎敵。全羽拜謝，遵令出城，殺退宋兵，進城報捷。鄔梨大喜。當日賞勞歇息，一宿無話。

次日，宋兵又到，鄔梨又令全羽領兵三千，出城迎敵。從辰至午，鏖戰多時，被全羽用石打得宋將亂竄奔逃。全羽招兵掩殺，直趕過五陰山，宋江等抵敵不住，退入昭德去了。全羽得勝回兵，進城報捷，鄔梨十分歡喜。葉清道：「今日恩主有了此人及郡主瓊英，何患宋兵將猛，何患大事不成。」葉清又說：「郡主前已有願，只除是一般會飛石的，方願匹配。今全將軍如此英雄，也不辱了郡主。」當下被葉清再三攛掇，也是瓊英夫婦姻緣湊合，赤繩繫定，解拆不開的。鄔梨依允，擇吉於三月十六日，備辦各項禮儀筵宴，招贅張清為婿。是日笙歌細樂，錦堆繡簇，筵席酒肴之盛，洞房花燭之美，是不必說。當下儐相贊禮，全羽與瓊英披紅掛錦，雙雙兒交拜神祇（天神和地神），後拜鄔梨假岳丈。鼓樂喧天，異香撲鼻。引入洞房，山盟海誓。全羽在燈下看那瓊英時，與教場內又是不同。有詞元和令為證：

指頭嫩似蓮塘藕，腰肢弱比章台柳。凌波步處寸金流，桃腮映帶翠眉修。今宵燈下一回首，總是玉天仙，涉降巫山岫。

當下全羽、瓊英，如魚似水，似漆如膠，又不必說。

當夜全羽在枕上，方把真姓名說出，原來是宋軍中正將沒羽箭張清，這個醫士全靈，就是神醫安道全。瓊英也把向來冤苦，備細訴說。兩個唧唧噥噥的說了一夜。挨了兩日，被他兩個裡應外合，鴆死鄔梨，密喚徐威入府議事，也將他殺了，其餘軍將皆降。張清、瓊英下令：城中有走透消息者，同伍中人並斬；本犯不論軍民，皆夷三族。因此水洩不通。又放出解珍、解寶，同張清、葉清分守四門。安道全同葉清步下軍卒，出城到昭德，報知宋先鋒。吳用又令李逵、武松，黑夜裡保護聖手書生蕭讓，到襄垣相見瓊英、張清，搜覓鄔梨筆跡，假寫鄔梨字樣，申文書札，令葉清齎領到威勝，報知田虎招贅郡馬之事，就於中相機行事。葉清齎領，辭別張清、瓊英，望威勝去了。

再說宋江在昭德城中，才差蕭讓、安道全去後，又報索超、徐寧等將，攻克潞城，差人來報捷音說：「索超等領兵圍潞城，池方堅閉城門，不敢出來接戰。徐寧與眾將設計，令軍士裸形大罵，激怒城中軍士。城中人人欲戰，池方不能阻擋，開門出戰。北軍奮勇，四門殺出，我軍且戰且退，誘北軍四散離城。卻被唐斌從東路領軍突出，湯隆從西路引兵撞來；東西二門守城軍士，閉門不迭，被湯隆、唐斌二將，領兵殺入城中，奪了城池。徐寧搠翻了池方，其餘將佐，殺的殺了，走的走了，殺死北兵五千餘人，奪得戰馬三千餘匹，降服了萬餘軍士。索超等將入城，安撫百姓，特此先來報捷。其餘軍民戶口，庫藏金銀，另行造冊呈報。」宋江聞報大喜，即令申呈陳安撫，並標錄索超等功次，賞賜來人。即寫軍帖，著他回報，待各路兵馬到來，一齊進兵。軍人望潞城回覆去了不題。

卻說威勝田虎處偽省院官，見探馬絡繹來報說喬道清、孫安都已降服；又報昭德、潞城已破。省院官即日奏知田虎。田虎大驚，與眾多將佐正在計議，忽報襄垣守城偏將葉清，齎領國舅書札到來。田虎即命宣進。只因這葉清進來，有分教，威勝城中，削平哨聚強徒；武鄉縣裡，活捉謀王反賊。畢竟田虎看了鄔梨中文，怎麼回答，且聽下回分解。

第九十九回

花和尚解脫緣纏井　混江龍水灌太原城

話說田虎接得葉清申文，拆開付與近侍識字的：「讀與寡人聽。」書中說：「臣鄔梨招贅全羽為婿。此人十分驍勇，殺退宋兵，宋江等退守昭德府。臣鄔梨即日再令臣女郡主瓊英，同全羽，領兵恢復昭德城。謹遣總管葉清報捷，並以婚配事奉聞，乞大王恕臣擅配之罪。」田虎聽罷，減了七分憂色，隨即傳令，封全羽為中興平南先鋒郡馬之職，仍令葉清同兩個偽指揮使，賫領令旨，及花紅、錦緞、銀兩，到襄垣縣封賞郡馬。葉清拜辭田虎，同兩個偽指揮使，望襄垣進發不題。

卻說前日神行太保戴宗，奉宋公明將令，往各府州縣，傳遍軍帖已畢，投汾陽府盧俊義處探聽去了。其各府州縣新官，陸續已到。各路守城將佐，隨即交與新官治理；諸將統領軍馬，次第都到昭德府。第一隊是衛州守將關勝、呼延灼，同壺關守將孫立、朱仝、燕順、馬麟，抱犢山守將文仲容、崔埜，軍馬到來，入城參見陳安撫、宋江已畢，說水軍頭領李俊，探聽得潞城已克，即同張橫、張順、阮小二、阮小五、阮小七、童威、童猛，統駕水軍船隻，自衛河出黃河，由黃河到潞城縣東潞水，聚集聽調。當下宋江置酒敘闊。次日，令關勝、呼延灼、文仲容、崔埜，領兵馬到潞城，傳令宋軍頭領李俊等，協同汝等，及索超等人馬，進兵攻取榆社、大谷等縣，抄出威勝州賊巢之後，不得疏虞；恐

第九十九回

花和尚解脫緣纏井　混江龍水灌太原城

賊計窮，投降金人。關勝等遵令去了。次後，陵川縣守城將士李應、柴進，高平縣守城將士史進、穆弘，蓋州守城將士花榮、董平、杜興、施恩，各各交代與新官，領軍馬到來，參見已畢，稱說花榮等將，在蓋州鎮守，北將山士奇從壺關戰敗，領了敗殘軍士，糾合浮山縣軍馬，來寇蓋州，被花榮等兩路伏兵齊發，活擒山士奇，殺死二千餘人，山士奇遂降；其餘軍將，四散逃竄。當下花榮等引山士奇另參宋先鋒，宋江令置酒接風相敘。宋江等軍馬，只在昭德城中屯住，佯示懼怕張清、瓊英之意，以堅田虎之心，不在話下。

且說盧俊義等已克汾陽府，田豹敗走到孝義縣，恰遇馬靈兵到。那馬靈是涿州人，素有妖術：腳踏風火二輪，日行千里，因此人稱他做「神駒子」，又有金磚法，打人最是利害；凡上陣時，額上又現出一隻妖眼，因此人又稱他做「小華光」。術在喬道清之下。他手下有偏將二員，乃是武能、徐瑾，那二將都學了馬靈的妖術。當下馬靈與田豹合兵一處，統領武能、徐瑾、索賢、黨世隆、凌光、段仁、苗成、陳宣，並三萬雄兵，到汾陽城北十里外紮寨。南軍將佐，連日與馬靈等交戰不利。盧俊義引兵退入汾陽城中，不敢與他廝殺，只愁北軍來攻城池。正在納悶，忽有守東門軍士飛報將來，說宋先鋒特差公孫勝、喬道清，領兵馬二千，前來助戰。盧俊義忙教開門請進。相見已畢，盧俊義揖公孫勝上坐，喬道清次之，置酒管待。盧俊義訴說：「馬靈術法利害，被他打傷了雷橫、鄭天壽、楊雄、石秀、焦挺、鄒淵、鄒潤、龔旺、丁得孫、石勇數員將佐。盧某正在束手無策，卻得二位先生到此。」喬道清說道：「小道與吾師為此稟過宋先鋒，特到此拿他。」說還未畢，只見守城軍飛報將來，說馬靈領兵殺奔東門來，武能、徐瑾領兵殺至西門，田豹同索賢、黨世隆、凌光、段仁領兵殺奔北門來。公孫勝聽報，說道：「貧道出東門敵馬靈，喬賢弟出西門擒武能、徐瑾，盧先鋒領兵出北門，迎敵田豹。」盧俊義又教黃信、楊志、歐鵬、鄧飛，四將統領兵馬，助一清先生。當下戴宗聞馬靈會神行，也要同公孫勝出去，盧俊義依允。再令陳達、楊春、李忠、周通，領兵馬助喬先生。盧俊義同秦明、宣贊、郝思文、韓滔、彭玘，領兵出南門，迎敵田豹。當日汾陽城外，東西北三面，旗幡蔽日，金鼓振天，同時廝殺。不說盧俊義、喬道清兩路廝殺，且說神駒子馬靈，領兵搖旗擂鼓，辱罵搦戰，只見城門開處，放下吊橋，南軍將佐，擁出城來，將軍馬一字兒排開，如長蛇之陣。馬靈縱馬挺戟大喝道：「你們這伙鳥敗漢，可速還俺們的城池！若稍延挨，教你片甲不留！」歐鵬、鄧飛兩馬並出，大喝道：「你的死期到了！」歐鵬拈鐵槍，鄧飛舞鐵鏈，二人拍馬直搶馬靈，馬靈挺戟來迎。三將鬥到十合之上，馬靈手取金磚，正欲望歐鵬打來。此時公孫勝已是驟馬上前，仗劍作法。那時馬靈手起，這邊公孫勝把劍一指，猛可的霹靂也似一聲響亮，只見紅光罩滿，公孫勝滿劍都是火焰，馬靈金磚墮地，就地一滾，即時消滅。公孫勝真個法術通靈，轉眼間，南陣將士、軍卒、器械，渾身都是火焰，把一個長蛇陣，變得火龍相似。馬靈金磚法，被公孫勝神火克了。公孫勝把麈尾招動，軍馬首尾合殺攏來，北軍大敗虧輸，殺得星落雲散，七斷八續，軍士三停內折了二停。馬靈戰敗逃生，幸得會使神行法，腳踏風火二輪望東飛去。南陣裡神行太保戴宗，已是拴縛停當甲馬，也作起神行法，手挺朴刀趕上去。頃刻間，馬靈已去了二十餘里，戴宗止行得十六七里，看看望不見馬靈了。前面馬靈正在飛行，卻撞著一個胖大和尚劈面搶來，把馬靈一禪杖打翻，順手牽羊，早把馬靈擒住。

那和尚正在盤問馬靈，戴宗早已趕到，只見和尚擒住馬靈。戴宗上前看那和尚時，卻是花和尚魯智深。戴宗驚問道：「吾師如何到這裡？」魯智深道：「這裡是甚麼所在？」戴宗道：「此處是汾陽府城東郭。這個是北將馬靈，適被公孫一清在陣上破了妖法，小弟追趕上來；那廝行得快，卻被吾師擒住，真個從天而降！」魯智深笑道：「洒家雖不是天上下來，也在地上出來。」當下二人縛了馬靈，三人腳踏實地，徑望汾陽府來。戴宗再問魯智深來歷，魯智深一頭走，一頭說道：「前日田虎，差一個鳥婆娘到襄垣城外廝殺。他也會飛石子，便將許多頭領打傷，洒家在陣上殺入去，正要拿那鳥婆娘，不提防茂草叢中，藏著一穴。洒家雙腳落空，只一跤顛下穴去，半晌方到穴底，幸得不曾跌傷。洒家看穴中時，旁邊又有一穴，透出亮光來。洒家走進去觀看，卻是奇怪，一般有天有月，亦有村莊房舍；其中人民，也是在那裡忙忙的營干，見了洒家，都只是笑。洒家也不去問，也只顧搶入去。過了人煙輳集的所在，前面靜悄悄的曠野，無人居住。洒家行了多時，只見一個草庵，聽得庵中木魚（佛家打擊器具）咯咯地響。洒家走進去看時，與洒家一般的一個和尚，盤膝坐地念經。洒家問他的出路，那和尚答道：『來從來處來，去從去處去。』洒家不省那兩句話，焦躁起來。那和尚笑道：『你知道這個所在麼？』洒家道：『那裡知道恁般鳥所在。』那和尚又笑道：『上至非非想，下至無間地，三千大千，世界廣遠，人莫能知。』又道：『凡人皆有心，有心必有念；地獄天堂，皆生千念。是故三界惟心，萬法惟識，一念不生，則六道俱銷，輪回斯絕。』洒家聽他這段話說得明白，望那和尚唱了個大喏。那和尚大笑道：『你一入緣纏井，難出欲迷天，我指示你的去路。』那和尚便領洒家出庵，才走得三五步，便對洒家說道：『從此分手，日後再會。』用手向前指道：『你前去可得神駒。』洒家回頭，不見了那和尚，眼前忽的一亮，又是一般景界，卻遇著這個人。洒家見他走得蹊蹺，被洒家一禪杖打翻，卻不知為何已到這裡。此處節氣，又與昭德府那邊不同，桃李只有恁般大葉，卻無半朵花蕊。」戴宗笑道，「如今已是三月下旬，桃李多落盡了。」魯智深不肯信，爭讓道：「如今正是二月下旬，適才落井，只停得一回兒，卻怎麼便是三月下旬？」戴宗聽說，十分驚異。二人押著馬靈，一徑來到汾陽城。

此時公孫勝已是殺退北軍，收兵入城。盧俊義、秦明、宣贊、郝思文、韓滔、彭玘，殺了索賢、黨世隆、凌光三將，直追田彪、段仁至十里外，殺散北軍。田彪同段仁、陳宣、苗成，領敗殘兵，望北去了。盧俊義收兵回城，又遇喬道清破了武能、徐瑾，同陳達、楊春、李忠、周通，領兵追趕到來。被南軍兩路合殺，北兵大敗，死者甚眾。武能被楊春一大桿刀，砍下馬來；徐瑾被郝思文刺死，奪獲馬匹、衣甲、金鼓、鞍轡無數。盧俊義與喬道清合兵一處，奏凱進城。盧俊義剛到府治，只見魯智深、戴宗將馬靈解來。盧俊義大喜，忙問：「魯智深為何到此？宋哥哥與鄔梨那廝廝殺，勝敗如何？」魯智深再將前面墮井及宋江與鄔梨交戰的事，細述一遍，盧俊義以下諸將，驚訝不已。

當下盧俊義親釋馬靈之縛。馬靈在路上已聽了魯智深這段話，又見盧俊義如此義氣，拜伏願降。盧俊義賞勞三軍將士。次日，晉寧府守城將佐，已有新官交代，都到汾陽聽用。盧俊義教戴宗、馬靈往宋先鋒處報捷，即日與副軍師朱武計議征進不題。且說馬靈傳受戴宗日行千里之法，二人一日便到宋先鋒軍前，入寨參見，備細報捷。宋江聽了魯智深這段話，驚訝喜悅。

再說田豹同段仁、陳宣、苗成統領敗殘軍卒，急急如喪家之狗，忙忙似漏網之魚，到威勝見田虎，哭訴那喪師失地之事。又有偽樞密院官急入內啟奏道：「大王，兩日流星報馬，將羽書雪片也似報來，說統軍大將馬靈，已被擒拿；關勝、呼延灼兵馬，已圍榆社縣；盧俊義等兵馬，已破介休縣城池；獨有襄垣縣鄔國舅處，屢有捷音，宋兵不敢正視。」田虎聞報大驚，手足無措。文武多官計議，欲北降金人。當有偽右丞相太師卞祥，叱退多官，啟奏道：「宋兵縱有三路，我這威勝，萬山環列，糧草足支二年，御林衛駕等精兵二十餘萬；東有武鄉，西有沁源二縣，各有精兵五萬；後有太原縣、祈縣、臨縣、大谷縣，城池堅固，糧草充足，尚可戰守。古語有云：『寧為雞口，無為牛後。』」田虎躊躇未答，又報總管葉清到來。田虎即令召進，葉清拜舞畢，稱說：「郡主郡馬，屢次斬獲，兵威大振，兵馬直抵昭德府。正要圍城，因鄔國舅偶患風寒，不能管攝兵馬。乞大王添差良將精兵，協助郡主郡馬，恢復昭德府。」當有偽都督范權啟奏道：「臣聞郡主郡馬，甚是驍勇，宋兵不敢正視。若

第九十九回

花和尚解脫緣纏井　混江龍水灌太原城

得大王御駕親征，又有雄兵猛將助他，必成中興大功。臣願助太子監國。」田虎准奏。原來范權之女，有傾國之姿；范權獻與田虎，田虎十分寵幸；因此，范權說的，無有不從。今日范權受了葉清重賂，又見宋兵勢大，他便乘機賣國。當下田虎撥付卞祥將佐十員，精兵三萬，前往迎敵盧俊義、花榮等兵馬；又令偽太尉房學度，也統領將佐十員，精兵三萬，往榆社迎敵關勝等兵馬；田虎親自統領偽尚書李天錫、鄭之瑞，樞密薛時、林昕，都督胡英、唐顯，及殿帥、御林護駕教頭、團練使、指揮使、將軍、校尉等眾，挑選精兵十萬，擇日祭旗興師，殺牛宰馬，犒賞三軍。再傳令旨，教兄弟田豹、田彪同都督范權等，及文武多官，輔太子田定監國。葉清得了這個消息，密差心腹，星夜馳至襄垣城中，報知張清、瓊英。張清令解珍、解寶，將繩索懸掛出城，星夜往報宋先鋒知會去了。

卻說卞祥伺候兵符，挑選軍馬，盤桓了三日，方才統領樊玉明、魚得源、傅祥、顧愷、寇琛、管琰、馮翊、呂振、吉文炳、安士隆等偏牙各項將佐，軍馬三萬，出了威勝州東門。軍分兩隊：前隊是樊玉明、魚得源、馮翊、顧愷，領兵馬五千，剛到沁源縣，地名綿山，山坡下一座大林，前軍卻好抹過林子，只聽得一棒鑼聲響處，林子背後山坡腳邊，撞出一彪軍來，卻是宋公明得了張清消息，密差花榮、董平、林沖、史進、杜興、穆弘，領精勇騎兵五千，人披軟戰，馬摘鑾鈴，星夜疾馳到此。軍中一將，驟馬當先，兩手搦兩桿鋼槍。此將乃是宋軍中第一個慣衝頭陣的雙槍將董平，大喝道：「來的是那裡兵馬？不早早受縛，更待何時？」樊玉明大罵：「水窪草寇，何故侵奪俺這裡城池？」董平大怒，喝道：「天兵到此，兀是抗拒！」拍馬挺雙槍，直搶樊玉明。那邊樊玉明縱馬拈槍來迎。二將斗到二十餘合，樊玉明力怯，遮架不住，被董平一槍，刺中咽喉，翻身落馬。那邊馮翊大怒，挺條渾鐵槍，飛馬直搶董平。那邊小李廣花榮，驟馬接住廝殺。二將鬥到十合之上，花榮撥馬，望本陣便走。馮翊縱馬趕來，卻被花榮帶住花槍，拈弓搭箭，扯得那弓滿滿的，扭轉身軀，覷定馮翊較親，只一箭，正中馮翊面門，頭盔倒卓，兩腳蹬空，撲通的撞下馬來。花榮撥轉馬，再一槍，結果了性命。董平、林沖、史進、穆弘、杜興，招動兵馬，一齊捲殺過來。顧愷早被林沖搠翻；魚得源墮馬，被人馬踐踏身死。北兵大敗虧輸，五千軍馬，殺死大半，其餘四散逃竄。花榮等兵士，奪了金鼓馬匹，追殺北兵，至五里外，卻遇卞祥大兵到來。

那卞祥是莊家出身，他兩條臂膊，有水牛般氣力；武藝精熟，乃是賊中上將。當下兩軍相對，旗鼓相望，兩陣裡畫角齊鳴，鼉鼓迭擂。北將卞祥，立馬當先，頭頂鳳翅金盔，身掛魚鱗銀甲，九尺長短身材，三牙掩口髭須，面方肩闊，眉豎眼圓，跨匹衝波戰馬，提把開山大斧。左右兩邊，排著傅祥、管琰、寇琛、呂振四個偽統制官；後面又有偽統軍、提轄、兵馬防御、團練等官，參隨在後。隊伍軍馬，十分擺布得整齊。南陣裡九紋龍史進驟馬出陣，大喝：「來將何人？快下馬受縛，免污刀斧！」卞祥呵呵大笑道：「瓶兒罐兒，也有兩個耳朵。你須曾聞得我卞祥的名字麼？」史進喝道：「助逆匹夫，天兵到此，兀是抗拒！」拍馬舞三尖兩刃八環刀，直搶卞祥。卞祥也輪大斧來迎。二馬相交，兩器並舉，刀斧縱橫，馬蹄撩亂，鬥到三十餘合，不分勝敗。這邊花榮愛卞祥武藝高強，卻不肯放冷箭，只拍馬挺槍，上前助戰。卞祥力敵二將，又鬥了三十餘合，不分勝敗。北陣中將士，恐卞祥有失，急鳴金收兵。花榮、董平，見天色已晚，又寡不敵眾，也不追趕，亦收兵向南，兩軍自去十餘里紮寨。是夜南風大作，濃雲潑墨，夜半，大雨震雷。此時田虎統領眾多官員將佐軍馬，已離了威勝城池百餘里，天晚紮寨。帳中自有隨行軍中內侍姬妾，及范美人在帳中歡宴。是夜也遇了大雨。自此霖雨一連五日不止，上面張蓋的天雨蓋都漏，下面又是水淥淥的，軍士不好炊爨（燒火做飯）立腳，角弓軟，箭翎脫，各營軍馬，都在營中兀守，不在話下。

且說索超、徐寧、單廷珪、魏定國、湯隆、唐斌、耿恭等將，接得關勝、呼延灼、文仲容、崔埜

第九十九回

花和尚解脫緣纏井　混江龍水灌太原城

陸兵，及水軍頭領李俊等水軍船隻，眾將計議，留單廷珪、魏定國鎮守潞城，關勝等將佐水陸並進，船騎同行，打破榆社縣，再留索超、湯隆，鎮守城池。關勝等眾，乘勝長驅，勢如破竹，又克了大谷縣，殺了守城將佐，其餘牙將軍兵，降者無算。關勝安撫軍民，賞勞將士，差人到宋先鋒處報捷。次日，關勝等同時也遇了大雨，在城屯紮，不能前進。忽報：「盧先鋒留下宣贊、郝思文、呂方、郭盛，管領兵馬，鎮守汾陽府。盧俊義等已克了介休、平遙兩縣，再留韓滔、彭玘鎮守介休縣，孔明、孔亮鎮守平遙縣，盧先鋒統領眾多將佐軍馬，見圍太原縣城池，也因雨阻，不能攻打。」恰好水軍頭領李俊在城，聽了此報，忙對關勝說道：「盧先鋒等今遇天雨連綿，流水大至，使三軍不得稽留，倘賊人選死士出城衝擊奈何！小弟有一計，欲到盧先鋒處商議。」關勝依允。

當下混江龍李俊，即刻辭了關勝出城，教童威、童猛統管水軍船隻，自己同了二張、三阮，帶領水軍二千，戴笠披蓑，冒雨衝風，間道疾馳到盧俊義軍前，入寨參見。不及寒溫，即與盧俊義密語片晌。盧俊義大喜，隨即傳令軍士，冒雨砍木作筏，李俊等分頭行事去了不題。

且說太原城中守城將士張雄，偽授殿帥之職，項忠、徐岳，偽授都統制之職，這三個人是賊中最好殺的。手下軍卒，個個凶殘淫暴，城中百姓，受暴虐不過，棄了家產，四散逃亡，十停中已去了七八停。張雄等今被大兵圍困，負固不服。張雄與項忠、徐岳計議：目今天雨，宋兵欲掠無所，水地不利，薪芻既寡，軍無稽留之心，急出擊之，必獲全勝。此時是四月上旬，張雄正欲分兵出四門，衝擊宋兵，忽聽得四面鑼聲振響。張雄忙上敵樓望城外時，只見宋軍冒雨穿屐，俱登高阜山岡。張雄正在驚疑，又聽得智伯渠邊，及東西三處，喊聲振天，如千軍萬馬狂奔馳驟之聲。霎時間，洪波怒濤飛至，卻如秋中八月潮洶湧，天上黃河水瀉傾。真個是功過智伯城三板，計勝淮陰沙幾囊。畢竟不知這水勢如何底止，且聽下回分解。

第一百回

張清瓊英雙建功　陳瓘宋江同奏捷

話說太原縣城池，被混江龍李俊，乘大雨後水勢暴漲，同二張、三阮，統領水軍，約定時刻，分頭決引智伯渠及晉水，灌浸太原城池。頃刻間，水勢洶湧，但見：

驟然飛急水，忽地起洪波。軍卒乘木筏衝來，將士駕天潢飛至。神號鬼哭，昏昏日色無光；岳撼山崩，浩浩波聲若怒。城垣盡倒，窩鋪皆休。旗幟隨波，不見青紅交雜；兵戈汨浪，難排霜雪爭叉。僵屍如魚鱉沉浮，熱血與波濤並沸。須臾樹木連根起，頃刻榱題貼水飛。

當時城中鼎沸，軍民將士，見水突至，都是水渰渰的爬牆上屋，攀木抱梁，老弱肥胖的，只好上台上桌。轉眼間，連桌凳也浮起來，房屋傾圮，都做了水中魚鱉。城外李俊、二張、三阮，乘著飛江、天浮，逼近城來，恰與城垣高下相等。軍士攀緣上城，各執利刃，砍殺守城士卒。又有軍士乘木筏衝來，城垣被衝，無不傾倒。張雄正在城樓上叫苦不迭，被張橫、張順從飛江上城，手執朴刀，喊一聲，搶上樓來，一連砍翻了十餘個軍卒，眾人亂攛逃生。張雄躲避不迭，被張橫一朴刀砍翻，張順趕上前，胳察的一刀，剁下頭來。比及水勢四散退去，城內軍民，沉溺的，壓殺的，已是無數。梁柱門扇，窗櫺什物，屍骸順流壅塞南城。城中只有避暑宮，乃是北齊神武帝所建，基址高固，當下附近軍民，一齊搶上去，挨擠踐踏，死的也有二千餘人，連那高阜及城垣上，一總所存軍民，僅千餘人。城外百姓，卻得盧先鋒密喚裡保，傳諭居民，預先擺布，鑼聲一響，即時都上高阜（高崗）。況城外四散空闊，水勢去得快，因此城外百姓，不致淹沒。

當下混江龍李俊，領水軍據了西門；船火兒張橫，同浪裡白條張順，奪了北門；立地太歲阮小二、短命二郎阮小五，占了東門；活閻羅阮小七，奪了南門。四門俱豎起宋軍旗號。至晚水退，現出平地，李俊等大開城門，請盧先鋒等軍馬入城。城中雞犬不聞，屍骸山積。雖是張雄等惡貫滿盈，李俊這條計策，也忒慘毒了。那千餘人，四散的跪在泥水地上，插燭也似磕頭乞命。盧俊義查點這伙人中，只有十數個軍卒，其餘都是百姓。項忠、徐岳爬在帥府後傍屋的大檜樹上，見水退，溜將下來，被南軍獲住，解到盧先鋒處。盧俊義教斬首示眾；給發本縣府庫中銀兩，賑濟城內外被水百姓；差人往宋先鋒處報捷；一面令軍士埋葬屍骸，修築城垣房屋，召民居住。

不說盧俊義在太原縣撫綏料理，再說太原未破時，田虎統領十萬大軍，因雨在銅鞮山南屯紮，探馬報來，鄔國舅病亡，郡主、郡馬即退軍到襄垣，殯殮國舅。田虎大驚，差人在襄垣城中傳旨，著瓊英在城中鎮守，著全羽前來聽用，並問為何差往襄垣人役，都不來回奏。

次日雨霽，平明時分，流星探馬飛報將來，說宋江差孫安、馬靈，領兵前來拒敵。田虎聽報，大怒道：「孫安、馬靈，都受我高官厚祿，今日反叛，情理難容。待寡人親自去問他。卿等努力，如有擒得二人者，千金賞，萬戶侯。」當下田虎親自驅兵向前，與宋兵相對。北軍觀看宋軍旗號，原來是病尉遲孫立、鐵笛仙馬麟。北陣前金瓜密布，鐵斧齊排，劍戟成行，旗幡作隊，那九曲飛龍赭黃傘下，玉轡金鞍，銀鬃白馬上，坐著那個草頭大王田虎，出到陣前，親自監戰。南陣後，宋江統領吳用、孫新、顧大嫂、王英、扈三娘、孫立、朱仝、燕順兵馬又到，宋江也親自督戰。

田虎聞說是宋江，方欲遣將出陣，擒捉宋江，只聽得飛馬報道：「關勝等連破榆社、大谷兩個城池；西路盧俊義軍馬又打破平遙、介休兩縣，被他引水灌了太原城池，城中兵將，不留一個；右丞相卞祥紮寨綿山，與花榮等相持，被盧俊義從太原領兵，後面殺來。卞丞相當不得兩面夾攻，大敗虧輸，卞祥被盧俊義活捉過陣去。盧俊義同關勝合兵一處，將沁源縣圍得鐵桶相似。」田虎聽罷，大驚無措，忙傳令旨，便教收軍，退保威勝城內。

當下李天錫等押住陣腳，薛時、林昕、胡英、唐昌保護田虎先行。只聽的銅鞮山北，炮聲振響，被宋江密教魯智深、劉唐、鮑旭、項充、李袞，統領精勇步兵，抄出銅鞮山北，分兩路殺奔前來。田虎急驅御林軍馬來戰，忽被馬靈、孫安領兵馬從東鏟斜裡殺來。馬靈腳踏風火二輪，將金磚望北軍亂打；孫安揮雙劍砍殺。二將領兵，突入北陣，如入無人之境，把北軍衝做兩截。北軍雖有十萬之眾，被吳用籌畫這三路兵馬，橫衝直撞，縱橫亂殺，北軍大敗，殺得星落雲散，七斷八續。當下偽尚書李天錫等保護田虎，望東衝殺逃奔，卻被魯智深等領著標槍、團牌、飛刀手，衝開血路，殺奔前來，又把李天錫、鄭之瑞、薛時、林昕等軍馬，衝散奔西。田虎手下，雖是御林軍馬，挑選那最精勇的，他們自來與官軍鬥敵，從未曾見有恁般凶猛的，今日如何抵當得住！

當下田虎左右，只有都督胡英、唐昌、總管葉清，及金吾校尉等將，領著五千敗殘軍馬，擁護奔逃。正在危急，忽的又有一彪軍馬，從東突至。田虎見了，仰天大嘆道：「天喪我也！」北軍看那彪軍馬中，當先一個俊龐年少將軍，頭戴青巾幘，身穿綠戰袍，手執梨花槍，坐匹高頭雪白捲毛馬，旗號上寫的分明，乃是「中興平南先鋒郡馬全羽」。那時葉清緊隨田虎，看了旗號，奏知田虎。田虎傳旨，快教郡馬救駕。那全郡馬近前，下馬跪奏道：「臣啟大王：甲冑在身，不能俯伏，臣該萬死。」田虎道：「赦卿無罪。」全郡馬又奏道：「事在危急，奉請大王到襄垣城中，權避敵鋒。待臣同郡主殺退宋兵，再請大王到威勝大內，計議良策，恢復基業。」田虎大喜，傳下令旨，即望襄垣進發。全郡馬在後面，抵當追趕的兵將。田虎等眾，已到襄垣城下，背後喊殺連天，追趕將來。襄垣城上守城將士看見，連忙開城門，放吊橋。胡英引兵在前，軍士聽見後面趕來，一擁搶進城去，也顧不得甚麼大王。胡英剛進得城門，猛聽得一聲梆子響，兩邊伏兵齊發，將胡英及三千餘人，都趕入陷坑中去，被軍士把長槍亂搠，可憐三千餘人，不留半個。城中大叫：「田虎要活的！」田虎見城中變起，方知是計，急勒馬望北奔走。張清、葉清拍馬趕來，田虎那匹好馬行得快，張清、葉清領軍士追趕不上，已離了一箭之地，只見田虎馬前，忽地起陣旋風，風中見出一個女子，大叫道：「奸賊田虎，我仇家夫婦，都被汝害了，今日走到那裡去？」就女子身旁，又起一陣陰風，望田虎劈面滾來，那女子寂然不見。田虎坐下馬，忽然驚躍嘶鳴，田虎落馬墮地，被張清、葉清趕上，跳下馬來；同軍士一擁上前擒住。唐昌領眾挺槍驟馬來救。張清見唐昌搶來，疾忙上馬，拈一石子飛來，正中唐昌面門，撞下馬去。張清大叫道：「我不是甚麼全羽，乃是天朝宋先鋒部下沒羽箭張清。」那時李逵、武松，領五百步兵，從城內搶出來，二人大吼一聲，把那殿帥將軍、金吾較尉等二千餘人，殺得星落雲散。張清刺殺了唐昌，縛了田虎，簇擁入城，閉了城門，待宋先鋒殺退北兵，方可解去。魯智深追趕到來，見田虎已捉入城去，魯智深等復向西殺到銅鞮山側。此時已是酉牌時分。

宋江等三路軍馬與北兵鏖戰一日，殺死軍士二萬餘人。北軍無主，四面八方，亂竄逃生。范美人及姬妾等項，都被亂兵所殺。李天錫、鄭之瑞、薛時、林昕，領三萬餘人，上銅鞮山據住，宋江領兵四面圍困。魯智深來報，田虎已被張清擒捉；宋江以手加額，忙傳將令，差軍星夜疾馳到襄垣，教武松等堅閉城門，看守田虎，教張清領兵速到威勝，策應瓊英等。

原來瓊英已奉吳軍師密計，同解珍、解寶、樂和、段景住、王定六、郁保四、蔡福、蔡慶，帶領五千軍馬，盡著北軍旗號，伏於武鄉縣城外石盤山側。瓊英等探知田虎與我兵廝殺，瓊英領眾人星夜疾馳到威勝城下。是日天晚，已是暮霞斂彩，新月垂鉤，瓊英在城下鶯聲嬌囀叫道：「我乃郡主，保護大王到此，快開城門！」當下守城軍卒，飛報王宮內裡。田豹、田彪聞報，上馬疾馳到南城，忙上城樓觀看，果見赭黃傘下，那匹雕鞍銀鬃白馬上，坐著大王，馬前一個女將，旗上大書郡主瓊英，後面有尚書都督等官，遠遠跟隨。只見瓊英高聲叫道：「胡都督等與宋兵戰敗，我特保護大王到此。教官員速出城接駕！」田豹等見是田虎，即令開了城門，出城迎接。二人才到馬前，只聽馬上的大王大喝道：「武士與寡人拿下二賊。」軍士一擁上前，將二人擒住。田豹、田彪大叫：「我二人無罪！」急要掙扎時，已被軍士將繩索綁縛了。原來這個田虎，乃是吳用教孫安揀擇南軍中與田虎一般面貌的一個軍卒，依著田虎妝束；後面尚書都督，卻是解珍、解寶等數人假扮的。當下眾人各掣出兵器，王定六、郁保四、蔡福、蔡慶領五百餘人，將田豹、田彪連夜解往襄垣去了。城上見捉了田豹、田彪，又見將二人押解向南，情知有詐，急出城來搶時，卻被瓊英要殺田定，不顧性命，同解珍、解寶一擁搶入城來。守門將士上前來斗敵，被瓊英飛石子打去，一連傷了六七個人，解珍、解寶幫助瓊英廝殺，城外樂和、段景住，急教軍士卸下北軍打扮，個個是南軍號衣，一齊搶入城來，奪了南門。樂和、段景住挺朴刀，領軍上城，殺散軍士，豎起宋軍旗號。城中一時鼎沸起來，尚有許多偽文武官員，及王親國戚等眾，急引兵來廝殺。瓊英這四千餘人，深入巢穴，如何抵敵，卻得張清領八千餘人到來，驅兵入城，見瓊英、解珍、解寶與北兵正在鏖戰，張清上前飛石，連打四員北將，殺退北軍。張清對瓊英道：「不該深入重地，又且眾寡不敵。」瓊英道：「欲報父仇，雖粉骨碎身，亦所不辭！」張清道：「田彪已被我擒捉在襄垣了。」瓊英方才喜歡。

正欲引兵出城，也是天厭賊眾之惡，又得盧俊義打破沁源城池，統領大兵到來，見了南門旗號，急驅兵馬入城，與張清合兵一處，趕殺北軍。秦明、楊志、杜遷、宋萬，領兵奪了東門；歐鵬、鄧飛、雷橫、楊林，奪了西門；黃信、陳達、楊春、周通，領兵奪了北門；楊雄、石秀、焦挺、穆春、鄭天壽、鄒淵、鄒潤，領步兵，大刀闊斧，從王宮前面砍殺入去；龔旺、丁得孫、李立、石勇、陶宗旺，領步兵，從後宰門砍殺入去：殺死王宮內院嬪妃、姬妾、內侍人等無算。田定聞變，自刎身死。張清、瓊英、張青、孫二娘、唐斌、文仲容、崔挺、耿恭、曹正、薛永、李忠、朱富、時遷、白勝，分頭去殺偽尚書、偽殿帥、偽樞密以下等眾，及偽封的王親國戚等賊徒，正是：

金階殿下人頭滾，玉砌朝門熱血噴。
莫道不分玉與石，為慶為殃心自捫。

當下宋兵在威勝城中，殺得屍橫市井，血滿溝渠。盧俊義傳令，不得殺害百姓，連忙差人先往宋先鋒處報捷。當夜宋兵直鬧至五更方息，軍將降者甚多。

天明，盧俊義計點將佐，除神機軍師朱武在沁源城中鎮守外，其餘將佐，都無傷損。只有降將耿恭，被人馬踐踏身死。眾將都來獻功。焦挺將田定死屍駝來，瓊英咬牙切齒，拔佩刀割了首級，把他屍骸支解。此時鄔梨老婆倪氏已死，瓊英尋了葉清妻子安氏，辭別盧俊義，同張清到襄垣，將田虎等押解到宋先鋒處。盧俊義正在料理軍務，忽有探馬報來，說北將房學度將索超、湯隆圍困在榆社縣。盧俊義即教關勝、秦明、雷橫、陳達、楊春、楊林、周通，領兵去解救索超等。

次日，宋江已破李天錫等於銅鞮山，一面差人申報陳安撫說：「賊巢已破，賊首已擒，請安撫到威勝城中料理。」宋江統領大兵，已到威勝城外，盧俊義等迎接入城。宋江出榜，安撫百姓。盧俊義將卞祥解來；宋江見卞祥狀貌魁偉，親釋其縛，以禮相待。卞祥見宋江如此義氣，感激歸降。次日，張清、瓊英、葉清將田虎、田豹、田彪，囚載陷車，解送到來。瓊英同了張清，雙雙的拜見伯伯宋先鋒；瓊英拜謝王英等昔日冒犯之罪。宋江叫將田虎等監在一邊，待大軍班師，一同解送東京獻俘；即教置酒，與張清、瓊英慶賀。當日有威勝屬縣武鄉守城將士方順等，將軍民戶口冊籍、倉庫錢糧，前來獻納。宋江賞勞畢，仍令方順依舊鎮守。宋江在威勝城一連過了兩日，探馬報到，說關勝等到榆社縣，同索超、湯隆內外夾攻，殺了北將房學度；北軍死者五千餘人，其餘軍士都降。宋江大喜，對眾將道：「都賴眾兄弟之力，得成平寇之功。」即細細標寫眾將功勞，及張清、瓊英擒賊首、搗賊巢的大功。又過了三四日，關勝兵馬方到，又報陳安撫兵馬也到了。

宋江統領將佐，出郭迎接入城，參見已畢，陳安撫稱贊道：「將軍等五月之內，成不世之功（非凡功勞）。下官一聞擒捉賊首，先將表文差人馬上馳往京師奏凱，朝廷必當重封官爵。」宋江再拜稱謝。

次日，瓊英來稟，欲往太原石室山，尋覓母親屍骸埋葬，宋江即命張清、葉清同去不題。

宋江稟過陳安撫，將田虎宮殿院宇，珠軒翠屋，盡行燒毀；又與陳安撫計議，發倉廩，賑濟各處遭兵被火居民。修書申呈宿太尉，寫表申奏朝廷，差戴宗即日起行。

戴宗齎表文書札，趕上陳安撫差的齎奏官，一同入進東京，先到宿太尉府前，依先尋了楊虞候，將書呈遞。宿太尉大喜，明日早朝，並陳安撫表文，一同上達天聽。道君皇帝龍顏喜悅，敕宋江等料理候代，班師回京，封官受爵。戴宗得了這個消息，即日拜辭宿太尉，離了東京，明日未牌時分，便到威勝城中，報知陳安撫，宋先鋒。

陳瓘、宋江一面教把生擒到賊徒偽官等眾，除留田虎、田豹、田彪，另行解赴東京，其餘從賊，都就威勝市曹斬首施行。所有未收去處，乃是晉寧所屬蒲、解等州縣；賊役贓官，得知田虎已被擒獲，一半逃散，一半自行投首。陳安撫盡皆准首，復為良民；就行出榜去各處招撫，以安百姓；其餘隨從賊徒，不傷人者，亦准其自首投降，復為鄉民，給還產業田園。克復州縣已了，各調守御官軍，護境安民，不在話下。

再說道君皇帝已降詔敕，差官賫領，到河北諭陳瓘等。次日，臨幸武學，百官先集，蔡京於坐上談兵，眾皆拱聽。內中卻有一官，仰著面孔，看視屋角，不去睬他。蔡京大怒，連忙查問那官員姓名。正是一人向隅，滿坐不樂。只因蔡京查這個官員姓名，直教天罡地煞臨軫翼，猛將雄兵定楚郢。畢竟蔡京查問那官員是誰，且聽下回分解。

第一百回

張清瓊英雙建功　陳瓘宋江同奏捷

第一百一回

謀墳地陰險產逆　蹈春陽妖蠱生姦

話說蔡京在武學中查問那不聽他談兵，仰視屋角的這個官員，姓羅名戩，祖貫雲南軍達州人，見做武學諭。當下蔡京怒氣填胸，正欲發作，因天子駕到報來，蔡京遂放下此事，率領百官，迎接聖駕進學，拜舞山呼。道君皇帝講武已畢，當有武學諭羅戩，不等蔡京開口，上前俯伏，先啟奏道：「武學諭小臣羅戩，冒萬死，謹將淮西強賊王慶造反情形，上達聖聰。王慶作亂淮西，五年於繼，官軍不能抵敵。童貫、蔡攸，奉旨往淮西征討，全軍覆沒；懼罪隱匿，欺誑陛下，說軍士水土不服，權且罷兵，以致養成大患。王慶勢愈猖獗，前月又將臣鄉雲安軍攻破，擄掠淫殺，慘毒不忍言說，通共占據八座軍州，八十六個州縣。蔡京經體贊元（輔佐天子治理國家），其子蔡攸，如是覆軍殺將，辱國喪師，今日聖駕未臨時，猶儼然上坐談兵，大言不慚，病狂喪心！乞陛下速誅蔡京等誤國賊臣，選將發兵，速行征剿，救生民於塗炭，保社稷以無疆，臣民幸甚！天下幸甚！」道君皇帝聞奏大怒，深責蔡京等隱匿之罪，當被蔡京等巧言宛奏天子，不即加罪，起駕還宮。次日，又有亳州太守侯蒙到京聽調，上書直言童貫、蔡攸喪師辱國之罪；並薦舉宋江等才略過人，屢建奇功，征遼回來，又定河北，今已奏凱班師，目今王慶猖獗，乞陛下降敕，將宋江等先行褒賞，即著這支軍馬，征討淮西，必成大功。徽

第一百一回

謀墳地陰險產逆　蹈春陽妖蠱生姦

宗皇帝准奏，隨即降旨下省院，議封宋江等官爵。省院官同蔡京等商議，回奏：「王慶打破宛州，昨有禹州、載州、萊縣三處申文告急。那三處是東京所屬州縣，鄰近神京，乞陛下敕陳瓘、宋江等，不必班師回京，著他統領軍馬，星夜馳援禹州等處。臣等保舉侯蒙為行軍參謀。羅戩素有韜略，著他同侯蒙到陳瓘軍前聽用。宋江等正在征剿，未便升受，待淮西奏凱，另行酌議封賞。」原來蔡京知王慶那裡兵強將猛，與童貫、楊戩、高俅計議，故意將侯蒙、羅戩送到陳瓘那裡，只等宋江等敗績，侯蒙、羅戩怕他走上天去？那時卻不是一網打盡。話不絮繁。卻說那四個賊臣的條議，道君皇帝一一准奏，降旨寫敕，就著侯蒙、羅戩，齎捧詔敕，及領賞賜金銀、緞匹、袍服、衣甲、馬匹、御酒等物，即日起行，馳往河北，宣諭宋江等；又敕該部將河北新復各府州縣所缺正佐官員，速行推補，勒限星馳赴任。道君皇帝剖斷政事已畢，復被王黼、蔡攸二人，勸帝到艮岳娛樂去了不題。

且說侯蒙齎領詔敕及賞賜將士等物，滿滿的裝載三十五車，離了東京，望河北進發。於路無話，不則一日，過了壺關山、昭德府，來到威勝州，離城尚有二十餘里，遇著宋兵押解賊首到來。卻是宋江先接了班師詔敕，恰遇瓊英葬母回來；宋江將瓊英母子及葉清貞孝節義的事，擒元凶賊首的功，並喬道清、孫安等降順天朝，有功員役，都備細寫表，申奏朝廷，就差張清、瓊英、葉清，領兵押解賊首先行。當下張清上前，侯參謀、羅戩相見已畢。張清得了這個消息，差人馳往陳安撫、宋先鋒處報聞。陳瓘、宋江率領諸將，出郭迎接，侯蒙等捧齎聖旨入城，擺列龍亭香案。陳安撫及宋江以下諸將，整整齊齊，朝北跪著，裴宣喝拜。拜罷，侯蒙面南，立於龍亭之左，將詔書宣讀道：

制曰：朕以敬天法祖，纘紹洪基，惟賴傑宏股肱，贊襄大業。邇來邊庭多儆，國祚少寧，爾先鋒使宋江等，跋履山川，逾越險阻，先成平虜之功，次奏靜寇之績，朕實嘉賴。今特差參謀侯蒙，齎捧詔書，給賜安撫陳瓘，及宋江、盧俊義等金銀、袍緞、名馬、衣甲、御酒等物，用彰爾功。繼者又因強賊王慶，作亂淮西，傾覆我城池，芟夷（屠殺）我人民，虔劉（劫掠，殺戮）我邊陲，蕩搖我西京，仍敕陳瓘為安撫，宋江為平西都先鋒，盧俊義為平西副先鋒，侯蒙為行軍參謀。詔書到日，即統領軍馬，星馳先救宛州。爾等將士，協力盡忠，功奏蕩平，定行封賞。其三軍頭目，如欽賞未敷（足夠），著陳瓘就於河北州縣內豐盈庫藏中那撮給賞，造冊奏聞。爾其欽哉！特諭。

宣和五年四月　日

侯蒙讀罷丹詔，陳瓘及宋江等山呼萬歲，再拜謝恩已畢，侯蒙取過金銀、緞匹等項，依次照名給散：陳安撫及宋江、盧俊義，各黃金五百兩，錦緞十表裡，錦袍一套，名馬一匹，御酒二瓶；吳用等三十四員，各賞白金二百兩，彩緞四表裡，御酒一瓶；朱武等七十二員，各賜白金一百兩，御酒一瓶；餘下金銀，陳安撫設處湊足，俵散軍兵已畢。宋江復令張清、瓊英、葉清，押解田虎、田彪，到京師獻俘去了。公孫勝來稟，乞兄長修五龍山龍神廟中五條龍像。宋江依允，差匠修塑。

宋江差戴宗、馬靈往諭各路守城將士，一等新官到來，即行交代，勒兵前來，征剿王慶。宋江又料理了數日，各處新官皆到，諸路守城將佐，統領軍兵，陸續到來。宋江將欽賞銀兩，俵散已畢，宋江令蕭讓、金大堅鐫勒碑石，記敘其事。正值五月五日天中節，宋江教宋清大排筵席，慶賀太平，請陳安撫上坐，新任太守及侯蒙、羅戩，並本州佐貳等官次之；宋江以下，除張清晉京外，其一百單七人，及河北降將喬道清、孫安、卞祥等一十七員，整整齊齊，排坐兩邊。當下席間，陳瓘、侯蒙、羅戩稱贊宋江等功勳；宋江、吳用等感激三位知己，或論朝事，或訴衷曲，觥籌交錯，燈燭輝煌，直飲

第一百一回

謀墳地陰險產逆　蹈春陽妖蠱生姦

至夜半方散。次日，宋江與吳用計議，整點兵馬，辭別州官，離了威勝，同陳瓘等眾，望南進發。所過地方，秋毫無犯。百姓香花燈燭，絡繹道路，拜謝宋江等剪除賊寇，我每百姓，得再見天日之恩。

不說宋江等望南征進，再說沒羽箭張清同瓊英、葉清，將陷車囚解田虎等，已到東京，先將宋江書札，呈達宿太尉，並送金珠珍玩。宿太尉轉達上皇，天子大嘉瓊英母子貞孝，降敕特贈瓊英母宋氏為介休貞節縣君，著彼處有司，建造坊祠，表揚貞節，春秋享祀。封瓊英為貞孝宜人，葉清為正排軍，欽賞白銀五十兩，表揚其義；張清復還舊日原職；仍著三人協助宋江，征討淮西，功成升賞。道君皇帝敕下法司，將反賊田虎、田豹、田彪，押赴市曹，凌遲碎剮。當下瓊英帶得父母小像，稟過監斬官，將仇申、宋氏小像，懸掛法場中，像前擺張桌子，等到午時三刻，田虎開刀碎剮後，瓊英將田虎首級，擺在桌上，滴血祭奠父母，放聲大哭。此時瓊英這段事，東京已傳遍了，當日觀者如垛，見瓊英哭得悲慟，無不感泣。瓊英祭奠已畢，同張清、葉清望闕謝恩。三人離了東京，徑望宛州進發，來助宋江，征討王慶，不在話下。

看官牢記話頭，仔細聽著，且把王慶自幼至長的事，表白出來。那王慶原來是東京開封府內一個副排軍。他父親王砉，是東京大富戶，專一打點衙門，纏唆結訟，放刁把濫，排陷良善，因此人都讓他些個。他聽信了一個風水先生，看中了一塊陰地，當出大貴之子。這塊地，就是王砉親戚人家葬過的，王砉與風水先生設計陷害。王砉出尖，把那家告紙謊狀，官司累年，家產蕩盡，那家敵王砉不過，離了東京，遠方居住。後來王慶造反，三族皆夷，獨此家在遠方，官府查出是王砉被害，獨得保全。王砉奪了那塊墳地，葬過父母，妻子懷孕彌月。王砉夢虎入室，蹲踞（蹲或坐）堂西，忽被獅獸突入，將虎銜去。王砉覺來，老婆便產王慶。那王慶從小浮浪，到十六七歲，生得身雄力大，不去讀書，專好鬥雞走馬，使槍輪棒。那王砉夫妻兩口兒，單單養得王慶一個，十分愛恤，自來護短，憑他慣了，到得長大，如何拘管得下。王慶賭的是錢兒，宿的是娼兒，吃的是酒兒。王砉夫婦，也有時訓誨他。王慶逆性發作，將父母詈罵，王砉無可奈何，只索由他。過了六七年，把個家產費得罄盡，單靠著一身本事，在本府充做個副排軍。一有錢鈔在手，三兄四弟，終日大酒大肉價同吃；若是有些不如意時節，拽出拳頭便打，所以從人又懼怕他，又喜歡他。

一日，王慶五更入衙畫卯，干辦完了執事，閒步出城南，到玉津圃游玩。此時是徽宗政和六年，仲春天氣，游人如蟻，軍馬如雲，正是：

上苑花開堤柳眠，游人隊裡雜嬋娟。
金勒馬嘶芳草地，玉樓人醉杏花天。

王慶獨自閒耍了一回，向那圃中一棵傍池的垂楊上，將肩胛斜倚著，欲等個相識到來，同去酒肆中吃三杯進城。無移時，只見池北邊十來個干辦、虞侯、伴當、養娘人等，簇著一乘轎子，轎子裡面，如花似朵的一個年少女子；那女子要看景致，不用竹簾。那王慶好的是女色，見了這般標致的女子，把個魂靈都吊下來。認得那伙干辦、虞候，是樞密童貫府中人。當下王慶遠遠地跟著轎子，隨了那伙人，來到艮岳。那艮岳在京城東北隅，即道君皇帝所築，奇峰怪石，古木珍禽，亭榭池館，不可勝數。外面朱垣緋戶，如禁門一般，有內相禁軍看守，等閒人腳指頭兒也不敢踅到門前。那簇人歇下轎，養娘扶女子出了轎，徑望艮岳門內，裊裊娜娜，妖妖嬈嬈走進去。那看門禁軍內侍，都讓開條路，讓他走進去了。原來那女子是童貫之弟童貫之女，楊戩的外孫。童貫撫養為己女，許配蔡攸之子，卻是蔡京的孫兒媳婦了，小名叫做嬌秀，年方二八。他稟過童貫，乘天子兩日在李師師家娛樂，欲到艮岳游玩。童貫預先吩咐了禁軍人役，因此不敢攔阻。那嬌秀進去了兩個時辰，兀是不見出來。王慶那廝，呆呆地在外面守著，肚裡飢餓，趲到東街酒店裡，買些酒肉，忙忙地吃了六七杯，恐怕那女子去了，連帳也不算，向便袋裡摸出一塊二錢重的銀子，丟與店小二道：「少停便來算帳。」王慶再趲到艮岳前，又停了一回，只見那女子同了養娘，輕移蓮步，走出艮岳來，且不上轎，看那艮岳外面的景致。王慶趲上前去看那女子時，真個標致，有混江龍詞為證：

豐資毓秀，那裡個金屋堪收？點櫻桃小口，橫秋水雙眸。若不是昨夜晴開新月皎，怎能得今朝腸斷小梁州。芳芬綽約蕙蘭儔，香飄雅麗芙蓉袖，兩下裡心猿都被月引花鉤。

王慶看到好處，不覺心頭撞鹿，骨軟筋麻，好便似雪獅子向火，霎時間酥了半邊。那嬌秀在人叢裡，睃見王慶的相貌：

鳳眼濃眉如畫，微鬚白面紅顏。頂平額闊滿天倉，七尺身材壯健。善會偷香竊玉，慣的賣俏行奸。凝眸呆想立人前，俊俏風流無限。

那嬌秀一眼睃著王慶風流，也看上了他。當有干辦、虞候，喝開眾人，養娘扶嬌秀上轎，眾人簇擁著，轉東過西，卻到酸棗門外岳廟裡來燒香，王慶又跟隨到岳廟裡，人山人海的，挨擠不開，眾人見是童樞密處虞候、干辦，都讓開條路。那嬌秀下轎進香，王慶挨趲上前，卻是不能近身，又恐隨從人等叱吒，假意與廟祝廝熟，幫他點燭燒香，一雙眼不住的溜那嬌秀，嬌秀也把眼來頻睃。原來蔡攸的兒子，生來是憨呆的；那嬌秀在家，聽得幾次媒婆傳說是真，日夜叫屈怨恨；今日見了王慶風流俊俏，那小鬼頭兒春心也動了。當下童府中一個董虞候，早已瞧科，認得排軍王慶。董虞候把王慶劈臉一掌打去，喝道：「這個是甚麼人家的宅眷！你是開封府一個軍健，你好大膽，如何也在這裡挨挨擠擠。待俺對相公說了，教你這顆驢頭，安不牢在頸上！」王慶那敢則聲，抱頭鼠竄，奔出廟門來，噀一口唾，叫聲道：「啐！我直恁這般呆！癩蝦蟆怎想吃天鵝肉？」當晚忍氣吞聲，慚愧回家。誰知那嬌秀回府，倒是日夜思想，厚賄侍婢，反去問那董虞候，教他說王慶的詳細。侍婢與一個薛婆子相熟，同他做了馬泊六（牽婆），悄地勾引王慶從後門進來，人不知，鬼不覺，與嬌秀勾搭。王慶那廝，喜出望外，終日飲酒。

光陰荏苒，過了三月，正是樂極生悲。王慶一日吃得爛醉如泥，在本府正排軍張斌面前，露出馬腳，遂將此事彰揚開去，不免吹在童貫耳朵裡，童貫大怒，思想要尋罪過擺撥他，不在話下。

且說王慶因此事發覺，不敢再進童府去了。一日在家閒坐，此時已是五月下旬，天氣炎熱，王慶掇條板凳，放在天井中乘涼，方起身入屋裡去拿扇子，只見那條板凳四腳搬動，從天井中走將入來。王慶喝聲道：「奇怪！」飛起右腳，向板凳只一腳踢去。王慶叫聲道：「阿也苦也！」不踢時，萬事皆休，一踢時，迍邅（不順遂，困難）立至。正是天有不測風雲，人有旦夕禍福。畢竟王慶踢這板凳，為何叫苦起來，且聽下回分解。

第一百二回
王慶因姦吃官司　龔端被打師軍犯

話說王慶見板凳作怪，用腳去踢那板凳，卻是用力太猛，閃朒了脅肋，蹲在地下，只叫：「苦也，苦也！」半晌價動彈不得。老婆聽得聲喚，走出來看時，只見板凳倒在一邊，丈夫如此模樣，便把王慶臉上打了一掌道：「郎當怪物，卻終日在外面，不顧家裡。今晚才到家裡，一回兒又做甚麼來？」王慶道：「大嫂不要取笑，我閃朒了脅肋，了不的！」那婦人將王慶扶將起來，王慶勾著老婆的肩胛，搖頭咬牙的叫道：「阿也，痛得慌！」那婦人罵道：「浪弟子，鳥歪貨，你閒常時，只歡喜使腿牽拳，今日弄出來了。」那婦人自覺這句話說錯，將紗衫袖兒掩著口笑。王慶聽得「弄出來」三個字，恁般疼痛的時節，也忍不住笑，哈哈的笑起來。那婦人又將王慶打了個耳刮子道：「鳥怪物，你又想了那裡去？」當下婦人扶王慶到床上睡了，敲了一碟核桃肉，旋了一壺熱酒，遞與王慶吃了。他自去拴門戶，撲蚊蟲，下帳子，與丈夫歇息。王慶因腰脅十分疼痛，那榷兒動彈不得，是不必說。

一宿無話，次早王慶疼痛兀是不止，肚裡思想，如何去官府面前聲喏答應？挨到午牌時分，被老婆催他出去贖膏藥。王慶勉強擺到府衙前，與慣醫跌打損傷，朝北開鋪子賣膏藥的錢老兒，買了兩個膏藥，貼在肋上。錢老兒說道：「都排若要好得快，須是吃兩服療傷行血的煎劑。」說罷，便撮了兩服藥，遞與王慶。王慶向便袋裡取出一塊銀子，約摸有錢二三分重，討張紙兒，包了錢。老兒睃著他包銀子，假把臉兒朝著東邊。王慶將紙包遞來道：「先生莫嫌輕褻，將來買涼瓜啖。」錢老兒道：「都排，朋友家如何計較，這卻使不得！」一頭還在那裡說，那隻右手兒，已是接了紙包，揭開藥箱蓋，把紙包丟下去了。

王慶拿了藥，方欲起身，只見府西街上，走來一個賣卦先生。頭戴單紗抹眉頭巾，身穿葛布直身，撐著一把遮陰涼傘，傘下掛一個紙招牌兒，大書「先天神數」四字，兩旁有十六個小字，寫道：

荊南李助，十文一數，字字有準，術勝管輅（三國，魏，術士）。

王慶見是個賣卦的，他已有嬌秀這樁事在肚裡，又遇著昨日的怪事，他便叫道：「李先生，這裡請坐。」那先生道：「尊官有何見教？」口裡說著，那雙眼睛，骨碌碌的把王慶從頭上直看至腳下。王慶道：「在下欲卜一數。」李助下了傘，走進膏藥鋪中，對錢老兒拱手道：「攪擾！」便向單葛布衣袖裡摸出個紫檀課筒兒，開了筒蓋，取出一個大定銅錢，遞與王慶道：「尊官那邊去對天默默地禱告。」王慶接了卦錢，對著炎炎的那輪紅日，彎腰唱喏；卻是疼痛，彎腰不下，好似那八九十歲老兒，硬著腰，半揖半拱的兜了一兜，仰面立著禱告。那邊李助看了，悄地對錢老兒猜說道：「用了先生膏藥，一定好得快，想是打傷的。」錢老道：「他見甚麼板凳作怪，踢閃了腰肋。適才走來，說話也是氣喘，貼了我兩個膏藥，如今腰也彎得下了。」李助道：「我說是個閃朒的模樣。」王慶禱告已畢，將錢遞與李助。那李助問了王慶姓名，將課筒搖著，口中念道：

「日吉辰良，天地開張，聖人作易，幽贊神明。包羅萬象，道合乾坤。與天地合其德，與日月合其明，與四時合其序，與鬼神合其吉凶。今有東京開封府王姓君子，對天買卦。甲寅旬中，乙卯日，奉請周易文王先師，鬼谷先師，袁天綱先師，至神至聖，至福至靈，指示疑迷，明彰報應。」

李助將課筒發了兩次，迭成一卦，道是水雷屯卦，看了六爻動靜，便問：「尊官所占何事？」王慶道：「問家宅。」李助搖著頭道：「尊官莫怪，小子直言，屯者，難也，你的災難方興哩！有幾句斷詞，尊官須記著。」李助搖著一把竹骨折疊油紙扇兒，念道：

「家宅亂縱橫，百怪生災家未寧，非古廟，即危橋，白虎衝凶官病遭。有頭無尾何曾濟，見貴凶驚訟獄交。人口不安遭跌蹼，四肢無力拐兒撬（借助拐仗走路）。從改換，是非消。逢著虎龍雞犬日，許多煩惱禍星招。」

當下王慶對著李助坐地，當不的那油紙扇兒的柿漆臭，把皂羅衫袖兒掩著鼻聽他。李助念罷，對王慶道：「小子據理直言，家中還有作怪的事哩！須改過遷居，方保無事。明日是丙辰日，要仔細哩！」王慶見他說得險，也沒了主意，取錢酬謝了李助。李助出了藥鋪，撐著傘，望東去了。當有府中五六個公人衙役，見了王慶，便道：「如何在這裡閒話？」王慶把見怪閃朒的事說了，眾人都笑。王慶道：「列位，若府尹相公問時，須與做兄弟的周全則個！」眾人都道：「這個理會得。」說罷，各自散去。

王慶回到家中，教老婆煎藥。王慶要病好，不止兩個時辰，把兩服藥都吃了；又要藥行，多飲了幾杯酒。兩個直睡到次日辰牌時分，方才起身，梳洗畢，王慶因腹中空虛，暖些酒吃了。正在吃早飯，兀是未完，只聽得外面叫道：「都排在家麼？」婦人向板壁縫看了道：「是兩個府中人。」王慶聽了這句話，便呆了一呆，只得放下飯碗，抹抹嘴，走將出來，拱拱手問道：「二位光降，有何見教？」那兩個公人道：「都排真個受用！清早兒臉上好春色！太爺今早點名，因都排不到，大怒起來。我們兄弟輩替你稟說見怪閃朒的事，他那裡肯信？便起了一枝簽，差我們兩個來請你回話。」把簽與王慶看了。王慶道：「如今紅了臉，怎好去參見？略停一會兒才好。」那兩個公人道：「不干我們的事，太爺立等回話。去遲了，須帶累我們吃打。快走！快走！」兩個扶著王慶便走。王慶的老婆，慌忙走出來問時，丈夫已是出門去了。

兩個公人，扶著王慶進了開封府，府尹正坐在堂中虎皮交椅上。兩個公人帶王慶上前稟道：「奉老爺鈞旨，王慶拿到。」王慶勉強朝上磕了四個頭。府尹喝道：「王慶，你是個軍健，如何怠玩，不來伺候？」王慶又把那見怪閃朒的事，細稟一遍道：「實是腰肋疼痛，坐臥不寧，行走不動，非敢怠玩，望相公方便。」府尹聽罷，又見王慶臉紅，大怒喝道：「你這廝專一酗酒為非，幹那不公不法的事，今日又捏妖言，欺誑上官！」喝教扯下去打。王慶那裡分說得開？當下把王慶打得皮開肉綻，要他招認捏造妖書，煽惑愚民，謀為不軌的罪。王慶今日被官府拷打，死去再醒。吃打不過，只得屈招。府尹錄了王慶口詞，叫禁子把王慶將刑具枷紐來釘了，押下死囚牢裡，要問他個捏造妖書，謀為不軌的死罪。禁子將王慶扛抬入牢去了。

原來童貫密使人吩咐了府尹，正要尋罪過擺撥他，可可的撞出這節怪事來。那時府中上下人等，誰不知道嬌秀這件勾當，都紛紛揚揚的說開去：「王慶為這節事得罪，如今一定不能個活了。」那時蔡京、蔡攸耳朵裡頗覺不好聽，父子商議，若將王慶性命結果，此事愈真，醜聲一發播傳，於是密挽心腹官員，與府尹相知的，教他速將王慶刺配遠惡軍州，以滅其跡。蔡京、蔡攸擇日迎娶嬌秀成親，一來遮掩了童貫之羞，二來滅了眾人議論。

且說開封府尹遵奉蔡太師處心腹密話，隨即升廳。那日正是辛酉日，叫牢中提出王慶，除了長枷，斷了二十脊杖，喚個文筆匠，刺了面頰，量地方遠近，該配西京管下陝州牢城。當廳打一面十斤

第一百二回

王慶因姦吃官司　龔端被打師軍犯

半團頭鐵葉護身枷釘了，貼上封皮，押了一道牒文，差兩個防送公人，叫做孫琳、賀吉，監押前去。三人出開封府來，只見王慶的丈人牛大戶接著，同王慶、孫琳、賀吉到衙前南街酒店裡坐定。牛大戶叫酒保搬取酒肉，吃了三杯兩盞，牛大戶向身邊取出一包散碎銀兩，遞與王慶道：「白銀三十兩，把與你路途中使用。」王慶用手去接道：「生受泰山！」牛大戶推著王慶的手道：「這等容易！我等閒也不把銀兩與你，你如今配去陝州，一千餘里，路遠山遙，知道你幾時回來？你調戲了別人家女兒，卻不耽誤了自己的妻子！老婆誰人替你養？又無一男半女，田地家產，可以守你，你須立紙休書，自你去後，任從改嫁，日後並無爭執。如此，方把銀子與你。」王慶平日會花費，思想：「我囊中又無十兩半斤銀兩，這陝西如何去得？」左思右算，要那銀兩使用，嘆了兩口氣道：「罷罷，只得寫紙休書。」牛大戶一手接紙，一手交銀，自回去了。

王慶同了兩個公人，到家中來，收拾行囊包裹，老婆已被牛大戶接到家中去了，把個門兒鎖著。王慶向鄰舍人家，借了斧鑿，打開門戶，到裡面看時，凡老婆身上穿著的，頭上插戴的，都將去了。王慶又惱怒，又淒慘。央問壁一個周老婆子，到家備了些酒食，把與公人吃了，將銀十兩，送與孫琳、賀吉道：「小人棒瘡疼痛，行走不動，欲將息幾日，方好上路。」孫琳、賀吉得了錢，也是應允，怎奈蔡攸處挽心腹催促公人起身。王慶將家伙什物，胡亂變賣了，交還了胡員外家賃房。

此時王慶的父王砉，已被兒子氣瞎了兩眼，另居一處，兒子上門，不打便罵。今日聞得兒子遭官司刺配，不覺心痛，教個小廝扶著，走到王慶屋裡，叫道：「兒子呀，你不聽我的訓誨，以致如此。」說罷，那雙盲昏眼內，吊下淚來。王慶從小不曾叫王砉一聲爺的，今值此家破人離的時節，心中也酸楚起來，叫聲道：「爺，兒子今日遭恁般屈官司，叵耐牛老兒無禮，逼我寫了休妻的狀兒，才把銀子與我。」王砉道：「你平日是愛妻子，孝丈人的，今日他如何這等待待你？」王慶聽了這兩句搶白的話，便氣憤憤的不來睬著爺，徑同兩個公人，收拾出城去了。王砉頓足捶胸道：「是我不該來看那逆種！」復扶了小廝自回不題。

卻說王慶同了孫琳、賀吉離了東京，賃個僻靜所在，調治十餘日，棒瘡稍愈，公人催促上路，迤邐而行，望陝州投奔。此時正是六月初旬，天氣炎熱，一日止行得四五十里，在路上免不得睡死人床，吃不滾湯。三個人行了十五六日，過了嵩山。一日正在行走，孫琳用手向西指著遠遠的山峰說道：「這座山叫做北邙山，屬西京管下。」三人說著話，趁早涼，行了二十餘里。望見北邙山東，有個市鎮，只見四面村農，紛紛的投市中去。那市東人家稀少處，丁字兒列著三株大柏樹。樹下陰蔭，只見一簇人亞肩迭背的圍著一個漢子，赤著上身，在那陰涼樹下，吆吆喝喝地使棒。三人走到樹下歇涼。王慶走得汗雨淋漓，滿身蒸濕，帶著護身枷，挨入人叢中，踮起腳看那漢使棒。看了一歇兒，王慶不覺失口笑道：「那漢子使的是花棒。」那漢正使到熱鬧處，聽了這句話，收了棒看時，卻是個配軍。那漢大怒，便罵：「賊配軍，俺的槍棒，遠近聞名，你敢開了那鳥口，輕慢我的棒，放出這個屁來！」丟下棒，提起拳頭，劈臉就打。只見人叢中走出兩個少年漢子來攔住道：「休要動手！」便問王慶道：「足下必是高手。」王慶道：「亂道這一句，惹了那漢子的怒，小人槍棒也略曉得些兒。」那邊使棒的漢子怒罵道：「賊配軍，你敢與我比試罷？」那兩個人對王慶道：「你敢與那漢子使合棒，若贏了他，便將這掠下的兩貫錢，都送與你。」王慶笑道：「這也使得。」分開眾人，向賀吉取了桿棒，脫了汗衫，拽扎起裙子，掣棒在手。眾人都道：「你項上帶著個枷兒，卻如何掄棒？」王慶道：「只這節兒稀罕。帶著行枷贏了他，才算手段。」眾人齊聲道：「你若帶枷贏了，這兩貫錢一定與你。」便讓開路，放王慶入去。那使棒的漢，也掣棒在手，使個旗鼓，喝道：「來，來，來！」王慶道：「列位恩官，休要笑話。」那邊漢子明欺王慶有護身枷礙著，吐個門戶，喚做蟒蛇吞象勢。王慶也吐個勢，喚做蜻蜓點水勢。那漢喝一聲，便使棒蓋將入來。王慶望後一退，那漢趕入一步，提起棒，向王慶頂門，又復一棒打下來。王慶將身向左一閃，那漢的棒打個空，收棒不迭。王慶就那一閃裡，向那漢右手一棒劈去，正打著右手腕，把這條棒打落下來；幸得棒下留情，不然把個手腕打斷。眾人大笑。王慶上前執著那漢的手道：「衝撞休怪！」那漢右手疼痛，便將左手去取那兩貫錢。眾人一齊嚷將起來道：「那廝本事低醜，適才講過，這錢應是贏棒的拿！」只見在先出尖上前的兩個漢子，劈手奪了那漢兩貫錢，把與王慶道：「足下到敝莊一敘。」那使棒的拗眾人不過，只得收拾了行仗，望鎮上去了。眾人都散。

兩個漢子邀了王慶，同兩個公人，都戴個涼笠子，望南抹過兩三座林子，轉到一個村坊。林子裡有所大莊院，一周遭都是土牆，牆外有二三百株大柳樹。莊外新蟬噪柳，莊內乳燕啼梁。兩個漢子，邀王慶等三人進了莊院，入到草堂，敘禮罷，各人脫下汗衫麻鞋，分賓主坐下。莊主問道：「列位都像東京口氣。」王慶道了姓名，並說被府尹陷害的事。說罷，請問二位高姓大名。二人大喜。那上面坐的說道：「小可姓龔，單名個端字，這個是舍弟，單名個正字。舍下祖居在此，因此，這裡叫做龔家村。這裡屬西京新安縣管下。」說罷，叫莊客替三位瀚濯那濕透的汗衫，先汲涼水來解了暑渴，引三人到上房中洗了澡，草堂內擺上桌子，先吃了現成點心，然後殺雞宰鴨，煮豆摘桃的置酒管待。莊客重新擺設，先搬出一碟剝光的蒜頭，一碟切斷的壯蔥，然後搬出菜蔬、果品、魚肉、雞鴨之類。龔端請王慶上面坐了，兩個公人一代兒坐下，龔端和兄弟在下面備席，莊客篩酒。王慶稱謝道：「小人是個犯罪囚人，感蒙二位錯愛，無端相擾，卻是不當。」龔端道：「說那裡話！誰人保得沒事？那個帶著酒食走的？」當下猜枚行令，酒至半酣，龔端開口道：「這個敝村，前後左右，也有二百餘家，都推愚弟兄做個主兒。小可弟兄兩個，也好使些拳棒，壓服眾人。今春二月，東村賽神會，搭台演戲，小可弟兄到那邊耍子，與彼村一個人，喚做黃達，因賭錢鬥口，被那廝痛打一頓，俺弟兄兩個，也贏不得他。黃達那廝，在人面前誇口稱強，俺兩個奈何不得他，只得忍氣吞聲。適才見都排棒法十分整密，俺二人願拜都排為師父，求師父點撥愚弟兄，必當重重酬謝。」王慶聽罷，大喜，謙讓了一回。龔端同弟，隨即拜王慶為師。當晚直飲至盡醉方休，乘涼歇息。

次日天明，王慶乘著早涼，在打麥場上，點撥龔端拽拳使腿，只見外面一個人，背叉著手，踱將進來，喝道：「那裡配軍，敢到這裡賣弄本事？」只因走進這個人來，有分教，王慶重種大禍胎，龔端又結深仇怨。真是禍從浮浪起，辱因賭博招。畢竟走進龔端莊裡這個人是誰，且聽下回分解。

第一百三回

張管營因妾弟喪身　范節級為表兄醫臉

話說王慶在龔家村龔端莊院內，乘著那杲日初升，清風徐來的涼晨，在打麥場上柳陰下，點撥龔端兄弟，使拳拽腿，忽的有個大漢子，禿著頭，不帶巾幘，綰個丫髻，穿一領雷州細葛布短敞衫，系一條單紗裙子，拖一雙草涼鞋兒，捏著一把三角細蒲扇，仰昂著臉，背叉著手，擺進來，見是個配軍在那裡點撥。他昨日已知道邙東鎮上有個配軍，贏了使槍棒的，恐龔端兄弟學了筋節（比喻緊要關節，奧秘），開口對王慶罵道：「你是個罪人，如何在路上挨脫，在這裡哄騙人家子弟？」王慶只道是龔氏親戚，不敢回答。原來這個人正是東村黃達，他也乘早涼，欲到龔家村西盡頭柳大郎處討賭帳，聽得龔端村裡吆吆喝喝，他平日欺慣了龔家弟兄，因此徑自闖將進來。龔端見是黃達，心頭一把無明火，高舉三千丈，按納不住，大罵道：「驢牛射出來的賊忘八！前日賴了我賭錢，今日又上門欺負人！」黃達大怒罵道：「搗你娘的腸子！」丟了蒲扇，提了拳頭，搶上前，望龔端劈臉便打。王慶聽他兩個出言吐氣，也猜著是黃達了，假意上前來勸，只一枷，望黃達膀上打去。黃達撲通的攧個腳梢天，掙扎不迭，被龔端、龔正，並兩個莊客，一齊上前按住，拳頭腳尖，將黃達脊背、胸脯、肩胛、脅肋、膀子、臉頰、頭額、四肢，無處不著拳腳，只空得個舌尖兒。當下眾人將黃達踢打一個沒算數，把那葛敞衫、紗裙子，扯得粉碎。黃達口裡只叫道：「打得好！打得好！」赤條條的一毫絲線兒也沒有在身上，當有防送公人孫琳、賀吉，再三來勸，龔端等方才住手。黃達被他們打壞了，只在地上喘氣，那裡掙扎得起？龔端叫三四個莊客，把黃達扛到東村半路上草地裡撇下，赤日中曬了半日。黃達那邊的鄰舍莊家出來芸草，遇見了，扶他到家，臥床將息，央人寫了狀詞，去新安縣投遞報辜（罪）。

卻說龔端等鬧了一個早起，叫莊客搬出酒食，請王慶等吃早膳。王慶道：「那廝日後必來報仇廝鬧。」龔端道：「這賊忘八窮出鳥來，家裡只有一個老婆；左右鄰裡，只礙他的膂力，今日見那賊忘八打壞了，必不肯替他出力氣。若是死了，拚個莊客，償他的命，便吃官司，也說不得；若是不死，只是個互相廝打的官司。今日全賴師父報了仇，師父且喝杯酒，放心在此，一發把槍棒教導了愚弟兄，必當補報。」龔端取出兩錠銀，各重五兩，送與兩個公人，求他再寬幾日。孫琳、賀吉得了錢，只得應允。自此一連住了十餘日，把槍棒觔節，盡傳與龔端、龔正，因公人催促起身，又聽得黃達央人到縣裡告准，龔端取出五十兩白銀，送與王慶，到陝州使用。起個半夜，收拾行囊包裹，天未明時，離了本莊。龔端叫兄弟帶了若干銀兩，又來護送。於路無話，不則一日，來到陝州。孫琳、賀吉帶了王慶到州衙，當廳投下了開封府文牒。州尹看驗明白，收了王慶，押了回文，與兩個公人回去，不在話下。州尹隨即把王慶帖發本處牢城營來，公人討收管回話，又不必說。

當下龔正尋個相識，將些銀兩，替王慶到管營差撥處買上囑下的使用了。那個管營姓張，雙名世開，得了龔正賄賂，將王慶除了行枷，也不打甚麼殺威棒，也不來差他做生活，發下單身房內。

不覺的過了兩個月，時遇秋深天氣。忽一日，王慶正在單身房裡閒坐，只見一個軍漢走來說道：「管營相公喚你。」王慶隨了軍漢，來到點視廳上磕了頭。管營張世開說道：「你來這裡許多時，不曾差遣你做甚麼。我要買一張陳州來的好角弓；那陳州是東京管下，你是東京人，必知價值真假。」

說罷，使向袖中摸出一個紙包兒，親手遞與王慶道：「紋銀二兩，你去買了來回話。」王慶道：「小的理會得。」接了銀子，來到單身房裡，拆開紙包，看那銀子，果是雪𨱑（雪花銀），將等子（稱量輕物的衡器）稱時，反重三四分。王慶出了本營，到府北街市上弓箭鋪中，止用得一兩七錢銀子，買了一張真陳州角弓；將回來，張管營已不在廳上了。王慶將弓交與內宅親隨伴當送進去，喜得落了他三錢銀子。明日張世開又喚王慶到點視廳上說道：「你卻幹得事來，昨日買的角弓甚好。」王慶道：「相公須教把火來放在弓廂裡，不住的焙，方好。」張世開道：「這個曉得。」從此張世開日日差王慶買辦食用供應，卻是不比前日發出現銀來，給了一本帳簿，教王慶將日逐買的，都登記在簿上。那行鋪人家，那個肯賒半文？王慶只得取出己財，買了送進衙門內去。張世開嫌好道歉，非打即罵。及至過了十日，將簿呈遞，稟支價銀，那裡有毫忽兒發出來。如是月餘，被張管營或五棒，或十棒，或二十或三十，前前後後，總計打了三百餘棒，將兩腿都打爛了；把龔端送的五十兩銀子，賠費得罄盡。

一日，王慶到營西武功牌坊東側首，一個修合丸散、賣飲片、兼內外科、撮熟藥、又賣杖瘡膏藥的張醫士鋪裡，買了幾張膏藥，貼療杖瘡。張醫士一頭與王慶貼膏藥，一頭口裡說道：「張管營的舅爺龐大郎，前日也在這裡取膏藥，貼治右手腕。他說在邙東鎮上跌壞的，咱看他手腕，像個打壞的。」王慶聽了這句話，忙問道：「小人在營中，如何從不曾見面？」張醫士道：「他是張管營小夫人的同胞兄弟，單諱個元字兒。那龐夫人是張管營最得意的。那龐大郎好的是賭錢，又是使槍棒耍子。虧了這個姐姐，常照顧他。」王慶聽了這一段話，九分猜是「前日在柏樹下被俺打的那廝，一定是龐元了；怪道張世開尋罪過擺布俺。」王慶別了張醫士，回到營中，密地與管營的一個親隨小廝，買酒買肉的請他，又把錢與他，慢慢的密問龐元詳細。那小廝的說話，與前面張醫士一般，更有兩句備細的話，說道：「那龐元前日在邙東鎮上，被你打壞了，常在管營相公面前恨你。你的毒棒，只恐兀是不能免哩！」正是：

好勝誇強是禍胎，謙和守分自無災。
只因一棒成仇隙，如今加利奉還來。

當下王慶問了小廝備細，回到單身房裡，嘆口氣道：「不怕官，只怕管。前日偶爾失口，說了那廝，贏了他棒，卻不知道是管營心上人的兄弟。他若擺布得我要緊，只索逃走他處，再作道理。」便悄地到街坊，買了一把解手尖刀，藏在身邊，以防不測。如此又過十數日，幸得管營不來呼喚，棒瘡也覺好了些。忽一日，張管營又叫他買兩匹緞子，王慶有事在心，不敢怠惰，急急的到鋪中買了回營。張管營正坐在點視廳上，王慶上前回話。張世開嫌那緞子顏色不好，尺頭又短，花樣又是舊的，當下把王慶大罵道：「大膽的奴才！你是個囚徒，本該差你挑水搬石，或鎖禁在大鏈子上；今日差遣你奔走，是十分抬舉你。你這賊骨頭，卻是不知好歹！」罵得王慶頓口無言，插燭也似磕頭求方便。張世開喝道：「權且寄著一頓棒，速將緞匹換上好的來。限你今晚回話，若稍遲延，你須仔細著那條賊性命！」王慶只得脫出身上衣服，向解庫中典了兩貫錢，添錢買換上好的緞子，抱回營來。跋涉久了，已是上燈後了，只見營門閉著。當直軍漢說：「黑夜裡誰肯擔這干係，放你進去？」王慶分說道：「家管營相公遣差的。」那當直軍漢那裡肯聽？王慶身邊尚有剩下的錢，送與當直的，方才放他進去，卻是又被他纏了一回。捧了兩匹緞子，來到內宅門外。那守內宅門的說道：「管營相公和大奶奶廝鬧，在後面小奶奶房裡去了。大奶奶卻是利害得緊，誰敢與你傳話，惹是招非？」王慶思想道：「他限著今晚回話，如何又恁般阻拒我？卻不是故意要害我，明日那頓惡棒怎脫得過？這條性命，一定送在那賊忘八手裡，俺被他打了三百餘棒，報答那一棒的仇恨也夠了；前又受了龔正許多銀兩，今日直恁如此翻臉擺布俺！」

那王慶從小惡逆，生身父母也再不來觸犯他的。當下逆性一起，道是「恨小非君子，無毒不丈夫」，一不做，二不休，挨到更餘，營中人及眾囚徒都睡了，悄地踅到內宅後邊，爬過牆去，輕輕的拔了後門的栓兒，藏過一邊。那星光之下，照見牆垣內東邊有個馬廄，西邊小小一間屋，看時，乃是個坑廁。王慶掇那馬廄裡一扇木柵，豎在二重門的牆邊，從木柵爬上牆去，從牆上抽起木柵，豎在裡面，輕輕溜將下去。先拔了二重門栓，藏過木柵；裡面又是牆垣，只聽得牆裡邊笑語喧嘩。王慶踅到牆邊，伏著側耳細聽，認得是張世開的聲音，一個婦人聲音，又是一個男子聲音，卻在那裡喝酒閒話。王慶竊聽多時，忽聽得張世開說道：「舅子，那廝明日來回話，那條性命，只在棒下。」又聽得那個男子說道：「我算那廝身邊東西，也七八分了。姐夫須決意與我下手，出這口鳥氣！」張世開答道：「只在明後日教你快活罷了！」那婦人道：「也夠了！你每也索罷休！」那男子道：「姐姐說那裡話？你莫管！」王慶在牆外聽他每三個一遞一句，說得明白，心中大怒，那一把無名業火，高舉三千丈，按納不住，恨不得有金剛般神力，推倒那粉牆，搶進去殺了那廝每。正是：

爽口物多終作病，快心事過必為殃。
金風未動蟬先覺，無常暗送怎提防。

當下王慶正在按納不住，只聽得張世開高叫道：「小廝，點燈照我往後面去登東廁。」王慶聽了這句，連忙掣出那把解手尖刀，將身一堆兒蹲在那株梅樹後，只聽得呀的一聲，那裡面兩扇門兒開了。王慶在黑地裡觀看，卻是日逐透遞消息的那個小廝，提個行燈，後面張世開擺將出來。不知暗裡有人，望著前，只顧走，到了那二重門邊，罵道：「那些奴才們，一個也不小心，如何這早晚不將這栓兒拴了？」那小廝開了門，照張世開方才出得二重門，王慶悄悄的挨將上來。張世開聽得後面腳步響，回轉頭來，只見王慶右手掣刀，左手叉開五指，搶上前來。張世開把那心肝五臟，都提在九霄雲外，叫聲道：「有賊！」說時遲，那時快，被王慶早落一刀，把張世開齊耳根連脖子砍著，撲地便倒。那小廝雖是平日與王慶廝熟，今日見王慶拿了明晃晃一把刀，在那裡行凶，怎的不怕？卻待要走，兩隻腳一似釘住了的；再要叫時，口裡又似啞了的，喊不出來，端的驚得呆了。張世開正在掙命，王慶趕上，照後心又刺一刀，結果了性命。龐元正在姐姐房中吃酒，聽得外面隱隱的聲喚，點燈不迭，急跑出來看視。王慶見裡面有人出來，把那提燈的小廝只一腳，那小廝連身帶燈跌去，燈火也滅了。龐元只道張世開打小廝，他便叫道：「姐夫，如何打那小廝？」卻待上前來勸，被王慶飛搶上前，暗地裡望著龐元一刀刺去，正中脅肋；龐元殺豬也似喊了一聲，攧翻在地。王慶揪住了頭髮，一刀割下頭來。龐氏聽得外面喊聲凶險，急叫丫鬟點燈，一同出來照看，王慶看見龐氏出來，也要上前來殺。你道有恁般怪事！說也不信。王慶那時轉眼間，便見龐氏背後有十數個親隨伴當，都執器械，趕喊出來。王慶慌了手腳，搶出外去，開了後門，越過營中後牆，脫下血污衣服，揩淨解手刀，藏在身邊。聽得更鼓，已是三更，王慶乘那街坊人靜，踅到城邊，當夜被王慶越城去了。

且不說王慶越城，再說張世開的妾龐氏，只同得兩個丫鬟，點燈出來照看，原無甚麼伴當同他出來。他先看見了兄弟龐元血淥淥的頭在一邊，體在一邊，唬得龐氏與丫鬟都面面廝覷，正如分開八片頂陽骨，傾下半桶冰雪水，半晌價說不出話。當下龐氏三個，連跌帶滾，戰戰兢兢的跑進去，聲張起來，叫起裡面親隨，外面當值的軍牢，打著火把，執著器械，都到後面照看。只見二重門外，又殺死

第一百三回

張管營因妾弟喪身　范節級為表兄醫臉

張管營，那小廝跌倒在地，尚在掙命，口中吐血，眼見得不能夠活了。眾人見後門開了，都道是賊在後面來的，一擁到門外照看，火光下照見兩匹彩緞，抛在地下，眾人齊聲道是王慶。連忙查點各囚徒，只有王慶不在。當下鬧動了一營，及左右前後鄰舍眾人，在營後牆外，照著血污衣服，細細簡認，件件都是王慶的。眾人都商議，趁著未開城門，去報知州尹。急差人搜捉。此時已是五更時分了。州尹聞報大驚，火速差縣尉簡驗殺死人數，及行凶人出沒去處，一面差人教將陝州四門閉緊，點起軍兵，並緝捕人員，城中坊廂里正，逐一排門搜捉凶人王慶。閉門鬧了兩日，家至戶到，逐一挨查，並無影跡。州尹押了文書，委官下該管地方各處鄉保都村，排家搜捉，緝捕凶首。寫了王慶鄉貫、年甲、貌相、模樣，畫影圖形，出一千貫信賞錢。如有人知得王慶下落，赴州告報，隨文給賞；如有人藏匿犯人在家食宿者，事發到官，與犯人同罪。遍行鄰近州縣，一同緝捕。

且說王慶當夜越出陝州城，抓扎起衣服，從城濠淺處，去過對岸，心中思想道：「雖是逃脫了性命，卻往那裡去躲避好？」此時是仲冬將近，葉落草枯，星光下看得出路徑。王慶當夜轉過了三四條小路，方才有條大路。急忙忙的奔走，到紅日東升，約行了六七十里，卻是望著南方行走，望見前有人家稠密去處。王慶思想（考慮）身邊尚有一貫錢，且到那裡買些酒食吃了，再算計投那裡去。不多時，走到市裡，天氣尚早，酒肉店尚未開哩。只有朝東一家屋簷下，掛個安歇客商的破燈籠兒，是那家昨晚不曾收得，門兒兀是半開半掩。王慶上前，呀的一聲推進門去，只見一個人兀未梳洗，從裡面走將出來。王慶看時，認得這個「乃是我母姨表兄院長范全。他從小隨父親在房州經紀得利，因此就充做本州兩院押牢節級。今春三月中，到東京公干，也在我家住過幾日。」當下王慶叫道：「哥哥別來無恙！」范全也道：「是像王慶兄弟。」見他這般模樣，臉上又刺了兩行金印，正在疑慮，未及回答。那邊王慶見左右無人，托地跪下道：「哥哥救兄弟則個！」范全慌忙扶起道：「你果是王慶兄弟麼？」王慶搖手道：「禁聲！」范全會意，一把挽住王慶袖子，扯他到客房中，卻好范全昨晚揀賃的是獨宿房兒。范全悄地忙問：「兄弟何故如此模樣？」王慶附耳低言的，將那吃官司刺配陝州的事，述了一遍。次後說張世開報仇忒狠毒，昨夜已是如此如此。范全聽罷大驚，躊躇了一回，急急的梳洗吃飯，算還了房錢飯錢，商議教王慶只做軍牢跟隨的人，離了飯店，投奔房州來。王慶於路上問范全為何到此，范全說道：「蒙本處州尹，差往陝州州尹處投遞書札，昨日方討得回書，隨即離了陝州，因天晚在此歇宿；卻不知兄弟正在陝州，又做出恁般的事來。」范全同了王慶，夜止曉行，潛逃到房州。才過得兩日，陝州行文挨捕凶人王慶。范全捏了兩把汗，回家與王慶說知：「城中必不可安身。城外定山堡東，我有幾間草房，又有二十餘畝田地，是前年買下的。如今發幾個莊客在那裡耕種，我兄弟到那裡躲避幾日，卻再算計。」范全到黑夜裡，引王慶出城，到定山堡東，草房內藏匿；卻把王慶改姓改名，叫做李德。范全思想王慶臉上金印不穩；幸得昔年到建康，聞得神醫安道全的名，用厚幣交結他，學得個療金印的法兒，卻將毒藥與王慶點去了，後用好藥調治，起了紅疤，再將金玉細末，塗搽調治，二月有餘，那疤痕也消磨了。

光陰荏苒，過了百餘日，卻是宣和元年的仲春了。官府挨捕的事，已是虎頭蛇尾，前緊後慢。王慶臉上沒了金印，也漸漸的闖將出來，衣服鞋襪，都是范全周濟他。一日，王慶在草房內悶坐，忽聽得遠遠地有喧嘩廝鬧的聲，王慶便來問莊客，何處恁般熱鬧。莊客道：「李大官，不知這裡西去一里有餘，乃是定山堡內段家莊。段氏兄弟向本州接得個粉頭，搭戲台，說唱諸般品調。那粉頭是西京來新打踅的行院，色藝雙絕，賺得人山人海價看。大官人何不到那裡睃一睃？」王慶聽了這話，那裡耐得腳住？一徑來到定山堡。只因王慶走到這個所在，有分教，配軍村婦諧姻眷，地虎民殃毒一方。畢竟王慶到那裡觀看，真個有粉頭說唱也不，且聽下回分解。

第一百四回

段家莊重招新女婿　房山寨雙並舊強人

話說當下王慶闖到定山堡，那裡有五六百人家，那戲台卻在堡東麥地上。那時粉頭還未上台，台下四面，有三四十隻桌子，都有人圍擠著在那裡擲骰賭錢，那擲色的名兒，非止一端，乃是：

六風兒　五幺子　火燎毛　朱窩兒

又有那攧錢（用銅幣作賭具賭博）的，蹲踞在地上，共有二十餘簇人。那攧錢的名兒，也不止一端，乃是：

渾純兒　三背間　八叉兒

那些擲色的，在那裡呼幺喝六，攧錢的在那裡喚字叫背；或夾笑帶罵，或認真廝打。那輸了的，脫衣典裳，褫巾剝襪，也要去翻本，廢事業，忘寢食，到底是個輸字；那贏的，意氣揚揚，東攛西搖，南闖北趲的尋酒頭兒再做，身邊便袋裡，搭膊裡，衣袖裡，都是銀錢，到後捉本算帳，原來贏不多，贏的都被把梢的（開賭場的人）、放囊的（放債的人）拈了頭兒去。不說賭博光景，更有村姑農婦，丟了鋤麥，撇了灌菜，也是三三兩兩，成群作隊，仰著黑泥般臉，露著黃金般齒，呆呆地立著，等那粉頭出來。看他一般是爹娘養的，他便如何恁般標致，有若干人看他。當下不但鄰近村坊人，城中人也趕出來睃看，把那青青的麥地，踏光了十數畝。

話休絮繁，當下王慶閒看了一回，看得技癢，見那戲台裡邊，人叢裡，有個彪形大漢兩手靠著桌子，在杌子上坐地。那漢生得圓眼大臉，闊肩細腰，桌上堆著五貫錢，一個色盆，六只骰子，卻無主顧與他賭。王慶思想道：「俺自從吃官司到今日，有十數個月，不曾弄這個道兒了。前日范全哥哥把與我買柴薪的一錠銀在此，將來做個梢兒，與那廝擲幾擲，贏幾貫錢回去，買果兒吃。」當下王慶取出銀子，望桌上一丟，對那漢道：「胡亂擲一回。」那漢一眼瞅著王慶說道：「要擲便來。」說還未畢，早有一個人，向那前面桌子邊人叢裡挨出來，貌相長大，與那坐下的大漢，彷彿相似，對王慶說道：「禿禿，他這錠銀怎好出主（投放賭注）？將銀來，我有錢在此。你贏了，每貫只要加利二十文。」王慶道：「最好！」與那人打（兌換）了兩貫錢，那人已是每貫先除去二十文。王慶道：「也罷！」隨即與那漢講過擲朱窩兒。方擲得兩三盆，隨有一人挨下來，出主等擲。那王慶是東京積賭慣家，他信得盆口（賭博的門道）真，又會躲閃打浪，又狡猾奸詐，下擲主作弊；那放囊的乘鬧裡趲過那邊桌上去了，那挨下來的，說王慶擲得凶，收了去，只替那漢拈頭兒。王慶一口氣擲贏了兩貫錢，得了采，越擲得出，三紅四聚，只管撒出來，那漢性急反本，擲下便是絕，塌腳、小四不脫手。王慶擲了九點，那漢偏調出倒八來；無一個時辰，把五貫錢輸個罄盡。王慶贏了錢，用繩穿過兩貫，放在一邊，待尋那漢贖梢。又將那三貫穿縛停當，方欲將肩來負錢，那輸的漢子喝道：「你待將錢往那裡去？只怕是才出爐的，熱的熬炙了手。」王慶怒道：「你輸與我的，卻放那鳥屁？」那漢睜圓怪眼罵道：「狗弟子孩兒，你敢傷你老爺！」王慶罵道：「村撮鳥，俺便怕你把拳打在俺肚裡拔不出來，不將錢去！」那漢提起雙拳，望王慶劈臉打來，王慶側身一閃，就勢接住那漢的手，將右肘向那漢胸脯只一搪，右腳應手，將那漢左腳一勾。那漢是蠻力，那裡解得這跌法，撲通的望後顛翻，面孔朝天，背脊著地。那立攏來看的人，都笑起來。那漢卻待掙扎，被王慶上前按住，照實落處只顧打。那在先放囊的走來，也不解勸，也不幫助，只將桌上的錢，都搶去了。王慶大怒，棄了地上漢子，大踏步趕去。只見人叢裡閃出一個女子來，大喝道：「那廝不得無禮！有我在此！」王慶看那女子，生的如何：

眼大露凶光，眉粗橫殺氣。腰肢坌蠢，全無裊娜風情；面皮頑厚，惟賴粉脂鋪翳。異樣釵鑁插一頭，時興釧鐲露雙臂。頻搬石臼，笑他人氣喘急促；常掇井欄，誇自己膂力不費。針線不知如何拈，拽腿牽拳是長技。

那女子有二十四五年紀；他脫了外面衫子，捲做一團，丟在一個桌上，裡面是箭桿小袖緊身，鸚哥綠短襖，下穿一條大襠紫夾綢褲兒，踏步上前，提起拳頭，望王慶打來。王慶見他是女子，又見他起拳便有破綻，有意耍他，故意不用快跌，也拽雙拳吐個門戶，擺開解數，與那女子相撲。但見：

拽開大四平，踢起雙飛腳。仙人指路，老子騎鶴。拗鸞肘出近前心，當頭炮勢侵額角。翹跟淬地龍，扭腕擎天橐。這邊女子，使個蓋頂撒花；這裡男兒，耍個繞腰貫索。兩個似迎風貼扇兒，無移時急雨催花落。

那時粉頭已上台做笑樂院本，眾人見這邊男女相撲，一齊走攏來，把兩人圍在圈子中看。那女子見王慶只辦得架隔遮攔，沒本事鑽進來，他便覷個空，使個黑虎偷心勢，一拳望王慶劈心打來。王慶將身一側，那女子打個空，收拳不迭。被王慶就勢扭繶定，只一跤，把女子攧翻；剛剛著地，順手兒又抱起來：這個勢，叫做虎抱頭。王慶道：「莫污了衣服。休怪俺衝撞，你自來尋俺。」那女子毫無羞怒之色，倒把王慶贊道：「嘖嘖，好拳腿！果是觔節！」那邊輸錢吃打的，與那放囊搶錢的兩個漢子，分開眾人，一齊上前喝道：「驢牛射的狗弟子孩兒，恁般膽大！怎敢跌我妹子？」王慶喝罵道：「輸敗醃臢村烏龜子，搶了俺的錢，反出穢言！」搶上前，拽拳便打。只見一個人從人叢裡搶出來，橫身隔住了一雙半人，六個拳頭，口裡高叫道：「李大郎，不得無禮！段二哥、段五哥，也休要動手！都是一塊土上人，有話便好好地說！」王慶看時，卻是范全。三人真個住了手。范全連忙向那女子道：「三娘拜揖。」那女子也道了萬福，便問：「李大郎是院長親戚麼？」范全道：「是在下表弟。」那女子道：「出色的好拳腳！」王慶對范全道：「叵耐那廝自己輸了錢，反教同伙兒搶去了。」范全笑道：「這個是二哥、五哥的買賣，你如何來鬧他？」那邊段二、段五四隻眼瞅著看妹子。那女子說道：「看范院長面皮，不必和他爭鬧了。拿那綻銀子來！」段五見妹子勸他，又見妹子奢遮，「是我也是輸了，」只得取出那綻原銀，遞與妹子三娘。那三娘把與范全道：「原銀在此，將了去！」說罷，便扯著段二、段五，分開眾人去了。范全也扯了王慶，一徑回到草莊內。

范全埋怨王慶道：「俺為娘面上，擔著血海般膽，留哥哥在此；倘遇恩赦，再與哥哥營謀。你卻怎般沒坐性！那段二、段五，最刁潑的；那妹子段三娘，更是滲瀨，人起他個綽號兒，喚他做『大蟲窩』。良家子弟，不知被他誘扎了多少。他十五歲時，便嫁個老公；那老公果是坌蠢，不上一年，被他炙煿殺了。他恃了膂力，和段二、段五專一在外尋趁廝鬧，賺那惡心錢兒。鄰近村坊，那一處不怕他的？他們接這粉頭，專為勾引人來賭博。那一張桌子，不是他圈套裡？哥哥，你卻到那裡惹是招非！倘或露出馬腳來，你吾這場禍害，卻是不小。」王慶被范全說得頓口無言。范全起身對王慶道：「我要州裡去當直，明日再來看你。」

不說范全進房州城去，且說當日王慶，天晚歇息，一宿無話。次日，梳洗方畢，只見莊客報道：「段太公來看大郎。」王慶只得到外面迎接，卻是皺面銀須一個老叟。敘禮罷，分賓主坐定。段太公將王慶從頭上直看至腳下，口裡說道：「果是魁偉！」便問王慶那裡人氏，因何到此，范院長是足下甚麼親戚，曾娶妻也不？王慶聽他問的蹺蹊，便捏一派假話，支吾說道：「在下西京人氏，父母雙亡，妻子也死過了，與范節級是中表兄弟。因舊年范節級有公幹到西京，見在下獨自一身，沒人照顧，特接在下到此，在下頗知些拳棒，待後覷個方便，就在本州討個出身。」段太公聽罷大喜，便問了王慶的年庚八字，辭別去了。又過多樣時，王慶正在疑慮，又有一個人推扉進來，問道：「范院長可在麼？這位就是李大郎麼？」二人都面面廝覷，錯愕相顧，都想道：「曾會過來。」敘禮才罷，正欲動問，恰好范全也到。三人坐定；范全道：「李先生為何到此？」王慶聽了這句，猛可的想著道：「他是賣卦的李助。」那李助也想起來道：「他是東京人，姓王，曾與我問卜。」李助對范全道：「院長，小子一向不曾來親近得。敢問有個令親李大郎麼？」范全指王慶道：「只這個便是我兄弟李大郎。」王慶接過口來道：「在下本姓是李。那個王，是外公姓。」李助拍手笑道：「小子好記分（記性）。我說是姓王，曾在東京開封府前相會來。」王慶見他說出備細，低頭不語。李助對王慶道：「自從別後，回到荊南，遇異人，授以劍術，及看子平的妙訣，因此叫小子做『金劍先生』。近日在房州，聞此處熱鬧，特到此趕節做生理。段氏兄弟知小子有劍術，要小子教導他擊刺，所以留小子在家。適才段太公回來，把貴造與小子推算，那裡有這樣好八字？日後貴不可言。目下紅鸞照臨，應有喜慶之事。段三娘與段太公大喜，欲招贅大郎為婿。小子乘著吉日，特到此為月老。三娘的八字，十分旺夫。適才曾合過來，銅盆鐵帚，正是一對兒夫妻。作成小子吃杯喜酒！」范全聽了這一席話，沉吟了一回，心下思想道：「那段氏刁頑，如或不允這頭親事，設或有個破綻，為害不淺。只得將機就機罷！」便對李助道：「原來如此！承段太公、三娘美意。只是這個兄弟粗蠢，怎好做嬌客？」李助道：「阿也！院長不必太謙了。那邊三娘，不住口的稱贊大郎哩！」范全道：「如此極妙的了！在下便可替他主婚。」一身邊取出五兩重的一錠銀，送與李助道：「村莊沒甚東西相待，這些薄意，准（抵償，買）個茶果，事成另當重謝。」李助道：「這怎麼使得！」范全道：「惶恐，惶恐！只有一句話：先生不必說他有兩姓，凡事都望周全。」李助是個星卜家，得了銀子，千恩萬謝的辭了范全、王慶，來到段家莊回覆，那裡管甚麼一姓兩姓，好人歹人，一味撮合山，騙酒食，賺銅錢。更兼段三娘自己看中意了對頭兒，平日一家都怕他的，雖是段太公，也不敢拗他，所以這件事一說就成。

李助兩邊往來說合，指望多說些聘金，月老方才旺相。范全恐怕行聘播揚惹事，講過兩家一概都省。那段太公是做家（治家，過日子）的，更是喜歡，一徑擇日成親。擇了本月二十二日，宰羊殺豬，網魚捕蛙，只辦得大碗酒，大盤肉，請些男親女戚吃喜酒，其笙簫鼓吹，洞房花燭，一概都省。范全替王慶做了一身新衣服，送到段家莊上。范全因官府有事，先辭別去了。王慶與段三娘交拜合巹等項，也是草草完事。段太公擺酒在草堂上，同二十餘個親戚，及自家兒子、新女婿，與媒人李助，在草堂吃了一日酒，至暮方散。眾親戚路近的，都辭謝去了；留下路遠走不迭的，乃是姑丈方翰夫婦，表弟丘翔老小，段二的舅子施俊男女。三個男人在外邊東廂歇息；那三個女眷，通是不老成（不拘束）的，搬些酒食與王慶、段三娘暖房，嘻嘻哈哈，又喝了一回酒，方才收拾歇息。當有丫頭老媽　，到新房中鋪床疊被，請新官人和姐姐安置，丫頭從外面拽上了房門，自各知趣去了。

眾婦人正在那裡嘲笑打諢，你綽我捏，只見段二搶進來大叫道：「怎麼好！怎麼好！你們也不知利害，兀是在此笑耍！」眾婦人都捏了兩把汗，卻沒理會處。段二又喊道：「妹子，三娘，快起來！你床上招了個禍胎也！」段三娘正在得意處，反嗔怪段二，便在床上答道：「夜晚間有甚事，恁般大驚小怪？」段二又喊道：「火燎鳥毛了！你們兀是不知死活！」王慶心中本是有事的人，教老婆穿衣服，一同出房來問，眾婦人都跑散了。王慶方出房門，被段二一手扯住，來到前面草堂上，卻是范全在那裡叫苦叫屈，如熱鍋上螞蟻，沒走一頭處，隨後段太公、段五、段三娘都到。卻是新安縣龔家村東的黃達，調治好了打傷的病，被他訪知王慶蹤跡實落處，昨晚到房州報知州尹。州尹張顧行，押了公文，便差都頭，領著土兵，來捉凶人王慶，及窩藏人犯范全並段氏人眾。范全因與本州當案薛孔目交好，密地理先透了個消息。范全棄了老小，一溜煙走來這裡，頃刻便有官兵來也！眾人個個都要吃官司哩！眾人跌腳捶胸，好似掀翻了抱雞窠，弄出許多慌來，卻去罵王慶，羞三娘。正在鬧吵，只見草堂外東廂裡走出算命的金劍先生李助，上前說道：「列位若要免禍，須聽小子一言！」眾人一齊上前擁著來問。李助道：「事已如此，三十六策，走為上策！」眾人道：「走到那裡去？」李助道：「只這裡西去二十里外，有座房山。」眾人道：「那裡是強人出沒去處。」李助笑道：「列位恁般呆！你們如今還想要做好人？」眾人道：「卻是怎麼？」李助道：「房山寨主廖立，與小子頗是相識，他手下有五六百名嘍羅，官兵不能收捕，事不宜遲，快收拾細軟等物，都到那裡入伙，方避得大禍。」一方翰等六個男女，恐怕日後捉親屬連累，又被王慶、段三娘十分攛掇，眾人無可如何，只得都上了這條路。把莊裡有的沒的細軟等物，即便收拾，盡教打迭起了；一壁點起三四十個火把。王慶、段三娘、段二、段五、方翰、丘翔、施俊、李助、范全九個人，都結束齊整，各人挎了腰刀，槍架上拿了朴刀，喚集莊客，願去的共是四十餘個，俱拽扎拴縛停當。王慶、李助、范全當頭，方翰、丘翔、施俊保護女子在中。幸得那五個女子，都是鋤頭般的腳，卻與男子一般的會走。段三娘、段二、段五在後，把莊上前後都放把火，發聲喊，眾人都執器械，一哄望西而走。鄰舍及近村人家，平日畏段家人物如虎，今日見他們明火執仗，又不知他們備細，都閉著門，那裡有一個敢來攔擋。

王慶等方行得四五里，早遇著都頭土兵，同了黃達，跟同來捉人。都頭上前，早被王慶手起刀落，把一個斬為兩段。李助、段三娘等，一擁上前，殺散土兵，黃達也被王慶殺了。王慶等一行人來到房山寨下，已是五更時分。李助計議，欲先自上山，訴求廖立，方好領眾人上山入伙。寨內巡視的小嘍羅，見山下火把亂明，即去報知寨主。那廖立疑是官兵，他平日欺慣了官兵沒用，連忙起身，披掛綽槍，開了柵寨，點起小嘍羅，下山拒敵。王慶見山上火起，又有許多人下來，先做準備。當下廖立直到山下，看見許多男女，料道不是官兵。廖立挺槍喝道：「你這伙鳥男女，如何來驚動我山寨，在太歲頭上動土？」李助上前躬身道：「大王，是劣弟李助。」隨即把王慶犯罪，及殺管營，殺官兵的事，略述一遍。廖立聽李助說得王慶恁般了得，更有段家兄弟幫助，我只一身，恐日後受他們氣，翻著臉對李助道：「我這個小去處，卻容不得你們。」王慶聽了這句，心下思想：「山寨中只有這個主兒，先除了此人，小嘍羅何足為慮？」便挺朴刀，直搶廖立。那廖立大怒，拈槍來迎。段三娘恐王慶有失，挺朴刀來相助。三個人鬥了十數合，三個人裡倒了一個。正是瓦罐不離井上破，強人必在鎗前亡。畢竟三人中倒了那一個，且聽下回分解。

第一百五回
宋公明避暑療軍兵　喬道清回風燒賊寇

話說王慶、段三娘與廖立鬥不過六七合，廖立被王慶覷個破綻，一朴刀搠翻，段三娘趕上，復一刀結果了性命。廖立做了半世強人，到此一場春夢！王慶提朴刀喝道：「如有不願順者，廖立為樣！」眾嘍羅見殺了廖立，誰敢抗拒，都投戈拜服。王慶領眾上山，來到寨中，此時已是東方發白。那山四面，都是生成的石室，如房屋一般，因此叫做房山，屬房州管下。當日王慶安頓了各人老小，計點嘍羅，盤查寨中糧草、金銀、珍寶、錦帛、布匹等項，殺牛宰馬，大賞嘍羅，置酒與眾人賀慶。眾人遂推王慶為寨主，一面打造軍器，一面訓練嘍羅，準備迎敵官兵，不在話下。

且說當夜房州差來擒捉王慶的一行都頭土兵人役，被王慶等殺散，有逃奔得脫的，回州報知州尹張顧行說：「王慶等預先知覺，拒敵官兵，都頭及報人黃達，都被殺害；那伙凶人，投奔西去。」張顧行大驚，次早計點土兵，殺死三十餘名，傷者四十餘人。張顧行即日與本州鎮守軍官計議，添差捕盜官軍及營兵，前去追捕。因強人凶狠，官兵又損折了若干。房山寨嘍羅日眾，王慶等下山來打家劫舍。張顧行見賊勢猖獗，一面行下文書，仰屬縣知會守禦本境，撥兵前來，協力收捕；一面再與本州守禦兵馬都監胡有為計議剿捕。胡有為整點營中軍兵，擇日起兵前去剿捕。兩營軍忽然鼓噪起來，卻是為兩個月無錢米關給，今日癟著肚皮，如何去殺賊？張顧行聞變，只得先將一個月錢米給散。只因這番給散，越激怒了軍士，卻是為何？當事的，平日不將軍士撫恤節制；直到鼓噪，方才給發請受（薪餉），已是驕縱了軍心。更有一樁可笑處，今日有事，那扣頭常例，又與平日一般克剝。他們平日受的克剝氣多了，今日一總發洩出來。軍情洶洶，一時發作，把那胡有為殺死。張顧行見勢頭不好，只護著印信，預先躲避。城中無主，又有本處無賴，附和了叛軍，遂將良民焚劫。那強賊王慶，見城中變起，乘勢領眾多嘍羅來打房州。那些叛軍及烏合奸徒，反隨順了強人。因此王慶得志，遂被那廝占據了房州為巢穴。那張顧行到底躲避不脫，也被殺害。

王慶劫擄房州倉庫錢糧，遣李助、段二、段五，分頭於房山寨及各處，立豎招軍旗號，買馬招軍，積草屯糧，遠近村鎮，都被劫掠。那些游手無賴，及惡逆犯罪的人，紛紛歸附。那時龔端、龔正，向被黃達訐告，家產蕩盡，聞王慶招軍，也來入了伙。鄰近州縣，只好保守城池，誰人敢將軍馬剿捕？被強人兩月之內，便集聚了二萬餘人，打破鄰近上津縣、竹山縣、鄖鄉縣三個城池。鄰近州縣，申報朝廷，朝廷命就彼處發兵剿捕。宋朝官兵，多因糧餉不足，兵失操練，兵不畏將，將不知兵。一聞賊警，先是聲張得十分凶猛，使士卒寒心，百姓喪膽；及至臨陣對敵，將軍怯懦，軍士餒弱。怎禁得王慶等賊眾，都是拚著性命殺來，官軍無不披靡。因此，被王慶越弄得大了，又打破了南豐府。到後東京調來將士，非賄蔡京、童貫，即賂楊戩、高俅，他們得了賄賂，那管甚麼庸懦。那將士費了本錢，弄得權柄上手，恣意克剝軍糧，殺良冒功，縱兵擄掠，騷擾地方，反將赤子（百姓）迫逼從賊。自此賊勢漸大，縱兵南下。李助獻計，因他是荊南人，仍扮做星相入城，密糾惡少奸棍，裡應外合，襲破荊南城池。遂拜李助為軍師，自稱「楚王」。遂有江洋大盜，山寨強人，都來附和。三四年間，占據了宋朝六座軍州。王慶遂於南豐城中，建造寶殿、內苑、宮闕，僭號（冒用帝王的稱號）改元；也學宋朝，偽設文武職台，省院官僚，內相外將。封李助為軍師都丞相，方翰為樞密，段二為護國統軍大將，段五為輔國統軍都督，范全為殿帥，龔端為宣撫使，龔正為轉運使，專管支納出入，考算錢糧，丘翔為御營使；偽立段氏為妃。自宣和元年作亂以來，至宣和五年春，—那時宋江等正在河北征討田虎，於壺關相拒之日，那邊淮西王慶又打破了雲安軍及宛州，一總被他占了八座軍州。那八座乃是：

南豐　荊南　山南　雲安

安德　東川　宛州　西京

那八處所屬州縣，共八十六處。王慶又於雲安建造行宮，令施俊為留守官，鎮守雲安軍。

初時，王慶令劉敏等侵奪宛州時，那宛州鄰近東京，蔡京等瞞不過天子，奏過道君皇帝，敕蔡攸、童貫征討王慶，來救宛州。蔡攸、童貫，兵無節制，暴虐士卒，軍心離散，因此，被劉敏等殺得大敗虧輸，所以陷了宛州，東京震恐。蔡攸、童貫懼罪，只瞞著天子一個。賊將劉敏、魯成等，勝了蔡攸、童貫，遂將魯州、襄州圍困。卻得宋江等平定河北班師，復奉詔征討淮西。真是席不暇暖，馬不停蹄，統領大兵二十餘萬，向南進發。才渡黃河，省院又行文來催促陳安撫，宋江等兵馬，星馳來救魯州、襄州。宋江等冒著暑熱，汗馬馳驅，由粟縣、汜水一路行來，所過秋毫無犯。大兵已到陽翟州界；賊人聞宋江兵到來，魯州、襄州二處，都解圍去了。

那時張清、瓊英、葉清看剮了田虎，受了皇恩，奉詔協助宋江征討王慶。張清等離了東京，已到穎昌州半月餘了。聞宋先鋒兵到，三人到軍前迎接。參見畢，備述蒙恩褒封（褒獎封賞）之事。宋江以下，稱贊不已。宋江命張清等在軍中聽用。

宋江請陳安撫、侯參謀、羅武諭等駐紮陽翟城中，自己大軍不便入城。宋江傳令，教大軍都屯紮於方城山樹林深密陰蔭處，以避暑熱。又因軍士跋涉千里，中暑疲困者甚多，教安道全置辦藥料，醫療軍士；再教軍士搭蓋涼廠，安頓馬匹，令皇甫端調治，刻剮鬣毛。吳用道：「大兵屯於叢林，恐敵人用火。」宋江道：「正要他用火。」宋江卻教軍士再去於本山高岡涼蔭樹下，用竹篷茅草，蓋一小小山棚。當有河北降將喬道清會意，來稟宋江道：「喬某感先鋒厚恩，今日願略效微勞。」宋江大喜，密授計於喬道清，往山棚中去了。宋江挑選軍士強健者三萬人：令張清、瓊英管領一萬兵馬，往東山麓埋伏；令孫安、卞祥也管領一萬人馬，往西山麓埋伏；只聽我中軍轟天炮響，一齊殺出。將糧草都堆積於山南平麓，教李應、柴進領五千軍士看守。

分撥甫定（才定），忽見公孫勝說道：「兄長籌畫甚妙！但如此溽暑（潮濕，悶熱），軍士往來疲病，倘賊人以精銳突至，我兵雖十倍於眾，必不能取勝。待貧道略施小術，先除了眾人煩躁，軍馬涼爽，自然強健。」說罷，便仗劍作法，腳踏魁罡二字，左手雷印，右手劍訣，凝神觀想，向巽方取了生氣一口，念咒一遍。須臾，涼風颯颯，陰雲冉冉，從本山嶺岫中噴薄出來，彌漫了方城山一座，二十餘萬人馬，都在涼風爽氣之中。除此山外，依舊是銷金鑠鐵般烈日，蜩蟬亂鳴，鳥雀藏匿。宋江以下眾人，十分歡喜，稱謝公孫勝神功道德。如是六七日，又得安道全療人，皇甫端調馬，軍兵馬匹，漸漸強健，不在話下。

且說宛州守將劉敏，乃賊中頗有謀略者，賊人稱為「劉智伯」。他探知宋江兵馬，屯紮山林叢密處避暑。他道：「宋江這伙，終是水泊草寇，不知兵法，所以不能成大事。待俺略施小計，管教那二十萬軍馬，焦爛一半！」隨即傳令，挑選輕捷軍士五千人，各備火箭、火炮、火炬；再備戰車二千輛，裝載蘆葦乾柴，及硫黃焰硝引火之物；每車一輛，令四人推送。此時是七月中旬新秋天氣，劉敏引了魯成、鄭捷、寇猛、顧岑四員副將，及鐵騎一萬，人披軟戰，馬摘鑾鈴，在後接應。劉敏留下偏將韓喆、班澤等，鎮守城池。劉敏等眾，薄暮離城，恰遇南風大作。劉敏大喜道：「宋江等這伙人合敗！」賊兵行至三更時分，才到方城山南二里外，忽然霧氣彌漫山谷。劉敏道：「天助俺成功！」教軍士在後擂鼓吶喊助威；令五千軍士，只向山林深密處，只顧將火箭、火炮、火炬射打焚燒上去；教寇猛、畢勝，催趲推車軍士，將火車點著，向山麓下屯糧處燒來。眾人正奮勇上前，忽的都叫道：「苦也！苦也！」卻有恁般奇事！南風正猛，一霎時，卻怎麼就轉過北風！又聽得山上霹靂般一聲響亮，被喬道清使了回風返火的法，那些火箭、火炬，都向南邊賊陣裡飛將來，卻似千萬條金蛇火龍，烈焰騰騰的向賊兵飛撲將來，賊兵躲避不迭，都燒得焦頭爛額。當下宋軍中有口號四句，單笑那劉敏，道是：

軍機固難測，賊人妄擘劃。
放火自燒軍，好個「劉智伯」！

那時宋先鋒教凌振將號炮施放，那炮直飛起半天裡振響。東有張清、瓊英，西有孫安、卞祥，各領兵衝殺過來。賊兵大敗虧輸：魯成被孫安一劍，揮為兩段；鄭捷被瓊英一石子，打下馬來，張清再一槍，結果了性命；顧岑被卞祥搠死；寇猛被亂兵所殺；二萬三千人馬，被火燒兵殺，折了一大半，其餘四散逃竄；二千輛車，燒個盡絕；只有劉敏同三四百敗殘軍卒，向前逃奔，到宛州去了。宋軍不曾燒毀半莖柴草，也未嘗損折一個軍卒，奪獲馬匹、衣甲、金鼓甚多。張清、孫安等，得勝回到山寨獻功。孫安獻魯成首級；張清、瓊英獻鄭捷首級；卞祥獻顧岑首級。宋江各各賞勞，標寫喬道清頭功，及張清、瓊英、孫安、卞祥功次。

吳用道：「兄長妙算，已喪賊膽，但宛州山水盤紆，丘原膏沃，地稱陸海，若賊人添撥兵將，以重兵守之，急切難克。目今金風卻暑，玉露生涼，軍馬都已強健，當乘我軍威大振，城中單弱，速往攻之，必克；然須別分兵南北屯紮，以防賊人救兵衝突。」宋江稱善，依計傳令，教關勝、秦明、楊志、黃信、孫立、宣贊、郝思文、陳達、楊春、周通，統領兵馬三萬，屯紮宛州之東，以防賊人南來救兵；林沖、呼延灼、董平、索超、韓滔、彭玘、單廷珪、魏定國、歐鵬、鄧飛，領兵三萬，屯紮宛州之西，以拒賊人北來兵馬。眾將遵令，整點軍馬去了。當有河北降將孫安等一十七員，一齊來稟道：「某等蒙先鋒收錄，深感先鋒優禮。今某等願為前部，前去攻城，少報厚恩。」宋江依允，遂令張清、瓊英統領孫安等十七員將佐，軍馬五萬為前部。那十七員乃是：

孫　安　　馬　靈　　卞　祥　　山士奇　　唐　斌
文仲容　　崔　埜　　金　鼎　　黃　鉞　　梅　玉
金　禎　　畢　勝　　潘　迅　　楊　芳　　馮　升
胡　邁　　葉　清

當下張清遵令，統領將佐軍兵，望宛州征進去了。

宋江同盧俊義、吳用等，管領其餘將佐大兵，拔寨都起，離了方城山，望南進發，到宛州十里外紮寨。令李雲、湯隆、陶宗旺監造攻城器具，推送張清等軍前備用。張清等眾將領兵馬將宛州圍得水

第一百五回

宋公明避暑療軍兵　喬道清回風燒賊寇

洩不通。城中守將劉敏，是那夜中了宋江之計，只逃脫得性命。到宛州，即差人往南豐王慶處申報，並行文鄰近州縣，求取救兵。今日被宋兵圍了城池，只令堅守城池，待救兵至，方可出擊。宋兵攻打城池，一連六七日，城垣堅固，急切不能得下。宛州城北臨汝州，賊將張壽領救兵二萬前來，被林沖等殺其主將張壽，其餘偏牙將士及軍卒，都潰散去了。同日，又有宛州之南，安昌、義陽等縣救兵到來，被關勝等大敗賊兵，擒其將柏仁、張怡，送到宋江大寨正刑訖。二處斬獲甚多。此時李雲等已造就攻城器具。孫安、馬靈等同心協力，令軍士囊土（用口袋裝土），四面擁堆距堙，逼近城垣；又選勇敢輕捷之士，用飛橋轉關轆轤，越溝塹，渡池濠，軍士一齊奮勇登城，遂克宛州，活擒守將劉敏，其餘偏牙將佐，殺死二十餘名，殺死軍士五千餘人，降者萬人。宋江等大兵入城，將劉敏正法梟示（砍頭示眾），出榜安民。標寫關勝、林沖、張清，並孫安等眾將功次。差人到陽翟州陳安撫處報捷，並請陳安撫等移鎮宛州。陳安撫聞報大喜，隨即同了侯參謀、羅武諭來到宛州。宋江等出郭迎接入城，陳安撫稱贊宋江等功勳，是不必得說。

宋江在宛州料理軍務，過了十餘日，此時已是八月初旬，暑氣漸退。宋江對吳用計議道：「如今當取那一處城池？」吳用道：「此處南去山南軍，南極湖湘，北控關洛，乃是楚蜀咽喉之會。當先取此城，以分賊勢。」宋江道：「軍師所言，正合我意。」遂留花榮、林沖、宣贊、郝思文、呂方、郭盛，輔助陳安撫等，管領兵馬五萬，鎮守宛州。陳安撫又留了聖手書生蕭讓，傳令水軍頭領李俊等八員，統駕水軍船隻，由泌水（河南泌陽河）至山南城北漢江會集。宋江將陸兵分作三隊，辭別陳安撫，統領眾多將佐，並軍馬二十五萬，離了宛州，殺奔山南軍來。真個是：萬馬奔馳天地怕，千軍踴躍鬼神愁。畢竟宋兵如何攻取山南，且聽下回分解。

第一百六回 書生談笑卻強敵 水軍汨沒破堅城

話說宋江分撥人馬，水陸並進，船騎同行。陸路分作三隊：前隊衝鋒破敵驍將一十二員，管領兵馬一萬。那十二員：

董平　秦明　徐寧　索超　張清
瓊英　孫安　卞祥　馬靈　唐斌
文仲容　崔埜

後隊彪將一十四員，管領兵馬五萬為合後。那十四員：

黃信　孫立　韓滔　彭玘　單廷珪
魏定國　歐鵬　鄧飛　燕順　馬麟
陳達　楊春　周通　楊林

中隊宋江、盧俊義，統領將佐九十餘員，軍馬十萬，殺奔山南軍來。前隊董平等兵馬已到隆中山北五里外紮寨，探馬報來說：「王慶聞知我兵到了，特於這隆中山北麓，新添設雄兵二萬，令勇將賀吉、縻貹、郭矸、陳贇統領兵馬，在那裡鎮守。」董平等聞報，隨即計議，教孫安、卞祥，領兵五千伏於左，馬靈、唐斌領兵五千伏於右，只聽我軍中炮響，一齊殺出。

這裡分撥才定，那邊賊眾，已是搖旗擂鼓，吶喊篩鑼，前來搦戰。兩軍相對，旗鼓相望，南北列成陣勢，各用強弓硬弩，射住陣腳。賊陣裡門旗開處，賊將縻貹出馬當先，頭頂鋼盔，身穿鐵鎧，弓彎鵲畫，箭插雕翎，臉橫紫肉，眼睜銅鈴。擔一把長柄開山大斧，坐一匹高頭捲毛黃馬。高叫道：「你們這伙是水窪小寇，何故與宋朝無道昏君出力，來到這裡送死！」宋軍陣裡，鼉鼓喧天，急先鋒索超驟馬出陣，大喝道：「無端造反的強賊，敢出穢言！待俺劈你一百斧！」揮著金蘸斧，拍馬直搶縻貹。那縻貹也掄斧來迎。兩軍迭聲吶喊，二將搶到垓心，兩騎相交，雙斧並舉，鬥經五十餘合，勝敗未分。那賊將縻貹，果是勇猛。宋陣裡霹靂火秦明，見索超不能取勝，舞著狼牙棍，驟馬搶出陣來助戰，賊將陳贇舞戟來迎。四將在征塵影裡，殺氣叢中，正鬥到熱鬧處，只聽得一聲炮響，孫安、卞祥領兵從左邊殺來，賊將賀吉分兵接住廝殺；馬靈、唐斌領兵從右邊殺來，賊將郭矸分兵接住廝殺。宋陣裡瓊英驟馬出陣，暗拈石子，覷定陳贇，只一石子飛來，正打著鼻凹，陳贇翻身落馬。秦明趕上，照頂門一棍，連頭帶盔，打個粉碎。那左邊孫安與賀吉鬥到三十餘合，被孫安揮劍，斬於馬下；右邊唐斌也刺殺了郭矸。縻貹見眾人失利，架住了索超金蘸斧，撥馬便走。索超、孫安、馬靈等，驅兵追趕掩殺，賊兵大敗。眾將追趕縻貹，剛剛轉過山嘴，被賊人暗藏一萬兵馬，在山背後叢林裡，賊將耿文、薛贊，領兵搶出林來，與縻貹合兵一處，回身衝殺過來，縻貹當先。宋陣裡文仲容要幹功勳，挺槍拍馬，來鬥縻貹，戰鬥到十合之上，被縻貹揮斧，將文仲容砍為兩截。崔埜見砍了文仲容，十分惱怒，躍馬提刀，直搶縻貹。二將鬥過六七合，唐斌拍馬來助。縻貹看見有人來助戰，大喝一聲，只一斧，將崔埜斬於馬下，搶來接住唐斌廝殺。這邊張清、瓊英見折了二將，夫婦兩個並馬雙出，張清拈取石子，望縻貹飛來。那縻貹眼明手快，將斧只一撥，一聲響亮，正打在斧上，火光爆散，將石子撥下地去了。瓊英見丈夫石子不中，忙取石子飛去。縻貹見第二個石子飛來，把頭一低，鐺的一聲，正打在銅盔上。宋陣裡徐寧、董平見二個石子都打不中，徐寧、董平雙馬並出，一齊並力殺來。縻貹見眾將都來，隔住唐斌的槍，撥馬便走。唐斌緊緊追趕，卻被賊將耿文、薛贊雙出接住，被縻貹那廝跑脫去了。眾將只殺了耿文、薛贊，殺散賊兵，奪獲馬匹、金鼓、衣甲甚多。董平教軍士收拾文仲容、崔埜二人屍首埋葬。唐斌見折了二人，放聲大哭，親與軍士殯殮二人。董平等九人已將兵馬屯紮在隆中山的南麓了。

次日，宋江等兩隊大兵都到，與董平等合兵一處。宋江見折了二將，十分淒慘，用禮祭奠畢，與吳用商議攻城之策。吳用、朱武上雲梯，看了城池形勢，下來對宋江道：「這座城堅固，攻打無益，且佯示攻打之意，再看機會。」宋江傳令，教一面收拾攻城器械，一面差精細軍卒，四面偵探消息。

不說宋江等計議攻城，卻說縻貹那廝，只領得二三百騎，逃到山南州城中。守城主將，卻是王慶的舅子段二。王慶聞宋朝遣宋江等兵馬到來，加封段二為平東大元帥，特教他到此鎮守城池。當下縻貹來參見了，訴說宋江等兵勇將猛，折了五將，全軍覆沒，特來懇告元帥，借兵報仇。原來縻貹等是王慶差出來的，因此說借兵。段二聽說大怒道：「你雖不屬我管，你的覆兵折將的罪，我卻殺得你！」喝叫軍士綁出，斬訖來報。只見帳下閃出一人來稟道：「元帥息怒，且留著這個人。」段二看時，卻是王慶撥來帳前參軍左謀。段二道：「卻如何饒他？」左謀道；「某聞縻貹十分驍勇，連斬宋軍中二將。宋江等真個兵強將勇，只可智取，不可力敵。」段二道：「怎麼叫做智取？」左謀道：

第一百六回

書生談笑卻強敵　水軍汩沒破堅城

「宋江等糧草輜重，都屯積宛州，從那邊運來。聞宛州兵馬單弱，元帥當密差的當人役，往均、鞏兩州守城將佐處，約定時日，教他兩路出兵，襲宛州之南，我這裡再挑選精兵，就著將軍統領，教他干功贖罪，馳往襲宛州之北。宋江等聞知，恐宛州有失，必退兵去救宛州。乘其退走，我這裡再出精兵，兩路擊之，宋江可擒也。」段二本是個村魯漢，那曉得甚麼兵機，今日聽了左謀這段話，便依了他，連忙差人往均、鞏二州約會去了。隨即整點軍馬二萬，令縻貹、闕翥、翁飛三將統領，黑夜裡悄地出西門，掩旗息鼓，一齊投奔宛州去了。

卻說宋江正在營中思算攻城之策，忽見水軍頭領李俊入寨來稟說：「水軍船隻，已都到城西北漢江、襄水兩處屯紮。小弟特來聽令。」宋江留李俊在帳中，略飲幾杯酒，有偵探軍卒來報，說城中如此如此，將兵馬去襲宛州了。宋江聽罷大驚，急與吳用商議。吳用道：「陳安撫及花將軍等，俱有膽略，宛州不必憂慮。只就這個機會，一定要破他這座城池。」便向宋江密語半晌。宋江大喜，即授密計與李俊及步軍頭領鮑旭等二十員，帶領步兵二千，至夜密隨李俊去了不題。

再說賊將縻貹等引兵已到宛州，伏路小軍報入宛州來。陳安撫教花榮、林沖，領兵馬二萬，出城迎敵。二將領兵，方出得城，又有流星探馬報將來說：「縻貹等約會均州賊人，均州兵馬三萬，已到城北十里外了。」陳瓘再教呂方、郭盛，領兵馬二萬，出北門迎敵去了。未及一個時辰，又有飛報說道：「鞏州賊人季三思、倪懾等，統領兵馬三萬，殺奔到西門來。」眾人都相顧錯愕道：「城中只有宣贊、郝思文二將，兵馬雖有一萬，大半是老弱，如何守禦？」當有聖手書生蕭讓道：「安撫大人，不必憂慮，蕭某有一計。」便疊著兩個指頭，向眾人道：「如此如此，賊眾可破。」陳瓘以下眾人，都點頭稱善。陳瓘傳令，教宣贊、郝思文挑選強壯軍士五千，伏於西門內，待賊退兵，方可出擊。二將領計去了。陳瓘再教那些老弱軍士，不必守城，都要將旗幡掩倒，只聽西門城樓上炮響，卻將旗幟一齊舉豎起來；只許在城內走動，不得出城，分撥已定，陳安撫教軍士扛抬酒饌，到西門城樓上擺設。陳瓘、侯蒙、羅戩，隨即上城樓，笑談劇飲，叫軍士大開了城門，等那賊兵到來。多樣時，那賊將季三思、倪儡，領著十餘員偏將，雄赳赳氣昂昂的殺奔到城下來。望見城門大開，三個官員，一個秀才，於城樓上花堆錦簇，大吹大擂的在那裡吃酒；四面城垣上，旗幡影兒，也不見一個。季三思疑訝，不敢上前。倪儡道：「城中必有準備，我們當速退兵，勿中他詭計。」季三思急教退軍時，只聽得城樓上一聲炮響，喊聲振天，鼓聲振地，旌旗無數的在城垣內來往。賊兵聽了主將說話，已是驚疑，今見城中如此，不戰自亂。城內宣贊、郝思文領兵殺出城來，賊兵大敗，棄下金鼓、旗幡、兵戈、馬匹、衣甲無數，斬首萬餘。季三思、倪儡都被亂軍所殺；其餘軍士，四散亂竄逃生。宣贊、郝思文得勝，收兵回城，陳安撫等已到帥府去了。北路花榮、林沖已殺了闕翥、翁飛二將，殺散賊兵，單單只走了縻貹，收兵凱還，方欲進城，聽說又有兩路賊兵到來：西路兵已賴蕭讓妙計殺退了；南路呂方、郭盛，尚不知勝敗。花榮等得了這個消息，傳令教軍士疾馳到南路去。呂方、郭盛正與賊將鏖戰，林沖、花榮驅兵助戰，殺得賊兵星落雲散，七斷八續，斬獲甚多。當日三路賊兵，死者三萬餘人，傷者無算；只見屍橫郊野，血滿田疇。林沖、花榮、呂方、郭盛都收兵入城，與宣贊、郝思文一同來到帥府獻捷。陳瓘、侯蒙、羅戩，俱各大喜，稱贊蕭讓之妙策，花榮等眾將之英雄。眾將喏喏連聲道不敢。陳安撫教大排筵席，宴賞將士，犒勞三軍，標寫蕭讓、林沖等功勞，緊守城池，不在話下。

再說段二差縻貹等軍兵出城後，次夜，段二在城樓上眺望宋軍。此時正是八月中旬望前天氣，那輪幾望的明月，照耀得如白晝一般。段二看見宋軍中旗幡亂動，徐徐的向北退去。段二對左謀道：「想是宋江知道宛州危急，因此退兵。」左謀道：「一定是了！可急點鐵騎出城掩擊。」段二教錢

第一百六回

書生談笑卻強敵　水軍汩沒破堅城

僨、錢儀二將，整點兵馬二萬，出城追擊宋兵，二將遵令去了。段二向西望時，只見城外襄水，一派月色水光，潺潺溶溶，相映上下；那宋軍的三五百隻糧船，也漸漸望北撐去。那段二平日擄掠慣了，今夜看見許多糧船，又沒有甚麼水軍在上，每船隻有六七個水手，在那裡撐駕，便叫放開西城水門，令水軍總管諸能，統駕五百隻戰船，放出城來，搶劫糧船。宋軍船上望見，連忙將船泊攏岸來；那船上水手，都跳上岸去。那邊諸能撐駕戰船上前，只聽得宋軍船幫裡，一棒鑼聲響，放出百十隻小漁艇來，每船上二人划槳，三四人執著團牌標槍，朴刀短兵，飛也似殺將來。諸能叫水軍把火炮火箭打射將來。那漁艇上人，抵敵不住，發聲喊，都跳下水裡去了。賊兵得勝，奪了糧船。諸能叫水手撐駕進城。剛放得一隻進城，城內傳出將令來，須逐只搜看，方教撐進城來，諸能叫軍士先將那撐進來的那隻船搜看。十數個軍士一齊上船來，揭那艎板，卻似一塊木板做就的，莫想揭動分毫。諸能大驚道：「必中了奸計！」忙教將斧鑿撬打開來看。「那些城外的船，且莫撐進來。」說還未畢，只見城外後面三四隻糧船，無人撐駕，卻似順著潮水的，又似使透順風的，自蕩進來。諸能情知中計，急要上岸時，水底下鑽出十數個人來，都是口銜著一把蓼葉刀，正是李俊、二張、三阮、二童，這八個英雄。賊兵急待要用兵器來掤時，那李俊一聲胡哨，那四五隻糧船內暗藏的步軍頭領，從板下拔去梢子，推開艎板，大喊一聲，各執短兵搶出來。卻是鮑旭、項充、李袞、李逵、魯智深、武松、楊雄、石秀、解珍、解寶、龔旺、丁德孫、鄒淵、鄒潤、王定六、白勝、段景住、時遷、石勇、凌振等二十個頭領，並千餘步兵，一齊發作，奔搶上岸，砍殺賊人。賊兵不能攔當，亂攛奔逃。諸能被童威殺死，城裡城外，戰船上水軍，被李俊等殺死大半，河水通紅。李俊等奪了水門，當下鮑旭等那伙大蟲，護衛凌振施放轟天子母號炮，分頭去放火殺人。城中一時鼎沸起來，呼兄喚弟，覓子尋爺，號哭振天。段二聞變，急引兵來策應，正撞著武松、劉唐、楊雄、石秀、王定六這一伙。段二被王定六向腿上一朴刀搠翻，活捉住了。魯智深、李逵等十餘個頭領，搶至北門，殺散守門將士，開城門，放吊橋。那時宋江兵馬，聽得城中轟天子母炮響，勒轉兵馬殺來，正撞著錢儐、錢儀兵馬，混殺一場。錢儐被卞祥殺死；錢儀被馬靈打翻，被人馬踏為肉泥；三萬鐵騎，殺死大半。孫安、卞祥、馬靈等領兵在前，長驅直入，進了北門。眾將殺散賊兵，奪了城池，請宋先鋒大兵入城。

此時已是五更時分，宋江傳令，先教軍士救滅火焰，不許殺害百姓。天明出榜安民，眾將都將首級前來獻功。王定六將段二綁縛解來，宋江差軍士押解到陳安撫處發落。左謀被亂兵所殺。其餘偏牙將士，殺死的甚多，降伏軍士萬餘。宋江令殺牛宰馬，賞勞三軍將士，標寫李俊等諸將功次，差馬靈往陳安撫處報捷，並探問賊兵消息。馬靈遵令去了兩三個時辰，便來回覆道：「陳安撫聞報，十分歡喜。隨自為表，差人賫奏朝廷去了。」馬靈又說蕭讓卻敵一事，宋江驚道：「倘被賊人識破，奈何？終是秀才見識。」宋江發本處倉廩中米粟，賑濟被兵火的百姓，料理諸項軍務已畢，宋江正與吳用計議攻打荊南郡之策，忽接陳安撫奉樞密院札文，轉行文來說：西京賊寇縱橫，摽掠東京屬縣，著宋江等先蕩平西京，然後攻剿王慶巢穴。陳安撫另有私書說樞密院可笑處。

宋江、吳用備悉來意，隨即計議分兵：一面攻打荊南，一面去打西京。當有副先鋒盧俊義及河北降將，俱願領兵到西京，攻取城池。宋江大喜，撥將佐二十四員，軍馬五萬，與盧俊義統領前去。那二十四員將佐：

盧俊義（副先鋒）　朱　武（副軍師）　楊　志　徐　寧　索　超
孫　立　單廷珪　魏定國　陳　達　楊　春　燕　青
解　珍　解　寶　鄒　淵　鄒　潤　薛　永

李忠　穆春　施恩　河北降將喬道清
馬靈　孫安　卞祥　山士奇　唐斌

盧俊義即日辭別了宋先鋒，統領將佐軍馬，望西京進征去了。宋江令史進、穆弘、歐鵬、鄧飛，統領兵馬二萬，鎮守山南城池。宋江對史進等說道：「倘有賊兵至，只宜堅守城池。」宋江統領眾多將佐，兵馬八萬，望荊南殺奔前來，但見那槍刀流水急，人馬撮風行。正是：旌旗紅展一天霞，刀劍白鋪千里雪。畢竟荊南又是如何攻打，且聽下回分解。

第一百六回

書生談笑卻強敵　水軍汨沒破堅城

第一百七回

宋江大勝紀山軍　朱武打破六花陣

話說宋江統領將佐軍馬，殺奔荊南來，每日兵行六十里下寨，大軍所過地方，百姓秋毫無犯。戎馬已到紀山地方屯紮。那紀山在荊南之北，乃荊南重鎮，上有賊將李懷，管領兵馬三萬，在山上鎮守。那李懷是李助之侄，王慶封他做宣撫使，他聞知宋江等打破山南軍，段二被擒，差人星夜到南豐，飛報王慶、李助，知會說：「宋兵勢大，已被他破了兩個大郡。目今來打荊南，又分調盧俊義兵將，往取西京。」李助聞所大驚，隨即進宮，來報王慶。內侍傳奏入內裡去，傳出旨意來說道：「教軍師俟候著，大王即刻出殿了。」李助等候了兩個時辰，內裡不見動靜。李助密問一個相好的近侍，說道：「大王與段娘娘正在廝打得熱鬧哩！」李助問道：「為何大王與娘娘廝鬧？」近侍附李助的耳說道：「大王因段娘娘嘴臉那個，大王久不到段娘娘宮中了，段娘娘因此著惱。」李助又等了一回，有內侍出來說道：「大王有旨，問軍師還在此麼？」李助道：「在此鵠候！」內侍傳奏進去，少頃，只見若干內侍宮娥，簇擁著那王慶出到前殿升坐。李助俯伏拜舞畢，奏道：「小臣侄兒李懷申報來說，宋江等將勇兵強，打破了宛州、山南兩座城池。目今宋江分撥兵馬：一路取西京，一路打荊南。伏乞大王發兵去救援。」王慶聽罷大怒道：「宋江這伙，是水窪草寇，如何恁般猖獗？」隨即降旨，令都督杜学管領將佐十二員，兵馬二萬，到西京救援；又令統軍大將謝宇，統領將佐十二員，兵馬二萬，救援荊南。二將領了兵符令旨，挑選兵馬，整頓器械。那偽樞密院分撥將佐，偽轉運使龔正運糧草，接濟二將，辭了王慶，各統領兵將，分路來援二處，不在話下。

且說宋江等兵馬，到紀山北十里外紮寨屯兵，準備衝擊。軍人偵探賊人消息得實回報。宋江與吳用計議了，對眾將說道：「俺聞李懷手下，都是勇猛的將士。紀山乃荊南之重鎮。我這裡將士兵馬，雖倍於賊，賊人據險，我處山之陰下，為敵所囚。那李懷狡猾詭譎，眾兄弟廝殺，須看個頭勢，不得尋常看覷。」於是下令：「將軍入營，即閉門清道，有敢行者誅，有敢高言者誅。軍無二令，二令者誅。留令者誅。」傳令方畢，軍中肅然。宋江教戴宗傳令水軍頭領李俊等，將糧食船隻，須謹慎提防，陸續運到軍前接濟。差人打戰書去，與李懷約定次日決戰。宋先鋒傳令，教秦明、董平、呼延灼、徐寧、張清、瓊英、金鼎、黃鉞，領兵馬二萬，前去廝殺；教焦挺、郁保四、段景住、石勇，率領步兵二千，斬伐林木，極廣吾道，以便戰所。分撥已定，宋江與其餘眾將，俱各守寨。

次日五更造飯，軍士飽餐，馬食芻料，平明合戰。李懷統領偏將馬勥、馬勁、袁朗、滕戣、滕戡，兵馬二萬，衝殺下來。這五個人，乃賊中最驍勇者，王慶封他做虎威將軍。當下賊兵與秦明等兩軍相對。賊兵排列在北麓平陽處，山上又有許多兵馬接應。當下兩陣裡旗號招展，兩邊列成陣勢，各用強弓硬弩，射住陣腳，鼉鼓喧天，彩旗迷目。賊陣裡門旗開處，賊將袁朗驟馬當先，頭頂熟銅盔，身穿團花繡羅袍，烏油對嵌鎧甲。騎一匹捲毛烏騅，赤臉黃鬚，九尺長短身材。手搦兩個水磨煉鋼撾，左手的重十五斤，右手的重十六斤，高叫道：「水窪草寇，那個敢上前來納命！」宋陣中河北降將金鼎、黃鉞，要幹頭功，兩騎馬一齊搶出陣來，喝罵道：「反國逆賊，何足為道！」金鼎舞著一把潑風大刀，黃鉞拈渾鐵點鋼槍，驟馬直搶袁朗，那袁朗使著兩個鋼撾來迎：三騎馬丁字兒擺開廝殺。

三將鬥過三十合，袁朗將撾一隔，撥轉馬便走。金鼎、黃鉞馳馬趕去，袁朗霍地回馬，金鼎的馬稍前。金鼎正輪刀砍來，袁朗左手將撾望上一迎，鐺的一聲，那把刀口砍缺。金鼎收刀不迭，早被袁朗右手一鋼撾，把金鼎連盔透頂，打得粉碎，撞下馬來。黃鉞馬到，那根槍早刺到袁朗前心。袁朗眼明手快，將身一閃，黃鉞那根槍刺空，從右軟脅下過去。袁朗將左臂抱了那把撾，右手順勢將槍桿挾住，望後一扯，黃鉞直跌入懷來。袁朗將右手攔腰抱住，捉過馬來，擲於地上。眾兵發聲喊，急搶出來，捉入陣去了。那匹馬直跑回本陣來。宋陣裡霹靂火秦明，見折了二將，心中大怒，躍馬上前，舞起狼牙棍，直取袁朗，袁朗舞撾來迎。兩個戰到五十餘合，宋陣中女將瓊英，驟放銀鬃馬，挺著方天畫戟，頭戴紫金點翠鳳冠，身穿紅羅挑繡戰袍，袍上罩著白銀嵌金細甲，出陣來助秦明。賊將滕戣，看見是女子，拍馬出陣，大笑道：「宋江等真是草寇，怎麼用那婦人上陣？」滕戣舞著一把三尖兩刃刀，接住瓊英廝殺。兩個鬥到十合之上，瓊英將戟分開滕戣的那口刀，撥馬望本陣便走。滕戣大喝一聲，驟馬趕來。瓊英向鞍橇邊繡囊中，暗取石子，扭轉柳腰，覷定滕戣，只一石子飛來，正中面門，皮傷肉綻，鮮血迸流，翻身落馬。瓊英霍地回馬趕上，復一畫戟，把滕戣結果。滕戡看見女將殺了他的哥哥，心中大怒，拍馬搶出陣來，舞一條虎眼竹節鋼鞭，來打瓊英。這裡雙鞭將呼延灼縱馬舞鞭，接住廝殺。眾將看他兩個本事，都是半斤八兩的，打扮也差不多。呼延灼是衝天角鐵幞頭，銷金黃羅襪額，七星打釘皂羅袍，烏油對嵌鎧甲，騎一匹踢雪烏騅；滕戡是交角鐵幞頭，大紅羅襪額，百花點翠皂羅袍，烏油戧金甲，騎一匹黃鬃馬。呼延灼只多得一條水磨八棱鋼鞭。兩個在陣前，左盤右旋，一來一往，鬥過五十餘合，不分勝敗。那邊秦明、袁朗兩個，已鬥到一百五十餘合。賊陣中主帥李�，在高阜處看見女將飛石利害，折了滕戣，即令鳴金收兵。秦明、呼延灼見賊將驍勇，也不去追趕。袁朗、秦明，兩家各自回陣，賊兵上山去了。

秦明等收兵回到大寨，說賊將驍勇，折了金鼎、黃鉞，若不是張將軍夫人，卻不是挫了我軍銳氣。宋江十分煩惱，與吳學究計議道：「似此怎麼打得荊南？」吳用疊著兩個指頭，畫出一條計策，說道：「只除如此如此。」宋江依允。當下喚魯智深、武松、焦挺、李逵、樊瑞、鮑旭、項充、李袞、鄭天壽、宋萬、杜遷、龔旺、丁得孫、石勇十四個頭領，同了凌振，帶領勇捷步兵五千，乘今夜月黑時分，各披軟戰，用短兵、團牌、標槍、飛刀，抄小路到山後行事。眾將遵令去了。次早，李懷差軍下戰書，宋江與吳用商議。吳用道：「賊人必有狡計。魯智深等已是深入重地，可速準備交戰。」宋江批即日交戰，軍人持書上山去了。宋江仍命秦明、董平、呼延灼、徐寧、張清、瓊英為前部，統領兵馬二萬，弓弩為表，盾戟為裡，戰車在前，騎兵為輔，前去衝擊。教黃信、孫立、王英、扈三娘整頓兵馬一萬，在營俟候；李應、柴進、韓滔、彭玘整頓兵馬一萬，也在營中俟候。「聽吾前軍號炮，你等從東西兩路，抄到軍前。」再教關勝、朱仝、雷橫、孫新、顧大嫂、張青、孫二娘，統領馬步軍兵二萬，屯紮大寨之後，防備賊人救兵到來。分撥已定，宋江同吳用、公孫勝親自督戰，其餘將佐守寨。是日辰牌時分，吳用上雲梯觀看，山形險峻，急教傳令軍馬，再退後二里列陣，好教兩路奇兵做手腳。

這裡列陣才完，紀山賊將李懷，統領袁朗、滕戡、馬勥、馬勁四個虎將，二萬五千兵馬。滕戡教軍士用竹竿挑著黃鉞首級，押著衝陣的五千鐵騎。軍士都頂深盔，披鐵鎧，只露著一雙眼睛；馬匹都帶重甲，冒面具，只露得四蹄懸地。這是李懷昨日見女將飛石，打傷了一將，今日如此結束，雖有矢石，那裡甲護住了。那五千軍馬，兩個弓手，夾輔一個長槍手，衝突下來。後面軍士，分兩路夾攻攏來。宋江抵當不住，望後急退。宋江忙教把號炮施放。早被他射傷了推車的數百軍士，幸有戰車當住，因此鐵騎不能上前。車後雖有騎兵，不能上前用武。正在危急，只聽得山後連珠炮響，被魯智深等這伙將士，爬山越嶺，殺上山來。山寨裡賊兵，只有五千老弱，一個偏將，被魯智深等殺個罄盡，奪了山寨。李懹等見山後變起，急退兵時，又被黃信等四將、李應等四將，兩路抄殺到來。宋江又教銃炮手打擊鐵騎，賊兵大潰。魯智深、李逵等十四個頭領，引著步兵，於山上衝擊下來，殺得賊兵雨零星散，亂竄逃生。可惜袁朗好個猛將，被火炮打死。李懹在後，被魯智深打死。馬勁、滕戡被亂兵所殺，只走了馬勥一個。奪獲盔甲、金鼓、馬匹無算。三萬軍兵，殺死大半。山上山下，屍骸遍滿。宋江收兵，計點兵士，也折了千餘。因日暮，仍紮寨紀山北。

次日，宋江率領兵將上山，收拾金銀糧食，放火燒了營寨，大賞三軍將士，標寫魯智深等十五人並瓊英功次，督兵前進。過了紀山，大兵屯紮荊南十五里外，與軍師吳用計議，調撥將士，攻打城池，不在話下。

話分兩頭。回文再說盧俊義這支兵馬，望西京進發，逢山開路，遇水填橋。所過地方，寶豐等處賊將武順等，香花燈燭，獻納城池，歸順天朝。盧俊義慰撫勸勞，就令武順鎮守城池，因此賊將皆感泣，傾心露膽，棄邪歸正。自此，盧俊義等無南顧之憂，兵馬長驅直入。不則一日，來到西京城南三十里外，地名伊闕山屯紮。探聽得城中主帥是偽宣撫使龔端與統軍奚勝，及數員猛將，在那裡鎮守。那奚統軍曾習陣法，深知玄妙。盧俊義隨即與朱武計議，當用何策取城。朱武道：「聞奚勝那廝，頗知兵法，一定要來鬥敵。我兵先布下陣勢，等賊兵來，慢慢地挑戰。」盧俊義道：「軍師高論極明。」隨即遣調軍馬，向山南平坦處排下循環八卦陣勢。

等候間，只見賊兵分作三隊而來，中一隊是紅旗，左一隊是青旗，右一隊是紅旗：三軍齊到。奚勝見宋軍排成陣勢，便令青紅旗二軍，分在左右，紮下營寨。上雲梯看了宋兵是循環八卦陣，奚勝道：「這個陣勢，誰不省得？待俺排個陣勢驚他。」令眾軍擂三通畫鼓，豎起將台，就台上用兩把號旗招展，左右列成陣勢已了，下將台來，上馬令首將哨開陣勢，到陣前與盧俊義打話。那奚統軍怎生結束，但見：

金盔日耀噴霞光，銀鎧霜鋪吞月影，絳征袍錦繡攢成，黃鞓帶珍珠釘就。抹綠靴斜踏寶鐙，描金鐙隨定絲鞭。陣前馬跨一條龍，手內劍橫三尺水。

奚勝勒馬直到陣前，高聲叫道：「你擺循環八卦陣，待要瞞誰？你卻識得俺的陣麼？」盧俊義聽得奚勝要鬥陣法，同朱武上雲梯觀望。賊兵陣勢，結三人為小隊，合三小隊為一中隊，合五中隊為一大隊，外方而內圓，大陣包小陣，相附聯絡。朱武對盧俊義道：「此是李藥師（唐初名將李靖）六花陣法。藥師本武侯八陣，裁而為六花陣。賊將欺我這裡不識他這個陣；不知就我這個八卦陣，變為八八六十四，即是武侯八陣圖法，便可破他六花陣了。」盧俊義出到陣前喝道：「量你這個六花陣，何足為奇！」奚勝道：「你敢來打麼？」盧俊義大笑道：「量此等小陣，有何難哉！」盧俊義入陣，朱武在將台上，將號旗左招右展，變成八陣圖法。朱武教盧俊義傳令，楊志、孫安、卞祥，領披甲馬軍一千去打陣。「今日屬金，將我陣正南離位上軍，一齊衝殺過去。」楊志等遵令，擂鼓三通。眾將上前，蕩開賊將西方門旗，殺將入去。這裡盧俊義率馬靈等將佐軍兵，掩殺過去，賊兵大敗。

且說楊志等殺入軍中，正撞著奚勝，領著數員猛將，保護望北逃奔。孫安、卞祥要幹功績，領兵追趕上去，卻不知深入重地。只聽得山坡後一棒鑼聲響，趕出一彪軍來。楊志、孫安等急退不迭。正是衝陣馬亡青嶂下，戲波船陷綠蒲中。畢竟這支是那裡兵馬，孫安等如何迎敵，且聽下回分解。

第一百八回

喬道清興霧取城　小旋風藏炮擊賊

話說楊志、孫安、卞祥正追趕奚勝，到伊闕山側，不提防山坡後有賊將埋伏，領一萬騎兵突出，與楊志等大殺一陣。奚勝得脫，領敗殘兵進城去了。孫安奮勇厮並，殺死賊將二人，卻是眾寡不敵，這千餘甲馬騎兵，都被賊兵驅入深谷中去。那谷四面都是峭壁，卻無出路，被賊兵搬運木石，塞斷谷口。賊人進城，報知龔端。龔端差二千兵把住谷口，楊志、孫安等，便是插翅也飛不出來。

不說楊志等被困，且說盧俊義等得破奚勝六花陣，大半虧馬靈用金磚術，打翻若干賊兵，更兼眾將勇猛，得獲全勝，殺了賊中猛將三員，乘勢驅兵，奪了龍門關，斬級萬餘，奪獲馬匹、盔甲、金鼓無算，賊兵退入城中去了。盧俊義計點軍馬，只不見了衝頭陣的楊志、孫安、卞祥一千軍馬。當下盧俊義教解珍、解寶、鄒淵、鄒潤，各領一千人馬，分四路去尋，至日暮，卻無影響。

次日，盧俊義按兵不動，再令解珍等去尋訪。解寶領一支軍，攀藤附葛，爬山越嶺，到伊闕山東最高的一個山嶺上。望見山嶺之西，下面深谷中，隱隱的有一簇人馬，被樹林叢密遮蔽了，不能夠看得詳細。又且高下懸隔，聲喚不聞。解寶領軍卒下山，尋個居民訪問，那裡有一個人家，都因兵亂遷避去了。次後到一個最深僻的山凹平曠處，方才有幾家窮苦的村農，見了若干軍馬，都慌做一團。解寶道：「我們是朝廷兵馬，來此剿捕賊寇的。」那些人聽說是官兵，更是慌張。解寶用好言撫慰說道：「我們軍將是宋先鋒部下。」那些人道：「可是那殺韃子，擒田虎，不騷擾地方的宋先鋒麼？」解寶道：「正是。」那些村農跪拜道：「可知道將軍等不來抓雞縛狗！前年也有官兵到此剿捕賊人，那些軍士與強盜一般擄掠。因此，我等避到這個所在來。今日得將軍到此，使我們再見天日。」解寶把那楊志等一千人馬，不知下落，並那嶺西深谷去處，問訪眾人。那些人都道：「這個谷叫繆谿谷（深長的峽谷），只有一條進去的路。」農人遂引解寶等來到谷口，恰好鄒淵、鄒潤兩支軍馬，也尋到來。合兵一處，殺散賊兵，一同上前，搬開木石，解寶、鄒淵領兵馬進谷。此時已是深秋天氣，果然好個深岩幽谷，但見：

玉露雕傷楓樹林，深岩邃谷氣蕭森。
嶺巔雲霧連天湧，壁峭松筠接地陰。

楊志、孫安、卞祥與一千軍士，馬乏人困，都在樹林下，坐以待斃。見了解寶等人馬，眾人都喜躍歡呼。解寶將帶來的乾糧，分散楊志等眾人，先且充飢。食罷，眾軍一齊出谷。解寶叫村農隨到大寨，來見盧先鋒。盧俊義大喜，取銀兩米谷，賑濟窮民；村農磕頭感激，千恩萬謝去了。隨後解珍這支軍馬，也回寨了。是日天晚歇息，一宿無話。

次早，盧俊義正與朱武調遣兵馬，攻取城池，忽有流星探馬報將來說，王慶差偽都督杜学領十二員將佐，兵馬二萬，前來救援，兵馬已到三十里外了。盧俊義聞報，教朱武、楊志、孫立、單廷珪、魏定國，同喬道清、馬靈，管領兵馬二萬，列陣於大寨前，以當城中賊兵突出；教解珍、解寶、穆春、薛永，管領軍馬五千，看守山寨。盧俊義親自統領其餘將佐，軍馬三萬五千，迎敵杜辿。當有浪子燕青稟道：「主人今日不宜親自臨陣。」盧俊義道：「卻是為何？」燕青道：「小人昨夜，有不祥的夢兆。」盧俊義道：「夢寐之事，何足憑信。既以身許國，也顧不得利害。」燕青道：「若是主人決意要行，乞撥五百步兵，與小人自去行事。」盧俊義笑道：「小乙，你待要怎麼？」燕青道：「主人勿管，只撥與小人便了。」盧俊義道：「便撥與你，看你做出甚事來！」隨即撥五百步兵與燕青。燕青領了自去，盧俊義冷笑不止。統領眾將兵馬，離了大寨，由平泉橋經過。那平泉中多奇異的石子，乃唐朝李德裕（唐朝宰相）舊莊，只見燕青引著眾人，在那裡砍伐樹木。盧俊義心下雖是好笑，忙忙地要去廝殺，無暇去問他。兵馬過了龍門關西十里外，向西列陣等候。至一個時辰，賊兵方到。兩陣相對，擂鼓吶喊。西陣裡偏將衛鶴，舞大桿刀，拍馬當先。宋陣中山士奇躍馬挺槍，更不打話，接住廝殺。兩騎馬在陣前鬥過三十合，山士奇挺槍刺中衛鶴的戰馬後腿，那馬後蹄蹅將下去，把衛鶴閃下馬來，山士奇又一槍戳死。西陣中酆泰大怒，舞兩條鐵簡，拍馬直搶山士奇。二將鬥到十合之上，卞祥見山士奇鬥不過酆泰，拈槍拍馬助戰。被酆泰大喝一聲，只一簡，把山士奇打下馬來，再加一簡，結果了性命，拍馬舞劍來迎。怎奈卞祥更是勇猛。酆泰馬頭才到，大喝一聲，一槍刺中酆泰心窩，死於馬下。兩軍大喊。西陣主帥杜辿，見連折了二將，心如火熾，氣若煙生，挺一條丈八蛇矛，驟馬親自出陣。宋陣主帥盧俊義也親自出陣，與杜辿鬥過五十合，不分勝敗。杜辿那條蛇矛，神出鬼沒。孫安見盧先鋒不能取勝，揮劍拍馬助戰。賊將卓茂，舞條狼牙棍，縱馬來迎。與孫安鬥不上四五合，孫安奮神威，將卓茂一劍，斬於馬下。撥轉馬，驟上前，揮劍來砍杜辿。杜辿見他殺了卓茂，措手不及，被孫安手起劍落，砍斷右臂，翻身落馬；盧俊義再一槍，結果了性命。盧俊義等驅兵捲殺過去，賊兵大敗。

第一百八回

喬道清興霧取城　小旋風藏炮擊賊

忽地西南上鑓斜小路裡，衝出一隊騎兵，當先馬上一將，狀貌粗黑醜惡，一頭蓬鬆短髮，頂個鐵道冠，穿領絳征袍，坐匹赤炭馬，仗劍指揮眾軍，彎環踴跳，飛奔前來。盧俊義等看是賊兵號衣，驅兵一擁上前衝殺。那將不來與你廝殺，口中喃喃吶吶地念了兩句，望正南離位上砍了一劍，轉眼間，賊將口中噴出火來。須臾，平空地上，騰騰火熾，烈烈煙生，望宋軍燒將來。盧俊義走避不迭，宋軍大敗，棄下金鼓、馬匹，亂竄奔逃。走不迭的，都燒得焦頭爛額。軍士死者，五千餘人。眾將保護著盧俊義，奔走到平泉橋。軍士爭先上橋，登時把橋擠踏得傾圮下來。幸得燕青砍伐樹木，於橋兩旁，剛搭得完浮橋，軍士得渡，全活者二萬人。盧俊義與卞祥兩騎馬落後，行至橋邊，被賊將趕上，一口火望卞祥噴來。卞祥滿身是火，燒損墜馬，被賊兵所殺。盧俊義幸得浮橋接濟，馳竄去了。

賊將領兵追殺到來，卻得前軍報知喬道清。喬道清單騎仗劍，迎著賊將。那賊將見喬道清迎上來，再把劍望南砍去，那火比前番更是熾焰。喬道清捏訣念咒，把劍望坎方（北方）一指，使出三昧神水的法。霎時間，有千百道黑氣，飛迎前來，卻變成瀑布飛泉，又如億兆斛的瓊珠玉屑，望賊將潑去，滅了妖火。那賊將見破了妖術，撥馬逃奔，戰馬踏著一塊水石，馬蹄後失，把那賊將閃下馬來。喬道清飛馬趕上，揮劍砍為兩段。那五千騎兵，掀翻跌傷者，五百餘人。喬道清仗劍大喝道：「如肯歸降，都留下驢頭！」賊人見喬道清如此法力，都下馬投戈，拜伏乞命。喬道清再用好言撫慰，梟了賊將首級，率領降賊，來見盧先鋒獻捷。盧俊義感謝不已，並稱贊燕青功勞，眾將問降賊，方曉得那妖人姓寇名威，慣用妖火燒人。人因他貌相醜惡，叫他做「毒焰鬼王」。昔年助王慶造反的，不知往那裡去了二年，近日又到南豐說：「宋兵勢大，待俺去剿他。」因此，王慶差他星馳到此。龔端、奚勝望見救兵輸了，不敢出來廝殺，只添兵堅守城池。當下喬道清說：「這裡城池深固，急切不能得破。今夜待貧道略施小術，助先鋒成功，以報二位先鋒厚恩。」盧俊義道：「願聞神術。」喬道清附耳低言說道：「如此，如此。」盧俊義大喜，隨即調遣將士，各去行事，準備攻城；一面教軍士以禮殯葬山士奇、卞祥，盧俊義親自設祭。

是夜二更時分，喬道清出來仗劍作法。須臾霧起，把西京一座城池，周回都遮漫了；守城軍士，咫尺不辨，你我不能相顧。宋兵乘黑暗裡，從飛橋轉關轆轤上，攀緣上女牆，只聽得一聲炮響，重霧忽然光斂，城上四面，都是宋兵，各向身邊取出火種，燃點火炬，上下照耀，如同白晝一般。守城軍士，先是驚得麻木了，都動彈不得，被宋兵掣出兵器砍殺，賊兵墜城死者無算。龔端、奚勝見變起倉卒，急引兵來救應，已被宋軍奪了四門。盧俊義大驅兵馬進城，龔端、奚勝都被亂兵殺死，其餘偏牙將佐頭目俱降，軍士降服者三萬人，百姓秋毫無犯。

天明，盧俊義出榜安民，標錄喬道清大功，重賞三軍將士，差馬靈到宋先鋒處報捷。馬靈遵令去了，至晚便來回話說：「宋先鋒等攻打荊南，連日與賊人交戰，大敗南豐救兵，主帥謝寧被擒。宋先鋒因戎事焦勞，染病在營中，數日軍務，都是吳軍師統握。」盧俊義聞報，鬱鬱不樂，連忙料理軍務，將西京城池，交與喬道清、馬靈統兵鎮守。盧俊義次日，辭別喬道清、馬靈，統領朱武等二十員將佐，離了西京，急急忙忙望荊南進發。不則一日，兵馬已到荊南城北大寨中，盧俊義等入寨問候。宋江虧神醫安道全療治，病勢已減了六七分，盧俊義等甚是喜慰。正在敘闊各述軍務，忽有逃回軍士報說：「唐斌正護送蕭讓等，離大寨行至三十里，忽被荊南賊將縻貹、馬勥，領一萬精兵，從斜僻小路抄出，乘先鋒臥病，要來劫大寨之後，正遇著我們人馬。唐斌力敵二將，怎奈眾寡不敵，更兼縻貹十分勇猛；唐斌被縻貹殺死，蕭讓、裴宣、金大堅都被活捉去。他們正要來劫寨，探聽得盧先鋒等大兵到來，賊人只擄了蕭讓等遁去。」宋江聽罷，不覺失聲哭道：「蕭讓等性命休矣！」病勢仍舊沉重。盧俊義等眾將，都來勸解。盧俊義問道：「蕭讓等到何處去？」宋江嗚咽答道：「蕭讓知我有病，特辭了陳安撫來看視我，並奉陳安撫命，即取金大堅、裴宣到宛州，要他們寫勒碑石，及查勘文卷。我今日特差唐斌，領一千人馬護送他三個去。不料被賊人捉擄，三人必被殺害！」宋江遂教盧俊義幫助吳用，攻打城池，拿住縻貹、馬勥報仇，盧俊義等遵令，來到城北軍前。眾人與吳學究敘禮畢，盧俊義連忙說蕭讓等被擄之事。吳用大驚道：「苦也！斷送了這三個人！」傳令教眾將圍城，並力攻打城池。眾將遵令，四面攻城。吳用又令軍漢上雲梯，望城中高叫道：「速將蕭讓、金大堅、裴宣送出來！若稍遲延，打破城池，不論軍民，盡行屠戮！」

卻說城中守將梁永偽授留守之職，同正偏將佐，在城鎮守。那縻貹、馬勥都戰敗，逃遁到此。當日捉了蕭讓等三人，因宋兵尚未圍城，縻貹叫開城門進城，將蕭讓等解到帥府獻功。梁永頗聞得聖手書生的名目，教軍士解放綁縛，要他降服。蕭讓、裴宣、金大堅三人睜眼大罵道：「無知逆賊，汝等看我們是何等樣人？逆賊快把我三人一刀兩段罷了！這六個膝蓋骨，休想有半個兒著地！即日宋先鋒打破城池，拿你們這伙鼠輩，碎屍萬段！」梁永大怒，叫軍漢：「打那三個奴狗跪著！」軍漢拿起桿棒便打，只打得跌朴，那裡有一個肯跪。三人罵不絕口。梁永道：「你們要一刀兩段，俺偏要慢慢地擺布你。」喝叫軍士：「將這三個奴狗，立枷在轅門外；只顧打他兩腿，打折了驢腿，自然跪將下來。」軍漢得令，便來套枷絣扒擺布。

帥府前軍士居民，都來看宋軍中人物，內中早惱怒了一個真正有男子氣的鬚眉丈夫。那男子姓蕭，雙名叫嘉穗，寓居帥府南街紙張鋪間壁。他高祖蕭憺，字僧達，南北朝時人，為荊南刺史。江水敗堤，蕭憺親率將吏，冒雨修築。雨甚水壯，將吏請少避之，蕭憺道：「王尊（西漢東郡太守，當河水泛濫時，王尊立堤不動，感動逃跑民吏返回救堤）欲以身塞河，我獨何心哉？」言畢，而水退堤立。是歲，嘉禾生，一莖六穗，蕭嘉穗取名在此。那蕭嘉穗偶游荊南，荊南人思慕其上祖仁德，把蕭嘉穗十分敬重。那蕭嘉穗襟懷豪爽，志氣高遠，度量寬宏，膂力過人，武藝精熟，乃是十分有膽氣的人。凡遇有肝膽者，不論貴賤，都交結他。適遇王慶作亂，侵奪城池，蕭嘉穗獻計御賊。當事的不肯用他計策，以致城陷。賊人下令，凡百姓只許入城，並不許一個出去。蕭嘉穗在城中，日夜留心圖賊，卻是單絲不成線。今日見賊人將蕭讓等三個綁扒，又聽得宋兵為蕭讓等攻城緊急，軍民都有驚恐之狀。蕭嘉穗想了一回道：「機會在此。只此一著，可以保全城中幾許生靈。」一忙歸寓所。此時已是申牌時分，連忙叫小廝磨了一碗墨汁，向間壁紙鋪裡買了數張皮料厚棉紙，在燈下濡墨揮毫，大書特書的寫道：

城中都是宋朝良民，必不肯甘心助賊。宋先鋒是朝廷良將，殺韃子，擒田虎，到處莫敢攖其鋒。手下將佐一百單八人，情同股肱。轅門前掛扒的三人，義不屈膝，宋先鋒寺英雄忠義可知。今日賊人若害了這三人，城中兵微將寡，早晚打破城池，玉石俱焚。城中軍民，要保全性命的，都跟我去殺賊！

蕭嘉穗將那數張紙都寫完了，悄地探聽消息，只聽得百姓們都在家裡哭泣。蕭嘉穗道：「民心如此，我計成矣！」挨到昧爽（拂曉）時分，踅出寓所，將寫下的數張字紙，拋向帥府前左右街市鬧處。少頃，天明，軍士居民，這邊方拾一張來看，那邊又有人拾了一張，登時聚著數簇軍民觀看。早有巡風軍卒，搶一張去，飛報與梁永知道。梁永大驚，急差宣令官出府傳令，教軍士謹守轅門及各營，著一面嚴行緝捕奸細。那蕭嘉穗身邊藏一把寶刀，挨入人叢中，也來觀看，將紙上言語，高聲朗誦了兩遍，軍民都錯愕相顧。那宣令官奉著主將的令，騎著馬，五六個軍漢，跟隨到各營傳令。蕭嘉穗搶上前，大吼一聲，一刀砍斷馬足，宣令官撞下馬去，一刀剁下頭來，蕭嘉穗左手抓了人頭，右手提刀，大呼道：「要保全性命的，都跟蕭嘉穗去殺賊！」帥府前軍士，平素認得蕭嘉穗，又曉得他是鐵漢，霎時有五六百人，擁著他結做一塊。蕭嘉穗見軍士聚攏來，復連聲大呼道：「百姓有膽量的，都來相助！」聲音響振數百步。那時四面響應，百姓都搶棍棒，拔杉刺，折桌腳：拈指間，已有五六千人。迭聲吶喊，蕭嘉穗當先，領眾搶入帥府。那梁永平日暴虐軍民，鞭撻士卒，護衛軍將，都恨入骨髓。一聞變起，都來相助，趕入去，把梁永等一家老小都殺了。蕭嘉穗領眾軍民人等，擁出帥府，此時已有二萬餘人。把蕭讓、裴宣、金大堅放了絣扒，都打開了枷。蕭嘉穗選三個有膂力的人，背著蕭讓等三人。蕭嘉穗當先，抓了梁永首級，趕到北門，殺死守門將馬勇，趕散把門軍士，開城門，放吊橋。

那時吳用正到北門，親督將士攻城，聽得城中吶喊，又是開城門，只道賊人出來衝擊，忙教軍馬退下三四箭之地，列陣迎敵。只見蕭嘉穗抓著人頭，背後三個軍漢，背負蕭讓等，過了吊橋，忙奔前來。吳用正在驚訝，蕭讓等高叫道：「吳軍師，實虧這個壯士，激聚眾民，殺了賊將，救我等出來。」吳用聽了，又驚又喜。蕭嘉穗對吳用道：「事在倉卒，不及敘禮。請軍師快領兵入城！」那吊橋邊已有若干軍民，都齊聲叫道：「請宋先鋒入城！」吳用見諸色人等，都有在裡面，遂傳令教將士統軍馬入城，如有妄殺一人者，同伍皆斬。北城上守城軍士，看見事勢如此，都投戈下城；其東西南三面守城軍士，聞了這個消息，都捆縛了守城賊將，大開城門，香花燈燭，迎接宋兵入城。只有糜勝那廝勇猛，人近他不得，出西門，殺出重圍走了。

吳用差人飛報宋江。宋江聞報，把那憂國家，哭兄弟的病證，退了九分九釐，欣喜雀躍，同眾將拔寨都起。大軍來到荊南城中，宋江升坐帥府，安撫軍民，慰勞將士。宋江請蕭嘉穗到帥府，問了姓名，扶他上坐。宋江納頭便拜道：「壯士豪舉，誅鋤叛逆，保全生靈，兵不血刃，克復城池，又救了宋某的三個兄弟，宋江合當下拜。」蕭嘉穗答拜不迭道：「此非蕭某之能，皆眾軍民之力也！」宋江聽了這句，愈加欽敬。宋江以下將佐，都敘禮畢。城中軍士，將賊將解來。宋江問顧降者，盡行免罪。因此滿城歡聲雷動，降服數萬人。恰好水軍頭領李俊等，統領水軍船隻，到了漢江，都來參見。宋江教置酒款待蕭壯士。宋江親自執杯勸酒，說道：「足下鴻才茂德，宋某回朝，面奏天子，一定優擢。」蕭嘉穗道：「這個倒不必，蕭某今日之舉，非為功名富貴。蕭某少負不羈之行，長無鄉曲之譽，是孤陋寡聞的一個人。方今讒人高張，賢士無名，雖材懷隨和，行若由夷（由，上古高士許由；夷，商末伯夷）的，終不能達九重。蕭某見若干有抱負的英雄，不計生死，越公家之難者，倘舉事一有不當，那些全軀保妻子的，隨而媒孽其短，身家性命，都在權奸掌握之中。像蕭某今日，無官守之責，卻似那閒雲野鶴，何天之不可飛耶！」這一席話，說得宋江以下，無不嗟嘆。坐中公孫勝、魯智深、武松、燕青、李俊、童威、童猛、戴宗、柴進、樊瑞、朱武、蔣敬等這十餘個人，把蕭壯士這段話，更是點頭玩味。當晚酒散，蕭嘉穗辭謝出府。次早，宋江差戴宗到陳安撫處報捷。宋江親自到蕭壯士寓所，特地拜望，卻是一個空寓。間壁紙鋪裡說：「蕭嘉穗今早天未明時，收拾了琴劍書囊，辭別了小人，不知往那裡去了。」後人有詩贊蕭憎祖孫之德云：

冒雨修堤蕭僧達，波狂濤怒心不怚。
恪誠止水堤功成，六穗嘉禾一莖發。
賢孫豪俊侔厥翁，咄叱民從賊首撥。
澤及生靈哲保身，閒雲野鶴真超脫。

宋江回到帥府，對眾頭領說蕭嘉穗飄然而去，眾將無不嘆息。至晚，戴宗回報，說宛州、山南兩處所屬未克州縣，陳安撫、侯參謀授方略與羅戩及林冲、花榮等，俱各討平。朝廷已差若干新官到來，各行交代訖。陳安撫已率領諸將起程，即日便到。宋江與吳用計議，待陳安撫到這裡鎮守，我們好起大兵，前去剿滅渠魁。宋江卻在荊南調攝五六日，病已痊癒。一日，報陳安撫等兵馬到來，宋江等接入城中。參見畢，陳安撫大賞三軍將士。次後山南守將史進等，已將州務交代新官，隨後也到。宋江將州務請陳安撫治理。宋江等拜別陳安撫，統領大軍，水陸並進，戰騎同行，來剿南豐賊人巢穴。此時一百單八個英雄，都在一處，又有河北降將孫安等十一人，軍馬二十餘萬，連戰連捷，兵威大振，所到地方，賊人望風降順。宋江將復過州縣，呈報陳安撫。陳瓘差羅戩統領將士兵馬，前來鎮守。

宋江等水陸大兵，長驅直至南豐地界。哨馬報到，說偵探得賊人王慶將李助為統軍大元帥，就本處調選水陸兵馬五萬。又調雲安、東川、安德三路各兵馬二萬，都是本處偽兵馬都監劉以敬、上官義等統領。數十員猛將，及十一萬雄兵，前來拒敵。王慶親自督征。宋江聞報，與吳用計議道：「賊兵傾巢而來，必是抵死廝並。我將何策勝之？」吳用道：「兵法只是『多方以誤之』這一句。俺們如今將士都在一處，多分調幾路前去廝殺，教他應接不暇。」宋江依議傳令，分調兵將。

先一日，有撲天雕李應、小旋風柴進，奉宋先鋒將令，統領馬步頭領單廷珪、魏定國、施恩、薛永、穆春、李忠，領兵五千，護送糧草車仗，並緞帛、火炮、車輛。在大兵之後，地名龍門山，南麓下傍山有一村莊，四圍都是高泥岡子，卻像個土城，三面有路出入。居民空下草瓦房數百間，居民因避兵遷避去了。是晚，東北風大作，濃雲潑墨，李應、柴進見天色已暮，恐大雨沾濕了糧草，教軍士拆開門扇，把車輛推送屋裡。軍士方欲造飯食息，忽見病大蟲薛永領兵巡哨，捉了一個奸細，來報柴進說：「審問得奸細說，賊人麋貹，領精兵一萬，今夜二更，要來劫燒糧草，現今伏在龍門山中。」原來那龍門山兩崖對峙如門，其中可通舟楫，樹木叢密。李應聽說，便對柴進道：「待小弟去莊前，等那鳥敗賊，殺他片甲不回。」柴進道：「那麋貹十分勇猛，不可力敵。況且我這裡兵少，待小弟略施小計，拚五六車火炮，百十車柴薪，與唐斌等報仇，把那奸細殺了。教軍士將糧草、火炮、車輛，教李應領兵三千，都備弓弩火箭，護衛糧車。在黃昏時候，盡數出了土岡，望南先行，卻留下百十輛柴薪車，四散列於西南下風頭草房茅簷邊。將百十輛空車，五六處結隊擺列，上面略放些糧米。各處藏下火炮，及鋪放硫黃焰硝灌過的干柴。教施恩、薛永、穆春、李忠領兵二千，埋於東泥岡路口。教單廷珪領馬兵一千，於莊南路口，等候賊人到來，都是恁般恁般，依我行事。」柴進同神火將軍魏定國，領步兵三百人，都帶火種火器，上山埋伏於叢密樹林裡。

等到二更時分，賊將麋貹果然同了二個偏將，領著萬餘軍馬，人披軟戰，馬摘鑾鈴，偃旗息鼓，疾馳到南土岡門口來。單廷珪見賊兵來，教軍士燃點火把，接住廝殺。單廷珪與麋貹斗不到四五合，單廷珪撥馬領兵退入去。那麋貹是有勇無謀的人，領兵一徑搶進來。薛永、施恩見南路舉火，即教李忠、穆春分兵一千，疾馳到莊南，把住路口。那時賊兵都喊殺連天搶入去，只望東北上風頭殺來，乃是空屋，不見糧草。麋貹領兵四面搜索，看見下風頭只有一二百輛糧草車，有五六百軍士看守，見賊兵來，發聲喊，都奔散了。麋貹道：「原來不多糧草！」叫軍士打火把照看，中間車隊裡，每隊有兩輛緞匹車。那些賊兵見了，便去亂搶。麋貹急要止遏時，又被山上將火箭火把亂打射下來，草房柴車上，都燔燒起來。賊兵發喊，急躲避時，早被火炮藥線引著火，傳遞得快，如轟雷般打擊出來，賊兵奔走不迭的，都被火炮擊死。拈指間，烘烘火起，烈烈煙生，但見：

風隨火勢，火趁風威，千枝火箭掣金蛇，萬個轟雷震火焰。驪山頂上，料應褒姒逞英雄；揚子江頭，不弱周郎施妙計。氤氳紫霧騰天起，閃爍紅霞貫地來。必必剝剝響不絕，渾如除夜放炮竹。

當下火勢昌熾，炮聲震響，如天摧地烈之聲。須臾，百十間草房，變做煙團火塊。糜貹被火炮擊死；賊兵擊死大半，焦頭爛額者無數，又被單廷珪、施恩等三路追殺進來，二個偏將都被殺死，一萬人馬，只有千餘人從土岡上爬出去，逃脫性命。天明，柴進等仍與李應等合兵一處，將糧草運送大寨來。宋先鋒正升帳，遣調兵馬殺賊，只見馬軍拴束馬匹，步軍安排器械，正是旌旗紅展一天霞，刀劍白鋪千里雪。畢竟宋江等如何廝殺，且聽下回分解。

第一百九回

王慶渡江被捉　宋江剿寇成功

話說當日宋江升帳，諸將拱立聽調。放炮，鳴金鼓，升旗，隨放靜營炮，各營哨頭目，挨次至帳下，齊立肅靜，聽施號令。吹手點鼓，宣令官傳令畢，營哨頭目，依次磕頭，起站兩邊。巡視藍旗手，跪聽發放，凡吶喊不齊，行伍錯亂，喧嘩違令，臨陣退縮，拿來重處。又有旗牌官左右各二十員，宋先鋒親諭：「爾等下營督陣，凡有軍士遇敵不前，退縮不用命者，聽你等拿來處治。」旗牌遵令，各下地方，鳴金大吹，各歸行伍，聽令起行。宋江然後傳令，遣調水陸諸將畢。吹手掌頭號整隊，二號掣旗，三號各起行營向敵。敲金邊，出五方旗，放大炮；掌號攢行營，各各擺陣出戰，正是那——

震天鼙鼓搖山岳，映日旌旗避鬼神。

卻說賊人王慶，調撥軍兵抵敵，除水軍將士聞人世崇等已差撥外，點差雲安州偽兵馬都監劉以敬為正先鋒，東川偽兵馬都監上官義為副先鋒，南豐偽統軍李雄、畢先為左哨，安德偽統軍柳元、潘忠為右哨，偽統軍大將段五為正合後，偽御營使丘翔為副合後，偽樞密方翰為中軍羽翼。王慶掌握中軍，有許多偽尚書、御營金吾、衛駕將軍、校尉等項，及各人手下偏牙將佐，共數十員。李助為元帥。隊伍軍馬，十分齊整，王慶親自監督。馬帶皮甲，人披鐵鎧，弓弩上弦，戰鼓三通，諸軍盡起。行不過十里之外，塵土起處，早有宋軍哨路來得漸近。鑾鈴響處，約有三十餘騎哨馬，都戴青將巾，各穿綠戰袍，馬上盡繫著紅纓，每邊拴掛數十個銅鈴，後插一把雉尾，都是釧銀細桿長槍，輕弓短箭。為頭的戰將，是奉道君皇帝敕命，復還舊職，虎騎將軍沒羽箭張清。頭裹銷金青巾幘，身穿挑繡綠戰袍，腰繫紫絨條，足穿軟香皮，騎匹銀鞍馬。左邊是敕封貞孝宜人（命婦的封號）的瓊矢鏃瓊英，頭帶紫金嵌珠鳳冠，身穿紫羅挑繡戰袍，腰繫雜色彩絨條，足穿朱繡小鳳頭鞋，坐匹銀鬃駿馬。那右邊略下些，捧旗的是敕授的義僕正排軍葉清，直哨到李助軍前，相離不遠，只隔百十步，勒馬便回。前軍先鋒劉以敬、上官義驟馬驅兵，便來衝擊。張清拍馬，拈出白梨花槍，來戰二將。瓊英馳馬，挺方天畫戟來助戰。四將鬥到十數合，張清、瓊英，隔開賊將兵器，撥馬便回。劉以敬、上官義驅兵趕來，左右高叫：「先鋒不可追趕！此二人鞍後錦袋中，都是石子，打人不曾放空！」劉以敬、上官義聽說，方才勒住得馬，只見龍門山背後，鼓聲振響，早轉五百步兵來。當先四個步將頭領，乃是黑旋風李逵、混世魔王樊瑞、八臂那吒項充、飛天大聖李袞，直奔前來。那五百步軍，就在山坡下一字兒擺開，兩邊團牌，齊齊紮住。劉以敬、上官義驅兵掩殺；李逵、樊瑞引步軍分開兩路，都倒提蠻牌，轉過山坡便去。那時王慶、李助大軍已到，一齊衝擊前來；李逵、樊瑞等都飛跑上山，度嶺穿林，都不見了。李助傳令，教就把軍馬在這個平原曠野之地，列成陣勢。只聽得山後炮響，只見山南一路軍馬，飛湧出來，簇擁著三個將軍：中間是矮腳虎王英，左是小尉遲孫新，右是菜園子張青。總管馬步軍兵五千，殺向前來。王慶正欲遣將迎敵，又聽得山後一聲炮響，山北一路軍馬飛湧出來，簇擁著三個女將：中間是一丈青扈三娘，左邊是母大蟲顧大嫂，右邊是母夜叉孫二娘。管領馬步軍兵五千，殺向前來，恰遇賊兵右哨柳元、潘忠兵馬，接住廝殺。王英等正遇賊兵左哨李雄、畢先軍馬，接住廝殺。兩邊各鬥到十餘合，南邊王英、孫新、張青勒轉馬，領兵望東便走；北邊扈三娘、顧大嫂、孫二娘，也接轉馬匹，率領軍兵，望東便走。王慶看了笑道：「宋江手下，都是這些鳥男女，我這裡將士，如何屢次輸了？」遂驅大兵，追殺上來。行不到五六里，忽聽得一棒鑼聲響，卻是適才去的李逵、樊瑞、項充、李袞，這四個步軍頭領，從山左叢林裡，轉向前來；又添了花和尚魯智深、行者武松、沒面目焦挺、赤髮鬼劉唐，四個步軍將佐，並五百步兵，都執團牌短兵，直衝上來。賊將副先鋒上官義忙撥步軍二千衝殺。李逵、魯智深與賊兵略鬥幾合，卻似抵敵不過的，倒提團牌，分開兩路，都飛奔入叢林中去了。賊兵趕來，那李逵等卻是走得快，拈指間，都四散奔走去了。李助見了，連忙對王慶道：「大王不宜追趕，這是誘敵之計。我們且列陣迎敵。」

李助上將台列陣，兀是未完，只聽得山坡後轟天子母炮響，就山坡後湧出大隊軍將，急先湧來，占住中央，裡面列陣勢。王慶令左右攏住戰馬，自上將台看時，只見正南上這隊人馬，盡是紅旗、紅甲、紅袍、朱纓、赤馬；前面一把引軍銷金紅旗。把那紅旗招展處，紅旗中湧出一員大將，乃是霹靂火秦明，左手是聖水將軍單廷珪，右邊是神火將軍魏定國，三員大將，手掿兵器，都騎赤馬，立於陣前。東壁一隊人馬，盡是青旗、青甲、青袍、青纓、青馬；前面一把引軍銷金青旗。招展處，青旗中湧出一員大將，乃是大刀關勝，左手是醜郡馬宣贊，右手是井木犴郝思文，三員大將，手掿兵器，都騎青馬，立於陣前。西壁一隊人馬，盡是白旗、白甲、白袍、白纓、白馬；前面一把引軍銷金白旗。招展處，白旗內湧出一員大將，乃是豹子頭林沖，左手是鎮三山黃信，右手是病尉遲孫立，三員大將，手掿兵器，都騎白馬立於陣前。後面一簇人馬，都是皂旗、黑甲、黑袍、黑纓、黑馬；前面一把引軍銷金皂旗。招展處，黑旗中湧出一員大將，乃是雙鞭將呼延灼，左手是百勝將韓滔，右手是天目將彭玘，三員大將，手掿兵器，都騎黑馬，立於陣前。東南方門旗影裡，一隊軍馬，青旗紅甲；前面一把引軍繡旗招展，捧出一員大將，乃是雙槍將董平，左手是摩雲金翅歐鵬，右手是火眼狻猊鄧飛，三員大將，手掿兵器，都騎戰馬，立於陣前。西南方門旗影裡，一隊軍馬，紅旗白甲；前面一把引軍繡旗招展處，捧出一員大將，乃是急先鋒索超，左手是錦毛虎燕順，右手是鐵笛仙馬麟，三員大將，手掿兵器，都騎戰馬，立於陣前。東北方門旗影裡，一隊軍馬，皂旗青甲；前面一把引軍繡旗招展處，捧出一員大將乃是九紋龍史進，左手是跳澗虎陳達，右手是白花蛇楊春，三員大將，手掿兵器，都騎戰馬，立於陣前。西北方門旗影裡，一隊軍馬，白旗黑甲；前面一把引軍繡旗招展處，捧出一員大將，乃是青面獸楊志，左手是花豹子楊林，右手是小霸王周通，三員大將，手掿兵器，都騎戰馬，立於陣前。八方擺布的鐵桶相似。陣門裡馬軍隨馬隊，步軍隨步隊，各持鋼刀大斧，闊劍長槍，旗幡齊整，隊伍威嚴。八陣中央都是杏黃旗，間著六十四面長腳旗，上面金銷六十四卦，亦分四門。南門都是馬軍。正南上黃旗影裡，捧出二員上將：上首是美髯公朱仝，下手是插翅虎雷橫，人馬盡是黃旗、黃袍、銅甲，黃纓、黃馬。中央陣，東門是金眼彪施恩，西門是白面郎君鄭天壽，南門是雲裡金剛宋萬，北門是病大蟲薛永。那黃旗後，便是一叢炮架，立著那個炮手轟天雷凌振，引著副手二十餘人，圍繞著炮架。架後都擺列捉將的撓鉤套索，撓鉤後又是一周遭雜彩旗幡，四面立著二十八宿星辰。銷金繡旗中間，立著一面堆絨繡就，真珠圈邊，腳綴金鈴，頂插雉尾，鵝黃帥字旗。有一個守旗壯士，冠簪魚尾，甲皺龍鱗，身長一丈，凜凜威風，便是險道神郁保四。旗邊設立兩個護旗將士，都騎戰馬，一般結束，手執鋼槍：一個是毛頭星孔明，一個是獨火星孔亮。馬前馬後，排列二十四個執狼牙棍的鐵甲軍士。後面兩把領戰繡旗，兩邊排列二十四枝方天畫戟叢中，捧著兩員驍將：左邊是小溫侯呂方，右邊是賽仁貴郭盛。兩員將各持畫戟，立馬兩邊。畫戟中間，一簇鋼叉，兩員步軍驍將，一般結束：一個是兩頭蛇解珍，一個是雙尾蠍解寶，各執三股蓮花叉，守護中軍。隨後兩匹錦鞍馬上，左手是聖手書生蕭讓，右手是鐵面孔目裴宣。兩個馬後擺著紫衣持節的，並麻扎刀軍士。那麻扎刀林中，立著兩個行刑劊子：上首是鐵臂膊蔡福，下首是一枝花蔡慶。背陣兩邊，擺著金槍銀槍手，兩邊有大將領隊。金槍隊裡，是金槍手徐寧；銀槍隊裡，是小李廣花榮。背後又是錦衣對對，花帽雙雙，緋袍簇簇，錦襖攢攢。兩壁廂碧幢翠幕，朱幡皂蓋，黃鉞白旄，青萍青電，兩行鉞斧鞭撾中間，三把銷金傘下，三匹錦鞍駿馬上，坐著三個英雄：右邊星冠鶴氅，呼風喚雨的入雲龍公孫勝；左邊綸巾羽扇，文武雙全的智多星吳用；正中間照夜玉獅子金鞍馬上，坐著那個有仁有義，退虜平寇的征西正先鋒，山東及時雨呼保義宋公明，全身結束，自仗錕鋙寶劍，於陣中監戰，掌握中軍。馬前左手，立著神行太保戴宗，專管飛報軍情，調兵遣將；右手立著浪子燕青，專一護持中軍，能幹機密。馬後大戟長戈，錦鞍駿馬，整整齊齊，三十五員牙將，都騎戰馬，手執長槍，全副弓箭。馬後畫角，全部鼓吹大樂。陣後又設兩隊游兵，伏於兩側，以為護持中軍羽翼：左是石將軍石勇，同九尾龜陶宗旺，管領馬步兵三千人；右是沒遮攔穆弘，引兄弟小遮攔穆春，管領馬步兵三千，伏於兩脅。那座陣排布得十分整密，正是：

軍師多略帥恢弘，士湧貔貅馬跨龍。
指揮要建平西績，叱吒思成蕩寇功。

那個草頭天子王慶同李助在陣中將台上，定睛看了宋江兵馬，拈指間，排成九宮八卦陣勢，軍兵勇猛，將士英雄，軍容整肅，刀槍鋒利，驚得魂不附體，心膽俱落，不住聲道：「可知道兵將屢次虧輸，原來那伙人如此利害！」

只聽得宋軍中，戰鼓不絕聲的發擂。王慶、李助下將台，騎上戰馬，左右有金吾護駕等員役，馬後有許多內侍簇擁著他。王慶傳令旨，教前部先鋒，出陣衝擊。當下東西對陣。是日干支屬木。宋陣正西方門旗開處，豹子頭林沖從門旗下飛馬出陣，兩軍一齊吶喊。林沖兜住馬，橫著丈八蛇矛，厲聲高叫：「無知叛逆，謀反狂徒，天兵到此，尚不投降！直待骨肉為泥，悔之何及！」賊陣中李助本是算命先生，甚曉得相生相克之理，疾忙傳令，教右哨柳元、潘忠，領紅旗軍去衝擊。柳元、潘忠遵令，領了紅旗軍，驟馬搶來衝擊。兩陣迭聲吶喊，戰鼓齊鳴。林沖接住柳元廝殺，四條臂膊縱橫，八只馬蹄撩亂。二將在征塵影裡，殺氣叢中，來來往往，左盤右旋，鬥經五十餘合，勝敗未分。那柳元是賊中勇猛之將，潘忠見柳元不能取勝，拍馬提刀，搶來助戰。林沖力敵二將，大喝一聲，奮神威，將柳元一矛戳於馬下。林沖的副將黃信、孫立，飛馬衝出陣來。黃信揮喪門劍，望潘忠一劍砍去；只見一條血顙光連肉，頓落金鍪在馬邊。

潘忠死於馬下，手下軍卒散亂，早衝動了陣腳，賊兵飛報入中軍。王慶聽得登時折了二將，忙傳令旨，急教退軍。只聽得宋軍中一聲炮響，兵馬紛紛擾擾，白引黑，黑引青，青引紅，變作長蛇之陣，簸箕掌，栲栳圈（笆斗狀圈形），團裹將來。王慶、李助調將遣兵，分頭衝擊，卻似銅牆鐵壁，急切不能衝得出來。官軍與賊兵這場好殺，怎見得：

兵戈衝擊，士馬縱橫。槍破刀，刀如劈腦而來，槍必釣魚而應；刀如下發而起，槍必綽地而迎；刀如倒拖而回，槍必裙攔而守。刀解槍，槍如刺心而來，刀用五花以御；槍如點睛而來，刀用探馬以格。筅破牌，牌或滾身以進，筅即風掃以當；牌或從旁以追，筅必斜插以持；牌或摧擠以入，筅必退卻以搠。牌解筅，筅若平胸，牌用小坐之勢以避；筅若簇擁，牌將碎剪之法以隨。單刀披掛絞絲，佯輸詐敗；鐵叉上排下掩，側進抵閃。袖箭於馬上覷賊，鉤鐮於車前傒馬。鞭、簡、撾、捶、劍、戟、矛、盾，那邊破解無窮，這裡轉變莫測。須臾血流成河，頃刻屍如山積。

當下鏖戰多時，賊兵大敗，官軍大勝。王慶叫且退入南豐大內，再作區處。只聽得後軍炮響，哨馬飛報將來說：「大王，後面又有宋軍殺來！」那彪軍，馬上當先的英雄大將，正是副先鋒河北玉麒麟盧俊義，橫著一條點鋼槍；左邊有使朴刀的好漢病關索楊雄；右邊有使朴刀的頭領拚命三郎石秀，領著一萬精兵，抖擻精神，將正副合後賊兵殺散。楊雄砍翻段五，石秀搠死丘翔，並力衝殺進來。

王慶正在慌迫，又聽得一聲炮響，左有魯智深、武松、李逵、焦挺、項充、李衮、樊瑞、劉唐八個勇猛頭領，引著一千步卒，輪動禪杖、戒刀、板斧、朴刀、喪門劍、飛刀、標槍、團牌，殺死李雄、畢先，如割瓜切菜般直殺入來；右有張清、王英、孫新、張青、瓊英、扈三娘、顧大嫂、孫二娘，四對英雄夫婦，引著一千騎兵，舞動梨花槍、鞭鋼槍、方天畫戟、日月雙刀、鋼槍、短刀，殺散左哨軍兵，如摧枯拉朽的直衝進來，殺得賊兵四分五裂，七斷八續，雨零星散，亂攛奔逃。

盧俊義、楊雄、石秀殺入中軍，正撞著方翰，被盧俊義一槍戳死，殺散中軍羽翼軍兵，徑來捉王慶，卻遇了金劍先生李助。那李助有劍術，一把劍如掣電般舞將來。盧俊義正在抵當不住，卻得宋江中軍兵到，右手下入雲龍公孫勝，口中念念有詞，喝聲道：「疾！」李助那口劍，托地離了手，落在地上。盧俊義驟馬趕上，輕舒猿臂，款扭狼腰，把李助只一拽，活挾過馬來，教軍士縛了。盧俊義拈

第一百九回

王慶渡江被捉　宋江剿寇成功

槍拍馬，再殺入去尋捉王慶，好似皂雕追紫燕，猛虎啖羊羔。賊兵拋金棄鼓，撇戟丟槍，覓子尋爺，呼兄喚弟，十餘萬賊兵，殺死大半。屍橫遍野，流血成河。降者三萬人，除那逃走脫的，其餘都是十死九活，七損八傷，攧翻在地，被人馬踐踏，骨肉如泥的，不計其數。劉以敬、上官義兩個猛將，都被焦挺砍翻戰馬，撞下馬來，都被他殺死。李雄被瓊英飛石打下馬來，一畫戟搠死。畢先正在逃避，忽地裡鑽出活閃婆王定六，一朴刀搠下馬來，再向胸膛上一朴刀，結果了性命。其偽尚書、樞密、殿帥、金吾、將軍等項，都逃不脫，只不見了渠魁（首領）王慶。宋軍大捷。

宋江教鳴金收集兵馬，望南豐城來，教張清、瓊英領五千馬軍，前去哨探；再差神行太保戴宗先去打聽孫安襲取南豐消息如何。戴宗遵令，作起神行法，趕過張清、瓊英，去了片晌，便來回報說：「孫安奉先鋒將令，假扮西兵去賺城，被賊人知覺，城門內掘下陷坑，開城東門，放軍馬進去。孫安手下梅玉、金禎、畢捷、潘迅、楊芳、馮升、胡邁七個副將，爭先搶入城去，並五百軍士，連人和馬，都攧入陷坑中。兩邊伏兵齊發，都把長槍利戟，把梅玉等五百餘人，盡行搠死。幸得孫安在後，乘勢奮勇殺進城門，教軍士填了陷坑。孫安一騎當先，領兵殺入城中，賊兵不能抵當。孫安奪了東門，後被賊人四面響應，把孫安兵馬堵截在東門。小弟探知這消息，飛來回覆。半路遇了張將軍及張宜人，說了此情，他兩個催動人馬疾馳去了。」宋江聞報，催動大軍，疾馳上前，將南豐城圍住。那時張清、瓊英進了東門，教孫安據住東門，張清、瓊英正與賊軍鏖戰，因此，宋江等將佐兵馬，搶入東門，奪了城池，殺散賊兵，四門豎起宋軍旗號。城中許多偽文武多官范全等盡行殺死。那偽妃段三娘聽得軍馬進城，他素有膂力，也會騎馬，遂拴縛結束，領了百餘有膂力的內侍，都執兵器，離王宮，出後苑，欲殺出西門，投雲安軍去，恰遇瓊英領兵殺到後苑來。段氏縱馬，挺一口寶刀，抵死衝突。被瓊英一石子飛來，正中段三娘面門，鮮血迸流，撞下馬來，攧個腳梢天；軍士趕上，捉住綁縛了。那些內侍，都被宋兵殺死。瓊英領兵殺入後苑內宮，那些宮娥嬪女，聞得宋兵入城，或投環，或投井，或刀刎，或撞階，大半自盡，其餘都被瓊英教軍士縛了，解到宋江帳前。宋江大喜，將段氏一行人囚禁，待捉了王慶，一齊解京。再遣兵將，四面八方，去追王慶。

卻說那王慶領著數百鐵騎，撞透重圍，逃奔到南豐城東，見城中有兵廝殺，驚得魂不附體，後面大兵又到，望北奔走不迭。回顧左右，止有百餘騎，其餘的雖是平日最親信的，今日勢敗，都逃去了。王慶同了百餘人，望雲安奔走，在路對跟隨近侍說道：「寡人尚有雲安、東川、安德三座城池，豈不是江東雖小，亦足以王？只恨適才那些跟隨逃散官員，平日受用了寡人大俸大祿，今日有事，都自去了。待寡人興兵來殺退宋兵，緝捕那些逃亡的，細細地醢（剁成肉醬）他。」王慶同眾人馬不停蹄，人不歇足，走到天明。幸的望見雲安城池了。王慶在馬上欣喜道：「城中將士，也是謹慎。你看那旗幡齊整，兵器整密！」王慶一頭說著，同眾人奔近城來。隨從人中，有識字的說道：「大王不好了！怎麼城上都是宋軍旗號？」王慶聽了，定睛一看，果是東門城上，遠遠地閃出號旗，上有金銷大字，乃是「御西宋先鋒麾下水軍正將混江……」下面尚有三個字，被風飄動旗角，不甚分明。王慶看了，驚得渾身麻木，半晌時動彈不得，真是宋兵從天而降。當有王慶手下一個有智量近侍說道：「大王，事不宜遲！請大王速卸下袍服，急投東川去，恐城中見了生變。」王慶道：「愛卿言之極當。」王慶隨即卸下衝天轉角金幞頭，脫下日月雲肩蟒繡袍，解下金鑲寶嵌碧玉帶，脫下金顯縫雲根朝靴，換了巾幘、便服、軟皮靴；其餘侍從，亦都脫卸外面衣服；急急如喪家之狗，忙忙如漏網之魚，從小路抄過雲安城池，望東川投奔，走的人困馬乏，腹中飢餒。百姓久被賊人傷殘，又聞得大兵廝殺，凡衝要通衢大路，都沒一個人煙，靜悄悄地，雞犬不聞，就要一滴水，也沒喝處，那討酒食來？那時王慶手下親幸跟隨的，都是假登東（上廁所），詐撒溺，又散去了六七十人。

王慶帶領三十餘騎，走至晚，才到得雲安屬下開州地方，有一派江水阻路。這個江叫做清江，其源出自達州萬頃池，江水最是澄清，所以叫做清江。當下王慶道：「怎得個船隻渡過去？」後面一個近侍指道：「大王，兀那南涯疏蘆落雁處，有一簇漁船。」王慶看了，同眾人走到江邊。此時是孟冬時候，天氣晴和，只見數十隻漁船，捕魚的捕魚，曬網的曬網。其中有幾隻船，放於中流，猜拳豁指頭，大碗價吃酒。王慶嘆口氣道：「這男女每恁般快樂！我今日反不如他了！這些都是我子民，卻不知寡人這般困乏。」近侍高叫道：「兀那漁人。撐攏幾隻船來，渡俺們過了江，多與你渡錢。」只見兩個漁人放下酒碗，搖著一隻小漁艇，咿咿啞啞搖近岸來。船頭上漁人，向船旁拿根竹篙撐船攏岸，定睛把王慶從頭上直看至腳下，便道：「快活，又有吃酒東西了。上船，上船！」近侍扶王慶下馬。王慶看那漁人，身材長大，濃眉毛，大眼睛，紅臉皮，鐵絲般髭鬚，銅鐘般聲音。那漁人一手執著竹篙，一手扶王慶上船，便把篙望岸上只一點，那船早離岸丈餘。那些隨從賊人，在岸上忙亂起來，齊聲叫道：「快撐攏船來！咱們也要過江的。」那漁人睜眼喝道：「來了！忙到那裡去？」便放下竹篙，將王慶劈胸扭住，雙手向下一按，撲通的按倒在艎板上。王慶待要掙扎，那船上搖櫓的，放了櫓，跳過來一齊擒住。那邊曬網船上人，見捉了王慶，都跳上岸，一擁上前，把那三十餘個隨從賊人，一個個都擒住。

原來這撐船的，是混江龍李俊，那搖櫓的，便是出洞蛟童威，那些漁人，多是水軍。李俊奉宋先鋒將令，統駕水軍船隻，來敵賊人水軍。李俊等與賊人水軍大戰於瞿塘峽，殺其主帥水軍都督聞人世崇，擒其副將胡俊，賊兵大敗。李俊見胡俊狀貌不凡，遂義釋胡俊；胡俊感恩，同李俊賺開雲安水門，奪了城池，殺死偽留守施俊等。混江龍李俊料著賊與大兵廝殺，若敗潰下來，必要奔投巢穴。因此，教張橫、張順鎮守城池，自己與童威、童猛，帶領水軍，扮做漁船，在此巡探；又教阮氏三雄，也扮做漁家，守投去灩澦堆、岷江、魚復浦各路埋伏哨探。適才李俊望見王慶一騎當先，後面又許多人簇擁著，料是賊中頭目，卻不知正是元凶。當下李俊審問從人，知是王慶，拍手大笑，綁縛到雲安城中。一面差人喚回三阮同二張守城，李俊同降將胡俊，將王慶等一行人，解送到宋先鋒軍前來。於路探聽得宋江已破南豐，李俊等一徑進城，將王慶解到帥府。宋江因眾將捕緝王慶不著，正在納悶，聞報不勝之喜。當下李俊入府，參見了宋先鋒，宋江稱贊道：「賢弟這個功勞不小。」李俊引降將胡俊，參見宋先鋒。李俊道：「功勞都是這個人。」宋江問了胡俊姓名，及賺取雲安的事。

宋江撫賞慰勞畢，隨即與眾將計議，攻取東川、安德二處城池。只見新降將胡俊稟道：「先鋒不消費心。胡某有一言，管教兩座城池，唾手可得！」宋江大喜，連忙離座，揖胡俊問計。胡俊躬著身，對宋江說出幾句話來。有分教，一矢不加城克復，三軍鎮靜賊投降。畢竟胡俊說出甚麼話來，且聽下回分解。

第一百十回
燕青秋林渡射雁　宋江東京城獻俘

話說當下宋江問降將胡俊有何計策去取東川、安德兩處城池。胡俊道：「東川城中守將，是小將的兄弟胡顯。小將蒙李將軍不殺之恩，願往東川招兄弟胡顯來降。剩下安德孤城，亦將不戰而自降矣。」宋江大喜，仍令李俊同去。一面調遣將士，提兵分頭去招撫所屬未復州縣；一面差戴宗齎表，申奏朝廷，請旨定奪；並領文申呈陳安撫，及上宿太尉書札。宋江令將士到王慶宮中，搜擄了金珠細軟，珍寶玉帛，將違禁的龍樓鳳閣，翠屋珠軒，及違禁器仗衣服，盡行燒毀；又差人到雲安，教張橫等將違禁行宮器仗等項，亦皆燒毀。

卻說戴宗先將申文到荊南，報呈陳安撫，陳安撫也寫了表文，一同上達。戴宗到東京，將書札投遞宿太尉，並送禮物。宿太尉將表進呈御覽。徽宗皇帝龍顏大喜，即時降下聖旨，行到淮西，將反賊王慶，解赴東京，候旨處決，其餘擒下偽妃、偽官等眾從賊，都就淮西市曹處斬，梟示施行。淮西百姓，遭王慶暴虐，准留兵餉若干，計戶給散，以贍勞民。其陣亡有功降將，俱從厚贈蔭。淮西各州縣所缺正佐官員，速推補赴任交代。各州官多有先行被賊脅從，以後歸正者，都著陳瓘分別事情輕重，便宜處分。其征討有功正偏將佐，俱俟還京之日，論功升賞。敕命一下，戴宗先來報知。那陳安撫等，已都到南豐城中了。那時胡俊已是招降了兄弟胡顯，將東川軍民版籍、戶口，及錢糧冊籍，前來獻納聽罪。那安德州賊人，望風歸降。雲安、東川、安德三處，農不離其田業，賈不離其肆宅，皆李俊之功。王慶占據的八郡八十六州縣，都收復了。

自戴宗從東京回到南豐十餘日，天使捧詔書，馳驛到來。陳安撫與各官接了聖旨，一一奉行。次早，天使還京；陳瓘令監中取出段氏、李助，及一行叛逆從賊，判了斬字，推出南豐市曹處斬，將首級各門梟示訖。段三娘從小不循閨訓，自家擇配，做下迷天大罪，如今身首異處，又連累了若干眷屬，其父段太公先死於房山寨。

話不絮繁，卻說陳安撫、宋先鋒標錄李俊、胡俊、瓊英、孫安功次，出榜去各處招撫，以安百姓。八十六州縣，復見天日，復為良民，其餘隨從賊徒不傷人者，撥還產業，復為鄉民。西京守將喬道清、馬靈，已有新官到任，次第都到南豐。各州縣正佐貳官，陸續都到。李俊、二張、三阮、二童，已將州務交代，盡到南豐相敘。陳安撫眾官及宋江以下一百單八個頭領，及河北降將，都在南豐設太平宴，慶賀眾將官僚，賞勞三軍將佐。宋江教公孫勝、喬道清主持醮事，打了七日七夜醮事，超度陣亡軍將，及淮西屈死冤魂。醮事方完，忽報孫安患暴疾，卒於營中。宋江悲悼不已，以禮殯殮，葬於龍門山側。喬道清因孫安死了，十分痛哭，對宋江說道：「孫安與貧道同鄉，又與貧道最厚，他為父報仇，因而犯罪，陷身於賊，蒙先鋒收錄他，指望日後有個結果，不意他中道而死。貧道得蒙先鋒收錄，亦是他來指迷。今日他死，貧道何以為情。喬某蒙二位先鋒厚恩，銘心鏤骨，終難補報。願乞骸骨歸田野，以延殘喘。」馬靈見喬道清要去，也來拜辭宋江：「懇求先鋒允放馬某與喬法師同往。」宋江聽說，慘然不樂，因二人堅意要去，十分挽留不住，宋江只得允放，乃置酒餞別。公孫勝在旁，只不做聲。喬道清、馬靈拜辭了宋江、公孫勝，又去拜辭了陳安撫。二人飄然去了。後來喬道清、馬靈都到羅真人處，從師學道，以終天年。

陳安撫招撫賑濟淮西諸郡軍民已畢。那淮西乃淮瀆之西，因此，宋人叫宛州、南豐等處是淮西。陳安撫傳令，教先鋒頭目，收拾朝京。軍令傳下，宋江一面先發中軍軍馬，護送陳安撫、侯參謀、羅武諭起行，一面著令水軍頭領，乘駕船隻，從水路先回東京，駐紮聽調。宋江教蕭讓撰文，金大堅鐫石勒碑以記其事，立石於南豐城東龍門山下，至今古跡尚存。降將胡俊、胡顯置酒餞別宋先鋒。後來宋江入朝，將胡俊、胡顯反邪歸正，招降二將之功，奏過天子，特授胡俊、胡顯為東川水軍團練之職，此是後話。

當下宋江將兵馬分作五起進發，克日起行，軍士除留下各州縣鎮守外，其間亦有乞歸田裡者。現今兵馬共十餘萬，離了南豐，取路望東京來。軍有紀律，所過地方，秋毫無犯；百姓香花燈燭價拜送。於路行了數日，到一個去處，地名秋林渡。那秋林渡在宛州屬下內鄉縣秋林山之南。那山泉石佳麗，宋江在馬上遙看山景，仰觀天上，見空中數行塞雁，不依次序，高低亂飛，都有驚鳴之意。宋江見了，心疑作怪；又聽得前軍喝彩，使人去問緣由，飛馬回報，原來是浪子燕青，初學弓箭，向空中射雁，箭箭不空。卻才須臾之間，射下十數隻鴻雁，因此諸將驚訝不已。宋江教喚燕青來。只見燕青彎弓插箭，即飛馬而來，背後馬上捎帶死雁數隻，來見宋江，下馬離鞍，立在一邊。宋公明問道：「恰才你射雁來？」燕青答道：「小弟初學弓箭，見空中一群雁過，偶然射之，不想箭箭皆中。」宋江道：「為軍的人，學射弓箭，是本等的事。射的親是你能處。我想賓鴻避寒，離了天山，銜蘆過關，趁江南地暖，求食稻粱，初春方回。此賓鴻仁義之禽，或數十，或三五十隻，遞相謙讓，尊者在前，卑者在後，次序而飛，不越群伴，遇晚宿歇，亦有當更之報。且雄失其雌，雌失其雄，至死不配。此禽仁義禮智信，五常俱備：空中遙見死雁，盡有哀鳴之意，失伴孤雁，並無侵犯，此為仁也；

一失雌雄，死而不配，此為義也；依次而飛，不越前後，此為禮也；預避鷹雕，銜蘆過關，此為智也；秋南春北，不越而來，此為信也。此禽五常足備之物，豈忍害之。天上一群鴻雁相呼而過，正如我等弟兄一般。你卻射了那數隻，比俺兄弟中失了幾個，眾人心內如何？兄弟今後不可害此禮義之禽。」燕青默默無語，悔罪不及。宋江有感於心，在馬上口占詩一首：

山嶺崎嶇水渺茫，橫空雁陣兩三行。
忽然失卻雙飛伴，月冷風清也斷腸。

宋江吟詩罷，不覺自己心中淒慘，睹物傷情。當晚屯兵於秋林渡口。宋江在帳中，因復感嘆燕青射雁之事，心中納悶，叫取過紙筆，作詞一首：

楚天空闊，雁離群，萬里恍然驚散。自顧影欲下寒塘。正草枯沙淨，水平天遠。寫不成書，只寄的相思一點。暮日空濠，曉煙古塹，訴不盡許多哀怨。揀盡蘆花無處宿，嘆何時玉關重見。嘹嚦憂愁嗚咽，恨江渚難留戀。請觀他春晝歸來，畫梁雙燕。

宋江寫畢，遞與吳用、公孫勝看。詞中之意，甚有悲哀憂戚之思，宋江心中，鬱鬱不樂。當夜，吳用等設酒備肴，盡醉方休。次日天明，俱各上馬，望南而行。路上行程，正值暮冬，景物淒涼。宋江於路，此心終有所感。不則一日，回到京師，屯駐軍馬於陳橋驛，聽候聖旨。

且說先是陳安撫並侯參謀中軍人馬入城，已將宋江等功勞，奏聞天子，報說宋先鋒等諸將兵馬，班師回京，已到關外。陳安撫前來啟奏，說宋江等諸將征戰勞苦之事，天子聞奏，大加稱贊。陳瓘、侯蒙、羅戩各封升官爵，欽賞銀兩緞匹，傳下聖旨，命黃門侍郎宣宋江等面君朝見，都教披掛入城。有詩為證：

去時三十六，回來十八雙。
縱橫千萬里，談笑卻還鄉。

且說宋江等眾將一百八人，遵奉聖旨，本身披掛。戎裝革帶，頂盔掛甲，身穿錦襖，懸帶金銀牌面，從東華門而入，都至文德殿朝見天子，拜舞起居，山呼萬歲。皇上看了宋江等眾將英雄，盡是錦袍金帶，惟有吳用、公孫勝、魯智深、武松身著本身服色，天子聖意大喜，乃曰：「寡人多知卿等征進勞苦，剿寇用心，中傷者多，寡人甚為憂戚。」宋江再拜奏道：「托聖上洪福齊天，臣等眾將雖有金傷，俱各無事，今元窮授首，淮西平定，實陛下威德所致，臣等何勞之有。」再拜稱謝奏道：「臣等奉旨，將王慶獻俘闕下，候旨定奪。」天子降旨：「著法司會官，將王慶凌遲處決。」宋江將蕭嘉穗用奇計克復城池，保全生靈，有功不伐（誇耀），超然高舉。天子稱奬道：「皆卿等忠誠感動！」命省院官訪取蕭嘉穗赴京擢用。宋江叩頭稱謝。那些省院官，那個肯替朝廷出力，訪問賢良。此是後話。

是日，天子特命省院等官計議封爵。太師蔡京、樞密童貫商議奏道：「目今天下尚未靜平，不可升遷。且加宋江為保義郎，帶御器械，正受皇城使；副先鋒盧俊義加為宣武郎，帶御器械（最受信任的侍衛官），行宮團練使；吳用等三十四員，加封為正將軍；朱武等七十二員，加封為偏將軍；支給金銀，賞賜三軍人等。」天子准奏，仍敕與省院眾官，加封爵祿，與宋江等支給賞賜，宋江等就於文德殿頓首謝恩。天子命光祿寺大設御宴，欽賞宋江錦袍一領，金甲一副，名馬一匹；盧俊義以下，賞賜有差：盡於內府關支。宋江與眾將謝恩已罷，盡出宮禁，都到西華門外，上馬回營。一行眾將，出得城來，直至行營安歇，聽候朝廷委用。

當日法司奉旨會官，寫了犯由牌，打開囚車，取出王慶，判了「剮」字，擁到市曹。看的人壓肩疊背，也有唾罵的，也有嗟嘆的。那王慶的父王砉及前妻丈人等諸親眷屬，已於王慶初反時收捕，誅夷殆盡。今日只有王慶一個，簇擁在刀劍林中。兩聲破鼓響，一棒碎鑼鳴，槍刀排白雪，皂纛展烏雲。劊子手叫起惡殺都來，恰好午時三刻，將王慶押到十字路頭，讀罷犯由，如法凌遲處死。看的人都道：

此是惡人榜樣，到底駢首戕身。
若非犯著十惡，如何受此極刑？

當下監斬官將王慶處決了當，梟首施行，不在話下。

再說宋江眾人，受恩回營，次日，只見公孫勝直至行營中軍帳內，與宋江等眾人，打了稽首，便稟宋江道：「向日本師羅真人囑咐小道，令送兄長還京之後，便回山中。今日兄長功成名遂，貧道就今拜別仁兄，辭別眾位，便歸山中，從師學道，侍養老母，以終天年。」宋江見公孫勝說起前言，不敢翻悔，潸然淚下，便對公孫勝道：「我想昔日弟兄相聚，如花始開；今日弟兄分別，如花零落。吾雖不敢負汝前言，心中豈忍分別？」公孫勝道：「若是小道半途撇了仁兄，便是寡情薄意。今來仁兄功成名遂，只得曲允。」宋江再四挽留不住，便乃設一筵宴，令眾弟兄相別，筵上舉杯，眾皆嘆息，人人灑淚，各以金帛相贐（送）。公孫勝推卻不受，眾兄弟只顧打拴在包裹。次日，眾皆相別。公孫勝穿上麻鞋，背上包裹，打個稽首，望北登程去了。宋江連日思憶，淚如雨下，鬱鬱不樂。

時下又值正旦節相近，諸官準備朝賀。蔡太師恐宋江人等都來朝賀，天子見之，必當重用；隨即奏聞天子，降下聖旨，使人當住，只教宋江、盧俊義兩個有職人員，隨班朝賀，其餘出征官員，俱係白身，恐有驚御，盡皆免禮。是日正旦，百官朝賀，宋江、盧俊義俱各公服，都在待漏院（百官準備朝拜的處所）伺候早朝，隨班行禮。是日駕坐紫宸殿受朝，宋江、盧俊義隨班拜罷，於兩班侍下，不能上殿。仰觀殿上，玉簪珠履，紫綬金章，往來稱觴獻壽，自天明直至午牌，方始得沾謝恩御酒。百官朝散，天子駕起。宋江、盧俊義出內，卸了公服幞頭，上馬回營，面有愁顏赧色。吳用等接著，眾將見宋江面帶憂容，心悶不樂，都來賀節。百餘人拜罷，立於兩邊，宋江低首不語。吳用問道：「兄長今日朝賀天子回來，何以愁悶？」宋江嘆口氣道：「想我生來八字淺薄，命運蹇滯。破遼平寇，東征西討，受了許多勞苦，今日連累眾兄弟無功，因此愁悶。」吳用答道：「兄長既知造化未通，何故不樂？萬事分定，不必多憂。」黑旋風李逵道：「哥哥，好沒尋思！當初在梁山泊裡，不受一個的氣，卻今日也要招安，明日也要招安，討得招安了，卻惹煩惱。放著兄弟們都在這裡，再上梁山泊去，卻不快活！」宋江大喝道：「這黑禽獸又來無禮！如今做了國家臣子，都是朝廷良臣。你這廝不省得道理，反心尚兀自未除！」李逵又應道：「哥哥不聽我說，明朝有得氣受哩！」眾人都笑，且捧酒與宋江添壽。是日只飲到二更，各自散了。次日引十數騎馬入城，到宿太尉、趙樞密，並省院各官處賀節，往來城中，觀看者甚眾。就裡有人對蔡京說知此事。次日，奏過天子，傳旨教省院出榜禁約，於各城門上張掛：「但凡一應出征官員將軍頭目，許於城外下營屯紮，聽候調遣；非奉上司明文呼喚，不許擅自入城。如違，定依軍令擬罪施行。」差人賷榜，徑來陳橋門外張掛榜文。有人看了，徑來報知宋江。宋江轉添愁悶，眾將得知，亦皆焦躁，盡有反心，只礙宋江一個。

且說水軍頭領特地來請軍師吳用商議事務。吳用去到船中，見了李俊、張橫、張順、阮家三昆仲，俱對軍師說道：「朝廷失信，奸臣弄權，閉塞賢路。俺哥哥破了大遼，剿滅田虎，如今又平了王慶，止得個皇城使做，又未曾升賞我等眾人。如今倒出榜文，來禁約我等，不許入城。我想那伙奸臣，漸漸的待要拆散我們弟兄，各調開去。今請軍師自做個主張；若和哥哥商量，斷然不肯。就這裡殺將起來，把東京劫掠一空，再回梁山泊去，只是落草倒好。」吳用道：「宋公明兄長斷然不肯。你眾人枉費了力，箭頭不發，努折箭桿。自古蛇無頭而不行，我如何敢自主張？這話須是哥哥肯時，方才行得；他若不肯做主張，你們要反，也反不出去！」六個水軍頭領見吳用不敢主張，都做聲不得。吳用回至中軍寨中，來與宋江閒話，計較軍情，便道：「仁兄往常千自由，百自在，眾多弟兄亦皆快活。自從受了招安，與國家出力，為國家臣子，不想倒受拘束，不能任用，兄弟們都有怨心。」宋江聽罷，失驚道：「莫不誰在你行說甚來？」吳用道：「此是人之常情，更待多說？古人云：『富與貴，人之所欲；貧與賤，人之所惡。』觀形察色，見貌知情。」宋江道：「軍師，若是弟兄們但有異心，我當死於九泉，忠心不改！」次日早起，會集諸將，商議軍機，大小人等都到帳前，宋江開話道：「俺是鄆城小吏出身，又犯大罪，賴你眾弟兄扶持，尊我為頭，今日得為臣子。自古道：『成人不自在，自在不成人。』雖然朝廷出榜禁治，理合如此。汝諸將士，無故不得入城。我等山間林下，魯莽軍漢極多；倘或因而惹事，必然以法治罪，卻又壞了聲名。如今不許我等入城去，倒是幸事。你們眾人，若嫌拘束，但有異心，先當斬我首級，然後你們自去行事；不然，吾亦無顏居世，必當自刎而死，一任你們自為！」眾人聽了宋江之言，俱各垂淚設誓而散。有詩為證：

誰向西周懷好音，公明忠義不移心。
當時羞殺秦長腳，身在南朝心在金。

第一百十回

燕青秋林渡射雁　宋江東京城獻俘

宋江諸將，自此之後，無事也不入城。看看上元節至，東京年例，大張燈火，慶賞元宵，諸路盡做燈火，於各衙門點放。且說宋江營內浪子燕青，自與樂和商議：「如今東京點放花燈火戲，慶賞豐年，今上天子，與民同樂。我兩個更換些衣服，潛地入城，看了便回。」只見有人說道：「你們看燈，也帶挈我則個！」燕青看見，卻是黑旋風李逵。李逵道：「你們瞞著我，商量看燈，我已聽了多時。」燕青道：「和你去不打緊；只吃你性子不好，必要惹出事來。現今省院出榜，禁治我們，不許入城。倘若和你入城去看燈，惹出事端，正中了他省院之計。」李逵道：「我今番再不惹事便了，都依著你行！」燕青道：「明日換了衣巾，都打扮做客人相似，和你入城去。」李逵大喜。次日都打扮做客人，伺候燕青，同入城去。不期樂和懼怕李逵，潛與時遷先入城去了。燕青灑脫不開，只得和李逵入城看燈，不敢從陳橋門入去，大寬轉卻從封丘門入城。兩個手廝挽著，正投桑家瓦來。來到瓦子前，聽得勾欄內鑼響，李逵定要入去，燕青只得和他挨在人叢裡，聽得上面說平話，正說三國志，說到關雲長刮骨療毒。當時有雲長左臂中箭，箭毒入骨。醫人華佗道：「若要此疾毒消，可立一銅柱，上置鐵環，將臂膊穿將過去，用索拴牢，割開皮肉，去骨三分，除卻箭毒，卻用油線縫攏，外用敷藥貼了，內用長托之劑，不過半月，可以平復如初；因此極難治療。」關公大笑道：「大丈夫死生不懼，何如隻手？不用銅柱鐵環，只此便割何妨！」隨即叫取棋盤，與客弈棋，伸起左臂，命華佗刮骨取毒，面不改色，對客談笑自若。正說到這裡，李逵在人叢中高叫道：「這個正是好男子！」眾人失驚，都看李逵，燕青慌忙攔道：「李大哥，你怎地好村！勾欄瓦舍，如何使得大驚小怪這等叫！」李逵道：「說到這裡，不由人喝彩！」燕青拖了李逵便走。兩個離了桑家瓦，轉過串道，只見一個漢子飛磚擲瓦，去打一戶人家。那人家道：「清平世界，蕩蕩乾坤，散了二次，不肯還錢，顛倒打我屋裡。」黑旋風聽了，路見不平，便要去打。燕青務死抱住，李逵睜著雙眼，要和他廝打的意思。那漢子便道：「俺自和他有帳討錢，干你甚事？即日要跟張招討下江南出征去，你休惹我。到那裡去也是死，要打便和你廝打，死在這裡，也得一口好棺材。」李逵道：「卻是甚麼下江南？不曾聽得點兵調將。」燕青且勸開了鬧，兩個廝挽著，轉出串道，離了小巷，見一個小小茶肆，兩個入去裡面，尋副座頭，坐了吃茶。對席有個老者，便請會茶，開口論閒話。燕青道：「請問丈丈：卻才巷口一個軍漢廝打，他說道要跟張招討下江南，早晚要去出征，請問端的那裡去出征？」那老人道：「客人原來不知，如今江南草寇方臘反了，占了八州二十五縣，從睦州起，直至潤州，自號為一國，早晚來打揚州。因此朝廷已差下張招討、劉都督去剿捕。」

燕青、李逵聽了這話，慌忙還了茶錢，離了小巷，徑奔出城，回到營中，來見軍師吳學究，報知此事。吳用見說，心中大喜，來對宋先鋒說知江南方臘造反，朝廷已遣張招討領兵。宋江聽了道：「我等諸將軍馬，閒居在此，甚是不宜；不若使人去告知宿太尉，令其於天子前保奏，我等情願起兵，前去征進。」當時會集諸將商議，盡皆歡喜。次日，宋江換了些衣服，帶領燕青，自來說此一事。徑入城中，直至太尉府前下馬。正值太尉在府，令人傳報，太尉聞知，忙教請進。宋江來到堂上，再拜起居。宿太尉道：「將軍何事，更衣而來？」宋江稟道：「近因省院出榜，但凡出征官軍，非奉呼喚，不敢擅自入城。今日小將私步至此，上告恩相。聽得江南方臘造反，占據州郡，擅改年號，侵至潤州，早晚渡江，來打揚州。宋江等人馬久閒，在此屯紮不宜。某等情願部領兵馬，前去征剿，盡忠報國，望恩相於天子前題奏則個！」宿太尉聽了大喜道：「將軍之言，正合吾意。下官當以一力保奏。將軍請回，來早宿某具本奏聞，天子必當重用。」宋江辭了太尉，自回營寨，與眾兄弟說知。

卻說宿太尉次日早朝入內，見天子在披香殿與百官文武計事，正說江南方臘作耗（叛亂），占據八州二十五縣，改年建號，如此作反，自霸稱尊，目今早晚兵犯揚州。天子乃曰：「已命張招討、劉都督征進，未見次第。」宿太尉越班奏曰：「想此草寇，既成大患，陛下已遣張總兵、劉都督，再差征西得勝宋先鋒，這兩支軍馬為前部，可去剿除，必幹大功。」天子聞奏大喜，急令使臣宣省院官聽聖旨。當下張招討、從耿二參謀，亦行保奏，要調宋江這一干人馬為前部先鋒。省院官到殿，領了聖旨，隨即宣取宋先鋒、盧先鋒，直到披香殿下，朝見天子。拜舞已畢，天子降敕封宋江為平南都總管，征討方臘正先鋒；封盧俊義為兵馬副總管，平南副先鋒；各賜金帶一條，錦袍一領，金甲一副，名馬一騎，彩緞二十五表裡；其餘正偏將佐，各賜緞匹銀兩，待有功次，照名升賞，加受官爵；三軍頭目，給賜銀兩：都就於內務府關支，定限目下出師起行。宋江、盧俊義領了聖旨，就辭了天子。皇上乃曰：「卿等數內，有個能鐫玉石印信金大堅，又有個能識良馬皇甫端，留此二人，駕前聽用。」宋江、盧俊義承旨，再拜謝恩，出內上馬回營。

宋江、盧俊義兩個在馬上歡喜，並馬而行。出得城來，只見街市上一個漢子，手裡拿著一件東西，兩條巧棒，中穿小索，以手牽動，那物便響。宋江見了，卻不識的，使軍士喚那漢子問道：「此是何物？」那漢子答道：「此是胡敲也。用手牽動，自然有聲。」宋江乃作詩一首：

一聲低了一聲高，嘹亮聲音透碧霄。
空有許多雄氣力，無人提挈謾徒勞。

宋江在馬上與盧俊義笑道：「這胡敲正比著我和你，空有沖天的本事，無人提挈，何能振響。」盧俊義道：「兄長何故發此言？據我等胸中學識，不在古今名將之下；如無本事，枉自有人提挈，亦作何用？」宋江道：「賢弟差矣！我等若非宿太尉一力保奏，如何能勾天子重用，為人不可忘本！」盧俊義自覺失言，不敢回話。

兩個回到營寨，升帳而坐，當時會集諸將，除女將瓊英因懷孕染病，留下東京，著葉清夫婦伏侍，請醫調治外，其餘將佐，盡教收拾鞍馬衣甲，準備起身，征討方臘。後來瓊英病痊，彌月，產下一個面方耳大的兒子，取名叫做張節。次後聞得丈夫被賊將厲天閏殺死於獨松關，瓊英哀慟昏絕，隨即同葉清夫婦，親自到獨松關，扶柩到張清故鄉彰德府安葬。葉清又因病故，瓊英同安氏老嫗，苦守孤兒。張節長大，跟吳玠大敗金兀朮於和尚原，殺得兀　亟鬍（急忙剃掉）鬚髯而遁。因此張節得封官爵，歸家養母，以終天年，奏請表揚其母貞節。此是瓊英等貞節孝義的結果。

話休絮繁，再說宋江於奉詔討方臘的次日，於內府關到賞賜緞匹銀兩，分俵諸將，給散三軍頭目，便就起送金大堅、皇甫端去御前聽用。宋江一面調撥戰船先行，著令水軍頭領整頓篙櫓風帆，撐駕望大江進發，傳令與馬軍頭領，整頓弓、箭、槍、刀、衣袍、鎧甲；水陸並進，船騎同行，收拾起程。只見蔡太師差府干到營，索取聖手書生蕭讓，要他代筆。次日，王都尉自來問宋江求要鐵叫子樂和，聞此人善能歌唱，要他府裡使令。宋江只得依允，隨即又起送了二人去訖。宋江自此去了五個弟兄，心中好生鬱鬱不樂。當與盧俊義計議定了，號令諸軍，準備出師。

卻說這江南方臘造反已久，積漸而成，不想弄到許大事業。此人原是歙州山中樵夫，因去溪邊淨手，水中照見自己頭戴平天冠，身穿袞龍袍，以此向人說自家有天子福分。因朱　在吳中征取花石綱，百姓大怨，人人思亂，方臘乘機造反，就清溪縣內幫源洞中，起造寶殿、內苑、宮闕，睦州、歙州亦各有行宮，仍設文武職台，省院官僚，內相外將，一應大臣。睦州即今時建德，宋改為嚴州；歙州即今時婺源，宋改為徽州；這方臘直從這裡占到潤州，今鎮江是也。共該八州二十五縣。那八州：歙州、睦州、杭州、蘇州、常州、湖州、宣州、潤州。那二十五縣，都是這八州管下。此時嘉興、松江、崇德、海寧，皆是縣治。方臘自為國王，獨霸一方，非同小可。原來方臘上應天書，推背圖上道：「十千加一點，冬盡始稱尊。縱橫過浙水，顯跡在吳興。」那十千，是萬也；頭加一點，乃方字也。冬盡，乃臘也；稱尊者，乃南面為君也。正應方臘二字。占據江南八郡，隔著長江天塹，又比淮西差多少來去。

再說宋江選將出師，相辭了省院諸官，當有宿太尉、趙樞密親來送行，賞勞三軍。水軍頭領已把戰船從泗水入淮河，望淮安軍壩，俱到揚州取齊。宋江、盧俊義謝了宿太尉、趙樞密，將人馬分作五起，取旱路投揚州來。於路無話，前軍已到淮安縣屯紮。當有本州官員，置筵設席，等接宋先鋒到來，請進城中管待，訴說：「方臘賊兵浩大，不可輕敵。前面便是揚子大江，此是江南第一個險隘去處。隔江卻是潤州，如今是方臘手下樞密呂師囊並十二個統制官守把江岸。若不得潤州為家，難以抵敵。」宋江聽了，便請軍師吳用計較良策，即目前面大江攔截，須用水軍船隻向前。吳用道：「揚子江中，有金、焦二山，靠著潤州城郭；可叫幾個弟兄，前去探路，打聽隔江消息，用何船隻，可以渡江。」宋江傳令，教喚水軍頭領前來聽令：「你眾弟兄，誰人與我先去探路，打聽隔江消息？」只是帳下轉過四員戰將，盡皆願往，不是這幾個人來探路，有分教，橫屍似北固山高，流血染揚子江赤。直教大軍飛渡烏龍陣，戰艦平吞白雁灘。畢竟宋江軍馬怎地去收方臘，且聽下回分解。

第一百十一回

張順夜伏金山寺　宋江智取潤州城

話說這九千三百里揚子大江，遠接三江，卻是漢陽江、潯陽江、揚子江。從泗川直至大海，中間通著多少去處，以此呼為萬里長江。地分吳、楚，江心內有兩座山：一座喚做金山，一座喚做焦山。金山上有一座寺，繞山起蓋，謂之寺裡山；焦山上一座寺，藏在山凹裡，不見形勢，謂之山裡寺。這兩座山，生在江中，正占著楚尾吳頭，一邊是淮東揚州，一邊是浙西潤州，今時鎮江是也。

且說潤州城郭，卻是方臘手下東廳樞密使呂師囊守把江岸。此人原是歙州富戶，因獻錢糧與方臘，官封為東廳樞密使。幼年曾讀兵書戰策，慣使一條丈八蛇矛，武藝出眾。部下管領著十二個統制官，名號「江南十二神」，協同守把潤州江岸。那十二神：

擎天神福州沈剛　　遊弈神歙州潘文得

遁甲神睦州應明　　六丁神明州徐統

霹靂神越州張近仁　　巨靈神杭州沈澤

太白神湖州趙毅　　太歲神宣州高可立

吊客神常州范疇　　黃幡神潤州卓萬里
豹尾神江州和潼　　喪門神蘇州沈林

話說樞密使呂師囊，統領著五萬南兵，據住江岸。甘露亭下，擺列著戰船三千餘隻，江北岸卻是瓜洲渡口，淨蕩蕩地無甚險阻。

此時先鋒使宋江兵馬戰船，水陸並進，已到淮安了，約至揚州取齊。當日宋先鋒在帳中，與軍師吳用等商議：「此去大江不遠，江南岸便是賊兵守把，誰人與我先去探路一遭，打聽隔江消息，可以進兵。」帳下轉過四員戰將，皆云願往。那四個：一個是小旋風柴進，一個是浪裡白條張順，一個是拚命三郎石秀，一個是活閻羅阮小七。宋江道：「你四人分作兩路：張順和柴進，阮小七和石秀，可直到金、焦二山上宿歇，打聽潤州賊巢虛實，前來揚州回話。」四人辭了宋江，各帶了兩個伴當，扮做客人，取路先投揚州來。此時一路百姓，聽得大軍來征剿方臘，都挈家搬在村裡躲避了。四個人在揚州城裡分別，各辦了些乾糧，石秀自和阮小七帶了兩個伴當，投焦山去了。

卻說柴進和張順也帶了兩個伴當，將乾糧捎在身邊，各帶把鋒芒快尖刀，提了朴刀，四個奔瓜洲來。此時正是初春天氣，日暖花香，到得揚子江邊，憑高一望，淘淘雪浪，滾滾煙波，是好江景也！有詩為證：

萬里煙波萬里天，紅霞遙映海東邊。
打魚舟子渾無事，醉擁青蓑自在眠。

這柴進二人，望見北固山下，一代都是青白二色旌旗，岸邊一字兒擺著許多船隻，江北岸上，一根木頭也無。柴進道：「瓜洲路上，雖有屋宇，並無人住，江上又無渡船，怎生得知隔江消息？」張順道：「須得一間屋兒歇下，看兄弟赴水過去對江金山腳下，打聽虛實。」柴進道：「也說得是。」當下四個人奔到江邊，見一帶數間草房，盡皆關閉，推門不開。張順轉過側首，撥開一堵壁子，鑽將入去，見個白頭婆婆，從灶邊走起來。張順道：「婆婆，你家為甚不開門？」那婆婆答道：「實不瞞客人說，如今聽得朝廷起大軍來，與方臘廝殺。我這裡正是風門水口，有些人家，都搬了別處去躲，只留下老身在這裡看屋。」張順道：「你家男子漢那裡去了？」婆婆道：「村裡去望老小去了。」張順道：「我有四個人，要渡江過去，那裡有船覓一隻？」婆婆道：「船卻那裡去討？近日呂樞密聽得大軍來和他廝殺，都把船隻拘管過潤州去了。」張順道：「我四人自有糧食，只借你家宿歇兩日，與你些銀子作房錢，並不攪擾你。」婆婆道：「歇卻不妨，只是沒床席。」張順道：「我們自有措置。」婆婆道：「客人，只怕早晚有大軍來！」張順道：「我們自有回避。」當時開門，放柴進和伴當入來，都倚了朴刀，放了行李，取些乾糧燒餅出來吃了。張順再來江邊，望那江景時，見金山寺正在江心裡，但見：

江吞鰲背，山聳龍鱗。爛銀盤湧出青螺，軟翠堆遠拖素練。遙觀金殿，受八面之天風；遠望鐘樓，倚千層之石壁。梵塔高侵滄海日，講堂低映碧波雲。無邊閣，看萬里征帆；飛步亭，納一天爽氣。郭璞墓中龍吐浪，金山寺裡鬼移燈。

張順在江邊看了一回，心中思忖道：「潤州呂樞密，必然時常到這山上。我且今夜去走一遭，必知消息。」回來和柴進商量道：「如今來到這裡，一隻小船也沒，怎知隔江之事。我今夜把衣服打拴（收拾）了，兩個大銀頂在頭上，直赴過金山寺去，把些財賂與那和尚，討個虛實，回報先鋒哥哥。你只在此間等候。」柴進道：「早幹了事便回。」

是夜星月交輝，風恬浪靜，水天一色，黃昏時分，張順脫膊了，扁紮起一腰白絹水褌兒，把這頭巾衣服，裹了兩個大銀，拴縛在頭上，腰間帶一把尖刀，從瓜洲下水，直赴開江心中來。那水淹不過他胸脯，在水中如走旱路，看看赴到金山腳下，見石峰邊纜著一隻小船，張順爬到船邊，除下頭上衣包，解了濕衣，扎拭了身上，穿上衣服，坐在船中。聽得潤州更鼓，正打三更，張順伏在船內望時，只見上溜頭一隻小船，搖將過來。張順看了道：「這隻船來得蹺蹊，必有奸細！」便要放船開去，不想那隻船一條大索鎖了，又無櫓篙，張順只得又脫了衣服，拔出尖刀，再跳下江裡，直赴到那船邊。船上兩個人搖著櫓，只望北岸，不提防南邊，只顧搖。張順卻從水底下一鑽，鑽到船邊，扳住船舷，把尖刀一削，兩個搖櫓的撒了櫓，倒撞下江裡去了。張順早跳在船上。那船艙裡鑽出兩個人來，張順手起一刀，砍得一個下水去，那個嚇得倒入艙裡去。張順喝道：「你是甚人？那裡來的船隻？實說，我便饒你！」那人道：「好漢聽稟：小人是此間揚州城外定浦村陳將士家干人，使小人過潤州投拜呂樞密那裡獻糧，准了，使個虞候和小人同回，索要白糧五萬石，船三百隻，作進奉之禮。」張順道：「那個虞候，姓甚名誰？見在那裡？」干人道：「虞候姓葉名貴，卻才好漢砍下江裡去的便是。」張順道：「你卻姓甚？甚麼名字？幾時過去投拜？船裡有甚物件？」干人道：「小人姓吳名成，今年正月初七日渡江。呂樞密直教小人去蘇州，見了御弟三大王方貌，關了號色旌旗三百面，並主人陳將士官誥，封做揚州府尹，正授中明大夫名爵，更有號衣一千領，及呂樞密札付一道。」張順又問道：「你的主人，姓甚名字？有多少人馬？」吳成道：「人有數千，馬有百十餘匹。嫡親有兩個孩兒，好生了得，長子陳益，次子陳泰。主人將士，叫做陳觀。」張順都問了備細來情去意，一刀也把吳成剁下水裡去了。船尾上裝起櫓來，逕搖到瓜洲。

柴進聽櫓聲響，急忙出來看時，見張順搖隻船來，柴進便問來由。張順把前事一一說了，柴進大喜，去船艙裡，取出一包袱文書，並三百面紅絹號旗，雜色號衣一千領，做兩擔打迭了。張順道：「我卻去取了衣裳來。」把船再搖到金山腳下，取了衣裳、巾幘、銀子，再搖到瓜洲岸邊，天色方曉，重霧罩地。張順把船砍漏，推開江裡去沉了。來到屋下，把三二兩銀子，與了婆婆，兩個伴當挑了擔子，徑回揚州來。此時宋先鋒軍馬，俱屯紮在揚州城外，本州官員迎接宋先鋒入城館驛內安下，連日筵宴，供給軍士。

卻說柴進、張順伺候席散，在館驛內見了宋江，備說陳觀父子交結方臘，早晚誘引賊兵渡江，來打揚州。天幸江心裡遇見，教主帥成這件功勞。宋江聽了大喜，便請軍師吳用商議用甚良策。吳用道：「既有這個機會，覷潤州城易如反掌！先拿了陳觀，大事便定。只除如此如此。」即時喚浪子燕青，扮做葉虞候，教解珍、解寶扮做南軍。問了定浦村路頭，解珍、解寶挑著擔子，燕青都領了備細言語，三個出揚州城來，取路投定浦村。離城四十餘里，早問到陳將士莊前。見門首二三十莊客，都整整齊齊，一般打扮，但見：

攢竹笠子，上鋪著一把黑纓；細線衲襖，腰繫著八尺紅絹。牛膀鞋，登山似箭；獐皮襪，護腳如綿。人人都帶雁翎刀，個個盡提鴉嘴搠。

當下燕青改作浙人鄉談，與莊客唱喏道：「將士宅上，有麼？」莊客道：「客人那裡來？」燕青道：「從潤州來。渡江錯走了路，半日盤旋，問得到此。」莊客見說，便引入客房裡去，教歇了擔子，帶燕青到後廳來見陳將士。燕青便下拜道：「葉貴就此參見！」拜罷，陳將士問道：「足下何處來？」燕青打浙音道：「回避閒人，方敢對相公說。」陳將士道：「這幾個都是我心腹人，但說不妨。」燕青道：「小人姓葉名貴，是呂樞密帳前虞候。正月初七日，接得吳成密書，樞密甚喜，特差葉貴送吳成到蘇州，見御弟三大王，備說相公之意。三大王使人啟奏，降下官誥，就封相公為揚州府尹。兩位直閣舍人，待呂樞密相見了時，再定官爵。今欲使令吳成回程，誰想感冒風寒病症，不能動止。樞密怕誤了大事，特差葉貴送到相公官誥（詔令），並樞密文書，關防，牌面，號旗三百面，號衣一千領，克日定時，要相公糧食船隻，前赴潤州江岸交割。」便取官誥文書，遞與陳將士看了，大喜，忙擺香案，望南謝恩已了，便喚陳益、陳泰出來相見。燕青叫解珍、解寶取出號衣號旗，入後廳交付；陳將士便邀燕青請坐。燕青道：「小人是個走卒，相公處如何敢坐？」陳將士道：「足下是那壁恩相差來的人，又與小官賫誥敕，怎敢輕慢？權坐無妨。」燕青再三謙讓了，遠遠地坐下。陳將士叫取酒來，把盞勸燕青；燕青推卻道：「小人天戒不飲酒。」待他把過三兩巡酒，兩個兒子都來與父親慶賀遞酒。燕青把眼使叫解珍、解寶行事。解寶身邊取出不按君臣（違反藥理配製的毒藥）的藥頭，張人眼慢，放在酒壺裡。燕青便起身說道：「葉貴雖然不曾將酒過江，藉相公酒果，權為上賀之意。」便斟一大鍾酒，上勸陳將士，滿飲此杯。隨即便勸陳益、陳泰兩個，各飲了一杯。當面有幾個心腹莊客，都被燕青勸了一杯。燕青那嘴一努，解珍出來外面，尋了火種，身邊取出號旗號炮，就莊前放起。左右兩邊，已有頭領等候，只聽號炮響，前來策應。燕青在堂裡，見一個個都倒了，身邊掣出短刀，和解寶一齊動手，早都割下頭來。莊門外哄動十個好漢，從前面打將入來。那十員將佐：花和尚魯智深、行者武松、九紋龍史進、病關索楊雄、黑旋風李逵、八臂那吒項充、飛天大聖李袞、喪門神鮑旭、錦豹子楊林、病大蟲薛永。門前眾莊客，那裡迎敵得住？裡面燕青、解珍、解寶早提出陳將士父子首級來；莊門外又早一彪人馬官軍到來，為首六員將佐。那六員：美髯公朱仝、急先鋒索超、沒羽箭張清、混世魔王樊瑞、打虎將李忠、小霸王周通。當下六員首將，引一千軍馬，圍住莊院，把陳將士一家老幼，盡皆殺了。拿住莊客，引去浦裡看時，傍莊傍港，泊著三四百隻船，卻滿滿裝載糧米在內。眾將得了數目，飛報主將宋江。

宋江聽得殺了陳將士，便與吳用計議進兵。收拾行李，辭了總督張招討，部領大隊人馬，親到陳將士莊上，分撥前隊將校，上船行計（計議），一面使人催趲戰船過去。吳用道：「選三百隻快船，船上各插著方臘降來的旗號。著一千軍漢，各穿了號衣，其餘三四千人，衣服不等。」三百隻船內，埋伏二萬餘人，更差穆弘扮做陳益，李俊扮做陳泰，各坐一隻大船，其餘船分撥將佐。

第一撥船上，穆弘、李俊管領。穆弘身邊，撥與十個偏將簇擁著。那十個：

項充　李袞　鮑旭　薛永　楊林
杜遷　宋萬　鄒淵　鄒潤　石勇

李俊身邊，也撥與十個偏將簇擁著。那十個：

童威　童猛　孔明　孔亮　鄭天壽
李立　李雲　施恩　白勝　陶宗旺

第二撥船上，差張橫、張順管領。張橫船上，撥與四個偏將簇擁著。那四個：

曹　正　　杜　興　　龔　旺　　丁得孫

張順船上，撥與四個偏將簇擁著。那四個：

孟　康　　侯　健　　湯　隆　　焦　挺

第三撥船上便差十員正將管領，也分作兩船進發。那十個：

史　進　　雷　橫　　楊　雄　　劉　唐　　蔡　慶
張　清　　李　逵　　解　珍　　解　寶　　柴　進

這三百船上，分派大小正偏將佐，共計四十二員渡江。次後宋江等，卻把戰船裝載馬匹，游龍飛鯨等船一千隻，打著宋朝先鋒使宋江旗號，大小馬步將佐，一發載船渡江。兩個水軍頭領，一個是阮小二，一個是阮小五，總行催督。

且不說宋江中軍渡江，卻說潤州北固山上，哨見對港三百來隻戰船，一齊出浦（水邊或河流入海的地方），船上卻插著護送衣糧先鋒紅旗號，南軍連忙報入行省裡來。呂樞密聚集十二個統制官，都全副披掛，弓弩上弦，刀劍出鞘，帶領精兵，自來江邊觀看。見前面一百隻船，先傍岸攏來；船上望著兩個為頭的前後簇擁著的，都披著金鎖子號衣，一個個都是那彪形大漢。呂樞密下馬，坐在銀交椅上，十二個統制官兩行把住江岸。穆弘、李俊見呂樞密在江岸上坐地，起身聲喏。左右虞候喝令住船，一百隻船，一字兒抛定了錨。背後那二百隻船，乘著順風，都到了；分開在兩下攏來，一百隻在左，一百隻在右，做三下均勻擺定了。客帳司（行署裡掌管接待的吏員）下船來問道：「船從那裡來？」穆弘答道：「小人姓陳名益，兄弟陳泰，父親陳觀，特遣某等弟兄，獻納白米五萬石，船三百隻，精兵五千，來謝樞密恩相保奏之恩。」客帳司道：「前日樞密相公，使葉虞候去來，見在何處？」穆弘道：「虞候和吳成各染傷寒時疫，見在莊上養病，不能前來。今將關防文書，在此呈上。」客帳司接了文書，上江岸來稟覆呂樞密道：「揚州定浦村陳府尹男陳益、陳泰，納糧獻兵，呈上原齎去關防文書在此。」呂樞密看，果是原領公文，傳鈞旨，教喚二人上岸。客帳司喚陳益、陳泰上來參見。穆弘、李俊上得岸來，隨後二十個偏將，都跟上去。排軍喝道：「卿相在此，閒雜人不得近前！」二十個偏將都立住了。穆弘、李俊躬身叉手，遠遠侍立。客帳司半晌方才引一人過去參拜了，跪在面前。呂樞密道：「你父親陳觀，如何不自來？」穆弘稟道：「父親聽知是梁山泊宋江等領兵到來，誠恐賊人下鄉擾攪，在家支吾，未敢擅離。」呂樞密道：「你兩個那個是兄？」穆弘道：「陳益是兄。」呂樞密道：「你弟兄兩個，曾習武藝麼？」穆弘道：「托賴恩相福蔭，頗曾訓練。」呂樞密道：「你將來白糧，怎地裝載？」穆弘道：「大船裝糧三百石，小船裝糧二百石。」呂樞密道：「你兩個來到，恐有他意！」穆弘道：「小人父子，一片孝順之心，怎敢懷半點外意？」呂樞密道：「雖然是你好心，吾觀你船上軍漢，模樣非常，不由人不疑。你兩個只在這裡；吾差四個統制官，引一百軍人下船搜看，但有分外之物，決不輕恕。」穆弘道：「小人此來，指望恩相重用，何必見疑！」呂師囊正欲點四個統制下船搜看，只見探馬報道：「有聖旨到南門外了，請樞相便上馬迎接。」呂樞密急上了馬，便吩咐道：「且與我把住江岸，這兩個陳益、陳泰隨將我來。」穆弘把眼看李俊一覺。等呂樞密先行去了，穆弘、李俊隨後招呼二十個偏將，便入城門。守門將校喝道：「樞密相公只叫這兩個為頭的入來；其餘人伴，休放進去！」穆弘、李俊過去了，二十個偏將都被擋住在城邊。

且說呂樞密到南門外，接著天使，便問道：「緣何來得如此要急？」那天使是方臘面前引進使馮喜，悄悄地對呂師囊道：「近日司天太監浦文英奏道：『夜觀天象，有無數罡星，入吳地分野，中間雜有一半無光，就裡為禍不小。』天子特降聖旨，教樞密緊守江岸。但有北邊來的人，須要仔細盤詰，磨問實情；如是形影奇異者，隨即誅殺，勿得停留。」呂樞密聽了大驚：「卻才這一班人，我十分疑忌，如今卻得這話。且請到城中開讀。」馮喜同呂樞密都到行省，開讀聖旨已了，只見飛馬又報：「蘇州又有使命，齎擎御弟三大王令旨到來。」言說：「你前日揚州陳將士投降一節，未可準信，誠恐有詐。近奉聖旨，近來司天監內，照見罡星入於吳地分野，可以牢守江岸。我早晚自差人到來監督。」呂樞密道：「大王亦為此事掛心，下官已奉聖旨。」隨即令人牢守江面，來的船上人，一個也休放上岸，一面設宴管待兩個使命。

卻說那三百隻船上人，見半日沒些動靜。左邊一百隻船上張橫、張順，帶八個偏將，提軍器上岸；右邊一百隻船上十員正將，都拿了槍刀，鑽上岸來；守江面南軍，攔當不住。黑旋風李逵和解珍、解寶，便搶入城；守門官軍急出攔截，李逵輪起雙斧，一砍一剁，早殺翻兩個把門官軍。城邊發起喊來，解珍、解寶各挺鋼叉入城，都一時發作，那裡關得城門迭？李逵橫身在門底下，尋人砍殺，先至城邊二十個偏將，各奪了軍器，就殺起來。呂樞密急使人傳令來，教牢守江面時，城門邊已自殺入城了。十二個統制官，聽得城邊發喊，各提動軍馬時，史進、柴進早招起三百隻船內軍兵，脫了南軍的號衣，為首先上岸，船艙裡埋伏軍兵，一齊都殺上岸來。為首統制官沈剛、潘文得兩路軍馬來保城門時，沈剛被史進一刀剁下馬去，潘文得被張橫刺斜裡一槍搠倒。眾軍混殺，那十個統制官，都望城子裡退入去，保守家眷。穆弘、李俊在城中聽得消息，就酒店裡奪得火種，便放起火來。呂樞密急上馬時，早得三個統制官到來救應。城裡降天也似火起。瓜洲望見，先發一彪軍馬，過來接應。城裡四門，混戰良久，城上早豎起宋先鋒旗號，四面八方，混殺人馬，難以盡說，下來便見。

且說江北岸，早有一百五十隻戰船傍岸，一齊牽上戰馬，為首十員戰將登岸，都是全副披掛。那十員大將：關勝、呼延灼、花榮、秦明、郝思文、宣贊、單廷珪、韓滔、彭玘、魏定國，正偏戰將一十員，部領二千軍馬，衝殺入城。此時呂樞密方才大敗，引著中傷人馬，徑奔丹徒縣去了。大軍奪得潤州，且教救滅了火，分撥把住四門，卻來江邊，迎接宋先鋒船，正見江面上游龍飛鯨船隻，乘著順風，都到南岸。大小將佐，迎接宋先鋒入城，預先出榜，安撫百姓，點本部將佐，都到中軍請功。史進獻沈剛首級，張橫獻潘文得首級，劉唐獻沈澤首級，孔明、孔亮生擒卓萬里，項充、李衮生擒和潼，郝思文箭射死徐統。得了潤州，殺了四個統制官，生擒兩個統制官，殺死牙將官兵，不計其數。

宋江點本部將佐，折了三個偏將，都是亂軍中被箭射死，馬踏身亡。那三個：一個是雲裡金剛宋萬，一個是沒面目焦挺，一個是九尾龜陶宗旺。宋江見折了三將，心中煩惱，怏怏不樂。吳用勸道：「生死人之分定。雖折了三個兄弟，且喜得了江南第一個險隘州郡，何故煩惱，有傷玉體？要與國家干功，且請理論大事。」宋江道：「我等一百八人，天文所載，上應星曜。當初梁山泊發願，五台山設誓，但願同生同死。回京之後，誰想道先去了公孫勝，御前留了金大堅、皇甫端，蔡太師又用了蕭讓，王都尉又要了樂和。今日方渡江，又折了我三個弟兄。想起宋萬這人，雖然不曾立得奇功，當初梁山泊開創之時，多虧此人。今日作泉下之客！」宋江傳令，叫軍士就宋萬死處，搭起祭儀，列了銀錢，排下烏豬白羊，宋江親自祭祀奠酒。就押生擒到偽統制卓萬里、和潼，就那裡斬首瀝血，享祭三位英魂。宋江回府治裡，支給功賞，一面寫了申狀，使人報捷，親請張招討，不在話下。沿街殺的死屍，盡教收拾出城燒化，收拾三個偏將屍骸，葬於潤州東門外。

且說呂樞密折了大半人馬，引著六個統制官，退守丹徒縣，那裡敢再進兵。申將告急文書，去蘇州報與三大王方貌求救。聞有探馬報來。蘇州差元帥邢政領軍到來了。呂樞密接見邢元帥，問慰了，來到縣治，備說陳將士詐降緣由，以致透漏宋江軍馬渡江。「今得元帥到此，可同恢復潤州。」邢政道：「三大王為知罡星犯吳地，特差下官領軍到來，巡守江面。不想樞密失利，下官與你報仇，樞密當以助戰。」次日，邢政引軍來恢奪潤州。

卻說宋江在潤州衙內與吳用商議，差童威、童猛引百餘人，去焦山尋取石秀、阮小七，一面調兵出城，來取丹徒縣。點五千軍馬，為首差十員正將。那十人：關勝、林沖、秦明、呼延灼、董平、花榮、徐寧、朱仝、索超、楊志。當下十員正將，部領精兵五千，離了潤州，望丹徒縣來。關勝等正行之次，路上正迎著邢政軍馬。兩軍相對，各把弓箭射住陣腳，排成陣勢。南軍陣上，邢政挺槍出馬，六個統制官，分在兩下。宋軍陣中關勝見了，縱馬舞青龍偃月刀來戰邢政。兩員將鬥到十四五合，一將翻身落馬。正是瓦罐不離井上破，將軍必在陣前亡。畢竟二將廝殺，輸了的是誰，且聽下回分解。

第一百十二回

盧俊義分兵宣州道　宋公明大戰毗陵郡

話說元帥邢政和關勝交馬，戰不到十四五合，被關勝手起一刀，砍於馬下，呼延灼見砍了邢政，大驅人馬，捲殺將去，六個統制官望南而走。呂樞密見本部軍兵大敗虧輸，棄了丹徒縣，領了傷殘軍馬，望常州府而走。宋兵十員大將，奪了縣治，報捷與宋先鋒知道，部領大隊軍兵，前進丹徒縣駐紮，賞勞三軍，飛報張招討，移兵鎮守潤州。次日，中軍從、耿二參謀賫送賞賜到丹徒縣，宋江祗受，給賜眾將。

宋江請盧俊義計議調兵征進，宋江道：「目今宣、湖二州，亦是賊寇方臘占據，我今與你分兵撥將，作兩路征剿，寫下兩個鬮子，對天拈取；若拈得所征地方，便引兵去。」當下宋江鬮得常、蘇二處，盧俊義鬮得宣、湖二處，宋江便叫鐵面孔目裴宣把眾將均分。除楊志患病不能征進，寄留丹徒外，其餘將校撥開兩路。宋先鋒分領將佐攻打常、蘇二處，正偏將共計四十二人，正將一十三員，偏將二十九員：

正將先鋒使呼保義宋江　軍師智多星吳用　撲天雕李應

大刀關勝　小李廣花榮　霹靂火秦明
金槍手徐寧　美髯公朱仝　花和尚魯智深
行者武松　九紋龍史進　黑旋風李逵
神行太保戴宗　偏將鎮三山黃信　病尉遲孫立
井木犴郝思文　丑郡馬宣贊　百勝將韓滔
天目將彭玘　混世魔王樊瑞　鐵笛仙馬麟
錦毛虎燕順　八臂那吒項充　飛天大聖李衮
喪門神鮑旭　矮腳虎王英　一丈青扈三娘
錦豹子楊林　金眼彪施恩　鬼臉兒杜興
毛頭星孔明　獨火星孔亮　轟天雷凌振
鐵臂膊蔡福　一枝花蔡慶　金毛犬段景住
通臂猿侯健　神算子蔣敬　神醫安道全
險道神保四　鐵扇子宋清
鐵面孔目裴宣

大小正偏將佐四十二員，隨行精兵三萬人馬，宋先鋒總領。

副先鋒盧俊義亦分將佐攻打宣、湖二處，正偏將佐共四十七員，正將一十四員，偏將三十三員，朱武偏將之首，受軍師之職。

正將副先鋒玉麒麟盧俊義　軍師神機朱武　小旋風柴進

豹子頭林沖　雙槍將董平　雙鞭呼延灼

急先鋒索超　沒遮攔穆弘　病關索楊雄

插翅虎雷橫　兩頭蛇解珍　雙尾蠍解寶

沒羽箭張清　赤髮鬼劉唐　浪子燕青

偏將聖水將單廷珪　神火將魏定國　小溫侯呂方

賽仁貴郭盛　摩雲金翅歐鵬　火眼狻猊鄧飛

打虎將李忠　小霸王周通　跳澗虎陳達

白花蛇楊春　病大蟲薛永　摸著天杜遷

小遮攔穆春　出林龍鄒淵　獨角龍鄒潤

催命判官李立　青眼虎李雲　石將軍石勇

旱地忽律朱貴　笑面虎朱富　小尉遲孫新

母大蟲顧大嫂　菜園子張青　母夜叉孫二娘

白面郎君鄭天壽　金錢豹子湯隆　操刀鬼曹正

白日鼠白勝　花項虎龔旺　中箭虎丁得孫

活閃婆王定六　鼓上蚤時遷

大小正偏將佐四十七員，隨征精兵三萬人馬：盧俊義管領。

看官牢記話頭，盧先鋒攻打宣、湖二州，共是四十七人；宋公明攻打常、蘇二處，共是四十二人。計有水軍首領，自是一伙，為因童威、童猛差去焦山，尋見了石秀、阮小七，回報道：「石秀、阮小七來到江邊，殺了一家老小，奪得一隻快船，前到焦山寺內。寺主知道是梁山泊好漢，留在寺中宿食。後知張順幹了功勞，打聽得焦山下船，取茆港，好去攻伐江陰、太倉，沿海州縣，使人申將文書來，索請水軍頭領，並要戰具船隻。」宋江即差李俊等八員，撥與水軍五千，跟隨石秀、阮小七等，共取水路，計正偏將一十員。那十員，正將七員，偏將三員：

拚命三郎石秀　混江龍李俊　船火兒張橫
浪裡白條張順　立地太歲阮小二　短命二郎阮小五
活閻羅阮小七　出洞蛟童威　翻江蜃童猛
玉幡竿孟康

大小正偏將佐一十員，水軍精兵五千，戰船一百隻。

看官聽說，宋江自丹徒分兵，共是九十九人，已自不滿百數。大戰船都撥與水軍頭領攻打江陰、太倉，小戰船卻俱入丹徒，都在裡港，隨軍攻打常州。

話說呂師囊引了六個統制官，退保常州毗陵郡。這常州原有守城統制官錢振鵬，手下兩員副將：一個是晉陵縣上濠人氏，姓金名節；一個是錢振鵬心腹之人許定。錢振鵬原是清溪縣都頭出身，協助方臘，累得城池，升做常州制置使。聽得呂樞密失利，折了潤州，一路退回常州，隨即引金節、許定，開門迎接，請入州治，管待已了，商議迎戰之策。錢振鵬道：「樞相放心。錢某不才，願施犬馬之勞，直殺得宋江那廝們大敗過江，恢復潤州，方遂吾願！」呂樞密撫慰道：「若得制置如此用心，何處國家不安？成功之後，呂某當極力保奏，高遷重爵。」當日筵宴，不在話下。

且說宋先鋒領起分定人馬，攻打常、蘇二州，撥馬軍長驅大進，望毗陵郡來。為頭正將一員關勝，部領十員將佐。那十人：秦明、徐寧、黃信、孫立、郝思文、宣贊、韓滔、彭玘、馬麟、燕順；正偏將佐共計十一員，引馬軍三千，直取常州城下，搖旗擂鼓搦戰。呂樞密看了道：「誰敢去退敵軍？」錢振鵬備了戰馬道：「錢某當以效力向前。」呂樞密隨即撥六個統制官相助。六個是誰：應明、張近仁、趙毅、沈抃、高可立、范疇。七員將帶領五千人馬，開了城門，放下吊橋。錢振鵬使口潑風刀，騎一匹捲毛赤兔馬，當先出城。

關勝見了，把軍馬暫退一步，讓錢振鵬列成陣勢，六個統制官分在兩下。對陣關勝當先立馬橫刀，厲聲高叫：「反賊聽著！汝等助一匹夫謀反，損害生靈，人神共怒！今日天兵臨境，尚不知死，敢來與我拒敵！我等不把你這賊徒誅盡殺絕，誓不回兵！」錢振鵬聽了大怒，罵道：「量你等一伙，是梁山泊草寇，不知天時，卻不思圖王霸業，倒去降無道昏君，要來和俺大國相並。我今直殺得你片甲不回才罷！」關勝大怒，舞起青龍偃月刀，直衝將來；錢振鵬使動潑風刀，迎殺將去。兩員將廝殺，鬥了三十合之上，錢振鵬漸漸力怯，抵當不住。南軍門旗下，兩個統制官看見錢振鵬力怯，挺兩條槍，一齊出馬，前去夾攻。關勝上首趙毅，下首范疇。宋軍門旗下，惱犯了兩員偏將，一個舞動喪門劍，一個使起虎眼鞭，搶出馬來，乃是鎮三山黃信、病尉遲孫立。六員將，三對兒在陣前廝殺。呂樞密急使許定、金節出城助戰。兩將得令，各持兵器，都上馬直到陣前，見趙毅戰黃信，范疇戰孫立，卻也都是對手。鬥到間深裡，趙毅、范疇漸折便宜；許定、金節各使一口大刀出陣。宋軍陣中韓滔、彭玘二將，雙出來迎。金節戰住韓滔，許定戰住彭玘，四將又鬥，五隊兒在陣前廝殺。

原來金節素有歸降大宋之心，故意要本隊陣亂，略鬥數合，撥回馬望本陣先走；韓滔乘勢追將去。南軍陣上高可立，看見金節被韓滔追趕得緊急，取雕弓，搭上硬箭，滿滿地拽開，颼的一箭，把韓滔面頰上射著，倒撞下馬來。這裡秦明急把馬一拍，掄起狼牙棍前來救時，早被那裡張近仁搶出來，咽喉上復一槍，結果了性命。彭玘和韓滔是一正一副的兄弟，見他身死，急要報仇，撇了許定，直奔陣上，去尋高可立攧。許定趕來，卻得秦明占住廝殺。高可立看見彭玘趕來，挺槍便迎。不提防張近仁從肋窩裡撞將出來，把彭玘一槍搠下馬去。關勝見損了二將，心中忿怒，恨不得殺進常州，使轉神威，把錢振鵬一刀，也剁於馬下。待要搶他那騎赤兔捲毛馬，不提防自己坐下赤兔馬，一腳前失，倒把關勝掀下馬來，南陣上高可立、張近仁兩騎馬便來搶關勝，卻得徐寧引宣贊、郝思文二將齊出，救得關勝回歸本陣。呂樞密大驅人馬，捲殺出城，關勝眾將失利，望北退走，南兵追趕二十餘里。

此日關勝折了些人馬，引軍回見宋江，訴說折了韓滔、彭玘。宋江大哭道：「誰想渡江已來，損折我五個兄弟。莫非皇天有怒，不容宋江收捕方臘，以致損兵折將？」吳用勸道：「主帥差矣！輸贏勝敗，兵家常事，不足為怪，此是兩個將軍祿絕之日，以致如此。請先鋒免憂，且理大事。」只見帳前轉過李逵便說道：「著幾個認得殺俺兄弟的人，引我去殺那賊徒，替我兩個哥哥報仇！」宋江傳令，教來日打起一面白旗，「我親自引眾將，直至城邊，與賊交鋒，決個勝負。」次日，宋公明領起大隊人馬，水陸並進，船騎相迎，拔寨都起。黑旋風李逵引著鮑旭、項充、李袞，帶領五百悍勇步軍，先來出哨，直到常州城下。

呂樞密見折了錢振鵬，心下甚憂，連發了三道飛報文書，去蘇州三大王方貌處求救，一面寫表申奏朝廷。又聽得報道：「城下有五百步軍打城，認旗上寫道為首的是黑旋風李逵。」呂樞密道：「這廝是梁山泊第一個凶徒，慣殺人的好漢，誰敢與我先去拿他？」帳前轉過兩個得勝獲功的統制官高可立、張近仁。呂樞密道：「你兩個若拿得這個賊人，我當一力保奏，加官重賞。」張、高二統制，各綽了槍上馬，帶領一千馬步兵，出城迎敵。黑旋風李逵見了，便把五百步軍一字兒擺開，手搦兩把板斧，立在陣前；喪門神鮑旭仗著一口大闊板刀，隨於側首；項充、李衮兩個，各人手挽著蠻牌，右手拿著鐵標，四個人各披前後掩心鐵甲，列於陣前。高、張二統制正是得勝狸貓強似虎，及時鴉鵲便欺雕，統著一千軍馬，靠城排開。

宋軍內有幾個探子，卻認得高可立、張近仁兩個，是殺韓滔、彭玘的，便指與黑旋風道：「這兩個領軍的，便是殺俺韓、彭二將軍的！」李逵聽了這說，也不打話，拿起兩把板斧，直搶過對陣去。鮑旭見李逵殺過對陣，急呼項充、李衮舞起蠻牌，便去策應。四個齊發一聲喊，滾過對陣。高可立、張近仁吃了一驚，措手不及，急待回馬，那兩個蠻牌，早滾到馬頷下，高可立、張近仁在馬上把槍望下搠時，項充、李衮把牌迎住。李逵斧起，早砍翻高可立馬腳，高可立攧下馬來。項充叫道「留下活的」時，李逵是個好殺人的漢子，那裡忍耐得住，早一斧砍下頭來。鮑旭從馬上揪下張近仁，一刀也割了頭，四個在陣裡亂殺。黑旋風把高可立的頭縛在腰裡，掄起兩把板斧，不問天地，橫身在裡面砍殺，殺得一千馬步軍，退入城去，也殺了三四百人，直趕到吊橋邊。李逵和鮑旭兩個，便要殺入城去，項充、李衮死當回來。城上擂木炮石，早打下來。四個回到陣前，五百軍兵依原一字擺開，那裡敢輕動？本是也要來混戰，怕黑旋風不分皂白，見的便砍，因此不敢近前。

塵頭起處，宋先鋒軍馬已到，李逵、鮑旭各獻首級，眾將認得是高可立、張近仁的頭，都吃了一驚道：「如何獲得仇人首級？」兩個說：「殺了許多人眾，本待要捉活的來，一時手癢，忍耐不住，就便殺了。」宋江道：「既有仇人首級，可於白旗下，望空祭祀韓、彭二將。」宋江又哭了一場，放倒白旗，賞了李逵、鮑旭、項充、李衮四人，便進兵到常州城下。

第一百十二回

盧俊義分兵宣州道　宋公明大戰毗陵郡

且說呂樞密在城中心慌，便與金節、許定，並四個統制官，商議退宋江之策。諸將見李逵等殺了這一陣，眾人都膽顫心寒，不敢出戰。問了數聲，如箭穿雁嘴，鉤搭魚腮，默默無言，無人敢應。呂樞密心內納悶，教人上城看時，宋江軍馬，三面圍住常州，盡在城下擂鼓搖旗，吶喊搦戰。呂樞密叫眾將，且各上城守護。眾將退去，呂樞密自在後堂尋思，無計可施，喚集親隨左右心腹人商量，自欲棄城逃走，不在話下。

且說守將金節回到自己家中，與其妻秦玉蘭說道：「如今宋先鋒圍住城池，三面攻擊。我等城中糧食缺少，不經久困；倘或打破城池，我等那時，皆為刀下之鬼。」秦玉蘭答道：「你素有忠孝之心，歸降之意，更兼原是宋朝舊官，朝廷不曾有甚負汝，不若去邪歸正，擒捉呂師囊，獻與宋先鋒，便是進身之計。」金節道：「他手下見有四個統制官，各有軍馬。許定這廝，又與我不睦，與呂師囊又是心腹之人。我恐事未必諧，反惹其禍。」其妻道：「你只密密地賚夜修一封書緘，拴在箭上，射出城去，和宋先鋒達知，裡應外合取城。你來日出戰，詐敗佯輸，引誘入城，便是你的功勞。」金節道：「賢妻此言極當，依汝行之。」史官詩曰：

棄暗投明免禍機，毗陵重見負羈妻。
婦人尚且存忠義，何事男兒識見迷。

次日，宋江領兵攻城得緊，呂樞密聚眾商議，金節答道：「常州城池高廣，只宜守，不可敵。眾將且堅守，等待蘇州救兵來到，方可會合出戰。」呂樞密道：「此言極是。」分撥眾將：應明、趙毅守把東門；沈抃、范疇守把北門；金節守把西門；許定守把南門。調撥已定，各自領兵堅守。當晚金節寫了私書，拴在箭上，待夜深人靜，在城上望著西門外探路軍人射將下去。那軍校拾得箭矢，慌忙報入寨裡來。守西寨正將花和尚魯智深同行者武松兩個見了，隨即使偏將杜興齎了，飛報東北門大寨裡來。宋江、吳用點著明燭，在帳裡議事，杜興呈上金節的私書，宋江看了大喜，便傳令教三寨中知會。

次日，三寨內頭領，三面攻城。呂樞密在戰樓上，正觀見宋江陣裡轟天雷凌振，紮起炮架，卻放了一個風火炮，直飛起去，正打在敵樓角上，骨碌碌一聲響，平塌了半邊。呂樞密急走，救得性命下城來，催督四門守將，出城搦戰。擂了三通戰鼓，大開城門，放下吊橋，北門沈抃、范疇引軍出戰。宋軍中大刀關勝，坐下錢振鵬的捲毛赤兔馬，出於陣前，與范疇交戰。兩個正待相持，西門金節又引出一彪軍來搦戰。宋江陣上病尉遲孫立出馬。兩個交戰，鬥不到三合，金節詐敗，撥轉馬頭便走。孫立當先，燕順、馬麟為次，魯智深、武松、孔明、孔亮、施恩、杜興，一發進兵。金節便退入城，孫立已趕入城門邊，占住西門。城中鬧起，知道大宋軍馬，已從西門進城了。那時百姓都被方臘殘害不過，怨氣衝天，聽得宋軍入城，盡出來助戰。城上早豎起宋先鋒旗號，范疇、沈抃見了城中事變，急待奔入城去，保全老小時，左邊衝出王矮虎、一丈青，早把范疇捉了。右邊衝出宣贊、郝思文兩個，一齊向前，把沈抃一槍刺下馬去，眾軍活捉了。宋江、吳用大驅人馬入城，四下裡搜捉南兵，盡行誅殺。呂樞密引了許定，自投南門而走，死命奪路，眾軍追趕不上，自回常州聽令，論功升賞。趙毅躲在百姓人家，被百姓捉來獻出。應明亂軍中殺死，獲得首級。宋江來到州治，便出榜安撫，百姓扶老攜幼，詣州拜謝。宋江撫慰百姓，復為良民，眾將各來請功。

金節赴州治拜見宋江，宋江親自下階迎接金節，上廳請坐。金節感激無限，復為宋朝良臣，此皆其妻贊成之功，不在話下。宋江叫把范疇、沈抃、趙毅三個，陷車盛了，寫道申狀，就叫金節親自解赴潤州張招討中軍帳前。金節領了公文，監押三將，前赴潤州交割。比及去時，宋江已自先叫神行太保戴宗，齎飛報文書，保舉金節到中軍了。張招討見宋江申覆金節如此忠義，後金節到潤州，張招討大喜，賞賜金節金銀、緞疋、鞍馬、酒禮。有副都督劉光世，就留了金節，升做行軍都統，留於軍前聽用。後來金節跟隨劉光世大破金兀朮四太子，多立功勞，直做到親軍指揮使，至中山陣亡，這是金節的結果。有詩為證：

從邪廊廟生堪愧，殉義沙場骨也香。
他日中山忠義鬼，何如方臘陣中亡。

當日張招討、劉都督賞了金節，把三個賊人，碎屍萬段，梟首示眾。隨即使人來常州，犒勞宋先鋒軍馬。

且說宋江在常州屯駐軍馬，使戴宗去宣州、湖州盧先鋒處，飛報調兵消息，一面又有探馬報來說，呂樞密逃回在無錫縣，又會合蘇州救兵，正欲前來迎敵。宋江聞知，便調馬軍步軍，正偏將佐十員頭領，撥與軍兵一萬，望南迎敵。那十員將佐：關勝、秦明、朱仝、李應、魯智深、武松、李逵、鮑旭、項充、李袞。當下關勝等領起前部軍兵人馬，與同眾將，辭了宋先鋒，離城去了。

且說戴宗探聽宣、湖二州進兵的消息，與同柴進回見宋江，報說副先鋒盧俊義得了宣州，特使柴大官人到來報捷。宋江甚喜。柴進到州治，參拜已了，宋江把了接風酒，同入後堂坐下，動問盧先鋒急破宣州備細緣由。柴進將出申達文書，與宋江看了，備說打宣州一事。

方臘部下鎮守宣州經略使家餘慶，手下統制官六員，都是歙州、睦州人氏。那六人：李韶、韓明、杜敬臣、魯安、潘濬、程勝祖。當日家餘慶分調六個統制，做三路出城對陣，盧先鋒也分三路軍兵迎敵。中間是呼延灼和李韶交戰，董平共韓明相持。戰到十合，韓明被董平兩槍刺死，李韶遁去，中路軍馬大敗。左軍是林沖和杜敬臣交戰，索超與魯安相持。林沖蛇矛刺死杜敬臣，索超斧劈死魯安。右軍是張清和潘濬交戰，穆弘共程勝祖相持。張清一石子打下潘濬，打虎將李忠趕出去殺了。程勝祖棄馬逃回。此日連勝四將，賊兵退入城去。盧先鋒急驅眾將奪城，趕到門邊，不提防賊兵城上，飛下一片磨扇來，打死俺一個偏將。城上箭如雨點一般射下來，那箭矢都有毒藥。射中俺兩個偏將，止及到寨，俱各身死。盧先鋒因見折了三將，連夜攻城。守東門賊將不緊，因此得了宣州，亂軍中殺死了李韶，家餘慶領了些敗殘軍兵，望湖州去了。智深困於陣上，不知去向。磨扇打死了白面郎君鄭天壽；兩個中藥箭的，是操刀鬼曹正、活閃婆王定六。宋江聽得又折了三個兄弟，大哭一聲，驀然倒地，未知五臟如何，先見四肢不舉。正是花開又被風吹落，月皎那堪雲霧遮。畢竟宋江昏暈倒了，性命如何，且聽下回分解。

第一百十三回
混江龍太湖小結義　宋公明蘇州大會垓

話說當下眾將救起宋江，半晌方才蘇醒，對吳用等說道：「我們今番必然收伏不得方臘了！自從渡江以來，如此不利，連連損折了我八個弟兄……」吳用勸道：「主帥休說此言，恐懈軍心。當初破大遼之時，大小完全回京，皆是天數。今番折了兄弟們，此是各人壽數。眼見得渡江以來，連得了三個大郡：潤州、常州、宣州。此乃皆是天子洪福齊天，主將之虎威，如何不利？先鋒何故自喪志氣？」宋江道：「雖然天數將盡，我想一百八人，上應列宿，又合天文所載，兄弟們如手足之親；今日聽了這般凶信，不由我不傷心。」吳用再勸道：「主將請休煩惱，勿傷貴體；且請理會調兵接應，攻打無錫縣。」宋江道：「留下柴大官人與我做伴；別寫軍帖，使戴院長與我送去，回覆盧先鋒，著令進兵攻打湖州，早至杭州聚會。」吳用教裴宣寫了軍帖回覆，使戴宗往宣州去了，不在話下。

卻說呂師囊引著許定，逃回至無錫縣，正迎著蘇州三大王發來救應軍兵，為頭是六軍指揮使衛忠，帶十數個牙將，引兵一萬，來救常州，合兵一處，守住無錫縣。呂樞密訴說金節獻城一事，衛忠道：「樞密寬心，小將必然再要恢復常州。」只見探馬報道：「宋軍至近，早作準備。」衛忠便引兵上馬，出北門外迎敵，早見宋兵軍馬勢大，為頭是黑旋風李逵，引著鮑旭、項充、李衮當先，直殺過來。衛忠力怯，軍馬不曾擺成行列，大敗而走；急退入無錫縣時，四個早隨馬後，趕入縣治。呂樞密便奔南門而走。關勝引著兵馬，已奪了無錫縣；衛忠、許定亦望南門走了，都回蘇州去了。關勝等得了縣治，便差人飛報宋先鋒。宋江與眾頭領都到無錫縣，便出榜安撫了本處百姓，復為良民，引大隊軍馬，都屯住在本縣，卻使人申請張、劉二總兵鎮守常州。

且說呂樞密會同衛忠、許定三個，引了敗殘軍馬，奔蘇州城來告三大王求救，訴說宋軍勢大，迎敵不住，兵馬席捲而來，以致失陷城池。三大王大怒，喝令武士，推轉呂樞密，斬訖報來。衛忠等告說：「宋江部下軍將，皆是慣戰兵馬，多有勇烈好漢了得的人，更兼步卒，都是梁山泊小嘍羅，多曾慣斗，因此難敵。」方貌道：「權且寄下你項上一刀，與你五千軍馬，首先出哨。我自分撥大將，隨後便來策應。」呂師囊拜謝了，全身披掛，手執丈八蛇矛，上馬引軍，首先出城。

卻說三大王聚集手下八員戰將，名為八驃騎，一個個都是身長力壯，武藝精熟的人。那八員：

飛龍大將軍劉贇　　飛虎大將軍張威
飛熊大將軍徐方　　飛豹大將軍郭世廣
飛天大將軍鄔福　　飛雲大將軍茍正
飛山大將軍甄誠　　飛水大將軍昌盛

當下三大王方貌，親自披掛，手持方天畫戟，上馬出陣，監督中軍人馬，前來交戰。馬前擺列著那八員大將，背後整整齊齊有三二十個副將，引五萬南兵人馬，出閶闔（都城的門）門來，迎敵宋軍。前部呂師囊引著衛忠、許定，已過寒山寺了，望無錫縣而來。宋江已使人探知，盡引許多正偏將佐，把軍馬調出無錫縣，前進十里餘路。兩軍相遇，旗鼓相望，各列成陣勢。呂師囊忿那口氣，躍坐下馬，橫手中矛，親自出陣，要與宋江交戰。宋江在門旗下見了，回頭問道：「誰人敢拿此賊？」說猶未了，金槍手徐寧挺起手中金槍，驟坐下馬，出到陣前，便和呂樞密交戰。二將交鋒，左右助喊，約戰了二十餘合，呂師囊露出破綻來，被徐寧肋下刺著一槍，攧下馬去。兩軍一齊吶喊。黑旋風李逵手揮雙斧，喪門神鮑旭挺仗飛刀，項充、李袞各舞槍牌，殺過陣來，南兵大亂。

宋江驅兵趕殺，正迎著方貌大隊人馬，兩邊各把弓箭射住陣腳，各列成陣勢。南軍陣上，一字擺開八將。方貌在中軍聽得說殺了呂樞密，心中大怒，便橫戟出馬來，大罵宋江道：「量你等只是梁山泊一伙打家劫舍的草賊，宋朝合敗，封你為先鋒，領兵侵入吾地，我今直把你誅盡殺絕，方才罷兵！」宋江在馬上指道：「你這廝只是睦州一伙村夫，量你有甚福祿，妄要圖王霸業，不如及早投降，免汝一死！天兵到此，尚自巧言抗拒！我若不把你殺盡，誓不回軍！」方貌喝道：「且休與你論口，我手下有八員猛將在此，你敢撥八個出來廝殺麼？」宋江笑道：「若是我兩個並你一個，也不算好漢。你使八個出來，我使八員首將，和你比試本事，便見輸贏。但是殺下馬的，各自抬回本陣，不許暗箭傷人，亦不許搶擄屍首。如若不見輸贏，不得混戰，明日再約廝殺。」方貌聽了，便叫八將出來，各執兵器，驟馬向前。宋江道：「諸將相讓馬軍出戰……」說言未絕，八將齊出，那八人：關勝、花榮、徐寧、秦明、朱仝、黃信、孫立、郝思文。宋江陣內，門旗開處，左右兩邊，分出八員首將，齊齊驟馬，直臨陣上。兩軍中花腔鼓擂，雜彩旗搖，各家放了一個號炮，兩軍助著喊聲，十六騎馬齊出，各自尋著敵手，捉對兒廝殺。那十六員將佐，如何見得尋著對手，配合交鋒？關勝戰劉贇，秦明戰張威，花榮戰徐方，徐寧戰鄔福，朱仝戰苟正，黃信戰郭世廣，孫立戰甄誠，郝思文戰昌盛。真乃是難描難畫，但見：

征塵亂起，殺氣橫生。人人欲作那吒，個個爭為敬德。三十二條臂膊，如織錦穿梭；六十四隻馬蹄，似追風走雹。隊旗錯雜，難分赤白青黃；兵器交加，莫辨槍刀劍戟。試看旋轉烽煙裡，真似元宵走馬燈。

這十六員猛將，都是英雄，用心相敵，鬥到三十合之上，數中一將，翻身落馬，贏得的是誰？美髯公朱仝，一槍把苟正刺下馬來。兩陣上各自鳴金收軍，七對將軍分開。兩下各回本陣。三大王方貌，見折了一員大將，尋思不利，引兵退回蘇州城內。宋江當日催趲軍馬，直近寒山寺下寨，升賞朱仝。裴宣寫了軍狀，申復張招討，不在話下。

且說三大王方貌退兵入城，堅守不出，分調諸將，守把各門，深栽鹿角，城上列著踏弩硬弓，擂木炮石，窩鋪內熔煎金汁（金屬溶液），女牆邊堆垛灰瓶，準備牢守城池。

次日，宋江見南兵不出，引了花榮、徐寧、黃信、孫立，帶領三十餘騎馬軍，前來看城。見蘇州城郭，一周遭都是水港環繞，牆垣堅固，想道：「急不能勾打得城破。」回到寨中，和吳用計議攻城之策。有人報道：「水軍頭領正將李俊，從江陰來見主將。」宋江教請入帳中。見了李俊，宋江便問沿海消息。李俊答道：「自從撥領水軍，一同石秀等，殺至江陰、太倉沿海等處，守將嚴勇、副將李玉，部領水軍船隻，出戰交鋒。嚴勇在船上被阮小二一槍搠下水去，李玉已被亂箭射死，因此得了江陰、太倉。即目石秀、張橫、張順去取嘉定，三阮去取常熟，小弟特來報捷。」宋江見說大喜，賞賜了李俊，著令自往常州，去見張、劉二招討，投下申狀。

且說這李俊徑投常州來，見了張招討、劉都督，備說收復了江陰、太倉海島去處，殺了賊將嚴勇、李玉。張招討給與了賞賜，令回宋先鋒處聽調。李俊回到寒山寺寨中，來見宋先鋒。宋江因見蘇州城外，水面空闊，必用水軍船隻廝殺，因此就留下李俊，教整點船隻，準備行事。李俊說道：「容俊去看水面闊狹，如何用兵，卻作道理。」宋江道是。李俊去了兩日，回來說道：「此城正南上相近太湖，兄弟欲得備舟一隻，投宜興小港，私入太湖裡去，出吳江，探聽南邊消息，然後可以進兵，四面夾攻，方可得破。」宋江道：「賢弟此言極當，只是沒有副手與你同去。」隨即便撥李大官人帶同孔明、孔亮、施恩、杜興四個，去江陰、太倉、昆山、常熟、嘉定等處，協助水軍，收復沿海縣治，便可替回童威、童猛，來幫助李俊行事。李應領了軍帖，辭別宋江，引四員偏將，投江陰去了。不過兩日，童威、童猛回來，參見宋先鋒。宋江撫慰了，就叫隨從李俊，乘駕小船，前去探聽南邊消息。

且說李俊帶了童威、童猛，駕起一葉扁舟，兩個水手搖櫓，五個人徑奔宜興小港裡去，盤旋直入太湖中來。看那太湖時，果然水天空闊，萬頃一碧，但見：

天連遠水，水接遙天。高低水影無塵，上下天光一色。雙雙野鷺飛來，點破碧琉璃；兩兩輕鷗驚起，衝開青翡翠。春光淡蕩，溶溶波皺魚鱗；夏雨滂沱，滾滾浪翻銀屋。秋蟾皎潔，金蛇游走波瀾；冬雪紛飛，玉蝶彌漫天地。混沌鑿開元氣窟，馮夷獨占水晶宮。

有詩為證：

溶溶漾漾白鷗飛，綠淨春深好染衣。
南去北來人自老，夕陽常送釣船歸。

當下李俊和童威、童猛並兩個水手，駕著一葉小船，徑奔太湖，漸近吳江，遠遠望見一派漁船，約有四五十隻。李俊道：「我等只做買魚，去那裡打聽一遭。」五個人一徑搖到那打漁船邊，李俊問道：「漁翁，有大鯉魚嗎？」漁人道：「你們要大鯉魚，隨我家裡去賣與你。」李俊搖著船，跟那幾隻漁船去。沒多時，漸漸到一個處所。看時，團團一遭，都是駝腰柳樹，籬落中有二十餘家。那漁人先把船來纜了，隨即引李俊、童威、童猛三人上岸，到一個莊院裡。一腳入得莊門，那人嗽了一聲，兩邊攢出七八條大漢，都拿著撓鉤，把李俊三人一齊搭住，徑捉入莊裡去；不問事情，便把三人都綁在樁木上。李俊把眼看時，只見草廳上坐著四個好漢。為頭那個赤鬚黃髮，穿著領青綢衲襖；第二個瘦長短髯，穿著一領黑綠盤領木綿衫；第三個黑面長鬚；第四個骨臉闊腮扇圈鬍鬚；兩個都一般穿著領青衲襖子。頭上各戴黑氈笠兒，身邊都倚著軍器。為頭那個喝問李俊道：「你等這廝們，都是那裡人氏？來我這湖泊裡做甚麼？」李俊應道：「俺是揚州人，來這裡做客，特來買魚。」那第四個骨臉的道：「哥哥休問他，眼見得是細作了。只顧與我取他心肝來吃酒。」李俊聽得這話，尋思道：「我在潯陽江上，做了許多年私商（打劫），梁山泊內又妝了幾年的好漢，卻不想今日結果性命在這裡！罷，罷，罷！」嘆了口氣，看著童威、童猛道：「今日是我連累了兄弟兩個，做鬼也只是一處去！」童威、童猛道：「哥哥休說這話，我們便死也勾了；只是死在這裡，埋沒了兄長大名。」三面廝覷著，腆起胸脯受死。那四個好漢，卻看了他們三個說了一回，互相廝覷道：「這個為頭的人，必不是以下（地位低下）之人。」那為頭的好漢又問道：「你三個正是何等樣人？可通個姓名，教我們知道。」李俊又應道：「你們要殺便殺；我等姓名，至死也不說與你，枉惹得好漢們恥笑！」那為頭的見說了這話，便跳起來，把刀都割斷了繩索，放起這三個人來。四個漁人，都扶他至屋內請坐。為頭那個納頭便拜，說道：「我等做了一世強人，不曾見你這般好義氣人物！好漢，三位老兄正是何處人氏？願聞大名姓字。」李俊道：「眼見得你四位人哥，必是個好漢了。便說與你，隨你們拿我三個那裡去。我三個是梁山泊宋公明手下副將。我是混江龍李俊。這兩個兄弟：一個是出洞蛟童威，一個是翻江蜃童猛。今來受了朝廷招安，新破遼國，班師回京，又奉敕命，來收方臘。你若是方臘手下人員，便解我三人去請賞，休想我們掙扎！」那四個聽罷，納頭便拜，齊齊跪道：「有眼不識泰山，卻才甚是冒瀆，休怪！休怪！俺四個兄弟，非是方臘手下，原舊都在綠林叢中討衣吃飯，今來尋得這個去處，地名喚做榆柳莊，四下裡都是深港，非船莫能進。俺四個只著打魚的做眼，太湖裡面尋些衣食。近來一冬，都學得些水勢，因此無人敢來侵傍。俺們也久聞你梁山泊宋公明招集天下好漢，並兄長大名，亦聞有個浪裡白條張順，不想今日得遇哥哥！」李俊道：「張順是我弟兄，亦做同班水軍頭領，見在江陰地面，收捕賊人。改日同他來，卻和你們相會。願求你等四位大名。」為頭那一個道：「小弟們因在綠林叢中走，都有異名，哥哥勿笑！小弟是赤鬚龍費保，一個是捲毛虎倪雲，一個是太湖蛟卜青，一個是瘦臉熊狄成。」李俊聽說了四個姓名，大喜道：「列位從此不必相疑，喜得是一家人！俺哥哥宋公明現做收方臘正先鋒，即日要取蘇州，不得次第，特差我三個人來探路。今既得遇你四位好漢，可隨我去見俺先鋒，都保你們做官，待收了方臘，朝廷升用。」費保道：「容復：若是我四個要做官時，方臘手下，也得個統制做了多時，所以不願為官，只求快活。若是哥哥要我四人幫助時，水裡水裡去，火裡火裡去；若說保我做官時，其實不要。」李俊道：「既是恁地，我等只就這裡結義為兄弟如何？」四個好漢見說大喜，便叫宰了一口豬，一腔羊，致酒設席，結拜李俊為兄。李俊叫童威、童猛都結義了。

七個人在榆柳莊上商議，說宋公明要取蘇州一事，「方貌又不肯出戰，城池四面是水，無路可攻，舟船港狹，難以准敵，似此怎得城子破？」費保道：「哥哥且寬心住兩日。杭州不時間有方臘手下人來蘇州公幹，可以乘勢智取城郭。小弟使幾個打魚的去緝聽，若還有人來時，便定計策。」李俊道：「此言極妙！」費保便喚幾個漁人，先行去了，自同李俊每日在莊上飲酒。在那裡住了兩三日，只見打魚的回來報道：「平望鎮上，有十數隻遞運船隻，船尾上都插著黃旗，旗上寫著『承造王府衣甲』，眼見得是杭州解來的。每隻船上，只有五七人。」李俊道：「既有這個機會，萬望兄弟們助力。」費保道：「只今便往。」李俊道：「但若是那船上走了一個，其計不諧了。」費保道：「哥哥放心，都在兄弟身上。」隨即聚集六七十隻打魚小船；七籌好漢，各坐一隻，其餘都是漁人，各藏了暗器，盡從小港透入大江，四散接將去。當夜星月滿天，那十隻官船，都灣在江東龍王廟前。費保船先到，忽(吹)起一聲號哨，六七十隻漁船，一齊攏來，各自幫住大船。那官船裡人急鑽出來，早被撓鉤搭住，三個五個，做一串兒縛了。及至跳得下水的，都被撓鉤搭上船來。盡把小船帶住官船，都移入太湖深處；直到榆柳莊時，已是四更天氣。閒雜之人，都縛做一串，把大石頭墜定，拋在太湖裡淹死。捉得兩個為頭的來問時，原來是守把杭州方臘大太子南安王方天定手下庫官，特奉令旨，押送新造完鐵甲三千副，解赴蘇州三大王方貌處交割。李俊問了姓名，要了一應關防文書，也把兩個庫官殺了。李俊道：「須是我親自去和哥哥商議，方可行此一件事。」費保道：「我著人把船渡哥哥，從小港裡到軍前覺近便。」就叫兩個漁人，搖一隻快船送出去。李俊吩咐童威、童猛，並費保等，且教把衣甲船隻，悄悄藏在莊後港內，休得吃人知覺了。費保道：「無事。」自來打並船隻。

卻說李俊和兩個漁人，駕起一葉快船，徑取小港，棹到軍前寒山寺上岸。來至寨中，見了宋先鋒，備說前事。吳用聽了大喜道：「若是如此，蘇州唾手可得！便請主將傳令，就差李逵、鮑旭、項充、李袞，帶領衝陣牌手二百人，跟隨李俊回太湖莊上，與費保等四位好漢，如此行計，約在第二日進發。」李俊領了軍令，帶同一行人，直到太湖邊來。三個先過湖去，卻把船隻接取李逵等一干人，

第一百十三回

混江龍太湖小結義　宋公明蘇州大會垓

都到榆柳莊上。李俊引著李逵、鮑旭、項充、李袞四個，和費保等相見了。費保看見李逵這般相貌，都皆駭然（驚訝）。邀取二百餘人，在莊上置備酒食相待。到第三日，眾人商議定了，費保扮做解衣甲正庫官，倪雲扮做副使，都穿了南官的號衣，將帶了一應關防文書，眾漁人都裝做官船上艄公水手，卻藏黑旋風等二百餘人將校在船艙裡；卜青、狄成押著後船，都帶了放火的器械。卻欲要行動，只見漁人又來報道：「湖面上有一隻船，在那裡搖來搖去。」李俊道：「又來作怪！」急急自去看時，船頭上立著兩個人，看來卻是神行太保戴宗和轟天雷凌振。李俊唿了一聲號哨，那隻船飛也似奔來莊上，到得岸邊，上岸來，都相見了。李俊問：「二位何來？甚事見報？」戴宗道：「哥哥急使李逵來了，正忘卻一件大事，特地差我與凌振賫一百號炮在船裡，湖面上尋趕不上，這裡又不敢攏來傍岸，教兄弟明早卯時進城，到得裡面，便放這一百個火炮為號。」李俊道：「最好！」便就船裡，搬過炮籠炮架來，都藏埋衣甲船內。費保等聞知是戴宗，又置酒設席管待。凌振帶來十個炮手，都埋伏擺在第三隻船內。當夜四更，離莊望蘇州來，五更已後，到得城下。守門軍士，在城上望見南國旗號，慌忙報知管門大將，卻是飛豹大將軍郭世廣，親自上城來問了小校備細，接取關防文書，吊上城來看了。郭世廣使人賫至三大王府裡，辨看了來文，又差人來監視，卻才教放入城門。郭世廣直到水門邊坐地，再叫人下船看時，滿滿地堆著鐵甲號衣，因此一隻隻都放入城去。放過十隻船了，便關水門。三大王差來的監視官員，引著五百軍，在岸上跟定，便著灣（停泊）住了船。李逵、鮑旭、項充、李袞，從船艙裡鑽出來。監視官見了四個人，形容粗醜，急待問是甚人時，項充、李袞早舞起團牌，飛出一把刀來，把監視官剁下馬去。那五百軍欲待上船，被李逵掣起雙斧，早跳在岸上，一連砍翻十數個，那五百軍人都走了。船裡眾好漢，並牌手二百餘人，一齊上岸，便放起火來。凌振就岸邊撒開炮架，搬出號炮，連放了十數個。那炮震得城樓也動，四下裡打將入去。三大王方貌正在府中計議，聽得火炮接連響，驚得魂不附體。各門守將，聽得城中炮響不絕，各引兵奔城中來。各門飛報，南軍都被冷箭射死，宋軍已上城了。蘇州城內鼎沸起來，正不知多少宋軍入城。黑旋風李逵和鮑旭引著兩個牌手，在城裡橫衝直撞，追殺南兵。李俊、戴宗引著費保四人，護持凌振，只顧放炮。宋江已調三路軍將取城。宋兵殺入城來，南軍漫散，各自逃生。

且說三大王方貌急急披掛上馬，引了五七百鐵甲軍，奪路待要殺出南門，不想正撞見黑旋風李逵這一伙，殺得鐵甲軍東西亂竄，四散奔走。小巷裡又撞出魯智深，輪起鐵禪杖打將來。方貌抵當不住，獨自躍馬，再回府來。烏鵲橋下轉出武松，趕上一刀，掠斷了馬腳，方貌倒攧將下來，被武松再復一刀砍了，提首級徑來中軍，參見先鋒請功。此時宋江已進城中王府坐下，令諸將各自去城裡搜殺南軍，盡皆捉獲，單只走了劉贇一個，領了些敗殘軍兵，投秀州去了。有詩為證：

神器從來不可干，僭王稱號詎能安？
武松立馬誅方貌，留與凶頑做樣看。

宋江到王府坐下，便傳下號令，休教殺害良民百姓，一面教救滅了四下裡火，便出安民文榜，曉諭軍民。次後聚集諸將，到府請功，已知武松殺了方貌，朱仝生擒徐方，史進生擒了甄誠，孫立鞭打死張威，李俊槍刺死昌盛，樊瑞殺死郞福，宣贊和郭世廣鏖戰，你我相傷，都死於飲馬橋下，其餘都擒得牙將，解來請功。宋江見折了醜郡馬宣贊，傷悼不已，便使人安排花棺彩槨，迎去虎丘山下殯葬。把方貌首級，並徐方、甄誠，解赴常州張招討軍前施行。張招討就將徐方、甄誠碎剮於市，方貌首級，解赴京師；回將許多賞賜，來蘇州給散眾將。張招討移文申狀，請劉光世鎮守蘇州，卻令宋先鋒沿便進兵，收捕賊寇。只見探馬報道：「劉都督、耿參謀來守蘇州。」當日眾將都跟著宋先鋒迎接劉光世等官入城王府安下。參賀已了，宋江眾將，自來州治議事，使人去探沿海水軍頭領消息如何。卻早報說，沿海諸處縣治，聽得蘇州已破，群賊各自逃散，海僻縣道，盡皆平靜了。宋江大喜，申達文書到中軍報捷，請張招討曉諭舊官復職，另撥中軍統制，前去各處守御安民，退回水軍頭領正偏將佐，來蘇州調用。

數日之間，統制等官，各自分投去了。水軍頭領都回蘇州，訴說三阮打常熟，折了施恩，又去攻取昆山，折了孔亮。石秀、李應等盡皆回了，施恩、孔亮不識水性，一時落水，俱被淹死。宋江見又折了二將，心中大憂，嗟嘆不已。武松念起舊日恩義，也大哭了一場。

且說費保等四人來辭宋先鋒要回去，宋江堅意相留，不肯，重賞了四人，再令李俊送費保等回榆柳莊去。李俊當時又和童威、童猛送費保等四人到榆柳莊上，費保等又治酒設席相款。飲酒中間，費保起身與李俊把盞，說出幾句言語來，有分教，李俊離卻中原之境，別立化外之基。正是了身達命（了悟人生）蟾離殼，立業成名魚化龍（飛黃騰達）。畢竟費保與李俊說出甚言語來，且聽下回分解。

第一百十四回

寧海軍宋江吊孝　湧金門張順歸神

話說當下費保對李俊道：「小弟雖是個愚魯匹夫，曾聞聰明人道：『世事有成必有敗，為人有興必有衰。』哥哥在梁山泊，勳業到今，已經數十餘載，更兼百戰百勝。去破遼國時，不曾損折了一個兄弟；今番收方臘，眼見銼動銳氣，天數不久。為何小弟不願為官？為因世情不好。有日太平之後，一個個必然來侵害你性命。自古道：『太平本是將軍定，不許將軍見太平。』此言極妙！今我四人，既已結義了，哥哥三人，何不趁此氣數未盡之時，尋個了身達命之處，對付些錢財，打了一隻大船，聚集幾人水手，江海內尋個淨辦處安身，以終天年，豈不美哉！」李俊聽罷，倒地便拜，說道：「仁兄，重蒙教導，指引愚迷，十分全美。只是方臘未曾剿得，宋公明恩義難拋，行此一步未得。今日便隨賢弟去了，全不見平生相聚的義氣。若是眾位肯姑待李俊，容待收伏方臘之後，李俊引兩個兄弟，徑來相投，萬望帶挈。是必賢弟們先準備下這條門路。若負今日之言，天實厭之（遭天懲罰），非為男子也！」那四個道：「我等準備下船隻，專望哥哥到來，切不可負約！」李俊、費保結義飲酒，都約定了，誓不負盟。

次日，李俊辭別了費保四人，自和童威、童猛回來參見宋先鋒，俱說費保等四個不願為官，只願

第一百十四回

寧海軍宋江吊孝　湧金門張順歸神

打魚快活。宋江又嗟嘆了一回，傳令整點水陸軍兵起程。吳江縣已無賊寇，直取平望鎮，長驅而進，前望秀州而來。本州守將段愷聞知蘇州三大王方貌已死，只思量收拾走路。使人探知大軍離城不遠，遙望水陸路上，旌旗蔽日，船馬相連，嚇得魂消膽喪。前隊大將關勝、秦明已到城下，便分調水軍船隻，圍住西門。段愷在城上叫道：「不須攻擊，準備納降。」隨即開放城門，段愷香花燈燭，牽羊擔酒，迎接宋先鋒入城，直到州治歇下。段愷為首參見了，宋江撫慰段愷，復為良臣，便出榜安民。段愷稟說：「愷等原是睦州良民，累被方臘殘害，不得已投順部下。今得天兵到此，安敢不降？」宋江備問：「杭州寧海軍城池，是甚人守據？有多少人馬良將？」段愷稟道：「杭州城郭闊遠，人煙稠密，東北旱路，南面（對著）大江，西面是湖，乃是方臘大太子南安王方天定守把，部下有七萬餘軍馬，二十四員戰將，四個元帥，共是二十八員。為首兩個，最了得：一個是歙州僧人，名號『寶光如來』，俗姓鄧，法名元覺，使一條禪杖，乃是渾鐵打就的，可重五十餘斤，人皆稱為國師；又一個，乃是福州人氏，姓石名寶，慣使一個流星錘，百發百中，又能使一口寶刀，名為劈風刀，可以裁銅截鐵，遮莫三層鎧甲，如劈風一般過去。外有二十六員，都是遴選之將，亦皆悍勇，主帥切不可輕敵。」宋江聽罷，賞了段愷，便教去張招討軍前，說知備細。後來段愷就跟了張招討行軍，守把蘇州，卻委副都督劉光世來秀州守御，宋先鋒卻移兵在檇李亭下寨。當與諸將筵宴賞軍，商議調兵攻取杭州之策。只見小旋風柴進起身道：「柴某自蒙兄長高唐州救命已來，一向累蒙仁兄顧愛，坐享榮華，不曾報得恩義。今願深入方臘賊巢，去做細作，或得一陣功勳，報效朝廷，也與兄長有光。未知尊意肯容否？」宋江大喜道：「若得大官人肯去直入賊巢，知得裡面溪山曲折，可以進兵，生擒賊首方臘，解上京師，方表微功，同享富貴。只恐賢弟路程勞苦，去不得。」柴進道：「情願捨死一往，只是得燕青為伴同行最好。此人曉得諸路鄉談，更兼見機而作。」宋江道：「賢弟之言，無不依允。

只是燕青撥在盧先鋒部下，便可行文取來。」正商議未了，聞人報道：「盧先鋒特使燕青到來報捷。」宋江見報，大喜說道：「賢弟此行，必成大功矣！恰限燕青到來，也是吉兆。」柴進也喜。

燕青到寨中，上帳拜罷宋江，吃了酒食。問道：「賢弟水路來？旱路來？」燕青答道：「乘船到此。」宋江又問道：「戴宗回時，說道已進兵攻取湖州，其事如何？」燕青稟道：「自離宣州，盧先鋒分兵兩處：先鋒自引一半軍馬攻打湖州，殺死偽留守弓溫並手下副將五員，收伏了湖州，殺散了賊兵，安撫了百姓，一面行文申復張招討，撥統制守御，特令燕青來報捷。主將所分這一半人馬，叫林沖引領前去，攻取獨松關，都到杭州聚會。小弟來時，聽得說獨松關路上每日廝殺，取不得關，先鋒又同朱武去了，囑咐委呼延將軍統領軍兵，守住湖州，待中軍招討調撥得統制到來，護境安民，才一面進兵，攻取德清縣，到杭州會合。」宋江又問道：「湖州守禦取德清，並調去獨松關廝殺，兩處分的人將，你且說與我姓名，共是幾人去，並幾人跟呼延灼來。」燕青道：「有單在此。」

分去獨松關廝殺取關，見有正偏將佐二十三員：

盧俊義（先鋒）　朱　武　林　沖　董　平
張　清　解　珍　解　寶　呂　方　郭　盛
歐　鵬　鄧　飛　李　忠　周　通　鄒　淵
孫　新　顧大嫂　李　立　白　勝　湯　隆
鄒　潤　朱　貴　朱　富　時　遷

見在湖州守御，即日進兵德清縣，見有正偏將佐一十九員：

第一百十四回

寧海軍宋江吊孝　湧金門張順歸神

呼延灼　索超　穆弘　雷橫　楊雄
劉唐　單廷珪　魏定國　陳達　楊春
薛永　杜遷　穆春　李雲　石勇
龔旺　丁得孫　張青　孫二娘

「這兩處將佐，通計四十二員，小弟來時，那裡商議定了，目下進兵。」宋江道：「既然如此，兩路進兵攻取最好。卻才柴大官人，要和你去方臘賊巢裡面去做細作，你敢去麼？」燕青道：「主帥差遣，安敢不從？小弟願陪侍柴大官人去。」柴進甚喜，便道：「我扮做個白衣秀才，你扮做個僕者；一主一僕，背著琴劍書箱上路去，無人疑忌。直去海邊尋船，使過越州，卻取小路去諸暨縣，就那裡穿過山路，取睦州不遠了。」商議已定，擇一日，柴進、燕青辭了宋先鋒，收拾琴劍書箱，自投海邊，尋船過去，不在話下。

且說軍師吳用再與宋江道：「杭州南半邊，有錢塘大江，通達海島，若得幾個人駕小船從海邊去進赭山門，到南門外江邊，放起號炮，豎立號旗，城中必慌。你水軍中頭領，誰人去走一遭？」說猶未了，張橫、三阮道：「我們都去。」宋江道：「杭州西路，又靠著湖泊，亦要水軍用度，你等不可都去。」吳用道：「只可叫張橫同阮小七，駕船將引侯健、段景住去。」當時撥了四個人，引著三十餘個水手，將帶了十數個火炮號旗，自來海邊尋船，望錢塘江裡進發。

看官聽說，這回話，都是散沙一般。先人書會（話本作者和說書藝人的組織團體）留傳，一個個都要說到，只是難做一時說；慢慢敷演（陳述並發揮）關目，下來便見。只牢記關目頭行，便知衷曲奧妙。

再說宋江分調兵將已了，回到秀州，計議進兵，攻取杭州，忽聽得東京有使命賫捧御酒賞賜到州。宋江引大小將校，迎接入城，謝恩已罷，作御酒供宴，管待天使。飲酒中間，天使又將出太醫院奏准，為上皇乍感小疾，索取神醫安道全回京，駕前委用，降下聖旨，就令來取。宋江不敢阻當。次日，管待天使已了，就行起送安道全赴京。宋江等送出十里長亭餞行，安自同天使回京。有詩贊曰：

安子青囊藝最精，山東行散有聲名。
人誇脈得倉公妙，自負丹如葪子成。
刮骨立看金鏃出，解肌時見刃痕平。
梁山結義堅如石，此別難忘手足情。

再說宋江把頒降到賞賜，分俵眾將，擇日祭旗起軍，辭別劉都督、耿參謀，上馬進兵，水陸並行，船騎同發。路至崇德縣，守將聞知，奔回杭州去了。

且說方臘太子方天定，聚集諸將在行宮議事。──今時龍翔宮基址，乃是舊日行宮。方天定手下有四員大將。那四員：

寶光如來國師鄧元覺　南離大將軍元帥石寶
鎮國大將軍厲天潤　護國大將軍司行方

這四個皆稱元帥大將軍名號，是方臘加封。又有二十四員偏將。那二十四員：

第一百十四回
寧海軍宋江吊孝　湧金門張順歸神

厲天佑　吳　值　趙　毅　黃　愛　晁　中
湯逢士　王　勣　薛斗南　冷　恭　張　儉
元　興　姚　義　溫克讓　茅　迪　王　仁
崔　彧　廉　明　徐　白　張道原　鳳　儀
張　韜　蘇　涇　米　泉　貝應夔

這二十四個，皆封為將軍。共是二十八員，在方天定行宮，聚集計議。方天定說道：「即目宋江水陸並進，過江南來，平折了與他三個大郡。止有杭州，是南國之屏障。若有虧失，睦州焉能保守？前者司天太監浦文英，奏是『罡星侵入吳地，就裡為禍不小。』正是這伙人了。今來犯吾境界，汝等諸官，各受重爵，務必赤心報國，休得怠慢。」眾將啟奏方天定道：「主上寬心！放著許多精兵良將，未曾與宋江對敵。目今雖是折陷了數處州郡，皆是不得其人，以致如此。今聞宋江、盧俊義分兵三路，來取杭州，殿下與國師謹守寧海軍城郭，作萬年基業。臣等眾將，各各分調迎敵。」太子方天定大喜，傳下令旨，也分三路軍馬，前去策應，只留國師鄧元覺同保城池。分去那三員元帥？乃是：

護國元帥司行方，引四員首將，救應德清：

薛斗南　黃　愛　徐　白　米　泉

鎮國元帥厲天潤，引四員首將，救應獨松關：

厲天佑　　張儉　　張韜　　姚義

南離元帥石寶，引八員首將總軍，出郭迎敵大隊人馬：

溫克讓　　趙毅　　冷恭　　王仁
張道原　　吳值　　廉明　　鳳儀

三員大將，分調三路，各引軍三萬。分撥人馬已定，各賜金帛，催促起身。元帥司行方引了一枝軍馬，救應德清州，望餘杭州進發。

且不說兩路軍馬策應去了。卻說這宋先鋒大隊軍兵，迤邐前進，來至臨平山，望見山頂一面紅旗，在那裡磨動。宋江當下差正將二員—花榮、秦明，—先來哨路，隨即催趲戰船車過長安壩來。花榮、秦明兩個，帶領了一千軍馬，轉過山嘴，早迎著南軍石寶軍馬。手下兩員首將當先，望見花榮、秦明，一齊出馬。一個是王仁，一個是鳳儀，各挺一條長槍，便奔將來。宋軍中花榮、秦明，便把軍馬擺開出戰。秦明手舞狼牙大棍，直取鳳儀；花榮挺槍來戰王仁。四馬相交，鬥過十合，不分勝敗。秦明、花榮覷見南軍後有接應，都喝一聲：「少歇！」各回馬還陣，花榮道：「且休戀戰，快去報哥哥來，別作商議。」後軍隨即飛報去中軍。宋江引朱仝、徐寧、黃信、孫立四將，直到陣前。南軍王仁、鳳儀，再出馬交鋒，大罵：「敗將敢再出來交戰！」秦明大怒，舞起狼牙棍，縱馬而出，和鳳儀再戰。王仁卻搦花榮出戰，只見徐寧一騎馬，便挺槍殺去。花榮與徐寧是一副一正，—金槍手、銀槍手，—花榮隨即也縱馬，便出在徐寧背後，拈弓取箭在手，不等徐寧、王仁交手，覷得較親，只一箭，把王仁射下馬去，南軍盡皆失色。鳳儀見王仁被箭射下馬來，吃了一驚，措手不及，被秦明當頭一棍打著，攧下馬去，南兵漫散奔走。宋軍衝殺過去，石寶抵當不住，退回皋亭山來，直近東新橋下寨。當日天晚，策立不定，南兵且退入城去。次日，宋先鋒軍馬已過了皋亭山，直抵東新橋下寨，傳令教分調本部軍兵，作三路夾攻杭州。那三路軍兵將佐是誰？

一路分撥步軍頭領正偏將，從湯鎮路去取東門，是：

朱仝　史進　魯智深　武松　王英　扈三娘

一路分撥水軍頭領正偏將，從北新橋取古塘，截西路，打靠湖城門：

李俊　張順　阮小二　阮小五　孟康

中路馬步水三軍，分作三隊進發，取北關門、艮山門。前隊正偏將是：

關勝　花榮　秦明　徐寧　郝思文　凌振

第二隊總兵主將宋先鋒、軍師吳用，部領人馬。正偏將是：

戴宗　李逵　石秀　黃信　孫立　樊瑞

鮑　旭　　項　充　　李　衮　　馬　麟　　裴　宣　　蔣　敬
燕　順　　宋　清　　蔡　福　　蔡　慶　　郁保四

第三隊水路陸路助戰策應。正偏將是：

李　應　　孔　明　　杜　興　　楊　林　　童　威　　童　猛

當日宋江分撥大小三軍已定，各自進發。

有話即長，無話即短。且說中路大隊軍兵前隊關勝，直哨到東新橋，不見一個南軍。關勝心疑，退回橋外，使人回覆宋先鋒。宋江聽了，使戴宗傳令，吩咐道：「且未可輕進。每日輪兩個頭領出哨。」頭一日，是花榮、秦明，第二日徐寧、郝思文，一連哨了數日，又不見出戰。此日又該徐寧、郝思文，兩個帶了數十騎馬，直哨到北關門來，見城門大開著，兩個來到吊橋邊看時，城上一聲擂鼓響，城裡早撞出一彪軍馬來。徐寧、郝思文急回馬時，城西偏路喊聲又起，一百餘騎馬軍，衝在前面。徐寧並力死戰，殺出馬軍隊裡，回頭不見了郝思文。再回來看時，見數員將校，把郝思文活捉了入城去。徐寧急待回身，項上早中了一箭，帶著箭飛馬走時，六將背後趕來，路上正逢著關勝，救得回來，血暈倒了。六員南將，已被關勝殺退，自回城裡去了，慌忙報與宋先鋒知道。宋江急來看徐寧時，七竅流血。宋江垂淚，便喚隨軍醫士治療，拔去箭矢，用金槍藥敷貼。宋江且教扶下戰船內將息，自來看視。當夜三四次發昏，方知中了藥箭。宋江仰天嘆道：「神醫安道全已被取回京師，此間又無良醫可救，必損吾股肱也！」傷感不已。吳用來請宋江回寨，主議軍情，勿以兄弟之情，誤了國

第一百十四回

寧海軍宋江吊孝　湧金門張順歸神

家重事。宋江使人送徐寧到秀州去養病，不想箭中藥毒，調治不痊。且說宋江又差人去軍中打聽郝思文消息，次日，只見小軍來報道：「杭州北關門城上，把竹竿挑起郝思文頭來示眾。」方知道被方天定碎剮了，宋江見報，好生傷感。後半月徐寧已死，申文來報。宋江因折了二將，按兵不動，且守住大路。

卻說李俊等引兵到北新橋住紮，分軍直到古塘深山去處探路，聽得飛報道：折了郝思文，徐寧中箭而死。李俊與張順商議道：「尋思我等這條路道，第一要緊是去獨松關、湖州、德清二處衝要路口。抑且賊兵都在這裡出沒，我們若當住他咽喉道路，被他兩面來夾攻，我等兵少，難以迎敵。不若一發殺入西山深處，卻好屯紮。西湖水面好做我們戰場；山西後面，通接西溪，卻又好做退步。」便使小校，報知先鋒，請取軍令。次後引兵直過桃源嶺西山深處，在今時靈隱寺屯駐；山北面西溪山口，亦紮小寨，在今時古塘深處；前軍卻來唐家瓦出哨。當日張順對李俊說道：「南兵都已收入杭州城裡去了。我們在此屯兵，今經半月之久，不見出戰，只在山裡，幾時能勾獲功。小弟今欲從湖裡沒水過去，從水門中暗入城去，放火為號。哥哥便可進兵取他水門，就報與主將先鋒，教三路一齊打城。」李俊道：「此計雖好，恐兄弟獨力難成。」張順道：「便把這命報答先鋒哥哥許多年好情分，也不多了。」李俊道：「兄弟且慢去，待我先報與哥哥，整點人馬策應。」張順道：「我這裡一面行事，哥哥一面使人去報。比及兄弟到得城裡，先鋒哥哥已自知了。」當晚張順身邊藏了一把蓼葉尖刀，飽吃一頓酒食。來到西湖岸邊，看見那三面青山，一湖綠水，遠望城郭，四座禁門，臨著湖岸。那四座門：錢塘門、湧金門、清波門、錢湖門。看官聽說，原來這杭州舊宋以前，喚做清河鎮。錢王手裡，改為杭州寧海軍，設立十座城門：東有菜市門、薦橋門；南有候潮門、嘉會門；西有錢湖門、清波門、湧金門、錢塘門；北有北關門、艮山門。高宗車駕南渡之後，建都於此，喚做「花花臨安府」，又添了三座城門。目今方臘占據時，還是錢王舊都；城子方圓八十里，雖不比南渡以後，安排得十分的富貴，從來江山秀麗，人物奢華，所以相傳道：「上有天堂，下有蘇杭。」怎見得：

江浙昔時都會，錢塘自古繁華。休言城內風光，且說西湖景物：有一萬頃碧澄澄掩映琉璃，列三千面青娜娜參差翡翠。春風湖上，豔桃濃李如描；夏日池中，綠蓋紅蓮似畫。秋雲涵如，看南國嫩菊堆金；冬雪紛飛，觀北嶺寒梅破玉。九里松青煙細細，六橋水碧響泠泠。曉霞連映三天竺，暮雲深鎖二高峰。風生在猿呼洞口，雨飛來龍井山頭。三賢堂畔，一條鰲背侵天；四聖觀前，百丈祥雲繚繞。蘇公堤東坡古跡，孤山路和靖舊居。訪友客投靈隱去，簪花人逐淨慈來。平昔只聞三島遠，豈知湖北勝蓬萊？

蘇東坡學士有詩贊道：

湖光瀲灩晴偏好，山色空蒙雨亦奇。
若把西湖比西子，淡妝濃抹也相宜。

又有古詞名浣溪沙為證：

湖上朱橋響畫輪，溶溶春水浸春雲，碧琉璃滑淨無塵。
當路游絲迎醉客，入花黃鳥喚行人，日斜歸去奈何春！

這西湖，故宋時果是景致無比，說之不盡。張順來到西陵橋上，看了半晌。時當春暖，西湖水色拖藍，四面山光疊翠。張順看了道：「我身生在潯陽江上，大風巨浪，經了萬千，何曾見這一湖好水，便死在這裡，也做個快活鬼！」說罷，脫下布衫，放在橋下，頭上挽著個穿心紅的髻兒，下面著腰生絹水裙，繫一條搭膊，掛一口尖刀，赤著腳，鑽下湖裡去，卻從水底下摸將過湖來。此時已是初更天氣，月色微明，張順摸近湧金門邊，探起頭來，在水面上聽時，城上更鼓，卻打一更四點。城外靜悄悄地，沒一個人；城上女牆邊，有四五個人在那裡探望。張順再伏在水裡去了，又等半回，再探起頭來看時，女牆邊悄不見一個人。張順摸到水口邊看時，一帶都是鐵窗櫺隔著；摸裡面時，都是水簾護定，簾子上有繩索，索上縛著一串銅鈴。張順見窗櫺牢固，不能勾入城，舒(伸)隻手入去，扯那水簾時，牽得索子上鈴響，城上人早發起喊來。張順從水底下，再鑽入湖裡伏了。聽得城上人馬下來，看那水簾時，又不見有人，都在城上說道：「鈴子響得蹺蹊，莫不是個大魚，順水游來，撞動了水簾。」眾軍漢看了一回，並不見一物，又各自去睡了。張順再聽時，城樓上已打三更，打了好一回更點，想必軍人各自去東倒西歪睡熟了。張順再鑽向城邊去，料是水裡入不得城。爬上岸來看時，那城上不見一個人在上面，便欲要爬上城去，且又尋思道：「倘或城上有人，卻不干折了性命，我且試探一試探。」摸些土塊，擲撒上城去。有不曾睡的軍士，叫將起來，再下來看水門時，又沒動靜。再上城來敵樓上看湖面上時，又沒一隻船隻。原來西湖上船隻，已奉方天定令旨，都收入清波門外，和淨慈港內，別門俱不許泊船。眾人道：「卻是作怪？」口裡說道：「定是個鬼！我們各自睡去，休要睬他！」口裡雖說，卻不去睡，盡伏在女牆邊。張順又聽了一個更次，不見些動靜，卻鑽到城邊來聽，上面更鼓不響。張順不敢便上去，又把些土石拋擲上城去，又沒動靜。張順尋思道：「已是四更，將及天亮，不上城去，更待幾時？」卻才爬到半城，只聽得上面一聲梆子響，眾軍一齊起。張順從半城上跳下水池裡去，待要趁水沒時，城上踏弩、硬弓、苦竹箭、鵝卵石，一齊都射打下來。可憐張順英雄，就湧金門外水池中身死！詩曰：

曾聞善戰死兵戎，善溺終然喪水中。
瓦罐不離井上破，勸君莫但逞英雄。

話分兩頭，卻說宋江日間已接了李俊飛報，說張順沒水入城，放火為號，便轉報與東門軍士去了。當夜宋江在帳中和吳用議事，到四更，覺道（覺得）神思困倦，退了左右，在帳中伏幾而臥。猛然一陣冷風，宋江起身看時，只見燈燭無光，寒氣逼人。定睛看時，見一個似人非人，似鬼非鬼，立於冷氣之中。看那人時，渾身血污著，低低道：「小弟跟隨哥哥許多年，恩愛至厚。今以殺身報答，死於湧金門下槍箭之中，今特來辭別哥哥。」宋江道：「這個不是張順兄弟！」回過臉來這邊，又見三四個，都是鮮血滿身，看不仔細。宋江大哭一聲，驀然覺來，乃是南柯一夢。帳外左右，聽得哭聲，入來看時，宋江道：「怪哉！」叫請軍師圓夢。吳用道：「兄長卻才困倦暫時，有何異夢？」宋江道：「適間冷氣過處，分明見張順一身血污，立在此間，告道『小弟跟著哥哥許多年，蒙恩至厚。今以殺身報答，死於湧金門下槍箭之中，特來辭別。』轉過臉來，這面又立著三四個帶血的人，看不分曉，就哭覺來。」吳用道：「早間李俊報說，張順要過湖裡去，越城放火為號，莫不只是兄長記心，卻得這惡夢。」宋江道：「只想張順是個精靈的人，必然死於無辜。」吳用道：「西湖到城邊，必是險隘，想端的送了性命。張順魂來，與兄長托夢。」宋江道：「若如此時，這三四個又是甚人。」和吳學究議論不定，坐而待旦，絕不見城中動靜，心中越疑。看看午後，只見李俊使人飛報將來說：

「張順去湧金門越城，被箭射死於水中，見今西湖城上，把竹竿挑起頭來，掛著號令。」宋江見報了，又哭得昏倒；吳用等眾將亦皆傷感；原來張順為人甚好，深得弟兄情分。宋江道：「我喪了父母，也不如此傷悼，不由我連心透骨苦痛！」吳用及眾將勸道：「哥哥以國家大事為念，休為弟兄之情，自傷貴體。」宋江道：「我必須親自到湖邊，與他吊孝。」吳用諫道：「兄長不可親臨險地，若賊兵知得，必來攻擊。」宋江道：「我自有計較。」隨即點李逵、鮑旭、項充、李袞四個，引五百步軍去探路，宋江隨後帶了石秀、戴宗、樊瑞、馬麟，引五百軍士，暗暗地從西山小路裡去李俊寨裡。李俊等接著，請到靈隱寺中方丈內歇下。宋江又哭了一場，便請本寺僧人，就寺裡誦經，追薦張順。次日天晚，宋江叫小軍去湖邊揚一首白幡，上寫道：「亡弟正將張順之魂。」插於水邊。西陵橋上，排下許多祭物，卻吩咐李逵道：「如此如此。」埋伏在北山路口；樊瑞、馬麟、石秀左右埋伏；戴宗隨在身邊。只等天色相近一更時分，宋江掛了白袍，金盔上蓋著一層孝絹，同戴宗並五七個僧人，卻從小行山轉到西陵橋上。軍校已都列下黑豬白羊，金銀祭物，點起燈燭熒煌，焚起香來。宋江在當中證盟，朝著湧金門下哭奠，戴宗立在側邊。先是僧人搖鈴誦咒，攝招呼名，祝贊張順魂魄，降墜神幡。次後戴宗宣讀祭文，宋江親自把酒澆奠，仰天望東而哭。正哭之間，只聽得橋下兩邊，一聲喊起，南北兩山，一齊鼓響：兩彪軍馬來拿宋江。正是只因恩義如天大，惹起兵戈捲地來。畢竟宋江、戴宗怎地迎敵，且聽下回分解。

第一百十五回

張順魂捉方天定　宋江智取寧海軍

話說宋江和戴宗正在西陵橋上祭奠張順，已有人報知方天定，差下十員首將，分作兩路，來拿宋江，殺出城來。南山五將，是吳值、趙毅、晁中、元興、蘇涇；北山路也差五員首將，是溫克讓、崔彧、廉明、茅迪、湯逢士；南北兩路，共十員首將，各引三千人馬，半夜前後開門，兩頭軍兵，一齊殺出來。宋江正和戴宗奠酒化紙，只聽得橋下喊聲大舉。左有樊瑞、馬麟，右有石秀，各引五千人埋伏，聽得前路火起，一齊也舉起火來，兩路分開，趕殺南北兩山軍馬。南兵見有準備，急回舊路；兩邊宋兵追趕。溫克讓引著四將，急回過河去時，不提防保叔塔山背後，撞出阮小二、阮小五、孟康，引五千軍殺出來，正截斷了歸路，活捉了茅迪，亂槍戳死湯逢士。南山吳值也引著四將，迎著宋兵追趕，急退回來，不提防定香橋正撞著李逵、鮑旭、項充、李衮，引五百步隊軍殺出來。那兩個牌手，直搶入懷裡來，手舞蠻牌，飛刀出鞘，早剁倒元興，鮑旭刀砍死蘇涇，李逵斧劈死趙毅，軍兵大半殺下湖裡去了，都被淹死。投到城裡救軍出來時，宋江軍馬已都入山裡去了，都到靈隱寺取齊，各自請功受賞。兩路奪得好馬五百餘匹。宋江吩咐留下石秀、樊瑞、馬麟，相幫李俊等同管西湖山寨，準備攻城。宋江只帶了戴宗、李逵等回皋亭山寨中。吳用等接入中軍帳坐下，宋江對軍師說道：「我如此行計，也得他四將之首，活捉了茅迪，將來解赴張招討軍前，斬首施行。」

宋江在寨中，惟不知獨松關、德清二處消息，便差戴宗去探，急來回報。戴宗去了數日，回來寨中，參見先鋒，說知盧先鋒已過獨松關了，早晚便到此間。宋江聽了，憂喜相半，就問兵將如何。戴宗答道：「我都知那裡廝殺的備細，更有公文在此。先鋒請休煩惱。」宋江道：「莫非又損了我幾個弟兄？你休隱避我，與我實說情由。」戴宗道：「盧先鋒自從去取獨松關，那關兩邊，都是高山，只中間一條路。山上蓋著關所，關邊有一株大樹，可高數十餘丈，望得諸處皆見；下面盡是叢叢雜雜松樹，關上守把三員賊將，為首的喚做吳升，第二個是蔣印，第三個是衛亨。初時連日下關，和林沖廝殺，被林沖蛇矛戳傷蔣印。吳升不敢下關，只在關上守護，次後厲天潤又引四將到關救應，乃是厲天佑、張儉、張韜、姚義四將。次日下關來廝殺，賊兵內厲天佑首先出馬，和呂方相持，約鬥五六十合，被呂方一戟刺死厲天佑，賊兵上關去了，並不下來。連日在關下等了數日，盧先鋒為見山嶺險峻，卻差歐鵬、鄧飛、李忠、周通四個上山探路，不提防厲天閏要替兄弟復仇，引賊兵衝下關來，首先一刀，斬了周通。李忠帶傷走了；若是救應得遲時，都是休了的。救得三將回寨。次日，雙槍將董平焦躁要去復仇，勒馬在關下大罵賊將，不提防關上一火炮打下來，炮風正傷了董平左臂，回到寨裡，就使槍不得，把夾板綁了臂膊。次日定要去報仇，盧先鋒當住了不曾去。過了一夜，臂膊料好，不教盧先鋒知道，自和張清商議了，兩個不騎馬，先行上關來。關上走下厲天閏、張韜來交戰。董平要捉厲天閏，步行使槍，厲天閏也使長槍來迎，與董平鬥了十合。董平心裡只要廝殺，爭奈左手使槍不應，只得退步。厲天閏趕下關來，張清便挺槍去搠厲天閏。厲天閏卻閃去松樹背後，張清手中那條槍，卻搠在松樹上。急要拔時，搠牢了，拽不脫，被厲天閏還一槍來，腹上正著，戳倒在地。董平見搠倒張清，急使雙槍去戰時，不提防張韜卻在背後攔腰一刀，把董平剁做兩段。盧先鋒知得，急去救應，兵已上關去了，下面又無計可施。得了孫新、顧大嫂夫妻二人，扮了逃難百姓，去到深山裡，尋得一條小路，引著李立、湯隆、時遷、白勝四個，從小路過到關上，半夜裡卻摸上關，放起火來。賊將見關上火起，知有宋兵已透過關，一齊棄了關隘便走。盧先鋒上關點兵將時，孫新、顧大嫂活捉得原守關將吳升；李立、湯隆活捉得原守關將蔣印；時遷、白勝活捉得原守關將衛亨；將此三人，都解赴張招討軍前去了。收拾得董平、張清、周通三人屍骸，葬於關上。盧先鋒追過關四十五里，趕上賊兵，與厲天閏交戰，約鬥了三十餘合，被盧先鋒殺死厲天閏，止存張儉、張韜、姚義，引著敗殘軍馬，勉強迎敵，得便退回，只在早晚便到。主帥不信，可看公文。」宋江看了公文，心中添悶，眼淚如泉。

吳用道：「既是盧先鋒得勝了，可調軍將去夾攻，南兵必敗，就行接應湖州呼延灼那路軍馬。」宋江應道：「言之極當！」便調李逵、鮑旭、項充、李衮，引三千步軍，從山路接將去。黑旋風引了軍兵，歡天喜地去了。且說宋江軍馬，攻打東門，正將朱仝等原撥五千馬步軍兵，從湯鎮路上村中，奔到菜市門外，攻取東門。那時東路沿江，都是人家村居道店，賽過城中，茫茫蕩蕩，田園地段。當時來到城邊，把軍馬排開，魯智深首先出陣，步行搦戰，提著鐵禪杖，直來城下大罵：「蠻撮鳥們，出來和你廝殺！」那城上見是個和尚挑戰，慌忙報入太子宮中來。當有寶光國師鄧元覺聽得是個和尚勒戰，便起身奏太子道：「小僧聞梁山泊有這個和尚，名為魯智深，慣使一條鐵禪杖，請殿下去東門城上，看小僧和他步鬥幾合。」方天定見說大喜，傳令旨，遂引八員猛將，同元帥石寶，都來菜市門城上，看國師迎敵。當下方天定和石寶在敵樓上坐定，八員戰將簇擁在兩邊，看寶光國師戰時，那寶光和尚怎生結束，但見：

穿一領烈火猩紅直裰，繫一條虎筋打就圓絛，掛一串七寶瓔珞數珠，著一雙九環鹿皮僧鞋。襯裡是香線金獸掩心，雙手使錚光渾鐵禪杖。

當時開城門，放吊橋，那寶光國師鄧元覺引五百刀手步軍，飛奔出來。魯智深見了道：「原來南軍也有這禿廝出來。洒家教那廝吃俺一百禪杖！」也不打話，輪起禪杖，便奔將來。寶光國師也使禪杖來迎。兩個一齊都使禪杖相並，但見：

魯智深忿怒，全無清淨之心；鄧元覺生嗔，豈有慈悲之念。這個何曾尊佛道，只於月黑殺人；那個不會看經文，惟要風高放火。這個向靈山會上，惱如來懶坐蓮台；那個去善法堂前，勒揭諦使回金杵。一個盡世不修梁武懺，一個平生那識祖師禪。

這魯智深和寶光國師，鬥過五十餘合，不分勝敗。方天定在敵樓上看了，與石寶道：「只說梁山泊有個花和尚魯智深，不想原來如此了得，名不虛傳！鬥了這許多時，不曾折半點兒便宜與寶光和尚。」石寶答道：「小將也看得呆了，不曾見這一對敵手。」正說之間，只聽得飛馬又報道：「北關門下，又有軍到城下。」石寶慌忙起身去了。且說城下宋軍中，行者武松見魯智深戰寶光不下，恐有疏失，心中焦躁，便舞起雙戒刀，飛出陣來，直取寶光。寶光見他兩個並一個，拖了禪杖，望城裡便走。武松奮勇直趕殺去，忽地城門裡突出一員猛將，乃是方天定手下貝應夔，便挺槍躍馬，接住武松廝殺。兩個正在吊橋上撞著，被武松閃個過，撇了手中戒刀，搶住他槍桿，只一拽，連人和軍器拖下馬來，咔察的一刀，把貝應夔剁下頭來。魯智深隨後接應了回來，方天定急叫拽起吊橋，收兵入城，這裡朱仝也叫引軍退十里下寨，使人去報捷宋先鋒知會。

當日宋江引軍到北關門搦戰，石寶帶了流星錘上馬，手裡橫著劈風刀，開了城門，出來迎敵。宋軍陣上大刀關勝出馬，與石寶交戰。兩個鬥到二十餘合，石寶撥回馬便走，關勝急勒住馬，也回本陣。宋江問道：「緣何不去追趕？」關勝道：「石寶刀法，不在關勝之下，雖然回馬，必定有計。」吳用道：「段愷曾說，此人慣使流星錘，回馬詐輸，漏人深入重地。」宋江道：「若去追趕，定遭毒手；且收軍回寨，一面差人去賞賜武松。」

卻說李逵等引著步軍，去接應盧先鋒，來到山路裡，正撞著張儉等敗軍，並力衝殺入去，亂軍中殺死姚義。有張儉、張韜二人，再奔回關上那條路去，正逢著盧先鋒，大殺一陣，便望深山小路而走。背後追趕得緊急，只得棄了馬，奔走山下逃命。不期竹筱中鑽出兩個人來，各拿一把鋼叉，張儉、張韜措手不及，被兩個拿叉戳翻，直捉下山來。原來戳翻張儉、張韜的，是解珍、解寶。盧先鋒見拿二人到來，大喜，與李逵等合兵一處，會同眾將，同到皋亭山大寨中來，參見宋先鋒等，訴說折了董平、張清、周通一事，彼各傷感，諸將盡來參拜了宋江，合兵一處下寨。次日，教把張儉解赴蘇州張招討軍前，梟首示眾。將張韜就寨前割腹剜心，遙空祭奠董平、張清、周通了當。

宋先鋒與吳用計議道：「啟請盧先鋒領本部人馬，去接應德清縣路上呼延灼等這支軍，同到此間，計合取城。」盧俊義得令，便點本部兵馬起程，取路望奉口鎮進發。三軍路上，到得奉口，正迎著司行方敗殘軍兵回來。盧俊義接著，大殺一陣，司行方墜水而死，其餘各自逃散去了。呼延灼參見盧先鋒，合兵一處，回來皋亭山總寨，參見宋先鋒等，諸將會合計議。宋江見兩路軍馬都到了杭州，那宣州、湖州、獨松關等處，皆是張招討、從參謀自調統制前去各處護境安民，不在話下。

宋江看呼延灼部內，不見了雷橫、龔旺二人。呼延灼訴說雷橫在德清縣南門外，和司行方交鋒，鬥到三十合，被司行方砍下馬去。龔旺因和黃愛交戰。趕過溪來，和人連馬，陷倒在溪裡，被南軍亂槍戳死。米泉卻是索超一斧劈死。黃愛、徐白，眾將向前活捉在此。司行方趕逐在水裡淹死。薛鬥南亂軍中逃難，不知去向。宋江聽得又折了雷橫、龔旺兩個兄弟，淚如雨下，對眾將道：「前日張順與我托夢時，見右邊立著三四個血污衣襟之人，在我面前現形，正是董平、張清、周通、雷橫、龔旺這伙陰魂了。我若得了杭州寧海軍時，重重地請僧人設齋，做好事，追薦超度眾兄弟。」將黃愛、徐白解赴張招討軍前斬首，不在話下。

當日宋江叫殺牛宰馬，宴勞眾軍。次日，與吳用計議定了，分撥正偏將佐，攻打杭州。

副先鋒盧俊義，帶領正偏將一十二員，攻打後潮門：

林　衝　　呼延灼　　劉　唐　　解　珍　　解　寶
單廷珪　　魏定國　　陳　達　　楊　春　　杜　遷
李　雲　　石　勇

花榮等正偏將一十四員，攻打艮山門：

花　榮　　秦　明　　朱　武　　黃　信　　孫　立
李　忠　　鄒　淵　　鄒　潤　　李　立　　白　勝
湯　隆　　穆　春　　朱　貴　　朱　富

穆弘等正偏將十一員，去西山寨內，幫助李俊等，攻打靠湖門：

李俊　阮小二　阮小五　孟康　石秀
樊瑞　馬麟　穆弘　楊雄　薛永
丁得孫

孫新等正偏將八員，去東門寨幫助朱仝攻打菜市、薦橋等門：

朱仝　史進　魯智深　武松　孫新
顧大嫂　張青　孫二娘

東門寨內，取回偏將八員，兼同李應等，管領各寨探事，各處策應：

李應　孔明　楊林　杜興　童威
童猛　王英　扈三娘

正先鋒使宋江帶領正偏將二十一員，攻打北關門大路：

吳用　關勝　索超　戴宗　李逵

第一百十五回

張順魂捉方天定　宋江智取寧海軍

呂方　郭盛　歐鵬　鄧飛　燕順
凌振　鮑旭　項充　李袞　宋清
裴宣　蔣敬　蔡福　蔡慶　時遷
郁保四

當下宋江調撥將佐，取四面城門。

宋江等部領大隊人馬，直近北關門城下勒戰。城上鼓響鑼鳴，大開城門，放下吊橋，石寶首先出馬來戰。宋軍陣上，急先鋒索超平生性急，揮起大斧，也不打話，飛奔出來，便鬥石寶。兩馬相交，二將猛戰，未及十合，石寶賣個破綻，回馬便走。索超追趕，關勝急叫休去時，索超臉上著一錘，打下馬去。鄧飛急去救時，石寶馬到，鄧飛措手不及，又被石寶一刀，砍做兩段。城中寶光國師，引了數員猛將，衝殺出來，宋兵大敗，望北而走。卻得花榮、秦明等刺斜裡殺將來，衝退南軍，救得宋江回寨。石寶得勝，歡天喜地，回城中去了。

宋江等回到皐亭山大寨歇下，升帳而坐，又見折了索超、鄧飛二將，心中好生納悶。吳用諫道：「城中有此猛將，只宜智取，不可對敵。」宋江道：「似此損兵折將，用何計可取？」吳用道：「先鋒計會各門了當，再引軍攻打北關門。城裡兵馬，必然出來迎敵，我卻佯輸詐敗，誘引賊兵，遠離城郭，放炮為號，各門一齊打城。但得一門軍馬進城，便放起火來應號，賊兵必然各不相顧，可獲大功。」宋江便喚戴宗傳令知會。次日，令關勝引些少軍馬，去北關門城下勒戰。城上鼓響，石寶引軍出城，和關勝交馬。戰不過十合，關勝急退。石寶軍兵趕來，凌振便放起炮來。號炮起時，各門都發起喊來，一齊攻城。

且說副先鋒盧俊義引著林沖等調兵攻打候潮門，軍馬來到城下，見城門不關，下著吊橋。劉唐要奪頭功，一騎馬，一把刀，直搶入城去。城上看見劉唐飛馬奔來，一斧砍斷繩索，墜下閘板，可憐悍勇劉唐，連馬和人，同死於門下。原來杭州城子，乃錢王建都，制立三重門：關外一重閘板，中間兩扇鐵葉大門，裡面又是一層排柵門。劉唐搶到城門下，上面早放下閘板來。兩邊又有埋伏軍兵，劉唐如何不死！林沖、呼延灼見折了劉唐，領兵回營，報復盧俊義。各門都入不去，只得且退，使人飛報宋先鋒大寨知道。宋江聽得又折了劉唐，被候潮門閘死，痛哭道：「屈死了這個兄弟！自鄆城縣結義，跟著晁天王上梁山泊，受了許多年辛苦，不曾快樂。大小百十場出戰交鋒，出百死，得一生，未嘗折了銳氣。誰想今日卻死於此處！」軍師吳用道：「此非良法，這計不成，倒送了一個兄弟。且教各門退軍，別作道理。」

宋江心焦，急欲要報仇雪恨，嗟嘆不已。部下黑旋風便道：「哥哥放心，我明日和鮑旭、項充、李袞四個人，好歹要拿石寶那廝！」宋江道：「那人英雄了得，你如何近傍得他？」李逵道：「我不信，我明日不捉得他，不來見哥哥面。」宋江道：「你只小心在意，休覷得等閒。」黑旋風李逵回到自己帳房裡，篩下大碗酒，大盤肉，請鮑旭、項充、李袞來吃酒，說道：「我四個，從來做一路廝殺。今日我在先鋒哥哥面前，砍了大嘴（說了大話），明日要捉石寶那廝，你二個不要心懶。」鮑旭道：「哥哥今日也教馬軍向前，明日也教馬軍向前，今晚我等約定了，來日務要齊心向前，捉石寶那廝。我們四個都爭口氣！」次日早晨，李逵等四人，吃得醉飽了，都拿軍器出寨，請先鋒哥哥看廝殺。宋江見四個都半醉，便道：「你四個兄弟，休把性命作戲！」李逵道：「哥哥，休小覷我們！」宋江道：「只願你們應得口便好！」宋江上馬，帶同關勝、歐鵬、呂方、郭盛四個馬軍將佐，來到北關門下，擂鼓搖旗搦戰。李逵火雜雜地，搦著雙斧，立在馬前；鮑旭挺著板刀，睜著怪眼，只待廝殺；項充、李衮各挽一面團牌，插著飛刀二十四把，挺鐵槍伏在兩側。只見城上鼓響鑼鳴，石寶騎著一匹瓜黃馬，拿著劈風刀，引兩員首將，出城來迎敵：上首吳值，下首廉明。三員將卻才出得城來，李逵是個不怕天地的人，大吼了一聲，四個直奔到石寶馬頭前來。石寶便把劈風刀去迎時，早來到懷裡。李逵一斧，砍斷馬腳，石寶便跳下來，望馬軍群裡躲了。鮑旭早把廉明一刀，砍下馬來。兩個牌手，早飛出刀來；空中似玉魚亂躍，銀葉交加。宋江把馬軍衝到城邊時，城上擂木炮石，亂打下來。宋江怕有疏失，急令退軍，不想鮑旭早鑽入城門裡去了，宋江只叫得苦。石寶卻伏在城門裡面，看見鮑旭搶將入來，刺斜裡只一刀，早把鮑旭砍做兩斷。項充、李衮急護得李逵回來。宋江軍馬，退還本寨，又見折了鮑旭，宋江越添愁悶，李逵也哭奔回寨裡來。吳用道：「此計亦非良策，雖是斬得他一將，卻折了李逵的副手。」

正是眾人煩惱間，只見解珍、解寶到寨來報事。宋江問其備細時，解珍稟道：「小弟和解寶，直哨到南門外二十餘里，地名范村，見江邊泊著一連有數十隻船，下去問時，原來是富陽縣袁評事解糧船。小弟欲要把他殺了，本人哭道：『我等皆是大宋良民，累被方臘不時科斂，但有不從者，全家殺害。我等今得天兵到來剪除，只指望再見太平之日，誰想又遭橫亡。』小弟見他說得情切，不忍殺他，又問他道：『你緣何卻來此處？』他說：『為近奉方天定令旨，行下各縣，要刷洗(搜刮)村坊，著科斂白糧五萬石。老漢為頭，斂得五千石，先解來交納。今到此間，為大軍圍城廝殺，不敢前去，屯泊在此。』小弟得了備細，特來報知主將。」吳用大喜道：「此乃天賜其便，這些糧船上，定要立功。便請先鋒傳令，就是你兩個弟兄為頭，帶將炮手凌振，並杜遷、李雲、石勇、鄒淵、鄒潤、李立、白勝、穆春、湯隆、王英、扈三娘、孫新、顧大嫂、張青、孫二娘三對夫妻，扮作艄公艄婆，都不要言語，混雜在艄後，一攬進得城去，便放連珠炮為號，我這裡自調兵來策應。」解珍、解寶喚袁評事上岸來，傳下宋先鋒言語道：「你等既宋國良民，可依此行計。事成之後，必有重賞。」

此時不由袁評事不從，許多將校，已都下船。卻把船上梢公人等，都只留在船上雜用，卻把梢公衣服脫來，與王英、孫新、張青穿了，裝扮做梢公。扈三娘、顧大嫂、孫二娘三人女將，扮做梢婆，小校人等都做搖船水手。軍器眾將都埋藏在船艙裡，把那船一齊都放到江岸邊。此時各門圍哨的宋軍，也都不遠。袁評事上岸，解珍、解寶和那數個梢公跟著，直到城下叫門。城上得知，問了備細來情，報入太子宮中。方天定便差吳值開城門，直來江邊，點了船隻，回到城中，奏知方天定。方天定差下六員將，引一萬軍出城，攔住東北角上，著袁評事搬運糧米，入城交納。此時眾將人等，都雜在梢公水手人內，混同搬糧運米入城，三個女將也隨入城裡去了。五千糧食，須臾之間，都搬運已了。六員首將卻統引軍入城中。宋兵分投而來，復圍住城郭，離城三二里，列著陣勢。當夜二更時分，凌振取出九箱子母等炮，直去吳山頂上，放將起來，眾將各取火把，到處點著。城中不一時，鼎沸起來，正不知多少宋軍在城裡。方天定在宮中，聽了大驚，急急披掛上馬時，各門城上軍士，已都逃命去了。宋兵大振，各自爭功奪城。

且說城西山內李俊等，得了將令，引軍殺到淨慈港，奪得船隻，便從湖裡使將過來湧金門上岸。眾將分投去搶各處水門，李雲、石秀首先登城。就夜城中混戰，止存南門不圍，亡命敗軍都從那門下奔走。卻說方天定上得馬，四下裡尋不著一員將校，止有幾個步軍跟著，出南門奔走，忙忙似喪家之狗，急急如漏網之魚，走得到五雲山下，只見江裡走起一個人來，口裡銜著一把刀，赤條條跳上岸來。方天定在馬上見來得凶，便打馬要走。可奈那匹馬作怪，百般打也不動，卻似有人籠住嚼環的一般。那漢搶到馬前，把方天定扯下馬來，一刀便割了頭，卻騎了方天定的馬，一手提了頭，一手執刀，奔回杭州城來。林沖、呼延灼領兵趕到六和塔時，恰好正迎著那漢。二將認得是船火兒張橫，吃

第一百十五回

張順魂捉方天定　宋江智取寧海軍

了一驚。呼延灼便叫：「賢弟那裡來？」張橫也不應，一騎馬直跑入城裡去。此時宋先鋒軍馬大隊已都入城了，就在方天定宮中為帥府，眾將校都守住行宮。望見張橫一騎馬跑將來，眾人皆吃一驚。張橫直到宋江面前，滾鞍下馬，把頭和刀，撇在地下，納頭拜了兩拜，便哭起來。宋江慌忙抱住張橫道：「兄弟，你從那裡來？阮小七又在何處？」張橫道：「我不是張橫。」宋江道：「你不是張橫，卻是誰？」張橫道：「小弟是張順。因在湧金門外，被槍箭攢死，一點幽魂，不離水裡飄蕩，感得西湖震澤龍君，收做金華太保，留於水府龍宮為神。今日哥哥打破了城池，兄弟一魂纏住方天定，半夜裡隨出城去，見哥哥張橫在大江裡，來借哥哥身殼，飛奔上岸，跟到五雲山腳下，殺了這賊，徑奔來見哥哥。」說了，驀然倒地。宋江親自扶起，張橫睜開眼，看了宋江並眾將，刀劍如林，軍士叢滿，張橫道：「我莫不在黃泉見哥哥麼？」宋江哭道：「卻才你與兄弟張順附體，殺了方天定這賊，你不曾死，我等都是陽人，你可精細著。」張橫道：「恁地說時，我的兄弟已死了！」宋江道：「張順因要從西湖水底下去抻水門，入城放火，不想至湧金門外越城，被人知覺，槍箭攢死在彼。」張橫聽了，大哭一聲：「兄弟！」驀然倒了。眾人看張橫時，四肢不舉，兩眼朦朧，七魄悠悠，三魂杳杳，正是未從五道將軍去，定是無常二鬼催。畢竟張橫悶倒，性命如何，且聽下回分解。

第一百十六回 盧俊義分兵歙州道　宋公明大戰烏龍嶺

話說當下張橫聽得道沒了他兄弟張順，煩惱得昏暈了半晌，卻救得蘇醒。宋江道：「且扶在帳房裡調治，卻再問他海上事務。」宋江令裴宣、蔣敬寫錄眾將功勞，辰巳時分，都在營前聚集。李俊、石秀生擒吳值，三員女將生擒張道原，林冲蛇矛戳死冷恭，解珍、解寶殺了崔彧，只走了石寶、鄧元覺、王勣、晁中、溫克讓五人。宋江便出榜安撫百姓，賞勞三軍，把吳值、張道原解赴張招討軍前，斬首施行。獻糧袁評事申文保舉作富陽縣令，張招討處關領空頭官誥，不在話下。眾將都在城中歇下，左右報道：「阮小七從江裡上岸，入城來了。」宋江喚到帳前問時，說道：「小弟和張橫並侯健、段景住帶領水手，海邊覓得船隻，行至海鹽等處，指望便使入錢塘江來。不期風水不順，打出大洋裡去了。急使得回來，又被風打破了船，眾人都落在水裡。侯健、段景住不識水性，落下去淹死海中，眾多水手各自逃生四散去了。小弟赴水到海口，進得赭山門，被潮直漾到半墦山，赴水回來。卻見張橫哥哥在五雲山江裡，本待要上岸來，又不知他在那地裡。昨夜望見城中火起，又聽得連珠炮響，想必是哥哥在杭州城廝殺，以此從江裡上岸來。不知張橫曾到岸也不曾？」宋江說張橫之事，與阮小七知道，令和他自己兩個哥哥相見了，依前管領水軍頭領船隻，宋江傳令，先調水軍頭領，去江裡收拾江船，伺候征進睦州。想起張順如此通靈顯聖，去湧金門外，靠西湖邊，建立廟宇，題名「金華太保」，宋江親去祭奠。後來收伏方臘，有功於朝，宋江回京，奏知此事，特奉聖旨，敕封為「金華將軍」，廟食（死後立廟，享受祭饗）杭州。

再說宋江在行宮內，因思渡江以來，損折許多將佐，心中十分悲愴，卻去淨慈寺修設水陸道場七晝夜，判施斛食，濟拔（拯救）沉冥（幽冥中人），超度眾將，各設靈位享祭。做了好事已畢，將方天定宮中一應禁物，盡皆毀壞，所有金銀、寶貝、羅緞等項，分賞諸將軍校。杭州城百姓俱寧，設宴慶賞，當與軍師從長計議，調兵收復睦州。此時已是四月盡間，忽聞報道：「副都督劉光世並東京天使，都到杭州。」宋江當下引眾將出北關門迎接入城，就行宮開讀聖旨：「敕先鋒使宋江等收剿方臘，累建大功，敕賜皇封御酒三十五瓶，錦衣三十五領，賞賜正將；其餘偏將，照名支給賞賜緞匹。」原來朝廷只知公孫勝不曾渡江，收剿方臘，卻不知折了許多頭領。宋江見了三十五員錦衣御酒，驀然傷心，淚不能止。天使問時，宋江把折了眾將的話，對天使說知。天使道：「如此折將，朝廷怎知？下官回京，必當奏聞。」那時設宴款待天使，劉光世主席，其餘大小將佐，各依次序而坐。御賜酒宴，各各沾恩。見亡正偏將佐，留下錦衣御酒賞賜，次日設位，遙空享祭。宋江將一瓶御酒，一領錦衣，去張順廟裡，呼名享祭。錦衣就穿泥神身上，其餘的都只遙空焚化。天使住了幾日，送回京師。

不覺迅速光陰，早過了數十日。張招討差人賫文書來，催趲先鋒進兵。宋江與吳用請盧俊義商議：「此去睦州，沿江直抵賊巢；此去歙州，卻從昱嶺關小路而去。今從此處分兵征剿，不知賢弟兵取何處？」盧俊義道：「主兵遣將，聽從哥哥嚴令，安敢選擇？」宋江道：「雖然如此，試看天命。」作兩隊分定人數，寫成兩處鬮子，焚香祈禱，各鬮一處。宋江拈鬮得睦州，盧俊義拈鬮得歙州。宋江道：「方臘賊巢，正是清溪縣幫源洞中。賢弟取了歙州，可屯住軍馬，申文飛報知會，約日同攻清溪賊洞。」盧俊義便請宋公明酌量分調將佐軍校。

先鋒使宋江帶領正偏將佐三十六員，攻取睦州並烏龍嶺：

軍師吳用　關　勝　花　榮　秦　明　李　應
戴　宗　朱　仝　李　逵　魯智深　武　松
解　珍　解　寶　呂　方　郭　盛　樊　瑞
馬　麟　燕　順　宋　清　項　充　李　袞
王　英　扈三娘　凌　振　杜　興　蔡　福
蔡　慶　裴　宣　蔣　敬　郁保四

水軍頭領正偏將佐七員，部領船隻，隨軍征進睦州：

李　俊　阮小二　阮小五　阮小七　童　猛
童　威　孟　康

副先鋒盧俊義管領正偏將佐二十八員，收取歙州並昱嶺關：

朱　武（軍師）　林　沖　呼延灼　史　進　楊　雄

第一百十六回

盧俊義分兵歙州道　宋公明大戰烏龍嶺

石　秀　單廷珪　魏定國　孫　立　黃　信
歐　鵬　杜　遷　陳　達　楊　春　李　忠
薛　永　鄒　淵　李　立　李　雲　鄒　潤
湯　隆　石　勇　時　遷　丁得孫　孫　新
顧大嫂　張　青　孫二娘

當下盧先鋒部領正偏將校，共計二十九員，隨行軍兵三萬人馬，擇日辭了劉都督，別了宋江，引兵望杭州取山路，經過臨安縣，進發登程去了。卻說宋江等整頓船隻軍馬，分撥正偏將校，選日祭旗出師，水陸並進，船騎相迎。此時杭州城內瘟疫盛行，已病倒六員將佐：是張橫、穆弘、孔明、朱貴、楊林、白勝。患體未痊，不能征進，就撥穆春、朱富看視病人，共是八員，寄留杭州；其餘眾將，盡隨宋江攻取睦州，共計三十七員，取路沿江望富陽縣進發。

且不說兩路軍馬起程，再說柴進同燕青，自秀州　李亭別了宋先鋒，行至海鹽縣前，到海邊趁船，使過越州，迤邐來到諸暨縣，渡過漁浦，前到睦州界上。把關隘將校攔住，柴進告道：「某乃是中原一秀士，能知天文地理，善會陰陽，識得六甲風雲（能夠分清節候變化，時局變幻），辨別三光氣色（精通日、月、星三光的變化及其對人世的影響），九流三教，無所不通，遙望江南有天子氣而來，何故閉塞賢路？」把關將校，聽得柴進言語不俗，便問姓名。柴進道：「某乃姓柯，名引。一主一僕，投上國而來，別無他故。」守將見說，留住柴進，差人徑來睦州，報知右丞相祖士遠、參政沈壽、僉書桓逸、元帥譚高，四個跟前稟了。便使人接取柴進至睦州相見，各敘禮罷，柴進一段話，聳動那四個，更兼柴進一表非俗，那裡坦然不疑。右丞相祖士遠大喜，便叫僉書桓逸，引柴進去清溪大內朝覲。原來睦州、歙州，方臘都有行宮大殿，內卻有五府六部總制在清溪縣幫源洞中。

且說柴進、燕青跟隨桓逸，來到清溪帝都，先來參見左丞相婁敏中。柴進高談闊論，一片言語，婁敏中大喜，就留柴進在相府管待。看了柴進、燕青出言不俗，知書通禮，先自有八分歡喜。這婁敏中原是清溪縣教學的先生，雖有些文章，苦不甚高，被柴進這一段話，說得他大喜。過了一夜，次日早朝，等候方臘王子升殿，內列著侍御、嬪妃、彩女，外列九卿四相，文武兩班，殿前武士，金瓜長隨侍從。當有左丞相婁敏中出班啟奏：「中原是孔夫子之鄉。今有一賢士，姓柯名引，文武兼資，智勇足備，善識天文地理，能辨六甲風雲，貫通天地氣色，三教九流，諸子百家，無不通達，望天子氣而來，見在朝門外，伺候我主傳宣。」方臘道：「既有賢士到來，便令白衣朝見。」閣門大使傳宣，引柴進到於殿下，拜舞起居，山呼萬歲已畢，宣入簾前。方臘看見柴進一表非俗，有龍子龍孫氣象，先有八分喜色。方臘問道：「賢士所言，望天子氣而來，在於何處？」柴進奏道：「臣柯引賤居中原，父母雙亡，只身學業，傳先賢之秘訣，授祖師之玄文。近日夜觀干象，見帝星明朗，正照東吳。因此不辭千里之勞，望氣而來。特至江南，又見一縷五色天子之氣，起自睦州。今得瞻天子聖顏，抱龍鳳之姿，挺天日之表，正應此氣。臣不勝欣幸之至！」言訖再拜。方臘道：「寡人雖有東南地土之分，近被宋江等侵奪城池，將近吾地，如之奈何？」柴進奏道：「臣聞古人有言：『得之易，失之易；得之難，失之難。』今陛下東南之境，開基以來，席捲長驅，得了許多州郡。今雖被宋江侵了數處，不久氣運復歸於聖上。陛下非止江南之境，他日中原社稷，亦屬陛下。」方臘見此等言語，心中大喜，敕賜錦墩命坐，管待御宴，加封為中書侍郎。自此柴進每日得近方臘，無非用些阿諛美言諂佞，以取其事。未經半月，方臘及內外官僚，無一人不喜柴進。次後，方臘見柴進署事公平，盡心喜愛，卻令左丞相婁敏中做媒，把金芝公主招贅柴進為駙馬，封官主爵都尉。燕青改名雲璧，人都稱為雲奉尉。柴進自從與公主成親之後，出入宮殿，都知內外備細。方臘但有軍情重事，便宣柴進至內宮計議。柴進時常奏說：「陛下氣色真正，只被罡星沖犯，尚有半年不安。直待並得宋江手下無了一員戰將，罡星退度，陛下復興基業，席捲長驅，直占中原之地。」方臘道：「寡人手下愛將數員，盡被宋江殺死，似此奈何？」柴進又奏道：「臣夜觀天象，陛下氣數，將星雖多數十位，不為正氣，未久必亡。卻有二十八宿星象，正來輔助陛下，復興基業。宋江伙內，亦有十數員來降，此也是數中星宿，盡是陛下開疆展土之臣也！」方臘聽了大喜。有詩為證：

蠶室當時懲太史，何人不罪李陵降？
誰知貴寵柯駙馬，一念原來為宋江。

且不說柴進做了駙馬，卻說宋江部領大隊人馬軍兵，離了杭州，望富陽縣進發，時有寶光國師鄧元覺並元帥石寶、王勣、晁中、溫克讓五個，引了敗殘軍馬，守住富陽縣關隘，卻使人來睦州求救。右丞相祖士遠當差兩員親軍指揮使，引一萬軍馬，前來策應。正指揮白欽、副指揮景德，兩個都有萬夫不當之勇，來到富陽縣，和寶光國師等合兵一處，占住山頭。宋江等大隊軍馬，已到七裡灣，水軍引著馬軍，一發前進。石寶見了，上馬帶流星錘，拿劈風刀，離了富陽縣山頭，來迎宋江。關勝正欲出馬，呂方叫道：「兄長少停，看呂方和這廝鬥幾合。」宋江在門旗影裡看時，呂方一騎馬，一枝戟，直取石寶，那石寶使劈風刀相迎。兩個鬥到五十合，呂方力怯，郭盛見了，便持戟縱馬，前來夾攻，那石寶一口刀，戰兩枝戟，沒半分漏洩。正鬥到至處，南邊寶光國師急鳴鑼收軍。原來見大江裡戰船乘著順風，都上灘來，卻來傍岸。怕他兩處夾攻，因此鳴鑼收軍。呂方、郭盛纏住廝殺，那裡肯放。石寶又鬥了三五合，宋兵陣上，朱仝一騎馬，一條槍，又去夾攻。石寶戰不過三將，分開兵器便走。宋江鞭梢一指，直殺過富陽山嶺。石寶軍馬，於路屯紮不住，直到桐廬縣界內。宋江連夜進兵，過白蜂嶺下寨。當夜差遣解珍、解寶、燕順、王矮虎、一丈青取東路，李逵，項充、李衮、樊瑞、馬麟取西路，各帶一千步軍，去桐廬縣劫寨，江裡卻教李俊、三阮、二童、孟康七人取水路進兵。且說解珍等引著軍兵殺到桐廬縣時，已是三更天氣。寶光國師正和石寶計議軍務，猛聽得一聲炮響，眾人上馬不迭。急看時，三路火起，諸將跟著石寶，只顧逃命，那裡敢來迎敵。三路軍馬，橫衝直撞殺將來。溫克讓上得馬遲，便望小路而走，正撞著王矮虎、一丈青。他夫妻二人一發上，把溫克讓橫拖倒拽，活捉去了。李逵和項充、李衮、樊瑞、馬麟只顧在縣裡殺人放火。宋江見報，催趲軍兵，拔寨都起，直到桐廬縣駐屯軍馬。王矮虎、一丈青獻溫克讓請功。宋江教把溫克讓解赴杭州張招討前斬首，不在話下。

次日，宋江調兵，水陸並進，直到烏龍嶺下，過嶺便是睦州。此時寶光國師引著眾將，都上嶺去把關隘，屯駐軍馬。那烏龍關隘，正靠長江，山峻水急，上立關防，下排戰艦。宋江軍馬近嶺下屯駐，紮了寨柵。步軍中差李逵、項充、李衮，引五百牌手，出哨探路。到得烏龍嶺下，上面擂木炮石，打將下來，不能前進，無計可施，回報宋先鋒。宋江又差阮小二、孟康、童猛、童威四個，先掉一半戰船上灘。當下阮小二帶了兩個副將，引一千水軍，分作一百隻船上，搖旗擂鼓，唱著山歌，漸近烏龍嶺邊來。原來烏龍嶺下，那面靠山，卻是方臘的水寨。那寨裡也屯著五百隻戰船，船上有五千來水軍。為頭的四個水軍總管，名號浙江四龍。那四龍：

玉爪龍都總管成貴　　錦鱗龍副總管翟源

衝波龍左副管喬正　戲珠龍右副管謝福

這四個總管，原是錢塘江裡艄公，投奔方臘，卻受三品職事。當日阮小二等，乘駕船隻，從急流下水，搖上灘去。南軍水寨裡四個總管，已自知了，準備下五十連火排。原來這火排，只是大松杉木穿成，排上都堆草把，草把內暗藏著硫黃焰硝引火之物，把竹索編住，排在灘頭。這裡阮小二和孟康、童威、童猛四個，只顧搖上灘去；那四個水軍總管在上面看見了，各打一面干紅號旗，駕四隻快船，順水搖將下來。阮小二看見，喝令水手放箭，那四隻快船便回。阮小二便叫乘勢趕上灘去，四隻快船，傍灘住了，四個總管，卻跳上岸，許多水手們也都走了。阮小二望見灘上水寨裡船廣，不敢上去，正在遲疑間，只見烏龍嶺上把旗一招，金鼓齊鳴，火排一齊點著，望下灘順風衝將下來，背後大船一齊喊起，都是長槍撓鉤，盡隨火排下來。童威、童猛見勢大難近，便把船傍岸，棄了船隻，爬過山邊，上了山，尋路回寨。阮小二和孟康，兀自在船上迎敵，火排連燒將來。阮小二急下水時，後船趕上，一撓鉤搭住。阮小二心慌，怕吃他拿去受辱，扯出腰刀，自刎而亡。孟康見不是頭，急要下水時，火排上火炮齊發，一炮正打中孟康頭盔，透頂打做肉泥。四個水軍總管，卻上火船，殺將下來。李俊和阮小五、阮小七都在後船，見前船失利，沿江岸殺來，只得急忙轉船，便隨順水放下桐廬岸來。

再說烏龍嶺上寶光國師並元帥石寶，見水軍總管得勝，乘勢引軍殺下嶺來。水深不能相趕，路遠不能相追，宋兵復退在桐廬駐紮，南兵也收軍上烏龍嶺去了。

宋江在桐廬紮駐寨柵，又見折了阮小二、孟康，在帳中煩惱，寢食俱廢，夢寐不安。吳用與眾將苦勸不得，阮小七、阮小五，掛孝已了，自來諫勸宋江道：「我哥哥今日為國家大事，折了性命，也強似死在梁山泊，埋沒了名目。先鋒主兵不須煩惱，且請理國家大事。我弟兄兩個，自去復仇。」宋江聽了，稍稍回顏。次日，仍復整點軍馬，再要進兵。吳用諫道：「兄長未可急性，且再尋思計策。度嶺未遲。」只見解珍、解寶便道：「我弟兄兩個，原是獵戶出身，巴山度嶺得慣，我兩個裝做此間獵戶，爬上山去，放起一把火來，教那賊兵大驚，必然棄了關去。」吳用道：「此計雖好，只恐這山險峻，難以進步，倘或失腳，性命難保。」解珍、解寶便道：「我弟兄兩個，自登州越獄上梁山泊，托哥哥福蔭，做了許多年好漢，又受了國家誥命，穿了錦襖子，今日為朝廷，便粉骨碎身，報答仁兄，也不為多。」宋江道：「賢弟休說這凶話，只願早早干了大功回京，朝廷不肯虧負我們。你只顧盡力竭力，與國家出力。」

解珍、解寶便去拴束，穿了虎皮套襖，腰裡各挎一口快刀，提了鋼叉。兩個來辭了宋江，便取小路望烏龍嶺上來。此時才有一更天氣，路上撞著兩個伏路小軍。二人結果了兩個，到得嶺下時，已有二更。聽得嶺上寨內更鼓分明，兩個不敢從大路走，攀藤攬葛，一步步爬上嶺來。是夜月光明朗，如同白日，兩個三停爬了二停之上，望見嶺上燈光閃閃。兩個伏在嶺門邊聽時，上面更鼓，已打四更。解珍暗暗地叫兄弟道：「夜又短，天色無多時了。我兩個上去罷。」兩個又攀援上去。正爬到岩壁崎嶇之處，懸崖險峻之中，兩個只顧爬上去，手腳都不閒，卻把搭膊拴住鋼叉，拖在背後，刮得竹藤亂響，山嶺上早喫人看見了。解珍正爬在山凹處，只聽得上面叫聲：「著！」一撓鉤正搭住解珍頭髻。解珍急去腰裡，拔得刀出來時，上面已把他提得腳懸了。解珍心慌，連忙一刀，砍斷撓鉤，卻從空裡墜下來。可憐解珍做了半世好漢，從這百十丈高岩上，倒撞下來，死於非命。下面都是狼牙亂石，粉碎了身軀。解寶見哥哥攧將下去，急退步下嶺時，上頭早滾下大小石塊，並短弩弓箭，從竹藤裡射來。可憐解寶為了一世獵戶，做一塊兒射死在烏龍嶺邊，竹藤叢裡，兩個身死。

第一百十六回

盧俊義分兵歙州道　宋公明大戰烏龍嶺

天明，嶺上差人下來，將解珍、解寶屍首，就風化在嶺上。探子聽得備細，報與宋先鋒知道，解珍、解寶已死在烏龍嶺。宋江聽得又折了解珍、解寶，哭得幾番昏暈，便喚關勝、花榮點兵取烏龍嶺關隘，與四個兄弟報仇。吳用諫道：「仁兄不可性急，已死者皆是天命。若要取關，不可造次。須用神機妙策，智取其關，方可調兵遣將。」宋江怒道：「誰想把我們弟兄手足，三停損了一停。不忍那賊們把我兄弟風化在嶺上，今夜必須提兵先去，奪屍首回來，具棺槨埋葬。」吳用阻道：「賊兵將屍風化，誠恐有計，兄長未可造次。」宋江那裡肯聽軍師諫勸，隨即點起三千精兵，帶領關勝、花榮、呂方、郭盛四將，連夜進兵，到烏龍嶺時，已是二更時分。小校報道：「前面風化起兩個人在那裡，敢是解珍、解寶的屍首。」宋江縱馬親自來看時，見兩株樹上，把竹竿挑起兩個屍首，樹上削去了一片皮，寫兩行大字在上，月黑不見分曉。宋江令討放炮火種，吹起燈來看時，上面寫道：「宋江早晚也號令在此處。」宋江看了大怒，卻傳令人上樹去取屍首，只見四下裡火把齊起，金鼓亂鳴，團團軍馬圍住。當前嶺上，早亂箭射來。江裡船內水軍，都紛紛上岸來。宋江見了，叫聲苦，不知高低。急退軍時，石寶當先截住去路，轉過側首，又是鄧元覺殺將下來。直使規模有似馬陵道（戰國魏統帥龐涓兵敗自殺之地），光景渾如落鳳坡（漢末劉備軍師龐統中流矢身亡之地）。畢竟宋江軍馬怎地脫身，且聽下回分解。

第一百十七回

睦州城箭射鄧元覺　烏龍嶺神助宋公明

話說宋江因要救取解珍、解寶的屍，到於烏龍嶺下，正中了石寶計策。四下裡伏兵齊起，前有石寶軍馬，後有鄧元覺截住回路。石寶厲聲高叫：「宋江不下馬受降，更待何時？」關勝大怒，拍馬掄刀戰石寶。兩將交鋒未定，後面喊聲又起。腦背後卻是四個水軍總管，一齊登岸，會同王勣、晁中，從嶺上殺將下來。花榮急出，當住後隊，便和王勣交戰。鬥無數合，花榮便走。王勣、晁中乘勢趕來，被花榮手起，急放連珠二箭，射中二將，翻身落馬。眾軍吶聲喊，不敢向前，退後便走。四個水軍總管，見一連射死王勣、晁中，不敢向前，因此花榮抵敵得住。刺斜裡又撞出兩陣軍來：一隊是指揮白欽，一隊是指揮景德。這裡宋江陣中二將齊出，呂方便迎住白欽交戰，郭盛便與景德相持：四下裡分頭廝殺，敵對死戰。宋江正慌促間，只聽得南軍後面，喊殺連天，眾軍奔走。原來卻是李逵引兩個牌手，項充、李袞，一千步軍，從石寶馬軍後面殺來，鄧元覺引軍卻待來救應時，背後撞過魯智深、武松，兩口戒刀，橫剁直砍，渾鐵禪杖，一衝一戳：兩個引一千步軍，直殺入來。隨後又是秦明、李應、朱仝、燕順、馬麟、樊瑞、一丈青、王矮虎，各帶馬軍步軍，捨死撞殺入來。四面宋兵，殺散石寶、鄧元覺軍馬，救得宋江等回桐廬縣去，石寶也自收兵上嶺去了。宋江在寨中稱謝眾將：

第一百十七回

睦州城箭射鄧元覺　烏龍嶺神助宋公明

「若非我兄弟相救，宋江已與解珍、解寶同為泉下之鬼。」吳用道：「為是兄長此去，不合愚意，惟恐有失，便遣眾將相援。」宋江稱謝不已。

且說烏龍嶺上石寶、鄧元覺兩個元帥，在寨中商議道：「即目宋江兵馬，退在桐廬縣駐紮，倘或被他私越小路，度過嶺後，睦州咫尺危矣。不若國師親往清溪大內，面見天子，奏請添調軍馬，守護這條嶺隘，可保長久。」鄧元覺道：「元帥之言極當，小僧便往。」鄧元覺隨即上馬，先來到睦州，見了右丞相祖士遠說：「宋江兵強人猛，勢不可當，軍馬席捲而來，誠恐有失。小僧特來奏請添兵遣將，保守關隘。」祖士遠聽了，便同鄧元覺上馬，離了睦州，一同到清溪縣幫源洞中，先見了左丞相婁敏中說過了，奏請添調軍馬。次日早朝，方臘升殿，左右二丞相，一同鄧元覺，朝見拜舞已畢，鄧元覺向前起居萬歲，便奏道：「臣僧元覺領著聖旨，與太子同守杭州。不想宋江軍馬，兵強將勇，席捲而來，勢難迎敵，致被袁評事引誘入城，以致失陷杭州，太子貪戰，出奔而亡。今來元覺與元帥石寶，退守烏龍嶺關隘，近日連斬宋江四將，聲勢頗振。即目宋江已進兵到桐廬駐紮，誠恐早晚賊人私越小路，透過關來，嶺隘難保。請陛下早選良將，添調精銳軍馬，同保烏龍嶺關隘，以圖退賊，克復城池。」方臘道：「各處軍兵，已都調盡。近日又為歙州昱嶺上關隘甚緊，又分去了數萬軍兵。止有御林軍馬，寡人要護御大內，如何四散調得開去？」鄧元覺又奏道：「陛下不發救兵，臣僧無奈。若是宋兵度嶺之後，睦州焉能保守？」左丞相婁敏中出班奏曰：「這烏龍嶺關隘，亦是要緊去處。臣知御林軍兵，總有三萬，可分一萬，跟國師去保守關隘。乞我王聖鑑。」方臘不聽婁敏中之言，堅執不肯調撥御林軍馬，去救烏龍嶺。當日朝罷，眾人出內。婁丞相與眾官商議，只教祖丞相睦州分一員將，撥五千軍，與國師去保烏龍嶺。因此，鄧元覺同祖士遠回睦州來，選了五千精銳軍馬，首將一員夏侯成，回到烏龍嶺寨內，與石寶說知此事。石寶道：「既是朝廷不撥御林軍馬，我等且守住關隘，不可出戰。著四個水軍總管，牢守灘頭江岸邊；但有船來，便去殺退，不可進兵。」

且不說寶光國師同石寶、白欽、景德、夏侯成五個守住烏龍嶺關隘。卻說宋江自折了將佐，只在桐廬縣駐紮，按兵不動。一住二十餘日，不出交戰，忽有探馬報道：「朝廷又差童樞密齎賞賜，已到杭州。聽知分兵兩路，童樞密轉差大將王稟，分齎賞賜，投昱嶺關盧先鋒軍前去了。童樞密即目便到，親齎賞賜。」宋江見報，便與吳用眾將，都離縣二十里迎接。來到縣治裡，開讀聖旨，便將賞賜分給眾將。宋江等參拜童樞密，隨即設宴管待。童樞密問道：「征進之間，多聽得損折將佐。」宋江垂淚稟道：「往年跟隨趙樞相，北征遼虜，兵將全勝，端的不曾折了一個將校。自從奉敕來征方臘，未離京師，首先去了公孫勝，駕前又留下了數人，進兵渡得江來，但到一處，必折損數人。近又有八九個將佐，病倒在杭州，存亡未保。前面烏龍嶺廝殺二次，又折了幾將。蓋因山險水急，難以對陣，急切不能打透關隘。正在憂惶之際，幸得恩相到此。」童樞密道：「今上天子，多知先鋒建立大功，後聞損折將佐，特差下官引大將王稟、趙譚，前來助陣。已使王稟齎賞往盧先鋒處，分俵給散眾將去了。」隨喚趙譚與宋江等相見，俱於桐廬縣駐紮，飲宴管待已了。

次日，童樞密整點軍馬，欲要去打烏龍嶺關隘。吳用諫道：「恩相未可輕動。且差燕順、馬麟去溪僻小徑去處，尋覓當村土居百姓，問其向道，別求小路，度得關那邊去。兩面夾攻，彼此不能相顧，此關唾手可得。」宋江道：「此言極妙。」隨即差遣馬麟、燕順，引數十個軍健，去村落中，尋訪百姓問路。去了一日，至晚，引將一個老兒來見宋江。宋江問道：「這老者是甚人？」馬麟道：「這老的是本處土居人戶，都知這裡路徑溪山。」宋江道：「老者，你可指引我一條路徑，過烏龍嶺去，我自重重賞你。」老兒告道：「老漢祖居是此間百姓，累被方臘殘害，無處逃躲，幸得天兵到此，萬民有福，再見太平。老漢指引一條小路：過烏龍嶺去，便是東管，取睦州不遠，便到北門，卻轉過西門，便是烏龍嶺。」宋江聽了大喜，隨即叫取銀物，賞了引路老兒，留在寨中，又著人與酒飯管待。

次日，宋江請啟童樞密守把桐廬縣，自領正偏將一十二員，取小路進發。那十二員，是花榮、秦明、魯智深、武松、戴宗、李逵、樊瑞、王英、扈三娘、項充、李袞、凌振。隨行馬步軍兵一萬人數，跟著引路老兒便行。馬摘鑾鈴，軍士銜枚疾走。至小牛嶺，已有一伙軍兵攔路。宋江便叫李逵、項充、李袞衝殺入去，約有三五百守路賊兵，都被李逵等殺盡。四更前後，已到東管。本處守把將伍應星，聽得宋兵已透過東管，思量部下只有二千人馬，如何迎敵得，當時一哄都走了。徑回睦州，報與祖丞相等知道：「今被宋江軍兵，私越小路，已透過烏龍嶺這邊，盡到東管來了。」祖士遠聽了大驚，急聚眾將商議。宋江已令炮手凌振放起連珠炮。烏龍嶺上寨中石寶等聽得大驚，急使指揮白欽引軍探時，見宋江旗號，遍天遍地，擺滿山林。急退回嶺上寨中，報與石寶等。石寶便道：「既然朝廷不發救兵，我等只堅守關隘，不要去救。」鄧元覺便道：「元帥差矣。如今若不調兵救應睦州，也自由可。倘或內苑有失，我等亦不能保。你不去時，我自去救應睦州。」石寶苦勸不住。鄧元覺點了五千人馬，綽了禪杖，帶領夏侯成下嶺去了。

且說宋江引兵到了東管，且不去打睦州，先來取烏龍嶺關隘，卻好正撞著鄧元覺。軍馬漸近，兩軍相迎，鄧元覺當先出馬挑戰。花榮看見，便向宋江耳邊低低道：「此人則除如此如此可獲。」宋江點頭道是，就囑咐了秦明。兩將都會意了。秦明首先出馬，便和鄧元覺交戰。鬥到五六合，秦明回馬便走，眾軍各自東西四散，鄧元覺看見秦明輸了，倒撇了秦明，徑奔來捉宋江。原來花榮已準備了護持著宋江，只待鄧元覺來得較近，花榮滿滿地攀著弓，覷得親切，照面門上颼地一箭。弓開滿月，箭發流星，正中鄧元覺面門，墜下馬去，被眾軍殺死。一齊捲殺攏來，南兵大敗，夏侯成抵敵不住，便奔睦州去了，宋兵直殺到烏龍嶺上，擂木炮石，打將下來，不能上去。宋兵卻殺轉來，先打睦州。

且說祖丞相見首將夏侯成逃來報說：「宋兵已度過東管，殺了鄧國師，即日來打睦州。」祖士遠聽了，便差人同夏侯成去清溪大內，請婁丞相入朝啟奏：「見今宋兵已從小路透過到東管，前來攻打睦州甚急，乞我王早發軍兵救應，遲延必至失陷。」方臘聽了大驚，急宣殿前太尉鄭彪，點與一萬五千御林軍馬，星夜去救睦州。鄭彪奏道：「臣領聖旨，乞請天師同行策應，可敵宋江。」方臘准奏，便宣靈應天師包道乙。當時宣詔天師，直至殿下面君。包道乙打了稽首。方臘傳旨道：「今被宋江兵馬，看看侵犯寡人地面，累次陷了城池兵將。即目宋兵俱到睦州，可望天師闡揚道法，護國救民，以保江山社稷。」包天師奏道：「主上寬心，貧道不才，憑胸中之學識，仗陛下之洪福，一掃宋江兵馬。」方臘大喜賜坐，設宴管待。包道乙飲筵罷，辭帝出朝。包天師便和鄭彪、夏侯成商議起軍。

原來這包道乙祖是金華山中人，幼年出家，學左道（妖邪之術）之法。向後跟了方臘，謀叛造反，但遇交鋒，必使妖法害人，有一口寶劍，號為玄元混天劍，能飛百步取人。協助方臘，行不仁之事。因此尊為「靈應天師」。那鄭彪原是婺州蘭溪縣都頭出身，自幼使得槍棒慣熟，遭際方臘，做到殿帥太尉。酷愛道法，禮拜包道乙為師，學得他許多法術在身，但遇廝殺之處，必有雲氣相隨。因此，人呼為鄭魔君。這夏侯成，亦是婺州山中人，原是獵戶出身，慣使鋼叉，自來隨著祖丞相管領睦州。當日三個在殿帥府中，商議起軍，門吏報道：「有司天太監浦文英來見。」天師問其來故，浦文英說道：「聞知天師與太尉將軍三位，提兵去和宋兵戰。文英夜觀乾象，南方將星，皆是無光，宋江等將星，尚有一半明朗者。天師此行雖好，只恐不利。何不回奏主上，商量投拜為上，且解一國之厄。」包天師聽了大怒，掣出玄元混天劍，把這浦文英一劍揮為兩段，急動文書，申奏方臘去訖，不在話下。史官有詩曰：

王氣東南已漸消，猶憑左道用人妖。
文英既識真天命，何事捐生在偽朝？

當下便遣鄭彪為先鋒，調前部軍馬出城前進。包天師為中軍，夏侯成為合後，軍馬進發，來救睦州。

且說宋江兵將，攻打睦州，未見次第，忽聞探馬報來，清溪救軍到了。宋江聽罷，便差王矮虎、一丈青兩個出哨迎敵。夫妻二人，帶領三千馬軍，投清溪路上來，正迎著鄭彪，首先出馬，便與王矮虎交戰。兩個更不打話，排開陣勢，交馬便鬥。才到八九合，只見鄭彪口裡念念有詞，喝聲道：「疾！」就頭盔頂上，流出一道黑氣來，黑氣之中，立著一個金甲天神，手持降魔寶杵，從半空裡打將下來。王矮虎看見，吃了一驚，手忙腳亂，失了槍法，被鄭魔君一槍，戳下馬去。一丈青看見戳了他丈夫落馬，急舞雙刀去救時，鄭彪便來交戰。略戰一合，鄭彪回馬便走。一丈青要報丈夫之仇，急趕將來。鄭魔君歇住鐵槍，舒手去身邊篩袋內，摸出一塊鍍金銅磚，扭回身，看著一丈青面門上只一磚，打落下馬而死。可憐能戰佳人，到此一場春夢。那鄭魔君招轉軍馬，卻趕宋兵。宋兵大敗，回見宋江，訴說王矮虎、一丈青都被鄭魔君截打傷死，帶去軍兵，折其大半。宋江聽得又折了王矮虎、一丈青，心中大怒，急點起軍馬，引了李逵、項充、李袞，帶了五千人馬，前去迎敵。早見鄭魔君軍馬已到。宋江怒氣填胸，遽爾當先出馬，大喝鄭彪道：「逆賊怎敢殺吾二將！」鄭彪便提槍出馬，要戰宋江。李逵見了大怒，掣起兩把板斧，便飛奔出去，項充、李袞急舞蠻牌遮護，三個直衝殺入鄭彪懷裡去。那鄭魔君回馬便走，三個直趕入南兵陣裡去。宋江恐折了李逵，急招起五千人馬，一齊掩殺，南兵四散奔走。宋江且叫鳴金收兵，兩個牌手當得李逵回來，只見四下裡烏雲罩合，黑氣漫天，不分南北東西，白晝如夜。宋江軍馬，前無去路，但見：

陰雲四合，黑霧漫天。下一陣風雨滂沱，起數聲怒雷猛烈。山川震動，高低渾似天崩；溪澗顛狂，左右卻如地陷。悲悲鬼哭，袞袞神號。定睛不見半分形，滿耳惟聞千樹響。

宋江軍兵，當被鄭魔君使妖法，黑暗了天地，迷蹤失路，撞到一個去處，黑漫漫不見一物，本部軍兵，自亂起來。宋江仰天嘆曰：「莫非吾當死於此地矣！」從巳時直至未牌，方才黑霧消散，微有些光亮，看見一周遭都是金甲大漢，團團圍住。宋江見了，驚倒在地，口中只稱：「乞賜早死！」不敢仰面，耳邊只聽得風雨之聲。手下眾軍將士，一個個都伏地受死，只等刀來砍殺。須臾，風雨過處，宋江卻見刀不砍來，有一人來攙宋江，口稱：「請起！」宋江抬頭仰臉看時，只見面前一個秀才來扶。看那人時，怎生打扮，但見：

頭裹烏紗軟角唐巾，身穿白羅圓領涼衫，腰繫烏犀金鞓束帶，足穿四縫干皂朝靴。面如傅粉，唇若塗朱。堂堂七尺之軀，楚楚三旬之上。若非上界靈官，定是九天進士。

宋江見了失驚，起身敘禮，便問秀才高姓大名。那秀才答道：「小生姓邵名俊，土居於此。今特來報知義士，方十三氣數將盡　，只在旬日可破。小生多曾與義士出力，今雖受困，救兵已至，義士知否？」宋江再問道：「先生，方十三氣數，何時可獲？」邵秀才把手一推，宋江忽然驚覺，乃是南柯一夢。醒來看時，面前一周遭大漢，卻原來都是松樹。宋江大叫軍將起來，尋路出去。此時雲收霧斂，天朗氣清，只聽得松樹外面，發喊將來。宋江便領起軍兵，從裡面殺出去時，早望見魯智深、武松一路殺來，正與鄭彪交手。那包天師在馬上，見武松使兩口戒刀，步行直取鄭彪，包道乙便向鞘中掣出那口玄元混天劍來，從空飛下，正砍中武松左臂，血暈倒了。卻得魯智深一條禪杖，忿力打入去，救得武松時，已自左臂砍得伶仃將斷，卻奪得他那口混天劍。武松醒來，看見左臂已折，伶仃將斷，一發自把戒刀割斷了。宋江先叫軍校扶送回寨將息。魯智深卻殺入後陣去，正遇著夏侯成交戰。兩個鬥了數合，夏侯成敗走，魯智深一條禪杖，直打入去，南軍四散。夏侯成便望山林中奔走。魯智深不捨，趕入深山裡去了。

且說鄭魔君那廝，又引兵趕將來，宋軍陣內，李逵、項充、李袞三個見了，便舞起蠻牌、飛刀、標槍、板斧，一齊衝殺入去。那鄭魔君迎敵不過，越嶺渡溪而走。三個不識路徑，只要立功，死命趕過溪去，緊追鄭彪。溪西岸邊，搶出三千軍來，截斷宋兵。項充急回時，早被岸邊兩將攔住，便叫李逵、李袞時，已過溪趕鄭彪去了。不想前面溪澗又深，李袞先一跤跌翻在溪裡，被南軍亂箭射死。項充急鑽下岸來，又被繩索絆翻，卻待要掙扎，眾軍亂上，剁做肉泥。可憐李袞、項充到此，英雄怎使？只有李逵獨自一個，趕入深山裡去了。溪邊軍馬隨後襲將去，未經半裡，背後喊聲振起，卻是花榮、秦明、樊瑞三將，引軍來救，殺散南軍，趕入深山，救得李逵回來，只不見了魯智深。眾將齊來參見宋江，訴說追趕鄭魔君，過溪廝殺，折了項充、李袞，止救了李逵回來。宋江聽罷，痛哭不止。整點軍兵，折其一停，又不見了魯智深，武松已折了左臂。

宋江正哭之間，探馬報道：「軍師吳用和關勝、李應、朱仝、燕順、馬麟，提一萬軍兵，從水路到來。」宋江迎見吳用等，便問來情。吳用答道：「童樞密自有隨行軍馬，並大將王稟、趙譚，都督劉光世又有軍馬，已到烏龍嶺下。只留下呂方、郭盛、裴宣、蔣敬、蔡福、蔡慶、杜興、郁保四，並水軍頭領李俊、阮小五、阮小七、童威、童猛等十三人，其餘都跟吳用到此策應。」宋江訴說：「折了將佐，武松已成了廢人，魯智深又不知去向，不由我不傷感。」吳用勸道：「兄長且宜開懷，即目正是擒捉方臘之時，只以國家大事為重，不可憂損貴體。」宋江指著許多松樹，說夢中之事，與軍師知道。吳用道：「既然有此靈驗多夢，莫非此處坊隅廟宇，有靈顯之神，故來護佑兄長。」宋江道：「軍師所見極當，就與足下進山尋訪。」吳用當與宋江信步行入山林。未及半箭之地，松樹林中，早見一所廟宇，金書牌額上寫「烏龍神廟」。宋江、吳用入廟上殿看時，吃了一驚，殿上塑的龍君聖像，正和夢中見者無異。宋江再拜懇謝道：「多蒙龍君神聖救護之恩，未能報謝，望乞靈神助威。若平復了方臘，敬當一力申奏朝廷，重建廟宇，加封聖號。」宋江、吳用拜罷下階，看那石碑時，神乃唐朝一進士，姓邵名俊，應舉不第，墜江而死，天帝憐其忠直，賜作龍神。本處人民祈風得風，祈雨得雨，以此建立廟宇，四時享祭。宋江看了，隨即叫取烏豬白羊，祭祀已畢，出廟來再看備細，見周遭松樹顯化，可謂異事。直至如今，嚴州北門外，有烏龍大王廟，亦名萬松林。古跡尚存，有詩為證：

忠心一點鬼神知，暗裡維持信有之。
欲識龍君真姓字，萬松林下讀殘碑。

且說宋江謝了龍君庇佑之恩，出廟上馬，回到中軍寨內，便與吳用商議打睦州之策。坐至半夜，宋江覺道神思困倦，伏几而臥，只聞一人報曰：「有邵秀才相訪。」宋江急忙起身，出帳迎接時，只見邵龍君長揖宋江道：「昨日若非小生救護，義士已被包道乙作起邪法，松樹化人，擒獲足下矣。適間深感祭奠之禮，特來致謝，就行報知睦州來日可破，方十三旬日可擒。」宋江正待邀請入帳再問間，忽被風聲一攪，撒然覺來，又是一夢。

宋江急請軍師圓夢，說知其事。吳用道：「既是龍君如此顯靈，來日便可進兵，攻打睦州。」宋江道：「言之極當。」至天明，傳下軍令，點起大隊人馬，攻取睦州，便差燕順、馬麟，守住烏龍嶺這條大路，卻調關勝、花榮、秦明、朱仝四員正將，當先進兵，來取睦州，便望北門攻打，卻令凌振施放九廂子母等火炮，直打入城去。那火炮飛將起去，震得天崩地動，岳撼山搖，城中軍馬，驚得魂消魄喪，不殺自亂。且說包天師、鄭魔君後軍，已被魯智深殺散，追趕夏侯成，不知下落。那時已將軍馬退入城中屯駐，卻和右丞相祖士遠、參政沈壽、僉書桓逸、元帥譚高、守將伍應星等商議：「宋兵已至，何以解救？」祖士遠道：「自古兵臨城下，將至濠邊，若不死戰，何以解之！打破城池，必被擒獲，事在危急，盡須向前！」當下鄭魔君引著譚高、伍應星，並牙將十數員，領精兵一萬，開放城門，與宋江對敵。宋江教把軍馬略退半箭之地，讓他軍馬出城擺列。那包天師拿著把交椅，坐在城頭上，祖丞相、沈參政並桓僉書，皆坐在敵樓上看。鄭魔君便挺槍躍馬出陣。宋江陣上大刀關勝，出馬舞刀，來戰鄭彪。二將交馬，鬥不數合，那鄭彪如何敵得關勝，只辦得架隔遮攔，左右躲閃。這包道乙正在城頭上看了，便作妖法，口中念念有詞，喝聲道：「疾！」念著那助咒法，吹口氣去，鄭魔君頭上滾出一道黑氣，黑氣中間顯出一尊金甲神人，手提降魔寶杵，望空打將下來。南軍隊裡，蕩起昏沉沉黑雲來。宋江見了，便喚混世魔王樊瑞來看，急令作法，並自念天書上回風破暗的密咒秘訣。只見關勝頭盔上，早捲起一道白雲，白雲之中，也顯出一尊神將，紅髮青臉，碧眼獠牙，騎一條烏龍，手執鐵錘，去戰鄭魔君頭上那尊金甲神人，下面兩軍吶喊。二將交鋒，戰無數合，只見上面那騎烏龍的天將，戰退了金甲神人；下面關勝一刀，砍了鄭魔君於馬下。包道乙見宋軍中風起雷響，急待起身時，被淩振放起一個轟天炮，一個火彈子，正打中包天師頭和身軀，擊得粉碎。南兵大敗，乘勢殺入睦州，朱仝把元帥譚高一槍，戳在馬下，李應飛刀殺死守將伍應星。睦州城下，見一火炮打中了包天師身軀，南軍都滾下城去了，宋江軍馬，已殺入城，眾將一發向前，生擒了祖丞相、沈參政、桓僉書，其餘牙將，不問姓名，俱被宋兵殺死。

宋江等入城，先把火燒了方臘行宮，所有金帛，就賞與了三軍眾將，便出榜文，安撫了百姓。尚兀自點軍未了，探馬飛報將來：「西門烏龍嶺上，馬麟被白欽一標槍標下去，石寶趕上，復了一刀，把馬麟剁做兩段。燕順見了，便向前來戰時，又被石寶那廝，一流星鎚打死。石寶得勝，即日引軍乘勢殺來。」宋江聽得又折了燕順、馬麟，扼腕痛哭不盡。急差關勝、花榮、秦明、朱仝四員正將，迎敵石寶、白欽，就要取烏龍嶺關隘。不是這四員將來烏龍嶺廝殺，有分教，清溪縣裡，削平哨聚賊兵；幫源洞中，活捉草頭天子，直教宋江等名標青史千年在，功播清時萬古傳。畢竟宋江等怎地迎敵，且聽下回分解。

第一百十八回
盧俊義大戰昱嶺關　宋公明智取清溪洞

話說當下關勝等四將，飛馬引軍，殺到烏龍嶺上，正接著石寶軍馬。關勝在馬上大喝：「賊將安敢殺吾弟兄！」石寶見是關勝，無心戀戰。便退上嶺去，指揮白欽，卻來戰關勝。兩馬相交，軍器並舉，兩個鬥不到十合，烏龍嶺上急又鳴鑼收軍。關勝不趕，嶺上軍兵，自亂起來。原來石寶只顧在嶺東廝殺，卻不提防嶺西已被童樞密大驅人馬，殺上嶺來。宋軍中大將王稟，便和南兵指揮景德廝殺。兩個鬥了十合之上，王稟將景德斬於馬下。自此呂方、郭盛首先奔上山來奪嶺，未及到嶺邊，山頭上早飛下一塊大石頭，將郭盛和人連馬打死在嶺邊。這面嶺東關勝望見嶺上大亂，情知嶺西有宋兵上嶺了，急招眾將，一齊都殺上去。兩面夾攻，嶺上混戰。呂方卻好迎著白欽，兩個交手廝殺。鬥不到三合，白欽一槍搠來，呂方閃個過，白欽那條槍從呂方肋下戳個空。呂方這枝戟，卻被白欽撥個倒橫。兩將在馬上，各施展不得，都棄了手中軍器，在馬上你我廝相揪住。原來正遇著山嶺險峻處，那馬如何立得腳牢，二將使得力猛，不想連人和馬都滾下嶺去。這兩將做一處攧死在那嶺下。這邊關勝等眾將步行，都殺上嶺來，兩面盡是宋兵，已殺到嶺上。石寶看見兩邊全無去路，恐吃捉了受辱，便用劈風刀自刎而死。

宋江眾將奪了烏龍嶺關隘，關勝急令人報知宋先鋒。江裡水寨中四個水軍總管，見烏龍嶺已失，睦州俱陷，都棄了船隻，逃過對江，被隔岸百姓，生擒得成貴、謝福，解送獻入睦州；走了翟源、喬正，不知去向。宋兵大隊，回到睦州。宋江得知，出城迎接。童樞密、劉都督入城屯駐，安營已了，出榜招撫軍民復業，南兵投降者勿知其數。宋江盡將倉廒糧米，給散百姓，各歸本鄉，復為良民。將水軍總管成貴、謝福割腹取心，致祭兄弟阮小二、孟康，並在烏龍嶺亡過一應將佐，前後死魂，俱皆受享。再叫李俊等水軍將佐，管領了許多船隻，把獲到賊首偽官，解送張招討軍前去了。宋江又見折了呂方、郭盛，惆悵不已，按兵不動，等候盧先鋒兵馬，同取清溪。

且不說宋江在睦州屯駐，卻說副先鋒盧俊義，自從杭州分兵之後，統領三萬人馬，本部下正偏將佐二十八員，引兵取山路，望杭州進發，經過臨安鎮錢王故都，道近昱嶺關前。守關把隘，卻是方臘手下一員大將，綽號小養由基龐萬春，乃是江南方臘國中第一個會射弓箭的。帶領著兩員副將：一個喚做雷炯，一個喚做計稷。這兩個副將，都蹬的七八百斤勁弩，各會使一枝蒺藜骨朵，手下有五千人馬。三個守把住昱嶺關隘，聽知宋兵分撥副先鋒盧俊義引軍到來，已都準備下了對敵器械，只待來軍相近。且說盧先鋒軍馬將次近昱嶺關前，當日先差史進、石秀、陳達、楊春、李忠、薛永六員將校，帶領三千步軍，前去出哨。

當下史進等六將，都騎戰馬，其餘都是步軍，迤邐哨到關下，並不曾撞見一個軍馬。史進在馬上心疑，和眾將商議。說言未了，早已來到關前。看時，見關上豎著一面彩繡白旗，旗下立著那小養由基龐萬春，看了史進等大笑，罵道：「你這伙草賊，只好在梁山泊裡住，掯勒宋朝招安誥命，如何敢來我這國土裡裝好漢！你也曾聞俺小養由基的名字麼？我聽得你這廝伙裡，有個甚麼小李廣花榮，著他出來，和我比箭。先教你看我神箭。」說言未了，颼的一箭，正中史進，攧下馬去。五將一齊急急向前，救得上馬便回。又見山頂上一聲鑼響，左右兩邊松樹林裡，一齊放箭。五員將顧不得史進，各人逃命而走。轉得過山嘴，對面兩邊山坡上，一邊是雷炯，一邊是計稷，那弩箭如雨一般射將來，總是有十分英雄，也躲不得這般的箭矢，可憐水滸六員將佐，都作南柯一夢。史進、石秀等六人，不曾透得一個出來，做一堆兒都被射死在關下。

三千步卒，止剩得百餘個小軍，逃得回來，見盧先鋒說知此事。盧先鋒聽了大驚，如痴似醉，呆了半晌。神機軍師朱武為陳達、楊春垂淚已畢，諫道：「先鋒且勿煩惱，有誤大事，可以別商量一個計策，去奪關斬將，報此仇恨。」盧俊義道：「宋公明兄長特分許多將校與我，今番不曾贏得一陣，首先倒折了六將，更兼三千軍卒，止有得百餘人回來，似此怎生到歙州相見？」朱武答道：「古人有云：『天時不如地利，地利不如人和。』我等皆是中原、山東、河北人氏，不曾慣演水戰，因此失了地利。須獲得本處鄉民，指引路徑，方才知得他此間山路曲折。」盧先鋒道：「軍師言之極當，差誰去緝探路徑好？」朱武道：「論我愚意，可差鼓上蚤時遷。他是個飛簷走壁的人，好去山中尋路。」盧俊義隨即教喚時遷，領了言語，捎帶了乾糧，挎口腰刀，離寨去了。

且說時遷便望深山去處，只顧走尋路，去了半日，天色已晚，來到一個去處，遠遠地望見一點燈光明朗。時遷道：「燈光處必有人家。」趁黑地裡，摸到燈明之處看時，卻是個小小庵堂，裡面透出燈光來。時遷來到庵前，便鑽入去看時，見裡面一個老和尚，在那裡坐地誦經。時遷便乃敲他房門，那老和尚喚一個小行者來開門。時遷進到裡面，便拜老和尚。那老僧便道：「客官休拜。見今萬馬千軍廝殺之地，你如何走得到這裡？」時遷應道：「實不敢瞞師父說，小人是梁山泊宋江的部下一個偏將時遷的便是。今來奉聖旨剿收方臘，誰想夜來被昱嶺關上守把賊將亂箭射死了我六員首將，無計度關，特差時遷前來尋路，探聽有何小路過關。今從深山曠野，尋到此間，萬望師父指迷，有所小徑，私越過關，當以厚報。」那老僧道：「此間百姓，俱被方臘殘害，無一個不怨恨他。老僧亦靠此間當方百姓施主，齎糧養口。如今村裡的人民都逃散了，老僧沒有去處，只得在此守死。今日幸得天兵到此，萬民有福。將軍來收此賊，與民除害，老僧只是不敢多口，恐防賊人知得。今既是天兵處差來的頭目，便多口也不妨。我這裡卻無路過得關去，直到西山嶺邊，卻有一條小路，可過關上。只怕近日也被賊人築斷了，過去不得。」時遷道：「師父，既然有這條小路，通得關上，只不知可到得賊寨裡麼？」老和尚道：「這條私路，一徑直到得龐萬春寨背後，下嶺去，便是過關的路了。只恐賊人已把大石塊築斷了，難得過去。」時遷道：「不妨！既有路徑，不怕他築斷了，我自有措置。既然如此，小人回去報知主將，卻來酬謝。」老和尚道：「將軍見外人時，休說貧僧多口。」時遷道：「小人是個精細的人，不敢說出老師父來。」

當日辭了老和尚，徑回到寨中，參見盧先鋒，說知此事。盧俊義聽了大喜，便請軍師，計議取關之策。朱武道：「若是有此路徑，覷此昱嶺關，唾手而得。再差一個人和時遷同去，幹此大事。」時遷道：「軍師要幹甚大事？」朱武道：「最要緊的是放火放炮。你等身邊，將帶火炮、火刀、火石，直要去那寨背後，放起號炮火來，便是你幹大事了。」時遷道：「既然只是要放火放炮，別無他事，不須再用別人同去，只兄弟自往便是。再差一個同去，也跟我做不得飛簷走壁的事，倒誤了時候。假如我去那裡行事，你這裡如何到得關邊？」朱武道：「這卻容易，他那賊人的埋伏，也只好使一遍。我如今不管他埋伏不埋伏，但是於路遇著樹木稠密去處，便放火燒將去，任他埋伏不妨。」時遷道：「軍師高見極明。」當下收拾了火刀、火石，並引火煤筒，脊梁上用包袱背著大炮，來辭盧先鋒便行。盧俊義叫時遷齎銀二十兩，糧米一石，送與老和尚，就著一個軍校挑去。

當日午後，時遷引了這個軍校挑米，再尋舊路來到庵裡，見了老和尚，說道：「主將先鋒，多多拜覆，些小薄禮相送。」便把銀兩米糧，都與了和尚。老僧收受了，時遷吩咐小軍自回寨去，卻再來告覆老和尚：「望煩指引路徑，可著行者引小人去。」那老和尚道：「將軍少待，夜深可去，日間恐關上知覺。」當備晚飯待時遷。至夜，卻令行者引路，「送將軍到於那邊。」便教行者即回，休教人知覺。當時小行者領著時遷，離了草庵，便望深山徑裡尋路，穿林透嶺，攬葛攀藤，行過數里山徑野坡，月色微明，到一處山嶺險峻，石壁嵯峨，遠遠地望見開了個小路口。巔岩上盡把大石堆迭砌斷了，高高築成牆壁。小行者道：「將軍，關已望見，石疊牆壁那邊便是。過得那石壁，亦有大路。」時遷道：「小行者，你自回去，我已知路途了。」小行者自回，時遷卻把飛簷走壁、跳籬騙馬的本事出來，這些石壁，拈指爬過去了。望東去時，只見林木之間，半天價都紅滿了。卻是盧先鋒和朱武等拔寨都起，一路上放火燒著，望關上來；先使三五百軍人，於路上打並（收拾）屍首，沿山巴嶺，放火開路，使其埋伏軍兵，無處藏躲，昱嶺關上小養由基龐萬春聞知宋兵放火燒林開路，龐萬春道：「這是他進兵之法，使吾伏兵不能施展。我等只牢守此關，任汝何能得過？」望見宋兵漸近關下，帶了雷炯、計稷，都來關前守護。

卻說時遷一步步摸到關上，爬在一株大樹頂頭，伏在枝葉稠密處，看那龐萬春、雷炯、計稷，都將弓箭踏弩，伏在關前伺候，看見宋兵時，一派（一片）價把火燒將來。中間林沖、呼延灼立馬在關下，大罵：「賊將安敢抗拒天兵？」南兵龐萬春等卻待要放箭射時，不提防時遷已在關上。那時遷悄悄地溜下樹來，轉到關後，見兩堆柴草，時遷便摸在裡面，取出火刀、火石，發出火種，把火炮擱在柴堆上，先把些硫黃焰硝去燒那邊草堆，又來點著這邊柴堆。卻才方點著火炮，拿那火種帶了，直爬上關屋脊上去點著。那兩邊柴草堆裡，一齊火起，火炮震天價響，關上眾將，不殺自亂，發起喊來，眾軍都只顧走，那裡有心來迎敵。龐萬春和兩個副將急來關後救火時，時遷就在屋脊上又放起火炮來。那火炮震得關屋也動，唬得南兵都棄了刀槍弓箭，衣袍鎧甲，盡望關後奔走。時遷在屋上大叫道：「已有一萬宋兵先過關了，汝等急早投降，免汝一死！」龐萬春聽了，驚得魂不附體，只管跌腳；雷炯、計稷驚得麻木了，動彈不得。林沖、呼延灼首先上山，早趕到關頂，眾將都要爭先，一齊趕過關去三十餘里，追著南兵。孫立生擒得雷炯，魏定國活拿了計稷，單單只走了龐萬春；手下軍兵，擒捉了大半。宋兵已到關上，屯駐人馬。

盧先鋒得了昱嶺關，厚賞了時遷，將雷炯、計稷，就關上割腹取心，享祭史進、石秀等六人，收拾屍骸，葬於關上，其餘屍首，盡皆燒化。次日，與同諸將，披掛上馬，一面行文申復張招討，飛報得了昱嶺關，一面引軍前進，迤邐追趕過關，直到歙州城邊下寨。

原來歙州守禦，乃是皇叔大王方垕，是方臘的親叔叔，與同兩員大將，官封文職，共守歙州：一個是尚書王寅，一個是侍郎高玉，統領十數員戰將，屯軍二萬之眾，守住歙州城郭。原來王尚書是本州山裡石匠出身，慣使一條鋼槍，坐下有一騎好馬，名喚「轉山飛」。那匹戰馬，登山渡水，如行平地。那高侍郎也是本州土人，故家子孫，會使一條鞭槍。因這兩個頗通文墨，方臘加封做文職官爵，管領兵權之事。當有小養由基龐萬春敗回到歙州，直至行宮，面奏皇叔，告道：「被土居人民，透漏誘引宋兵，私越小路過關。因此眾軍漫散，難以抵敵。」皇叔方垕聽了大怒，喝罵龐萬春道：「這昱嶺關是歙州第一處要緊的牆壁，今被宋兵已度關隘，早晚便到歙州，怎與他迎敵？」王尚書奏道：「主上且息雷霆之怒。自古道：『勝負兵家之常，非戰之罪。』今殿下權免龐將軍本罪，取了軍令必勝文狀，著他引軍，首先出戰迎敵，殺退宋兵；如或不勝，二罪俱並。」方垕然其言，撥與軍五千，跟龐萬春出城迎敵，得勝回奏。

且說盧俊義度過昱嶺關之後，催兵直趕到歙州城下，當日與諸將上前攻打歙州。城門開處，龐萬春引軍出來交戰。兩軍各列成陣勢，龐萬春出到陣前勒戰。宋軍隊裡歐鵬出馬，使根鐵槍，便和龐萬春交戰。兩個鬥不過五合，龐萬春敗走，歐鵬要顯頭功，縱馬趕去。龐萬春扭過身軀，背射一箭。歐鵬手段高強，綽箭在手。原來歐鵬卻不提防龐萬春能放連珠箭，歐鵬綽了一箭，只顧放心去趕。弓弦響處，龐萬春又射第二只箭來，歐鵬早著，墜下馬去。城上王尚書，高侍郎，見射中了歐鵬落馬，龐萬春得勝，引領城中軍馬，一發趕殺出來。宋軍大敗，退回三十里下寨，紮駐軍馬安營。整點兵將時，亂軍中又折了菜園子張青。孫二娘見丈夫死了，著令手下軍人，尋得屍首燒化，痛哭了一場。盧先鋒看了，心中納悶，思量不是良法，便和朱武計議道：「今日進兵，又折了二將，似此如之奈何？」朱武道：「輸贏勝負，兵家常事。今日賊兵見我等退回軍馬，自逞其能，眾賊計議，今晚乘勢，必來劫寨。我等可把軍馬眾將，分調開去，四下埋伏。中軍縛幾隻羊在彼，如此如此整頓。叫呼延灼引一支軍在左邊埋伏，林沖引一支軍在右邊埋伏，單廷珪、魏定國引一支軍在背後埋伏；其餘偏將，各於四散小路裡埋伏。夜間賊兵來時，只看中軍火起為號，四下裡各自捉人。」盧先鋒都發放已了，各各自去守備。

且說南國王尚書、高侍郎兩個頗有些謀略，便與龐萬春等商議，上啟皇叔方垕道：「今日宋兵敗回，退去三十餘里屯駐，營寨空虛，軍馬必然疲倦，何不乘勢去劫寨柵，必獲全勝。」方垕道：「你眾官從長計議，可行便行。」高侍郎道：「我便和龐將軍引兵去劫寨，尚書與殿下，緊守城池。」當夜二將披掛上馬，引領軍兵前進，馬摘鑾鈴，軍士銜枚疾走，前到宋軍寨柵，看見營門不開，南兵不敢擅進。初時聽得更點分明，向後更鼓便打得亂了。高侍郎勒住馬道：「不可進去！」龐萬春道：「相公如何不進兵？」高侍郎答道：「聽他營裡更點不明，必然有計。」龐萬春道：「相公誤矣！今日兵敗膽寒，必然困倦。睡裡打更，有甚分曉，因此不明。相公何必見疑，只顧殺去！」高侍郎道：

「也見得是。」當下催軍劫寨，大刀闊斧，殺將進去。二將入得寨門，直到中軍，並不見一個軍將，卻是柳樹上縛著數隻羊，羊蹄上拴著鼓槌打鼓，因此更點不明。兩將劫著空寨，心中自慌，急叫：「中計！」回身便走。中軍內卻早火起，只見山頭上炮響，又放起火來。四下裡伏兵亂起，齊殺將攏來。兩將衝開寨門奔走，正迎著呼延灼，大喝：「賊將快下馬受降，免汝一死！」高侍郎心慌，只要脫身，無心戀戰，被呼延灼趕進去，手起雙鞭齊下，腦袋骨打碎了半個天靈。龐萬春死命撞透重圍，得脫性命。正走之間，不提防湯隆伏在路邊，被他一鉤鐮槍拖倒馬腳，活捉了解來。眾將已都在山路裡趕殺南兵至天明，都赴寨裡來。盧先鋒已先到中軍坐下，隨即下令，點本部將佐時，丁得孫在山路草中，被毒蛇咬了腳，毒氣入腹而死。將龐萬春割腹剜心，祭獻歐鵬並史進等，把首級解赴張招討軍前去了。

次日，盧先鋒與同諸將再進兵到歙州城下，見城門不關，城上並無旌旗，城樓上亦無軍士。單廷珪、魏定國兩個要奪頭功，引軍便殺入城去。後面中軍盧先鋒趕到時，只叫得苦，那二將已到城門裡了。原來王尚書見折了劫寨人馬，只詐做棄城而走，城門裡卻掘下陷坑。二將是一夫之勇，卻不提防，首先入來，不想連人和馬，都陷在坑裡。那陷坑兩邊，卻埋伏著長槍手，弓箭軍士，一齊向前戳殺，兩將死於坑中。可憐聖水並神火，今日嗚呼葬土坑！盧先鋒又見折了二將，心中忿怒，急令差遣前部軍兵，各人兜土塊入城，一面填塞陷坑，一面鏖戰廝殺，殺倒南兵人馬，俱填於坑中。當下盧先鋒當前，躍馬殺入城中，正迎著皇叔方垕，交馬只一合，盧俊義卻忿心頭之火，展平生之威，只一朴刀，剁方垕於馬下。城中軍馬開城西門，衝突而走。宋兵眾將，各各並力向前，剿捕南兵。

卻說王尚書正走之間，撞著李雲，截住廝殺。王尚書便挺槍向前，李雲卻是步鬥。那王尚書槍起馬到，早把李雲踏倒。石勇見衝翻了李雲，便衝突向前，急來救時，王尚書把條槍神出鬼沒，石勇如何抵當得住？王尚書數合，得便處把石勇一槍，結果了性命，當下身死。城裡卻早趕出孫立、黃信、鄒淵、鄒潤四將，截住王尚書廝殺。那王寅奮勇力敵四將，並無懼怯。不想又撞出林沖趕到，這個又是個會廝殺的，那王寅便有三頭六臂，也敵不過五將。眾人齊上，亂戳殺王寅，可憐南國尚書將，今日方知志莫伸。當下五將取了首級，飛馬獻與盧先鋒。盧俊義已在歙州城內行宮歇下，平復了百姓，出榜安民，將軍馬屯駐在城裡，一面差人齎文報捷張招討，馳書轉達宋先鋒，知會進兵。

卻說宋江等兵將在睦州屯駐，等候軍齊，同攻賊洞。收得盧俊義書，報平復了歙州，軍將已到城中屯駐，專候進兵，同取賊巢。又見折了史進、石秀、陳達、楊春、李忠、薛永、歐鵬、張青、丁得孫、單廷珪、魏定國、李雲、石勇一十三人，許多將佐，煩惱不已，痛哭哀傷。軍師吳用勸道：「生死人皆分定，主將何必自傷玉體？且請料理國家大事。」宋江道：「雖然如此，不由人不傷感！我想當初石碣天文所載一百八人，誰知到此，漸漸凋零，損吾手足。」吳用勸了宋江煩惱，然後回書與盧先鋒，交約日期，起兵攻取清溪縣。

且不說宋江回書與盧俊義，約日進兵，卻說方臘在清溪幫源洞中大內設朝，與文武百官計議宋江用兵之事。只聽見西州敗殘軍馬回來，報說歙州已陷，皇叔、尚書、侍郎俱已陣亡了。今宋兵作兩路而來，攻取清溪。方臘見報大驚，當下聚集兩班大臣商議，方臘道：「汝等眾卿，各受官爵，同占州郡城池，共享富貴。豈期今被宋江軍馬席捲而來，州城俱陷，止有清溪大內。今聞宋兵兩路而來，如何迎敵？」當有左丞相婁敏中出班啟奏道：「今次宋兵人馬，已近神州，內苑宮廷，亦難保守。奈緣兵微將寡，陛下若不御駕親征，誠恐兵將不肯盡心向前。」方臘道：「卿言極當！」隨即傳下聖旨，命三省六部、御史台官、樞密院、都督府護駕，二營金吾、龍虎，大小官僚，「都跟隨寡人御駕親征，決此一戰」。婁丞相又奏：「差何將帥，可做前部先鋒？」方臘道：「著殿前金吾上將軍內外諸軍都招討皇侄方傑為正先鋒，馬步親軍都太尉驃騎上將軍杜微為副先鋒；部領幫源洞大內護駕御林軍一萬三千，戰將三千餘員前進。」原來這方傑是方臘的親侄兒，是歙州皇叔方垕長孫，聞知宋兵盧先鋒殺了他公公，要來報仇，他願為前部先鋒。這方傑平生習學，慣使一枝方天畫戟，有萬夫不當之勇。那杜微原是歙州市中鐵匠，會打軍器，亦是方臘心腹之人，會使六口飛刀，只是步鬥。方臘另行聖旨一道，差御林護駕都教師賀從龍，撥與御林軍一萬，總督兵馬，去敵歙州盧俊義軍馬。

不說方臘分調人馬，兩處迎敵，先說宋江大隊軍馬起程，水陸並進，離了睦州，望清溪縣而來。水軍頭領李俊等引領水軍船隻，撐駕從溪灘裡上去。且說吳用與宋江在馬上同行，並馬商議道：「此行去取清溪幫源洞，誠恐賊首方臘知覺逃竄，深山曠野，難以得獲，若要生擒方臘，解赴京師，面見天子，必須裡應外合，認得本人，可以擒獲；亦要知方臘去向下落，不致被其走失。」宋江道：「是若如此，須用詐降，將計就計，方可得裡應外合。前者柴進與燕青去做細作，至今不見些消耗（音信），今次著誰去好？須是會詐投降的。」吳用道：「若論愚意，只除非教水軍頭領李俊等，就將船內糧米，去詐獻投降，教他那裡不疑，方臘那廝，是山僻小人，見了許多糧米船隻，如何不收留了。」宋江道：「軍師高見極明。」便喚戴宗，隨即傳令，從水路直至李俊處，說知如此如此，教你等眾將行計。李俊等領了計策。戴宗自回中軍。

李俊卻叫阮小五、阮小七扮做艄公，童威、童猛扮做隨行水手，乘駕六十隻糧船，船上都插著新換的獻糧旗號，卻從大溪裡使將上去。將近清溪縣，只見上水頭早有南國戰船迎將來，敵軍一齊放箭。李俊在船上叫道：「休要放箭，我有話說。俺等都是投拜的人，特將糧米獻納大國，接濟軍士，萬望收錄。」對船上頭目，看見李俊等船上並無軍器，因此就不放箭，使人過船來，問了備細，看了船內糧米，便去報知婁丞相，稟說李俊獻糧投降。婁敏中聽了，叫喚投拜人上岸來。李俊登岸，見婁丞相，拜罷，婁敏中問道：「汝是宋江手下甚人？有何職役？今番為甚來獻糧投拜？」李俊答道：「小人姓李名俊，原是潯陽江上好漢。就江州劫法場，救了宋江性命。他如今受了朝廷招安，得做了先鋒，便忘了我等前恩，累次窘辱小人。見今宋江雖然占得大國州郡，手下弟兄，漸次折得沒了。他猶自不知進退，威逼小人等水軍向前。因此受辱不過，特將他糧米船隻，徑自私來獻納，投拜大國。」婁丞相見李俊說了這一席話，就便準信，便引李俊來大內朝見方臘，具說獻糧投拜一事。李俊見方臘再拜起居，奏說前事。方臘坦然不疑，且教李俊、阮小五、阮小七、童威、童猛只在清溪管領水寨守船，「待寡人退了宋江軍馬還朝之時，別有賞賜」。李俊拜謝了，出內自去搬運糧米上岸，進倉交收，不在話下。

再說宋江與吳用分調軍馬，差關勝、花榮、秦明、朱仝四員正將為前隊，引軍直進清溪縣界，正迎著南國皇侄方傑。兩下軍兵，各列陣勢。南軍陣上，方傑橫戟出馬，杜微步行在後。那杜微橫身掛甲，背藏飛刀五把，手中仗口七星寶劍，跟在後面。兩將出到陣前。宋江陣上秦明，首先出馬，手舞狼牙大棍，直取方傑。那方傑年紀後生，精神一擻（振作），那枝戟使得精熟，和秦明連鬥了三十餘合，不分勝敗。方傑見秦明手段高強，也放出自己平生學識，不容半點空閒。兩個正鬥到分際，秦明也把出本事來，不放方閒些空處。卻不提防杜微那廝，在馬後見方傑戰秦明不下，從馬後閃將出來，掣起飛刀，望秦明臉上早飛將來。秦明急躲飛刀時，卻被方傑一方天戟聳下馬去，死於非命。可憐霹靂火，滅地竟無聲。方傑一戟戳死了秦明，卻不敢追過對陣，宋兵小將急把撓鉤搭得屍首過來。宋軍見說折了秦明，盡皆失色。宋江一面叫備棺槨盛貯，一面再調軍將出戰。

且說這方傑得勝誇能，卻在陣前高叫：「宋兵再有好漢，快出來廝殺！」宋江在中軍聽得報來，急出到陣前，看見對陣方傑背後便是方臘御駕，直來到軍前擺開。但見：

金瓜密布，鐵斧齊排。方天畫戟成行，龍鳳繡旗作隊。旗旄旌節，一攢攢綠舞紅飛；玉鐙雕鞍，一簇簇珠圍翠繞。飛龍傘散青雲紫霧，飛虎旗盤瑞靄祥煙。左侍下一代文官，右侍下滿排武將。雖是妄稱天子位，也須偽列宰臣班。

南國陣中，只見九曲黃羅傘下，玉轡逍遙馬上，坐著那個草頭王子方臘，怎生打扮，但見：

頭戴一頂衝天轉角明金幞頭，身穿一領日月雲肩九龍繡袍，腰繫一條金鑲寶嵌玲瓏玉帶，足穿一對雙金顯縫雲根朝靴。

那方臘騎著一匹銀鬃白馬，出到陣前，親自監戰。看見宋江親在馬上，便遣方傑出戰，要拿宋江。這邊宋兵等眾將亦準備迎敵，要擒方臘。南軍方傑正要出陣，只聽得飛馬報道：「御林都教師賀從龍，總督軍馬，去救歙州，被宋兵盧先鋒活捉過陣去了。軍馬俱已漫散，宋兵已殺到山後。」方臘聽了大驚，急傳聖旨，便教收軍，且保大內。當下方傑且委杜微押住陣腳，卻待方臘御駕先行，方傑、杜微隨後而退。方臘御駕，回至清溪州界，只聽得大內城中，喊起連天，火光遍滿，兵馬交加，卻是李俊、阮小五、阮小七、童威、童猛，在清溪城裡放起火來。方臘見了，大驅御林軍馬，來救城中，入城混戰。宋江軍馬，見南兵退去，隨後追殺。趕到清溪，見城中火起，知有李俊等在彼行事，急令眾將招起軍馬，分頭殺將入去。此時盧先鋒軍馬也過山了，兩下接應，卻好湊著。四面宋兵，夾攻清溪大內。宋江等諸將，四面八方，殺將入去，各各自去搜捉南軍，打破了清溪城郭。方臘卻得方傑引軍保駕，防護送投幫源洞中去了。

第一百十八回

盧俊義大戰昱嶺關　宋公明智取清溪洞

宋江等大隊軍馬，都入清溪縣來。眾將殺入方臘宮中，收拾違禁器仗，金銀寶物，搜檢內裡庫藏，就殿上放起火來，把方臘內外宮殿，盡皆燒毀，府庫錢糧，搜索一空。宋江會合盧俊義軍馬，屯駐在清溪縣內，聚集眾將，都來請功受賞。整點兩處將佐時，長漢郁保四、女將孫二娘，都被杜微飛刀傷死，鄒淵、杜遷馬軍中踏殺；李立、湯隆、蔡福，各帶重傷，醫治不痊，身死；阮小五先在清溪縣，已被婁丞相殺死。眾將擒捉得南國偽官九十二員請功，賞賜已了，只不見婁丞相、杜微下落。一面且出榜文，安撫了百姓，把那活捉偽官解赴張招討軍前，斬首示眾。後有百姓報說，婁丞相因殺了阮小五，見大兵打破清溪縣，自縊松林而死。杜微那廝，躲在他原養的倡妓王嬌嬌家，被他社老獻將出來。宋江賞了社老，卻令人先取了婁丞相首級，叫蔡慶將杜微剖腹剜心，滴血享祭秦明、阮小五、郁保四、孫二娘，並打清溪亡過眾將。宋江親自拈香祭賽已了，次日與同盧俊義起軍，直抵幫源洞口圍住。

且說方臘只得方傑保駕，走到幫源洞口大內，屯駐人馬，堅守洞口，不出迎敵。宋江、盧俊義把軍馬周回圍住了幫源洞，卻無計可入。卻說方臘在幫源洞，如坐針氈。兩軍困住已經數日，方臘正憂悶間，忽見殿下錦衣繡襖一大臣，俯伏在金階殿下啟奏：「我王，臣雖不才，深蒙主上聖恩寬大，無可補報，憑夙昔所學之兵法，仗平日所韞（積聚）之武功，六韜三略曾聞，七縱七擒曾習。願借主上一枝軍馬，立退宋兵，中興國祚。未知聖意若何？」方臘見了大喜，便傳敕令，盡點山洞內府兵馬，教此將引兵出洞去，與宋江相持。未知勝敗如何，先見威風出眾。不是方臘國中又出這個人來引兵，有分教，金階殿下人頭滾，玉砌朝門熱血噴。直使掃清巢穴擒方臘，豎立功勳顯宋江。畢竟方臘國中出來引兵的是甚人，且聽下回分解。

第一百十九回 魯智深浙江坐化 宋公明衣錦還鄉

話說當下方臘殿前啟奏，願領兵出洞征戰的，正是東床駙馬主爵都尉柯引。方臘見奏，不勝之喜。柯駙馬當下同領南兵，帶了雲壁奉尉，披掛上馬出師。方臘將自己金甲錦袍，賜與駙馬，又選一騎好馬，叫他出戰。那柯駙馬與同皇侄方傑，引領洞中護御軍兵一萬人馬，駕前上將二十餘員，出到幫源洞口，列成陣勢。

卻說宋江軍馬困住洞口，已教將佐分調守護。宋江在陣中，因見手下弟兄，三停內折了二停，方臘又未曾拿得，南兵又不出戰，眉頭不展，面帶憂容。只聽得前軍報來說：「洞中有軍馬出來交戰。」宋江、盧俊義見報，急令諸將上馬，引軍出戰，擺開陣勢，看南軍陣裡，當先是柯駙馬出戰。宋江軍中，誰不認得是柴進？宋江便令花榮出馬迎敵。花榮得令，便橫槍躍馬，出到陣前，高聲喝問：「你那廝是甚人，敢助反賊，與吾大兵敵對？我若拿住你時，碎屍萬段，骨肉為泥！好好下馬受降，免汝一命！」柯駙馬答道：「我乃山東柯引，誰不聞我大名？量你這廝們，是梁山泊一伙強徒草寇，何足道哉！偏俺不如你們手段？我直把你們殺盡，克復城池，是吾之願！」宋江與盧俊義在馬上聽了，尋思柴進口裡說的話，知他心裡的事。他把「柴」字改作「柯」字，「柴」即是「柯」也。

「進」字改作「引」字，「引」即是「進」也。吳用道：「且看花榮與他迎敵。」當下花榮挺槍躍馬，來戰柯引。兩馬相交，二般軍器並舉。兩將鬥到間深裡，絞做一團，扭做一塊。柴進低低道：「兄長可且詐敗，來日議事。」花榮聽了，略戰三合，撥回馬便走。柯引喝道：「敗將，吾不趕你！別有了得的，叫他出來，和俺交戰！」花榮跑馬回陣，對宋江、盧俊義說知就裡。吳用道：「再叫關勝出戰交鋒。」當時關勝舞起青龍偃月刀，飛馬出戰，大喝道：「山東小將，敢與吾敵？」那柯駙馬挺槍，便來迎敵。兩個交鋒，全無懼怯。二將鬥不到五合，關勝也詐敗佯輸，走回本陣。柯駙馬不趕，只在陣前大喝：「宋兵敢有強將出來，與吾對敵？」宋江再叫朱仝出陣，與柴進交鋒。往來廝殺，只瞞眾軍。兩個鬥不過五七合，朱仝詐敗而走。柴進趕來虛搠一槍，朱仝棄馬跑歸本陣，南軍先搶得這匹好馬。柯駙馬招動南軍，搶殺過來，宋江急令諸將引軍退去十里下寨。柯駙馬引軍追趕了一程，收兵退回洞中。

已自有人先去報知方臘，說道：「柯駙馬如此英雄，戰退宋兵，連勝三將。宋江等又折一陣，殺退十里。」方臘大喜，叫排下御宴，等待駙馬卸了戎裝披掛，請入後宮賜坐。親捧金杯，滿勸柯駙馬道：「不想駙馬有此文武雙全！寡人只道賢婿只是文才秀士，若早知有此等英雄豪傑，不致折許多州郡。煩望駙馬大展奇才，立誅賊將，重興基業，與寡人共享太平無窮之富貴。」柯引奏道：「主上放心！為臣子當以盡心報效，同興國祚。明日謹請聖上登山，看柯引廝殺，立斬宋江等輩。」方臘見奏，心中大喜，當夜宴至更深，各還宮中去了。次早，方臘設朝，叫洞中敲牛宰馬，令三軍都飽食已了，各自披掛上馬，出到幫源洞口，搖旗發喊，擂鼓搦戰。方臘卻領引內侍近臣，登幫源洞山頂，看柯駙馬廝殺。

且說宋江當日傳令，吩咐諸將：「今日廝殺，非比他時，正在要緊之際。汝等軍將，各各用心，擒獲賊首方臘，休得殺害。你眾軍士，只看南軍陣上柴進回馬引領，就便殺入洞中，並力追捉方臘，不可違誤！」三軍諸將得令，各自摩拳擦掌，掣劍拔槍，都要擄掠洞中金帛，盡要活捉方臘，建功請賞。當時宋江諸將，都到洞前，把軍馬擺開，列成陣勢。只見南兵陣上，柯駙馬立在門旗之下，正待要出戰，只見皇侄方傑立馬橫戟道：「都尉且押手停騎，看方某先斬宋兵一將，然後都尉出馬，用兵對敵。」宋兵望見燕青跟在柴進後頭，眾將皆喜道：「今日計必成矣！」各人自行準備。且說皇侄方傑，爭先縱馬搦戰；宋江陣上，關勝出馬，舞起青龍刀，來與方傑對敵。兩將交馬，一往一來，一翻一復，戰不過十數合，宋江又遣花榮出陣，共戰方傑。方傑見二將來夾攻，全無懼怯，力敵二將。又戰數合，雖然難見輸贏，也只辦得遮攔躲避。宋江隊裡，再差李應、朱仝驟馬出陣，並力追殺。方傑見四將來夾攻，方才撥回馬頭，望本陣中便走。柯駙馬卻在門旗下截住，把手一招，宋將關勝、花榮、朱仝、李應四將趕過來。柯駙馬便挺起手中鐵槍奔來，直取方傑。方傑見頭勢不好，急下馬逃命時，措手不及，早被柴進一槍戳著。背後雲奉尉燕青趕上一刀，殺了方傑。南軍眾將驚得呆了，各自逃生，柯駙馬大叫：「我非柯引，吾乃柴進──宋先鋒部下正將小旋風的便是。隨行雲奉尉，即是浪子燕青。今者已知得洞中內外備細。若有人活捉得方臘的，高官任做，細馬揀騎。三軍投降者，俱免血刃，抗拒者全家斬首！」回身引領四將，招起大軍，殺入洞中，方臘領著內侍近臣，在幫源洞頂上，看見殺了方傑，三軍潰亂，情知事急，一腳踢翻了金交椅，便望深山中奔走。宋江領起大隊軍馬，分開五路，殺入洞來，爭捉方臘，不想已被方臘逃去，止拿得侍從人員。燕青搶入洞中，叫了數個心腹伴當，去那庫裡，擄了兩擔金珠細軟出來，就內宮禁苑，放起火來。柴進殺入東宮時，那金芝公主自縊身死。柴進見了，就連宮苑燒化，以下細人（年輕侍女），放其各自逃生。眾軍將都入正宮，殺盡嬪妃彩女、親軍侍御、皇親國戚，都擄掠了方臘內宮金帛。宋江大縱軍將，入宮搜尋方臘。

第一百十九回

魯智深浙江坐化　宋公明衣錦還鄉

卻說阮小七殺入內苑深宮裡面，搜出一箱，卻是方臘偽造的平天冠、袞龍袍、碧玉帶、白玉圭、無憂履。阮小七看見上面都是珍珠異寶，龍鳳錦文，心裡想道：「這是方臘穿的，我便著一著，也不打緊。」便把袞龍袍穿了，繫上碧玉帶，著了無憂履，戴起平天冠，卻把白玉圭插放懷裡，跳上馬，手執鞭，跑出宮前。三軍眾將，只道是方臘，一齊鬧動，搶將攏來看時，卻是阮小七，眾皆大笑。這阮小七也只把做好嬉，騎著馬東走西走，看那眾將多軍搶擄。正在那裡鬧動，早有童樞密帶來的大將王稟、趙譚入洞助戰。聽得三軍鬧嚷，只說拿得方臘，徑來爭功。卻見是阮小七穿了御衣服，戴著平天冠，在那裡嬉笑。王稟、趙譚罵道：「你這廝莫非要學方臘，做這等樣子！」阮小七大怒，指著王稟、趙譚道：「你這兩個，直得甚鳥！若不是俺哥哥宋公明時，你這兩個驢馬頭，早被方臘已都砍下了！今日我等眾將弟兄成了功勞，你們顛倒來欺負！朝廷不知備細，只道是兩員大將來協助成功。」王稟、趙譚大怒，便要和阮小七火並。當時阮小七奪了小校槍，便奔上來戳王稟。呼延灼看見，急飛馬來隔開，已自有軍校報知宋江。飛馬到來，見阮小七穿著御衣服，宋江、吳用喝下馬來，剝下違禁衣服，丟去一邊。宋江陪話解勸。王稟、趙譚二人雖被宋江並眾將勸和了，只是記恨於心。

當日幫源洞中，殺得屍橫遍野，流血成渠，按《宋鑑》所載，斬殺方臘蠻兵二萬餘級。當下宋江傳令，教四下舉火，監臨燒毀宮殿。龍樓鳳閣，內苑深宮，珠軒翠屋，盡皆焚化，有詩為證：

黃屋朱軒半入雲，塗膏釁血自。
若還天意容奢侈，瓊室阿房可不焚。

當時宋江等眾將監看燒毀已了，引軍都來洞口屯駐，下了寨柵，計點生擒人數，只有賊首方臘未曾獲得。傳下將令，教軍將沿山搜捉；告示鄉民，但有人拿得方臘者，奏聞朝廷，高官任做；知而首者，隨即給賞。

　　卻說方臘從幫源洞山頂落路而走，便望深山曠野，透嶺穿林，脫了赭黃袍，丟去金花幞頭，脫下朝靴，穿上草履麻鞋，爬山奔走，要逃性命。連夜退過五座山頭，走到一處山凹邊，見一個草庵，嵌在山凹裡。方臘肚中飢餓，卻待正要去茅庵內尋討些飯吃，只見松樹背後轉出一個胖大和尚來，一禪杖打翻，便取條繩索綁了。那和尚不是別人，是花和尚魯智深。拿了方臘，帶到草庵中，取了些飯吃，正解出山來，卻好迎著搜山的軍健，一同綁住捉來見宋先鋒。宋江見拿得方臘，大喜，便問道：「吾師，你卻如何正等得這賊首著？」魯智深道：「洒家自從在烏龍嶺上萬松林裡廝殺，追趕夏侯成入深山裡去，被洒家殺了貪戰賊兵，直趕入亂山深處。迷蹤失徑，迤邐隨路尋去，正到曠野琳琅山內，忽遇一個老僧，引領洒家到此處茅庵中，囑咐道：『柴米菜蔬都有，只在此間等候；但見個長大漢從松林深處來，你便捉住。』夜來望見山前火起，小僧看了一夜，又不知此間山徑路數是何處。今早正見這賊爬過山來，因此，俺一禪杖打翻，就促來綁，不想正是方臘！」宋江又問道：「那一個老僧，今在何處？」魯智深道：「那個老僧，自引小僧到茅庵裡，吩咐了柴米出來，竟不知投何處去了。」宋江道：「那和尚眼見得是聖僧羅漢，如此顯靈，令吾師成此大功，回京奏聞朝廷，可以還俗為官，在京師圖個蔭子封妻，光耀祖宗，報答父母劬勞之恩。」魯智深答道：「洒家心已成灰，不願為官，只圖尋個淨了去處，安身立命足矣！」宋江道：「吾師既不肯還俗，便到京師去住持一個名山大剎，為一僧首，也光顯宗風，亦報答得父母。」智深聽了，搖首叫道：「都不要，要多也無用。只得個囫圇屍首，便是強了。」宋江聽罷，默上心來，各不喜歡。點本部下將佐，俱已數足，教將方臘陷車盛了，解上東京，面見天子，催起三軍，帶領諸將，離了幫源洞清溪縣，都回睦州。

第一百十九回

魯智深浙江坐化　宋公明衣錦還鄉

卻說張招討會集劉都督、童樞密，從、耿二參謀，都在睦州聚齊，合兵一處，屯駐軍馬。見說宋江獲了大功，拿住方臘，解來睦州，眾官都來慶賀，宋江等諸將參拜已了，張招討道：「已知將軍邊塞勞苦，損折弟兄。今已全功，實為萬幸。」宋江再拜泣涕道：「當初小將等一百八人，破遼還京，都不曾損了一個。誰想首先去了公孫勝，京師已留下數人。克復揚州，渡大江，怎知十停（整體分成若干等份中的一份）去七！今日宋江雖存，有何面目，再見山東父老，故鄉親戚？」張招討道：「先鋒休如此說。自古道：『貧富貴賤，宿生所載；壽夭短長，人生分定。』常言道：『有福人送無福人。』何以損折將佐為恥？今日功成名顯，朝廷知道，必當重用。封官賜爵，光顯門閭，衣錦還鄉，誰不稱羨？閒事不須掛意，只顧收拾回軍。」宋江拜謝了總兵等官，自來號令諸將。張招討已傳下軍令，教把生擒到賊徒偽官等眾，除留方臘另行解赴東京，其餘從賊，都就睦州市曹，斬首施行。所有未收去處衢、婺等縣賊役贓官，得知方臘已被擒獲，一半逃散，一半自行投首（投案自首）；張招討盡皆准首，復為良民。就行出榜，去各處招撫，以安百姓。其餘隨從賊徒，不傷人者，亦准其自首投降，復為鄉民，撥還產業田園。克復州縣已了，各調守御官軍，護境安民，不在話下。再說張招討眾官，都在睦州設太平宴，慶賀眾將官僚，賞勞三軍將校，傳令教先鋒頭目，收拾朝京。軍令傳下，各各準備行裝，陸續登程。

且說先鋒使宋江思念亡過眾將，潸然淚下，不想患病在杭州張橫、穆弘等六人，朱富、穆春看視，共是八人在彼；後亦各患病身死，止留得楊林、穆春到來，隨軍征進。想起諸將勞苦，今日太平，當以超度，便就睦州宮觀淨處，揚起長幡，修設超度九幽拔罪好事，做三百六十分羅天大醮，追薦前亡後化列位偏正將佐已了。次日，椎牛宰馬，致備牲醴，與同軍師吳用等眾將，俱到烏龍神廟裡，焚帛享祭烏龍大王，謝祈龍君護佑之恩。回至寨中，所有部下正偏將佐陣亡之人，收得屍骸者，俱令各自安葬已了，宋江與盧俊義收拾軍馬將校人員，隨張招討回杭州，聽候聖旨，班師回京。眾多將佐功勞，俱各造冊，上了文簿，進呈御前；先寫表章，申奏天子。三軍齊備，陸續起程。宋江看了部下正偏將佐，止剩得三十六員回軍。那三十六人是：

呼保義宋江　玉麒麟盧俊義　智多星吳用　大刀關勝
豹子頭林沖　雙鞭呼延灼　小李廣花榮　小旋風柴進
撲天雕李應　美髯公朱仝　花和尚魯智深　行者武松
神行太保戴宗　黑旋風李逵　病關索楊雄　混江龍李俊
活閻羅阮小七　浪子燕青　神機軍師朱武　鎮三山黃信
病尉遲孫立　混世魔王樊瑞　轟天雷凌振　鐵面孔目裴宣
神算子蔣敬　鬼臉兒杜興　鐵扇子宋清　獨角龍鄒淵
一枝花蔡慶　錦豹子楊林　小遮攔穆春　出洞蛟童威
翻江蜃童猛　鼓上蚤時遷　小尉遲孫新　母大蟲顧大嫂

當下宋江與同諸將，引兵馬離了睦州，前往杭州進發。正是收軍鑼響千山震，得勝旗開十里紅。於路無話，已回到杭州。因張招討軍馬在城，宋先鋒且屯兵在六和塔駐紮，諸將都在六和寺安歇，先鋒使宋江、盧俊義早晚入城聽令。

且說魯智深自與武松在寺中一處歇馬聽候，看見城外江山秀麗，景物非常，心中歡喜。是夜月白風清，水天共碧，二人正在僧房裡，睡至半夜，忽聽得江上潮聲雷響。魯智深是關西漢子，不曾省得浙江潮信，只道是戰鼓響，賊人生發，跳將起來，摸了禪杖，大喝著，便搶出來。眾僧吃了一驚，都來問道：「師父何為如此？趕出何處去？」魯智深道：「洒家聽得戰鼓響，待要出去廝殺。」眾僧都笑將起來道：「師父錯聽了！不是戰鼓響，乃是錢塘江潮信響。」魯智深見說，吃了一驚，問道：「師父，怎地喚做潮信響？」寺內眾僧，推開窗，指著那潮頭，叫魯智深看，說道：「這潮信日夜兩番來，並不違時刻。今朝是八月十五日，合當三更子時潮來。因不失信，謂之『潮信』。」魯智深看了，從此心中忽然大悟，拍掌笑道：「俺師父智真長老，曾囑咐與洒家四句偈言，道是『逢夏而擒』，俺在萬松林裡廝殺，活捉了個夏侯成；『遇臘而執』，俺生擒方臘；今日正應了『聽潮而圓，見信而寂』，俺想既逢潮信，合當圓寂。眾和尚，洒家問你，如何喚做『圓寂』？」寺內眾僧答道：「你是出家人，還不省得佛門中『圓寂』便是死？」魯智深笑道：「既然死乃喚做『圓寂』，洒家今已必當圓寂。煩與俺燒桶湯來，洒家沐浴。」寺內眾僧，都只道他說耍，又見他這般性格，不敢不依他，只得喚道人燒湯來，與魯智深洗浴。換了一身御賜的僧衣，便叫部下軍校：「去報宋公明先鋒哥哥，來看洒家。」又問寺內眾僧處討紙筆，寫了一篇頌子；去法堂上捉把禪椅，當中坐了。焚起一爐好香，放了那張紙在禪床上，自疊起兩隻腳，左腳搭在右腳，自然天性騰空。比及宋公明見報，急引眾頭領來看時，魯智深已自坐在禪椅上不動了。頌曰：

平生不修善果，只愛殺人放火。忽地頓開金繩，這裡扯斷玉鎖。咦！錢塘江上潮信來，
今日方知我是我。

宋江與盧俊義看了偈語，嗟嘆不已。眾多頭領都來看視魯智深，焚香拜禮。城內張招討並童樞密

等眾官，亦來拈香拜禮。宋江自取出金帛，俵散眾僧，做個三晝夜功果，合個朱紅龕子盛了，直去請徑山住持大惠禪師，來與魯智深下火；五山十剎禪師，都來誦經；迎出龕子，去六和塔後燒化。那徑山大惠禪師手執火把，直來龕子前，指著魯智深，道幾句法語，是：

魯智深，魯智深，起身自綠林。兩隻放火眼，一片殺人心。忽地隨潮歸去，果然無處跟尋。咄！解使滿空飛白玉，能令大地作黃金。

大惠禪師下了火已了，眾僧誦經懺悔，焚化龕子，在六和塔山後，收取骨殖，葬入塔院。所有魯智深隨身多餘衣缽，及朝廷賞賜金銀，並各官布施，盡都納入六和寺裡，常住公用。渾鐵禪杖，並皂布直裰，亦留於寺中供養。

當下宋江看視武松，雖然不死，已成廢人。武松對宋江說道：「小弟今已殘疾，不願赴京朝覲。盡將身邊金銀賞賜，都納此六和寺中，陪堂公用，已作清閒道人，十分好了。哥哥造冊，休寫小弟進京。」宋江見說：「任從你心！」武松自此，只在六和寺中出家，後至八十善終，這是後話。

再說先鋒宋江，每日去城中聽令，待張招討中軍人馬前進，已將軍兵入城屯紮。半月中間，朝廷天使到來，奉聖旨令先鋒宋江等班師回京。張招討、童樞密，都督劉光世，從、耿二參謀，大將王稟、趙譚，中軍人馬，陸續先回京師去了。宋江等隨即收拾軍馬回京。比及起程，不想林沖染患風病癱了，楊雄發背瘡而死，時遷又感攪腸痧而死。宋江見了，感傷不已。丹徒縣又申將文書來，報說楊志已死，葬於本縣山園。林沖風癱，又不能痊，就留在六和寺中，教武松看視，後半載而亡。

再說宋江與同諸將，離了杭州，望京師進發，只見浪子燕青，私自來勸主人盧俊義道：「小乙自幼隨侍主人，蒙恩感德，一言難盡。今既大事已畢，欲同主人納還原受官誥，私去隱跡埋名，尋個僻靜去處，以終天年。未知主人意下若何？」盧俊義道：「自從梁山泊歸順宋朝已來，俺弟兄們身經百戰，動勞不易，邊塞苦楚，弟兄殞折，幸存我一家二人性命。正要衣錦還鄉，圖個封妻蔭子，你如何卻尋這等沒結果？」燕青笑道：「主人差矣！小乙此去，正有結果，只恐主人此去無結果耳。」若燕青，可謂知進退存亡之機矣！有詩為證：

略地攻城志已酬，陳辭欲伴赤松游。
時人苦把功名戀，只怕功名不到頭。

盧俊義道：「燕青，我不曾存半點異心，朝廷如何負我？」燕青道：「主人豈不聞韓信立下十大功勞，只落得未央宮裡斬首；彭越醢為肉醬；英布弓弦藥酒？主公，你可尋思，禍到臨頭難走！」盧俊義道：「我聞韓信三齊擅自稱王，教陳豨造反；彭越殺身亡家，大梁不朝高祖；英布九江受任，要謀漢帝江山。以此漢高帝詐游雲夢，令呂后斬之。我雖不曾受這般重爵，亦不曾有此等罪過。」燕青道：「既然主公不聽小乙之言，只怕悔之晚矣！小乙本待去辭宋先鋒，他是個義重的人，必不肯放，只此辭別主公。」盧俊義道：「你辭我，待要那裡去？」燕青道：「也只在主公前後。」盧俊義笑道：「原來也只恁地。看你到那裡？」燕青納頭拜了八拜，當夜收拾了一擔金珠寶貝挑著，竟不知投何處去了。次日早晨，軍人收拾字紙一張，來報復宋先鋒。宋江看那一張字紙時，上面寫道是：

辱弟燕青百拜懇告先鋒主將麾下：自蒙收錄，多感厚恩。效死幹功，補報難盡。今自思命薄身微，不堪國家任用，情願退居山野，為一閒人。本待拜辭，恐主將義氣深重，不肯輕放，連夜潛去。今留口號四句拜辭，望乞主帥恕罪。

雁序分飛自可驚，納還官誥不求榮。
身邊自有君王赦，灑脫風塵過此生。

宋江看了燕青的書，並四句口號，心中鬱悒不樂。當時盡收拾損折將佐的官誥牌面，送回京師，繳納還官。宋兵人馬，迤邐前進，比及行至蘇州城外，只見混江龍李俊乍中風疾，倒在床上。手下軍人來報宋先鋒。宋江見報，親自領醫人來看治，李俊道：「哥哥休誤了回軍的程限，朝廷見責，亦恐張招討先回日久。哥哥憐憫李俊時，可以丟下童威、童猛，看視兄弟。待病體痊可，隨後趕來朝覲。哥哥軍馬，請自赴京。」宋江見說，心雖不然，倒不疑慮，只得引軍前進；又被張招討行文催趲，宋江只得留下李俊、童威、童猛三人，自同諸將上馬赴京去了。

且說李俊三人竟來尋見費保四個，不負前約，七人都在榆柳莊上商議定了，盡將家私打造船隻，從太倉港乘駕出海，自投化外國去了，後來為暹羅國之主。童威、費保等都做了化外官職，自取其樂，另霸海濱，這是李俊的後話。詩曰：

知幾君子事，明哲邁夷倫。
重結義中義，更全身外身。
潯水舟無系，榆莊柳又新。
誰知天海闊，別有一家人。

第一百十九回

魯智深浙江坐化　宋公明衣錦還鄉

再說宋江等諸將一行軍馬，在路無話，復過常州、潤州相戰去處，宋江無不傷感。軍馬渡江，十存二三。過揚州，進淮安，望京師不遠了。宋江傳令，叫眾將各各準備朝覲。三軍人馬，九月二十後，回到東京。張招討中軍人馬，先進城去。宋江等軍馬，只就城外屯住，扎營於舊時陳橋驛，聽候聖旨。此時有先前留下伏侍李俊等小校，從蘇州來，報說李俊原非患病，只是不願朝京為官，今與童威、童猛不知何處去了。宋江又復嗟嘆，叫裴宣寫錄見在朝京大小正偏將佐數目，共計二十七員，並歿於王事者，俱錄其名數，寫成謝恩表章，仍令正偏將佐，俱各準備幞頭公服，伺候朝見天子。三日之後，上皇設朝，近臣奏聞天子，教宣宋江等面君朝見。

此日東方漸明，宋江、盧俊義等二十七員將佐，奉旨即忙上馬入城。東京百姓看了時，此是第三番朝見。想這宋江等初受招安時，卻奉聖旨，都穿御賜的紅綠錦襖子，懸掛金銀牌面，入城朝見。破遼兵之後，回京師時，天子宣命，都是披袍掛甲戎裝入朝朝見。今番太平回朝，天子特命文扮（文官打扮），卻是幞頭公服，入城朝覲。東京百姓看了，只剩得這幾個回來，眾皆嗟嘆不已。宋江等二十七人，來到正陽門下，齊齊下馬入朝。侍御史引至丹墀玉階之下，宋江、盧俊義為首，上前八拜，退後八拜，進中八拜，三八二十四拜，揚塵舞蹈，山呼萬歲。君臣禮足，徽宗天子看見宋江等只剩得這些人員，心中嗟念。上皇命都宣上殿，宋江、盧俊義引領眾將，都上金階，齊跪在珠簾之下。上皇命賜眾將平身，左右近臣，早把珠簾捲起。天子乃曰：「朕知卿等眾將，收剿江南，多負勞苦。卿等弟兄，損折大半，朕聞不勝傷悼。」宋江垂淚不止，仍自再拜奏曰：「以臣魯鈍薄才，肝腦塗地，亦不能報國家大恩。昔日念臣共聚義兵一百八人，登五台發願，誰想今日十損其八。謹錄人數，未敢擅便具奏，伏望天慈，俯賜聖鑑。」上皇曰：「卿等部下，歿於王事者，朕命各墳加封，不沒其功。」宋江再拜，進上表文一通。表曰：

平南都總管正先鋒使臣宋江等謹上表：伏念臣江等愚拙庸才，孤陋俗吏，往犯無涯之罪，幸蒙莫大之恩。高天厚地豈能酬，粉骨碎身何足報！股肱竭力，離水泊以除邪；兄弟同心，登五台而發願。全忠秉義，護國保民。幽州城鏖戰遼兵，清溪洞力擒方臘。雖則微功上達，奈緣良將下沉。臣江日夕憂懷，旦暮悲愴。伏望天恩，俯賜聖鑑，使已歿者皆蒙恩澤，在生者得庇洪休（洪福）。臣江乞歸田野，願作農民，實陛下仁育之賜。臣江等不勝戰悚之至！謹錄存歿人數，隨表上進以聞。

陣亡正偏將佐五十九員：

正將一十四員：

秦明　徐寧　董平　張清　劉唐

史進　索超　張順　阮小二　阮小五

雷橫　石秀　解珍　解寶

偏將四十五員：

宋萬　焦挺　陶宗旺　韓滔　彭玘

鄭天壽　曹正　王定六　宣贊　孔亮

施恩　郝思文　鄧飛　周通　龔旺

第一百十九回
魯智深浙江坐化　宋公明衣錦還鄉

鮑旭　段景住　侯健　孟康　王英
扈三娘　項充　李衮　燕順　馬麟
單廷珪　魏定國　呂方　郭盛　歐鵬
陳達　楊春　郁保四　李忠　薛永
李雲　石勇　杜遷　丁得孫　鄒淵
李立　湯隆　蔡福　張青　孫二娘
於路
病故正偏將佐一十員：
正將五員：
林衝　楊志　張橫　穆弘　楊雄
偏將五員：
孔明　朱貴　朱富　白勝　時遷
杭州六和寺坐化正將一員：

魯智深

折臂不願恩賜，六和寺出家正將一員：

武松

舊在京回還薊州出家正將一員：

公孫勝

不願恩賜，於路上去正偏將四員：

正將二員：

燕青　李俊

偏將二員：

童威　童猛

舊留在京師，並取回醫士，見在京偏將五員：

安道全　皇甫端　金大堅　蕭　讓　樂　和

見在朝覲正偏將佐二十七員：

正將一十二員：

宋　江　盧俊義　吳　用　關　勝　呼延灼

花　榮　柴　進　李　應　朱　仝　戴　宗

李　逵　阮小七

偏將一十五員：

朱　武　黃　信　孫　立　樊　瑞　凌　振

裴　宣　蔣　敬　杜　興　宋　清　鄒　潤

蔡　慶　楊　林　楊　春　孫　新　顧大嫂

宣和五年九月日，先鋒使臣宋江　副先鋒臣盧俊義等謹上表。

上皇覽表，嗟嘆不已。乃曰：「卿等一百八人，上應星曜，今止有二十七人見存，又辭去了四個，真乃十去其八矣！」隨將聖旨，將這已歿於王事者，正將偏將，各授名爵：正將封為忠武郎，偏將封為義節郎。如有子孫者，就令赴京，照名承襲官爵；如無子孫者，敕賜立廟，所在享祭。惟有張順顯靈有功，敕封金華將軍。僧人魯智深擒獲賊寇有功，善終坐化於大剎，加贈義烈照暨禪師。武松對敵有功，傷殘折臂，見於六和寺出家，封清忠祖師，賜錢十萬貫，以終天年。已故女將二人：扈三娘加贈花陽郡夫人；孫二娘加贈旌德郡君。見在朝覲，除先鋒使另封外，正將十員，各授武節將軍，諸州統制；偏將十五員，各授武奕郎，諸路都統領；管軍管民，省院聽調。女將一員顧大嫂，封授東源縣君。

先鋒使宋江加授武德大夫，楚州安撫使，兼兵馬都總管。

副先鋒盧俊義加授武功大夫，廬州安撫使，兼兵馬副總管。

軍師吳用授武勝軍承宣使。

關勝授大名府正兵馬總管。

呼延灼授御營兵馬指揮使。

花榮授應天府兵馬都統制。

柴進授橫海軍滄州都統制。

李應授中山府鄆州都統制。

朱仝授保定府都統制。

戴宗授兗州府都統制。

李逵授鎮江潤州都統制。

阮小七授蓋天軍都統制。

上皇敕命，各各正偏將佐，封官授職，謝恩聽命，給付賞賜。偏將一十五員，各賜金銀三百兩，彩緞五表裡；正將一十員，各賜金銀五百兩，彩緞八表裡。先鋒使宋江、盧俊義，各賜金銀一千兩，錦緞十表裡，御花袍一套，名馬一匹。宋江等謝恩畢，又奏睦州烏龍大王，二次顯靈，護國保民，救護軍將，以致全勝。上皇准奏，聖敕加封忠靖靈德普祐孚惠龍王。御筆改睦州為嚴州，歙州為徽州，因是方臘造反之地，各帶反文字體。清溪縣改為淳安縣，幫源洞鑿開為山島。敕委本州官庫內支錢，起建烏龍大王廟，御賜牌額，至今古跡尚存。江南但是方臘殘破去處，被害人民，普免差徭三年。

當日宋江等各各謝恩已了，天子命設太平筵宴，慶賀功臣。文武百官，九卿四相，同登御宴。是日，賀宴已畢，眾將謝恩。宋江又奏：「臣部下自梁山泊受招安，軍卒亡過大半，尚有願還家者，乞陛下聖恩優恤。」天子准奏，降敕「如願為軍者，賜錢一百貫，絹十匹，於龍猛、虎威二營收操，月支俸糧養贍；如不願者，賜錢二百貫，絹十匹，各令回鄉，為民當差。」宋江又奏：「臣生居鄆城縣，獲罪以來，自不敢還鄉，乞聖上寬恩給假，回鄉拜掃，省視親族，卻還楚州之任。未敢擅便，乞請聖旨。」上皇聞奏大喜，再賜錢十萬貫，作還鄉之資。宋江謝恩已罷，辭駕出朝。次日，中書省作太平筵宴，管待眾將。第三日，樞密院又設宴慶賀太平。其張招討、劉都督、童樞密，從、耿二參謀，王、趙二大將，朝廷自升重爵，不在此本話內。太乙院題本，奏請聖旨，將方臘於東京市曹上凌遲處死，剮了三日示眾。有詩為證：

宋江重賞升官日，方臘當刑受剮時。
善惡到頭終有報，只爭來早與來遲！

再說宋江奏請了聖旨，給假回鄉省親，部下軍將，願為軍者報名，送發龍猛、虎威二營收操，關給賞賜馬軍守備；願為民者，關請（向官府領取）銀兩，各各還鄉，為民當差。部下偏將，亦各請受恩賜，聽除管軍管民，護境為官，關領誥命，各人赴任，與國安民。

宋江分派已了，與眾暫別，自引兄弟宋清，帶領隨行軍健一二百人，挑擔御物、行李、衣裝、賞賜，離了東京，望山東進發。宋江、宋清在馬上，衣錦還鄉，離了京師，回歸故裡。於路無話，自來到山東鄆城縣宋家村。鄉中故舊父老親戚，都來迎接宋江，回到莊上。不期宋太公已死，靈柩尚存。宋江、宋清痛哭傷感，不勝哀戚。家眷莊客，都來拜見宋江。莊院田產，家私什物，宋太公存日，整置得齊備，亦如舊時。宋江在莊上修設好事，請僧命道，修建功果，薦拔（超度）亡過父母宗親。州縣官僚，探望不絕。擇日選時，親扶太公靈柩，高原安葬。是日，本州官員，親鄰父老，賓朋眷屬，盡來送葬已了，不在話下。宋江思念玄女娘娘願心未酬，將錢五萬貫，命工匠人等，重建九天玄女娘娘廟宇，兩廊山門，裝飾聖像，彩畫兩廊，俱已完備。不覺在鄉日久，誠恐上皇見責，選日除了孝服，又做了幾日道場，次後設一大會，請當村鄉尊父老，飲宴酌杯，以敘闊別之情。次日，親戚亦皆置筵慶賀，不在話下。宋江將莊院交割與次弟宋清，——雖受官爵，只在鄉中務農，——奉祀宗親香火。將多餘錢帛，散惠下民。

宋江在鄉中住了數月，辭別鄉老故舊，再回東京，與眾弟兄相見。眾人有搬取老小家眷回京住的，有往任所去的，亦有夫主兄弟歿於王事的，朝廷已自頒降恩賜金帛，令歸鄉裡，優恤其家。宋江自到東京，發遣回鄉，都已完足（完結）。朝前聽命，辭別省院諸官，收拾赴任。只見神行太保戴宗來探宋江，坐間說出一席話來，有分教，宋公明生為鄆城縣英雄，死作蓼兒窪土地。正是凜凜清風生廟宇，堂堂遺像在凌煙（繪有功臣像的高閣）。畢竟戴宗對宋江說出甚話來，且聽下回分解。

第一百二十回
宋公明神聚蓼兒窪　徽宗帝夢遊梁山泊

話說宋江衣錦還鄉，還至東京，與眾弟兄相會，令其各人收拾行裝，前往任所。當有神行太保戴宗來探宋江，二人坐間閒話。只見戴宗起身道：「小弟已蒙聖恩，除授兗州都統制，今情願納下官誥，要去泰安州岳廟裡，陪堂求閒，過了此生，實為萬幸。」宋江道：「賢弟何故行此念頭？」戴宗道：「是弟夜夢崔府君勾喚，因此發了這片善心。」宋江道：「賢弟生身，既為神行太保，他日必作岳府靈聰。」自此相別之後，戴宗納還了官誥，去到泰安州岳廟裡，陪堂出家，每日殷勤奉祀聖帝香火，虔誠無怠。後數月，一夕無恙，請眾道伴相辭作別，大笑而終。後來在岳廟裡累次顯靈，州人廟祝，隨塑戴宗神像於廟裡，胎骨是他真身。

又有阮小七受了誥命，辭別宋江，已往蓋天軍做都統制職事。未及數月，被大將王稟、趙譚，懷挾幫源洞辱罵舊恨，累累於童樞密前，訴說阮小七的過失，曾穿著方臘的赭黃袍、龍衣玉帶，雖是一時戲耍，終久懷心不良；亦且蓋天軍地僻人蠻，必致造反。童貫把此事達知蔡京，奏過天子，請降了聖旨，行移公文到彼處，追奪阮小七本身的官誥，復為庶民。阮小七見了，心中也自歡喜，帶了老母，回還梁山泊石碣村，依舊打魚為生，奉養老母，以終天年，後來壽至六十而亡。

且說小旋風柴進在京師，見戴宗納還官誥，求閒去了；又見說朝廷追奪了阮小七官誥，不合戴了方臘的平天冠、龍衣玉帶，意在學他造反，罰為庶民，尋思：「我亦曾在方臘處做駙馬，倘或日後奸臣們知得，於天子前讒佞，見責起來，追了誥命，豈不受辱？不如自識時務，免受玷辱。」推稱風疾病患，不時舉發，難以任用，情願納還官誥，求閒為農。辭別眾官，再回滄州橫海郡為民，自在過活。忽然一日，無疾而終。

李應受中山府都統制，赴任半年，聞知柴進求閒去了，自思也推稱風癱，不能為官，申達省院，繳納官誥，復還故鄉獨龍岡村中過活。後與杜興一處作富豪，俱得善終。

關勝在北京大名府總管兵馬，甚得軍心，眾皆欽伏。一日，操練軍馬回來，因大醉，失腳落馬，得病身亡。

呼延灼受御營指揮使，每日隨駕操備。後領大軍，破大金兀朮四太子，出軍殺至淮西，陣亡。只有朱仝在保定府管軍有功，後隨劉光世破了大金，直做到太平軍節度使。

花榮帶同妻小妹子，前赴應天府到任。吳用自來單身，只帶了隨行安童，去武勝軍到任。李逵亦是獨自帶了兩個僕從，自來潤州到任。話說為何只說這三個到任，別的都說了絕後結果？為這七員正將，都不廝見著，先說了結果。後這五員正將，宋江、盧俊義、花榮、吳用、李逵還有廝會處，以此未說絕了，結果下來便見。

再說宋江、盧俊義在京師，都分派了諸將賞賜，各各令其赴任去訖。歿於王事者，止將家眷人口，關給與恩賞錢帛金銀，仍各送回故鄉，聽從其便。再有見在朝京偏將一十五員，除兄弟宋清還鄉為農外，杜興已自跟隨李應還鄉去了；黃信仍任青州；孫立帶同兄弟孫新、顧大嫂，並妻小，自依舊登州任用；鄒潤不願為官，回登雲閒去了；蔡慶跟隨關勝，仍回北京為民；裴宣自與楊林商議了，自回飲馬川，受職求閒去了；蔣敬思念故鄉，願回潭州為民；朱武自來投授樊瑞道法，兩個做了全真先生，雲遊江湖，去投公孫勝出家，以終天年；穆春自回揭陽鎮鄉中，復為良民；凌振炮手非凡，仍受火藥局御營任用。舊在京師偏將五員：安道全欽取回京，就於太醫院做了金紫醫官；皇甫端原受御馬監大使；金大堅已在內府御寶監為官；蕭讓在蔡太師府中受職，作門館先生；樂和在駙馬王都尉府中盡老清閒，終身快樂，不在話下。

且說宋江自與盧俊義分別之後，各自前去赴任。盧俊義亦無家眷，帶了數個隨行伴當，自望廬州去了。宋江謝恩辭朝，別了省院諸官，帶同幾個家人僕從，前往楚州赴任。自此相別，都各分散去了，亦不在話下。

且說宋朝原來自太宗傳太祖帝位之時，說了誓願，以致朝代奸佞不清。至今徽宗天子，至聖至明，不期致被奸臣當道，讒佞專權，屈害忠良，深可憫念。當此之時，卻是蔡京、童貫、高俅、楊戩四個賊臣，變亂天下，壞國，壞家，壞民。當有殿帥府太尉高俅、楊戩，因見天子重禮厚賜宋江等這伙將校，心內好生不然。兩個自來商議道：「這宋江、盧俊義皆是我等仇人，今日倒吃他做了有功之臣，受朝廷這等恩賜，卻教他上馬管軍，下馬管民。我等省院官僚，如何不惹人恥笑？自古道：『恨小非君子，無毒不丈夫！』」楊戩道：「我有一計，先對付了盧俊義，便是絕了宋江一隻臂膊。這人十分英勇，若先對付了宋江，他若得知，必變了事，倒惹出一場不好。」高俅道：「願聞你的妙計如何。」楊戩道：「排出幾個廬州軍漢，來省院首告盧安撫，招軍買馬，積草屯糧，意在造反，便與他申呈去太師府啟奏，和這蔡太師都瞞了。等太師奏過天子，請旨定奪，卻令人賺他來京師。待上皇賜御食與他，於內下了些水銀，卻墜了那人腰腎，做用不得，便成不得大事。再差天使卻賜御酒與宋江吃，酒裡也與他下了慢藥，只消半月之間，以定沒救。」高俅道：「此計大妙！」有詩堪笑：

自古權奸害善良，不容忠義立家邦。
皇天若肯明昭報，男作俳優女作倡。

兩個賊臣計議定了，著心腹人出來尋覓兩個廬州土人，寫與他狀子，叫他去樞密院首告盧安撫，在廬州即日招軍買馬，積草屯糧，意欲造反，使人常往楚州，結連安撫宋江，通情起義。樞密院卻是童貫，亦與宋江等有仇，當即收了原告狀子，徑呈來太師府啟奏。蔡京見了申文，便會官計議。此時高俅、楊戩俱各在彼，四個奸臣，定了計策，引領原告人，入內啟奏天子。上皇曰：「朕想宋江、盧俊義征討四方虜寇，掌握十萬兵權，尚且不生歹心。今已去邪歸正，焉肯背反？寡人不曾虧負他，如何敢叛逆朝廷？其中有詐，未審虛的，難以準信。」當有高俅、楊戩在旁奏道：「聖上道理雖然，人心難忖。想必是盧俊義嫌官卑職小，不滿其心，復懷反意，不幸被人知覺。」上皇曰：「可喚來寡人親問，自取實招。」蔡京、童貫又奏道：「盧俊義是一猛獸，未保其心。倘若驚動了他，必致走透，深為未便，今後難以收捕。只可賺來京師，陛下親賜御膳御酒，將聖言撫諭之，窺其虛實動靜。若無，不必究問，亦顯陛下不負功臣之念。」上皇准奏，隨即降下聖旨，差一使命徑往廬州，宣取盧俊義還朝，有委用的事。天使奉命來到廬州，大小官員，出郭迎接，直至州衙，開讀已罷。話休絮繁。盧俊義聽了聖旨，宣取回朝，便同使命離了廬州，一齊上了鋪馬來京。於路無話，早至東京皇城司前歇了。次日，早到東華門外，伺候早朝。時有太師蔡京、樞密院童貫、太尉高俅、楊戩，引盧俊義於偏殿，朝見上皇。拜舞已罷，天子道：「寡人欲見卿一面。」又問：「廬州可容身否？」盧俊義再拜奏道：「托賴聖上洪福齊天，彼處軍民，亦皆安泰。」上皇又問了些閒話，俄延至午，尚膳廚官奏道：「進呈御膳在此，未敢擅便，乞取聖旨。」此時高俅、楊戩已把水銀暗地著放在裡面，供呈在御案上。天子當面將膳賜與盧俊義。盧俊義拜受而食。上皇撫諭道：「卿去廬州，務要盡心，安養軍士，勿生非意。」盧俊義頓首謝恩，出朝回還廬州，全然不知四個賊臣設計相害。高俅、楊戩相謂曰：「此後大事定矣！」

再說盧俊義是夜便回廬州來，覺道腰腎疼痛，動舉不得，不能乘馬，坐船回來。行至泗州淮河，天數將盡，自然生出事來。其夜因醉，要立在船頭上消遣，不想水銀墜下腰胯並骨髓裡去，冊立不牢，亦且酒後失腳，落於淮河深處而死。可憐河北玉麒麟，屈作水中冤抑鬼。從人打撈起屍首，具棺槨殯於泗州高原深處。本州官員動文書申覆省院，不在話下。

且說蔡京、童貫、高俅、楊戩四個賊臣，計較定了，將齎泗州申達文書，早朝奏聞天子說：「泗州申覆盧安撫行至淮河，因酒醉墮水而死。臣等省院，不敢不奏。今盧俊義已死，只恐宋江心內設疑，別生他事。乞陛下聖鑒，可差天使，齎御酒往楚州賞賜，以安其心。」上皇沉吟良久，欲道不准，未知其心；意欲准行，誠恐有弊。上皇無奈，終被奸臣讒佞所惑，片口張舌，花言巧語，緩裡取事，無不納受。遂降御酒二樽，差天使一人，齎往楚州，限目下便行。眼見得這使臣亦是高俅、楊戩二賊手下心腹之輩，天數只注宋公明合當命盡，不期被這奸臣們將御酒內放了慢藥在裡面，卻教天使齎擎了，徑往楚州來。

且說宋公明自從到楚州為安撫，兼管總領兵馬。到任之後，惜軍愛民，百姓敬之如父母，軍校仰之若神明，訟庭肅然，六事俱備，人心既服，軍民欽敬。宋江公事之暇，時常出郭游玩。原來楚州南門外，有個去處，地名喚做蓼兒洼。其山四面都是水港，中有高山一座。其山秀麗，松柏森然，甚有風水。雖然是個小去處，其內山峰環繞，龍虎踞盤，曲折峰巒，陂階台砌。四圍港汊，前後湖蕩，儼然是梁山泊水滸寨一般。宋江看了，心中甚喜，自己想道：「我若死於此處，堪為陰宅。但若身閒，常去游玩，樂情消遣。」

話休絮繁。自此宋江到任以來，將及半載，時是宣和六年首夏初旬，忽聽得朝廷降賜御酒到來，與眾出郭迎接。入到公廨，開讀聖旨已罷，天使捧過御酒，教宋安撫飲畢，宋江亦將御酒回勸天使，天使推稱自來不會飲酒。御酒宴罷，天使回京。宋江備禮，饋送天使，天使不受而去。

宋江自飲御酒之後，覺道肚腹疼痛，心中疑慮，想被下藥在酒裡。卻自急令從人打聽那來使時，於路館驛，卻又飲酒。宋江已知中了奸計，必是賊臣們下了藥酒，乃嘆曰：「我自幼學儒，長而通吏，不幸失身於罪人，並不曾行半點異心之事。今日天子輕聽讒佞，賜我藥酒，得罪何辜。我死不爭，只有李逵見在潤州都統制，他若聞知朝廷行此奸弊，必然再去哨聚山林，把我等一世清名忠義之事壞了。只除是如此行方可。」連夜使人往潤州喚取李逵星夜到楚州，別有商議。

且說李逵自到潤州為都統制，只是心中悶倦，與眾終日飲酒，只愛貪杯。聽得宋江差人到來有請，李逵道：「哥哥取（召喚）我，必有話說。」便同干人下了船，直到楚州，徑入州治，拜見宋江罷。宋江道：「兄弟自從分散之後，日夜只是想念眾人。吳用軍師，武勝軍又遠，花知寨在應天府，又不知消耗；只有兄弟在潤州鎮江較近，特請你來商量一件大事。」李逵道：「哥哥，甚麼大事？」宋江道：「你且飲酒！」宋江請進後廳，見成杯盤，隨即管待李逵，吃了半晌酒食。將至半酣，宋江便道：「賢弟不知，我聽得朝廷差人齎藥酒來，賜與我吃。如死，卻是怎的好？」李逵大叫一聲：「哥哥，反了罷！」宋江道：「兄弟，軍馬盡都沒了，兄弟們又各分散，如何反得成？」李逵道：「我鎮江有三千軍馬，哥哥這裡楚州軍馬，盡點起來，並這百姓，都盡數起去，並氣力招軍買馬殺將去！只是再上梁山泊倒快活！強似在這奸臣們手下受氣！」宋江道：「兄弟且慢著，再有計較。」原來那接風酒內，已下了慢藥。當夜李逵飲酒了，次日，具舟相送。李逵道：「哥哥幾時起義兵，我那裡也起軍來接應。」宋江道：「兄弟，你休怪我！前日朝廷差天使，賜藥酒與我服了，死在旦夕。我為人一世，只主張『忠義』二字，不肯半點欺心。今日朝廷賜死無辜，寧可朝廷負我，我忠心不負朝廷。我死之後，恐怕你造反，壞了我梁山泊替天行道忠義之名。因此，請將你來，相見一面。昨日酒中，已與了你慢藥服了，回至潤州必死。你死之後，可來此處，楚州南門外，有個蓼兒洼，風景盡與梁山泊無異，和你陰魂相聚。我死之後，屍首定葬於此處，我已看定了也！」言訖，墮淚如雨。李逵見說，亦垂淚道：「罷，罷，罷！生時伏侍哥哥，死了也只是哥哥部下一個小鬼！」言訖淚下，便覺道身體有些沉重。當時灑淚，拜別了宋江下船。回到潤州，果然藥發身死。李逵臨死之時，囑咐從人：「我死了，可千萬將我靈柩去楚州南門外蓼兒洼和哥哥一處埋葬。」囑罷而死。從人置備棺槨盛貯，不負其言，扶柩而往。

再說宋江自從與李逵別後，心中傷感，思念吳用、花榮，不得會面。是夜藥發臨危，囑咐從人親隨之輩：「可依我言，將我靈柩，安葬此間南門外蓼兒洼高原深處，必報你眾人之德。乞依我囑！」言訖而逝。宋江從人置備棺槨，依禮殯葬。楚州官吏聽從其言，不負遺囑，當與親隨人從、本州吏胥老幼，扶宋公明靈柩，葬於蓼兒洼。數日之後，李逵靈柩，亦從潤州到來，葬於宋江墓側，不在話下。且說宋清在家患病，聞知家人回來，報說哥哥宋江已故在楚州，病在鄆城，不能前來津送（料理喪事）。後又聞說葬於本州南門外蓼兒洼，只令得家人到來祭祀，看視墳塋，修築完備，回覆宋清，不在話下。

卻說武勝軍承宣使軍師吳用，自到任之後，常常心中不樂，每每思念宋公明相愛之心。忽一日，心情恍惚，寢寐不安。至夜，夢見宋江、李逵二人，扯住衣服，說道：「軍師，我等以忠義為主，替天行道，於心不曾負了天子。今朝廷賜飲藥酒，我死無辜。身亡之後，見已葬於楚州南門外蓼兒洼深處。軍師若想舊日之交情，可到墳塋，親來看視一遭。」吳用要問備細，撒然覺來，乃是南柯一夢。吳用淚如雨下，坐而待旦。得了此夢，寢食不安。次日，便收拾行李，徑往楚州來。不帶從人，獨自奔來。前至楚州，果然宋江已死，只聞彼處人民無不嗟嘆。吳用安排祭儀，直至南門外蓼兒窪，尋到墳塋，置祭宋公明、李逵，就於墓前，以手摑其墳冢，哭道：「仁兄英靈不昧，乞為昭鑑。吳用是一村中學究，始隨蓋，後遇仁兄，救護一命，坐享榮華。到今數十餘載，皆賴兄之德。今日既為國家而死，托夢顯靈與我，兄弟無以報答，願得將此良夢，與仁兄同會於九泉之下。」言罷痛哭。正欲自縊，只見花榮從船上飛奔到於墓前，見了吳用，各吃一驚。吳學究便問道：「賢弟在應天府為官，緣何得知宋兄已喪？」花榮道：「兄弟自從分散到任之後，無日身心得安，常想念眾兄之情；因夜得一異夢，夢見宋公明哥哥和李逵前來，扯住小弟，訴說朝廷賜飲藥酒鴆死，見葬於楚州南門外蓼兒窪高原之上。兄弟如不棄舊，可到墳前，看望一遭。因此，小弟擲了家間（家眷），不避驅馳，星夜到此。」吳用道：「我得異夢，亦是如此，與賢弟無異，因此而來。今得賢弟到此最好，吳某心中想念宋公明恩義難捨，交情難報，正欲就此處自縊而死，魂魄與仁兄同聚一處。身後之事，托與賢弟。」花榮道：「軍師既有此心，小弟便當隨從，亦與仁兄同歸一處。」似此真乃死生契合者也！有詩為證：

紅蓼窪中托夢長，花榮吳用各悲傷。
一腔義血元同有，豈忍田橫獨喪亡？

吳用道：「我指望賢弟看見我死之後，葬我於此，你如何也行此事？」花榮道：「小弟尋思宋兄長仁義難舍，恩念難忘。我等在梁山泊時，已是大罪之人，幸然不死。感得天子赦罪招安，北討南征，建立功勳。今已姓揚名顯，天下皆聞。朝廷既已生疑，必然來尋風流罪過。倘若被他奸謀所施，誤受刑戮，那時悔之無及。如今隨仁兄同死於黃泉，也留得個清名於世，屍必歸墳矣！」吳用道：「賢弟，你聽我說，我已單身，又無家眷，死卻何妨？你今見有幼子嬌妻，使其何依？」花榮道：「此事不妨，自有囊篋足以餬口。妻室之家，亦自有人料理。」兩個大哭一場，雙雙懸於樹上，自縊而死。船上從人久等，不見本官出來，都到墳前看時，只見吳用、花榮，自縊身死。慌忙報與本州官僚，置備棺槨，葬於蓼兒洼宋江墓側，宛然東西四丘。楚州百姓，感念宋江仁德，忠義兩全，建立祠堂，四時享祭，裡人祈禱，無不感應。

且不說宋江在蓼兒洼累累顯靈，所求立應。卻說道君皇帝，在東京內院，自從賜御酒與宋江之後，聖意累累設疑，又不知宋江消息，常只掛念於懷。每日被高俅、楊戩議論奢華受用所惑，只要閉塞賢路，謀害忠良。忽然一日，上皇在內宮閒玩，猛然思想起李師師，就從地道中，和兩個小黃門，徑來到他後園中，拽動鈴索。李師師慌忙迎接聖駕，到於臥房內坐定。上皇便叫前後關閉了門戶。李師師盛妝向前起居已罷，天子道：「寡人近感微疾，見令神醫安道全看治，有數十日不曾來與愛卿相會，思慕之甚！今一見卿，朕懷不勝悅樂！」李師師奏道：「深蒙陛下眷愛之心，賤人愧感莫盡！」房內鋪設酒肴，與上皇飲酌取樂。才飲過數杯，只見上皇神思困倦。點的燈燭熒煌，忽然就房裡起一陣冷風，上皇見個穿黃衫的立在面前。上皇驚起問道：「你是甚人，直來到這裡？」那穿黃衫的人奏道：「臣乃是梁山泊宋江部下神行太保戴宗。」上皇道：「你緣何到此？」戴宗奏道：「臣兄宋江，只在左右，啟請陛下車駕同行。」上皇曰：「輕屈寡人車駕何往？」戴宗道：「自有清秀好去處，請陛下遊玩。」上皇聽罷此語，便起身隨戴宗出得後院來，見馬車足備，戴宗請上皇乘馬而行。但見如雲似霧，耳聞風雨之聲，到一個去處，但見：

漫漫煙水，隱隱雲山。不觀日月光明，只見水天一色。紅瑟瑟滿目蓼花，綠依依一洲蘆葉。雙雙鴻雁，哀鳴在沙渚磯頭；對對鶺鴒，倦宿在敗荷汀畔。霜楓簇簇，似離人點染淚波；風柳疏疏，如怨婦蹙顰眉黛。淡月寒星長夜景，涼風冷露九秋天。

當下上皇在馬上觀之不足，問戴宗道：「此是何處，要寡人到此？」戴宗指著山上關路道：「請陛下行去，到彼便知。」上皇縱馬登山，行過三重關道，至第三座關前，見有上百人，俯伏在地，盡是披袍掛鎧，戎裝革帶，金盔金甲之將。上皇大驚，連問道：「卿等皆是何人？」只見為頭一個，鳳翅金盔，錦袍金甲，向前奏道：「臣乃梁山泊宋江是也。」上皇曰：「寡人已教卿在楚州為安撫使，卻緣何在此？」宋江奏道：「臣等謹請陛下到忠義堂上，容臣細訴衷曲枉死之冤。」上皇到忠義堂前下馬，上堂坐定，看堂下時，煙霧中拜伏著許多人。上皇猶豫不定。只見為首的宋江上階，跪膝向前，垂淚啟奏。上皇道：「卿何故淚下？」宋江奏道：「臣等雖曾抗拒天兵，素秉忠義，並無分毫異心。自從奉陛下敕命招安之後，先退遼兵，次平三寇，弟兄手足，十損其八。臣蒙陛下命守楚州，到任已來，與軍民水米無交，天地共知。今陛下賜臣藥酒，與臣服吃，臣死無憾。但恐李逵懷恨，輒起異心；臣特令人去潤州喚李逵到來，親與藥酒鴆死。吳用、花榮，亦為忠義而來，在臣冢上，俱皆自縊而亡。臣等四人，同葬於楚州南門外蓼兒窪。里人憐憫，建立祠堂於墓前。今臣等陰魂不散，俱聚於此，伸告陛下，訴平生衷曲，始終無異。乞陛下聖鑑。」上皇聽了大驚曰：「寡人親差天使，親賜黃封御酒，不知是何人換了藥酒賜卿？」宋江奏道：「陛下可問來使，便知奸弊所出。」上皇看見三關寨柵雄壯，慘然問曰：「此是何所，卿等聚會於此？」宋江奏曰：「此是臣等舊日聚義梁山泊也。」上皇又曰：「卿等已死，當往受生，何故相聚於此？」宋江奏道：「天帝哀憐臣等忠義，蒙玉帝符牒（官符）敕命，封為梁山泊都土地。眾將已會於此，有屈難伸，特令戴宗屈萬乘之主，親臨水泊，懇告平日衷曲。」上皇曰：「卿等何不詣九重深院，顯告寡人？」宋江奏道：「臣乃幽陰魂魄，怎得到鳳闕龍樓？今者陛下出離宮禁，屈邀至此。」上皇曰：「寡人可以觀玩否？」宋江等再拜謝恩。上皇下堂，回首觀看堂上牌額，大書「忠義堂」三字，上皇點頭下階。忽見宋江背後轉過李逵，手搦雙斧，厲聲高叫道：「皇帝，皇帝！你怎地聽信四個賊臣挑撥，屈壞了我們性命？今日既見，正好報仇！」黑旋風說罷，掄起雙斧，徑奔上皇。天子吃這一驚，撒然覺來（驚嚇醒來），乃是南柯一夢，渾身冷汗。閃開雙眼，見燈燭熒煌，李師師猶然未寢。上皇問曰：「寡人恰在何處去來？」李師師奏道：「陛下適間伏枕而臥。」上皇卻把夢中神異之事，對李師師一一說知。李師師又奏曰：「凡人正直者，必然為神。莫非宋江端的已死，是他故顯神靈，托夢與陛下？」上皇曰：「寡人來日，必當舉問此事。若是如果死了，必須與他建立廟宇，敕封烈侯。」李師師奏曰：「若聖上果然加封，顯陛下不負功臣之德。」上皇當夜嗟嘆不已。

次日臨朝，傳聖旨，會群臣於偏殿。當有蔡京、童貫、高俅、楊戩等，只慮恐聖上問宋江之事，已出宮去了。只有宿太尉等幾位大臣，在彼侍側，上皇便問宿元景曰：「卿知楚州安撫宋江消息否？」宿太尉奏道：「臣雖一向不知宋安撫消息，臣昨夜得一異夢，甚是奇怪。」上皇曰：「卿得異夢，可奏與寡人知道。」宿太尉奏曰：「臣夢見宋江，親到私宅，戎裝攢帶，頂盔明甲，見臣訴說，陛下以藥酒見賜而亡。楚人憐其忠義，葬在楚州南門外蓼兒窪內，建立祠堂，四時享祭。」上皇聽罷，便顛頭道：「此誠異事，與朕夢一般。」又吩咐宿元景道：「卿可差心腹之人，往楚州體察此事，有無急來回報。」宿太尉道：「是。」便領了聖旨，自出宮禁。歸到私宅，便差心腹之人，前去楚州探聽宋江消息，不在話下。

次日，上皇駕坐文德殿，見高俅、楊戩在側，聖旨問道：「汝等省院，近日知楚州宋江消息否？」二人不敢啟奏，各言不知。上皇輾轉心疑，龍體不樂。

且說宿太尉干人，已到楚州打探回來，備說宋江蒙御賜飲藥酒而死。已喪之後，楚人感其忠義，今葬於楚州蓼兒窪高山之上。更有吳用、花榮、李逵三人，一處埋葬。百姓哀憐，蓋造祠堂於墓前，春秋祭賽，虔誠奉祀，士庶祈禱，極有靈驗。宿太尉聽了，慌忙引領干人入內，備將此事，回奏天子。上皇見說，不勝傷感。

次日早朝，天子大怒，當百官前，責罵高俅、楊戩：「敗國奸臣，壞寡人天下！」二人俯伏在地，叩頭謝罪。蔡京、童貫亦向前奏道：「人之生死，皆由注定。省院未有來文，不敢妄奏。昨夜楚州才有申文到院，臣等正欲啟奏……」上皇終被四賊曲為掩飾，不加其罪，當即喝退高俅、楊戩，便教追要原賫御酒使臣。不期天使自離楚州回還，已死於路。

宿太尉次日見上皇於偏殿，再以宋江忠義顯靈之事，奏聞天子。上皇准宣宋江親弟宋清，承襲宋江名爵。不期宋清已感風疾在身，不能為官，上表辭謝，只願鄆城為農。上皇憐其孝道：賜錢十萬貫，田三千畝，以贍其家。待有子嗣，朝廷錄用。後來宋清生一子宋安平，應過科舉，官至秘書學士，這是後話。

再說上皇具宿太尉所奏，親書聖旨，敕封宋江為忠烈義濟靈應侯，仍敕賜錢於梁山泊，起蓋廟宇，大建祠堂，妝塑宋江等歿於王事諸多將佐神像。敕賜殿宇牌額，御筆親書「靖忠之廟」。濟州奉敕，於梁山泊起造廟宇，但見：

金釘朱戶，玉柱銀門；畫棟雕梁，朱簷碧瓦。綠欄干低繞軒窗，繡簾幕高懸寶檻。五間大殿，中懸敕額金書；兩廡長廊，彩畫出朝入相。綠槐影裡，櫺星門高接青雲；翠柳陰中，靖忠廟直侵霄漢。黃金殿上，塑宋公明等三十六員天罡正將；兩廊之內，列朱武為頭七十二座地煞將軍。門前侍從猙獰，部下神兵勇猛。紙爐巧匠砌樓台，四季焚燒楮帛（祭祀紙錢）；桅竿高豎掛長幡，二社鄉人祭賽。庶民恭禮正神祇，祀典朝參忠烈帝。萬年香火享無窮，千載功勳表史記。

又有絕句一首，詩曰：

天罡盡已歸天界，地煞還應入地中。
千古為神皆廟食，萬年青史播英雄。

後來宋公明累累顯靈，百姓四時享祭不絕。梁山泊內祈風得風，禱雨得雨，楚州蓼兒洼亦顯靈驗，彼處人民，重建大殿，添設兩廊，奏請賜額，妝塑神像三十六員於正殿，兩廊仍塑七十二將。年年享祭，萬民頂禮，至今古跡尚存。史官有唐律二首哀挽，詩曰：

莫把行藏怨老天，韓彭赤族已堪憐。
一心報國摧鋒日，百戰擒遼破臘年。
煞曜罡星今已矣，讒臣賊子尚依然！

早知鴆毒埋黄壤，學取鴟夷范蠡船。

又詩：

生當鼎食死封侯，男子生平志已酬。
鐵馬夜嘶山月曉，玄猿秋嘯暮雲稠。
不須出處求真跡，卻喜忠良作話頭。
千古蓼窪埋玉地，落花啼鳥總關愁。

《水滸傳》一百單八將上山路徑圖譜

《水滸傳》一百單八將最終歸宿圖

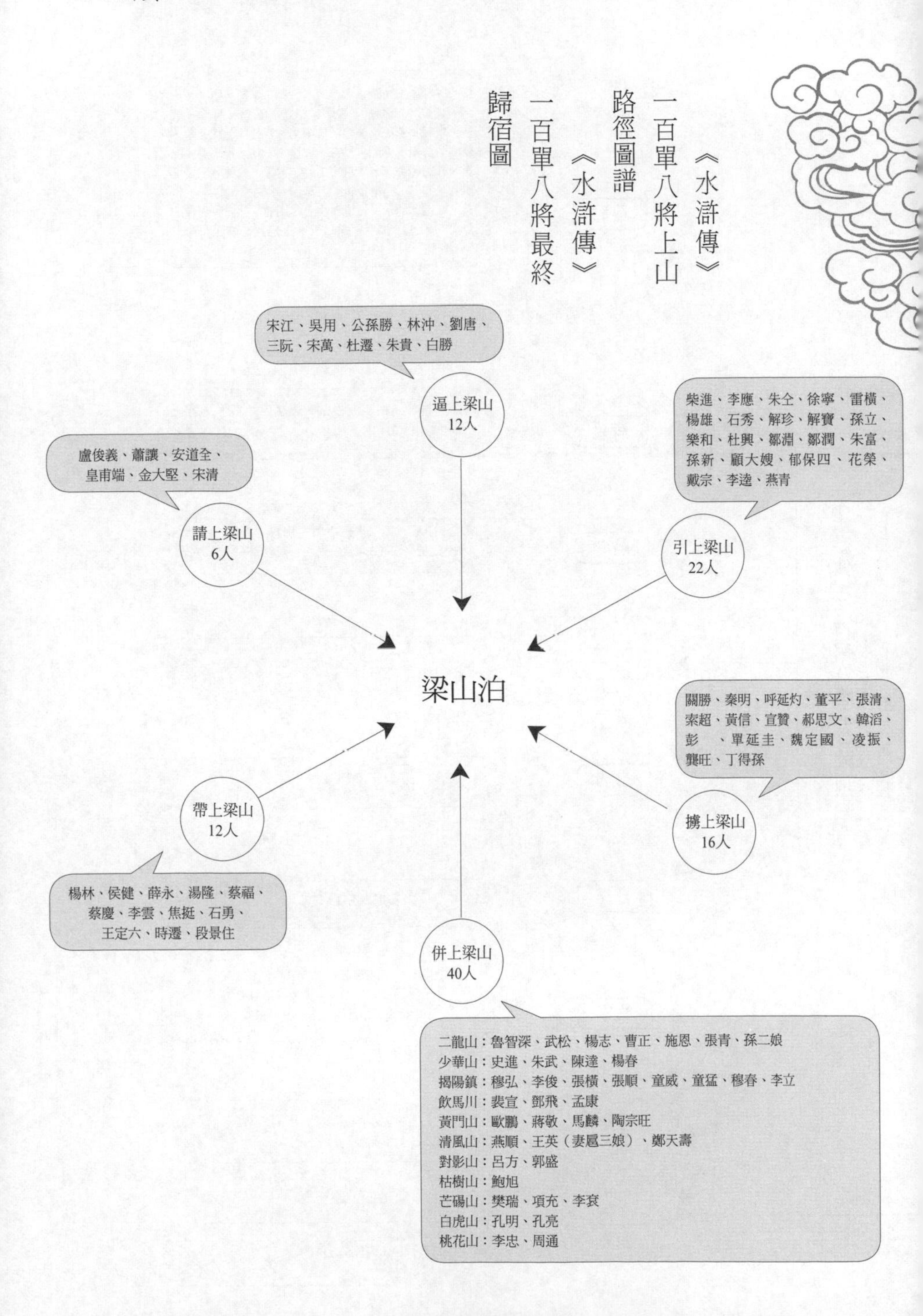

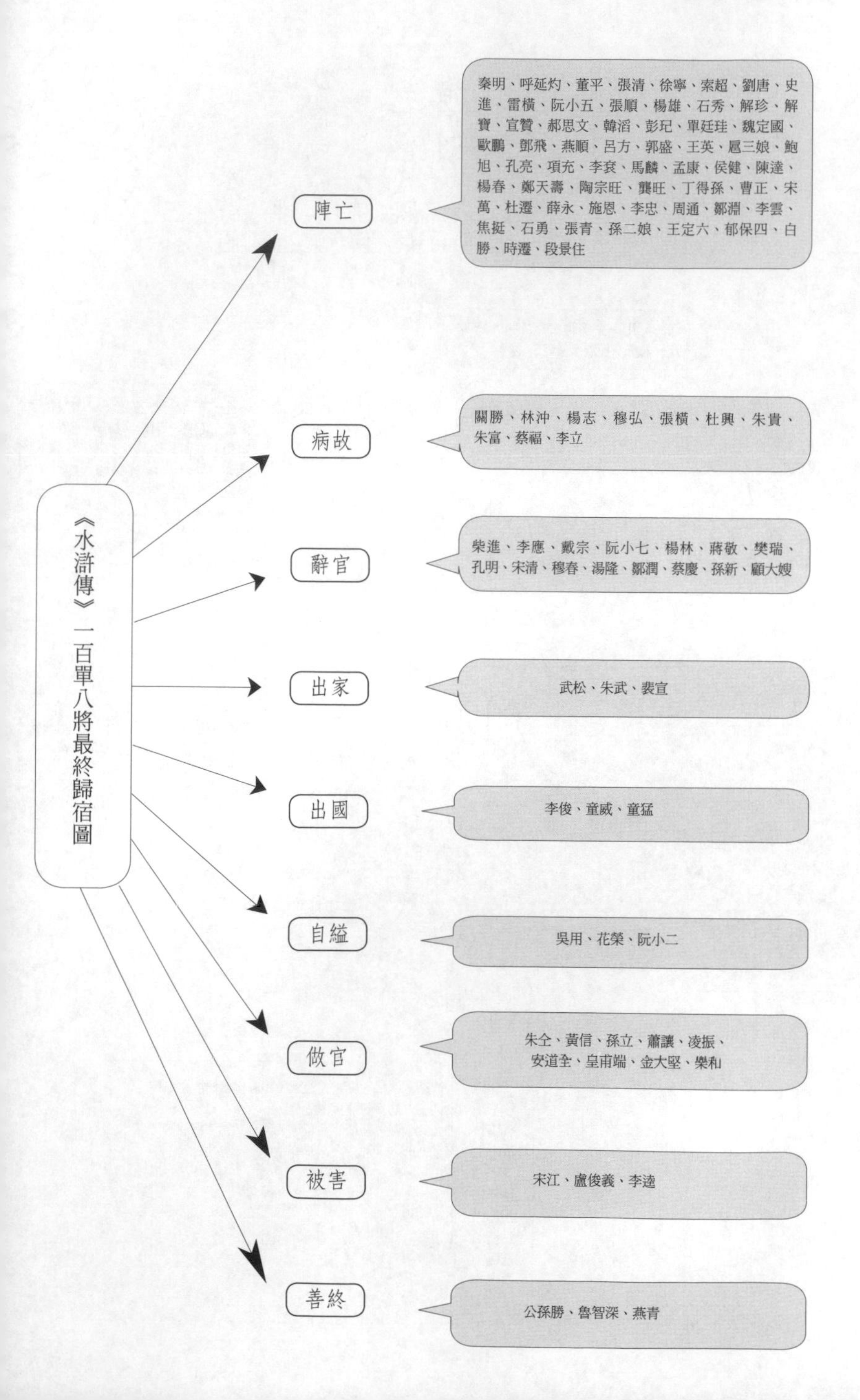
《水滸傳》一百單八將最終歸宿圖
陣亡
秦明、呼延灼、董平、張清、徐寧、索超、劉唐、史進、雷橫、阮小五、張順、楊雄、石秀、解珍、解寶、宣贊、郝思文、韓滔、彭玘、單廷珪、魏定國、歐鵬、鄧飛、燕順、呂方、郭盛、王英、扈三娘、鮑旭、孔亮、項充、李袞、馬麟、孟康、侯健、陳達、楊春、鄭天壽、陶宗旺、龔旺、丁得孫、曹正、宋萬、杜遷、薛永、施恩、李忠、周通、鄒淵、李雲、焦挺、石勇、張青、孫二娘、王定六、郁保四、白勝、時遷、段景住
病故
關勝、林沖、楊志、穆弘、張橫、杜興、朱貴、朱富、蔡福、李立
辭官
柴進、李應、戴宗、阮小七、楊林、蔣敬、樊瑞、孔明、宋清、穆春、湯隆、鄒潤、蔡慶、孫新、顧大嫂
出家
武松、朱武、裴宣
出國
李俊、童威、童猛
自縊
吳用、花榮、阮小二
做官
朱仝、黃信、孫立、蕭讓、凌振、安道全、皇甫端、金大堅、樂和
被害
宋江、盧俊義、李逵
善終
公孫勝、魯智深、燕青

國家圖書館出版品預行編目資料

水滸傳／施耐庵，徐凡注釋，初版
-- 新北市：新潮社，2019.03
面；　公分
ISBN 978-986-316-734-1（上冊：平裝）
ISBN 978-986-316-735-8（中冊：平裝）
ISBN 978-986-316-736-5（下冊：平裝）

857.46　　　　107023275

水滸傳 ㊦

施耐庵／著

【策　劃】張明
【出版人】翁天培
【出　版】新潮社文化事業有限公司
電話：(02) 8666-5711
傳真：(02) 8666-5833
E-mail：service@xcsbook.com.tw

【總經銷】創智文化有限公司
新北市土城區忠承路 89 號 6F（永寧科技園區）
電話：2268-3489
傳真：2269-6560

印前作業　菩薩蠻數位文化有限公司

初版一刷　2019 年 07 月